KARL MAYs WERKE

Historisch-Kritische Ausgabe

für die Karl-May-Gedächtnis-Stiftung

—

Herausgegeben von

Hermann Wiedenroth und

Hans Wollschläger

—

ABTEILUNG IV

REISEERZÄHLUNGEN

BAND 21

»WEIHNACHT!«

REISEERZÄHLUNG

VON

KARL MAY

HAFFMANS VERLAG

Umschlagbild von
Michael Sowa
Konzeption und Gestaltung von
Urs Jakob

Herstellung: Offizin Andersen Nexö Leipzig GmbH,
Graphischer Großbetrieb
ISBN 3 251 20083 6

Inhalt

Der Text dieses Bandes folgt zeichengetreu der ersten Buchfassung, Freiburg 1897. Der Editorische Bericht, der über Entstehung und Textgeschichte Auskunft gibt, findet sich in der parallelen Bibliotheksausgabe.

»WEIHNACHT!«

Reiseerzählung

von

KARL MAY.

ERSTES KAPITEL.

Einleitung.

Weihnacht!

Welch ein liebes, liebes, inhaltsreiches Wort! Ich behaupte, daß es im Sprachschatze aller Völker und aller Zeiten ein zweites Wort von der ebenso tiefen wie beseligenden Bedeutung dieses einen weder je gegeben hat noch heute giebt. Dem gläubigen Christen ist es der Inbegriff der heißersehnten Erfüllung langen Hoffens auf die Erlösung aller Kreatur, und auch für den Zweifler bedeutet es eine alljährlich wiederkehrende Zeit allgemeiner Festlichkeit, der Familienfreude und der strahlenden Kinderaugen. Jenem leuchtet in der tiefsten Tiefe seines Herzens der Wahrspruch »Jesus Christus gestern und heut und derselbe in alle Ewigkeit!« und dieser stimmt wohl unwillkürlich auch mit ein oder läßt wenigstens seine Kinder einstimmen in den Frohgesang

»Welt ging verloren,
Christus ward geboren;
Freue dich, o Christenheit!«

Unter Palmen ging der längst erwartete Zweig Isais, des Bethlehemiten, auf, und über Bethlehem strahlte der Stern, welcher die Weisen aus dem Morgenlande zu der Weihnachtskrippe leitete. »Ehre sei Gott in der Höhe!« sangen die himmlischen Heerscharen über diese Stadt, von welcher ein Strahl des Lichtes ausgangen ist, der alle Welt erleuchten und beglücken soll. »Friede auf Erden!« erklang es nach dem himmlischen Gloria, und der Friede, dessen Sinnbild noch heut die Palmen sind, hat sich von dorther ausgebreitet über alle Länder und in alle Herzen, welche seinem Einzuge offen standen. Und wo im Norden keine Palmen wehen, da haben ihre Wedel sich in Tannenzweige verwandelt, welche Sterne und Lichter tragen in der schönen seligen Zeit, welcher die Worte des Propheten gelten: »Mache dich auf, und werde Licht, denn dein Licht kommt, und die Herrlichkeit des Herrn geht über dir auf!« Da glänzt der Weihnachtsbaum im Palaste und in der Hütte; da schallen Glockenklänge, um die Geburt des Erlösers zu verkünden, durch die stille Nacht, und von allen Kanzeln und Altären, von Mund zu Mund erklingt der Engelsruf: »Siehe, ich verkündige Euch große Freude, die allen Nationen widerfahren wird, denn Euch ist heute der Heiland geboren, welcher ist Christus, der Herr in der Davidsstadt!«

Zwei Bibelworte sind es vorzugsweise, welche, als ich noch ein kleiner Knabe war, aus dem Munde der alten, frommen Großmutter einen tiefen, unauslöschlichen Eindruck auf mich machten. Lag es an der Erzählerin oder an dem Inhalte dieser Worte selbst, ich weiß es nicht, aber Thatsache ist, daß diese Verse noch heut zu meinen Lieblingsbibelsprüchen zählen. Der eine Spruch lautet Hiob 19,25: »Ich weiß, daß mein Erlöser lebt, und er wird mich aus dem Grabe auferwecken«, und der zweite ist eben die Verkündigung des Engels: »Siehe, ich verkündige Euch große Freude – – – denn Euch ist heute der Heiland geboren – – –«. Der Eindruck dieser Stellen auf mich war ein solcher, daß ich – in noch ganz unreifem Alter – beide komponiert und über die zweite auch noch ein Gedicht – – – fast möchte ich sagen, verbrochen habe.

Daß ich dies hier nicht etwa erwähne, um mich zu brüsten, habe ich durch die Altersangabe und das Wort »verbrochen« bewiesen, vielmehr werden meine lieben Leserinnen und Leser bald bemerken, daß diese Erwähnung einen ganz andern und zwar bessern Zweck verfolgt. Einstweilen sei nur gesagt, daß die Worte »Ich verkündige Euch große Freude« mir damals auch in ganz besonderer Beziehung zu einer wahren Weihnachtsbotschaft wurden.

Ich, der ärmste unter den Schülern meiner Klasse, liebte die Musik glühend und nahm außer dem gewöhnlichen Unterrichte noch Privatstunden in der Harmonielehre u. s. w., was mich auf trockenes Brot setzte, denn ich ernährte mich durch Unterrichtgeben à Stunde 50 Pfennige und mußte also die Stunde Harmonielehre zu einem Thaler mit sechs Stunden meiner Privatzeit bezahlen. Das that ich aber gern, und der Hunger von damals hat mir bis heute noch nichts geschadet.

In der Theorie – nicht etwa praktischen Komposition – bei der Motette angelangt, setzte ich mich eines Tages mit der nur durch meine Jugend zu entschuldigenden Idee hin, über das Lieblingsthema »Ich verkündige Euch große Freude« eine Weihnachtsmotette zu komponieren. Wie gedacht, so gethan! Das *opus operatum* sollte freilich tiefes Geheimnis bleiben, war aber schon bald nach seiner Vollendung aus meinem Kasten verschwunden. Später erfuhr ich, daß ein mir übelwollender Mitschüler es mir wegstibitzt und, um mich zu blamieren, es meinem Lehrer, einem alten, braven Kantor, durch die Post zugeschickt hatte. Ich suchte lange nach dem verlorenen Heiligtume und gab es endlich auf, es jemals wiederzufinden.

Wie nun selten ein Unglück allein kommt – und das eigenmächtige Ueberschreiten der einem Schüler gezogenen geistigen Grenzen kann leicht zum Unglück für ihn werden –, kam mir grad zu jener Zeit ein Unterhaltungsblatt zu Gesicht, in welchem eine Konkurrenz, ein Weihnachtsgedicht betreffend, mit drei Preisen zu 30, 20 und zehn Thalern ausgeschrieben wurde. Mein Lieblingsthema, meine Armut und wer weiß was sonst noch für gute oder nicht gute Gründe, »drückten mir«, wie berufene Dichter zu sagen pflegen, »die Feder in die Hand«; ich setzte mich abermals hin und brachte ein Gedicht von 32, schreibe und sage mit Worten: zweiunddreißig vierzeiligen Strophen zu Papier. Es ist jedermann, besonders aber jedem Redakteur bekannt, daß ein Gedicht, je länger es ist, desto leichter in den Papierkorb wandert, und auch ich wußte wenigstens, daß der Wert eines Poems nicht mit seiner Länge zu wachsen pflegt; aber nach der Disposition, die ihm zu Grunde lag, hatte es eben nicht kürzer werden können; im Gegenteile, wenn ich alle Gedanken, die mir gekommen waren, niedergeschrieben hätte, wären es wohl tausend Zeilen geworden. Ich fertigte also das verlangte Motto an, steckte dieses mit dem Gedichte in ein Couvert für 3 Pfennige, siegelte es mit für 5 Pfennige Rotlack zu, klebte mein letztes Geld in Gestalt von Briefmarken in die Ecke rechts über der

Adresse der Redaktion und trug den Brief in höchst feierlicher Stimmung bis zur übernächsten Straße, wo der Briefkasten hing. Als er mit hohlem Geräusch hineingefallen war, sah ich den Kasten noch lange an. Er kam mir jetzt ganz anders vor, als er früher ausgesehen hatte. Das war aber auch sehr leicht zu erklären, denn zweiunddreißig Strophen auf einmal zu verschlingen, das hatte wohl noch kein vernünftiger Mensch von ihm verlangt.

Aber auch mit mir ging eine Veränderung vor. Wer mich beobachtete, der mußte unbedingt bemerken, daß ich ein schlechtes Gewissen hatte. Meine Haltung kam mir unmännlich und mein Gang schlottrig vor; die Augen verloren ihre bisher nach vorn gerichtete Direktion und begannen, sich vorzugsweise und verstohlen bald nach rechts und bald nach links zu richten, ob mir die zweiunddreißig Strophen vielleicht anzusehen seien. Kein Brot, selbst das ganz trockene, wollte mir mehr schmecken; der Schlaf streikte, und wenn er seine Pflicht einmal that, so träumte ich von allerlei Ungeheuerlichkeiten, z. B. von einem großen Briefkasten, welcher in Gestalt einer blauen Riesenkröte auf mein Bett gekrochen kam und mich so lange drückte, bis ich mit einem Schrei erwachte.

Meine Arbeiten fertigte ich mit derselben Gewissenhaftigkeit wie vorher, aber sie wurden mir schwerer als früher; meine roten Wangen wurden blaß; ich magerte ab und wurde wortkarg wie eine Stimmgabel, die auch nur dann erklingt, wenn man ihr einen Stoß versetzt. Es war eine schwere, eine schlimme Zeit! Und sie dauerte übermäßig lang. Ende Juli hatte ich dem Briefkasten mein Schicksal vorzeitig anvertraut, denn die »Galgenfrist« ging erst am ersten Oktober zu Ende, und am ersten November sollte die Entscheidung fallen. Wenn ich doch meine »Zweiunddreißig« wieder hätte; ich wollte nicht nur auf jeden, selbst den dritten Preis verzichten, sondern das heilige Versprechen ablegen, nie wieder einen Reim zu schreiben! Das war viel, sehr viel gesagt, weil Reime mir nicht die geringste Schwierigkeit bereiten und mir auch der dritte Preis, zehn harte, blanke Thaler, als ein kleiner Schatz erschienen wäre.

Daß mir nichts beschieden sei, also eines negativen Erfolges, war ich vollständig überzeugt, aber diese Angelegenheit konnte auch eine positive und zwar sehr unangenehme Wirkung für mich haben. Ich konnte nämlich den Gedanken nicht los werden, daß die »löbliche« Redaktion mein Gedicht nicht an mich zurücksenden, sondern es mit einigen besondern Randbemerkungen unserem strengen »Alten« zur Nachachtung zustellen werde. Wer Gymnasiast entweder war oder noch ist, der weiß, wen ich mit diesem »Alten« meine, und wird mein heimliches Grauen zwar nicht ermessen und nachfühlen aber doch wenigstens ahnen können. Seiner Gestrengen hatte mir zwar immer wohlgewollt und manche Härten meiner Lage zu mildern gesucht; er ließ mich sogar seinem Sohne wöchentlich zwei Stunden Nachhilfsunterricht erteilen, wofür ich Sonnabends in der Küche Reis mit Rindfleisch bekam und dann als Nachgenuß der Lieblingskatze seiner Frau den Rücken krabbeln durfte; aber falls die »Löbliche« meine Befürchtung zur Wahrheit werden ließ, so war für nichts mehr, weder für den Reis noch für die Katze einzustehen!

So also türmten sich die Wetterwolken immer schwärzer und drohender über mir zusammen, und als der erste November kam, war er, wie ich heut noch weiß, ein zwar kalter aber sonniger Herbsttag, in meinem Innern aber schneite es schwere, große Flocken, nicht hellen Schnee, sondern es war ein ganz anderer und viel dunklerer Stoff. Nun konnte ich die Tage, nein, die Stunden zählen; sie wurden mir zu Ewigkeiten; aber irdische Ewigkeiten gehen vorüber, diese also auch. Und nun kommt es – – – es ist da; das fürchterliche Verhängnis nämlich!

Es war am sechsten November, nach der letzten Vormittagsstunde, als ich zum »Alten« gerufen wurde. Zwei Treppen hinauf, jede zwanzig Stufen, auf jede zwanzig Schläge meines Herzens, macht in Summa achthundert; weniger sind es wahrscheinlich nicht gewesen. Ich klopfte an, trat ein und – – sah nichts, weil meine Augen nebelten. Es vergingen einige Augenblicke; der Nebel teilte sich, und ich sah den Gewaltigen mit Augen, als ob er mich durchbohren wolle, vor mir stehen.

»May!« erklang es in seinem tiefsten Baß.

Ich verbeugte mich. Was ich für ein Gesicht gemacht habe, das weiß ich nicht, denn nur er hat es gesehen und mir nichts darüber angedeutet.

»May!!«

Ich verbeugte mich wieder.

»May!!!«

Dritte Verbeugung; aber nun war ich entschlossen, mich nicht mehr zu bücken.

»Sie – – sind – – ja – – ein – – ganz – – –«

Ich sah ihn so scharf an, daß er innehielt; beleidigen wollte ich mich auf keinen Fall lassen. Da lachte er und fuhr in einem ganz andern Tone fort:

»Geht mich eigentlich nichts an, ganz und gar nichts; ist nur Ihre Privatsache, wenn Sie sich mit Blamagen herumriskieren. Warum auch nicht? Sie sprechen ja stundenlang in Knüppelversen, und Ihr Deutsch – – – hm! Aber Sie hätten es mir doch wenigstens vorher zur Durchsicht geben können!«

»Das Gedicht?« fragte ich.

»Natürlich! Ich hätte die Fehler angestrichen, die noch drinstecken und von dem Redakteur gar nicht bemerkt worden sind. So ein Mensch weiß ja gar nicht, was zu einem guten Gedicht gehört; woher sollte er es auch wissen?! Kuh – – Muskate – –!«

»Es ist also zurückgeschickt worden?«

»Ja, im Probedruck, so was man Korrektur oder Revision nennt. Dabei ein Brief, nicht an Sie, sondern an mich. Sie bekommen ihn natürlich nicht zu lesen – – – fällt mir gar nicht ein! Ich werde antworten, daß zwar Ihr Name, aber sonst weiter gar nichts unter das Gedicht gesetzt werden darf; Sie verfallen sonst dem Tintenteufel, der der schlimmste von allen Teufeln ist. Haben mehr zu thun, als Gedichte zu machen! Junges Bürschchen!«

Ich holte tief, tief Atem. Also meine Zweiunddreißig waren angenommen worden! Dritter Preis zehn Thaler – – –! Mir wollte es wieder vor den Augen nebeln! Da fuhr er fort:

»Was ich sagen wollte: Werde Ihnen die Nachhilfsstunden

von jetzt an bar bezahlen, zweimal fünf, also zehn Groschen. Den Sonnabendstisch behalten Sie trotzdem. Werde Sie wegen Ihrer Kühnheit und dem Gedichte später noch extra vornehmen; habe jetzt keine Zeit; muß zu Tische gehen. Hier ist das Geld. Nun gehen Sie!«

Er gab mir ein Couvert in die Hand. Ich bedankte mich mit vor Aufregung heiserer Stimme und schoß zur Thür hinaus, nachdem ich eine ganz besonders tiefe Verbeugung gemacht hatte, der ich doch vorhin fest entschlossen gewesen war, keine mehr zu machen.

Wie ich die Treppe hinunter und dann in meine »Bude« gekommen bin, das weiß ich selbst heut noch nicht. Ich öffnete das Couvert. Was war darin? Ein kurzes Schreiben der Redaktion – – – drei Zehnthalernoten! Die schreckliche, große, blaue Kröte hatte, wie jede Kröte im Märchen, Geld für mich bedeutet – – nicht den dritten, sondern den ersten Preis.

Was ich that, als ich wieder ruhig geworden war? Die Antwort ist nicht nötig! Ich habe weder in guten noch in schlimmen Lagen jemals vergessen, daß das Gebet eine heilige Pflicht ist und Erleichterung bringt.

Und wie es – wenigstens dem Sprichworte nach – mit dem Unglücke ist, so ist's auch mit dem Glücke; es kommt niemals allein. Als ich am Nachmittag zum Unterricht bei meinem alten Kantor erschien, zeigte er sich außerordentlich aufgeräumt. Er war zwar stets ein lieber, alter, munterer Herr, heut aber zeigte er sich besonders heiter und gesprächig und ließ einige Andeutungen über »gute Arbeit« und »Buchhändlergeld« fallen, so daß ich mir im stillen sagte, daß er mit dem »Alten« über meinen Glücksfall gesprochen haben müsse. Als ich nach der Stunde, wie ich gewöhnlich that, denn ich borgte nie, den Thaler auf die gewohnte Stelle legte, sagte er:

»Ist nicht nötig, lieber May! Sie können Ihren sauer verdienten Thaler behalten.«

»Dieser hier ist nicht sauer verdient, Herr Kantor.«

»Nicht? Wieso? Vielleicht ein Geschenk?«

»Nein, kein Geschenk. Er ist verdient, aber nicht sauer. Ich habe dreißig Stück bekommen; das wissen Sie doch!«

Er sah mich erstaunt an und fragte:

»Dreißig Stück, dreißig Thaler! Sie Krösus, Sie! Und ich soll es wissen? Keinen Laut, keine Note, keine halbe, keine Sechzehntelnote habe ich davon gehört!«

»Aber Sie haben doch vorhin davon gesprochen!«

»Ich? Nicht daß ich wüßte!«

»Sie sprachen von Buchhändlergeld!«

»Ja, das habe ich freilich gethan; aber das ist etwas, wovon Sie noch gar nichts wissen. Was hat es denn für eine Bewandtnis mit Ihren dreißig Thalern? Oder dürfen Sie es nicht erzählen?«

»Natürlich darf ich es! Und grad Sie, Herr Kantor, sind der, dem ich es am liebsten erzähle!«

Er lief, indem ich es that, ganz aufgeregt in seinem kleinen Zimmer hin und her und rief, als ich zu Ende war:

»Dreißig Thaler, dreißig schwere Thaler für ein Gedicht, für – – – wieviel Strophen hat es?«

»Zweiunddreißig vierzeilige.«

»Auch noch bloß vierzeilige! Das macht achtundzwanzig Groschen pro Strophe und sieben Groschen für jede Zeile, für jeden Vers! Dazu die Ehre, den ersten Preis errungen zu haben! Und ich habe Wunder gedacht, was ich da – – – na, warten Sie noch! Haben Sie Ihr Gedicht im Kopfe?«

»Ja.«

»Her damit! Ich will auch einmal ein Preisgedicht für dreißig Thaler hören!«

Während er immer noch lebhaft hin und her wanderte, stellte ich mich in die einzige freie Ecke und deklamierte:

»›Ich verkünde große Freude,
Die Euch widerfahren ist,
Denn geboren wurde heute
Euer Heiland Jesus Christ!‹

Jubelnd tönt es durch die Sphären,
Sonnen künden's jedem Stern;
Weihrauch duftet auf Altären,
Beter knieen nah und fern.

Horch, da schallt vom nahen Dome
Feierlich der Glocken Klang,
Und im majestätschen Strome
Schwingt sich auf der Chorgesang:

›Herr, nun lässest du in Frieden
Deinen Diener zu dir gehn,
Denn sein Auge hat hienieden
Deinen Heiland noch gesehn!‹ – – –«

»Halt, halt!« unterbrach er mich da eifrig. »Das Gedicht scheint ja gut, ganz gut zu sein, aber zweiunddreißig Strophen, das ist mir zu lang, viel zu lang. Ich muß Ihnen etwas sagen und kann nicht damit warten, bis Sie zu Ende sind. Da, sehen Sie sich einmal das hier an! Kennen Sie das?«

Er hielt mir ein gedrucktes Notenheft hin und sah mir dabei mit dem Ausdrucke größter Spannung in das Gesicht. Es war die Partitur einer Motette, in welcher die separat gedruckten Stimmen lagen. Ich las den Anfang des Textes: »Siehe, ich verkündige Euch große Freude – – –«

»Nicht hier lesen, nicht hier, sondern den Titel, den Titel!« drängte er ungeduldig.

Ich that es und erschrak, aber in freudiger Weise, denn es war meine Motette, die mir auf eine so unerklärliche Art abhanden gekommen war.

»Nicht wahr, das ist etwas, das ist auch etwas?« fragte er triumphierend. »Eine gedruckte Komposition ist mehr, viel mehr wert als ein gedrucktes Gedicht. Ein Gedicht kann jeder machen, der die Reime dazu aus der Luft hergreift; aber eine Komposition, das ist etwas ganz anderes; das kommt nicht aus der Luft, sondern wo anders her! Da muß man etwas gelernt und ganz besonders einen tüchtigen Lehrer gehabt haben. Und gute, tüchtige Lehrer können nur die Herren Kantores sein, welche die Orgel schlagen und den Kirchengesang leiten. Der Kirchengesang ist die höchste – – –«

»Aber bitte, Herr Kantor,« unterbrach ich seinen Redefluß; »Sie sehen mich im höchsten Grade erstaunt. Diese Motette habe ich nicht komponiert, daß sie gedruckt werden soll; sie ist eine Uebungsarbeit, die im Kasten liegen bleiben sollte; plötzlich aber war sie weg. Wie ist sie in Ihre Hände gekommen, und woher wissen Sie, daß sie von mir ist? Auf dem Originale hat mein Name nicht gestanden.«

»Das ist wahr, sehr wahr,« lachte er. »Aber denken Sie denn wirklich, daß ich Ihre Handschrift nicht kenne und auch die von Krüger nicht?«

»Krüger?« fragte ich. »Welchen Krüger meinen Sie?«

»Dumme Frage! Natürlich Krüger, der Ihnen damals wegen Ihrer Arbeit über die Quintseptaccorde die erste Censur abtreten mußte. Er hat sich rächen wollen, wird aber nun durch mich bestraft, daß er sich blauärgern soll!«

»Ich verstehe Sie noch nicht.«

»Immer noch nicht? Sie sind doch sonst nicht so schwer von Begriffen. Da muß ich Ihnen doch gleich noch zweierlei zeigen, worüber Sie sich, wenigstens über das eine, wahrscheinlich wundern oder aber auch ärgern werden. Da, zunächst das. Wessen Handschrift ist das?«

Er gab mir ein großes, abgestempeltes Couvert, auf welchem sein Name stand. Ich brauchte nur einen Blick darauf zu werfen, um antworten zu können:

»Das hat Krüger geschrieben; man sieht es sofort.«

»Ja; der Kerl hat sich nicht einmal Mühe gegeben, seine Hand zu verstellen. Er hat wahrscheinlich gedacht, daß ich das Couvert wegwerfe, ohne es anzusehen. Nun aber das. Sehen Sie es sich genau an!«

Es war meine Partitur der Motette. Indem ich die Systeme nur flüchtig überblickte, fand ich nicht, was er meinte; da machte er mich darauf aufmerksam:

»Halten Sie das Papier gegen das Licht, so werden Sie die radierten Stellen finden.«

»Was! Er hat radiert?«

»Ja, er hat radiert, um Fehler hineinzumachen; die Absicht können Sie sich wohl denken!«

»Das wäre eine Schlechtigkeit, eine Gemeinheit, die –«

»Lassen Sie das!« unterbrach er mich. »Ich habe die Sache schon selbst in die Hand genommen. Ich habe ihn vorgehabt, und er hat es eingestehen müssen; die Sache wird noch vor die Konferenz kommen. Inzwischen habe ich eine Abschrift, natürlich ohne die hineingemachten Fehler, genommen und die Motette dann dem Buchhändler eingeschickt, Ihnen zuliebe und diesem Krüger zum Aerger. Er hat sie angenommen, und wissen Sie, welches Honorar er Ihnen zahlt?«

»Honorar? Also Geld, auch hier Geld?«

»Natürlich! Geschriebene Noten gegen Banknoten oder klingende Münze; anders thue ich es nicht. Er hat einstweilen fünfhundert gedruckt und dafür fünfundzwanzig Thaler bezahlt. Sie bekommen also zwar bloß fünfzehn Pfennige für das Exemplar, aber das ist doch immer besser, als wenn die Motette in Ihrem Kasten läge und gar nichts brächte. Er schickte Papiergeld; ich habe es aber umgewechselt, weil Silber besser klingt. Es ist ein ganzer, großer Haufen Geld. Da haben Sie ihn! Lassen Sie nichts davon fallen!«

Er zog den Tischkasten auf, griff mit beiden Händen hinein und hielt sie mir dann, gefüllt mit Thalerstücken hin. Ich war beinahe bestürzt über diese zweite, so ganz unerwartete Gabe des Glückes. Er schob mir das Geld lachend hüben und drüben in die Hosentaschen und rief dabei:

»Nehmen Sie nur, nehmen Sie! Wer weiß, ob Ihnen in Ihrem ganzen Leben wieder einmal eine Komposition auch nur einen Groschen einbringt; drum greifen Sie jetzt zu; Sie können es ja brauchen! Uebrigens wird die Motette eingeübt und hier in der Kirche gesungen; der Krüger muß platzen vor Aerger, das heißt, wenn er nicht schon vorher fort muß, denn die Gemeinheit, welche er hier bewiesen hat, verdient eine so exemplarische Bestrafung, daß ich überzeugt bin – – –«

»Bitte, Herr Kantor,« fiel nun ich ihm einmal in die Rede. »Sie sind mir immer freundlich gesinnt gewesen, und ich denke, daß Sie mir auch jetzt die Erfüllung eines Herzenswunsches nicht abschlagen werden.«

»So? Hm, ich ahne schon! Was ist das für ein Wunsch?«

»Bringen Sie Krüger nicht vor die Konferenz! Ich bin heute so glücklich und würde die ganze Freude an diesem Glück verlieren, wenn er in Strafe käme.«

»Ist das nicht zuviel verlangt?«

»Wohl nicht. Er ist ja die eigentliche Ursache der frohen Ueberraschung, die Sie mir bereitet haben. Sie hätten gewiß keinen Verleger für die Motette gesucht, wenn er sie Ihnen nicht eingeschickt hätte, um mich in Ihrer Meinung herabzusetzen.«

Da gab er mir die Hand und sagte, jetzt ernster als vorher:

»Sie machen mir eine doppelte Freude. Nämlich erstens, daß Sie für Krüger bitten. Ich habe ihn nur deshalb noch nicht zur Anzeige gebracht, um ihn mit meinem Verweise und einem tüchtigen Aerger davonkommen zu lassen. Darum habe ich gewartet, bis die Motette gedruckt worden ist. Hätten Sie die Anzeige gewollt, so wäre sie erfolgt; nun aber soll er noch einen kräftigen Rüffel unter vier Augen bekommen und dabei erfahren, daß er die übrige Straflosigkeit nur Ihrer Fürbitte verdankt. Er wird sich blau und schwarz darüber ärgern, daß die Motette im Druck erschienen ist, daß sie Ihnen Geld eingebracht hat und daß er sie nun sogar mitsingen muß.«

»Soll er das?«

»Ja; anders thue ich es nicht; er hat eine gute Stimme und soll sogar, grad zu seinem Aerger, ein Solo bekommen, nämlich, wissen Sie, den dreistimmigen Solosatz in *As-dur* mit dem Texte: ›Drum gehet hin nach Bethlehem; da werdet Ihr finden das Jesuskind in einer Krippe liegen.‹ Das war der erste Punkt, über den ich mich um Ihretwillen freue. Der andere Punkt bezieht sich auf Ihre Einsicht, daß ich Ihre Komposition ohne den angegebenen Grund wohl keinem Verleger angeboten hätte.«

»Natürlich! Eine Schülerarbeit, mit vielen Unterlassungsfehlern, weiter nichts!«

»Richtig, sehr richtig! Das Wort Unterlassungsfehler ist gut gewählt und bezeichnet genau das, was ich sagen will. Da Sie die Musik nicht als Fachstudium treiben wollen, werden Sie zwar soviel komponieren lernen, wie man, um mich eines Volksausdruckes zu bedienen, für Haus und Küche braucht, mehr nicht; das genügt aber auch für Sie. Aber auch nur so weit sind Sie jetzt noch lange nicht. Sie haben zwar mit dieser

Motette aus Zufall einen Treffer gemacht, aber ob Sie jemals wieder einen solchen machen werden, das läßt sich jetzt nicht sagen, denn Sie haben noch viel, sehr viel zu üben und zu lernen. Ich meine, daß Ihnen ernste, fromme Themata am besten glücken werden; das liegt überhaupt auch so in Ihrem ganzen Wesen. Direkte Fehler, sogenannte Begehungssünden, kommen in Ihrer Motette nicht vor; sie ist da sauber geschrieben. Aber die Uebung fehlt, die Gewandtheit, die Inspiration. Denken Sie sich einen guten Sonntagsreiter und dann einen Schulreiter im Cirkus! Der Sonntagsreiter in der Komposition sind Sie; es fehlt Ihnen die hohe Schule; Sie kennen Ihr Pferd nicht und auch nicht die verschiedenen Hilfen, die Sie ihm geben müssen. So etwas will nicht nur angeboren, sondern auch gepflegt und geübt sein. Ein geübter Reiter der hohen Schule würde Ihre Motette ganz anders ein- und zugeritten haben. Verstehen Sie mich?«

»Ja, Herr Kantor. Ich sitze zu steif im Sattel und habe zwar körperliche aber nicht auch geistige Fühlung mit dem Pferde.«

»So ist es; ja, so ist es ganz genau! Darum habe ich, wie Sie später wohl merken werden, einigen Ihrer steifen Figuren mehr Gewandtheit verliehen. Sie werden mir das, wenn Sie die Motette erst singen hören, nicht übelnehmen, zumal ich Ihnen von Ihren fünfundzwanzig Thalern nicht einen einzigen dafür in Abzug bringe.«

Der liebe, alte Herr sagte das mit seinem hübschen, herzgewinnenden Lächeln; dann fügte er hinzu, indem er mir die Hand zum Abschiede reichte:

»Ich würde Ihnen, dem armen Teufel, den Unterricht gern umsonst erteilen, aber Sie wissen ja, daß ich das bei meinen Gehaltsverhältnissen nicht kann. Sie werden das überstehen und vielleicht einst wohlhabender werden, als ich bin. Denken Sie dann an Ihren alten Kantor, der Ihrer ersten Motette auf die Beine geholfen hat. Nehmen Sie das Leben auch fernerhin so ernst wie jetzt, und nun für heut, leben Sie wohl!«

Dieser brave Kantor, der mir stets mit gleichem Wohlwollen entgegenkam, gehört zu denjenigen Personen, denen ich noch jetzt, nach langen Jahren, eine unverminderte Dankbarkeit widme. Man wird später erkennen, warum ich diese freundliche Scene von ihm erzählt und dabei keinen Namen genannt habe. Er war ein Ehren- und humaner Mann, verlegte aber seine Welt nur in das kleine Notenzimmer, weil er auf Familienglück hatte verzichten müssen. Man kannte seine Frau als arge Xantippe, die, wie man sich erzählte, den einzigen Sohn, den sie besaßen, durch ihre Härte nach Amerika getrieben hatte. –

Ich war also im Besitze von fünfundfünfzig Thalern; damals welch ein großartiger Reichtum für mich! Es war mir zu viel; ich war ja gesund und konnte arbeiten. Dreißig schickte ich meinen armen Eltern; zwanzig legte ich für unvorhergesehene Bedürfnisse zurück, und fünf bestimmte ich zu einer Weihnachtsreise, auf welcher ich mich ausnahmsweise einmal recht splendid behandeln wollte. Fünf harte Thaler zu einer Reise von höchstens einer Woche, die konnten ja gar nicht alle werden! Noch mehr als zwanzig Groschen pro Tag, das mußte ja das reine Schlaraffenleben werden! Ich munkelte sogar ganz heimlich schon davon, natürlich zu mir selbst, daß ich mir unter Umständen eine halbe Flasche Wein, natürlich so billig und aber auch so gut wie möglich, gestatten werde. Welche Sorte ich wohl wählen und wie hoch im Preis ich gehen dürfe, das beschäftigte mich sehr lebhaft täglich in der halben Viertelstunde, welche dem Einschlafen voranzugehen pflegte! Du glückliche Zeit, wie lange bist du vorüber und niemals, niemals zurückgekehrt!

Der Kantor machte sein Versprechen wahr; die Motette wurde eingeübt und Krüger mußte das dreistimmige Solo mitsingen, wofür er mich mit einem Haß bedachte, der mir manchen Aerger bereitete.

Dann erschien mein Weihnachtsgedicht; jeder Mitschüler wollte es haben; die betreffende Nummer des Blattes wurde infolgedessen in vielen Exemplaren von unserer Buchhandlung bezogen, und als nachher das allmonatliche Freideklamieren stattfand, so genannt, weil jeder sein Gedicht sich selbst wählen konnte, leiteten alle meine dreiundzwanzig Klassengefährten ihre rhetorischen Produktionen folgendermaßen ein: »Weihnacht, Gedicht von Karl May«. Ich war der einzige, welcher einem sogenannten Klassiker die Ehre erwies, auch mit genannt zu werden. Es wurde Mode, mein Gedicht im Notizbuch überall mit herumzutragen, um es bei jeder unpassenden Gelegenheit hervorzunehmen, und ich hatte das zweifelhafte Glück, noch monatelang mit Fragen bestürmt zu werden, warum ich grad diese und nicht jene Wendung gebraucht oder grad diesen und keinen anderen Reim gewählt habe. Es wurden Verse über Verse geschmiedet, bis die ganze Lehrerschaft sich endlich über die »Katheten und Moneten«, »Verbalien und Australien«, »Romulus und Fidibus«, »Multiplikant und Elefant« so erbost fühlte, daß unter dem Vorsitze des bereits genannten »Alten« beschlossen wurde, gegen diesen Unfug ohne Nachsicht vorzugehen. Die nun folgenden Verweise und anderen Strafen erreichten zwar ihren Zweck, hatten aber leider für mich die Folge, daß ich, der vorher so Vielumworbene, nun wie eine Selters- unter lauter Champagnerflaschen gemieden wurde, was den ebenso wohlbegründeten wie unerschütterlichen Vorsatz in mir wachrief, meine etwaigen Gedichte auf alle Fälle erst nach meinem Tode erscheinen zu lassen. Daß ich diesem Entschlusse bis auf einige wenige Ausnahmen treu geblieben bin, macht mich gewiß des Dankes der Mit- aber wohl schwerlich der Bewunderung der Nachwelt wert!

Was die oben erwähnte Weihnachtsreise betrifft, so pflegte ich in allen Ferien eine längere Fußwanderung vorzunehmen. Ich lag zufolge meiner Neigung, meiner Zukunftspläne und aus noch anderen Ursachen mehr über den Büchern als meine Mitschüler und mußte mich darum von Zeit zu Zeit einmal tüchtig körperlich ausarbeiten, was durch eine weite Gehtour am besten geschehen konnte. Dabei schloß sich mir meist ein mir sehr sympathischer Mitschüler an, der, wenn auch nicht so arm wie ich, aber doch ebenfalls zur Sparsamkeit veranlaßt war. Ein fleißiger und ernster Junge, pflegte er, außer mit mir, nicht viel zu sprechen und wurde deshalb *Cyprinus Carpio*[1]

1 Karpfen.

oder kurzweg Carpio genannt, weil Karpfen bekanntlich auch nicht gern viele Worte machen. Wir pflegten unsere beiderseitige Barschaft zwar nicht in eine gemeinsame Reisekasse zu verschmelzen, aber doch der eine mit den Mitteln des andern zu rechnen, was zur Folge hatte, daß der, welcher mehr besaß, sich stets bemühte, heimlich dafür zu sorgen, daß der gegenwärtig Aermere nicht unter seinem augenblicklichen Proletariat zu leiden hatte. Es kamen da Beispiele von Selbstlosigkeit und Aufopferung vor, welche wirklich rührend waren, obgleich oder vielleicht grad weil es sich dabei um ganz geringe Beträge, um Groschen oder gar nur um Pfennige handelte. Das ganz natürliche Ergebnis dieses Verhaltens war, daß am Schlusse jeder solchen Reise bei beiden der Rest ihres Geldes genau derselbe war. Wenn einer unserer heutigen Finanzminister dabeigestanden und gehört oder gesehen hätte, mit welch einer weisen und bedachtsamen Wichtigkeit wir über die geringste Ausgabe verhandelten, er hätte von uns lernen können. Wir sind sogar einmal über den Fluß geschwommen, um zwei Kreuzer Fährgeld zu ersparen.

Dieser prächtige Junge wollte die von mir geplante Weihnachtsreise gar zu gern mitmachen, glaubte aber, daß ich ihn dieses Mal nicht mitnehmen wolle, weil er nicht mehr als zwei Thaler zusammenbringen konnte; da war ich gegen ihn doch der reine Millionär! Ich machte ihn aber durch die Versicherung glücklich, daß es einem solchen Millionär ein Leichtes sei, einen armen Teufel mit durchzuschleppen. Er mußte mit! Wir konnten die Wanderung nicht gleich mit dem Beginne der Weihnachtsferien antreten, denn es verstand sich ganz von selbst, daß wir die Feiertage bei unseren Eltern verlebten, und als wir dann am bestimmten Orte zusammentrafen – denn wir hatten natürlich wie alle bedeutenden Menschen ein »Rendezvous« verabredet, teilte er mir strahlenden Auges mit, daß sein Vater ihm einen Thaler zugelegt habe. Wir standen also nicht mehr 2 sondern 3 zu 5, und er hatte sich meiner Million ganz bedeutend genähert.

Und wohin sollte unsere Reise gehen?

Gewöhnlich marschierten wir auf dem Gebirge zwischen

Sachsen und Böhmen hin. Wir konnten uns da einbilden, die Pyrenäen zwischen Frankreich und Spanien oder gar den Himalaya zwischen Tibet und Indien zu durchwandern. Wir hatten da Städte und Dörfer, Berge und Thäler, Felsen und Wiesen, Flüsse und Bäche, Sonnenschein und Regen, kurz, alles, was unser Herz begehrte. Mehr konnten wir nicht verlangen und auch in keiner andern Gegend finden. Dieser Schauplatz unserer Weltreisen war uns lieb geworden, und es gehörte schon ein ungewöhnlicher Entschluß nach einer vorhergehenden langen Konferenz dazu, wenn wir einmal einen andern wählten.

Eigentlich hatte diese treue Anhänglichkeit auch einen weniger psychischen Grund, den ich, nachdem wir ihn so lange geheimgehalten haben, heut doch einmal verraten will. Ich kann das nun ohne größere Gefahr thun, weil wir jetzt doch nicht mehr da oben herumsteigen und also andere, ebenso würdige Menschen von den Vorteilen unseres Geheimnisses profitieren lassen können.

Es gab eine für uns sehr wichtige Ursache, welche uns stetig oder vielmehr unstet zwischen Oesterreich und Sachsen hin und her pendeln ließ. Diese Ursache hieß: Kurs, der Geldkurs nämlich. Man glaube ja nicht, daß nur wirkliche, faktische Millionäre sich mit den Geldkursen zu beschäftigen haben, o nein; je weniger man besitzt, desto wichtiger wird der Kurs; das haben wir beide an uns selbst erlebt. Damit soll freilich nicht etwa gesagt sein, daß folglich der Kurs für den am allerwichtigsten sei, der gar nichts besitzt, sondern es müssen zwei tüchtige Geldleute zusammentreten, welche gewisse, sichere Fonds besitzen, z. B. der eine drei und der andere fünf Thaler; die machen eine Reise, eine sogenannte Kursreise, von welcher sie, besonders wenn sie dem privilegierten Stande buntbemützter Schüler angehören, ganz ungeahnte Vorteile ziehen können. Aber pfiffig muß man sein, und Schüler muß man sein! Warum, das werde ich gleich erklären.

Wie steht heut der Gulden? So und so! Hm! – – Wenn der gewöhnliche Sterbliche mit Thalern zahlt und Gulden heraushaben will, dann stehn die Thaler schlecht. Zahlt er Gulden und will Groschen haben, so stehen die Gulden schlecht. Und will er sich überzeugen, so ist kein Kurszettel zu haben. Tritt aber ein ungewöhnlicher Sterblicher, also ein Schüler herein, so traut man ihm kein Geld zu, obgleich er entweder drei oder gar fünf Thaler in der Tasche hat. Man sagt ihm ganz ehrlich, wie heut der Gulden steht, und wenn man das nicht weiß, so zieht er selbst einen für ihn vorteilhaften Kurszettel hervor, von welchem leider das Datum abgerissen ist. Er ißt und trinkt, bezahlt und geht dann fröhlich von dannen. Wohin? Ja, darin liegt das großartige Geheimnis. Nämlich steht der Gulden schlecht, so kehrt der Schüler auf sächsischer Seite ein und läßt sich für einen Thaler österreichisches Geld geben; steht der Gulden hoch, so kehrt er auf böhmischer Seite ein und wechselt die Kreuzer in Groschen und Pfennige um. Wenn der Schüler ein bedeutender Kapitalist ist und es also lange genug aushalten und durchführen kann, so ist es ihm nicht schwer, Gewinne von solcher Höhe einzustreichen, daß ein gewöhnlicher Sterblicher, wenn er dies erführe, ihn beneiden würde. Carpio und ich, wir also, haben bei einem Reisegelde von zusammen vier Thaler in acht Tagen böhmischerseits elf Kreuzer und auf der sächsischen Seite sechzehn Pfennige profitiert, was unserm Reiseunternehmen einen vorher ganz ungeahnten Schwung verlieh. Es gehörte aber auch ein gradezu großartiger Aufwand von Scharfsinn und Unternehmungsgeist dazu, die Kursverwickelungen zu durchschauen und jede Chance augenblicklich zu benutzen. Wir sind z. B. in strömendem Regen stundenweit von Sachsen hinüber nach Böhmen oder in umgekehrter Richtung gerannt, um uns für fünfzig Kreuzer Pfennige oder für fünfzig Pfennige Kreuzer geben zu lassen. Der Profit wurde in Powidl, sauren Gurken oder andern nahrhaften Dingen angelegt, und reichte er nicht aus, so war das Kapital ja auch nur da, um nach und nach verbraucht zu werden. Auf diese Weise kam man im Zickzack zwischen Sachsen und Böhmen herüber und hinüber immer vorwärts, hatte geistige und geschäftliche Anregung in Menge, triumphierte über alle Kurse der Erde und fühlte eine wahre Protzenseligkeit, weil man alle Tage von früh bis zum Abende mit Geld nur so um sich warf, was man dann nach den Ferien leider nicht mehr konnte. Wir haben da köstliche Zeiten verlebt, in denen uns kein Talken und kein Zwetschgenbrötchen zu teuer war, die Bauerngüter gar nicht mitgerechnet, in denen man umsonst mit essen und soviel Milch trinken durfte, daß die Kuh hätte brummen mögen!

Im Winter, wo der Schnee da oben im Gebirge zuweilen haushoch liegt, war es freilich schwieriger, dem Kurs hinüber und herüber nachzusteigen; aber wir hatten uns, wie man weiß, mit ganz beträchtlichen Mitteln versehen und konnten nun auch einmal als Kapitalisten reisen, denen der Kurs von Zeit zu Zeit mal Schnuppe ist.

Ausgerüstet waren wir in jeder Weise so vorzüglich, daß wir sofort eine Besteigung des Montblanc hätten vornehmen können, ohne etwas zu vermissen. Regenschirme gab es natürlich nicht; das wäre unmännlich gewesen, Spazierstöcke auch nicht; unsere Wanderstäbe wuchsen, ihrer Erlösung harrend, in irgend einem Busche. Ueberröcke? Pfui! Wir waren deutsche Jünglinge! Handschuhe? Wenn der Mensch welche tragen sollte, wäre er mit Handschuhen geschaffen worden. Irgend welches Pelzwerk? Nein; das ist für Eskimos da, aber nicht für einen Carpio und seinen fünf Thaler schweren Freund! Aber eine gemeinschaftliche Zeichenmappe hatten wir uns aus fünf Bogen Konzeptpapier zusammengeheftet; Carpio trug sie in einem alten, verwaisten Fernrohrfutterale auf dem Rücken. Es ist leider nichts hineingekommen, denn stets wenn wir einen des Kopierens werten Gegenstand fanden, waren unsere Finger vor Kälte so steif, daß wir den Bleistift nicht regieren konnten. Ich hatte eine Botanisiertrommel umhängen, aber natürlich nicht zum Botanisieren oder Pilzesuchen jetzt im Winter; sie enthielt unser ganzes Reisegepäck nebst allen Toilettenartikeln, welche für uns auszudenken waren; ich werde mich hüten, sie zu verraten! Viele Nummern aber waren es nicht! Zwei Landkarten hatte Carpio auch besorgt, eine von Sachsen und eine von Böhmen, weil wir doch zwischen beiden lust- und schneewandeln wollten; aber schon am ersten Tage stellte es sich heraus, daß sie, wie er behauptete, von seiner Schwester verwechselt worden waren; die eine war von Schweden und Norwegen, die andere von Algier, Tunis und Tripolis. Wir beschlossen einstimmig, sie nicht wegzuwerfen, sondern für spätere Reisen nach diesen Ländern aufzubewahren. Auch Nähzeug war da. Man braucht das auf Reisen, der abgerissenen Knöpfe wegen; aber was eine Häkelnadel dabei wollte, das war mir ein Rätsel.

Mit Cigarren waren wir sehr gut versehen. Jeder hatte zwei Stück à drei Pfennige. Sie waren nur für ganz besonders festliche Gelegenheiten bestimmt, und wir faßten den kühnen Plan, sie nicht zu verzollen, sondern nach Oesterreich einzuschmuggeln. Wir steckten sie also in die Stiefelschäfte. Als wir sie am Abende hervorholen wollten, waren sie zu Mehl zerrieben; *sic transit gloria mundi!*

Die übrigen Ausrüstungsgegenstände waren mehr intimer Natur, je nach den individuellen Passionen des Besitzers: Bindfaden, Feuerschwamm; ein Eissporn Carpios, zum abwechselnden Gebrauch für beide Beine; ein Fläschchen Fischthran als Stiefelschmiere; er, oder vielmehr seine Schwester wieder, hatte aber Terpentin erwischt; ein Brennglas, welches ein Erbstück von seinem Großoheim war. Als ich ihn fragte, zu was es jetzt im Winter dienen solle, warf er alle meine Kenntnisse durch die herablassende Bemerkung über den Haufen, daß man im Winter ebenso wie im Sommer den Meridian von Komotau berechnen könne. Noch andere Dinge anzuführen, würde indiskret sein. Höchstens darf ich noch erwähnen, daß Carpio ein hölzernes Sicherheitsschloß eigener Erfindung bei sich trug. Es sollte zur Sicherstellung unsers Lebens und mehr noch unserer Kapitalien dienen, falls wir gezwungen sein sollten, in einem fragwürdigen Hause zu übernachten. Als er es gleich im ersten Quartier an die Thür befestigen wollte, hatte er, oder vielmehr seine Schwester, wie er behauptete, die dazu nötigen vier Schrauben daheimgelassen.

Es muß gesagt werden, daß unser Rendezvous das Städtchen Rehau in Oberfranken war. Von da wanderten wir, die vier Cigarren schmuggelnd, nach Asch, und dann ging es auf

Eger zu. Mit dieser für unsere Finanzen ganz bedeutenden Großstadt konnten wir uns nicht abgeben, wanderten also hindurch und noch einige Kilometer weit nach Tirschnitz, wo wir nach langem, anstrengendem Marsche abends spät und ermüdet ankamen. Wir zahlten jeder ein Bier, für zwanzig Kreuzer Kartoffeln mit Quark und ließen uns dann unsern Schlafsalon anweisen, welcher die schwere Summe von fünfzig Kreuzern kostete. Hier war es, wo uns die Cigarren die größte der Enttäuschungen bereiteten und dann das Sicherheitsschloß den Dienst versagte. Wir steckten unsere Kapitalien also in den Ofen, aus welchem Carpio aber nach einigem Ueberlegen seine Einlage wieder herausnahm, um sie in seinem Bette zu verbergen. Er meinte, es sei nicht vorteilhaft, beide Beträge an einem und demselben Orte aufzubewahren, wo dann, falls ein Einbrecher käme, alles verloren sei; man müsse sie vielmehr trennen, damit der Spitzbube nur den einen Teil bekomme, der andere aber gerettet werde. Ich fügte mich seiner überlegenen Weisheit, legte mich nieder und schlief bald ein, wurde aber bald wieder durch ein Geräusch erweckt. Es wurde von Carpio verursacht, welcher mir auf mein Befragen mitteilte, daß er vorhin beim Scheine unserer Zündhölzer ein Stück Ziegelstein hinter dem Ofen habe liegen sehen. Dieses hatte er hervorgeholt und in sein Taschentuch geknotet, wodurch ein höchst brauchbarer Totschläger entstanden war, mit welchem er jedem hoffentlichen Einbrecher den Kopf behämmern wollte. Tief getröstet und beruhigt durch diese uns sichernde Maßregel meines Busenfreundes schlief ich wieder ein und wachte nicht eher wieder auf, als bis Carpio mich an den Armen emporriß und mir im höchsten Zorne die Entdeckung zuschrie:

»Höre, mein Geld ist weg, mein ganzes, ganzes Geld mitsamt dem Portemonnaie! Der Totschläger ist unnütz gewesen; es ist doch so ein Halunke hereingekommen und hat in den Ofen gegriffen! Aber warum er nur mein Geld genommen und das deine liegen gelassen hat, das wird mir ein ewiges Rätsel bleiben! Ich laufe hinab, sofort! Der Wirt muß alles, alles ersetzen!«

»Warte noch! Dein Geld hat im Ofen gelegen?«

»Natürlich!«

»Du hast es selbst wieder herausgenommen und in dein Bett versteckt. Suche nach!«

Er suchte und fand es, holte erleichtert und tief Atem und sagte:

»Das ist ein Glück für den Wirt! Ich hätte weder geruht noch gerastet und ihn nötigenfalls bis zur Auspfändung getrieben. Weißt du, was der Kaffee kosten wird?«

»Zehn Kreuzer ohne Brot.«

»Und das Brot?«

»Zehn Kreuzer ohne Kaffee.«

»So bestellst du Kaffee für dich, und ich laß mir Brot für mich geben; dann teilen wir und zahlen bloß zwanzig Kreuzer. Was wir hier sparen, können wir dem Mittagessen zulegen. Bist du einverstanden?«

»Ja. Nobel ist das zwar nicht, aber wir machen dann schnell, daß wir fortkommen und nicht lange bekrittelt werden.«

»Bekrittelt? Willst du dich nicht für akademisch gebildete Kapitalisten eines bessern Ausdruckes bedienen? Diese Böhmen werden alles, was wir thun, für vornehm halten, wenn sie es auch nicht begreifen können.«

Wir frühstückten also für zwanzig Kreuzer, ließen uns für vornehm halten und reisten dann ab. Unser heutiges Ziel war Falkenau, wo wir gegen Abend lebendig ankamen, obgleich mein Freund das Unglück gehabt hatte, seinen Eissporn zu verlieren; wie das zugegangen war, das wußte er selber nicht und ich noch viel weniger. Er war nicht nur schmerzlich bewegt, sondern sogar tief betrübt über diesen ebenso schweren wie unersetzlichen Verlust, und ich gab mir ihm zuliebe den Anschein, als ob der Eisenstachel auch meinem Herzen teuer gewesen sei. Wir blickten ihm voll Trauer in die Vergangenheit nach und wendeten uns dann mit männlicher Resignation einer einfachen Herberge zu, deren Aussehen mit unserm heutigen Budget zu harmonieren versprach.

Eben wollten wir eintreten, da kam ein Gendarm heraus,

der sich darüber zu wundern schien, daß wir dahinein wollten. Er grüßte höflich und fragte dann:

»Sie sind doch wohl Studenten, meine Herren, nicht?«

Ich nickte; Carpio aber zog seinen Schülerpaß aus der Brusttasche, schob ihn dem Sicherheitsbeamten in die Hand und antwortete:

»Ja, wir sind Studenten. Bitte, überzeugen Sie sich!«

Der Gendarm öffnete den Paß, las ihn und gab ihn mit einem eigentümlichen Lächeln und den Worten zurück:

»Wenn Sie das alles sind, was hier verzeichnet steht, so sind Sie ein gemachter Mann, lieber, junger Herr!«

»Das alles bin ich allerdings!« versicherte mein Busenfreund in stolzem Tone. »Es ist sogar der Gymnasialstempel daraufgedrückt.«

»Den sehe ich nicht!«

Carpio sah den Paß nun selbst auch an und fand, daß das, was er in der Hand hatte, ein Verzeichnis der Regierungsjahre der deutschen Kaiser von Karl dem Großen bis auf Franz den Zweiten war. Er suchte eine ganze Zeit lang nach dem Passe und rief, als er ihn nicht fand, entrüstet aus:

»Das ist nun wieder einmal ein Versehen von meiner Schwester, die mir diese Tabelle anstatt des Passes in die Tasche gesteckt hat. Solche Tollheiten können doch unbedingt nur bei Personen vorkommen, welche keine Masculina, sondern entweder Feminina oder Neutra sind!«

»Machen Sie sich darüber keine Sorgen!« tröstete ihn der Polizist. »Ich habe nicht nach Ihrem Paß gefragt; man sieht es Ihnen ja an, daß Sie das sind, wofür Sie sich ausgeben, und wenn es unter besonderen Umständen nötig sein sollte, so wird Ihr Kollege seinen Paß besitzen, welcher Sie dann beide legitimiert.«

»Hast du denn deinen?« fragte mich Carpio.

»Ja, denn ich verlaß mich nicht auf meine Schwestern, die übrigens ihre Sinne stets beisammen haben. – Kann vielleicht unsereins hier in diesem Hause auch wohnen, Herr Unteroffizier?«

»Hm,« brummte der Mann. »Ich wunderte mich schon darüber, daß Sie hinein wollen, denn es ist eine Herberge für Handwerksburschen. Kommen Sie lieber mit zum Franzl! Ich gehe eben hin und werde Sie führen.«

Diese Aufforderung war jedenfalls recht gut gemeint, aber Carpio fiel schnell ein:

»Hat er ein Hotel, einen Gasthof? Ist es teuer bei ihm?«

Da schlug der Beamte eine breite, behäbige Lache auf und antwortete:

»Der Franzel? Teuer? Zumal gegen die Herren Studenten? Hahahaha! Da müssen Sie ihn kennen lernen! Er ist auch Student gewesen; er hat auf Schulmeister studiert, die Sache aber aufgegeben, weil ihn die reiche Wirtin zum Mann genommen hat. Nun spricht er von nichts lieber als von seinem Studium und hat keine größere Freude als wenn Studenten bei ihm einkehren. Wenn sie ihm gefallen, so ist es dann sein Gaudi, daß er sich nichts bezahlen läßt. Kommen Sie nur; die Sache läßt sich wohl machen!«

Er ging voran, und wir beide folgten ihm; dabei hielt mich mein Freund ein wenig zurück und fragte besorgt:

»Du, ob wir diesem famosen Wirte Franzl wohl gefallen werden?«

»Warum sollten wir denn nicht?«

»Weil jeder Mensch seinen besonderen Geschmack hat. Wenn er seinen Narren an uns frißt, so ist es wohl möglich, daß wir nichts zu bezahlen brauchen; aber wenn er uns erst fein und teuer traktiert und dann hinterher nicht leiden mag, so können wir leicht mit einem einzigen Schlage um dein und mein ganzes Vermögen kommen!«

»Das steht nicht zu befürchten. Man bezahlt doch nichts, was man nicht selbst bestellt hat, und wir werden uns wohl hüten, eine große Rechnung auflaufen zu lassen. Es giebt derartige Menschen, wie der Gendarm den Franzl beschreibt – Schulmeister studirt! – sie besitzen keine akademische Bildung, denken aber vielleicht, noch mehr als das zu können. Wenn man sie bei dieser ihrer Meinung läßt, fließen sie vor lauter Freundschaft über. Dieser Franzel ist vielleicht ein hübscher, junger Mensch gewesen und hat nur aus diesem Grunde eine reiche Frau bekommen. Wir werden ja sehen.«

»Höre, Sappho, du sprichst ja wie ein Buch, und noch dazu gar wie ein gedrucktes! Das hast du während unserer jetzigen Reise noch nicht gethan!«

Sappho! Da kommt es doch ans Tageslicht, was ich verschweigen wollte! Man weiß, daß fast kein Student oder Gymnasiast ohne Spitznamen bleibt; ich war bis vor kurzem so glücklich gewesen, nur bei meinem gewöhnlichen Namen genannt zu werden, aber das war seit meinem Weihnachtsgedichte anders geworden. Man hatte nach einem Dichternamen für mich gesucht, und da dieser doch einen scherzhaften Anstrich haben mußte, war man auf den sonderbaren Gedanken gefallen, mich nicht nach einem Dichter, sondern nach einer Dichterin zu nennen. Man hing mir den Namen Sappho an, und als ich mich sträubte, dies zu dulden, bewies man mir, daß es keinen bezeichnenderen geben könne, weil Sappho die berühmteste Dichterin des Altertums und durch die unübertreffliche Reinheit und Schönheit ihrer Verse ausgezeichnet sei. Was konnte ich nun thun? Ich mußte mich fügen!

Wenn Carpio sagte, daß ich während unserer Reise jetzt zum erstenmal wie ein Buch gesprochen habe, so hatte er wohl recht. Damit er sich auf unserer Wanderung wohlbefinden solle, gab ich mich ganz so, wie er war; ihm war das nur nicht aufgefallen, weil er keine Spur von Beobachtungsgabe besaß. Der mir liebe, immer ernste und stets fleißige Freund besaß einige Eigenschaften, welche leicht seine ganze Zukunft in Frage stellen konnten. Er war zunächst von einer geradezu kindlichen oder gar kindischen Harmlosigkeit, die keine Thatkraft aufkommen läßt und alles womöglich beim Schwanz anstatt beim Kopfe anfaßte. Dabei liebte er es, der einfachsten Sache eine größere Bedeutung, als sie besaß, beizulegen und besonders auf unsern Wanderungen dem nüchternsten Gegenstand oder Vorkommnis eine romantische Färbung zu erteilen. Daher der Eissporn, das Sicherheitsschloß, das Brennglas und andere Gegenstände, welche er mitgenommen hatte.

Eine andere und zwar seine hervorragendste Eigentümlichkeit war eine Zerstreutheit, welcher man bei seinem jetzigen Alter zwar nur die heitere Seite abzugewinnen brauchte, die aber doch schon versprach, später für ihn verhängnisvoll zu werden. Ich hatte mir, soviel es mir möglich war, Mühe gegeben, ihn zur Sammlung anzuspornen, aber leider auch nicht den kleinsten Erfolg gehabt. Im Gegenteile, wenn er auf seine Zerfahrenheit aufmerksam gemacht wurde, steigerte sie sich nur; er wurde ängstlich und beging in dieser seiner Befangenheit noch viel größere Fehler als vorher. Ich gab es also auf, ihn zu ändern; suchte seine Eulenspiegelstreiche soviel wie möglich zu vertuschen und gab mich, wenn ich mit ihm allein war, ebenso kindlich unbeholfen wie er selber. Dadurch hatte ich ihn wahrscheinlich noch fester als früher an mich gekettet. Wir schienen zwei unbedachtsame Kinder zu sein; er war auch eins; ich aber wachte heimlich über ihn und hielt, indem ich mir den Anschein gab ganz in seinem Willen aufzugehen, alle Unannehmlichkeiten möglichst fern von ihm. Er glaubte, selbständig zu handeln; in Wirklichkeit aber war ich es, nach dem er sich richtete, ohne es zu wissen.

Zuweilen aber tauchte doch eine Ahnung in ihm auf, daß ich der Bestimmende und er der Geleitete sei. So auch jetzt, wo ich meine Meinung über den Wirt Franzl äußerte, ohne ihn gesehen zu haben. Ich fügte hinzu:

»Weißt du, Carpio, wenn jemand nicht bei seinem Familien- sondern bei seinem Vornamen genannt und dieser letztere sogar in der Koseform, nicht Franz sondern Franzl gebraucht wird, so ist mit Sicherheit anzunehmen, daß er ein sogenannter guter Kerl ist. So stelle ich mir den Wirt vor, und als einen solchen guten Kerl müssen wir ihn behandeln, ihm dabei aber auch ein bißchen imponieren.«

»Imponieren? Womit? Lateinisch oder griechisch reden?«

»Nein; das würde ihn abstoßen, weil er es wahrscheinlich nicht versteht. Er scheint ein Lebemann zu sein; da müssen wir, so was man sagt, jovial auftreten, so thun, als ob wir seinesgleichen und schon längst mit ihm bekannt seien. Und was das Imponieren betrifft, so – – – ah, da denke ich an das, was mir der »Alte« sagte, nämlich daß es mir keine Mühe macht, stundenlang in Reimen zu reden. Du bist ja auch nicht auf den Kopf gefallen und hast mir schon öfters mit ganz passablen Knüppelversen geantwortet. Wollen wir diesen Franzl mit Reimen anulken?«

»Der Gedanke ist nicht schlecht; ich werde mein möglichstes thun. Aber wenn er es sich nun nicht gefallen läßt?«

»Da halten wir inne und werden rasch vernünftig. Also los! Wir scheinen hier am Ziele zu sein.«

Der Gendarm hatte uns durch einige Gassen geführt und lenkte nun zu einem Einkehrhause, zu dessen Thür einige Stufen emporführten. Das Gebäude machte mit der Umgebung, die zu ihm gehörte, einen stattlichen Eindruck. Wir schritten die Stufen hinan und kamen in einen nach Stallduft riechenden Flur, wo der Polizist eine Thür öffnete, einen forschenden Blick in die Gaststube warf und dann heiteren Tones rief:

»Grüß Gott, Franzl! Da bin ich schon wieder und bring famose Gäste mit.«

»Wen denn?« fragte eine fette Stimme.

»Zwei Studenten aus Bayern oder anderswo, die für die Nacht gern ein warmes Nest haben möchten.«

»Studenten? Halloh, herein mit ihnen! Für solche Herrschaften habe ich soviel Nester, wie sie sich nur wünschen können. *Ubi bene, ibi patria!*«

Wir traten in die Stube, die ziemlich groß aber niedrig war. Links stand eine Frau beim Butterfaß. Sie hatte »gebuttert« und war nun beschäftigt, die Buttermilch – meine Wonne! – durch ein Seihtuch zu gießen. Das war die Wirtin. Rechts von der Thür saßen einige Männer gewöhnlichen Schlages beim billigen böhmischen Schankbier. Aber der Thür gegenüber gab es einen großen runden Tisch, an welchem einige Personen, denen man die Honoratioren ansah, Platz genommen hatten. Einer von ihnen war aufgestanden und sah uns erwartungsvoll entgegen. Ich konnte gar nicht bezweifeln, daß er der Franzl war. Ja, er mußte vor Jahren ein fescher Bursche gewesen sein; noch jetzt trug er sein glänzend eingefettetes dunkles Haar in verlockend gelegte Ringel. Eine blütenweiße

Schürze bedeckte den Schmeerbauch; über dem Latze derselben thronte eine sanft quatschelige Unterkehle, die in ein glattrasiertes, volles und rotwangiges Gesicht überging, in welchem wohlwollende Heiterkeit ihren Wohnsitz aufgeschlagen hatte. Als der Blick der freundlichen Augen kurz auf uns geruht hatte, kam der Mann vollends hinter dem Tische hervor, streckte uns die Hand zum Gruße entgegen und sagte:

»Ja, man sieht es der ganzen, vornehmen Haltung an, daß Sie Studenten, wirkliche, echte Studenten sind. Seien Sie uns willkommen; setzen Sie sich hier bei uns an diesem Tische nieder, und sagen Sie, wozu Sie Appetit haben!«

Ich schüttelte ihm die Hand und antwortete unverzüglich mit dem ernstesten Gesichte der Welt:

»Ich bitte, nicht verkehrt zu fragen – – und will die Wahrheit Ihnen sagen: – – Wir haben, wie ein jeder sieht – – nicht Appe- sondern Trinketit!«

Der liebe Franzl fuhr zwei Schritte zurück, riß die Augen weit auf und fragte ganz erstaunt:

»Wie – – wa – – was? Appe – – Trinke – – tit – – tit – –? Sie meinen, daß Sie nicht essen sondern trinken wollen? Gut! Was darf ich bringen?«

»Es läuft aus diesem großen Faß – – hervor ein delikates Naß, – – das in der Stadt und auf dem Land – – als Buttermilch ist weltbekannt; – – wir wollen weder Bier noch Wein; – – schenkt uns davon zwei Gläser ein!«

»Faß – – – Naß – – – Land – – – kannt – – – Wein – – – ein – – –? Hören Sie, sagen Sie: Sie sind wohl gar ein Dichter, ein wirklicher, unzweifelhafter, ausgebildeter Dichter?!«

»Ich bin ein Dichter, aber nicht – – für jeden mach ich ein Gedicht, – – doch unsers guten Franzls wegen – – kann man sich schon aufs Dichten legen, – – denn er ist ein gar kluger Mann, – – der diese Kunst begreifen kann; – – drum gebt das Glas mit Milch jetzt her; – – auf Franzls Wohl trink ich es leer!«

Zu meiner Freude fiel Carpio auch schnell ein:

»Auch ich trink bis zum Boden aus, – – zum Gruß dem

Wirt und seinem Haus, – – und thu ich das um seinetwillen, – – so mag er es auch wieder füllen!«

Wir tranken aus und gaben ihm die Gläser zurück. Er schien das große Glück, unsere Bekanntschaft machen zu dürfen, immer noch nicht ganz begreifen zu wollen; dann aber warf er die leeren Gläser plötzlich in die Ecke auf das Kanapee, nahm uns bei den Händen, zog uns zum Tische hin und rief:

»Ach was, Buttermilch! Wein her, Wein! Wir haben da nicht nur einen sondern gleich zwei Dichter! *Fama crescit fundo!* So eine Ueberraschung, so eine Freude! Hol Wein, Anna, Wein! Ich weiß, was man so geistreichen Herren vorzusetzen hat! Setzen Sie sich nieder, immer nur nieder, denn wissen Sie, *habenti dabitur et abundabit!*«

Ich setzte mich zwar, wehrte aber ab:

»O nein, bringt ja noch keinen Wein; – – es darf nur Buttermilch jetzt sein, – – doch ist der erste Durst gestillt, – – dann sind wir auch zu Wein gewillt!«

»Na, dann meinetwegen Buttermilch, wenn es denn nicht anders sein darf; aber später müssen Sie mir erlauben, Sie als meine ganz besonderen und persönlichen Gäste zu betrachten! Zu bezahlen haben Sie natürlich nichts, keinen Kreuzer, ganz und gar nichts!«

Carpio warf mir einen Blick zu, und als ich diesen nicht beachtete, versetzte er mir einen kräftigen Fußtritt, der freilich deutlicher war. Und nun folgte eine sehr bewegte Scene. Die Gäste, welchen vorhin vor Verwunderung die Sprache ausgegangen zu sein schien, fanden sie jetzt wieder; die, welche am andern Tisch gesessen hatten, blieben nicht länger dort; sie kamen herbei und präsentierten uns ihre Biergläser, die wir natürlich zurückwiesen. Alle sprachen auf uns ein und jeder wollte ganz besonders von uns gehört werden. Die an uns gerichteten Fragen wurden alle von uns mit Reimen beantwortet, was auf Franzl einen solchen Eindruck machte, daß er seiner Frau, die auch ganz entzückt von solchen Gästen war, die Weisung erteilte:

»Höre, Anna, diese hochgeehrten Herren bekommen keine

gewöhnlichen Gastbetten, sondern sie schlafen in der guten Stube, wo der Glasschrank steht. Ich weiß, was Bildung heißt. *Corvus corvo nigredinem objicit!*«

Dieses sein Latein machte mir riesigen Spaß. Da er nur Sprichwörter brachte, nahm ich ihn sehr stark in Verdacht, sie irgend einem alten Verzeichnisse entnommen und sich eingeprägt zu haben, um sie gelegentlich loszulassen und als Lateiner zu gelten. Den lateinischen Text hatte er sich gemerkt, aber nicht den Sinn desselben, und so durfte man sich nicht darüber wundern, daß er sie meist grad dann in Anwendung brachte, wenn ihr Gebrauch zum Unsinn wurde. Es giebt solche eigentümliche Menschen, und er ist nicht der einzige dieser Art, den ich kennen gelernt habe.

Es kann nicht meine Absicht sein, die nun folgende Unterhaltung wiederzugeben; sie wurde von uns mit Reimen und von seiten des Wirtes mit den tollsten Lateineleien gespickt, wodurch er aber den sich sehr zahlreich einstellenden Gästen außerordentlich zu imponieren schien. Welche Schule er besucht und welchen Bildungsgang er hinter sich hatte, das konnten wir nicht erfahren; er schien Gründe zu haben, nicht davon zu sprechen, und wir waren nicht so rücksichtslos, ihm darauf bezügliche Fragen vorzulegen.

Ein kleines Intermezzo darf ich nicht umgehen. Mein Carpio hatte unterwegs bemerkt, daß ihn ein durch die Stiefelsohle gedrungener Nagel in den Fuß stach, und den Stiefel ausgezogen, um ein zusammengefaltetes Stück Papier unterzulegen. Jetzt bemerkte er, daß der Nagel auch in dieses Papier ein Loch gemacht hatte und ihm nun neue Schmerzen bereitete. Er vertraute diese schmerzliche Angelegenheit einem mitanwesenden Schuhmacher an, und da dieser sich bereit erklärte, die vorwitzige Nagelspitze abzustumpfen, so zog er den Stiefel aus, um ihn dem Helfer in der Not anzuvertrauen. Dabei fiel das nun durch die eingedrungene Feuchtigkeit des Schnees sehr unscheinbar gewordene Papier heraus. Es sah wie ein alter, abgebrauchter Guldenzettel aus. Als ich es aufhob, bemerkte ich, daß es Schriftzüge enthielt, welche freilich nicht mehr zu enträtseln waren; aber der noch ziemlich zu unterscheidende Gymnasialstempel belehrte mich, welch ein wichtiges Dokument ich in den Händen hatte. Ich gab es dem Freunde mit den Worten:

»Hier ist die Ehrenrettung deiner Schwester; ich hoffe, daß du ihr den schnöden Verdacht, welchen du ausgesprochen hast, nach unserer Heimkehr abbittest!«

Er faltete den Zettel auseinander, schüttelte den Kopf, gab ihn, nämlich den Zettel und nicht etwa den Kopf, dem noch anwesenden Polizisten hin und sagte:

»Sie sehen, daß ich meinen Paß sehr gut aufgehoben hatte; kein Spitzbube hätte ihn finden können. Ich bitte, sich nun zu überzeugen, daß Sie es wirklich mit den Schülern einer königlichen Bildungsanstalt zu thun haben!«

Als der Beamte sah, in welchem Zustande sich die Legitimation befand, wies er sie mit den freundlichen Worten zurück:

»Oh bitte, bitte, zweifeln Sie doch nicht an meiner Menschenkenntnis, die mir gleich beim ersten Blicke gesagt hat, daß ich es mit geistig hochstehenden und polizeilich unbeanstandeten Personen zu thun habe!«

»Schön!« nickte Carpio. »Wir erkennen Ihren Scharfsinn an und werden jenseits der Grenze an geeigneter Stelle erzählen, daß die Bewohner der österreichischen Länder auf ihre Polizeimacht stolz sein können.«

Indem er den wieder zusammengefalteten Paß in die Westentasche steckte, nickte er dem Gendarm in so gönnerhafter Weise zu, als ob er eine der höchsten Stellen im Wiener Justizministerium bekleide.

Als wir jeder drei Gläser Buttermilch getrunken hatten, wurden wir zum Schankbier avanciert und bekamen dazu Cigarren angeboten, welche der Wirt als zur besten Sorte Oesterreichs gehörig bezeichnete. Wenn ich mich nicht irre, waren es Virginias, die man zuweilen auch mit dem hochpoetischen Namen »Giftnudeln« zu bezeichnen pflegt. Als Carpio die seinige anbrannte und den lächelnden Ausdruck bemerkte, mit welchem er dabei von rundumher beobachtet wurde, machte er eine hoheitsvolle Handbewegung und sagte in geringschätzigem Tone:

»Ich will Ihren Kaiserstaaten gewiß nicht zu nahe treten, aber was Cigarren betrifft, so sind wir Ihnen in jeder Beziehung über. Diese hier zum Beispiel, welche von vorzüglicher Qualität sein soll, würde mir für den täglichen Gebrauch viel zu schwach sein. Es giebt bei uns eben ganz andere Raucher als hier bei Ihnen, meine Herren!«

Leider aber ließ er seine »Nudel« so oft ausgehen, daß er mit den Zündhölzern immer zwischen ihr und dem Asbestgläschen unterwegs war – es stand nämlich ein sogenanntes Tunkfeuerzeug auf dem Tische. Da ihm dabei der Geruch des Schwefels so oft in die Nase fuhr, zog er, ohne daß ich weiter darauf achtete, ein Papier aus der Tasche, zerriß es in lange, schmale Streifen, um Fidibus aus ihnen zu machen, und holte sich nun mit deren Hilfe das zum Anbrennen nötige Feuer von der in seiner Nähe qualmenden Oellampe. Damals gab es bekanntlich weder Gas- noch gar elektrisches Licht.

Trotz dieser immerwährenden Unterbrechungen war er, als ich die erste Cigarre geraucht hatte, schon mit seiner zweiten fertig. Man bot uns neue an, und als ich da für uns beide ablehnte, schlug Carpio diese Anmaßung in empörtem Tone zurück:

»Mische dich nicht in meine Angelegenheiten, Sappho! Eine Mondscheinnatur, wie die deinige ist, kann freilich nichts vertragen; ich aber bin aus Stahl und Stein gebaut und möchte die Cigarre kennen lernen, die meine Konstitution erschüttern könnte!«

»So ist es recht!« stimmte Franzl bei. »Ein guter Student muß ausgepicht und gegen Nikotin und Spiritus unempfindlich sein. *Nummus ubi loquitur, Tullius ipse tacet.* Nehmen Sie also immer noch eine!«

Und der Busenfreund nahm noch eine und hatte sie noch nicht aufgeraucht, als seine Fidibus zu Ende waren. Ich sah, daß er, wie ein Orientale sich ausgedrückt hätte, die Morgenröte seines Angesichts verlor, sagte aber nichts, weil ich ihn nicht beleidigen wollte.

Dann brachte die Wirtin das Abendessen herein. Es bestand

in einer mächtigen Schüssel Fisolen[1] und einer ebenso großen Schüssel geräuchertem Schweinefleisch. Beim Anblicke der großen, appetitlichen Fleischstücke lief mir, wie es später dem persischen Schah in London ergangen sein soll, das »allerhöchste Wasser seiner Majestät« im Munde zusammen; den Busenfreund aber schien die Lukullität dieses Nachtmahls kalt zu lassen; wenigstens lag, während meine Augen höchst wahrscheinlich vor Freude leuchteten, in den seinen ein entsagungsvoll nach innen gerichteter Blick und in seinen wehmutsvoll zusammengezogenen Mundwinkeln der Ausdruck jener schmerzlichen Resignation, mit welcher ein sonst sehr vernünftiger Bettler einst behauptet haben soll, daß es ihm niemals einfallen werde, einen Hundertthalerschein anzunehmen.

Wenn man bedenkt, daß zu diesen Fisolen und zu diesem Fleische nicht Bier, sondern Wein getrunken wurde, so wird man mir glauben, daß ich mich nicht allzusehr nötigen ließ. Mein guter Carpio aber wollte, wie Franzl sich auszudrücken beliebte, »gar nicht anbeißen« und erklärte schließlich, als er sich durch teilnahmsvolle Fragen und Zusprüche in die Enge getrieben sah, daß er leider heute mittag zuviel gespeist und infolgedessen jetzt noch gar keinen Appetit habe. Dabei richtete er sein Auge mit der stummen Bitte um Verschwiegenheit auf mich; ich gewährte sie ihm im stillen, wurde aber dafür von ihm mit dem grassesten Undank belohnt, denn als man ihn darauf aufmerksam machte, daß doch ich nicht so ganz appetitlos sei, antwortete er wie aus einer Wolke der Erhabenheit herab:

»Es sind nicht alle Menschen gleichbesaitet. Während der eine den Genüssen des Geistes und des Gemütes den Vorzug giebt, liebt es der andere, in materiellen Dingen zu schwelgen und schreckt am Ende sogar nicht davor zurück, seine Seele in Fisolen und Selchfleisch zu versenken. Weiter brauche ich wohl nichts zu sagen; Sie wissen ja: *de gustibus non est disputandum,* wie der Lateiner sagt.«

1 Oesterreichische Bezeichnung für weiße Bohnen.

»Ja, ja,« nickte der Wirt, erfreut über die Gelegenheit, wieder einen Beweis seines Wissens geben zu können. »Es freut mich natürlich riesig, daß es Ihrem Kollegen so vortrefflich schmeckt, doch weiß auch ich die Vorzüge des Geistes zu schätzen und sage mit den Gelehrten des Altertums: *Omne nimium nocet.*«

O Franzl, Franzl, wüßtest du, was du mir soeben gesagt hast! So dachte ich, aß natürlich aber trotzdem ruhig weiter, denn ich hatte mich nun einmal so tief in das Materielle versenkt, daß man mir eine schnelle Umkehr aus dieser geistigen Verfisolung nicht zutrauen durfte. All mein psychisches Können und Wollen war, wie ich zu meiner Schande gestehen muß, in diesem Augenblicke schon so verlottert, daß ich, wenn ich überhaupt beim Essen etwas sagte, schon längst nicht mehr in Reimen sprach, kann aber zu meiner Ehrenrettung den sehr moralischen Grund hinzufügen, daß ich den Wert des delikaten Geselchten weder durch trockene Jamben und Trochäen noch durch ungeräucherte Amphibrachen und Daktylen unvorteilhaft beeinflussen wollte.

Die Stube war bis zum Essen voller Gäste gewesen; nun ich mich aber mit solcher Schweigsamkeit den beiden Schüsseln widmete und mein Busenfreund ebenso still in sein geistiges oder, was wahrscheinlicher war, in sein körperliches Innere hinunterstieg, stockte die Unterhaltung, und der Fleiß, mit welchem wir in diesen Richtungen thätig waren, legte die Vermutung, daß wir so bald nicht wieder genießbar sein würden, in einer Weise nahe, daß sich einer nach dem andern entfernte, um zu Hause dasselbe zu thun, was wir hier thaten, nämlich essen.

So kam es, daß wir noch vor Beendigung des Abendmahles mit den Wirtsleuten allein waren, doch nicht lange, denn es stellten sich neue Gäste ein, welche mein Interesse sofort in vollstem Maße in Anspruch nahmen.

Es war ein alter Mann mit einer jüngeren Frau und einem vielleicht dreizehn Jahre alten Knaben. Sie mußten arm, sehr arm sein, wie ihre Kleidung bewies, welche keinen Schutz gegen die Kälte des Winters bieten konnte. Der weißhaarige, tief gebückte Alte kam mit wankenden Schritten herein und ließ sich vor Ermüdung gleich auf den nächsten Stuhl niederfallen. Da schloß er, ohne uns zu beachten, die tiefliegenden Augen und holte in einer Weise laut und rasselnd Atem, daß ich glaubte, er müsse vollends zusammenbrechen. Der Knabe legte liebevoll und besorgt den Arm um seine Schulter und streichelte ihm mit der andern Hand die zum Erschrecken hagere Wange. Beide hatten, der eine vor Ermüdung und der andere aus kindlicher Unkenntnis, keinen Gruß gesagt. Die Frau aber grüßte, legte das Bündel, welches sie trug, neben dem Alten nieder, faltete die Hände und fragte in flehendem Tone:

»Haben Sie vielleicht einen Platz für uns im Stalle?«

»Bettelvolk, das sich verstellt und nichts thun als vielleicht nur stehlen will,« flüsterte die Wirtin ihrem Manne zu.

Sie war nicht so gutmütig wie er, der gar nicht auf diese Worte hörte, sondern die drei Personen mit mitleidigen Augen betrachtete und sich dann erkundigte:

»Warum im Stalle und nicht im Bett?«

»Weil wir nicht bezahlen können,« antwortete die Fremde mit einem schweren Seufzer.

»Warum kommt ihr da zu uns? Hier ist keine Herberge für Handwerksburschen und Leute, wie ihr seid!« fiel die Wirtin schnell ein.

»Wir haben nach der Herberge gefragt, aber wir konnten nicht weiter; mein Vater fiel vor Müdigkeit um.«

Die Wirtin wollte noch etwas sagen, aber Franzl winkte ihr mit der Hand, zu schweigen, und forderte die Fremde auf, ihm die Legitimation zu zeigen. Sie zog einen sorgfältig in ein Tuch gewickelten Paß hervor, den sie dem Wirte gab. Er las ihn, schüttelte den Kopf, musterte die drei Personen noch einmal und sagte dann im Tone des Erstaunens:

»So weit kommt ihr her – in diesem Schnee und dieser Kälte! Und nach Amerika wollt ihr – nach Amerika, in diesen Kleidern und ohne Geld! Entweder ist das eine Lüge, oder seid ihr nicht bei Troste!«

»Es ist keine Lüge,« versicherte sie; »der Paß beweist es ja.«

»Aber wer nach Amerika will, muß Geld haben! Die Fahrt auf dem Schiffe hat kein Mensch umsonst!«

»Mein Mann hat uns die Schiffskarten geschickt.«

»Ihr Mann? Ist der schon drüben?«

»Ja. Er ist vor drei Jahren hinüber und hat gearbeitet und gespart, bis er uns die Schiffskarten schicken konnte.«

»Nur die Karten? Man braucht doch auch Geld, um bis nach der Hafenstadt zu kommen!«

»Das hatten wir, denn wir haben alles, was wir besaßen, verkauft. Viel war es freilich nicht, denn wir sind arme Leute, und die Käufer waren ebenso arm wie wir; aber bis nach Bremen hätte es gereicht, wenn mein Vater nicht krank geworden wäre. Er bekam einen Blutsturz, und es dauerte fast zwei Monate, ehe wir weiterkonnten; da ist das bißchen Reisegeld alle geworden.«

»Aber, mein Gott, da hättet ihr doch nicht weiter-, sondern wieder heimgehen sollen!«

»Heim? Was wollten wir dort, wo wir nichts mehr hatten und wo es uns schon vorher schlecht gegangen war? Wir haben doch die Schiffskarten, und drüben wartet mein Mann auf mich.«

»Ja, richtig! Aber es ist doch ein Kreuz und ein Elend, sich so ohne Geld und in einer solchen Kälte bis nach Bremen durchzubetteln! Ich weiß gar nicht, wie lange man da zu laufen hat, um hinzukommen. Wißt denn ihr den Weg?«

»Wir haben gefragt und werden uns auch weiter so durchfragen.«

»Na, sehr weit werdet ihr wohl nicht kommen, wenn der alte Mann so bleibt, wie er jetzt da auf dem Stuhle sitzt!«

»Wir werden uns ausruhen, wenn er es nur noch einen oder zwei Tage aushalten kann. Wir haben droben in Graslitz einen Verwandten, einen Blasinstrumentenmacher, der uns bei sich behalten wird, bis sich der Vater erholt hat.«

»Nach Graslitz wollt ihr? So hoch hinauf, bei diesem Schnee? Leute, ihr seid verrückt!«

»Oder auch sie sind nicht verrückt,« sagte seine Frau. »Man soll nur Mitleid haben. Der Paß wird wohl richtig sein; aber ob sie auch wirklich nach Amerika oder nur so herumzigeunern wollen, das ist eine andere Frage.«

Da begann die Fremde zu weinen, wickelte noch ein Couvert aus dem Tuche, gab es dem Wirte und schluchzte:

»Wir sind nur unglückliche Leute, aber keine Vagabunden. Wenn Sie sich überzeugen wollen, so machen Sie dieses Couvert auf; die Schiffskarten liegen drin!«

»Nein, behalten Sie es nur; ich brauch' es nicht zu sehen,« sagte Franzl, den die Thränen der Frau rührten. »Wollen sehen, was wir mit euch machen. Vor allen Dingen werdet ihr Hunger haben. Setzt euch dort an den Tisch!«

Die Frau warf ihm einen innigen Blick des Dankes zu und folgte seiner Aufforderung; die Wirtin aber stand unwillig brummend von ihrem Stuhle auf und verschwand in der Küche. Als sie hinaus war, raunte uns Franzl in vertraulichem Tone zu:

»Jetzt ist sie wild; aber ich thu doch, was ich will. Mann ist Mann, und wenn er tausend Weiber hat; *annus producit, non ager,* und nach dem Stalle werde ich diese armen Teufel doch nicht weisen.«

Auch wir zwei fühlten Mitleid mit den Leuten und thaten ungesäumt, was wir, die wir hier nichts zu sagen hatten, thun konnten: Ich trug mein volles Weinglas dem Alten hin, um ihn trinken zu lassen, und Carpius, dessen Teller noch voll war, gab ihn dem Knaben, der sich mit wahrem Heißhunger sofort über das Essen machte.

Es verging eine ziemliche Weile, ohne daß die Wirtin wiederkam; da wurde nun auch Franzl wild; er stand vom Tische auf und ging in die Küche, aus welcher dann die durch die Thür unterdrückten Töne eines sehr unregelmäßig komponierten Duettes zu uns drangen. Im ersten Teile hatte der sehr erregte Diskant die Führung, während der Baß nur zuweilen in besänftigender Weise einfiel; dann aber änderte sich die Stimmführung allmählich, bis sich der Baß in sehr kräftigen Kadenzen produzierte und der Sopran seine Existenz in einem verschwindenden Triller aushauchte, dem wir es deutlich anhörten, daß die Wirtin der Küche durch eine zweite

Thür Valet sagte. Dann kam Franzl strahlenden Gesichtes wieder.

»Sie ist zur Nachbarin gegangen, wo nun weitergeblasen wird,« gestand er uns, die wir nicht wenig stolz auf dieses sein Vertrauen waren. »Inzwischen können wir hier machen, was wir wollen. Nun passen Sie einmal auf!«

Er nahm die große, noch halbvolle Fisolenschüssel und trug sie den Leuten hin; er nahm die ebenso noch halbvolle Fleischschüssel und trug sie den Leuten hin; er nahm noch eine ganz volle Weinflasche und trug sie den Leuten hin; er nahm alles, was auf unserm Tische stand und lag, und trug es den Leuten hin, und als es nichts mehr zu nehmen und zu tragen gab, setzte er sich noch selber zu ihnen hin und forderte uns auf:

»Kommen Sie auch her, meine Herren Studenten! Wir wollen uns mit diesen guten Leuten über Amerika unterhalten. Vielleicht können wir Neues von drüben erfahren, da der Mann dieser Frau geschrieben hat.«

»Interessiren Sie sich für Amerika?« fragte Carpio.

Er besaß nämlich eine große Vorliebe für das Land jenseits des atlantischen Oceanes, denn es wohnte ein Verwandter von ihm drüben, von dem seine Eltern zuweilen einen Brief bekamen. Welchen Grades die Verwandtschaft war, hatte ich nie von ihm erfahren können. Er liebte es, den amerikanischen Vetter so tief wie möglich zu verschleiern, und ließ aus diesem Dunkel nur zuweilen drei einzelne Blitze hervorschießen, die mir nach und nach so bekannt wurden, daß ich sie endlich selber auch hervorschießen lassen konnte: Erster Blitz – – El Dorado! Zweiter Blitz – – Millionär! Dritter und hellster Blitz – – Universalerbe! Ob er diese Blitze auch jetzt erscheinen lassen werde, darauf war ich sehr gespannt.

Franzl gestand aufrichtig, daß ihm die Gegend von Eger bis nach Karlsbad viel bekannter sei als die vielen Staaten und Territorien der *United-States of America*, und so setzte sich mein alter respektive sein neuer Busenfreund in Positur und ließ denjenigen Abschnitt unsers »Lehrbuches für höhere Schülerklassen« los, welches von den Vereinigten Staaten handelte. Er hatte ihn nämlich wegen der oben erwähnten drei Blitze auswendig gelernt. Er fand für seinen Vortrag in Franzl einen sehr aufmerksamen, in mir einen sehr zerstreuten und in den drei Fremden gar keinen Zuhörer, denn diese waren zu sehr mit sich selbst und der Stillung ihres Hungers beschäftigt, als daß sie auf die trockenen Einwohnerzahlen der verschiedenen See-, Fluß- und andern Städte hätten achten können.

Es war rührend, anzusehen, welche liebevolle Sorgfalt die Frau ihrem Vater widmete und wie auch der Knabe ihm das Beste von dem anbot, was er auf seinem Teller liegen hatte. Der Greis war so schwach, daß er sich kaum aufrecht halten konnte und wie ein Kind gespeist werden mußte. Der Wein that ihm gut, doch essen konnte er nur wenig; er schien vor allem der Ruhe, des Schlafes zu bedürfen, und wenn ich ihm so in das abgehagerte Gesicht blickte, war es mir so, als ob dieser Schlaf sein letzter sein werde.

Die Frau hatte, ehe sie nach dem ersten Bissen langte, laut gebetet, und man sah es ihr dabei an, daß sie das nicht unsertwegen, sondern aus Gewohnheit und Ueberzeugung that; am Schlusse des Mahles betete sie wieder und bat dann den Wirt, ihren Vater zur Ruhe legen zu dürfen. Da aber schüttelte der Alte den Kopf und sagte mit seiner müden, hohl klingenden Stimme:

»Nein, laß mich noch sitzen, meine Tochter! Wir sind durch Sturm und Schnee und Frost gewandert, als überall in den warmen Stuben die Weihnachtsbäume brannten. Wir mußten weiter, immer weiter, von Ort zu Ort, ohne uns auch mit freuen zu dürfen. Ich habe euch kein Licht anzünden und nichts schenken können; ihr mußtet frieren und hungern während der heiligen Tage, und da ich euch nicht auch noch mit Thränen betrüben wollte, weinte ich sie in mich hinein. Hier aber ist mir wohl; hier sind wir freundlich aufgenommen worden; hier ist es warm, und wir sind satt; hier wollen wir unser Weihnachtsfest feiern!«

Seine Worte waren oft durch einen trockenen, quälenden Husten unterbrochen worden. Jetzt, als er schwieg, faltete er die Hände und bewegte leise betend die Lippen. Die Frau legte ihre Hände auch zusammen und weinte leise vor sich nieder. Der Knabe biß die Zähne zusammen und sah uns an, im Zweifel darüber, wie wir uns verhalten würden, wenn er sein gewaltsam unterdrücktes Schluchzen nicht mehr niederhalten könne. Er war ein wackerer, kleiner Kerl!

Der betende Greis kam mir jetzt nicht mehr wie ein Bettler vor. Wenn die Berge hoch zum Himmel steigen, bedecken sie ihre Häupter mit Schnee, und wenn der Schnee des Alters den Menschen krönt, ist er dem Himmel nahe; Himmelsnähe aber erweckt Ehrfurcht in jeder fühlenden Menschenbrust. Der mit zitternden Lippen um Einlaß in den Himmel bittende Alte, die still weinende Frau und der mit seinen Thränen kämpfende Knabe, sie waren für mich ihrer Bettlerschaft entkleidet und zwangen mich, an die Schriftworte zu denken: »Wo zwei oder drei versammelt sind in meinem Namen, da bin ich mitten unter ihnen.« Welchen Eindruck machte die jetzige Situation gegen die kindische Heiterkeit, welche vorher hier geherrscht hatte! Während draußen in der Abendkälte das Elend sich mühsam durch die verschneiten Wege geschlichen hatte, waren wir beschäftigt gewesen, die Zeit mit schülerhaften Witzen totzuschlagen. Ich schämte mich!

Der Wirt schien etwas ähnliches wie ich zu fühlen; er räusperte sich einigemal, wie um aus einer inneren Verlegenheit herauszukommen, und sagte dann:

»Ja, ihr sollt hier Weihnachten feiern; ich thue es; ich hole ihn herein!«

Er ging in den Flur hinaus, und dann hörten wir ihn jenseits desselben eine Thür öffnen, welche, wie wir später erfuhren, in das Wohnzimmer führte. Wer der »ihn« war, den er holen wollte, sahen wir, als er einen buntbehangenen Christbaum getragen brachte, dessen Lichter noch nicht ganz abgebrannt waren. Er stellte ihn auf den Tisch, bat uns, die Lichter anzuzünden, und entfernte sich dann wieder. Der fremde Knabe sprang auf und bat uns mit strahlenden Augen, uns helfen zu dürfen, ein Wunsch, den wir ihm natürlich mit Freuden erfüllten.

Dann kam Franzl wieder. Er brachte einige Kleidungsstücke von sich und seiner Frau, auch einen Kuchen und eine Wurst, welche er unter den Baum legte; dazu fügte er fünf blanke Gulden, indem er sagte:

»Hier, das beschert euch das heilige Christkind, welches eure Thränen gesehen und euer Gebet gehört hat. Bedankt euch bei ihm und nicht bei mir!«

Welch eine Freude gab es jetzt! Die Augen des Greises öffneten sich weit, um das Licht der Weihnachtskerzen in sich aufzunehmen; die Frau weinte jetzt nicht mehr Schmerzens-, sondern Freudenthränen, und der Knabe schlang seine Arme um ihren Hals, um das Schluchzen, welches ihn jetzt von neuem übermannen wollte, an ihrer Brust zu verbergen. Ich konnte nicht anders, ich mußte in die Tasche greifen und einen Gulden herausnehmen, den ich zu den fünf des Wirtes legte. Als Carpio dies sah, sagte er leise zu mir:

»Ja, ihr könnt geben, ihr! Der Franzl hat reich geheiratet, und du hattest fünf Thaler, ich aber nur drei; ich bin der Aermste und kann nichts – – – und doch, doch, ich kann auch etwas geben, wenn auch kein Geld wie du; paß nur auf!«

Er bat um Schweigen, stellte sich neben den Baum und begann zu deklamieren:

»Ich verkünde große Freude,
  Die Euch widerfahren ist,
Denn geboren wurde heute
  Euer Heiland Jesus Christ – – – –«

Wie kam es nur, daß mein eigenes Gedicht mir so fremd vorkam, so, als ob es nicht von mir, sondern von einer ganz andern Person, einem ganz andern Wesen stamme? Je weiter er sprach, desto fremder kam es mir vor und desto tiefer griff es mir in die Seele hinein. Auch die andern hörten voller Andacht zu. Der Greis verwendete keinen Blick von dem Redner; seine Augen bekamen Glanz; es tauchte ein seltsames Licht in ihnen auf. War das der Reflex des brennenden Weihnachtsbaumes? Oder war es der Schein einer höhern Klarheit, welche jetzt sein Herz erleuchtete? Er breitete die auf dem Tische liegenden Hände auseinander und öffnete sie, als ob er, sich aus seiner zusammengesunkenen Haltung aufrichtend und den vorher so müden Kopf hoch hebend, eine unsichtbare, von oben kommende Gabe ergreifen und festhalten wolle. Er hörte fast ohne Atem zu, richtete sich, als Carpio geendet hatte, langsam auf, so daß er kräftig und kerzengerade am Tische stand, und bat:

»Noch einmal das letzte, noch einmal! Oh bitte, wiederholen Sie es von da an, wo der Priester spricht!«

Carpio kam diesem Wunsche nach, und es war mir auch jetzt wieder, als ob es nicht meine, sondern die Worte eines andern seien:

»Und der Priester legt die Hände
Segnend auf des Toten Haupt:
›Selig, wer bis an das Ende
An die ewge Liebe glaubt!

Selig, wer aus Herzensgrunde
Nach der Lebensquelle strebt
Und noch in der letzten Stunde
Seinen Blick zum Himmel hebt!

Suchtest du noch im Verscheiden
Droben den Erlösungsstern,
Wird er dich zur Wahrheit leiten
Und zur Herrlichkeit des Herrn.

Darum gilt auch dir die Freude,
Die uns wiederfahren ist,
Denn geboren wurde heute
Auch dein Heiland Jesus Christ!‹« – –

Da legte der Alte die ausgebreiteten Hände wieder ineinander, sank auf den Stuhl zurück, schloß, indem ein seliges Lächeln über sein Gesicht ging, die Augen und wiederholte leise, doch so, daß wir sie hörten, die Worte:

»Darum gilt auch dir die Freude, – – die uns widerfahren ist, – – denn geboren wurde heute – – auch dein Heiland Jesus Christ! Das gilt auch mir – – mir – – – mir! Ich habe ihn gesucht – gesucht – gesucht – – – und heut ist er gekommen! Ich sehe ihn; ich sehe seinen Stern; ich sehe das Licht, welches da leuchtet auf den Feldern von Bethlehem! Und wie war das, wie? Ich meine das, was Simeon sagte, als er im Tempel den Heiland sah.«

Ich nickte Carpio zu, und dieser antwortete:

»Herr, nun lässest du in Frieden
Deinen Diener zu dir gehn,
Denn sein Auge hat hienieden
Deinen Heiland noch gesehn!«

»Ja, ja, so ist es; ich sehe ihn!« fuhr der Alte fort, noch immer geschlossenen Auges. Er bewegte die Lippen wieder wie früher, jetzt aber nicht betend; das sah man deutlich; er schien nach Worten zu suchen, nach Worten, welche er gehört hatte und in ihrem Zusammenhange nicht wiederfinden konnte. Dann fragte er: »Und wie, wie heißt es in dem Gedichte von dem Sünder? Wie sagte er, als er um Erbarmen flehte?«

Diesesmal antwortete Carpio, ohne meinen Wink erst abzuwarten:

»Betend faltet er die Hände,
Hebt das Auge himmelan:
›Vater, gieb ein selig Ende,
Daß ich ruhig sterben kann!

Blicke auf dein Kind hernieder,
Das sich sehnt nach deinem Licht;
Der Verlorne naht sich wieder;
Geh mit ihm nicht ins Gericht!‹« – –

»Blicke auf dein Kind hernieder,« wiederholte der Greis, – – »das sich sehnt nach deinem Licht; – – der Verlorne naht sich wieder; – – geh mit ihm nicht ins Gericht! – – – Nicht, nein, nein! – – nicht ins Gericht!« rief er laut aus, indem er die Augen weit aufriß und mit einem angstvollen Blicke rund um sich starrte. Dann schloß er sie wieder; der Ausdruck der Angst verschwand; ein leises, uns zu Herzen gehendes Lächeln breitete sich über sein Gesicht, und dann kam es flüsternd und immer leiser und langsamer werdend über seine Lippen: »Suchtest du noch im Verscheiden – – droben den Erlösungsstern – – wird er dich zur Wahrheit leiten – – und zur Herrlichkeit des Herrn – –! Wahrheit – – Herrlichkeit, oh Herrlichkeit – – –! Ich bin müde; ich will schlafen, schlafen gehen – – – schlafen gehen – – schlafen!«

Er legte den Kopf hintenüber und ließ ihn dann zur Seite nach der Schulter fallen.

»Mein Gott, er stirbt – er stirbt!« sagte der Wirt besorgt.

»Nein, er stirbt nicht,« beruhigte ihn die Frau. »Er ist nur müde von dem weiten, schweren Wege und von der innern Erregung jetzt. Er hat oft solche doppelte Müdigkeit. Aber schlafen muß er jetzt. Bitte, sagen Sie mir, wohin ich ihn bringen soll!«

»Bringen? Sie werden ihn tragen müssen?«

»Halb geht er, und halb halte ich ihn.«

»Ich werde Ihnen helfen. Wir haben oben eine Stube mit drei Betten. Ihr Sohn mag dort das Licht nehmen!«

Sie griffen dem Alten unter die Arme und zogen ihn empor; er kam wieder zu sich und schritt, von ihnen unterstützt, doch ohne die Augen zu öffnen, zur Thür hinaus. Als ich nun mit Carpio allein war, sagte dieser:

»Das war eine unerwartete Weihnachtsfeier, unerwartet und ergreifend, wie ich noch keine erlebt habe! Aber, Sappho, was sagst du dazu? Diese Leute sind keine gewöhnlichen Leute; ich glaube nicht, daß sie dem gewöhnlichen, dem Arbeiterstande angehören.«

Der allerwegs zerstreute Freund pflegte dergleichen Beobachtungen sonst nicht zu machen; ich war ganz seiner Ansicht, erkundigte mich aber:

»Warum denkst du das?«

»Sie haben eine Weise, sich auszudrücken, welche auf einen bessern als den gewöhnlichen Arbeiterstand schließen läßt. Und sodann hat der Alte die Disposition, den Gedankengang deines Gedichtes so schnell begriffen und sich einzelne Strophen so leicht gemerkt, daß ich darauf schwören möchte, er habe es früher mehr mit geistiger als mit anderer Arbeit zu thun gehabt. Oder bist du anderer Meinung?«

»Nein. Ich vermute sogar noch mehr.«

»Was?«

»Daß diese Familie unter einem sehr schweren Schicksale gelitten hat.«

»Verdienter Weise?«

»Ob verdient oder nicht verdient, das kann ich natürlich nicht wissen. Der angstvolle Blick, mit welchem der Greis so plötzlich aufgerissenen Auges um sich schaute, giebt auch keinen Anhalt. Diese Angst kann sich sowohl auf eigene wie auch auf erlittene Missethaten beziehen. Doch, das geht uns nichts an. Ich stimme dir aber darin bei, daß es wirklich eine ergreifende Weihnachtsfeier war, die ich nicht so leicht vergessen werde.«

»Ich auch nicht. Du hast recht: Diese Leute gehen uns eigentlich nichts an; aber ich möchte doch gar zu gern wissen, wer oder was sie sind oder vielmehr früher gewesen sind.«

Jetzt kam der Wirt, um die bescherten Gegenstände zu holen und hinaufzutragen. Als er dann wieder zurückkehrte und sich zu uns setzte, sagte er:

»Der Abend hat so lustig angefangen und so ernst geendet; für uns drei aber darf er noch nicht zu Ende sein. Ich freue mich, solche Leute, wie Sie sind, einmal bei mir zu haben. Wir trinken noch eine Flasche Wein und bleiben so lange wie möglich auf. Und morgen lasse ich Sie erst recht noch nicht fort!«

»Aber Ihre Frau – –?« fragte ich.

»Oh, die hat Verstand! Nämlich, was gebildete Menschen, besonders Studenten betrifft, weil ich auch einer gewesen bin. Da schwelgt sie auch gern mit in meinen Erinnerungen und meinen Gefühlen. Das alte, gute Wort *Multis ictibus dejicitur quercus* ist ihr ebenso gut wie mir bekannt. Aber Bettler, Bettler und sonstiges Gesindel, das mag sie gar nicht leiden; da schimpft sie über jeden Kreuzer, den ich gebe; ich aber gebe gar zu gern, weil ich nämlich früher auch nichts gehabt habe, meine klassische Bildung natürlich abgerechnet.«

»Wird sie, wenn sie von der Nachbarin zurückkehrt, hier hereinkommen?«

»Nein.«

»So kann der Baum, der zum Verräter würde, hier stehen bleiben?«

»So lange wir aufbleiben, ja; dann trage ich ihn hinüber.«

»Aber sie wird morgen sehen, daß die Lichter vollends abgebrannt sind!«

»Alle Bomben! Ja, das ist wahr!« rief er aus. »Das giebt dann eine Hetz, die ich vermeiden möchte. Was ist da zu thun? Ich weiß mir keinen Rat! – – – Halt, halt, ich hab's, ich hab's! Sind Sie klug genug, es zu erraten, Herr?«

»Nein.«

»Ich steck' nachher neue Lichte in die Dillen; die brennen wir an und löschen sie wieder aus, wenn sie halb herunter sind. Da denkt sie, es sind die alten. Pfiffig muß man sein, pfiffig, sag ich Ihnen, Herr – – – Sa – – Saff – – – Wie heißen Sie eigentlich? Ich kann mir diesen Namen gar nicht merken. Karb – – Karb – – und Saff – – Saff – – –!«

Ich erklärte ihm, daß Carpio und Sappho nur unsere Studentennamen seien, und nannte ihm unsern richtigen. Mein Freund nahm daraus die Veranlassung, seine Gründlichkeit zu zeigen, und sagte:

»Ich kann Ihnen sogar Schwarz auf Weiß beweisen, daß ich den genannten Namen mit vollster Berechtigung trage. Hier ist mein Reisepaß!«

Er griff in die Westentasche, wo er, wie er sich genau erinnerte, die Legitimation in sichere Verwahrung gebracht hatte, zog aber die Finger leer zurück. Nun suchte er in der andern Westentasche, dann in allen Rock- und Hosentaschen, vergeblich; der Paß war wieder einmal verschwunden.

»Wo er nur hingekommen sein mag?« fragte er bestürzt. »So ein Papier, welches noch dazu gestempelt ist, kann doch nicht so mir nichts, dir nichts verschwunden sein!«

»Sollte etwa wieder deine Schwester – – –?« erkundigte ich mich zart andeutungsvoll.

»Die?« antwortete er, ohne meine arglistige Verworfenheit

zu ahnen. »Diesesmal ist sie unschuldig, wirklich unschuldig, denn ich habe den Paß ja im Stiefel gehabt. Alle Wetter, sollte ich ihn etwa wieder hineingesteckt haben? Das wäre ja eine Zerstreutheit, und die kommt bei mir niemals vor. Der Schuster hat die Nagelspitze ja doch abgezwickt! Aber besser ist besser; ich werde nachsehen. Welcher Stiefel war es denn? Weißt du es, Sappho?«

»Nein,« antwortete ich, den ewigen Gesetzen der Wahrheit leider ganz zuwider.

»So muß ich in alle beide Stiefel gucken; dann ist der richtige auf alle Fälle dabei.«

Er zog sie einen nach dem andern aus; der Paß war nicht da. Er zog der Sicherheit wegen dann auch die Strümpfe aus, überzeugte sich aber, daß auch sie ihm keinen Unterschlupf geboten hatten. Nun war guter Rat teuer. Wir suchten schließlich unter dem Tische, an welchem wir vorhin gesessen hatten, und da sah ich die weggeworfenen Reste der Fidibus, mit denen er sich seine Cigarren so oft in Brand gesteckt hatte. Ich wickelte sie auf, und richtig – – – –!

»Hier, lieber Carpio, schau her!«

Als er die Rudera seiner polizeilichen Existenzberechtigung in Augenschein genommen hatte, wurde sein Gesicht länger und immer länger.

»Hier ist ein Viertel vom Direktorialstempel!« rief er aus. »Das stammt von meinem Passe! Wer hat die Fidibus gemacht?«

»Du selbst.«

»Wirklich?«

»Ja. Ich kann beschwören, daß deine Schwester nicht hier gewesen ist.«

»Das kann ich auch. Aber mir ist ganz so, als ob du mir die Fidibus gegeben hättest!«

»Fällt mir nicht ein! Ich bin keine Schwester – eine Behauptung, welcher du wohl zustimmen wirst.«

»So bleibt freilich nichts anderes anzunehmen, als daß ich es selbst gewesen bin, der in meine Westentasche gegriffen hat. Unbegreiflich! Eine solche Gedankenlosigkeit ist mir in meinem ganzen Leben noch nicht vorgekommen! Nun ist der Paß futsch, vollständig futsch! Wenn es nun der Polizei einmal einfällt, mich mit einem gesuchten Raubmörder oder durchgegangenen Bankdirektor zu verwechseln, so kann ich mich nur ruhig einsperren lassen, bis mich mein lieber Vater wieder holt!«

»Mach dir darüber keine Sorge! So lange ich bei dir bin, reicht mein Paß für uns beide aus, denn erstens habe ich keine Schwester, welche alle Dummheiten begeht, zweitens geht bei mir kein Nagel durch die Stiefelsohle, und drittens habe ich es auch noch nicht zum Fidibusfabrikanten *en gros* gebracht. Uebrigens hast du weder mit einem Raubmörder noch mit einem Bankdirektor die geringste Aehnlichkeit.«

»Wirklich?«

»Ja.«

»Warum?«

»Weil du für einen Bankdirektor viel zu jugend- und für einen Raubmörder viel zu tugendhaft aussiehst. Du wirst also einstweilen noch nicht eingeperrt werden.«

Diese Ausführungen waren von solcher Beweiskraft für ihn, daß er sich beruhigte.

Unser guter Franzl wurde durch die bekannte Association der Ideen von den Fidibus auf die Cigarren geleitet; er offerierte uns von neuem welche. Ich griff zu, warnte aber Carpio, dies auch zu thun, denn die Wirkung der mit dem Reisepaß genossenen war noch nicht vorüber. Er warf die Oberlippe verächtlich auf und würdigte mich keiner Antwort. Gegen den Wirt aber wurde er um so zutraulicher, was so weit ging, daß er ihm versprach, ihn zu den Osterferien, wo wir wiederkommen würden, mit gepaschten Cigarren zu versehen. Als Franzl dies hörte, machte er ein außerordentlich appetitliches Gesicht und fragte:

»Gepaschte? Hm! So etwas raucht man freilich lieber als diese hier; aber verstehen Sie sich denn auch auf dieses Geschäft?«

»Na, und ob!« antwortete Carpio, indem er eine Miene zog,

als ob er schon Wagenladungen von Cigarren über die Grenze geschmuggelt hätte. »Wir sind ja diesmal auch nicht so ganz ohne gekommen!«

»Wie? Was? Wirklich? Wo haben Sie denn abgeladen?«

»Gleich hinter Eger. Am ersten Abend, nachdem wir über die Pfähle waren.«

»Bei wem denn?«

»Geschäftsgeheimnis!«

»Viel?«

»Will ich meinen!«

»Auf welche Art haben Sie denn das fertig gebracht?«

»Auf eine höchst – – höchst – – –«

Da der Schmugglerhauptmann Carpio vor Verlegenheit ins Stocken kam, fuhr ich an seiner Stelle fort:

»Auf eine höchst lederne Art und Weise. Es hängt das mit dem vorübergehenden Domizile seines Passes eng zusammen.«

»War es bedeutend?«

»Vier.«

»Vier Tausend oder vier Centner?«

»Wir paschen nicht nach dem Tausend und auch nicht nach dem Centner, sondern nach der Qualität, und die war ausgezeichnet, so ungefähr wie ungarisches Weizenmehl Nummer Null. Wenn es uns auf unserer Osterreise in derselben Weise wieder glückt, werden Sie große Augen machen. Mehr kann ich jetzt nicht sagen!«

Der jetzige Gesprächsgegenstand hätte auch ohnedies nicht weitergeführt werden können, weil wir unterbrochen wurden. Die fremde Frau kam wieder zu uns. Sie brachte ihren Knaben mit und sagte, da ihr Vater nun eingeschlafen sei, würde es sie glücklich machen, hier im warmen Zimmer noch ein Weilchen bei uns sitzen zu dürfen. Es wurde ihr natürlich gern erlaubt. Franzl gab ihr noch ein Glas Wein und beschloß, um den Knaben zu erfreuen, die gegen seine Frau geplante Kriegslist schon jetzt gleich in Ausführung zu bringen. Er holte neue Lichter, welche aufgesteckt und angezündet wurden. Dann saß die Frau, ihr Kind zärtlich an sich gedrückt, im Glanze des

Weihnachtsbaumes mit wehmütigem Lächeln da, ohne an unserem Gespräch teilzunehmen.

Carpio war infolge des ungewohnten Weines außerordentlich mitteilsam geworden; er erzählte seinen ganzen Lebenslauf oder vielmehr alles nach seiner Ansicht Merkwürdige, was sich auf demselben zugetragen hatte. Diese Merkwürdigkeiten bestanden meist darin, daß ihm durch die unbegreifliche Zerstreutheit anderer Leute die mannigfaltigsten Drangsale bereitet worden waren; besonders spielten seine Schwestern dabei eine große, für ihn verhängnisvolle Rolle, und wenn seine Erlebnisse wirklich so geschehen waren, wie er sie berichtete, so hatte er seine ganze Zeit und alle seine Geisteskräfte nur dazu anzuwenden gehabt, die Gedankenlosigkeit dieser jungen Damen für sich unschädlich zu machen. Als er dann auch auf unsere innige Freundschaft zu sprechen kam, hatte er die freundliche Gewogenheit, meine jungen Vorzüge mit einigen gütigen Streiflichtern zu berühren. Er erwähnte dabei, daß ich auch ein nur mit Sappho zu vergleichender Dichter sei, und daß das vorhin deklamierte Weihnachtsgedicht aus meiner berühmten Stahlfeder stamme. Als die Frau dieses hörte, fragte sie mich:

»Ist das wahr, wirklich wahr? Sind Sie wirklich der Verfasser dieses Gedichtes, Sie junger Mann?«

Ich bejahte diese Frage mit dem bekannten, sanften Erröten, welches ein Zeichen jener verdienstvollen Bescheidenheit ist, die jeden zeitgenössischen deutschen Dichter ziert.

»Wie mich das freut! Denn eigentlich bin ich dieses Gedichtes wegen noch einmal heruntergekommen. Es hat auf mich und ganz besonders auf meinen Vater einen tiefen Eindruck gemacht; ja, es schien, als ob es gerade nur für uns und für keinen andern Menschen gedichtet worden sei. Ich möchte es darum gern, ja gar so gern besitzen, und wollte Sie, der Sie es deklamiert haben, fragen, ob Sie mir es wohl diktieren möchten, falls ein Papier vorhanden wäre.«

Diese letzteren Worte waren an Carpio gerichtet, welcher Busenfreund sofort aufsprang und sein Notizbuch hervorzog. Ich habe bereits erwähnt, daß es eine Zeit gab, in welcher jeder

Mitschüler mein Gedicht bei sich trug; Carpio war diesem Brauche treu geblieben. Dieser Busenfreund nahm es aus dem Buche und reichte es der Frau mit jener wundervoll abgerundeten, gentlemanliken Armbewegung hin, welche nur jungen Gymnasiasten eigen ist, wobei er sagte:

»Ich besitze es zweimal, nämlich im Kopfe und hier auf dem Papiere. Nehmen Sie, bitte, die Abschrift, und lassen Sie mir den Kopf, so ist uns beiden geholfen.«

Der gute Mensch schien diesen Worten nach zu fühlen, daß ihr mit seinem Kopfe wahrscheinlich sehr wenig geholfen sei. Sie zögerte nicht, sein Geschenk anzunehmen, und die Art und Weise, wie sie dies that und sich bei ihm und mir bedankte, bestätigte aufs neue unsere Ansicht, daß sie früher nicht das gewesen sei, was sie jetzt war. Dies brachte auf meinen Freund eine so gute Wirkung hervor, daß er ihr in geheimnisvoller Weise andeutete, es sei ihm auch außerhalb dieses Gedichtes möglich, ihr einen vielleicht noch größeren Dienst zu erweisen.

Als sie ihn hierauf stumm fragend anblickte, brannte er sich eine neue Cigarre an und begann dann, von Christoph Kolumbus und Amerigo Vespucci zu erzählen. Er durchflog die Zeit vom Ende des fünfzehnten bis zum Beginn der zweiten Hälfte des neunzehnten Jahrhunderts mit feierlicher Gründlichkeit, überging nichts von allem, was während dieser Zeit in Amerika geschehen war, brachte dann seinen geheimnisvollen Verwandten zur Sprache und ließ dann endlich, worauf ich längst gewartet hatte, die drei bekannten Blitze los – El Dorado, Millionär und Universalerbe. Als er glaubte, sie nun gehörig vorbereitet zu haben, machte er ihr das Anerbieten, ihr ein Empfehlungsschreiben an diesen Verwandten mitzugeben.

Ich war fast starr vor Erstaunen! Mir, seinem Busenfreunde, hatte er ein solches Empfehlungsschreiben noch niemals offeriert, was er doch ganz gefahrlos hätte thun können, weil er mein Ideal, ein Globetrotter zu werden, nicht kannte und also annehmen mußte, daß ich während meines ganzen Lebens nicht in die Lage kommen würde, dieses Schreiben abzugeben. Und hier, wo er hundert gegen eins wetten konnte, daß man es abgeben werde, bot er es einer ganz fremden Person an, deren Busenfreund er nie gewesen war und auch niemals werden konnte!

Und die Frau? Sie ging auf seinen Vorschlag ein, vielleicht nur, um ihn nicht zu beleidigen, denn auf das Empfehlungsschreiben eines jungen Schülers war wohl nur wenig Wert zu legen. Er bat den Wirt um Schreibzeug und Papier und erklärte, als er dies bekommen hatte, der Frau, daß er nun freilich ihren Namen wissen müsse. Sie nannte ihm denselben, und so erfuhr ich, daß sie Elise Wagner hieß. Indem er schrieb, setzte er sich so, daß mein Blick das Papier nicht erreichen konnte. Also eine Fremde durfte die Adresse seines einstigen Erblassers wissen, ich aber nicht! Ich fühlte mich dadurch nicht beleidigt, denn ich war gewohnt, allen seinen Eigenheiten Rechnung zu tragen, und wendete mich ganz von ihm ab, damit er ganz sicher sei, daß ich ihm nicht ins Geheimnis schaue. Er vollendete, während ich mich mit dem Wirte unterhielt, den Brief, welchen er dann der Frau mit der bescheidenen Andeutung überreichte, daß ihr dieses Schreiben von ungeheurem Nutzen sein werde.

Grad als er dies that, wurde die Thür geöffnet, und die Wirtin trat herein. Der liebe Franzl mochte darüber wohl ein wenig erschrecken, beherrschte sich aber unsertwegen so, daß ihm nichts anzumerken war. Mein Busenfreund duckte sich zusammen, als ob er der Schuldige sei. Die fremde Frau sah dem Kommenden mit sichtlicher Bangigkeit entgegen. Franzl brannte sich, um sich für den Kampf zu stärken, eine neue Cigarre an.

Die Wirtin blieb erst ganz verwundert an der Thür stehen; dann kam sie langsam näher, bis sie vor ihrem Manne stehen blieb.

»Was brennst du denn da, Franzl?« fragte sie ihn in einem eigentümlich freundlichen Ton, dessen Bedeutung ich damals noch nicht kannte.

»Den Baum,« antwortete er mit ganz derselben Liebenswürdigkeit.

»Warum?«

»Weil's Weihnacht ist.«

»Für wen?«

»Für mich.«

»Seit wann?«

»Seit kurzer Zeit.«

»So, so, schau, schau! Seit kurzer Zeit! Da sind die Lichte ein Viertel abgebrannt und vorher waren sie schon halb abgebrannt. Woher mag das wohl kommen?«

»Weil es wahrscheinlich eine Sorte ist, die vom Verbrennen länger wird.«

»So eine gute Sorte kenne ich nicht; die möchte ich mir auch gleich kaufen! Es wird aber wohl so sein, daß du erst die halben verbrannt und dann noch neue angezündet hast, damit ich nichts merken soll. Du hast gedacht, daß ich wie gewöhnlich nicht wieder hereinkommen werde. Ist es so, oder ist es nicht so, Franzl?«

»Es ist schon so.«

»Höre, ich will dir sagen: Es ist gut, daß du es wenigstens zugiebst! Also für dich brennst du den Baum?«

»Ja.«

»Nur für dich?«

»Für mich und diese Herren Studenten.«

»Dagegen hätte ich nichts, wirklich nichts, denn du bist auch einer gewesen, worüber wir beide noch heute unsere Freude haben. Also du brennst ihn für sonst weiter gar niemand?«

»Nein.«

»Schön! Jetzt sagst du mir die Wahrheit nicht. Du magst für dich und die Herren Studenten anbrennen, was und wann du willst, Wein trinken und Cigarren rauchen, so viel du willst, aber – – aber – –« und jetzt stieg ihre Stimme plötzlich um eine Septime höher, und sie stemmte die Hände in die Hüften – – – »für wen, frag ich, hat er denn vorhin gebrannt, als die Wurst und der Kuchen und die Kleider und das Geld darunterlagen und dieser Herr Student ein so schönes Gedicht geredet hat, von dem ich jedes Wort verstanden hab'?«

Jetzt sprang Franzl auf.

»Weib,« rief er, »du hast gehorcht!«

»Ja, gehorcht hab ich,« nickte sie triumphierend.

»Wo?«

»Dort am Fensterladen.«

»Grad dort am Fenster, wo der Baum auf dem Tische steht?«

»Ja, grad dort am Fenster, wo der Laden ein großes Astloch hat!«

»Du, das machst du mir nicht wieder!«

»Nicht? Warum sollte ichs nicht wieder machen? Das Haus ist mein; der Laden ist mein, und das Astloch ist also auch mein; ich kann hindurchgucken, wann es mir beliebt. Von dem ganzen Hause ist nicht einmal dieses Astloch dein, und du verschenkst mein Geld und meine Sachen und willst mir auch noch zu befehlen haben?«

»Höre, beleidige mich nicht in Gegenwart von Studenten, sonst zeige ich dir, was *Sapienti pauca* heißt!«

Er wußte höchst wahrscheinlich ebenso wenig wie sie, was diese beiden Wörter bedeuteten, dennoch verfehlten sie den Zweck, ihr zu imponieren, nicht. Er wollte ihr durch sein Latein nur zeigen, daß er ihr geistig überlegen sei; mochte sie nun dies anerkennen oder dem Worte *pauca* einen etwas gewaltthätigen Sinn beilegen, kurz und gut, sie antwortete:

»Einverstanden! Pauke deine Sapienti jetzt, aber morgen früh sehen wir uns wieder!«

Sie drehte sich um und ging hinaus.

»Bei allen Heiligen,« seufzte er, indem er sich wieder niedersetzte, »sie hat gelauscht; sie hat alles gesehen und gehört! Dieses Astloch, das verteufelte! Na, morgen nagle ich es zu; ich nehme das dickste Brett und schlage es drauf!«

Die Wirtin aber hatte die Thür nicht zugemacht, sondern nur angelehnt; sie war draußen stehen geblieben und hatte seine Worte gehört. Jetzt kam sie wieder herein, ging auf ihn zu, legte ihm die Hand vertraulich auf die Achsel und sagte lachend:

»Franzl, ich weiß ein Brett, das so dick wie kein anderes ist; du hasts vor deinem Kopf. Nimm das und nagle es vor das Loch; dann geht nicht nur kein Blick, sondern sogar auch keine Kanonenkugel durch! Kennt dieser Mann seine Frau noch nicht! Sollte man das für möglich halten? Bin ich etwa eine Geizkatze, he? Sehe ich dir auf die Finger, wenn du Geld ausgiebst? Ist nicht alles, was wir verdienen, ebensogut dein wie mein? Aber es ist mir nicht gleichgültig, wer in meinem Hause wohnt, und wenn du eine Christbescherung machst und meine Kleidungsstücke verschenkst, so will ich auch dabei sein und vorher erst gefragt werden! Den Kuchen, den du verschenkt hast, habe ich gebacken, und die Wurst habe ich mir langsam und mit saurer Mühe, weil das Schwein partout nicht fett werden wollte, heranfüttern müssen; da will ichs wenigstens wissen, wenn du etwas davon verschenkst! Also so etwas nicht wieder hinter meinem Rücken machen! Verstanden? Man muß nicht nur geben, sondern auch sparsam sein können! Und nun komm her, du alter überguter, offenhändiger Studente du! Da will ich dir nun auch etwas schenken, wenn es auch keine Speckwurst ist. Hier! Und damit gute Nacht!«

Sie nahm ihn beim Kopfe und gab ihm einen Kuß von solcher Resonanz, daß er eigentlich eine volkstümlichere Bezeichnung verdiente. Dann ging sie wieder fort und machte die Thür nun wirklich hinter sich zu. Franzl sah ihr schmunzelnd nach, wischte sich den Mund mit dem Aermel ab, schlug dann mit der Faust auf den Tisch und rief:

»Hab ich's nicht immer gesagt, was für eine kreuzbrave Frau ich hab'? Wer eine andere Meinung von ihr hat, der mag nur herkommen; ich haue ihn zusammen, daß er sich selber nicht mehr finden kann! Das ist eine Frau, die sich gewaschen hat! Verstanden? Es giebt ihresgleichen nicht im ganzen, weiten Böhmerland! Wie hat sie mich geheißen? Du alter, überguter Studente du! Ja, die weiß, was für einen Mann sie an mir hat! Nicht so einen, der den Schnitt eines Buches nicht vom Rücken unterscheiden kann, sondern einen hochgebildeten und studierten Mann, der sein Latein versteht. *Qui tangit picem, contaminabitur;* so ist die Sache. Was sagen Sie dazu, meine lieben, hochgeehrten, jungen Freunde?«

Ehe einer von uns beiden antworten konnte, stand Frau Wagner von ihrem Stuhle auf und sagte, indem sie sich mit der Hand über das schmerzlich verzogene Gesicht strich:

»Auch ich habe gehört, was für eine brave Frau Sie haben, und es thut mir leid, daß Sie sich meinetwegen beinahe mit ihr überworfen hätten. Müßte ich nicht Rücksicht auf meinen armen Vater nehmen, so würde ich noch diese Nacht, gleich jetzt, Ihr Haus verlassen; aber er muß und muß heut schlafen, wenn er morgen nicht im Schnee liegenbleiben und erfrieren soll. Dann werden wir Sie keinen Augenblick länger belästigen. Nehmen Sie meinen herzlichsten Dank, und leben Sie wohl, meine Herren!«

»Aber, was fällt Ihnen ein?« versuchte Franzl, sie zu halten. »Sie haben ja gehört, daß meine Frau gar nichts dagegen hat, daß Sie hier bei uns bleiben. Sie dürfen sich den Kuchen und die Wurst nicht so zu Herzen nehmen; das hat sie nicht so schlimm gemeint, wie Sie es nehmen, und – – – – Da ist sie fort, hinaus mit ihrem Knaben! Klang das, was sie sagte, nicht etwas stolzer, als so ein nicht bezahlender Gast eigentlich sein darf, meine Herren?«

»Sie thut mir leid, außerordentlich leid,« antwortete ich. »Ich wollte, ich wäre reich, wenigstens wohlhabend genug, ihr helfen zu können. Sie wird früh, wenn wir aufstehen, mit ihrem Vater und mit ihrem Kinde verschwunden sein.«

»Verschwunden? Fällt ihr nicht ein!«

»O doch!«

»Nein. Sie wird ausschlafen und dann Kaffee trinken; hernach werden wir sehen, ob der Alte fortkann oder nicht.«

»Haben Sie nicht gehört, daß sie Lebewohl und nicht Gutenacht gesagt hat?«

»Das ist nicht so wörtlich zu nehmen, wie Sie denken. Aber, Herr Capp – Carp – – Carpio, was ist denn mit Ihnen? Was machen Sie für ein Gesicht?«

Mein Busenfreund hatte die Ellbogen auf den Tisch gestemmt und das Gesicht in die Hände vergraben. Als er auf die

Frage des Wirtes die Hände entfernte, sahen wir, daß seine Wangen bleifarben und seine Augen matt geworden waren. Die Unterlippe hing ihm weit herab.

»Ihre – – Ihre – – Frau – – – Frau!« seufzte er.

»Was ist mit meiner Frau?«

»Die ist schuld!«

»Woran?«

»Mir ist, als – – als – – als ob ich – – sterben müßte!«

»Unsinn! Da ist die Cigarre schuld; die Virginias sind für Sie zu schwer gewesen.«

»Nein – nein – – nein! Ueber Ihre Frau bin ich – – – so sehr erschrocken – – – aber nicht über die Virginias.«

»Erschrocken? Warum denn eigentlich?«

»Sie kam – – herein wie eine – – eine Furie!«

»Ach was Furie! Meine Frau ist eine Seele von einer Frau und keine Furie. Da, nehmen Sie ein volles Glas, und trinken Sie es aus! Das ist das beste Mittel, wenn einen der Cigarrenteufel in den Magen beißt.«

»Nein, nicht beißt, sondern hebt – hebt – – hebt und sogar um – – – um – – – umwenden will!«

»Trinken Sie nur! Es hilft; ich weiß es genau.«

Ich wußte nicht, ob das empfohlene Mittel wirklich anzuraten sei, denn meine Bekanntschaft mit dem Weine und seinen Wirkungen war damals genau so tief und umfassend, wie die Kenntnisse eines Eskimo über Datteln und Bananen; aber weil Franzl mit solcher Ueberzeugung zuredete, unterstützte ich seinen Rat, worauf mein Busenfreund das Glas leerte und dann wie ein Seekranker nach dem Kanapee wankte, um sich auf demselben auszustrecken. Ich bat den Wirt, uns schlafen gehen zu lassen; er aber erklärte lachend:

»Fällt mir gar nicht ein! Wir bleiben noch recht hübsch beisammen. Ich muß die Gelegenheit ausnützen, denn an Ihr Wiederkommen darf ich doch nicht glauben, denn das mit dem Paschen war doch bloß Phantasie?«

»Ja; es versteht sich doch ganz von selbst, daß wir keine Schmuggler sind. Wir haben pro Person zwei Cigarren in die Stiefel gesteckt, obwohl ich wußte, daß man mehr mitnehmen darf. Ich wollte Carpio nicht um das Vergnügen bringen, sich für einen staatsgefährlichen Menschen zu halten.«

Da richtete sich der Genannte kerzengerade vom Kanapee auf und sprach mich mit hohler, drohender Grabesstimme an:

»Ich staatsgefährlich? Ja! Wenn es mir so bleibt, wie es mir jetzt ist, so – – so – – kann es schrecklich werden, denn da – – da – – da falle ich gleich wieder um!«

Er that, was er gesagt hatte. Franzl lachte lustig auf; ich aber hatte Sorge um den Freund und drang so lange in den unermüdlichen Wirt, bis er, allerdings gegen das Versprechen, morgen noch bei ihm zu bleiben, darauf einging, uns unser Zimmer zu zeigen. Ich zog Carpio vom Sofa auf und umfaßte ihn, um ihn zu führen; er aber riß sich los und sagte:

»Ich brauche keine Stütze. Ich bin nur drehend von den starken Cigarren, die – – die – – ich habe ja nichts, gar nichts gegessen!«

»Ich glaube, der Wein ist auch mit schuld.«

»Möglich! Doch darüber später, wenn wir allein sind. Komm!«

Er nahm mich bei der Hand und wankte, während Franzl uns leuchtete, an derselben hinaus und die Treppe hinauf, wo unsere »gute Stube« lag. Als uns der Wirt in diese geführt hatte, sagte er uns Gutenacht und ging, indem er das Licht zurückließ. Wir sahen uns um.

»Gute Stube!« Jawohl, das war sie allerdings, und zwar eine sehr gute, eine außerordentlich gute Stube! Man weiß, was für einen Raum der Bürgersmann mit diesem Ausdrucke zu bezeichnen pflegt, nämlich eine Stube in welcher alle möglichen und unmöglichen sogenannten »besseren« Möbeln und sonstige Herrlichkeiten vom Urgroßvater her aufgestellt und zusammengeschachtelt werden, wobei natürlich auch der obligate Glasschrank nicht fehlen darf. Dieses Raritätenkabinett wird selten betreten, noch seltener gelüftet, gilt als Familienheiligtum und darf nur alle Jahrhunderte einmal einem Gaste, den man besonders ehren will, als Schlafzimmer dienen.

Auch die besser situierten Stände haben gute Stuben, allerdings »Salons« genannt. An ihre Einrichtung ist mehr Geld verschwendet worden, als die Mittel eigentlich erlauben; diese teuren Sachen müssen geschont werden; darum sind sie nicht zum Gebrauche sondern zum Prunk, zum Anstaunen da, und selbst wenn der Hausherr es einmal wagen wollte, sich auf einen solchen Stuhl zu setzen oder den Teppich mit seinen Stiefeln zu berühren, würde er von der Dame des Hauses einfach und ohne Anwendung übermäßiger Höflichkeit zur Thür hinauskomplimentiert.

Das Zimmer, in welchem wir schlafen sollten, war nicht gebrauchsunfähig und dennoch, zumal nach unserer persönlichen Ansicht, eine gute Stube im wahrsten Sinne des Wortes. Es standen da zwei breite Betten, so breit, daß jedes von ihnen drei Personen genügend Platz geboten hätte, der schon erwähnte Glasschrank, ein Tisch, ein Kanapee und zwei Stühle. Mehr als diese Möbel aber interessierte uns ein dreibeiniger hölzerner Schragen, welcher wohl ein Dutzend Aepfel-, Käse-, Quark- und andere Kuchen trug. Noch entzückender war der Anblick des Himmels über uns. In diesen, nämlich in die hölzerne Zimmerdecke, waren zahlreiche Haken eingeschraubt, an denen Schinken, Räucherspeck, sonstiges Fleisch und alle möglichen Sorten von Würsten hingen. Diese Herrlichkeiten erfüllten die gute Stube mit einem kräftigen Dufte, dessen Wirkung sich nicht nur auf die Geruchs- sondern auch auf alle übrigen Nerven zu erstrecken schien, denn Carpio, der eben noch so hinfällige, richtete sich zu seiner vollen Länge empor, sog den Geruch mit Wohlbehagen ein und sagte:

»Freund Sappho, ein gütiges Geschick hat uns in das Elysium geführt; Franzl ist das Geschick, und wo sich das Elysium befindet, das brauche ich dir wohl nicht zu sagen. Es weht ein Odem überirdischen Behagens hier, dem jede Krankheit weichen muß. Ich werde die letzten zwei Stunden in meinem ganzen Leben nicht vergessen; es war mir unbeschreiblich schauderhaft zu Mute. Ich fühlte mich nicht mehr als Mensch, sondern ich kam mir wie ein großer, dicker Sack voll

Jammer und Elend vor. Ich habe alle zehntausend Niederträchtigkeiten des Erdenlebens in diesen beiden Stunden durchgemacht und bin davon so vollständig befriedigt worden, daß ich satt genug für immer bin. Das Nikotin ist ein Drache, der mich niemals wieder in seine Krallen bekommen soll, und das Alkohol eine Schlange, die ich zähmen werde, weil man doch nicht für immer von ihr loskommen kann, denn sie taucht in hunderterlei Arten auf, die oft gefährlich, zuweilen aber auch nützlich sind. In meiner höchsten Qual und Not nahm ich mir vor, dir, meinem Freunde, an Eides statt ein heiliges Versprechen abzulegen, nur wußte ich noch nicht in welcher Form. Nun ich aber hier in dieser guten Stube die verloren gegangene Lebensfreude wieder finde und auch fast wieder logisch denken kann, verspreche ich dir bei diesen Schinken und Würsten, welche die erlaubten, die wahren Genüsse des Lebens repräsentieren, daß ich mich niemals wieder von einem heuchlerischen, hinterlistigen Genusse verlocken lassen werde, auf meine Menschenwürde, wenn auch nur für eine Stunde, zu verzichten. Es ist nicht Scherz, sondern mein vollster, wahrster Ernst. Nie wieder soll der Tabak meine Lippen berühren, und jedes Getränk, welches Alkohol enthält, sei mir fortan nur als Arznei erlaubt. Ich habe mein Versprechen bei diesen ehrlichen Schinken und hochachtbaren Würsten abgelegt; du bist dessen Zeuge und sollst mich vor jedermann für einen ehrlosen Menschen erklären, wenn du mich jemals rauchend oder gar berauscht zu sehen bekommst. Hier, meine rechte Hand darauf!«

Der sonst so wortkarge Freund pflegte nur gegen mich, zumal während unsrer Wanderungen, aus seiner Schweigsamkeit herauszutreten; jetzt hatte er gar eine Rede gehalten, was mir als unumstößlicher Beweis dafür diente, daß es ihm völliger Ernst mit seinem Versprechen war. Ich will übrigens gleich jetzt und im voraus bemerken, daß, wie meine lieben Leser später auch selbst noch sehen werden, er dieses Versprechen stets gehalten hat.

Ich nahm die mir dargereichte Hand, schüttelte sie ihm herzlich und sagte:

»Es freut mich, daß du die Lehre, welche du erhalten hast, beherzigen willst. Die Virginias wachsen nicht für Knaben, sondern nur für erwachsene Männer auf den Tabaksbäumen Oesterreichs.«

»Du nennst mich, deinen Busenfreund, einen Knaben?!«

»Ja.«

»Und denkst wohl aber, du selbst seist ein Mann?«

»Ja.«

»Wohl etwa nur darum, weil die Cigarren dich nicht elend gemacht haben wie mich?«

»Ja, denn es war eine höchst männliche Selbstbeherrschung von mir, daß ich dieses Kraut des Teufels mäßig genossen habe, während du grad wie ein kölner Funke geräuchert und gestopfholzt hast.«

»Dafür hast du aber mehr Wein getrunken als ich!«

»Weil ich merkte, daß ich ihn vertragen konnte!«

»Ja, leider bist du in dem glücklichen Besitze eines Magens, dem es ganz gleichgültig ist, ob er jetzt drei volle Tage hungern und gleich darauf einen ganzen Berg voll Kieselsteine, Beißzangen und Ofengabeln verdauen muß! Das ist aber gar kein Beweis der Männlichkeit, mit welcher du dich brüstest. Wer einen Knaben seinen Busenfreund nennt, ist selbst noch ein Knabe; das merke dir. Nicht du selbst bist mir über, sondern nur dein Magen ist besser als der meinige; das ist die ganze, bevorzugte Stellung, welche du in der heutigen Weltgeschichte einnimmst.«

»Mein Sohn, ich habe dich vor den Folgen des Tabaks gewarnt, und wer einen andern Menschen warnt, der beweist damit, daß er ihm über ist. Ich habe sogar jetzt wieder eine Warnung, eine sehr ernste, eindringliche und berechtigte Warnung auf den Lippen.«

»Welche?«

»Bist du bereit, sie zu vernehmen?«

»Ja.«

»Und wird deine Moralität auch kräftig genug sein, sie zu beherzigen?«

»Ich hoffe es.«

»So sage mir: Wie lautet das siebente Gebot, mein lieber Sohn?«

»Du sollst nicht stehlen,« antwortete er ernsthaft, als ob er ein Examen zu bestehen hätte. »Hältst du mich etwa für fähig, ein Dieb zu sein?«

»Ja.«

»Mensch, ich fordere dich!«

»Das ändert nichts an der Sache. Wer moralisch so heruntergekommen ist, daß er bayrische Cigarren nach Böhmen schmuggelt, der ist jeder Schandthat fähig.«

»Also du auch, mein ehrwürdiger Vater! Kannst du mir beweisen, daß ich schon einmal gestohlen habe?«

»Ob ich das kann, ist hier gleichgültig; die Hauptsache ist, daß du höchst wahrscheinlich heut in der Nacht gestohlen haben wirst, ehe der Hahn zum drittenmal kräht.«

»So sage mir doch endlich, was mich reizen soll, eine solche Sünde gegen dein bescheidenes Eigentum zu begehen!«

»Ich spreche nicht von meinem, sondern von dem Eigentume unsers hochherzigen Gastgebers Franzl. Schau um dich, und schau über dich! Wende ganz besonders deinen Blick nach oben!«

»Ach, jetzt verstehe ich!« lachte er.

»Lache nicht, oh du mein armes Schmerzenskind! Wer bei dem Gedanken an die Sünde so leichten und fröhlichen Herzens sein kann, wie du bist, der ist ihr bereits verfallen. Du hast weder am Mittag noch am Abend etwas gegessen; es wird die Pein des Hungers über dich kommen und dich aus dem Schlafe wecken. Wenn du dann den erquickenden Duft der Fleischer-, Schlächter-, Selcher- und Wurstler-Gilde verspürst und dein geistiger Blick sogar zu gleicher Zeit nach jenen lieblichen Kuchenschragen gerichtet wird, so steht dir die schwerste Versuchung nahe, da in jeder Wurst ein Satan wohnt und der oberste der Teufel die Gewohnheit hat, grad die frömmsten Herzen mit geräuchertem Schinken zu bombardieren. Es ist meine Pflicht, dich zu warnen; nun sorge du dafür, daß meine wohlgemeinten Worte nicht auf den Felsen oder unter die Dornen fallen, wo sie nicht aufgehen und

Früchte tragen können! Halte fest an deiner Pflicht, und bleibe ein ehrlicher Mensch! Und nun Gutenacht, mein teurer Sohn!«

»Gute Nacht, lieber Urgroßvater! Willst du dich wirklich schon schlafen legen?«

»Ja, denn es ist für die Gesundheit stets besser, der Nachtwächter zu sein, der die Nachtwacht in der Vormitternacht gewacht gehabt hat, als der Nachtwächter, der die Nachtwacht in der Nachmitternacht gewacht gehabt hat. Auch das kannst du dir merken!«

»Ich wollte dich nur fragen, ob ich unsers Geldes wegen die Thür verriegeln soll?«

»Thue es, oder thue es nicht; das ist ganz egal, da wir nicht wissen, ob sich hier im Zimmer oder außerhalb desselben die gefürchteten diebischen Gelüste regen werden.«

»Hast du Zündhölzer bei dir?«

»Ja, ein ganzes Päckchen und das Fläschchen dazu.«

»So lege sie dir zu Hand! Ich werde zwar zuschließen, aber man weiß nicht, ob es fest genug ist. Schläfst du rechts oder links?«

»Auf beiden Seiten, denn ich pflege mich öfters umzudrehen.«

»Ich meine, in welchem Bette du schlafen willst!«

»Jedenfalls nicht in dem, in welches du dich legen wirst.«

»Schrecklicher Mensch! Ich nehme das hier rechts.«

»Wo grad die schönsten Würste darüber hängen? Nein, mein Sohn, das nehme ich. Leg du dich in das andere; da ist der Himmel leer!«

»Höre, Sappho, ich glaube, daß du mich vor dem Diebstahle gewarnt hast, nur um ihn selbst zu begehen!«

»Das beweist, daß du mit Muhammed, der auch einen falschen Glauben gepredigt hat, auf der gleichen Stufe stehst. Nun aber laß mich ruhen! Nochmals Gutenacht!«

»Gute Nacht, edler Meergreis; schlaf wohl!«

Ich löschte das Licht aus, setzte es auf meinen Stuhl und legte mich nieder. Als ich grad am Einschlafen war, hörte ich Carpios Stimme:

»Höre, ob sie es wohl abgeben wird?«
»Was?«
»Nun, mein Empfehlungsschreiben.«
»Ach so! Ja, wo lebt denn dein Verwandter?«
»Das weiß ich nicht.«
»Was ist er?«
»Das weiß ich nicht.«
»Wie heißt er?«
»Das weiß ich nicht.«

»Höre, lieber Freund, wenn dein Verwandter etwa nur in deiner Phantasie zu suchen ist, so war es eine Schlechtigkeit von dir, dieser armen Frau weiszumachen, daß – – –«

»Schweig!« unterbrach er mich. »So ein Halunke bin ich natürlich nicht. Mein Verwandter existirt wirklich, aber nur für solche Leute, für welche ich ihn existiren lassen will.«

»Also für mich nicht?«
»Nein.«
»Für andere Mitschüler, wie ich erfahren habe, auch nicht?«
»Nein.«
»Danke!«
»Bitte! Fühlst du dich etwa beleidigt?«
»Natürlich! Das nennt sich Busenfreund!«

»Hm! Sappho, ich will dir etwas sagen: Ich habe einen guten Grund, gewisse Menschen nicht über diesen meinen Verwandten aufzuklären.«

»Wer sind diese gewissen Leute?«

»Alle Personen männlichen Geschlechtes, welche ungefähr in meinem Alter stehen.«

»Warum grad dieses?«

»Das ist natürlich tiefstes Geheimnis, worüber ich ein ewiges Schweigen bewahren werde; dir aber will ich es enthüllen. Ich hoffe, daß du das für einen unanfechtbaren Beweis meiner Freundschaft halten wirst!«

»Selbstverständlich! Also – – –?«

»Kein Masculinum meines Alters erfährt etwas über meinen Verwandten, weil – – weil – – hm, weil – – –«

»Nun – – weil – – –? Heraus damit!«

»Weil – – weil – – na, ich will es dir also sagen: Weil der Kerl dann hinüberfahren und sich für mich ausgeben könnte, um mich zu beerben.«

»Alle Donner! Carpio, bist du verrückt?«

»Nein. Grad dieses mein Verhalten muß dir beweisen, daß ich im Gegenteile ganz bei Sinnen, sogar ganz bei Scharfsinn bin.«

»Das bist ganz du! Bei dir wird eben alles zum Roman! Wer das thäte, was du sagtest, der wär ein Halunke!«

»Halunken giebt's genug!«

»Er müßte falsche Papiere haben!«

»Falsche Papiere giebt's genug!«

»Und ein ungeheurer Lügner sein!«

»Lügner giebt's genug!«

»Er müßte auch dich und eure Verhältnisse kennen!«

»Solche Kenner giebt's genug! Du siehst, daß du mich mit deinen Gegengründen nicht zu schlagen vermagst. Nein, nein, eine solche Erbschaft laß ich mir nicht wegschnappen! Du mußt nämlich wissen, daß mein Verwandter in einer Gegend wohnt, die ein wahres Eldorado ist!«

Aha! Das war ja der erste Blitz! Ich war überzeugt, daß er nun nicht eher einschlafen könne, als bis er auch die beiden andern Blitze losgelassen hatte.

»Hast du es gehört?« fragte er.

»Ja.«

»Ein wahres Eldorado ist es.«

»Falsch!«

»Falsch? Wieso?«

»Es muß heißen: ein wahres Dorado. El ist der Artikel.«

»Was geht mich der Artikel an, wenn nur die Sache richtig ist! Du weißt doch, was Eldorado bedeutet?«

»Ja.«

»Ein Land voll lauter Gold und Edelsteinen. Da kannst du dir denken, daß mein Verwandter Millionär ist!«

Millionär – – zweiter Blitz!

Da ich nicht antwortete, fragte er nach einer Weile:

»Schläfst du schon?«

»Nein, aber ich möchte schlafen!«

»So warte nur noch einen Augenblick! Ich muß dir nämlich sagen, daß mein Verwandter keine Verwandten hat.«

»Nicht? Wenn er dein Verwandter ist, hat er doch welche!«

»Wen denn?«

»Dich und deine Familie.«

»Ach so – – richtig! Wir sind aber auch seine einzigen Verwandten. Weißt du, was daraus folgt?«

»Nun, was?«

»Daß wir uns als seine Universalerben zu betrachten haben. Hast du das verstanden?«

Universalerben – – dritter Blitz. Jetzt waren alle drei heraus, und nun ließ er mich wahrscheinlich schlafen.

»Das habe ich verstanden,« antwortete ich. »Aber etwas anderes kann ich nicht verstehen.«

»Was?«

»Daß du mich als deinen einzigen wahren Freund betrachtest und doch gegen mich dasselbe Schweigen bewahrst wie gegen alle andern männlichen Personen deines Alters.«

»Das thue ich nur dir zuliebe.«

»Wieso?«

»Du bist ein braver, ehrlicher Kerl, und grad darum möchte ich dich vor Versuchungen bewahren.«

»Unsinn!«

»Höre, das ist kein Unsinn! Wenn in einem Eldorado ein Millionär wohnt, dessen Universalerbe man werden kann, so ist das eine so ungeheure Versuchung, daß selbst der treueste Busenfreund in Gefahr steht, ihr zu erliegen. Du bist mir lieber als alle andern Menschen, die ich kenne; aber grad diese Liebe ist der Grund, daß ich dich auch vor der kleinsten Versuchung bewahren will!«

»So bewahre mich also, und sei still. Gutenacht!«

»Schlaf wohl!«

Es verging wieder eine Weile; da fragte er:

»Bist du noch wach?«

»Nein; ich schlafe!«

»So muß ich dir doch noch eins sagen, nur noch eins. Es ist mir nämlich eben jetzt eingefallen daß – –«

»Du hast dir jetzt gar nichts mehr einfallen zu lassen!« unterbrach ich ihn. »Ich will schlafen!«

»Aber es ist ganz kurz!«

»Kurz oder nicht; das ist ganz egal! Wenn du mich nicht in Ruhe lässest, so lange ich mir einen Schinken von da oben herunter und werfe ihn dir an den Kopf!«

»Thue das, lieber Sappho! Ich hänge ihn gewiß nicht unangeschnitten wieder hinauf, denn ich habe Hunger, riesigen Hunger. Er ist gekommen wie ein gewappneter Mann und geht wie ein brüllender Löwe in meinem Bette um!«

»Ach, wenn du brüllende Löwen im Bette hast, so bin ich ja gerettet!«

»Gerettet? Wie meinst du das?«

»Da hast du so mit diesen Bestien zu thun, daß du dich nun wohl nicht mehr mit mir beschäftigen wirst.«

»Na, wenn dich ihr Gebrüll nicht aufweckt, so magst du ruhig schlafen. Ich werde dich nicht mehr molestieren!«

Er hielt Wort; ich schlief ein, wurde aber nach ungefähr einer halben Stunde wieder aufgeweckt, denn ich hörte ihn ängstlich rufen:

»Sappho, Sappho, wach auf! Wach auf, und nimm mich herunter! Schnell, schnell!«

Die Stimme kam nicht von seinem Bette, sondern aus einer andern Gegend her; es klang wie von oben herab.

»Wo bist du denn?« fragte ich.

»Ich hänge hier oben!«

»Wo denn?«

»An der Wurst. Mach nur Licht! So lange kann ich mich schon noch halten. Der Stuhl ist umgestürzt.«

Er hing an einer Wurst! Ich sagte lachend:

»Aber, Mensch, wenn man das Leben auch noch so überdrüssig hat, braucht man sich doch nicht grad an eine Wurst zu hängen!«

»Mach keine dummen Witze, sondern beeile dich, sonst reißt die Schnur; obgleich sie vierfach ist!«

»Was?« fragte ich. »Die Wurst hängt gar an einer vierfachen Schnur?«

»Die Wurst nicht, sondern ich!«

»Ist sie noch oben?«

»Ja, beide sind wir noch da! Hilf mir herunter!«

Jetzt brannte das Licht, und ich konnte die Situation überblicken. Er hing wirklich an einer Wurst, oder vielmehr nicht an, sondern neben derselben. Unter ihm lag das ausgebreitete Deckbette und auf diesem der umgefallene Stuhl.

Es muß bemerkt werden, daß das Zimmer höher als gewöhnliche Bauernstuben war und daß die meisten der eingeschraubten Haken die Stärke von Lampenhaken hatten. An einem dieser starken Haken hing die dicke Magenwurst, auf welche Carpio es abgesehen gehabt hatte; er trug zu gleicher Zeit die vierfach zusammengelegte Schnur, welche Carpio in beiden Händen hielt, während er das andere Ende sich unter der Achselhöhle durchgezogen hatte. Er hing an ihr höher, als der umgefallene Stuhl gewesen war, was ich zunächst nicht begreifen konnte. Er war übrigens kein schlechter Turner, sonst hätte er es nicht so lange, bis ich ihm zu Hilfe kam, aushalten können.

Ich nahm Kniebeuge und ließ ihn auf meiner Schulter Halt fassen, von wo er dann auf das Bett heruntersprang. Die mit herabgezogene Schnur in den Händen, warf er einen bedauernden Blick nach oben und sagte in wehmütigem Tone:

»Sie war die größte und verlockendste von allen; nun stehe ich wieder hier unten, und sie, sie hängt noch oben!«

»Dieb! Wurstspitzbube! Schinkenräuber! Ich habe dich gewarnt. Du konntest Hals und Beine brechen!« fuhr ich ihn sehr ernst an, obgleich ich, wie ich zu meiner Schande gestehe, innerlich lachen mußte.

»Was geht es mich an, ob mein Hals und meine Beine ganz bleiben oder nicht, da ich die traurige Gewißheit habe, daß ich diese Nacht nicht überleben werde!«

»So groß ist dein Hunger?«

»Schauderhaft! Du hast mir grad das Bett geraubt, worüber der Himmel das Aussehen einer vollgestopften Räucherkammer hatte, während über dem meinigen alles leer ist. Auf dein Bett konnte ich nicht treten, weil dich das aufgeweckt hätte; darum suchte ich mir da vorn, ehe du das Licht auslöschtest, diejenige Wurst aus, welche in Beziehung auf ihre Größe und Wohlgestalt meinem heimlichen Zwecke zu entsprechen schien. Um jedes, auch das leiseste Geräusch zu dämpfen, legte ich meine Zudecke unter, auf welche ich den Stuhl stellte. Aber das reichte, wie ich bald bemerkte, leider nicht aus, denn ich durfte die Wurst nicht abschneiden, sondern ich mußte sie empor- weil aus dem Haken heben. Eine Unterlage auf den Stuhl konnte ich im Dunkeln nicht finden, und so – – –«

»Hättest du doch ein paar Käsekuchen von dort untergelegt!« fiel ich ihm in die Rede.

»Schweig, gefühlloser Mongolenhäuptling!« antwortete er. »Durch diesen hochverräterischen Vorschlag, den ich mir übrigens merken werde, verrätst du, daß du von tungusischen oder ostjakischen Urahnen abstammst! Also – – ich konnte nicht hoch genug steigen; darum nahm ich mir vor, mich hoch genug zu ziehen. Du weißt doch, daß ich stets eine Anzahl Reiseschnuren bei mir führe?«

»Reiseschnuren! Dieser Ausdruck ist gut, sehr gut!«

»Wieso? Spottest du?«

»Nein. Ich denke dabei an ungarische, russische und andere Pferdediebe, welche auf ihre Reisen Halfter mitzunehmen pflegen, in denen dann, ehe man die Hand umdrehe, fremde Pferde zu stecken pflegen. Also wie war es mit deinen Reiseschnuren, die eigentlich heimliche oder verkappte Wurstschnuren zu sein scheinen?«

»Ich legte sie, damit sie mich halten könnten, vierfach zusammen, band mir das Ende unter der Achsel fest, weil man da am wenigsten empfindlich ist, wie z. B. das Turnen an den Schwingen beweist. Dann stieg ich wieder auf den Stuhl und warf die vierfache Schnur so in die Höhe, daß sie sich in den Haken fing.«

»Ein Kunststück ohne Licht!«

»Es gelang freilich nur nach wiederholtem Versuche. Ich

hing also an der Achsel, und die Schnuren liefen oben über den Haken. Indem ich sie um die eine Hand wickelte und mit der andern weiter- und höhergriff, konnte ich mich emporziehen und dann die Wurst aus dem Haken heben. Ich zog und zog; es ging, denn ich half unten dadurch nach, daß ich den Fuß auf die Querleiste der Stuhllehne setzte. Dabei aber stieß ich den Stuhl um; die Nachhilfe fehlte nun, und ich kam nicht weiter; ich mußte dich um Hilfe rufen.«

»Das war nicht notwendig.«

»O doch!«

»Nein. Du brauchtest doch nur die Schnur fahren zu lassen und herunterzuspringen!«

»Kann man eine fest um die Hand gewickelte Schnur, an welcher man hängt, so leicht fahren lassen? Uebrigens konnte ich nicht sehen, wo der Stuhl lag; ich konnte mir, auf ihn fallend, Schaden thun. Nein, ich mußte dich rufen. Schau meine Hand! Sieh diese blauen Streifen! Wärst du nicht gleich erwacht, so hätte die Schnur das Fleisch bis auf den Knochen durchschnitten!«

Er hatte recht; ich zog es aber vor, ihm ohne Bedauern zu sagen:

»Das hast du verdient! Ein Pferdedieb wird in Amerika am Halse, ein Wurstdieb in Böhmen aber an der Achsel und den Händen aufgehängt! Und, Mensch, sag, wie hast du dir das denn eigentlich gedacht? Der Wirt oder seine Frau hätte morgen früh doch gleich mit dem ersten Blicke gesehen, daß grad ihre schönste Wurst den Weg aller Würste – – –«

»Nichts hätten sie gesehen, gar nichts!« fiel er schnell ein.

»Du wolltest ein Stück abschneiden?«

»Nein.«

»Sie ganz aufessen?«

»Nein, obgleich mein Hunger so groß ist, daß ich mich anheischig mache, zwei oder auch drei solche Magenwürste verschwinden zu lassen.«

»Nicht abschneiden, aber auch nicht ganz verzehren? Ein drittes ist doch gar nicht möglich!«

»Für ein so harmloses und wohlgenährtes Wickelkind, wie

du bist, freilich nicht. Aber der hungrige Löwe, welcher vorhin in meinem Bette brüllte, macht erfinderisch. Ich hatte mir das ganz schön ausgedacht. Sieh die Wurst an! Sie ist nach allen Seiten mit einer Schnur umwickelt, jedenfalls deshalb, daß sie beim Kochen im Wurstkessel nicht zerplatzen sollte. Meinst du nicht auch?«

»Meinetwegen! Ich halte dieses Problem nicht für hoch und würdig genug, in einer so wichtigen Stunde, wie die jetzige ist, meine Gedanken zu beschäftigen. Lassen wir die Schnur also drumgewickelt! Uebrigens sind wir jetzt in Oesterreich, da heißt es nicht Schnur, sondern Spagat.«

»Schön, also Spagat! Ich wollte diesen Spagat vorsichtig heruntermachen und dann einen Triangel in die Wursthaut schneiden, vorsichtig, unendlich vorsichtig natürlich. Diese Hautdreiecke hätte ich geöffnet und dann aus dem Innern der Wurst soviel herausgeholt, wie nötig war, den Löwen zu füttern, der meinen Magen jetzt als Raubtierkäfig benutzt. Wenn er dann satt war, wollte ich – – – hm!«

»Was wolltest du? Heraus damit!«

»Lieber Mongole, du siehst doch ein, daß die Wursthaut wieder gefüllt werden mußte?«

»Natürlich mußte sie das! Aber womit? Ich bin neugierig, was du dazu nehmen wolltest.«

»Ja, diese Frage war freilich schlimmer als die orientalische. Dir durfte ich mich nicht anvertrauen; etwas Eßbares, was ich erreichen konnte, gab es nicht als nur die Kuchen dort. Hätte ich ein Stück abgeschnitten und in die Wurst gestopft, so wäre die Lücke bemerkt worden. Nicht?«

»Ja. Die Kuchen sind leider alle ganz; es ist keiner von ihnen angeschnitten.«

»Das ist ja die Sache, die mir Schmerzen macht!« sagte er grimmig; dann fügte er in vertraulichem Tone hinzu: »Weißt du, Sappho, wer sich über die Kuchen machen will, der muß gleich einen ganzen essen; das wird nicht so leicht entdeckt, als wenn man ein Stück herausschneidet!«

»Du, Carpio, du hast doch nicht etwa in dieser Beziehung Gedanken, die mir schrecklich wären?!«

»Fällt mir gar nicht ein! Ich bin ein Ehrenmann; das weißt du doch!«

»Ja, ein Ehrenmann, welcher Triangel in die Würste schneidet! Also womit wolltest du sie füllen?«

»Mit – – – mit – – – ich habe nämlich bemerkt, daß mein Kopfkissen ein Loch hat. Am Inlet scheint eine Naht aufgegangen zu sein, denn die Federn kommen unten aus dem Ueberzug heraus. Ahnst du es nun, Sappho?«

»Carpio, Mensch, Wurst- und Federdieb! Welch ein Gedanke! Du hast die Wurst mit Bettfedern ausstopfen wollen?«

»Ja, mit Bettfedern,« antwortete er, ich weiß nicht mehr, ob kleinlaut oder triumphierend.

»Welch verderbte, lasterhafte Welt! Ich sage dir, daß dieser dein Gedanke von einer Bosheit ist, die mich geradezu schaudern läßt! Ich sehe im Geiste den guten Franzl mit seiner Frau am Tische sitzen und die Magenwurst anschneiden. Da quellen Federn heraus! Welche Gesichter! Welch ein Aufwand an Geist und Scharfsinn, um dem Wunder, daß ein Schwein keine Borsten, sondern Federn hat, auf die Spur zu kommen!«

»Sie hätten die Lösung des Rätsels, nämlich das hineingeschnittene Triangel bald gefunden, aber wohl schwerlich die Schuld auf uns geworfen.«

»Auf uns! Das ist es ja, was mich so sehr empört, nämlich, daß ich, der Unschuldige, bei der Entdeckung auch in die Gefahr käme, als Dieb betrachtet zu werden!«

»Beruhige dich, hochverehrter Busenfreund! Dein sittlicher und strafrechtlicher Widerwille ist nur deshalb so groß, weil du keinen Hunger hast! Also ich hätte die Federn in die Wurst gestopft, die Haut an den Triangelschnitten etwas übereinander gelegt und dann die Schnur wieder darumgewickelt. Hing sie dann oben an ihrem heimatlichen Haken, so wäre beim hellsten Tageslichte nicht zu sehen gewesen, daß ich bei nachtschlafender Zeit allhier die Fütterung meines Löwen vorgenommen habe. Leider ist nichts daraus geworden, und es bleibt ihm nichts anderes übrig, als weiterzuhungern!«

»Es ist schon drei Uhr nachts; du wirst es bis zum Kaffee

aushalten müssen und wohl auch können. Hättest du es Franzl noch vor dem Schlafengehen gesagt, so lägst du jetzt als gesättigter und zufriedener Bürger in den Armen des Schlafes der Gerechten. So aber wirst du unter den Geißelhieben der Furien nicht einschlafen können bis zum Grauen des Morgens, welche Bezeichnung heute doppelt richtig ist, weil es ihm vor dir graut!«

»Ich wollte, diese Hiebe bekämst du! Ich verzichte auf deine Furien, denn ich habe an meinem Hunger genug. Komm, wollen uns wieder niederlegen!«

»Ja, stecke deine berühmten Reiseschnuren ein; laß den Stuhl auf seinen eigenen Füßen stehen, und leg das Bett dahin, wohin es gehört. Und das sage ich dir noch: Wenn du mich wieder wecken solltest, um dich vom Haken herunterzuholen, so lasse ich dich hängen und gehe an meinem Wanderstabe ohne deine hungrige Begleitung weiter!«

Ich blies das Licht wieder aus und kehrte zu Morpheus zurück, dem mich der Busenfreund so rücksichtslos entrissen hatte. Als ich erwachte, war es zehn Uhr vormittags. Carpio lag mit offenen Augen im Bette; er stöhnte leise vor sich hin und war vor Hunger bleich wie Konzeptpapier.

»Aber, Carpio, was liegst du noch?« fragte ich erstaunt. »Du scheinst schon längst wach zu sein? Warum bist du bei deinem Hunger nicht aufgestanden und hinuntergegangen, um zu essen?«

Er holte tief, tief Atem und seufzte:

»Ich – – ich – – habe keinen Appetit!«

Diese ganz und gar unerwartete Antwort veranlaßte mich, sofort aufzuspringen, um sämtliche Räuchersachen einer gründlichen Ocular-Inspektion zu unterwerfen. Ich fand nichts, was meinen Verdacht bestätigte.

»Du denkst wohl, ich bin noch einmal aufgestanden und habe mich mit den Sachen da oben beschäftigt?« fragte er mich in müdem Tone. »Ist mir nicht eingefallen! Ich sage dir, Sappho, der Geruch dieser Würste und Schinken ist mir jetzt zuwider!«

»Wirklich?« fragte ich erstaunt.

»Ja. Auf Ehrenwort, ich könnte keinen einzigen Bissen davon essen!«

»Das begreife ich nicht.«

»Weil du meine Konstitution nicht kennst. Weißt du denn nicht, daß es Menschen giebt, welche, wenn sie den Hunger einmal übergangen haben, dann für lange Zeit nicht imstande sind, auch nur die geringste Kleinigkeit zu genießen? Sie sind ganz satt, wie vollgestopft.«

»Mit Bettfedern?«

»Mach keinen dummen Witz! Zu diesen Vollgestopften gehöre ich auch. Daß ich heute nacht den Hunger übergehen mußte, wird mir gar nicht gut bekommen; glaube mir, ich bin innerlich wie zugeleimt! Wer weiß, welche lange Zeit vergehen wird, bis ich etwas essen kann. Mein Leib ist ganz hart; ich kann kaum Atem holen!«

»Das sind aber doch Symptome des strikten Gegenteiles vom Hunger!«

»Das verstehst du nicht. Es sind die Symptome eines sehr stark übergangenen Hungers!«

»Aber ich habe doch schon ziemlich oft gehungert, doch davon nie einen solchen Leib und Atembeschwerden gehabt wie du!«

»Das kommt davon, daß deine Konstitution eine ganz andere Struktur hat als die meinige. Mein Hunger ist ein Löwe, der deinige ein Rhinoceros, also zwei Tiere, welche zu ganz verschiedenen Klassen gehören. Ich habe jetzt – – –«

Er wurde unterbrochen, denn Franzl klopfte an die Thür und forderte uns auf, nun endlich doch hinunterzukommen, sonst werde der Kaffee so dick wie Pflaumenmus.

»Ich bliebe am liebsten liegen,« seufzte mein Busenfreund. »Es liegt mir wie Blei in den Gliedern. Komm, zieh mich in die Höhe!«

Ich that das. Er sah wirklich ganz elend aus. Seine Wangen waren jetzt aschfahl und eingefallen; die Augen hatten einen stieren, wie abwesenden Blick.

»Du, Carpio, wollen doch zu einem Arzt gehen,« schlug ich vor. »Das kann unmöglich vom übergangenen Hunger sein;

das sieht vielmehr ganz so aus, als ob eine Krankheit im Anzuge sei!«

»Unsinn!« lächelte er matt. »Den Anzug zieh ich selber an; da lasse ich keine Krankheit hinein.«

»Na, wenn du noch imstande bist, solche lebensgefährliche Witze loszulassen, dann darf man ja alle Hoffnung haben, daß du noch nicht ganz tot bist!«

»Es wird schon wieder werden; ich kenne mich. Hilf mir nur, ich kann mich nicht gut bücken!«

Ich war schnell mit mir fertig; bei ihm aber ging es außerordentlich langsam; es war, als ob er sich gar nicht mehr drehen und wenden könne. So schwerfällig und apathisch wie heute hatte ich ihn noch nie gesehen. Auch die Treppe hinunter ging es so langsam mit ihm, als ob ihm die Kniegelenke eingefroren seien.

Unser Franzl saß mit der Wirtin im Gastzimmer beim zweiten Frühstücke. Sie blühte wie eine Rose und begrüßte uns mit einer Freundlichkeit, welche bewies, daß ihr die uns bewiesene Gastfreundschaft aus dem Herzen kam. Von Abreise durften wir gar nicht sprechen. Wir erfuhren, daß Franzl per Schlitten nach Maria Kulm müsse, und beide hielten es für ganz selbstverständlich, daß wir mitzufahren hätten. Es fiel uns auch gar nicht ein, eine Einwendung dagegen zu machen. Was gern gegeben wird, nimmt man gern an, und wir freuten uns, den berühmten Wallfahrtsort kennen zu lernen.

Mein kranker Busenfreund war leider nicht imstande, dieser Freude einen so lebhaften Ausdruck zu geben wie ich. Er trank nur einen einzigen Schluck Kaffee und nahm keinen Bissen zu sich, Franzl beobachtete ihn unter wiederholtem Kopfschütteln; er wollte nicht glauben, daß ein übergangener Heißhunger den Appetit mit solcher Gründlichkeit verderben könne.

Natürlich erkundigte ich mich nach den drei Fremden von gestern abend.

»Undankbare Gesellschaft!« antwortete die Wirtin kurz.

Auf mein Warum erklärte Franzl:

»Die sind schon fort, ehe wir aufgestanden waren; der Knecht hat sie hinauslassen müssen.«

»Also doch, wie ich dachte! Ich habe es Ihnen gestern vorausgesagt, als die Frau nicht mit Gutenacht, sondern mit Lebewohl grüßte.«

»Warten Sie nur; die Hauptsache kommt erst noch: Als meine Frau in der Stube, wo sie übernachteten, nachsah, lagen die geschenkten Kleidungsstücke, der Kuchen, die Wurst und sogar meine fünf Gulden auf dem Tisch. Sie haben das alles nicht mitnehmen wollen.«

»Fünf Gulden? Nicht sechs?«

»Nur meine fünf; den Ihrigen haben sie behalten. Was sagen Sie zu so einer Undankbarkeit und Schlechtigkeit?!«

Ich war damals noch sehr jung und durfte von Menschenkenntnis nicht sprechen; aber dennoch kam mir der Gedanke, daß ich an Stelle der Frau wahrscheinlich nicht anders gehandelt hätte als sie. Es war Stolz, ob Bettelstolz oder – –? Ich hütete mich natürlich, meine Meinung zu äußern, mußte aber während des ganzen Tages an die armen Menschen denken und an die tiefe Wirkung, welche das Gedicht auf den Greis hervorgebracht hatte. Am liebsten wäre ich ihnen nachgegangen, um ihnen zu sagen, wie sehr sie mir durch die Zurücklassung der Geschenke imponiert hatten. Bei ihrer traurigen Lage war diese Verzichtung ein Opfer, dessen Größe unsere Gastfreunde leider nicht begriffen.

Wir saßen bis Mittag mit Franzl allein zusammen, weil seine Frau das Essen zu bereiten und auch sonst in der Wirtschaft zu thun hatte. Einmal rief sie ihn in die Küche. Wir hörten sie draußen laut und herzlich lachen, und als er dann wiederkam, kniff er das eine Auge zusammen, was ihm einen außerordentlich gutmütig pfiffigen Ausdruck verlieh, und fragte mich:

»Heut giebt's Kartoffelklöße, so groß wie mein Kopf; das stopft! Essen Sie mit?«

»Natürlich, denn die sind mein Leibessen!« antwortete ich

»Und Sie?«

Er richtete diese Frage offenbar mit größerer Spannung an Carpio, welcher sich schüttelte und dann antwortete:

»Sappho mag nur nicht von Leibessen reden, denn er hat lauter Leibessen; alles, was gegessen werden kann, ist sein Leibessen! Aber ich, mit meinem zarten Magen! Klöße! Brrr! Das schüttelt mich förmlich!«

»Jaja, Klöße!« nickte jetzt der Franzl mit komischem Ernste vor sich hin. »Aber könnten Sie Quark mit Kartoffeln essen?«

»Quark? Keine Spur! Keine Messerspitze! Ich müßte hinaus, müßte ausreißen!«

»Schaun Sie an! Aber früher konnten Sie Quark essen?«

Ich wußte nicht, warum er so fragte, und antwortete schnell an Carpios Stelle:

»Gleich mit Löffeln hätte er ihn gegessen! Noch vorgestern haben wir welchen gehabt!«

»Schau, schau! Da muß ein übergangener Hunger freilich eine schlimme Sache sein. Ich habe das noch nicht erlebt und mag's auch gar nicht kennen lernen.«

Ich fühlte es wohl heraus, daß diese Worte irgend eine besondere Bedeutung hatten, fand aber keine Zeit, nach ihr zu forschen, weil er gleich von etwas anderem zu sprechen anfing.

Die Klöße mundeten mir vortrefflich; Carpio aber setzte sich gleich gar nicht mit an den Tisch. Er erklärte, seinen Heißhunger nur durch die allerstrengste Diät wieder herstellen zu können: *Similia similibus curantur*, Aehnliches mit Aehnlichem, Gleiches mit Gleichem, Hunger mit Hunger!

Gleich nach Tische begann die Schlittenfahrt, welche mir große Freude machte. Ich wußte, daß es auch für Carpio kein größeres Vergnügen geben konnte als so eine Schlittenpartie, und bedauerte es herzlich, daß sein Unwohlsein ihn hinderte, dieses Vergnügen so vollauf wie ich zu genießen. Franzl aber, der doch sonst so menschenfreundliche Mann, schien das Leiden seines Gastes mehr ironisch als tragisch zu nehmen, was den Busenfreund so verstimmte, daß er zuletzt kein Wort mehr sprach und nur kurz erklärte, daß er sich nach der Heimkehr sofort schlafenlegen werde.

Das ging aber doch nicht so schnell, wie er gedacht hatte, obgleich wir so spät ankamen, daß schon alle Gäste fortgegangen waren. Die Wirtin sagte uns nämlich, daß sie unter dem Kopfkissen des Bettes, in welchem die fremde Frau geschlafen hatte, etwas Wichtiges gefunden habe, und gab es ihrem Manne. Wir sahen sogleich, daß es das Couvert mit den Schiffskarten war. Dieser Verlust konnte unschwer erklärt werden: Sie hatte dem Wirte den Paß vorzeigen müssen und ihn dann wieder in ihr Tuch gewickelt. Später war uns von ihr das Couvert gezeigt worden, welches sie dann jedenfalls nicht so sorgfältig wie vorher den Paß eingeschlagen hatte. Beim Schlafengehen war sie so vorsichtig gewesen, das Tuch mit den beiden wichtigen Gegenständen unter ihr Kopfkissen zu legen. Dabei oder während ihrer Bewegungen im Schlafe oder vielleicht auch erst früh beim Wegnehmen des Tuches war das Couvert herausgerutscht und unter dem Kissen liegen geblieben.

Jetzt wußte der Wirt nicht, was er mit dem Fundgegenstande anfangen sollte, während ich sofort im stillen entschlossen war, ihn der Eigentümerin zuzustellen.

»Ich werde das Couvert morgen früh der Polizei übergeben,« meinte er.

»Nein, das werden Sie nicht,« sagte ich.

»Warum nicht?«

»Weil es so blutarmen Leuten, welche von der Mildthätigkeit anderer leben müssen, jedenfalls sehr unangenehm ist, wenn sie mit der Polizei auch nur in Berührung kommen müssen. Man würde sie nach allem ausfragen, und das Ergebnis könnte sein, daß sie als Landstreicher eingesperrt und dann per Schub nach ihrer Heimat transportiert würden, wohin sie, wie wir wissen, nicht wieder wollen.«

»Sie sind wohl auch weiter nichts als Landstreicher!«

»Nein, sie sind brave, unglückliche Menschen, deren Not man nicht noch vergrößern darf.«

»Aber was soll ich sonst thun? Das Couvert mit der Post nach Graslitz schicken, denn dorthin wollten sie?«

»Das geht auch nicht an, denn Sie kennen ihre dortige Adresse nicht, und die Karten dürfen nicht allen möglichen Zufällen oder gar der Gefahr ausgesetzt werden, verloren zu gehen.«

»Aber nach Graslitz müssen sie doch!«

»Allerdings. Ich schlage vor, sie sicheren Leuten anzuvertrauen, welche nach diesem Orte gehen und Frau Wagner dort aufsuchen werden.«

»Das würde allerdings das Klügste und Sicherste sein; aber ich weiß keinen Menschen, der grad jetzt die Absicht hat, nach Graslitz zu gehen. Und warten, bis irgend jemand zufällig auf diesen Gedanken kommt, dazu giebt es keine Zeit, denn diese Angelegenheit ist eilig.«

»Wenn Sie nicht, so kenne ich zwei Personen, welche bereit sind, diesen Botengang zu übernehmen.«

»Sie? Wer ist das?«

»Ich und Carpio.«

»Sie selbst? Sie wollen nach Graslitz? Ich denke, Ihr Weg führt Sie nach Karlsbad und weiterhin?«

»Wir haben eigentlich gar keine festgestellte Tour. Wir wandern, um zu wandern, ohne eigentliches Ziel. Das einzige, was wir dabei zu beachten haben, ist, daß bei uns der Unterricht am siebenten Januar wieder beginnt; da müssen wir daheim sein. Ob wir nach Karlsbad oder nach Graslitz gehen, ist gleichgültig.«

»Aber die Tour nach Karlsbad ist bequemer; Sie haben da stets vortreffliche Straße, während der Weg über Berg und Thal nach Graslitz hinauf jetzt im Winter so beschwerlich ist, daß wenigstens ich ihn nicht gehen möchte. Oder wollen Sie fahren?«

»Nein. Erstens sind unsere Mittel dazu zu gering, und zweitens müssen wir mit in Rechnung ziehen, daß wir die Gesuchten leicht noch unterwegs treffen können; wir müssen uns also für dieselbe Transportgelegenheit wie sie entscheiden, nämlich für Schusters Rappen.«

»Schade, jammerschade! Sie gefallen uns, und wir rechneten darauf, daß Sie noch einen oder zwei Tage bei uns bleiben würden. Wenn Sie wenigstens morgen noch bleiben, kann es leicht möglich sein, daß Sie der Frau die Karten hier geben können.«

»Wieso?«

»Weil sie, wenn sie ihren Verlust bemerkt, schnell umkehren und wieder zu uns kommen wird, um die Karten zu holen.«

»Das bezweifle ich, denn sie wird glauben, sie unterwegs verloren zu haben. Wenn sie nicht die feste Ueberzeugung hätte, sie von hier mitgenommen zu haben, wäre sie wahrscheinlich jetzt schon wieder da.«

»Es ist möglich, daß Sie recht haben. Also Sie sind wirklich entschlossen, diesen Leuten trotz ihrer Undankbarkeit nach Graslitz nachzulaufen?«

»Ja. Was Ihnen als Undank erscheint, ist vielleicht eine Folge von Gründen, die Sie und wir nicht kennen. Also, wir machen einen Ausflug, weil wir Bewegung brauchen; wohin wir fliegen, wohin wir uns bewegen, das ist, wie schon gesagt, sehr gleichgültig; fliegen wir also nach Graslitz!«

»Na, vom Fliegen wird da wohl keine Rede sein können. Es fängt an zu schneien, und wenn es in dieser Nacht so fortschneit, sind für Sie morgen früh alle Wege zu.«

»Das macht uns heut noch keine Sorge; unsere einzige Sorge ist jetzt nur die, ob Sie uns das Couvert mit den Karten anvertrauen werden.«

»Warum denn nicht? So braven Burschen, wie Sie sind, wird man doch Vertrauen schenken, und ich bin überhaupt froh, daß ich diese Sachen los werde.«

»So brechen wir morgen früh auf, sobald es hell geworden ist. Wir werden wohl jemand finden, der uns den Weg beschreiben kann.«

»Da brauchen Sie nicht weit zu suchen, denn ich stamme aus Bleistadt und kenne ihn ganz genau. Ich werde ihn nachher auf ein Papier zeichnen, welches Sie mitnehmen können.«

»Abgemacht, beschlossen und genehmigt!«

»Nur langsam!« sagte Carpio. »Du thust doch, als ob du dich ganz allein auf der Erde befändest! Du bestimmst, was geschehen soll, und thust das ganz nach deinem Gutdünken, ohne mich auch nur ein einziges Mal zu fragen. Ich bin aber auch noch da, verehrter Sappho!«

»Das weiß ich. Ich glaubte, allein sprechen zu müssen, weil

du die Sprache verloren zu haben scheinst, und war überzeugt, daß du einverstanden sein würdest, wenn es gilt, armen, unglücklichen Menschen zu ihrem Eigentume zu verhelfen.«

»Daß ich gern dabei bin, versteht sich ganz von selbst, nur weiß ich nicht, ob mein übergangener Heißhunger mir morgen schon erlauben wird, einen so beschwerlichen Weg zu machen.«

»Grad darüber brauchen Sie nicht zu sorgen,« fiel Franzl heiter ein. »Ich kenne ein ganz sicheres Mittel, Sie bis morgen früh wieder gesund zu machen. Sie müssen dieses Mittel noch heute abend verzehren.«

»Was ist es?« fragte Carpio neugierig.

»Vier oder fünf Stückchen Quarkkuchen.«

»Quark – – ku – – chen?« dehnte der Busenfreund schaudernd. »Ich würde auf der Stelle sterben, wenn ich meinem Magen das Herzeleid anthäte, auch nur ein einziges zu essen!«

»Aber ich bin überzeugt, daß Sie doch früher dieser Sorte von Kuchen nicht abgeneigt gewesen sind!«

»Früher und jetzt, das sind zwei sehr verschiedene Zeiten. Sie kennen doch das lateinische Sprichwort von den Zeiten und den Menschen, die sich ändern?«

»Gewiß kenne ich es. Es heißt: *Saepe luet porci facinus porcellus adulti.* Und wenn Sie heut nichts genießen wollen, so werden Sie mir erlauben, dafür zu sorgen, daß Sie wenigstens unterwegs nicht Hunger leiden. Jetzt will ich Papier holen, um Ihnen den Weg aufzuzeichnen.«

Als er das gethan und uns den Weg auch noch sehr eingehend erklärt hatte, gingen wir schlafen. Oben angekommen bemerkte ich, daß der Schragen mit den Kuchen nicht mehr in der guten Stube stand. Dieser Umstand fiel mir keineswegs auf, denn Kuchen hebt man doch nicht in einem Raume auf, in welchem geschlafen wird, und auch der Busenfreund meinte:

»Laß ihn fort sein; ich werde um so besser schlafen, wenn ich diesen Quarkkuchen nicht riechen muß, der mir so zuwider ist, wie ich gar nicht sagen kann!«

Als wir am andern Morgen zeitig Kaffee getrunken hatten, brachte die Wirtin ein großes, schweres Paket Lebensmittel, welches wir mitnehmen sollten. Wir wollten es zurückweisen, weil es uns zuviel schien; sie ging aber nicht darauf ein. Franzl gab uns das Couvert mit den Schiffskarten und noch ein zweites, kleineres. Er sagte:

»Den Abschied wollen wir uns nicht gar so schwer machen, denn ich bin überzeugt, daß Sie auf dem Rückweg wieder bei mir einkehren werden. Bis dahin gebe ich Ihnen ein kleines Andenken an mich mit. Sie haben uns bei Ihrem Kommen so mit Reimen überschüttet, daß ich mir gegen Sie wie ein Schuljunge vorgekommen bin. Da habe ich denn gestern abend, als Sie schliefen, mir Mühe gegeben, auch einen Reim zu machen. Es hat wohl an die zwei Stunden gedauert, bis er fertig war. Sehen Sie, ob er etwas taugt; aber öffnen Sie das Papier nicht eher, als bis Sie aus der Stadt hinaus sind. Darf ich Ihnen noch ein paar Virginias und einige Stücke Quarkkuchen mitgeben?«

Da streckte Carpio, der sich heute wieder wohl fühlte, beide Hände abwehrend aus und rief:

»Ich rauche im Leben niemals wieder, und wenn Sie wollen, daß ich Ihnen ein treues und dankbares Andenken widmen soll, so sprechen Sie das andere Wort, so lange wir noch da sind, ja nicht wieder aus!«

Der Abschied war zwar kurz, aber um so herzlicher. Wir mußten versprechen, auf dem Rückwege, wenn nur immer möglich, ja wieder vorzusprechen und noch einen Tag zu bleiben; dann wanderten wir zur Stadt hinaus. Draußen vor derselben stand ein Einkehrhaus. Als ich an demselben vorüber wollte, hielt mich Carpio an und sagte:

»Lieber Wanderer, geh nicht weiter! Da drinnen lächelt wieder edle Gastlichkeit!«

»Schon einkehren? Wir machen doch keine Bierreise und haben kaum erst zweihundert Schritte gethan!«

Aber der Busenfreund wußte mich zu überreden. Er bewies mir mit mathematischer Schärfe, daß wir unbedingt das mitbekommene Paket untersuchen müßten, was doch unmöglich unterwegs im Freien geschehen könne. Auch müßten wir das Gedicht lesen; ein Bier koste nur sechs Kreuzer und reiche für uns beide – *ergo!*

Die Stube war leer; dann kam eine Frau, schenkte uns das Bier ein und ging dann wieder hinaus. Wir waren allein. Nun wurde das Paket mit großer Feierlichkeit geöffnet. Es enthielt ein ganzes Stück Butter, einen Käse, ein Stück Schinken, eine halbe Magenwurst, einige Stücke Rosinenkuchen und etwas in Flanell gewickelt. Als wir dies öffneten, fielen zehn blanke Gulden und ein Papier heraus, auf welchem zu lesen stand:

»Für die Visite schulden
Wir Ihnen diese Gulden.
Ihr treuer Franzl.«

Wir ließen unserer frohen Ueberraschung zehn Minuten lang freien Lauf; als Carpio dann allerlei Vorschläge machte, wie dieses Geld unterwegs zu verwenden sei, sagte ich:

»Es wird nicht ausgegeben, sondern aufgehoben. Unser Reisegeld muß langen.«

»Was hast du da?« fragte der Busenfreund, als er den Lederbeutel sah, den ich auf meinem jungen Herzen trug und jetzt unter der Weste hervorzog.

»Das ist mein geheimer Geldschrank, in welchem die zwanzig Thaler stecken, die ich mir von meinem Honorar für unvorhergesehene Fälle aufbewahrt habe. Hier hinein kommen diese zehn Gulden.«

»Denkst du nicht, daß ein Einbrecher auf den Gedanken kommen kann, daß du diesen Beutel bei dir hast?«

»Hier unter meiner Weste bricht mir niemand ein; darauf kannst du dich verlassen! Du, steckt nicht da zwischen dem Kuchen auch ein beschriebenes Papier?«

»Es scheint so.«

Er zog es heraus und wir lasen:

»Warum es Rosinen- und kein Quarkkuchen ist, wird Ihnen mein Reim sagen.«

»Was dieser Franzl nur immer mit seinen Quarkkuchen hat!« sagte ich.

»Ist auch mir ein Rätsel,« behauptete der Busenfreund in sehr gleichgültigem Tone, wobei aber eine holde Röte auf den Stellen erschien, wo die Schnurrbartspitzen später auf den Backenbart zu treffen hatten.

»Gestern,« fuhr ich fort, »erwähnte er ihn mehrmals, und zwar, wie ich mich erinnere, mit ganz besonderer Betonung. Sollte vielleicht der Umstand damit zusammenhängen, daß gestern abend der Kuchenschragen verschwunden war?«

»Ich bin ganz ohne alle Ahnung!«

»Wirklich?«

»Ja. Doch, um von etwas anderem zu reden, was sagst du zu dieser halben Magenwurst? Mir kommt sie außerordentlich bekannt vor.«

»So? Ah – – ja – – es ist möglich, daß es die Hälfte von der ist, von welcher ich dir heruntergeholfen habe. Wahrhaftig, der vortreffliche Franzl hat unsertwegen seine schönste Wurst zerschnitten! Oh Carpio, oh Carpio, wie wären wir nun blamiert, wenn du deinen Vorsatz ausgeführt hättest!«

»Welches Unglück!« stimmte er tief aufatmend bei. »Denke dir – – – die Federn!«

»Ja, die – – – Federn! Mensch, wir wären wahrscheinlich deinetwegen alle beide zur Thür hinausgeworfen worden! Solche Schande kann man erleben, wenn man einen Spitzbuben zum Busenfreund hat!«

»Schweig! Es ist ja alles noch gut abgelaufen. Es war nur eine Absicht; die kann dem ehrlichsten Menschen kommen; aber zur wirklichen Ausführung würde so etwas bei mir niemals kommen!«

»Na, na!«

»Niemals!« beteuerte er. »Du wirst mir doch zutrauen, daß ich den Unterschied zwischen Mein und Dein zu respektieren weiß!«

»Schon gut! Jetzt wissen wir, was das Paket enthalten hat; nun wollen wir den Reim lesen!«

»Können wir nicht noch warten, lieber Sappho?«

Dieses »lieber Sappho« klang diesmal so zuckersüß, daß es mir auffiel. Darum erkundigte ich mich:

»Warum sollen wir noch warten? Hast du etwa einen besondern Grund?«

»Einen besondern nicht, aber unsere Spannung würde größer.«

»Ich bin kein Freund von übermäßiger Spannung. Sehen wir also nach!«

Ich zog den Umschlag hervor und öffnete ihn. Da legte er seine Hand auf die meinige und fragte:

»Sappho, du bist mein bester, mein allerbester Freund. Willst du mir einen großen, sehr großen Gefallen thun?«

»Welchen?«

»Lies den Reim heut nicht!«

»Wann denn?«

»Später, später, meinetwegen zu Ostern oder zu Pfingsten, nur nicht heut!«

»Höre, Carpio, mit dir ist etwas nicht richtig; du hast kein reines Gewissen. Ich werde lesen.«

»Da sage -- ich dir -- die Freundschaft auf!«

»Gut! Betrachten wir sie schon jetzt als vorüber, denn wenn du zu diesem verzweifelten Mittel greifst, muß ich erst recht wissen, was Franzl geschrieben hat.«

Ich zog den Zettel hervor und las ihn. Oh, nun wurde mir freilich alles, alles klar. Armer Carpio! Ich hätte laut auflachen mögen, bezwang mich aber, zeigte meine ernsteste Miene, schob ihm den Reim hin und sagte:

»Hier --- lies!«

Er las und wurde leichenblaß dabei.

»Das - das -- hätte er nicht --- nicht dichten sollen!« stammelte er.

»Wer sagte denn soeben noch, daß so ein schlechter Gedanke bei ihm niemals zur Ausführung kommen könne? Wer behauptete, den Unterschied zwischen Mein und Dein stets zu respektieren? Wer hat sich verstellt, mich getäuscht, belogen und betrogen? Lies mir den Reim laut vor!«

»Das -- das kann ich nicht!«

»Lies! Zur Strafe! Dann verfahre ich vielleicht gelinder mit dir, du -- du -- du Quarkkuchendieb, du!«

»Versprichst du mir wirklich, nachsichtig zu sein?« fragte er so kleinlaut wie noch nie.

»Ja.«

Da las er, und ich hörte ihn an, wie er sich zwingen mußte:

»Hat Carpio mitten in der Nacht
Einen Kuchen ganz zu Quark gemacht,
So stöhnt er unter Angst und Bangen:
›Ich hab den Hunger übergangen!‹«

»Du hast also, als ich schlief, einen ganzen Quarkkuchen aufgegessen?«

»Ja,« gestand er mit einer wahren Armensündermiene. »Ich habe es dir doch vorhergesagt!«

»Nein! Du hast nur gesagt, daß der Verlust schwerer zu entdecken sei, wenn man ihn ganz aufißt. Einen ganzen, ganzen Quarkkuchen von vier Vierteln und acht Achteln! Das bringt doch höchstens nur ein Elefant fertig! Wie ist es dir denn darauf geworden?«

»Schauderhaft, sage ich dir, schauderhaft! Ich werde noch auf Jahre hinaus zittern, wenn ich das Wort Quark nur höre! Uebriglassen durfte ich nichts, und als ich mit Ach und Weh fertig war, begann der hinterlistige Teig in mir aufzuquellen!«

»Da dauerst nicht etwa du mich, sondern der edle Löwe, der elend hat ersticken müssen! Du konntest dir doch denken, daß die Wirtin ihre Kuchen gezählt hatte!«

»Das dachte ich natürlich wohl; aber daß sie dann nachzählen würde, dachte ich nicht. Du kannst es mir glauben, lieber Sappho: Wenn du das Quadrat der längsten Hypothenuse samt den Quadraten ihrer beiden Katheten mit einem ganzen Topf voll Gurkensalat und saurer Sahne verzehrst, wird das, was du dann fühlst, gegen das, was ich empfunden habe, als grenzenlose Behaglichkeit bezeichnet werden müssen.«

»Und,« fuhr er nach einer Weile fort, »der körperliche Jammer war nicht der einzige, den ich empfand, denn wie, wie habe ich auch geistig, seelisch leiden müssen! Dich zum Beispiele die herrlichen großen Klöße essen sehen zu müssen, ohne mitthun zu können, das war eine wahrhaft teuflische

Grausamkeit, mit welcher mein Schicksal mich strafte. Dann die Schlittenfahrt! Deine Fröhlichkeit, deine lachenden Augen, während ich wie ein in der Magengegend harpuniertes Walroß dick und angeschwollen hinter dir im Schlitten hockte! Es war mir, als hätte ich hunderttausend Zähne verschluckt, welche alle mit Zahnschmerzen behaftet waren, die nun in meinem Innern zu wüten begannen. Ich gebe dir mein Wort, daß – – –«

»Halt ein, halt ein!« mußte ich jetzt laut auflachen. »Die Schmerzen von hunderttausend kariösen Zähnen! Dieser Vergleich ist so pompös, so genial und dabei doch so Mitleid erweckend und nach Erbarmen schreiend, daß ich, ich mag nun wollen oder nicht, dem armen, harpunierten Walroß meine Gnade wieder zuwenden muß.«

»Was!« rief er da, vor Freude aufspringend. »Du wolltest – – –? du wolltest wirklich – – – lieber Sappho?«

»Ja, ich will!«

»Da – – da – – – da könnte ich aus Liebe und lauter Dankbarkeit gleich noch – – – noch – – – noch – – –?«

»Nun, was?«

»– – – gleich noch einen Quarkkuchen essen, hätte ich beinahe gesagt, aber natürlich keinen gestohlenen! Armer Sappho! Auch du hast unter dem Verdacht gestanden – – –«

»Oh nein,« unterbrach ich ihn. »Franzl war pfiffig genug, deinem berühmten übergangenen Heißhunger sofort anzusehen, daß du allein der Schuldige warst. Du hast ihm und seiner Frau heimlich ungeheuern Spaß gemacht.«

»Ich danke! Mir war es nicht sehr spaßhaft zu Mute! Also, du denkst nicht, daß sie zornig auf mich sind?«

»Nein, das denke ich nicht. Trotzdem aber können wir nicht wieder hin zu ihnen. Es bleibt an deiner Ehre doch immer ein Stück von dem Quarke kleben, welches nicht wegzubringen ist. Wollen die Sache auf sich beruhen lassen und machen, daß wir von hier fortkommen!«

»Gut, brechen wir auf! Also, du bist nicht mehr bös auf mich?«

»Nein.«

»Bist wieder gut, vollständig wieder gut?«

»Vollständig!«

Da schob er mir das Bier hin, von welchem wir noch keinen Schluck getrunken hatten, und forderte mich auf:

»Trink, Sappho!«

»Warum trinkst denn du nicht, Carpio?«

»Weil ich aus lauter Dankbarkeit das große Opfer bringen und dir alles lassen will.«

»Danke! Ich mag nichts.«

»Warum nicht?«

»Ich sehe und rieche schon von weitem, daß es sauer ist.«

»Das rieche ich nicht; aber es ist eine Schwabe drin ertrunken. Siehst du sie nicht?«

»Ach, darum deine große, aufopferungsvolle Dankbarkeit?!«

»Ja. Sogar die Schwabe wollte ich dir allein lassen. Komm, wollen gehen!«

Wir banden unser Paket wieder zusammen und gingen; nach kurzer Zeit war Falkenau hinter uns verschwunden.

Es hatte nicht, wie Franzl gestern abend meinte, die ganze Nacht hindurch geschneit, und so gab es für uns, wenigstens zunächst, eine ziemlich gut gebahnte Straße. Den ungefähr eine Meile weiten Weg bis nach Gossengrün legten wir in zwei Stunden zurück. Auf unsere Erkundigung dort erfuhren wir, allerdings erst nach langem und sorgfältigem Umherfragen, daß die Gesuchten gestern um die Mittagszeit hier angekommen und dann von einem mitleidigen Viehhändler in seinem Wagen mit nach Bleistadt genommen worden waren. Unser Weg ging also nun nach diesem Orte, den wir noch am Vormittage erreichten, obwohl der Schnee hier schon viel höher als in der Falkenauer Gegend lag.

Bleistadt ist nicht groß; darum fanden wir das Schenkhaus sehr bald, in welchem der Händler mit seinem Schlitten angehalten hatte; ja, wir fanden ihn sogar selber, denn er hatte hier übernachtet und war frühzeitig nach Heinrichsgrün gefahren und soeben von da zurückgekommen. Er sagte uns, daß die Frau ein wahrer Engel an Aufmerksamkeit und Hingebung gegen ihren alten Vater sei, der aber wohl nicht mehr lange leben werde, denn er hatte sich selbst im Schlitten kaum auf dem engen Sitze aufrecht erhalten können. Von ihrer Einkehr bei Franzl hatte sie nichts gesagt.

»Ich bin aus Graslitz,« fuhr er fort, »und hätte sie ganz gern bis dorthin mitgenommen, aber ich mußte hier bleiben, um heut nach Heinrichsgrün zu fahren und die nächste Nacht in Neukirchen zu bleiben. Als sie erfuhr, daß ich alle Leute in Graslitz kenne, fragte sie mich nach einem Instrumentenmacher, der mit ihrem Mann verwandt ist. Sie dachte, bei ihm bleiben zu können, weil sie ihn für wohlhabend hielt; leider konnte ich ihr da keine gute Auskunft geben, denn er war nur Gehilfe und wendete seinen ganzen Verdienst dem Branntwein zu. Wegen dieser seiner Trunksucht fand er nirgends mehr Arbeit und hat sich vor ungefähr einem Jahre auf und davon gemacht, wohin, das weiß ich nicht.«

»Ist die Frau von hier weiter?«

»Ja. Der Wirt wollte sie nicht umsonst behalten, und Geld hatte sie nicht; sie dachte, unterwegs eher und leichter gute, mitleidige Leute zu finden, und es ist auch wahr, daß einsam wohnende Menschen gastlicher sind als Bewohner von Orten, wo es Gasthäuser giebt.«

»Da ihre Hoffnung auf den Verwandten nun zunichte ist, hat es eigentlich gar keinen Zweck mehr für sie, nach Graslitz zu gehen; sie ist aber wohl trotzdem hin?«

»Ja.«

»Auf dem gewöhnlichen Wege?«

»Sie wollte sich immer an der Zwoda aufwärts halten; weiter weiß ich nichts. Es ist ein wahres Herzeleid, solche Leute zu sehen! Sie wollen sich nach Bremen durchbetteln; ob sie aber hinkommen, das weiß man nicht; der Alte auf keinen Fall; ich dachte jeden Augenblick, er werde mir im Schlitten sterben. Sie sprach davon, daß sie Schiffskarten hätte; aber wenn es so langsam weitergeht wie jetzt, werden die wohl abgelaufen sein, ehe sie benützt werden können.«

Diese Bemerkung machte mich noch besorgter um die Frau, als ich bis jetzt gewesen war. Ich nahm, ohne dem Händler zu sagen, was es war, das Couvert aus der Tasche und öffnete es; ich glaubte nicht, ein Unrecht damit zu begehen. Richtig! Die bezahlten Schiffslegitimationen waren von einem New-Yorker Agenten des damals erst ein Jahr bestehenden Bremer Lloyd ausgestellt und die Fahrt war für die ersten Tage des Februar festgesetzt. Die Frau hatte das nicht lesen können, weil der Text englisch war.

Wir machten uns wieder auf den Weg, welcher immer am Flüßchen aufwärts führte und ziemlich beschwerlich war, weil der Schnee stellenweise knietief lag. Ueberall wo es menschliche Wohnungen gab oder wenn uns jemand begegnete, fragten wir und erfuhren so, daß die armen Leute mehreremal um Nachtlager gebeten hatten, aber immer abgewiesen worden waren. Die Bewohner dieser Gegend sind oder waren besonders damals selbst so arm, daß sie, zumal im Winter, kaum genug trockenes Brot für sich selber hatten.

Gegen Abend sahen wir eine kleine, ärmliche, halb verfallene Schneidemühle vor uns liegen, deren ziemlich defektes Räderwerk eingefroren war. Das sah schon von außen ganz wie Hunger aus. Die kaum noch in den Rahmen hängenden Fenster hatten Risse und Löcher, welche mit Papier zugeklebt waren. Ein alter, abgemagerter Hund fuhr, als wir uns näherten, unter einer tiefen Schneewehe, wo er sein Lager hatte, hervor und vollführte mit seiner heiseren Stimme einen Lärm, auf welchen die obere Hälfte der querteiligen Thür geöffnet wurde. Das Gesicht einer alten, wie es schien, abgehärmten Frau war zu sehen.

»Gott zum Gruß, Mütterchen!« sagte ich.

»Grüß Gott,« antwortete sie. »Was wollen Sie?«

»Sind Sie die Müllerin?«

»Nein; die Mühle geht schon längst nicht mehr, denn ihr ist zwar nicht das Wasser aber das Geld ausgegangen. Ich bin nachher eingezogen, weil das Logis nichts kostet. Ich bin nämlich die Botenfrau zwischen Bleistadt und Graslitz.«

»Wir suchen einen alten Mann, eine Frau und einen Knaben, welche gestern in Bleistadt waren und nach Graslitz wollten.«

»Du lieber Gott, die, die suchen Sie? Da kommen Sie zu einer schlimmen Zeit! Mit dem Alten können Sie nicht reden, denn er liegt im Sterben. Was wollen Sie denn von der Frau?«

»Wir bringen ihr etwas, was sie verloren hat.«

»Da kommen Sie herein! Schön werden Sie es nicht bei mir finden, sondern traurig, sehr traurig.«

Sie öffnete nun auch die untere Hälfte der Thür, und wir traten in einen engen, vollständig leeren Flur, dessen Wände im Zerbröckeln waren. Durch eine höchst mangelhaft schließende Thür kamen wir in die Stube, für welche aber der Ausdruck Stall in ihrem jetzigen Zustande eine unverdiente Ehrung gewesen wäre; ich wenigstens hätte weder Pferd noch Kuh hier unterbringen mögen!

Es gab keinen Ofen, sondern einen aus Feldsteinen lose zusammengesetzten Herd, auf welchem ein Holzfeuer brannte, dessen flackernder Schein den sonst, obgleich es draußen noch ziemlich hell war, ganz dunkeln Raum zur Not erleuchtete. Von Wärme war nur wenig zu bemerken. Neben dem Herde ein paar Töpfe und Teller an der bloßen Erde, denn eine Diele gab es nicht. Am Fenster stand ein alter Tisch mit zwei schemelartigen Stühlen, und der Thür gegenüber gab es eine Lagerstätte, welche unsere Augen sofort auf sich zog. Sie bestand aus einem trockenen Laubhaufen, über den ein gewiß schon jahrelang nicht mehr weißes Betttuch gebreitet war. Einige zusammengerollte Fetzen bildeten das Kopfkissen, und die Zudecke präsentierte sich uns als die Reste eines haarlosen Männerpelzes. Auf diesem Bette lag der Greis, zu dessen Füßen der Knabe hockte, während die Frau am oberen Ende auf der Erde kniete und den Kopf ihres Vaters durch ihren untergeschobenen Arm stützte. Sie war so in ihren Schmerz versunken, daß sie sich gar nicht nach uns umblickte. Der Knabe erkannte uns und nickte uns traurig zu. Der Greis lag bewegungslos lang ausgestreckt; ob er die Augen offen hatte, konnten wir bei dem ungewissen Scheine des Feuers nicht erkennen; er sah so aus, als ob er schon tot sei.

Der Ort, wo ein Mensch im Verscheiden liegt, ist eine heilige Stätte, und wenn er auch der allerärmlichste der ganzen

Erde wäre. Wir wagten nicht, laut Atem zu holen, und schlichen uns auf den Wink der Botenfrau zu den beiden Schemeln, um uns geräuschlos niederzusetzen. Sie folgte uns und flüsterte uns zu:

»Nicht wahr, es ist sehr ärmlich bei mir? Mein Schwiegersohn ist ein schlimmer Mann, der mich, seit meine Tochter tot ist, nicht mehr bei sich leidet; da habe ich mich hierher gemacht. Ich bekomme von der Gemeinde monatlich vierzig Kreuzer Almosengeld, und was ich sonst gegen den Hunger brauche, verdiene ich mir durch Botengänge. Sparen oder anschaffen kann man da aber nichts!«

»Seit wann sind diese Fremden hier?« fragte ich ebenso leise, wie sie gesprochen hatte.

»Seit Mittag. Sie haben die ganze Nacht im Schnee zugebracht, und das muß der Alte nun mit dem Leben bezahlen. Sie baten um ein Plätzchen zum Ausruhen für ihn; da konnte ich nicht nein sagen.«

»Haben sie gegessen?«

»Nein, denn sie haben nichts, und ich habe heut auch nichts mehr, als nur ein Brot, welches auch schon halb alle ist. Horch!«

Der Sterbende bewegte sich und sprach halblaut abgebrochene Worte vor sich hin:

»Mich friert – – – ich will sterben! – – – Legt mich ins Himmelbett, und – – – deckt mich mit der weichen Seidendecke zu! – – – – Wenn ich dann tot bin, unterschreibt nichts, nichts – – – sonst bringt er euch noch an den Bettelstab!«

Der Knabe schluchzte zum Erbarmen; seine Mutter regte sich nicht; sie blieb stumm, stumm, wie der Schmerz in seiner größten Tiefe immer ist. Man hörte das Knistern der Flamme, weiter nichts. Nach einer längeren Weile begann der Alte wieder:

»Selig – – selig ist, wer bis ans Ende – – – an die – – – die ewge Liebe glaubt – – –! Suchen – – suchen – – – im Verscheiden – – – Erlösungsstern – – – – zur Herrlichkeit des Herrn – – –!«

Dann stieß er plötzlich einen überlauten Schrei aus, richtete sich in die Höhe, deutete mit der Hand wie in weite Ferne und rief in angstvoller Hast:

»Er schießt, er schießt – – – spring weg, spring weg; er schießt!«

Dann sank er wieder nieder. Nun ging sein Atem laut röchelnd, langsamer, immer langsamer, bis ich glaubte, er sei ganz weggeblieben; da aber hörte ich ihn noch einmal mit ruhiger, deutlicher Stimme sagen:

»Ich gehe jetzt, meine Tochter; aber nur mein Körper scheidet; meine Seele wird bei dir bleiben und dich behüten immerdar. Ich segne dich; ich segne euch. Der Herr sei euer Heil und euer Schirm! An seinem Throne werde ich unaufhörlich für euch beten. Habt Dank – – – lebt wohl – – – lebt wohl, ihr lieben – – lieben – – – lieben – – –!«

Das letzte Wort erstarb zur Unhörbarkeit. Es wurde still, stiller als vorher. Nicht einmal das Feuer schien knistern zu dürfen. Da wendete die Frau sich ihrem Sohne zu und sagte in einem Tone, als ob ihr Leben nun auch zu Ende gehe:

»Stefan, dein Großvater ist gestorben; mir und dir ist er gestorben. Weine du; ich kann es nicht!«

Nun erst, nachdem sie sich dem Knaben zugewendet hatte, sah sie uns. Sie stand langsam auf, kam wie eine nur die Füße bewegende Statue auf uns zu und sagte mit seelenloser Stimme:

»Die Gymnasiasten von vorgestern. Was wollen Sie?«

»Sie haben Ihre Schiffskarte in Falkenau liegen lassen, und wir bringen sie Ihnen nach,« antwortete ich.

Ihre Augen waren nicht auf mich, sondern wie durch die Wand hindurchgerichtet, und es klang, als ob sie zu einem Abwesenden spreche:

»Danke; legen Sie sie hier auf den Tisch!«

»Ihre Gültigkeit läuft Anfangs Februar ab,« fuhr ich fort, da ich es trotz der dazu ganz unpassenden Situation für meine Pflicht hielt, ihr diese Mitteilung zu machen. »Nun Ihr Vater gestorben ist, wird Ihnen der Bremer Lloyd den Betrag der auf seinen Namen lautenden Karte zurückzahlen, denn bei Todesfällen verfällt die Summe nicht.«

»Ich weiß nicht, ob ich bis nach Bremen komme,« erklang es kalt und ohne Ton.

»Sie müssen hin. Ein Freund von Ihnen hat mir das für Sie gegeben; stecken Sie es ein!«

Es war, als ob ich gar nicht anders könnte, ich mußte diese Worte sagen und meinen »Geldschrank« unter der Weste hervorziehen, um ihn ihr zu geben. Sie steckte den Beutel ein, ohne ihn anzusehen, ja, ohne ihn, wie es schien, eigentlich in der Hand zu fühlen.

»Geben Sie das aber ja nicht für das Begräbnis her!« fügte ich hinzu. »Sie brauchen es zum Fahren unterwegs.«

»Ich werde es verstecken,« nickte sie wie ein Automat.

»Und hier in diesem Paket ist für Sie etwas zu essen, was ich mitgebracht habe. Gute Nacht, Frau Wagner!«

»Gute Nacht!«

Ich gab dem Knaben die Hand und ging mit Carpio hinaus; die Botenfrau folgte uns. Draußen fragte ich sie:

»Haben Sie alles gehört, was ich zu der Frau gesagt habe?«

»Alles,« nickte sie; »jedes Wort.«

»Sagen Sie ihr alles, aber auch alles wieder, denn sie scheint nicht draufgehört zu haben! Sie muß den Beutel verstecken, daß man ihr das Geld nicht nimmt, welches sie zur Reise braucht. Für das Begräbnis hat die Gemeinde zu sorgen, zu welcher diese Mühle gehört. Und damit Sie etwas für die richtige Ausführung dieses Auftrages haben, halten Sie die Hand auf!«

Sie that es, und ich schüttete ihr mein Reisegeld hinein; dann gingen wir fort, im Halbdunkel des hereingebrochenen Abends den Weg zurück, den wir gekommen waren.

Was ich dabei dachte? Nichts, gar nichts. Ich hatte wie unter einer Eingebung gehandelt und bereute nicht, es gethan zu haben. Der Busenfreund trollte lange Zeit schweigend hinter mir her, bis es ihn doch endlich trieb, das Schweigen zu unterbrechen:

»Du, Sappho, diese alte Mühle und diese Sterbescene werde

ich in meinem ganzen Leben nicht vergessen! Wieviel hast du der Frau gegeben?«

»Alles.«

»Deine zwanzig Sparthaler und unsere zehn Gulden? Mensch, du bist ein großartiger Kerl! Aber ich nicht minder! Ich hätte es ihr auch gegeben, grad so wie du! Und was hat die alte Frau bekommen?«

»Mein Reisegeld.«

»Das ganze?«

»Ja.«

»Wieviel hattest du noch?«

»Ich weiß es nicht.«

»Er weiß es nicht! Großartig! Er giebt seinen letzten Pfennig und Kreuzer weg. Was aber machen wir nun, und wovon leben wir nun?«

»Wieviel Geld hast du noch?«

»Ich weiß es auch nicht genau.«

»Ist auch nicht nötig. Zum Uebernachten in Bleistadt reicht es auf jeden Fall für uns beide aus.«

»Ja, aber dann?«

»Dann gehen wir wieder nach Falkenau.«

»Etwa zum Franzl?«

»Ja.«

»Potztausend! Der wird den Quarkkuchen nicht so schnell vergessen haben! Können wir das nicht vermeiden?«

Da blieb ich stehen, nahm ihn beim Arme und fragte in meinem feierlichsten Tone:

»Carpio, habe ich schon jemals einen Menschen angepumpt?«

»Nein – – nie – – keinen einzigen!«

»So höre, was ich dir sage! Mit unserer Reise ist es aus, denn unser Geld ist alle. Betteln können wir nicht; ich pumpe also den Franzl an; der muß uns soviel geben, wie wir brauchen, um heimzukommen. Bist du einverstanden?«

»Sag erst, wer es ihm wiederzugeben hat! Du allein oder wir beide.«

»Ich allein.«

»So erteile ich dir meine vollste Genehmigung. Aber du mußt ihn selbst anborgen; ich brächte kein Wort über meine Lippen, schon des übergangenen Heißhungers wegen.«

»Natürlich thue ich es selbst. Jetzt komm!«

»Ich komme schon; ich bin mit allem einverstanden. Aber wenn der Franzl wegen des Pumpes wild wird und uns zum Fenster hinauswirft, lasse ich mich niemals wieder hier in Oesterreich sehen, sondern suche drüben mein Eldorado auf, wo ich soviel Geld bekomme, wie ich nur haben will!« – – –

ZWEITES KAPITEL.

Der Prayer-man.

Eine Reihe von Jahren war nach dem bisher Erzählten vergangen; das Leben hatte mich in seine strenge Schule genommen und aus dem unerfahrenen Knaben einen Mann gemacht. Aber die Härte, mit welcher es mich behandelte, war eine nur scheinbare, denn ich hatte mir ja meinen Weg selbst vorgezeichnet und neben all den Anstrengungen und Entbehrungen, welche mich trafen, auch Freuden und Genugthuungen gefunden, die mir bei einem andern, ruhigeren Lebensgange versagt geblieben wären. Hatte ich doch – und das war eine der reichsten Gaben, die mir geworden sind, – meinen herrlichen, unvergleichlichen Winnetou kennen gelernt und mit ihm eine Freundschaft geschlossen, welche ich fast als einzig dastehend bezeichnen möchte. Diese Freundschaft allein wäre schon eine vollwichtige Entschädigung für alle erlittenen Mühsale und Entsagungen gewesen, aber an dem rauhen Pfade, den ich wanderte, standen auch noch andere schöne Blüten und Früchte, welche ich mir pflücken durfte. Hierzu gehörte vor allen Dingen die Liebe, welche mir von allen meinen braven Bekannten entgegengebracht wurde, während diejenigen, welche kein reines Gewissen hatten, nichts so fürchteten wie die Namen Winnetou und Old Shatterhand.

Meinen letzten Ritt hatte ich mit diesem edelsten der Indianer vom Rio Pecos aus durch Texas und das Indianer-Territorium nach dem Missouri gemacht, von welchem aus er, während ich zurückblieb, nach den Bergen ritt, um Nuggets zu holen. Da ich von vielen meiner Leser über die zwischen Winnetou und mir herrschenden Geldverhältnisse gefragt worden bin, benutze ich die jetzige Gelegenheit eine Andeutung darüber zu geben.

Man sprach und spricht noch heute sehr oft davon, daß die Indianer große Goldlager gekannt haben oder noch kennen, welche sie weder selbst ausbeuten noch den Weißen verraten. Selbst der qualvollste Tod könne sie nicht bewegen, ein solches Geheimnis mitzuteilen. Nun haben zahlreiche Schriftsteller, welche nie über den Ocean gekommen sind und von den Indianern und deren Verhältnissen überhaupt keine blasse Ahnung besitzen, diese Sage aufgegriffen und unsere Litteratur mit einer Menge von Büchern – – – ja nicht etwa bereichert, in denen regelmäßig von der Entdeckung solcher verborgener Goldlager erzählt wird. Die Herren Verfasser haben sogar sehr häufig die Güte, mir ihre Machwerke mit der Bitte einzusenden, ein Vorwort dazu zu schreiben oder ihnen in sonst irgend einer Weise in Beziehung auf den »wohlverdienten« Absatz beizuspringen. Mich ekelt sehr oft schon der Titel an, und wenn ich mich trotzdem überwinde und einen Blick auf den Inhalt werfe, so dauert es gewöhnlich nur kurze Zeit, bis ich das Dings zuklappe, um es dem Verfasser wieder zuzustellen. Eigentlich sollte man solche nichtsnutzige oder gar schädliche Schreibereien gleich verbrennen dürfen, zumal sie ja meist für die Jugend bestimmt sind, ohne daß der Verfasser zu wissen scheint, daß für diese das Beste eben nur grad gut genug ist.

Ich habe eben jetzt so eine Lehrjungenarbeit zugeschickt bekommen, welche den Titel »Der König der Illoris« führt und drüben in den Felsengebirgen spielt. Nun frage ich, wo es einen Stamm dieses Namens giebt. Der Herr Verfasser, von welchem leider, leider schon mehrere Indianergeschichten für die Jugend, und noch dazu von einer hervorragenden Verlagsbuchhandlung, veröffentlicht worden sind, weiß nicht einmal, daß die Indianer nicht von Königen regiert werden, sondern sich selbst ihre Häuptlinge wählen, die sie ebensogut wieder absetzen können. Und das ist bloß der Titel! Der Inhalt bringt ein fortwährendes Blutvergießen; jede Person, mit welcher der Verfasser nichts mehr anzufangen weiß, läßt er ermorden; da ist er sie doch los. Die Namen sollen indianische sein, kommen aber in keiner einzigen Sprache der Erde vor, weil er sie alle erfunden hat. Was von dieser Erzählung verdaulich ist, hat er mir nachgemacht. Er bringt genau eine so innige

Freundschaft, wie zwischen Winnetou und mir herrschte, ferner meinen Jagdhieb, meinen Henrystutzen, meinen Hengst, natürlich aber unter anderen Namen; ebenso kommen Doppelgänger von Old Firehand, Sam Hawkens, Dick Stone, Bill Bulcher, den beiden Toasts u. s. w. vor; aber alles, was er von ihnen erzählt, hat oder hätte da drüben in den Felsenbergen ganz unmöglich geschehen können. Er besitzt auch nicht eine Spur von Kenntnis der dortigen Verhältnisse und spricht von ihnen in der Weise, in welcher ein Kaffer etwa über das Parallelogramm der Kräfte oder die Absorption des Sternenlichtes sprechen würde, falls er gezwungen wäre, zu verschweigen, daß er überhaupt nichts davon weiß. Daß ein solches Buch keinen Nutzen sondern nur Schaden bringen kann, versteht sich ganz von selbst, dennoch kann ich nur meine Empfehlung verweigern, habe aber keine Macht, den Druck desselben zu verhindern. Der Verleger ist zwar in Beziehung seiner Kenntnisse über die Indianer ebenso ein Idiot wie der Verfasser, aber ein gewandter Geschäftsmann und wird Tausende von Exemplaren verkaufen, ohne sich ein Gewissen daraus zu machen, daß er den wohlberechtigten Wissensdurst der Jugend benutzt hat, sein ungesundes Mischmasch zu teurem Preise an den Mann zu bringen.

Natürlich behandelt auch dieses Werk einen armen Indianer, welcher ein ungeheures Goldlager kennt und dem man mit geradezu scheußlichen Martern so lange zusetzt, bis er sein Geheimnis verrät. Ich sage, wenn derartige Kenntnisse so häufig wären, wie solche Erzählungen es den Lesern weismachen wollen, so würde es nicht Tausende und Abertausende von armen, roten Männern geben, welche, hungernd und frierend, ihre Blöße kaum bedecken können und als körperlich und moralisch heruntergekommene Bettler und Vagabunden vor den Thüren derer herumstreichen, von denen sie um alles, was sie früher besaßen, gebracht worden sind.

Damit soll freilich nicht gesagt werden, daß die Kunde von Indianern, welche solche Geheimnisse gekannt haben, in allen Fällen eine Unwahrheit gewesen ist. Oh nein; ich selbst habe ja auch Rote gekannt, und zu diesen gehörte mein Winnetou, welche, wenn sie Gold brauchten, genau wußten, wo sie es zu holen hatten; aber das waren nicht gewöhnliche Männer, sondern sie gehörten alten, hervorragenden Familien an, in denen derartige Geheimnisse vom Vater auf den Sohn vererbten und niemals einem andern Familien- oder Stammesmitgliede, am allerwenigsten aber einem Weißen mitgeteilt wurden. Man muß nämlich wissen, daß der Sinn für Familienangehörigkeit, also der Stolz auf eine ungewöhnliche Abkunft, dem Indianer nicht etwa etwas Unbekanntes ist. Dieser Sinn wird ihnen allerdings sehr häufig abgesprochen; aber wer das thut, verrät dadurch nur seine Unkenntnis und plappert gedankenlos Behauptungen nach, welche von den Unterdrückern der roten Rasse vorgebracht worden sind, um ihr grausames Vergehen in einem weniger verwerflichen Lichte erscheinen zu lassen. Es giebt unter den roten Stämmen berühmte Familien, denen anzugehören eine große Ehre ist. Daran kann der Umstand, daß die Indianer sonst keine Familiennamen besitzen, gar nichts ändern. Es ist da bei ihnen genau so wie z. B. bei gewissen Völkern des Altertumes und des heutigen Orientes, die auch keine Familiennamen kannten oder kennen und doch Familien aufzuweisen haben, welche sogar weltgeschichtlich berühmt geworden sind.

Winnetou konnte eine ganze, lange Reihe berühmter Vorfahren aufzählen, welche alle Häuptlinge gewesen waren. Er kannte ihre Wirksamkeit und jede einzelne ihrer Thaten und hatte von ihnen die Kunde von Placers überkommen, über welche ihn selbst die ausgesuchtesten Martern nicht hätten zum Reden bringen können. Ich war der einzige Mensch, dem er, aber auch nur höchst selten und dann ganz, ganz von weitem, eine leise Andeutung darüber machte. Dazu kam, daß sein überhaupt so unvergleichlich scharfes und geübtes Auge einen ungewöhnlichen Blick für Fundorte edlen Metalles besaß. Ich wußte, daß er auf seinen vielen Wanderungen von einem Stamme zum andern selbst auch Stellen entdeckt hatte, wo Gold oder Silber zu finden war. Er hatte dann oft tage-, ja wochenlang zugebracht, diese Orte unzugänglich zu machen oder wenigstens so zu verbergen, daß ein anderer sich lange Zeit in unmittelbarer Nähe befinden konnte, ohne zu ahnen, daß er an einer Quelle großen Reichtums sitze.

Solche Stellen waren es, die er aufsuchte, wenn er einmal in die Lage kam, Geld zu brauchen. Im wilden Westen war dies nie der Fall, denn da schoß er sich unterwegs das Fleisch, welches er zur Nahrung brauchte, und konnte darauf rechnen, in jedem befreundeten Lager oder Zelte mit Freuden als Gast aufgenommen zu werden. Aber wenn er ein Fort oder eine sonstige Niederlassung aufsuchen mußte, um Munition zu kaufen, oder wenn er eine weitere Reise nach den »civilisierten« Gegenden unternahm, dann brauchte er Geld, und da versah er sich vorher stets mit einem Vorrate von Nuggets, welche er gegen geprägte Münze oder »mit Zahlen versehenes Papier« umtauschte.

Daß dann seine Kasse, wenn ich bei ihm war, auch für mich offen stand, brauche ich eigentlich nicht erst zu sagen; aber es kam das nicht sehr häufig vor, denn ich gehöre nicht zu der Art von Menschen, für welche es eine Freundschaft nur giebt, um angezapft zu werden. In der Not um Geld würde ich mich nur an Fremde, nie aber an einen Freund wenden, denn ich weiß aus Erfahrung, welche ich an andern, sonst ganz guten Menschen machte, daß das Borgen ein wahrer Freundschaftsmörder ist. Man sage mir dagegen, was man will, ich behaupte doch: Es sei mir jemand noch so wohlgesinnt, er fühle eine noch so große Hochachtung für mich und er sei von meiner Zahlungsfähigkeit auch noch so felsenfest überzeugt, sobald ich mir hundert oder fünfzig oder auch nur zwanzig Mark von ihm borge, fällt ein wenn auch noch so kleiner Tropfen auf die schönen Schwingen unserer Freundschaft und nimmt, wenn auch nur einige der glänzenden Schuppen weg -- der Schmetterling ist von jetzt an lädiert. Die wahre Freundschaft ist zum größten Opfer, die zwischen Winnetou und mir war sogar zum Opfer des Lebens bereit; diese Opferbereitschaft ist etwas Hohes, Heiliges, das Borgen aber etwas so Alltägliches, Niedriges, trivial Materielles, daß es zwischen Freunden vermieden werden und nur -- zwischen zwei blutarmen Gymnasiasten und dem lieben Franzl in Falkenau vorkommen sollte!

Zwar, wenn Winnetou für mich bezahlte, war das kein Borgen zu nennen, und er hatte die Nuggets umsonst; aber auch dieses Wort »bezahlen« hat, wenn es für einen andern, und sei dieser der beste Freund, geschieht, einen andern Klang als wenn man für sich selbst bezahlt. Hätte er mich mit an das Placer genommen und mir erlaubt, soviel Nuggets, wie ich brauchte, einzustecken, dann ja, gut! Aber was er in seiner Tasche hatte, das waren für mich nicht mehr herrenlose Nuggets, sondern das war sein Gold, sein Geld, und wenn er das für mich ausgab, so hatte ich immer das Gefühl, als dürfe ich nicht mit dabei sein, als müsse ich hinausgehen, um es nicht zu sehen. Und dieses Gefühl war es, welches mich dafür sorgen ließ, von seinen Nuggets möglichst unabhängig zu sein.

Sobald wir nämlich in eine bewohnte Gegend kamen, welche Postverbindung hatte, verwandelte ich mich aus dem Westmanne in den Schriftsteller. Meine Arbeiten wurden von jeder Zeitung gern aufgenommen und meist sofort und gut bezahlt. Diese Honorare waren es, welche mir meine Unabhängigkeit ermöglichten, und diese Zeitungsbeiträge sind es, welche den Reiseerzählungen zu Grunde liegen, mit denen ich seit einiger Zeit vor meine Leser getreten bin. Winnetou fühlte genau wie ich. Es ist ihm nie eingefallen, mir auch nur die geringste Andeutung darüber zu machen, daß dieses Schreiben für Honorar doch ganz überflüssig sei. Er hat sogar oft, wenn die Bezahlung nicht gleich eintreffen wollte, mit mir, obgleich wir eigentlich keine Zeit dazu hatten, geduldig gewartet, bis sie kam, und sich dann ebenso darüber gefreut, als ob er selbst der Verfasser, und zwar ein mittelloser Verfasser sei. Ich erinnere mich noch heut mit Vergnügen einer Zurechtsweisung, die ein reicher Pflanzer, dessen Knaben ich aus dem Missisippi gezogen hatte, von ihm erfuhr. Dieser Mann wollte, weil er mich wegen meines abgetragenen Prairieanzuges für einen armen Teufel hielt, mich mit einer Geldsumme belohnen; Winnetou aber trat sofort zwischen ihn und mich, blitzte ihn mit seinen Augen zornig an und sagte:

»Kann man das Leben eines Menschen mit Geld bezahlen? Ich bin Winnetou, der Häuptling der Apatschen, und dieser Gentleman ist Old Shatterhand, mein Freund. Er könnte Millionen besitzen, wenn er sie von mir annähme; er mag sie aber nicht. Und du willst ihm diese armseligen Dollars schenken? Stecke sie ein; du brauchst sie selbst!« –

Also ich war mit Winnetou an den Missouri gekommen, und zwar nach St. Joseph, wo es damals fünf Zeitungen, darunter eine deutsche, gab und die Verbindung mit St. Louis, respektive den Redakteuren der dortigen Zeitungen, eine so gute war, daß ich auf Erfüllung meiner schriftstellerischen Wünsche nicht lange zu warten brauchte. Winnetou hatte sich da von mir getrennt, um, wie bereits gesagt, Nuggets zu holen, denn wir hatten die Absicht, über den Missisippi nach dem Osten zu gehen, wozu wir natürlich Geld brauchten. Das Ziel des Häuptlings kannte ich nicht; er hatte nur gesagt, daß er sich nach Verlauf von zwei Wochen wieder bei mir einstellen werde.

St. Joseph war damals der westliche Endpunkt der Hannibal-St. Joseph-Eisenbahn und hatte unter seinen 7000 Einwohnern ungefähr 2000 Deutsche. Es bedurfte nur der kurzen Benachrichtigung, daß Old Shatterhand da sei, so kamen die Besitzer der Newspapers, um Beiträge von mir zu verlangen. Ich befriedigte sie alle binnen drei Tagen und konnte mir von dem erhaltenen Honorare einen feinen Anzug und Wäsche für unsere Reise nach dem Osten kaufen. Diesen Anzug nahm ich natürlich sogleich in Gebrauch, denn mein Habit aus Elkleder war mir während des Schreibens zu schwer und unbequem. Dann schrieb ich für St. Louis und erbat mir die Honorare nach Weston, wohin ich fahren wollte, um mir dort bis zu Winnetous Rückkehr auch etwas zu verdienen.

Diese Stadt, deren Einwohner zum dritten Teile Deutsche waren, liegt in einer kulturell sehr reichen Gegend und hatte sich durch die Emigrantenzüge sehr gehoben. Sie besaß damals, glaube ich, fünf Kirchen, darunter zwei deutsche. Die Deutschen befanden sich in den besten Verhältnissen und hatten mehrere Vereine, sogar eine Jägerkompagnie gegründet.

In St. Joseph war ich keine Viertelstunde lang mein eigener Herr. Es regnete förmlich Einladungen, und da ich diesen, um lieber zu arbeiten, nicht folgte, so kamen die Leute zu mir, um mich zur Schilderung unsers Lebens im Wildwest aufzufordern. Das paßte mir natürlich nicht, und damit es mir in Weston nicht ebenso ergehen möge, nahm ich mir vor, dort meinen Namen zu verschweigen. Und weil mein Pferd, dessen Beschreibung überall bekannt war, mich hätte verraten können, gab ich es einem Farmer in Pflege und fuhr mit einem Missouriboote von St. Joseph ab, nachdem ich nur meinen Wirt ins Vertrauen gezogen und ihm gesagt hatte, wo ich vorkommenden Falls zu finden sei.

Ich muß sagen, daß ich seit langer Zeit nicht so anständig ausgesehen hatte wie jetzt in meinem neuen Habitus. Das Pferd hatte ich zurückgelassen, die Waffen, den Patronengürtel und alle andern Ausrüstungsgegenstände gut verpackt, und so konnte man mich wohl eher für alles andere als für einen Westmann halten, der sich soeben erst mit Lebensgefahr durch das Gebiet der feindlichen Komantschen und Kiowas geschlichen hatte.

Als ich mich, in Weston angekommen, nach einer guten Logiergelegenheit erkundigte, wurde ich in ein Hotel gewiesen, welches zwar nur nach westlichen Anschauungen diese Bezeichnung verdiente, aber für mich, den anspruchslosen Mann, ganz genügend war. Ich verlangte vor allen Dingen Sauberkeit, und die fand ich hier, so daß ich beschloß, so lange da zu wohnen, wie ich überhaupt in Weston blieb.

Der Wirt war ein Deutscher, die Wirtin eine freundliche, vor Reinlichkeit glänzende Frau, und auch der Oberkellner redete mich, als ich in das Gastzimmer trat, in deutscher Sprache an; er wurde Oberkellner genannt, obgleich es keinen Unterkellner gab.

Dieser junge, vielleicht achtundzwanzigjährige Mann war ein außerordentlich schmächtiger und fast zu kleiner Mensch, denn er reichte mir nur bis an die Schulter, befand sich aber im Besitze eines desto größeren und außerordentlichen Schnurrbartes, auf den er große Stücke zu halten schien, weil er, wenn er nichts anderes zu thun hatte, ihn keinen Augenblick aus den Händen ließ. Nachdem ich von ihm bedient worden war, kehrte er zu der Zeitung zurück, bei der er vorher gesessen hatte, und während er las, hörte er nicht auf, den Bart nach rechts und links zu streichen. Plötzlich stieß er einen lauten Ruf der Ueberraschung aus, sprang auf und sagte zu dem Wirte, welcher rauchend und mich still beobachtend in meiner Nähe saß:

»Mylord, ich muß Sie sofort für heut und morgen um Urlaub bitten!«

Daß ein Kellner seinen Prinzipal mit Mylord antituliert, das hatte ich noch nicht gehört. War das hier im Hause so gebräuchlich, oder geschah es von dem kleinen Manne aus gewohnter, übertriebener Höflichkeit?

»Urlaub heut?« fragte der Wirt. »Sind Sie des Teufels? Urlaub, wo die Jäger heut ihr Stiftungsfest feiern und bei uns große Festtafel mit Ball ist!«

»Thut mir leid, Mylord,« äußerte sich der Kleine mit einer tiefen, bedauernden Verbeugung. »Ich bin bereit, Ihnen, hochverehrtester Herr, jedes Opfer zu bringen, nur dieses nicht. Ich muß nämlich mit ihm sprechen!«

»Mit wem?«

»Mit Old Shatterhand.«

»Was? Wie?« rief der Wirt. »Old Shatterhand? Ist er etwa hier in Weston?«

»Nein, aber in St. Joseph oben.«

»Wissen Sie das?«

»Ja. Hier steht es in der Zeitung zu lesen. Er ist vor einigen Tagen dort angekommen und hat sogleich einen Beitrag geliefert, welcher morgen erscheinen wird.«

Ah, der pfiffige Herausgeber des Blattes machte das Publikum auf meinen Aufsatz aufmerksam, um möglichst viele Exemplare zu verkaufen! Die amerikanischen Zeitungen sind bekanntlich weniger auf die Abonnenten als vielmehr auf den Verkauf angewiesen.

»Und da wollen Sie nach St. Joseph fahren?« fragte der Wirt.

»Ja.«

»Wissen Sie denn, wo er logiert?«

»Nein, aber ich werde es sehr leicht erfahren.«

»Sie werden es nicht erfahren!«

»Warum?«

»Weil Sie sich gar nicht danach erkundigen werden, denn ich kann Ihnen die Erlaubnis zu der Reise nach St. Joseph heut nicht geben.«

Da machte der Kellner dieselbe tiefe Verbeugung wieder und antwortete:

»Ich kenne nicht nur meine Pflicht, Mylord, sondern ich widme Ihnen auch die größte Hochachtung, deren mein Herz fähig ist, aber dennoch muß ich Ihnen durch die Mitteilung leid thun, daß ich diese Reise unbedingt machen muß.«

»Aber doch nicht gleich heute!«

»Allerdings gleich heute, denn morgen könnte Old Shatterhand nicht mehr zu haben sein.«

»Aber Sie müssen doch einsehen, daß Sie mich in die größte Verlegenheit bringen, wenn Sie grad heut fortgehen.«

»Das weiß ich freilich, kann es aber beim besten Willen nicht ändern. Ich habe Ihnen doch gesagt, daß ich nach dem Westen muß, und Sie darauf vorbereitet, daß mir jede Gelegenheit, diesen Vorsatz auszuführen, höher steht, als der Dienst in Ihrem Hotel.«

»Aber was hat das mit Old Shatterhand zu thun?«

»Bitte gehorsamst, diese Frage doch lieber nicht zu thun, weil sie sich ganz von selbst beantwortet. Ich werde Old Shatterhand bitten, mich mit nach dem Westen zu nehmen.«

»Wissen Sie denn, daß er dorthin will?«

»Ja. Wohin sollte er sonst wollen? Ein Westmann wie er gehört doch nach dem Westen!«

»Er kann doch auch von dort kommen!«

»Nein. Gestatten Sie, daß eine innere Stimme mir sagt, daß er nicht aus dem Westen kommt, sondern im Begriff steht, dorthin zu gehen! Eine bessere, eine vortrefflichere Gelegenheit, meinen Vorsatz auszuführen, kann ich ja niemals finden!«

»Aber eine bessere Gelegenheit, sich hier bei mir nützlich zu machen und Geld zu verdienen, haben Sie auch noch nicht gehabt!«

»Meine Absicht steht mir höher als alles Geld!«

»Und Sie denken, daß Old Shatterhand Sie mitnehmen werde?«

»Ich bin überzeugt davon.«

»Mann, bilden Sie sich das nicht ein!«

»Warum?«

»Old Shatterhand wird sich hüten, sich mit Ihnen abzugeben. Man weiß ja, daß er am liebsten mit Winnetou allein ist und es so viel wie möglich vermeidet, daß sich andere an ihn hängen. Er pflegt da nur mit Leuten von Ruf eine Ausnahme zu machen.«

»Er wird sie auch mit mir machen.«

»Mit Ihnen, der Sie gar kein Westmann sind?!«

»Ja.«

»Das bezweifle ich.«

»Gestatten Sie, daß mir meine innere Stimme sagt, daß er diese Ausnahme mit mir machen wird!«

»Wird sich hüten! Ich sage Ihnen im voraus, daß Ihre Reise nach St. Joseph vollständig umsonst sein wird. Ich begreife überhaupt nicht, daß Sie auf den Westen so versessen sind. Sie haben es doch bei mir so gut, wie Sie es sich nur wünschen können, und verdienen genug, um in absehbarer Zeit daran denken zu können, sich selbständig zu machen!«

Der Kellner verbeugte sich jetzt zweimal anstatt einmal und antwortete:

»Ich habe allerdings die Ehre, Ihnen mitzuteilen, daß ich meinen Platz für einen so vorzüglichen halte, daß ich ihn nicht aufgeben würde, wenn mich mein Beruf nicht geradezu zwänge, den Westen aufzusuchen.«

»Ach was, Beruf!« sagte der Wirt, jetzt unwillig. »Der Teufel hat den Beruf, nach den ›finstern und blutigen Gründen‹ zu gehen, um sich dort langsam abmorxen zu lassen, aber nicht Sie!«

»Ich bitte inständigst, Mylord, haben Sie doch die Gewogenheit, diese Ansicht ja nicht festzuhalten. Wenn ein Mensch den Beruf in sich fühlt, diese Richtung einzuschlagen, so bin ich es. Das habe ich die Ehre gehabt, Ihnen schon des öfteren auseinander zu setzen, leider aber immer ohne den gewünschten Erfolg.«

»Sie werden diesen Erfolg auch niemals bei mir haben! Wie oft sagte ich Ihnen doch schon, daß Ihnen hier in Weston eine Zukunft offen steht. Sie sind ein belesener und gewandter, dazu ein sparsamer, junger Mann, und unsere Stadt blüht einer Zukunft entgegen. Wie lange wird es dauern, so können Sie sich hier selbständig machen!«

»Dazu gehört mehr Geld, als ich habe!«

»Nein, denn Sie besitzen Kredit, und auch ich würde Ihnen gern behilflich sein, hier ein Hotel, einen Saloon oder etwas derartiges zu eröffnen, denn es ist mir lieber, Sie zum Konkurrenten zu haben als einen andern, der fremd herkommt und keine Rücksicht gegen mich zu nehmen braucht. Das habe ich Ihnen schon oft gesagt, doch aber immer leider ohne Erfolg.«

»Diese Güte, welche Sie mir erweisen, Mylord, kann keinen Erfolg haben, weil mein Beruf ein anderer als der eines Wirtes ist.«

»Sprechen Sie doch nicht von Beruf! Was Geld einbringt, das ist Beruf!«

»Ich werde, wenn ich einst mit erweiterten Kenntnissen und Erfahrungen aus dem Westen zurückkehre, mehr Geld machen, als ich in Ihrem Fache jemals machen würde; das weiß ich genau. Ein Mann, welcher den großen, vorderen, gekerbten Muskel so gut von dem Kaputzenmuskel zu unterscheiden versteht, wie ich das gelernt habe, der hat andere Ziele vor Augen als das, durch den Verkauf von Spirituosen ein reicher Mann zu werden.«

»Von Ihrer Muskelei verstehe ich nichts; ich weiß nur, daß ich Sie heut unmöglich entbehren kann. Fahren Sie doch morgen, wenn der Ball vorüber ist!«

»Das geht nicht, denn da könnte Old Shatterhand schon nicht mehr in St. Joseph sein.«

»Fragen Sie doch telegraphisch bei ihm an!«

»Ich weiß nicht, wo er wohnt!«

»Man wird ihn finden!«

»Davon bin ich überzeugt, aber selber ist der Mann! Er könnte leicht auf den Gedanken kommen, mich durch eine abweisende Antwort von sich abzuschütteln. Ich muß selbst hin.«

Da bat auch die Wirtin den Kellner, doch noch bis morgen zu warten. Sie stellte ihm vor, daß man ihn heut doch unmöglich missen könne, doch waren auch ihre Bemühungen umsonst; er antwortete in der höflichsten Weise, nannte sie Mylady und machte eine Verbeugung nach der andern, ließ sich aber von seinem Vorsatze, die Fahrt nach St. Joseph heut zu machen, nicht abbringen. Dieser junge, energische Mann war mir trotz des drolligen Anfluges, den er hatte, sympathisch. Was er eigentlich war und was er im wilden Westen suchte, das wußte ich nicht. Die Erwähnung der beiden Muskel ließ vermuten, daß er ein Beflissener der löblichen Arzneikunst sei. In Amerika kann auch ein Mediziner leicht dazu kommen, vorübergehend die Rolle eines Kellners zu übernehmen. Um der Verlegenheit des Wirtes zu Hilfe zu kommen, mischte ich mich in das Gespräch:

»Erlauben die Herren eine Bemerkung! Die Reise nach St. Joseph würde resultatlos sein, denn Old Shatterhand ist nicht mehr dort.«

»Nicht? Nicht? Wissen Sie das genau? Wer hat es Ihnen gesagt?« fragten beide durcheinander.

»Ich weiß es genau, denn ich habe es von ihm selbst erfahren,« antwortete ich.

Im Nu saßen sie rechts und links zu meinen beiden Seiten, und der Wirt erkundigte sich:

»Sie haben also mit ihm selbst gesprochen?«

»Ja. Ich komme von St. Joseph.«

»Das ist interessant, im höchsten Grade interessant! Man sagt, daß er ein Deutscher sei. Wissen Sie vielleicht, ob dies wahr ist?«

»Es ist wahr.«

»Das freut mich; das freut mich ungemein! Ich bin nämlich ein so guter Deutscher, wie es drüben im alten Lande nur irgend einen geben kann. Wissen Sie, woher er stammt?«

»Ich habe ihn nicht darnach gefragt.«

»Freilich! Solchen Mann darf man nicht aushorchen wie andere Leute. Also er ist nicht mehr in St. Joseph? Wohin ist er denn?«

»Das weiß wahrscheinlich niemand außer er selbst.«

»Das ist unangenehm, höchst unangenehm!« rief der Kellner. »Ich hätte sonst was drum gegeben, wenn ich hätte mit ihm sprechen können!«

»Was das betrifft, so kann ich Sie beruhigen. Er hat nämlich nur einen Ausflug vor und will wiederkommen.«

»Wirklich? wirklich? Wann denn, wann?«

»Das ist noch unbestimmt. Er scheint Winnetou in St. Joseph erwarten zu müssen.«

»Winnetou? Der kommt auch? Das ist ja alles, was ich mir nur wünschen kann! Ich werde beide sehen, beide, Old Shatterhand und Winnetou! Bitte, haben Sie die freundliche Gewogenheit, uns zu sagen, was für ein Mann er ist, wie lang, wie breit, was für Augen, welchen Bart, wie gekleidet, sodann Haltung, Gang, Stimme und – –«

»Halten Sie ein, halten Sie ein!« fiel ich ihm lachend in die Rede. »Wer kann sich alle diese Fragen merken!«

»Richtig! Ich bin zu hastig gewesen!«

Er erhob sich, machte mir eine tiefe Verbeugung und fuhr fort:

»Gestatten Sie, Mylord, daß ich meine Fragen einzeln vorlege. Wie hoch ist er?«

»So hoch wie ich.«

»Wie breit?«

»Auch wie ich.«

»Hm! Gestatten Sie, daß eine innere Stimme mir immer gesagt hat, daß er viel höher und viel breiter sei! Wie ist seine Haltung?«

»Aufrecht.«

»Sein Gang?«

»Wenn er läuft, geht er mit zwei, wenn er aber reitet, mit sechs Beinen.«

»Oh, bitte, bitte, nicht solche Scherze! Ich zolle diesem Manne Gefühle, welche jeden Witz ausschließen. Was hat er für einen Bart?«

»Schnurrbart und Fliege.«

»Also auch wie Sie. Kleidung?«

»Trapperanzug aus Elkleder.«

»Mit Menschenhaar?«

»Nein, sondern mit roten Lederfransen.«

»Ja. Man weiß, daß er es nicht liebt, sich wie eine Rothaut mit barbarischen Siegeszeichen zu schmücken. Sie haben mit ihm gesprochen?«

»Ja.«

»Worüber?«

»Ueber Verschiedenes.«

»Hat er Ihnen von seinen Erlebnissen erzählt?«

»Nein. Aber ich habe mit ihm gegessen und getrunken, mich mit ihm rasieren lassen, in seiner Stube mit ihm geschrieben, bin mit ihm ausgegangen und habe sogar sein Waschbekken, seine Seife und sein Handtuch mit benutzt.«

»Was Sie sagen, Mylord! Das ist ja ein intimer, ein höchst intimer Verkehr gewesen, um den ich Sie beneide!«

Er stand wieder auf, verneigte sich vor mir und fuhr fort:

»Hoffentlich haben Sie die Güte, mir noch mehr über ihn zu sagen. Ich freue mich herzlich darüber, daß Sie hier bei uns wohnen wollen, und es soll mir eine hochgeschätzte Ehre sein, Sie so zu bedienen, wie ein so intimer Bekannter Old Shatterhands es verlangen kann. Kommen Sie vielleicht wieder mit ihm zusammen?«

»Ja.«

»Bitte, wann?«

»Ich werde der erste sein, der seine Rückkehr nach St. Joseph erfährt.«

»Und so lange bleiben Sie hier?«

»Ja.«

»Dann ersuche ich Sie inständigst, mich mitzunehmen und ihm vorzustellen! Wollen Sie das thun, Mylord?«

»Hm! Er ist kein Freund von neuen Bekanntschaften, und ich weiß, daß er grad jetzt mit Winnetou allein reisen will.«

»Vielleicht überlegt er sich das doch noch anders, wenn er mir Gehör geschenkt hat. Stellen Sie mich ihm nur vor, damit ich mit ihm sprechen kann!«

»Ich weiß nicht, ob es ihm lieb sein wird, wenn ich Ihnen diese Bitte erfülle. Ich habe vorhin gehört, daß Sie den Wunsch haben, sich ihm anzuschließen, gebe Ihnen aber zu bedenken, daß er kein Fremdenführer ist.«

»Was sagen Sie, was denken Sie, Mylord! Ich weiß sehr genau, was ich von ihm zu halten habe. Ich weiß, daß hundert verdiente Westmänner es für die größte Ehre halten würden, sich ihm und Winnetou wenn auch nur für ganz kurze Zeit anschließen zu dürfen, und ich bin nichts weniger als ein Westmann; aber wenn er hört was ich will, so wird er mich vielleicht nicht von sich weisen.«

»Nun, was wollen Sie denn von ihm? Ich frage nicht aus Neugierde, sondern weil ich, wenn ich Sie ihm vorstellen soll, doch wissen möchte, in welcher Absicht Sie dies wünschen.«

Da stand er abermals auf, verbeugte sich und sagte:

»Gestatten Sie, Mylord, daß ich Sie über meine Person genügend unterrichte. Ich heiße Hermann Rost, bin ein Deutscher und meines Zeichens eigentlich ein Barbier. Mein Ideal war, Medizin zu studieren, aber meine Eltern waren zu arm dazu; darum wählte ich den erwähnten Beruf, den man doch vielleicht eine Vorstufe zu dem Ziele, nach welchem ich strebe, nennen kann. Ich habe dieses Ziel während meiner Lehrlings- und Gehilfenzeit stets vor Augen gehabt und stets fleißig gearbeitet. Zwei Gymnasiasten, welche bei meinem Prinzipal logierten, interessierten sich für mich und unterstützten mich im Latein, welches ich jetzt wenigstens soweit kenne, wie ein Arzt es beherrschen muß. Ich verwendete alle meine geringen Ersparnisse dazu, mir die einschlägigen Werke zu kaufen, und habe alle meine freie Zeit darauf verwendet, mir ihren Inhalt zu eigen zu machen. An den Besuch einer

Universität konnte ich natürlich nicht denken; dazu fehlten mir die geistigen und auch die andern Mittel. Wenn ich überhaupt an eine Hochschule denken durfte, so konnte das nur eine amerikanische sein. Ich ging also nach Hamburg und nahm, um nicht zahlen zu brauchen, Arbeit auf einem nach New York bestimmten Segelschiffe. Dort angekommen, wurde ich wieder Barbier, doch mit dem Unterschiede, daß es mir gelang, nebenbei das Columbia-Colleg zu besuchen. Ich will Sie, Mylord, nicht mit einer langen Erzählung belästigen; es genügt, zu sagen, daß ich vor einem halben Jahre die St. Louis-Universität mit guten Zeugnissen verlassen habe.«

Als er jetzt eine Pause machte, reichte ich ihm die Hand und sagte:

»Das ist aller Ehren wert, Herr Doktor. Ich gestehe Ihnen, daß ich Ihnen meine Achtung zolle. Aber wie sind Sie auf den Gedanken gekommen, hier Kellner zu werden?«

»Sie finden das sonderbar, aber für Amerika ist das gar nichts Außergewöhnliches. Ich bin Mediziner, mag aber von Medizin, wie sie von unsern Aerzten verordnet und gegeben wird, nichts wissen. Ich bin vielmehr der Ansicht, daß der kranke Körper, wenn er überhaupt noch Lebensfähigkeit besitzt, keine fremden, wohl gar giftigen Stoffe in sich aufzunehmen braucht, um wieder gesund zu werden. Die durch die Krankheiten verursachten Störungen im menschlichen Körper müssen durch die Natur selbst wieder ausgeglichen werden, wobei ich aber keineswegs behaupte, daß diese Ansicht auf alle Krankheiten und auf alle Arzneimittel anzuwenden sei. Ich habe mir vorgenommen, auf diesem Wege weiterzugehen, und bin der Meinung, daß die sogenannten wilden Völker, weil auf die Natur angewiesen, Anhänger meiner Ueberzeugung sind. Darum entstand in mir der Gedanke, nach dem Westen zu gehen, um bei irgend einem Indianerstamme meine Studien zu machen. Die Mittel zur Ausrüstung besaß ich zwar nicht, aber ich machte mich doch auf den Weg und kam bis hierher, wo ich diese Stelle annahm, um Geld zu verdienen und eine passende Gelegenheit nach dem Westen abzuwarten. Heut las ich, daß Old Shatterhand in St. Joseph sei, und faßte sofort den Entschluß, mich an ihn zu wenden. Vielleicht nimmt er mich mit, und wenn nicht, so bedarf es nur einer Empfehlung von ihm oder Winnetou an einen ihnen befreundeten Stamm, um mich einer guten Aufnahme dort sicher sein zu lassen. Was sagen Sie dazu, Mylord?«

»Ich betrachte Sie jetzt allerdings mit andern Augen als vorhin, wo ich Sie, der ich Sie nur für einen Kellner hielt, sagen hörte, daß Sie Old Shatterhand bitten wollten, Sie mitzunehmen. Ich war überzeugt, daß dieser Wunsch Ihnen nicht in Erfülllung gehen werde, zumal ich weiß, daß er mit Winnetou jetzt nicht nach dem Westen, sondern nach dem Osten gehen wird.«

»Nach Osten? Wie bedaure ich das!«

»Suchen Sie ihn trotzdem auf! Er wird Ihnen wenigstens seinen Rat nicht vorenthalten, und wenn Winnetou damit einverstanden ist, halte ich es nicht für unmöglich, daß Sie von ihnen eine Empfehlung in Gestalt eines Totem für einen ihnen befreundeten Häuptling bekommen. Am besten wäre es, Sie erbäten sich ein Totem für einen der Winnetou untergebenen Apatschenstämme. Da könnten Sie nicht nur einer guten Aufnahme, sondern auch aller möglichen Unterstützungen und Auskünfte sicher sein. Das ist so meine Ansicht; was Old Shatterhand dazu oder darüber sagen wird, das ist freilich eine andere Sache.«

»Aber Sie kennen ihn. Er hat Ihnen sogar erlaubt, Ihre Hände mit ihm in dasselbe Waschbecken zu tauchen; er würde also einen Wunsch von Ihnen nicht ganz unberücksichtigt lassen. Würden Sie, Mylord, vielleicht die große Güte haben, mir ein Empfehlungsschreiben an ihn mit nach St. Joseph zu geben?«

»Warum nicht? Ich bin gern bereit, Ihnen diesen Wunsch zu erfüllen, kann Ihnen aber nicht versprechen, daß dieses Schreiben auch wirklich den beabsichtigten Erfolg haben wird.«

Da stand er auf, verbeugte sich dreimal, und zwar tiefer als vorher, und sagte:

»Ergebensten Dank, Mylord! Der Erfolg wird nicht auf

sich warten lassen. Gestatten Sie, daß mir eine innere Stimme sagt, daß ich auf jeden Fall ein Totem bekommen werde. Sie meinen also, ein solches für einen Apatschenstamm würde am vorteilhaftesten sein?«

»Ja. Freilich hätten Sie dann von hier aus eine größere und gefährlichere Reise, als wenn Sie sich nördlicher wohnenden Indianern anschließen wollten. Das bringt mich auf die Frage, wie es mit Ihren Fähigkeiten bezüglich einer solchen Reise und eines Aufenthaltes in der Wildnis steht.«

»Oh, was das betrifft, so bin ich gesund, ausdauernd und habe gelernt, ein Pferd zu regieren. Da ich meinen Zweck bei allem, was ich that, im Auge behielt, habe ich mich während meines Aufenthaltes in St. Louis sehr fleißig im Gebrauch der Waffen geübt. Ich bin zwar kein Prairiemann, darf aber sagen, daß ich unter zehn Schüssen sechs- oder siebenmal das Schwarze treffe.«

»Das ist allerdings ganz hübsch, aber wenn man einen guten Westmann erzählen hört, erfährt man freilich, daß Scheibenschüsse, und wenn auch hundertmal ins Schwarze, einem richtigen Savannenläufer gar nicht imponieren können.«

Wir wurden jetzt gestört, denn der Kellner hatte einen jetzt eben eingetretenen neuen Gast zu bedienen. Dieser war einem Geistlichen ähnlich ganz schwarz gekleidet und glatt rasiert und hatte einen kleinen Handkoffer bei sich. Er gab sich ein frommes, würdevolles Aussehen, zu welchem aber, wie ich nicht jetzt gleich sondern später erst bemerkte, sein unstäter und ruhelos umherforschender Blick nicht recht passen wollte.

»Ah, der Prayer-man[1], sagte der Wirt, indem er auf ihn zuging, um ihn mit der Hand zu begrüßen.

»Ja, der Prayer-man,« näselte der Fremde salbungsvoll. »In dieser sündhaften Welt ist der Prayer-man notwendiger als jeder andere Mann. Die Menschen wollen sich nicht mehr von Gott strafen lassen; sie wandeln die Wege des Verderbens, und wenn nicht eine zweite Sündflut kommen und alles Le-

1 Predigtmann.

bende verderben soll, müssen die Gott treu Gebliebenen versuchen, die Irrenden auf den Pfad des Glaubens zurückzuführen. Grad hier an der Grenze zwischen der Civilisation und dem wilden Westen treffen die Kinder dieser Welt zusammen und verderben durch ihr Beispiel die wankenden Seelen, welche vielleicht noch zu retten wären.«

»Leider, leider ist das so!« stimmte der Wirt bei. »Können Sie sich besinnen, daß wir bei Ihrer letzten Anwesenheit davon sprachen, daß der Händler, welcher da gegenüber wohnte, sein Haus und Geschäft verkauft hatte und nach Memphis ziehen wollte?«

»Ich kann mich nicht mehr darauf besinnen!«

»Ich dachte, Sie wüßten es noch. Er hatte den Kaufpreis ausgezahlt bekommen; es wurde aber, ich glaube zwei Tage nach Ihrer Abreise, bei ihm eingebrochen; das Geld war fort.«

Da schlug der Prayer-man entsetzt die Hände zusammen, und hob die Augen fromm empor und rief:

»Welch eine Sündhaftigkeit! Du sollst nicht stehlen! Wer dies Gebot nicht achtet, ist unwürdig, das Reich Gottes zu erben!«

»Und drüben in Plattsburg geschah ein ganz ähnlicher Fall, einen oder zwei Tage vorher, wenn ich mich nicht irre. Pretter, der Advokat, hatte einem Klienten zweitausend Dollars auszuzahlen, konnte das Geld aber nicht gleich an den Mann bringen, weil dieser verreist war; da kamen die Einbrecher und holten es. Sie kennen doch den Advokaten?«

»Nein, denn die Kinder der Seligkeit vermeiden allen Zank und Streit; sie führen keine Prozesse und brauchen also auch keine Advokaten!«

»Ich dachte, Sie wären damals von Plattsburg direkt nach Weston herüber gekommen!«

»Ich wandle die Pfade meines himmlischen Berufes und merke mir die irdischen Wege nicht. Jetzt will ich einige Tage hier in Weston bleiben. Kann ich die kleine, bescheidene Stube wiederbekommen, welche ich damals bewohnte?«

»Ja; sie steht Ihnen zu Verfügung.«

»So will ich gleich einmal versuchen, ob mein heutiger Eintritt in Ihr Haus ein vom Herrn gesegneter ist.«

Er öffnete seinen Koffer, suchte eine Handvoll Schriften zusammen, kam zu mir, legte sie vor mich hin und fragte:

»Verstehen Sie deutsch, mein werter Herr?«

Ich nickte.

»So habe ich wahrscheinlich die Freude, in Ihnen einen Landsmann zu begrüßen, der das Bibelwort kennt: Der Teufel geht wie ein brüllender Löwe umher, um zu suchen, wen er verschlinge. Noch ist es Zeit, ihm auszuweichen. Erfassen Sie die Gelegenheit, und greifen Sie nach dem Rettungsanker, der sich Ihnen hier in diesen frommen Werken bietet, deren geringer Preis auf den Titelblättern zu lesen ist!«

Mit einer Geste, als ob er mich segnen wolle, wendete er sich von mir ab und seinem Tische wieder zu, wo er sich niedersetzte, um zu sehen, ob ich lesen und auch kaufen werde. Also das war die Probe, ob sein Eintritt ein vom Herrn gesegneter sei.

Der Amerikaner hält sehr viel auf Religiosität; darum werden in den Vereinigten Staaten mehr fromme Bücher als in andern Ländern gekauft. Herumziehende Traktätchenhändler machen kein übles Geschäft. Ein solcher Händler war dieser Prayer-man. Ich gehöre zu den Menschen, denen ihr Glaube höher als alle irdischen Angelegenheiten steht; aber das zudringliche Zurschautragen der Frömmigkeit ist mir verhaßt, und wenn jemand vor Salbung förmlich überfließt wie dieser Mann, so zuckt es mir in der Hand, und ich möchte ihm am liebsten mit einer Salbung anderer Art antworten. Ich kann mir da nicht helfen: ich muß dabei stets an die Fabel vom Wolf im Schafsfell denken. Es widerstrebte mir, die Schriften anzufassen, aber ich that es doch, denn nicht nur der Prayer-man beobachtete mich, sondern auch der Wirt und der Kellner sahen zu mir her. Ich wollte nicht in den Verdacht kommen, ein Verächter der Religion zu sein, und sah die Sachen durch.

Es waren Predigten und fromme Abhandlungen in englischer und in deutscher Sprache; auch kleine Gebetbücher und Liedersammlungen gab es dabei; doch stießen mich die meisten Titel schon ab. Da stand zu lesen: »Himmelsrettung eines räudigen Erdenschafes«, »Psalterklänge auf fünf Seelensaiten«, »Kanzeldonner für verfluchte Menschenschlangen«, »Religiöses Fernrohr zur Entdeckung des Wegs zur Seligkeit«. Ich mag vielleicht unrecht haben, aber solche Bezeichnungen empören mich. Die Sprache soll für das Höchste, was der Mensch besitzt, die edelsten ihrer Worte haben; hier aber war es trivialisiert. Ein einziges kleines Heftchen hatte einen Titel, der mir wenigstens nicht widerwärtig war; er lautete: »Sechs ergreifende Festgedichte für Weihnachten, Ostern und Pfingsten.« Es kostete fünfundzwanzig Cents, war also teuer genug. Ich behielt es, ohne hineingesehen zu haben, schob die andern Sachen fort und legte das Geld darauf. Da kam der Prayer-man wieder, nahm Geld und die Hefte zu sich und sagte:

»Mein Freund, Ihre Auswahl ist eine sehr bescheidene. Es ist die Pflicht eines jeden guten Christen, die heilige Religion zu unterstützen; Sie aber scheinen mehr an den irdischen Gütern als an den himmlischen zu hängen; darum gebe ich Ihnen zu bedenken, daß einem jeden dereinst mit demselben Maße gemessen wird, mit dem er hier gemessen hat. Ihre Sparsamkeit wird Ihnen keinen Lohn im Himmel bringen!«

Ich hatte mit dem Manne gar nicht sprechen wollen, konnte mich aber jetzt nicht enthalten, ihm zu antworten:

»Das lassen Sie meine Sorge und nicht die Ihrige sein! Behalten Sie Ihren geistlichen Rat für sich, um den ich Sie nicht gebeten habe!«

Er wollte etwas erwidern, denn er öffnete schon den Mund dazu, aber die Veränderung, welche in meinem vorher gleichgültigen Gesichte unwillkürlich vorgegangen war, schien ihn zu belehren, daß Schweigen jetzt besser sei als Reden; er wendete sich mit einer hochmütigen Handbewegung von mir ab, legte die Drucksachen in den Koffer, zog ein Exemplar der Gedichte, die ich behalten hatte, hervor und gab es dem Wirte mit den Worten hin:

»Als Gast dieses Hauses kann ich von Ihnen keine Bezahlung fordern. Ich verehre Ihnen diese sechs ergreifenden Festgedichte unentgeltlich zum Heile Ihrer Seele. Ich erweise Ihnen diese fromme Aufmerksamkeit auch deshalb mit, weil ich eines dieser Gedichte hier in Weston erhalten habe.«

»Hier? Von wem?« fragte der Wirt, indem er das Heft aufschlug.

»Von einer sehr frommen Dame, welche mir schon öfters abgekauft hat. Es ist die Frau des Pelzjägers, welcher schon seit einer Reihe von Monaten zurückerwartet wird und nicht kommt. Ihr Sohn, welcher bei ihr wohnt, ist Lawyer, nimmt aber keine Stelle an.«

»Ah, Sie meinen Frau Hiller?«

»Ja, Hiller ist ihr Name; ich besinne mich jetzt. Als ich zum letztenmal bei ihr war, las sie mir ein Weihnachtsgedicht vor, und dies gefiel mir so, daß ich sie bat, es mir abschreiben zu dürfen. Ich habe es drucken lassen und verkaufe es nun.«

»Welches ist es?«

»Gleich das erste.«

»Also das mit der Ueberschrift: Weihnachtslust am Kindleinstall zu Bethlehem?«

»Ja. Das müssen Sie lesen, unbedingt lesen, oder vielmehr ich selbst werde es Ihnen vorlesen, denn dies richtig thun zu können, muß man eine auserwählte Gabe besitzen, den Sinn des Gedichtes zu erfassen und mit dem auf- und absteigenden Fall des Tones das Herz des Zuhörers zu ergreifen. Erlauben Sie mir also!«

Er nahm das Heft dem Wirte wieder aus der Hand, schlug es auf und stellte sich an, das Gedicht zu deklamieren.

»Weihnachtslust am Kindleinstall zu Bethlehem!« Wieder so ein gassenfrommer Titel! Jedenfalls war der Wert des Gedichtes diesem Titel angemessen. Ich mochte es gar nicht hören und stand auf, um hinauszugehen. Schon war ich fast an der Thür, als er begann:

»Ich verkünde große Freude,
Die Euch widerfahren ist,
Denn geboren wurde heute
Euer Heiland Jesus Christ!«

Man kann sich denken, daß ich vor Erstaunen stehen blieb. War es denn möglich, daß ich mein Gedicht, wirklich mein Gedicht da hörte? Oder war es ein anderes mit zufällig denselben Anfangsversen? Ich horchte weiter; ja, es war das meinige, Wort für Wort das meinige, welches er mit näselnder Stimme bis zu Ende deklamierte. Ich kehrte an meinen Tisch zurück, auf welchem das von mir gekaufte Heft lag, schlug es auf und las: »Weihnachtslust am Kindleinstall zu Bethlehem – – Reuegedicht eines verlorenen, aber durch das Lesen unserer Schriften wiederbekehrten Sünders.«

Ich war baff! Sollte ich lachen, oder sollte ich mit den Fäusten dreinschlagen? Da hörte ich, noch ehe ich einen Entschluß fassen konnte, die Worte des Prayer-man:

»Wenn Sie sich von der Wirkung dieses Gedichtes überzeugen wollen, so sehen Sie sich den Fremden dort an!«

Er zeigte mit der Hand auf mich und fuhrt fort:

»Er war zu sparsam, sich den Quell der Gnade ganz zu kaufen; er hat nur einen Tropfen davon bezahlt, aber dieser eine Tropfen schon hat ihn so ergriffen, daß er in seinen Busen greift und auch die andern Hefte noch verlangen wird. Ich eile, seine arme Seele vom ewigen Tode zu erretten!«

Nach diesen Worten holte er die von mir zurückgewiesenen Hefte aus dem Koffer, legte sie mir wieder vor und hielt mir die Hand hin, um das Geld in Empfang zu nehmen. Ich fühlte mich durch diese Frechheit in jenen innern Zustand versetzt, welchen Winnetou mit den Worten zu bezeichnen pflegte:

»Mein Bruder wird gleich losschießen; er hat die Patronen schon im Munde und auch in den Fäusten.«

Ich pflegte dann gewöhnlich im freundlichsten Tone zu sprechen; aber was dann folgte, war nichts weniger als Freundlichkeit. So fragte ich jetzt auch den Prayer-man mit gutmütigem Lächeln:

»Das Gedicht hat allerdings einen tiefen Eindruck auf mich gemacht. Ist Ihnen der Verfasser bekannt?«

»Ja,« antwortete er.

»Wer und was ist er?«

»Er war ein berüchtigter Pferdedieb.«

»Ah, er war – – – ist es also nicht mehr?«

»Nein, denn das Lesen unserer Schriften hat ihn zur Reue geführt. Seine Reue war so tief, daß er sich kurz vor seinem Tode noch hinsetzte, um diese Verse zu dichten.«

»Vor seinem Tode? Er lebt also nicht mehr?«

»Nein. Oder wissen Sie nicht, daß Pferdediebe hier in den Staaten gehängt werden?«

»Ah, gehängt worden ist er also! Das wissen Sie genau?«

»Ja; ich war es ja, von dem er die Schriften bekam, die ihn zur Reue führten, und bin bei seinem seligen Verscheiden zugegen gewesen.«

»Er war ein Deutscher?«

»Was denken Sie, Herr! Hat es jemals einen Deutschen gegeben, welcher zum Pferdedieb geworden ist?! Nein, er war ein Irishman.«

»Ich hörte aber doch, daß Sie das Gedicht bei einer Frau Hiller abgeschrieben und dann erst in Druck gegeben haben?«

»Ja, das ist richtig,« gestand er zu und fuhr nach einer Pause der Verlegenheit fort: »Diese Frau hat eine Abschrift des Gedichtes von dem betreffenden Gefängnisbeamten bekommen.«

»Stand der Name des Dichters dabei, als Sie es abschrieben?«

»Ja, ich habe ihn aber nicht notiert, um den armen Teufel, der so selig in das Jenseits gegangen ist, nicht im Diesseits noch zu blamieren.«

Ich hatte meine Fragen einander immer schneller folgen lassen und sie in einem immer steigenden Tone ausgesprochen. Er beachtete das gar nicht und war jetzt sogar so unverfroren, mich aufzufordern:

»Sie haben die Macht der wahren Reue erkannt, lieber Herr, und werden nach dieser Erkenntnis zu handeln wissen. Hier nehmen Sie nun auch die andern Schriften! Ich werde Ihnen nur zwei Dollars und fünfzig Cents dafür berechnen.«

Jetzt war es mit meiner Zurückhaltung zu Ende. Ich prasselte ihn förmlich an:

»Schwindler, der Sie sind! Sie sagten vorhin, ich hätte in meinen Busen gegriffen; ich aber sage Ihnen, daß ich Ihretwegen weder in meinen Busen noch in meinen Beutel greife! Sie wären der Kerl dazu, meine arme Seele vom ewigen Tode zu erretten! Bekümmern Sie sich um Ihre eigene Seele, die Ihnen wohl noch genug zu schaffen machen wird! Der Dichter dieser Strophen soll ein Pferdedieb gewesen sein, der an seinem Stricke selig in das Jenseits hinübergeschieden ist, weil Sie, Sie unverschämter Lügner, ihn durch Ihre Schriften von der ewigen Verdammnis errettet haben? Sie wagen, mir zu sagen, daß ein Irländer ein solches Gedicht in deutscher Sprache schreiben kann? Sie wagen es, auch mir die in Ihren Druckwerken enthaltene Seligkeit für zwei und einen halben Dollar anzubieten? Hier haben Sie den Rummel. Lesen Sie ihn selbst, denn Sie bedürfen der Reue und Buße mehr als selbst der allerschlimmste Pferdedieb!«

Bei diesen Worten warf ich ihm die Schriften ins Gesicht. Er stand vor Erstaunen und Zorn eine ganze Minute bewegungslos, dann trat er hart an mich heran, hielt mir die geballten Fäuste vor das Gesicht und rief:

»Was haben Sie gethan?! Und wie haben Sie mich genannt?! Einen Schwindler und einen unverschämten Lügner! Ich soll schlimmer sein als ein Pferdedieb! Sagen Sie nur noch ein solches Wort, so haue ich Sie zu Staub!«

Er that, als ob er ausholen wolle.

»Nieder mit den Händen!« befahl ich ihm. »Weil Sie auch einer sind, schäme ich mich in meinem Leben zum erstenmal, ein Deutscher zu sein! Der Dichter dieser Strophen soll gehängt worden sein! Wissen Sie, wer es ist? Er steht hier vor Ihnen, und Sie werden mir den Vorrat, den Sie haben, ausliefern, damit ich ihn verbrennen lasse!«

»Sie – Sie – – Sie wollen der Dichter sein?« lachte er höhnisch auf. »Ihr Gesicht ist ja ein solches Schafs – – –«

Weiter kam er in seiner Rede nicht, denn ich gab ihm eine solche Ohrfeige, daß er, zwei Stühle mit sich niederreißend, zu Boden stürzte. Er sprang aber schnell wieder auf, riß ein langes Messer aus der Tasche und drang damit, vor Wut keine

Worte findend, auf mich ein. Ich empfing ihn mit dem emporgehobenen Fuß und versetzte ihm einen so kräftigen Tritt gegen den Leib, daß er wieder niederstürzte. Noch hatte er sich nicht halb aufgerafft, so stand ich bei ihm, nahm ihn mit der linken Hand beim Genick, riß ihn vollends empor, schlug ihm mit der Rechten das Messer aus der Hand, gab ihm noch zwei schallende Ohrfeigen, schleifte ihn zu seinem Koffer und befahl ihm dort:

»Heraus mit den Gedichten, die verbrannt werden müssen! Wenn du nicht sofort gehorchst, helfe ich nach!«

Der fromme Mann hatte mehr als genug. Er schien sich zwar weigern zu wollen, aber ein vermehrter Druck an seinem Halse brachte ihn zum Gehorsam. Er warf die Exemplare des Gedichtes aus dem Koffer auf den Tisch und grinste dabei drohend:

»Mir kann es recht sein, denn wenn sie gegen meinen Willen verbrannt werden, muß ich sie bezahlt bekommen; es giebt noch Gerechtigkeit in der Welt, also hier im Westen auch!«

»Jawohl hier im Westen auch! Das habe ich dir schon gezeigt und bin bereit, es dir auch noch weiter zu beweisen. So, da bist du fertig, und ich bin es einstweilen mit dir auch. Nimm dich in acht, daß wir nicht noch einmal in dieser Weise zusammentreffen. Man kommt nicht immer so gut aus meinen Händen, wie ich dich jetzt aus ihnen entkommen lasse. Merk dir das, frommer Augenverdreher!«

Ich gab ihn frei und nahm die Schriften, um sie selbst in die Küche zu tragen, wo ich mich überzeugte, daß sie alle in den Ofen gesteckt und verbrannt wurden. Als ich dann in das Zimmer zurückkehrte, war der Prayer-man nicht mehr da.

»Er ist auf seine Stube gegangen,« sagte der Wirt im Tone des Bedauerns, indem er mich halb vorwurfsvoll, halb prüfend mit dem Blicke maß. »Das kam so schnell, so unerwartet! Sie sprachen so freundlich zu ihm, und plötzlich bekam er die Schriften in das Gesicht! Und dann die gewaltige Ohrfeige, diese Schnelligkeit, dieser Tritt in den Leib und dieser Griff in das Genick – – so etwas habe ich noch gar nicht gesehen. Das ging doch so rasch wie das Bretzelbacken!«

»Ja, so etwas habe auch ich noch nicht gesehen!« stimmte der Kellner bei. »Das war alles in zwei kurzen Augenblicken fertig, als ob es vorher extra einstudiert worden sei. Und da habe ich, als Sie meinten, daß Old Shatterhand Ihre Gestalt und Länge habe, gesagt, daß ich ihn mir viel kräftiger vorgestellt hätte! Gestatten Sie, Mylord, daß mir eine innere Stimme sagt, daß Sie diesen gewaltigen Griff in das Genick wahrscheinlich von ihm gelernt haben! Da muß ja jedem gewöhnlichen Menschen sofort der Atem ausgehen!«

»Haben Sie die Gedichte wirklich alle verbrannt?« erkundigte sich der Wirt.

»Alle,« antwortete ich.

»Da werden Sie sie wohl bezahlen müssen!«

»*Pshaw*! Es wird diesem Kerl gar nicht einfallen, mich darüber zur Rechenschaft zu ziehen.«

»So sind Sie also wirklich der Verfasser des Gedichtes?«

»Ja.«

»Sonderbar! Er sagte doch – – – hm! Er ist ein sehr frommer und sehr ehrenwerter Mann!«

Es war dem Wirte nicht schwer anzusehen, daß er diesem sehr frommen und sehr ehrenwerten Manne mehr Glauben schenkte als mir. Ich fühlte keinen Beruf, ihn von dieser Ansicht zu bekehren, und erwähnte den Prayer-man also nicht weiter, sondern erkundigte mich:

»Sie kennen die Frau Hiller, von welcher gesprochen wurde?«

»Ja.«

»Ist sie auch eine Deutsche?«

»Ich glaube eher, daß sie eine Deutschösterreicherin ist. Man hat nicht oft Gelegenheit, mit diesen Leuten zu sprechen.«

»Sie leben einsam?«

»Sehr. Der Mann ist Pelzjäger für eine bedeutende Firma in St. Louis und meist nur zwei oder drei Monate während des ganzen Jahres daheim. Da pflegt er sich, widmet sich seiner Frau und seinem Sohne und läßt sich wenig sehen. Sie werden die jetzigen Verhältnisse des Fell- und Pelzhandels wohl schwerlich kennen, denn ein Mann, der Gedichte macht, hat für so unpoetische Sachen keine Zeit; er ist lange nicht mehr so in Flor wie früher, weil das Wild immer seltener wird. Der Jäger, welcher Geschäfte machen will, muß jetzt mehr wagen als früher und in die gefährlichsten Gegenden der Rocky-Mountains vordringen, wo zwar noch gute Beute zu holen ist, dabei aber gefährliche Zusammenstöße mit Indsmen nicht zu vermeiden sind. Es ist da schon mancher hinaufgegangen und nicht wiedergekommen; Hiller aber hat stets Glück gehabt. Er geht nie allein in die Berge, sondern pflegt alljährlich eine Gesellschaft von Jägern und Fallenstellern anzuwerben, deren Master er in jeder Beziehung ist. Diese Leute werden von ihm nach der Zeit, nicht nach der Stückzahl honoriert, gleichviel, ob er gute Geschäfte macht oder nicht; er scheint aber dabei doch stets seine Rechnung gefunden zu haben, denn es sind von ihm stets ganze Massen von Pelzwerk nach St. Louis geliefert worden. Die Jäger drängen sich dazu, von ihm engagiert zu werden, und die Indsmen scheinen Respekt vor ihm zu haben, wenigstens darf man dies aus dem Umstande schließen, daß sie ihm einen Kriegsnamen gegeben haben, was sie bei keinem gewöhnlichen Manne zu thun pflegen.«

»Kennen Sie diesen Namen?«

»Ja; er lautet Nana-po. Wie das heißt, und aus welcher Sprache es ist, das weiß man nicht.«

»Wirklich nicht? Hat Hiller es niemandem gesagt?«

»Nein. Wenn er sich hier befindet, so lebt er einsam und ist ein so wortkarger Mann, daß ihn wahrscheinlich noch kein Mensch nach diesem Namen gefragt hat.«

»Das Wort ist abgekürzt und lautet vollständig Nana-po-pahwitsch und gehört den Dialekten der Utahs und Schoschonen an, welche miteinander verwandt sind. Dieser Ausdruck bedeutet soviel wie »mein älterer Bruder« und ist nach Indianerbrauch eine ehrende Bezeichnung. Da die Utahs nicht in einer an Pelztieren reichen Gegend wohnen, so vermute ich, daß es die Schoschonen sind, die ihm diesen Namen gegeben haben. Er muß auf freundschaftlichem Fuße zu ihnen stehen und sich durch seine Eigenschaften ihre Achtung erworben haben, sonst würden sie ihn nicht ihren Bruder, sogar ihren älteren Bruder nennen. Ich bin überzeugt, daß die Bewohner von Weston stolz auf diesen ihren Mitbürger sein können.«

»Davon haben wir gar keine Ahnung gehabt,« gestand der Wirt. Und indem er mich mit erstaunten Augen musterte, fuhr er fort: »Sie zeigen da Kenntnisse, die man bei Ihnen gar nicht vermuten konnte. Ein Westmann sind Sie nicht, denn ein solcher hat kein Geschick, sich in einer Kleidung, wie die Ihrige ist, so zu bewegen wie Sie; aber die Sprachen der Roten sind Ihnen bekannt, und Sie machen Gedichte. Wahrscheinlich gehören Sie dem studierenden Stande an?«

»Sie haben recht; ich bin ein Federfuchser.«

»Und, bitte, wie heißen Sie? Sie entschuldigen diese Frage. Man muß doch wissen, wie man Sie zu nennen hat.«

Da ich verschweigen wollte, wer ich war, und mein richtiger Name möglicherweise auch hier als derjenige Old Shatterhands bekannt sein konnte, legte ich mir in der Schnelligkeit einen ähnlich klingenden bei, indem ich antwortete:

»Mein Name ist ein so seltener, daß Sie ihn wahrscheinlich noch niemals gehört haben; ich heiße nämlich Meier.«

»Meier?« lachte er. »Allerdings höchst selten! Aber kennen thue ich ihn doch, denn ich muß Ihnen sagen, daß ich auch so heiße. Hatten Sie eine bestimmte Absicht, in welcher Sie sich nach der Familie Hiller erkundigten?«

»Ja. Es ist des Gedichtes wegen, welches vor einer Reihe von Jahren verfaßt wurde. Wer es sich so lange aufgehoben hat, der muß ein ganz besonderes Interesse daran haben, und so versteht es sich ganz von selbst, daß ich es gern wissen wollte, wer diese Frau Hiller ist.«

»So besuchen Sie sie doch einmal! Sie hält sich zwar, ebenso wie ihr Mann, sehr zurück, wird aber doch wohl nicht so unhöflich sein, Sie abzuweisen.«

»Es ist, wie ich höre, auch ein Sohn da?«

»Ja. Er hat, wie bereits gesagt, auf den Lawyer[1] studiert, nimmt aber keine Stelle an, sondern sitzt zu Hause bei einer

1 Jurist, Advokat.

Menge von Büchern, mit denen er sich den ganzen Tag beschäftigt, als ob er sie auswendig lernen wolle. Sonst aber ist er, wenn man ihm begegnet, ein ganz freundlicher, junger Mann.«

Es war so, wie ich gesagt hatte: der Umstand, daß diese Frau mein Gedicht besaß, fiel mir auf. Woher hatte sie es? Sie war eine Deutschamerikanerin. Stammte sie aus meiner Heimat? Hatte sie es mit herübergebracht, oder war es ihr von einem Verwandten geschickt worden? Es fiel mir nicht ein, das Gedicht für so wertvoll zu halten, daß sie es nur dieses dichterischen Vorzuges wegen so lange aufgehoben hätte; ich sagte mir vielmehr, daß es damit eine andere Bewandtnis haben müsse, und bin aufrichtig genug, zu gestehen, daß mich die Neugier trieb, sie kennen zu lernen. Ich ließ mir also ihre Wohnung beschreiben und ging, diese aufzusuchen.

Das hübsche Häuschen hatte einen Seitengarten, in welchem eine Frau beschäftigt war, Spätrosen abzuschneiden. Ihr Kopf war zum Schutze gegen die Sonne mit einem weit vorgezogenen Tuche bedeckt, so daß ich ihr Gesicht nicht vollständig sehen konnte. Als ich mich bei ihr erkundigte, ob Frau Hiller zu sprechen sei, fragte sie, wer ich sei und was ich wolle. Ich nannte mich Meier und sagte, daß ich eine kurze Erkundigung beabsichtige und also gar nicht lange stören werde.

»Gehen Sie hinein; ich komme gleich,« beschied sie mich und wendete sich dann wieder ihrer Arbeit zu.

Im Flur gab es rechts und links eine Thür; die links war verschlossen; ich trat also rechts ein und befand mich dann in einem zwar kleinen aber für mich hochinteressanten Parlour, welches mit Waffen und indianischen Trophäen ausgestattet war. Ich fand aber keine Zeit zu einer langen Betrachtung derselben, denn die Frau, welche ich im Garten gesehen hatte, kam sehr bald nach und sagte, indem sie auf einen Stuhl zum Niedersitzen deutete:

»Ich bin Frau Hiller. Womit kann ich Ihnen dienen, Mr. Meier?«

Indem ich antworten wollte, nahm sie das Tuch vom Kopfe

und legte es beiseite; ich bekam ihr ganzes Gesicht zu sehen und behielt vor Ueberraschung die Antwort auf den Lippen.

»Nun, bitte!« sagte sie, als sie sah, mit welchem Erstaunen ich sie betrachtete.

War es Wirklichkeit, oder irrte ich mich infolge einer Aehnlichkeit, die allerdings auffällig gewesen wäre, wenn eine Täuschung vorgelegen hätte? Nun war es mir freilich klar, warum diese Frau mein Gedicht aufgehoben hatte, denn es bildete ein Erinnerungszeichen an die vielleicht trübsten Tage ihrer Vergangenheit.

»Sie wollten sich nach etwas erkundigen – – –?« fragte sie, als ich noch immer mit der Antwort zögerte.

»Allerdings,« ließ ich mich endlich hören. »Diese Erkundigung wird nun, da ich Sie sehe, freilich eine andere sein, als die, welche ich vorher beabsichtigte; sie ist der Art, daß ich alle Ursache zu der Bitte habe, sie mir nicht übelzunehmen.«

»Sprechen Sie nur!« forderte sie mich auf, indem sie mich erwartungsvoll anblickte. Dabei trat ein Ausdruck in ihr Gesicht, von dem ich nicht wußte, ob er einer plötzlich aufsteigenden Besorgnis zuzuschreiben sei oder dem Bemühen, in meinen Zügen etwas ihr noch unklar Vorschwebendes deutlicher zu entdecken.

»Haben wir uns nicht vielleicht schon einmal gesehen, Mrs. Hiller?« fragte ich.

Sie wurde blaß, und ihre Stimme klang unsicher, als sie antwortete:

»Ich gestehe, daß mir Ihr Gesicht nicht ganz fremd vorkommt. Wahrscheinlich sind wir uns hier in den Staaten einmal flüchtig begegnet?«

»Nein, nicht hier, sondern drüben jenseits des Meeres. Wenn ich mich nicht irre, wurden Sie damals nicht Hiller, sondern Frau Elise Wagner genannt.«

Da verwandelte sich die erst leichte Blässe ihres Gesichtes in vollständige Farblosigkeit; sie sank auf einen Sessel nieder, schlug die Hände zusammen und seufzte, indem sie mit angstvollen Augen zu mir aufblickte:

»Mein Gott! Ist denn diese Zeit noch immer nicht versunken und vergessen? Geht die Grausamkeit des Schicksales so weit, uns selbst hier, an der Grenze des wilden Westens, noch zu verfolgen? Haben wir denn nicht schon genug unschuldig gelitten, daß selbst nach so langer Zeit das Gespenst der Vergangenheit sich aus dem Grabe erhebt und uns wieder drohend entgegentritt?«

Sie wollte noch weitersprechen; ich fiel ihr aber in die Rede:

»Ich bitte dringend, sich ja keine Sorge zu machen! Die Absicht, welche mich zu Ihnen führt, ist eine durchaus freundliche, und ich beeile mich, Ihnen vor allen Dingen zu sagen, daß ich Sie nur zweimal ganz kurz gesehen habe und mir Ihre Verhältnisse vollständig unbekannt sind.«

»Ah!« holte sie tief, tief Atem. »Ihre Absicht ist keine böse! Wie bin ich erschrocken! Bitte wollen Sie mir sagen, wo Sie mich gesehen haben?«

»Es ist kein Wunder, daß Sie mich nicht erkennen, denn es sind seitdem Jahre verflossen, und ich war nur ein Knabe. Ich habe eigentlich auch gar keinen Grund, Sie in Ihrem hiesigen Heim zu stören, doch muß ich sagen, daß ich Ihnen stets ein treues und teilnahmvolles Andenken bewahrt habe. Als ich heut hier von Ihnen hörte, hatte ich keine Ahnung, daß Mrs. Hiller jene Frau Wagner ist, der ich für ihr ganzes Leben alles Gute wünsche.«

Es war wieder Farbe in ihr Gesicht und Glanz in ihre Augen gekommen. Sie stand auf und fragte:

»Aber, wenn Sie nicht wußten, wer ich bin, welche Ursache hatten Sie, mich aufzusuchen. Sie haben allerdings nicht das Aussehen eines Mannes, dem es Vergnügen bereitet, der Bedränger anderer Leute zu sein.«

»Es ist eigentlich eine – wenn ich mich so ausdrücken darf – eine litterarische Veranlassung, welche mich zu Ihnen führt. Ich bin Schriftsteller und reise viel, um dann über meine Reisen Bücher zu schreiben. Ich habe damals als Schüler eine kleine poetische Sünde begangen, von der ich glaubte, daß sie mir längst vergeben sei; aber heut erfuhr ich, daß solche Sünden niemals vergessen werden. Die Rache hat mich vorhin hier in Weston ereilt, wo ich mit einem frommen Manne zusammentraf, der mir mein Verbrechen für fünfundzwanzig Cents an das Gewissen legte und mir dabei durch den Titel erfreulicherweise den Beweis erbrachte, daß ich doch wenigstens kein verlorener, sondern ein bekehrter Sünder bin.«

Ich zog das Heft aus der Tasche und reichte es ihr hin, nachdem ich die erste Seite aufgeschlagen hatte. Sie warf einen Blick darauf und rief überrascht aus:

»Mein Gedicht – – wollte sagen, mein Lieblingsgedicht! Es ist abgedruckt worden! Wer hat das gethan?«

»Ein frommer, ja, ein sehr frommer Prayer-man, der es vor einiger Zeit bei Ihnen abgeschrieben hat.«

»Der – – –? Ich entsinne mich seiner. Ich kaufte ihm einige Sachen ab, deren Stil ein so frommschwülstiger war, daß ich glaubte, ihn darauf aufmerksam machen zu müssen, daß man durch diese Art der Ausdrucksweise, die eine gradezu abstoßende ist, der guten Sache mehr Schaden als Nutzen bringe. Er behauptete dagegen, daß es keine andere Behandlungsweise dieser Art von Themata gebe, und ich holte also dieses Gedicht, um ihn zu überführen. Es gefiel ihm sehr, und als er mich bat, es abschreiben zu dürfen, ersah ich keinen Grund, ihm die Erlaubnis zu verweigern. Ich ahnte freilich nicht, daß er es drucken lassen werde. Er hat doch wohl auch gar kein Recht dazu?«

»Wenigstens kein moralisches. Aber in rein litterarischer und geschäftlicher Beziehung sind die Werke deutscher Dichter und Schriftsteller hier in den Vereinigten Staaten leider vogelfrei, und der Amerikaner macht davon den ausgiebigsten Gebrauch. Es werden hier deutsche Werke massenhaft nachgedruckt, und die hiesigen Herausgeber – fast hätte ich gesagt Diebe – – werden dabei reiche Leute, ohne den Verfassern, welche drüben am Hungertuche nagen, einen Cent zu bezahlen. Der sonst »sehr moralische« Amerikaner will Geld machen; ob er dabei einen armen Schriftsteller seines sauer verdienten Arbeitslohnes beraubt, das ist ihm vollständig gleichgültig, wenn ihm diese meiner Ansicht nach freilich sehr unmoralische Money-mäkerei nur gelingt. Mir hat zum Beispiel die sehr löbliche »San Francisco-Abendpost« meine

Werke nachgedruckt, ohne es nur der Mühe wert zu halten, mich wenigstens davon zu benachrichtigen oder mich dann auf meine wiederholten Anfragen auch nur einer einzigen Antwort zu würdigen. Und das ist eine Zeitung in deutscher Sprache! Es scheint da, man hat gar keine Veranlassung, darauf stolz zu sein, daß man ein Deutscher ist. – – Und selbst wenn wir Deutschen allen möglichen Schutz besäßen, würde ich mich gar nicht darüber wundern, daß dieser salbungsvolle Traktätchenhändler das Gedicht ohne alles Besinnen und Bedenken als sein Eigentum betrachtet hätte, denn wo die Frömmigkeit nur gleisnerische Außensache ist, pflegt sie nur als Deckmantel der Habsucht und noch schlimmerer Eigenschaften zu dienen.«

»Hätte ich ihm doch die Erlaubnis, es abzuschreiben, nicht gegeben! Was ist denn das für eine entsetzliche Ueberschrift? Der Mann kann nicht bei Sinnen sein!«

»Er erzählte mir sogar, daß der Dichter ein Pferdedieb gewesen sei, der kurz bevor er für seine Thaten aufgehängt wurde, aus Reue das Gedicht verfaßt habe. Doch, lassen wir das! Es genügt für jetzt, daß diese Strophen die Veranlassung meines Besuches bei Ihnen sind. Ich glaubte, annehmen zu müssen, daß jemand, der sich für – – –.«

»Ah, bitte!« unterbrach sie mich. »Wir waren ganz davon abgekommen. Die Hauptsache ist doch – – – sagen Sie, Sie sind der Verfasser dieses Gedichtes?«

»Ja.«

Ihre Augen öffneten sich weit, als ob sie meine ganze Gestalt mit einemmal umfassen wollten; sie hob die Arme gegen mich und fragte schnell weiter:

»Dann sind Sie also der junge Schüler, welchen – – –?«

»Der bin ich,« nickte ich.

»Welchen wir damals mit noch einem andern in – – in – – in Falkenau in Böhmen sahen?«

»Ja.«

»Sie kamen uns dann in die Mühle nach, wo mein guter, alter, lieber Vater starb?«

»Ja.«

»Und gaben uns – – – gaben uns – – –. Oh, ich war damals vor Herzeleid nicht bei mir selbst, sonst hätte ich – – hätte ich – – – erlauben Sie! Ich muß ihn rufen, sofort rufen! Das ist einer meiner schönsten Lebenstage! Sie haben uns durch Ihr so ganz und gar nicht zu erwartendes Kommen eine Freude bereitet, die ganz unbeschreiblich ist, denn Sie wissen nicht, nein, Sie können gar keine Ahnung haben, wie oft wir an Sie, an den jungen Mann gedacht haben, der uns damals eine Wohlthat erwies, die wir ihm niemals, niemals vergelten können!«

Sie wollte eine Nebenthür öffnen; ich hielt sie zurück und sagte:

»Bitte, wenn Sie nicht wünschen, daß ich sofort wieder gehe, so erwähnen Sie ja nicht wieder, daß mein Mitgefühl mich damals zu einer Handlung hinriß, welche – – –.«

»Was? Welche – – –?« unterbrach sie mich, indem sie sich mir rasch wieder zuwendete. »Welche Sie wohl lieber nicht gethan hätten? Das ist nicht wahr! Wenn Sie das sagen wollen, so kennen Sie sich selbst nicht! Ich weiß, daß Sie selbst ein armer, armer Teufel waren und das, was Sie im Gasthause genossen, nicht bezahlen konnten. Wer trotz dieser seiner Armut und ohne sich zu besinnen all sein Geld einem noch Bedürftigeren giebt, der bereut das nie, der wird stets mildthätig bleiben, denn sein offenes Herz ist eine herrliche Gottesgabe, um welche ihn selbst die größten Härten des Lebens nicht zu bringen vermögen. Und, weil wir einmal davon sprachen, ehe mein Sohn bei mir ist, will ich Ihnen folgendes sagen: Ich bin recht wohl in der Lage, Ihnen das Geld, welches Sie mir damals gaben, zurückerstatten zu können, aber ich thue das Ihnen und auch mir nicht an. Das Schärflein der Witwe, oder in diesem Falle richtiger gesagt, das ganze, ganze Vermögen des armen Schülers, welches er auf dem Altare der Liebe, des Erbarmens opferte, darf nicht zu einem mit Zinsen zurückzugebenden Darlehen herabgewürdigt werden; es soll und muß ein Opfer bleiben, welches Gott, der gerechteste Zahlmeister von Ewigkeit zu Ewigkeit, zurückerstatten wird. Vielleicht hat er dies schon gethan, denn aus dem Gymnasiasten, der sogar dann noch der Botenfrau seine letzten Kreuzer in die Hände schüttete, scheint ein Mann geworden zu sein, der seinen Reichtum, wie ich Ihnen anzusehen glaube, nicht allein im Besitz von Gold und Silber sucht. Und mit jenem Gelde, welches mir und meinem Knaben die Reise nach Bremen ermöglichte, habe ich von Ihnen, ohne daß Sie es ahnten, noch eine andere, unendlich wertvollere Gabe empfangen, die ich Ihnen mit allem Golde der Erde, wenn ich es besäße, nicht vergelten könnte, denn Sie haben mich damals von der Verzweiflung errettet. Die Unglücksfälle, welche ohne unser Verschulden damals unsern äußern Wohlstand und unser inneres Glück Schlag auf Schlag niederschmetterten, hatten uns um den Glauben an Gott und um all unser Vertrauen zu ihm gebracht; das war ein größerer Verlust als alle irdischen, die wir erlitten haben. Hungernd und frierend, glaubenstot und hoffnungslos schleppten wir uns bettelnd von Ort zu Ort, und je weiter wir kamen, desto elender wurden wir äußerlich und auch innerlich. Da leuchteten plötzlich mitten in all diese unbeschreibliche körperliche und seelische Armseligkeit hinein die Kerzen des Tannenbaumes in Falkenau, und wie aus Gottes eigenem Munde vom weihnächtlichen Himmel herab erklangen uns die Worte Ihres Gedichtes:

»Ich verkünde große Freude,
Die Euch widerfahren ist,
Denn geboren wurde heute
Euer Heiland Jesus Christ.« – –«

Jetzt eine kurze Pause machend, stand sie mit leuchtenden Augen und glühenden Wangen vor mir. Ihr Blick war, wie damals in der Mühle, wie durch die Mauer hindurch ins Weite gerichtet, aber mit einem so ganz, ganz anderem Ausdrucke. Damals seelenlos, stier und leer, besaß er heut Leben, Licht und Energie. Damals auf eine trostlose Wüste des Elends, der Erbärmlichkeit gerichtet, sah er jetzt die Errettung aus diesem Jammer hinter sich, und vor sich vielleicht noch immer die fernen Strahlen des kleinen Weihnachtsbaumes, der sein Licht so unerwartet auf den mühseligen Pfad der Unglücklichen geworfen hatte. Nun fuhr sie fort:

»Ihre zweite Strophe möchte ich, indem ich zurückblicke, in Beziehung auf uns umändern in:

»Jubelnd klingt es durch die Sphären,
Sonnen künden's jedem Stern;
Weihrauch duftet auf Altären,
Und auch uns blieb es nicht fern!«

denn besonders meinem armen Vater brachten Ihre Verse mehr innerliches Licht, als ihm äußerlich die Kerzen des Baumes leuchteten. Das glaubensleere Dunkel seiner Seele begann sich zu erhellen. Man ahnt gar nicht, was ein kurzes Wort, eine einzige Gedichtstrophe, zur rechten Zeit oder am rechten Orte gesprochen oder gelesen, für eine große, nachhaltige Wirkung auf den Menschen haben kann! Wenn man das beherzigte, wie anders, wie ganz anders würde dann gesprochen und geschrieben werden! Ich war damals mehr mit meinem Vater als mit mir selbst beschäftigt, aber als ich, da ich mich von Gott abgewendet hatte, die Worte hörte:

»Und der Priester legt die Hände
Segnend auf des Toten Haupt:
Selig ist, wer bis ans Ende
An die ewge Liebe glaubt!«

da kam wie ein plötzlicher, heller, klarer Sonnenstrahl die Erkenntnis über mich, daß ich, wenn ich jetzt unter der Schwere meines Leidens zusammenbräche, nicht selig zu preisen, sondern als unselig zu bejammern sein würde, denn ich hatte mit Gott gehadert und zu den verlorenen irdischen Gütern auch alle meine geistigen und geistlichen Besitztümer geworfen, als ob diese ebenso nichtig wie jene seien. Ich habe dann, so müde ich war, während der ganzen Nacht nicht geschlafen, sondern immer und immer gebetet und gefleht:

»Blicke auf dein Kind hernieder,
Das sich sehnt nach deinem Licht;
Der Verlorne naht sich wieder;
Geh mit ihm nicht ins Gericht!«

und so entsetzlich der nächstfolgende Tag war, und so sicher ich den Vater dem Tode entgegensinken sah, es klang doch fort und fort eine mahnende Stimme in mir, daß ich die Hand nach dem verlorenen Glauben an Gott und nach dem weggeworfenen Vertrauen zu ihm ausstrecken müsse, wenn ich nicht auch tot sein und mich verloren geben wolle. Wir waren während der Nacht dem Erfrieren nahe; dann nahm uns die arme Botenfrau mitleidig auf, und ich kniete am Sterbelager des Vaters, dem es nicht an der Wiege gesungen worden war, daß er einst auf Lumpen von der Erde scheiden werde. Meine Thränen rannen nach innen und drohten, den mir von Ihnen gekommenen Weihnachtsschimmer wieder zu verlöschen. Er starb armselig, aber doch selig, Ihre Worte bestätigend:

»Suchtest du noch im Verscheiden
Droben den Versöhnungsstern,
Wird er dich zur Wahrheit leiten
Und zur Herrlichkeit des Herrn.«

Als ich dann von seinem Lager aufstand, kämpfte in mir der Jammer, der mich wieder niederreißen wollte, mit der Pflicht, mich um meines Sohnes willen zusammenzuraffen und aufrecht zu halten. Hinter mir gähnte hart an meinen Fersen die klaffende Tiefe des überstandenen Elendes; neben mir lag der Tote, von dem ich noch nicht wußte, wo er seine letzte Ruhestätte finden werde; vor mir stiegen steile, kahle, unbekannte Felsen auf, die kommenden Tage, die ich, schon jetzt vor Müdigkeit zusammenbrechend, erklimmen sollte, und welche Mittel hatte ich dazu? Eine trockene Brotrinde war alles, was ich besaß, alles – – – alles! Es wurde mir leer vor den Augen. Ich sah die Leiche nicht mehr, nicht die Frau, deren jämmerlicher Gast ich war, auch nicht meinen Sohn und auch nicht – – – Sie, der Sie sich bei uns befanden, ohne daß ich es beachtet hatte. Aber indem ich in eine endlose, leere Oede schaute, hörte ich Ihre mir noch bekannte Stimme; ich antwortete, ohne zu wissen, was; dann waren Sie fort. Dann saß ich auf dem Schemel und strengte mich an, zu mir zurückzukehren. Mein Sohn schmiegte sich an mich und sagte mir, es sei etwas in meiner Tasche, was Sie mir gegeben hätten. Ich nahm es heraus und hörte den Klang von – – – Geld! Herr, das Wort Geld ist ein gemeines, ordinäres Wort, aber ich sage Ihnen: Als ich die Silberstücke zählte, wurde es bei jedem einzelnen, welches ich zu den andern legte, lichter in mir. Ich dachte in diesem Augenblicke nicht an die Größe Ihres Opfers, sondern nur daran, daß es mir Rettung brachte. Es kam wie eine Erlösung über mich; ich konnte weinen – weinen – – weinen. Wie es dann kam, ich weiß es nicht, aber ich hatte Ihr Gedicht in den Händen, kniete am flackernden Herdfeuer und las unter Thränen Ihre Mahnung:

»Hat der Herr ein Leid gegeben,
Giebt er auch die Kraft dazu;
Bringt dir eine Last das Leben,
Trage nur, und hoffe du!«

Das hatte ein Schüler, ein armer, vielleicht siebzehnjähriger Knabe gedichtet! Und ich?! Es war fast wie Scham, was da über mich kam. Ich ging hinaus vor die Mühle und ein Stück in den Wald hinein. Dort kniete ich nieder und betete – betete – – betete. Herr, mein Gott, ich konnte wieder beten! Als ich dann in die Stube zurückkehrte, hatte alles ein ganz anderes Aussehen als vorher. Das Elend war verschwunden und dafür ein stiller, weher Ernst zurückgeblieben. Die Botenfrau sagte mir, daß auch sie Geld von Ihnen bekommen habe und sich nun morgen einmal recht sattessen wolle. Mein Knabe sah mich mit so liebevollen Augen an, und über das Gesicht des Toten hatte sich ein stiller, seliger Hauch des Friedens ausgebreitet. Es war mir, als befinde sich sein Geist an meiner Seite und flüstere mir tröstend zu:

»Darum gilt auch mir die Freude,
Die Euch widerfahren ist,
Denn geboren wurde heute
Auch mein Heiland, Jesus Christ!«

Und so ist es geblieben bis zum heutigen Tage. Reden Sie mir nicht darein, sondern lassen Sie mir diesen wohlthuenden

Glauben, daß mein Vater von Gott die Erlaubnis hat, unsichtbar bei mir zu weilen, um mich zu leiten und meinen Fuß vor Anstoß zu bewahren! Wenn Gott seine Engel sendet, die uns zu beschützen haben, können wohl auch unsere Abgeschiedenen, die uns durch ihre Liebe doch am nächsten stehen, solche Engel sein! Während die Heerscharen des Himmels seinen Thron umschweben, um ihm Halleluja von Ewigkeit zu Ewigkeit zu singen, steigen die Geister unserer Lieben auf und ab, um seine Befehle auszurichten und uns in ihren Schutz und ihre Hut zu nehmen. Ich möchte nicht um alles diese Ueberzeugung missen, die mir im Leiden Kraft gewährt, mich in der Einsamkeit tröstet und mir die frohe Hoffnung bietet, daß ich meinen Sohn mit meinem Tode nicht verlassen werde.«

»Es liegt mir fern,« sagte ich, als sie jetzt zu Ende zu sein schien, »Ihnen einen Glauben zu nehmen, der Sie glücklich macht, weil er eine Konsequenz Ihrer Kindes- und Ihrer Mutterliebe ist. Sie haben damals jedenfalls noch sehr schwere Tage erlebt, von denen wir jetzt lieber gar nicht sprechen wollen. Ich freue mich aufrichtig und herzlich, Sie wiederzusehen, und wünsche, daß wir dieses Wiedersehen nicht durch die Erinnerung an eine Zeit trüben, welche längst vergangen ist.«

»Sie haben recht. Ich muß um Verzeihung bitten, daß ich gleich die erste Viertelstunde Ihres Besuches mit meinem Rückblicke auf jene Zeit in Anspruch nahm! Ich that es in der Ueberraschung und weil Sie gleich und vor allen Dingen erfahren und wissen sollten, wie wichtig Sie mir geworden und wie unvergeßlich Sie uns geblieben sind. Ich war damals nicht in der Lage, mich nach Ihnen zu erkundigen, und dies dann durch Briefe von Amerika aus zu thun, verboten uns gewisse Gründe, über welche ich nicht sprechen kann. Ich darf höchstens sagen, daß der Name Wagner ein falscher war und daß wir verschwunden sein mußten, ohne eine Spur zurückgelassen zu haben. Wir hätten zwar vielleicht erfahren können, was Sie geworden sind, denn wir kannten Ihren Namen und – – –«

»Nein, den kannten Sie nicht,« fiel ich ein.

»Er steht doch auf dem Gedicht!«

»Nicht ganz; es fehlt eine Silbe. Ich heiße Meier.«

Als sie sah, daß ich dabei lächelte, fragte sie:

»Darf ich vielleicht annehmen, daß dies eine Silbe zu viel ist? Ein Schüler setzt, wenn ein Gedicht von ihm veröffentlicht wird, wohl keinen falschen Namen darunter; ich meine vielmehr, daß er sehr stolz sein wird, sich gedruckt zu sehen!«

»Wie es scheint, sind Sie in die tiefsten Tiefen der deutschen Schülerseele eingedrungen; dennoch muß ich dabei bleiben, daß ich hier in Weston Meier heiße.«

»Darf man die Gründe erfahren?«

»Jetzt noch nicht. Sie haben Ihre Geheimnisse, und ich besitze auch welche; jedenfalls aber werden die meinigen noch vor meiner Abreise offen vor Ihnen liegen.«

»So sollen Sie jetzt meinen Sohn sehen. Ich wollte ihn rufen, denke aber, daß wir ihn lieber in seinem Zimmer überraschen werden. Bitte, kommen Sie!«

Sie führte mich durch die schon erwähnte Thür in ein einfaches aber sehr trauliches Wohnzimmer, dessen Ausstattung ebenso wie der Empfangsraum einen Westmann als Besitzer verriet. Von hier aus ging es in eine kleinere, einfensterige Stube, wo an einer Wand ein volles Bücherregal und gegenüber ein Schreibtisch stand, an welchem ein junger Mann saß, der bei unserm Eintritte aufstand und uns fragend anblickte. Man sah seinen feinen Zügen die geistige Arbeit an; ich erkannte ihn trotz des Schnurrbartes, den er trug, sofort.

»Sieh dir diesen Herrn an!« sagte seine Mutter. »Ich bin unendlich begierig, zu erfahren, ob du sagen kannst, wer er ist.«

Er betrachtete mich eine Weile, schüttelte den Kopf und gab dann den Bescheid:

»Ich sehe ihn heut auf jeden Fall nicht zum erstenmal, aber sagen, wer er ist, das kann ich nicht. Möglich, daß die dunkle Gesichtsfarbe schuld ist. Der Herr ist ja von der Sonne verbrannt und vom Wetter mitgenommen wie ein Fallensteller!«

»Fallensteller!« lachte sie. »Um braun zu werden, braucht man nicht auf der Prairie oder im Urwalde herumzulaufen.

Herr Meier hat den Westen jedenfalls noch nie gesehen, denn er ist – – – ich will dir einhelfen: er ist ein Dichter.«

»Dichter – – –? Meier – – – Mei – – – Mei – – – –«

Da flog ein Strahl freudigen Erkennens über sein Gesicht; er streckte mir beide Hände entgegen und rief:

»Unsinn – – – Meier! Welch eine Ueberraschung! Eine größere Freude konnte uns gar nicht werden! Jetzt erkenne ich Sie und bin darüber verwundert, daß es nicht sogleich geschehen ist, obgleich Sie damals ein kleines, schmales Kerlchen waren und jetzt fast wie ein Indsman aussehen. Da muß ich doch gleich auch einmal zum Dichter werden, wobei ich mir aber gestatte, die Reime von Ihnen zu entlehnen:

Ich verkünde große Freude
  Grade wie zum heilgen Christ,
Denn gekommen ist uns heute
  Einer, der uns teuer ist!«

Er schüttelte mir dabei die Hände so anhaltend, daß die Aufrichtigkeit seiner Freude keinem Zweifel unterliegen konnte, und schob uns dann mit den Worten in das Wohnzimmer zurück:

»Hier ist kein Platz für ein so frohes Wiedersehen. Meine Bücherrücken machen ein so ernstes Gesicht, daß wir uns ihren Augen unbedingt entziehen müssen.«

Es waren fast lauter juristische Werke, und ich bekam später Gelegenheit, zu bemerken, daß sie sich meist auf die in Oesterreich geltenden Rechte bezogen. Den Grund sollte ich dann auch erfahren.

Die beiden guten Menschen wollten vor allen Dingen möglichst viel über mich und meine Verhältnisse wissen. Ich konnte ihnen nur kurz sagen, was die Frau schon von mir erfahren hatte, nämlich daß ich Reiseschriftsteller sei und, fügte ich hinzu, über meine pekuniäre Lage nicht zu klagen habe. Damit mußten sie sich einstweilen zufrieden geben. Sie baten mich, während meines Aufenthaltes in Weston bei ihnen zu wohnen, und ich war überzeugt, daß ihnen das Eingehen auf diese Einladung große Freude gemacht hätte; aber ich schlug es ihnen ab, weil ich weiß, daß ich für Privatleute ein Gast bin, der unter Umständen sehr unangenehm werden kann, so daß sich die anfängliche Freude leicht in das Gegenteil verwandelt.

Die in meinem Hause übliche Gastfreundschaft, welche ich eine westmännische nennen möchte, beraubt meinen Gast nicht einen Augenblick lang seiner Freiheit und Selbstbestimmung. Er bekommt als Zeichen, daß er sein eigener Herr bleibt, sofort den Hausschlüssel ausgehändigt. Er ist in jeder Beziehung Familienglied, und was ich habe, gehört, so lange er bei mir ist, auch ihm. Er braucht nicht zu bitten oder auf Erfüllung eines Wunsches zu warten wie ein Fremder, sondern er hat nur zu wollen, zu bestimmen, ganz so zu thun, als ob er in seinem eigenen Hause sei. Wann er geht, und wann er kommt, ob er mit uns essen, mit uns ausfahren oder ausgehen will, ob es ihm beliebt, allein zu sein oder sich mit uns zu unterhalten, das ist alles seine Sache; er braucht darüber kein Wort zu verlieren. Wir suchen alle seine Wünsche zu erraten; wir leben nur für ihn; das ganze Haus, die Bedienung und jede andere Person ist nur für ihn da; aber er darf ja nichts davon merken, sonst fühlt er sich nicht frei, nicht wohl. Er muß den Eindruck, die feste Ueberzeugung haben, daß er auch nicht die allergeringste Störung mache, daß trotz seiner Anwesenheit das ganze häusliche Leben so verlaufe, als ob er gar nicht vorhanden sei. Ein Gast muß denken, daß man sich um ihn nicht mehr als um jeden andern Hausgenossen bekümmere, und sich dennoch oder vielmehr grad deshalb recht behaglich fühlen. Diese Art der Gastlichkeit scheint leicht auszuüben zu sein und wenig Aufopferung zu fordern, verlangt aber ganz im Gegenteile viel, viel mehr verborgene Aufmerksamkeit, Selbstlosigkeit und Individualisierungskunst als die andere, laute, ich möchte sagen protzige Art, über welche ich mich oft geärgert habe.

Diese andere Art zeigt vor allen Dingen dem Gaste, daß er Gast ist. Man stürzt seinetwegen das Haus um; man verändert seinetwegen den Wirtschaftsplan; man schließt seinetwegen die gute Stube auf, geht seinetwegen ins Theater oder spazieren, macht seinetwegen eine Landpartie, kocht seinetwegen anderes Essen, zieht seinetwegen bessere Kleidung an, läßt sich seinetwegen nicht in den Hausschuhen sehen, führt seinetwegen im Gespräch einen andern Ton, macht seinetwegen aus dem Werktag einen Feiertag; alles, alles geschieht oder unterbleibt nur seinetwegen und zwar in einer Weise, die ihm dieses »Seinetwegen« bis zur höchsten Zweifellosigkeit beweisen muß. Dabei konzentriert sich alles nur um ihn; man ist vom Morgen bis zum Abend nur immer um ihn herum; er darf nicht den kleinen Finger bewegen, ohne daß man sofort nachzählt, ob er auch wirklich noch alle zehn beisammen habe. Man sorgt mit großem Fleiße dafür, daß er diese Opfer, diese Anspannung, diese Ausgaben, diese Aufmerksamkeit ja nicht übersieht, denn sonst könnte er, so meint man nämlich, vielleicht gar annehmen, daß er nicht willkommen sei. Der arme Teufel ist natürlich der reine Sklave dieser Gastlichkeit. Kein Augenblick gehört ihm; er kann nicht essen und trinken, was er will und was ihm bekommt; man läßt ihn keine Minute allein, weil er sich sonst verlassen fühlen könnte; er darf keinen einzigen Schritt unbegleitet aus dem Hause gehen; er kann nichts unternehmen, nichts ansehen, nichts kaufen, ohne mit Rat und Hilfe förmlich überschüttet zu werden. Und weil er sich trotz alledem für einen einsamen Waisenknaben, um den sich kein Mensch bekümmert, halten könnte, wird er bei Verwandten und Bekannten und in allen Trinkwirtschaften herumgeschleppt, oder man ladet Gäste ein, die ihn unterhalten müssen. Der gute Mann erleidet wahre Folterqualen, die sich bis zum höchsten Grade der Tortur steigern, wenn er vielleicht die Unvorsichtigkeit begangen hat, in der Kunst, der Wissenschaft oder in irgend einem andern Fache hervorragendes zu leisten, so daß sein Name in die Oeffentlichkeit gedrungen ist. So ein Unglücklicher bekommt Einladungen über Einladungen, aber wehe ihm, wenn er einer folgt! Er wird von seinen lieben, aufopferungsvollen Gastfreunden herumgeritten, bis er vor Müdigkeit zusammenbricht. Diese Menschen haben keine Ahnung davon, daß sie geradezu eine Art von Mord begehen, wenn sie den Gast, der sich bei ihnen erholen will, vollständig seiner Freiheit berauben, alle Augen auf jede seiner Bewegungen und hundert Ohren auf jedes seiner Worte richten und von ihm verlangen, keinen einzigen Augenblick ein gewöhnlicher Mensch sondern von morgens früh bis abends spät ein geistreicher Mann zu sein. Es giebt sogar Leute, welche ihren Gast nur deshalb keine Minute aus den Augen lassen, weil sie annehmen, er sei als ihr Gast ihr persönliches Eigentum und dürfe sich den ganzen Tag nur ihnen, aber keine Viertelstunde lang einem andern Menschen widmen. Auf diese Weise machen sie sich für das, was er bei ihnen genießt, vielleicht ohne es genießen zu wollen, bezahlt und glauben dann auch noch, daß er ihnen Dank schuldig sei. Das Allerschlimmste aber dabei ist, daß er die Empörung, welche er darüber empfindet, nicht merken lassen darf, sondern alle Qualen dieses Marterpfahles, an den man ihn gefesselt hat, mit lächelnder Miene über sich ergehen lassen muß, wenn er sich nicht der Gefahr aussetzen will, für einen rücksichtslosen, undankbaren Menschen gehalten zu werden. – Das ist die Art der Gastfreundschaft, vor welcher mir graut, und bei der jeder vernünftige und freiheitsliebende Mensch in das Stoßgebet ausbricht: Herr, bewahre mich vor meinen Freunden; vor meinen Feinden kann ich mich schon selber schützen! Für solche Leute bin ich ein, wenn auch erst willkommener, dann aber sicher heimlich fortgewünschter Gast; ich halte es eine Weile aus, werde dann aber, wenn es sich nicht ändert, unangenehm, denn es hat jeder Mensch nicht nur das Recht sondern auch die Pflicht, sich seiner Haut zu wehren. Das Resultat meiner Erfahrungen in dieser Beziehung läßt sich mit wenigen Worten sagen: Ich habe gern Gäste, bin aber nicht gern selbst Gast.

So schlug ich auch hier in Weston die Bitte, bei Frau Hiller zu wohnen, in höflicher aber bestimmter Weise ab und entschädigte sie durch das Versprechen, am Abend wiederzukommen. Sie meinte, daß ich heut im Hotel doch nicht arbeiten könne, weil der durch das Festmahl und den Ball verursachte Lärm mich um die dazu nötige Sammlung bringen werde.

Die Jägercompagnie zog mit Musik durch die Stadt und dann nach dem Platze, auf welchem die Schießübungen stattfanden. Ich ging auch hin, um zuzusehen. Die Herren schossen für ihre Zwecke gut; ein Schütze *à la* Westmann war aber nicht dabei. Ich sah auch den Prayer-man, welcher auf dem Platze herumging, um seine Schriften auszubieten; er schien gute Geschäfte zu machen. Der Festplatz bot ganz genau das Bild einer deutschen Vogelwiese und konnte mich also nicht lange fesseln. Als es dunkel zu werden begann, suchte ich mein Hotel auf, wo die Herrichtung der Festtafel alle Hände in Anspruch nahm. Der Wirt hatte sich einige Aushilfskellner von auswärts kommen lassen, weil unter den durchwegs wohlhabenden Bewohnern der Stadt keiner zu finden gewesen war, der sich zu diesem Dienste herbeiließ. Sie wollten alle, anstatt zu bedienen, selber tanzen, was höchst wahrscheinlich auch keiner dem andern übelnahm.

Da ich Durst hatte, setzte ich mich, ohne erst auf mein Zimmer zu gehen, an einen Ecktisch und ließ mir ein Glas Bier geben. In der diagonalen Ecke saß ein Mann auch beim Biere. Wir waren vorläufig die einzigen Gäste. Er sah gelangweilt vor sich hin und blinzelte zuweilen sehnsüchtig zu mir herüber. Wahrscheinlich sehnte er sich nach Unterhaltung und taxierte mich nun heimlich darauf ab, ob ich die Person sei, bei welcher er das Gewünschte finden könne. Nach einiger Zeit stand er auf, schlenderte durch die Stube und kam dabei so nebenher auch an mir vorbei. Er blieb stehen und grüßte:

»*Good evening*, Sir! Schöner Tag heut, nicht?«

»*Well!*« nickte ich.

Er sprach englisch, also that auch ich es.

»War Festtag für die Jäger. Wißt Ihr das?«

»*Yes!*«

»Feine Schützen! Nicht?«

»Leidlich!«

»Wie? Nur leidlich?«

»*Yes!*«

»Versteht Ihr denn etwas davon?«

»*Yes.*«

»Seid wohl gar selber ein guter Treffer?«

»*No!*«

»Nicht! Und wollt doch etwas davon verstehen?«

»*Yes!*«

»Wie reimt sich das zusammen, Sir? Ihr scheint überhaupt ein sehr gesprächiger und unterhaltender Mann zu sein; ich aber langweile mich dort an meinem Tische. Darf ich mein Bier holen und mich zu Euch setzen?«

»*Yes!*«

Ich hatte seine Fragen immer nur mit einem einzigen Worte beantwortet, und doch nannte er mich einen gesprächigen und unterhaltenden Mann! Jedenfalls war er das mehr als ich. Als er sich bei mir niedergesetzt hatte, nahm er den zerrissenen Faden wieder auf:

»Also, wie reimt sich das zusammen? Ihr meint wohl, daß man, ohne selbst schießen zu können, zu sehen vermag, ob jemand in das Schwarze getroffen hat?«

»*Yes!*«

»Das ist nicht ganz falsch gedacht; aber sehen oder selbst schießen, das ist ein Unterschied! Und das Schwarze nur einmal zu treffen oder alle Kugeln nach einander hineinzusetzen, das ist auch nicht eins und dasselbe! Meint Ihr nicht?«

»*Yes.*«

»Solltet einmal mich schießen sehen, nämlich mich! Möchtet das wohl gern, Sir?«

»*Yes.*«

»Könnt das Vergnügen einmal haben, wenn Ihr einige Tage hier bleibt. Wann wollt Ihr wieder fort? Morgen?«

»*No!*«

»Nicht! Ich schätze nämlich, daß Ihr auch fremd hier seid wie ich. Habe ich recht?«

»*Yes.*«

»Schön! Wir sind also in dieser Beziehung Kameraden, und Kameraden müssen zusammenhalten. Stellen wir uns also einander vor! Kennt Ihr mich?«

»*No!*«

»Ich heiße Watter. Jedenfalls habt Ihr diesen Namen schon oft gehört?«

»*No!*«

»Nicht? Das wundert mich. Ist Euch etwa auch der Name Welley unbekannt?«

»*Yes!*«

Jetzt fiel ihm meine Wortarmut doch endlich auf; er sagte:

»*Yes – no, no – yes* – – kein anderes Wort sagt Ihr, und das soll eine Unterhaltung unter Kameraden sein! Thut doch den Mund etwas weiter auf! Ihr könnt das ruhig wagen, denn Ihr verschwendet Eure Worte an keinen Unwürdigen. Werdet es sofort erfahren. Sagt mir nur vorher, was Euer Name ist!«

»Meier.«

»Meier?! Schöner Name, sehr schön; so schön, daß sich ein paar Millionen Menschen erst bis aufs Blut um ihn gestritten und dann sich friedlich in ihn geteilt haben. Nicht?«

»*Yes!*«

»So ein Friedlicher scheint auch Ihr zu sein. Wenigstens kann man bei Eurer kurzen Ausdrucksweise keinen großen Streit mit Euch anfangen. Sagt doch einmal, Mr. Meier, was habt Ihr denn eigentlich für ein Geschäft?«

»Writer.«

»Writer? So, so! Also Tinte und Feder! Das reicht freilich nicht aus zu einem guten Schuß! Der wilde Westen ist Euch also grad so unbekannt wie mein Rücken dem Bauche; zwei ganz verschiedene, entgegengesetzte Seiten! Aber nun sollt Ihr erfahren, was ich bin. Ich bin nämlich ein Westmann. Wißt Ihr, was das ist?«

»*Yes!*«

»Ja, aber verstehen werdet Ihr nichts davon! Und ich bin nicht nur ein Westmann, sondern sogar ein berühmter Westmann. Und Welley ist auch so einer. Wir sind nämlich stets beisammen, nur heut nicht, er ist noch unterwegs, kommt aber nach. Er kann jeden Augenblick da zu der Thür hereintreten. Ihn müßt Ihr auch schießen sehen, ihn und mich! Welley sollte morgen schon da sein; würde mich freuen, sehr freuen, des Wettschießens wegen.«

»Wettschießen?« fragte ich.

»Ja, ein Wettschießen. Ich war da draußen auf dem Platze, gleich als das Schießen begann. Da gab es so ein paar Jäger, welche groß thaten; habe über sie gelacht und bin eine Wette mit ihnen eingegangen. Das müßt Ihr morgen sehen! Werde mir da einige Pfund Dollars verdienen. Brauche es zwar nicht, denn ich habe genug. Welley auch. Was meint Ihr wohl, wieviel wir zusammen haben, er und ich?«

»Das kann ich nicht wissen.«

»Ja richtig, nicht wissen, aber auch nicht ahnen. Wir sind nämlich reich, ungeheuer reich, an Staub und an Nuggets. Wißt Ihr, was das ist, Nuggets?«

»*Yes!*«

»Ja, wissen werdet Ihr es, aber gesehen habt Ihr wohl noch keine. Werde Euch 'mal welche zeigen. Da, schaut her!«

Er griff in die Tasche und brachte eine halbe Hand voll Goldkörner hervor, welche von der Erbsen- bis zur Haselnußgröße waren. Das waren natürlich Renommier-Nuggets, die er stets bei sich trug, um sie vorzuzeigen, der unvorsichtige Mensch! Indem er sie mir hinzeigte, fuhr er fort:

»Habt Ihr wohl eine Ahnung, für wieviel das Gold ist? Sagt es mir doch einmal!«

»Fünf Dollars,« antwortete ich, obwohl ich wußte, daß die Nuggets einen Wert von wenigstens fünfundzwanzig hatten.

»Fünf – – Dollars!« lachte er. »Ihr seid fünfmal verrückt, Mr. Meier! Wenn Ihr mir dreißig geben wollt, so bekommt Ihr das Gold noch lange nicht! Und nun hört, was ich Euch sage!«

Er bog sich über den Tisch herüber und flüsterte mir in wichtigem Tone zu:

»Ich habe wenigstens einen halben Centner solcher Nuggets; damit Ihr eine richtige Idee bekommt, sage ich es Euch im deutschen Gewicht, weil Ihr ein Deutscher seid; das sind also über vierzehntausend Dollars. Versteht Ihr mich wohl?«

»*Yes!*«

»Und Welley hat noch mehr, viel mehr! Habt Ihr eine Ahnung, woher wir diese Menge von Goldstaub und Körnern haben?«

»*No!*«

»Wollt Ihr es wissen?«

»*Yes!*«

»Seid Ihr aber auch verschwiegen, Mr. Meier, sehr verschwiegen?«

»*Yes!*«

»Gut, weil Ihr das seid, will ich es Euch sagen.«

Er ließ die Nuggets wieder in die Tasche fallen und sprach weiter:

»Ihr wißt natürlich nicht, was man unter einer Bonanza, einem Placer oder einem Finding-hole[1] versteht. Ich will es Euch sagen. Eine Bonanza ist eine Stelle, wo das Wasser einen mächtig großen Goldklumpen aus dem Gestein gewaschen hat; solche Orte sind aber nur außerordentlich selten; es sollen Klumpen von mehr als Centnerschwere gefunden worden sein. Ein Placer ist überhaupt eine Stelle, wo Gold in irgend einer Form gefunden wird. Mit den Finding-holes aber hat es eine eigenartige Bewandtnis. Wenn nämlich das Wasser das Gold aus den Bergen heruntergeschwemmt hat, nimmt es dasselbe je nach der Schwere langsamer oder schneller mit sich fort und rollt die Stücke rund ab wie Steine, die man in einem Flußbette findet. Giebt es nun unten auf dem Grund des Wassers ein tieferes Loch, einen Spalt im Gestein oder eine sonstige Vertiefung, so wird alles Leichtere darüber hin weggerissen, während die größeren Goldstücke ihrer Schwere wegen in das Loch fallen und dieses nach und nach ausfüllen. So ein mit Gold an- oder ausgefülltes Loch wird ein Finding-hole genannt. So lange es sich unter Wasser befindet, kann man es nur durch irgend einen Zufall entdecken; aber es kommt auch nicht sehr selten vor, daß das Wasser plötzlich einmal einen andern Lauf nimmt, sich ein anderes Bett gräbt; dann wird das vorige Bett bloßgelegt und trocknet aus, so daß das Gold zu sehen ist. Nach und nach wehen die Winde von Staub, Laub

1 Fundloch.

und andern Dingen eine Decke darüber, unter welcher das Finding-hole wieder verschwindet, aber das Auge eines guten Goldsuchers ist scharf und weiß die Stelle trotz der darauf liegenden Erdschicht zu entdecken. Habt Ihr das verstanden, Sir?«

»*Yes!*«

»Schon wieder nur *yes!* Mr. Meier, ich sage Euch, wenn Ihr es Euch nicht angewöhnt, den Mund weiter aufzuthun, werdet Ihr es im Leben nicht weit bringen! Denn wer nicht mit seinem Mundwerke umzugehen weiß, der bleibt immer auf der Stelle sitzen, wo er sitzt!«

»Auch wenn er auf einer Bonanza oder einem Finding-hole sitzt?«

»Auch dann! Was nützt ihn das Gold, wenn er darauf sitzen bleibt und nicht fortgeht, um es zu verkaufen? Uebrigens habt Ihr jetzt zum erstenmal ein paar Worte mehr als nur eines gesagt, und ich will hoffen, daß Ihr bei diesem bessern Modus bleibt! Ihr seid sonst ein ganz guter, gesprächiger und redseliger Gesellschafter; aber ich gebe Euch den guten Rat, nicht so wortkarg zu bleiben wie bisher!«

»Danke, Mr. Watter!«

»Bitte, bitte! Nun möchtet Ihr wohl wissen, ob ich meine Goldkörner in einer Bonanza, an einem Placer oder in einem Finding-hole gefunden habe?«

»*Yes!*«

»Hört, fangt nicht schon wieder mit diesem dummen *Yes* an! Es bringt mich aus dem Konzept und macht mich irr. Wenn Ihr etwas Gescheites von mir hören wollt, so müßt Ihr Euch auch bemühen, wie ein gescheiter, ordentlicher Mensch zu reden; das muß ich Euch in allem Ernst bemerken! Eine Bonanza habe ich natürlich nicht gefunden, denn solche große Klumpen fallen einem nicht so in das Maul!«

»Würde auch einen tüchtigen Knax geben und schade um die Zähne sein!«

»Richtig! Da macht Ihr ja schon einen Witz! Wenn es auch ein herzlich schlechter war, so ist das doch vernünftiger als das ewige *Yes* und *No*. Ueber ein Finding-hole sind wir auch nicht gestolpert, denn so ein Glück ist nur dummen Kerlen und nicht so klugen Menschen, wie ich und Welley sind, beschert. Aber ein Placer, ein sehr gutes Placer haben wir entdeckt, und – was nicht immer vorkommt – wir haben Zeit gehabt, es bis zum letzten Körnchen auszubeuten; dann aber war es auch gleich hohe, ja sogar die höchste Zeit, denn es kamen allerlei Lumpenkerle dazu, vor denen sich jeder ehrliche Mann in acht zu nehmen hat. Nun müßte ich Euch die Gegend beschreiben, aber Ihr würdet das doch nicht verstehen, denn Ihr seid nicht einmal ein Greenhorn, sondern der reine Garnichts in Beziehung auf den fernen Westen. Es ist ein reines Elend, wenn man es mit Leuten zu thun hat, welche nur immer in ihrer Tinte sitzen und mit ihrer Schreibfeder auf dem Papiere Windmühle spielen; aber weil Ihr sonst ein leidlich guter und wohl auch gebildeter Gesellschafter seid, soll es mir auf wenigstens einige notwendige Andeutungen nicht ankommen.«

Er that einen tiefen Zug aus seinem Glase und fuhr dann fort:

»Seid Ihr vielleicht im schönen Staate Idaho geboren?«

»*No!*«

»Nicht? Das ist sehr gut und doch auch wieder sehr schade für Euch, Mr. Meier. Gut, weil man Euch da für einen Menschen halten kann, mit dem man umgehen darf, denn da oben habe ich fast nur lauter Gesindel gefunden. Schade, weil dort das Gold nur so aus der Erde strebt und Euch, wenn Ihr dort das Licht dieser Welt erblickt hättet, vielleicht zwei große Klumpen davon über Eurer Wiege zusammengewachsen wären. Ich sage Euch, man hat von da oben Millionen an Gold und Silber und andern Metallen heruntergeschleppt. Ich wollte natürlich auch mein Teil davon haben und bin also mit meinem Kumpan Welley und einigen andern unternehmenden Männern hinauf. Habt Ihr vielleicht einmal in dem Stihi-Creek gebadet?

»*No!*«

»Hört, in solchen Fällen will ich Euer *No* gelten lassen, sonst aber nicht! Ihr seid ein vortrefflicher Mensch und darum gönne ich es Euch, daß Ihr nicht so dumm gewesen seid, ein solches Bad zu nehmen. Der Stihi-Creek ist nämlich seiner sogar im Sommer ganz unbegreiflich großen Kälte wegen berüchtigt. Man sagt, daß selbst die Fische drin erfrieren. Ob sein Name in irgend einer Beziehung zu dieser Kälte steht, kann ich nicht sagen, weil niemand weiß, was Stihi bedeutet.«

»Stihi ist ein schoschonisches Wort und bedeutet den höchsten Grad von Kälte, also eiskalt.«

Es machte mir heimlich Spaß, daß er mit einem schnellen Rucke emporfuhr und mich mit großen Augen maß.

»Wie – – was – – – wie?« stieß er erstaunt hervor.

»Und unbegreiflich kann ich diese Kälte ganz und gar nicht finden, denn der Stihi-Creek wird direkt von den Eiswassern des Fremonts-Peak gespeist.«

»Auch das noch? Auch das wollt Ihr wissen? Will dieses Küchlein schoschonisch gackern und wirft mit Schneebergen um sich, als ob sie Gummibälle wären!« Er setzte sich wieder nieder und fügte lachend hinzu: »Aber ich gestehe, daß dieser Witz besser ist als der, den Ihr vorhin gemacht habt. Ich sehe, daß trotz Eurer frühern Wortkargheit noch ein ganz vernünftiger Mensch aus Euch werden kann, mein lieber Mr. Meier. Also vom Stihi-Creek muß ich sagen, daß er sehr goldreich ist; ich weiß es aus Erfahrung, denn an seinem Ufer lag das Placer, dem wir unsere Nuggets entnommen haben. Wir hatten eben alles eingepackt und wollten uns am nächsten Tage auf den Rückweg machen, als vier Kerle geritten kamen und sich an uns machten. Sie gaben sich alle Mühe, uns auszufragen, bekamen aber natürlich keinen Bescheid. Sie ärgerten sich darüber umsomehr, als sie in der weithin aufgewühlten Erde sahen, daß wir hier gearbeitet und wohl auch gute Geschäfte gemacht hatten, denn sie mußten die festen Ledersäcke bemerken, in denen die kleineren Nuggetbeutel steckten. Ich glaubte, sie hätten uns am liebsten kalt gemacht; aber wir legten die Revolver nicht aus unsern Händen weg und machten, um aus ihrer Nähe zu kommen, uns noch am gleichen anstatt erst am andern Tage auf den Weg.«

»Sie sind Euch aber wohl gefolgt?«

»Hm! Diese Frage ist gar nicht dumm, denn sie trifft das

Richtige. Wir sind nämlich den Green-River hinab. Am Einflusse des Big Sandy-Creek machten wir eine längere Rast und merkten da, daß sie hinter uns her waren. Wir machten uns also schnell weiter fort, sahen sie aber, als wir über den South-Paß gingen, wieder auf unserer Fährte. Am Sweetwater hätten sie uns beinahe des Nachts überrumpelt. Das wurde uns denn doch zu gefährlich, und wir beschlossen, uns zu trennen, um sie irre zu führen. Wir warfen das Los zwischen uns, welches so entschied, daß Welley den Platte hinabfuhr, während für mich der Landweg blieb.«

»Und die andern?«

»Welche andern?«

»Ihr sagtet doch, daß außer Welley noch einige andere unternehmende Männer bei Euch gewesen seien.«

»Ja, richtig! Ich habe vergessen, zu erwähnen, daß wir uns von diesen losmachten, als wir, ohne daß sie dies ahnten, das Placer am Stihi-Creek entdeckt hatten. Pfiffig muß man sein! Es fiel uns gar nicht ein, mit ihnen zu teilen!«

»Habt Ihr, als Ihr dann allein waret, die Verfolger wieder bemerkt?«

»*No!*«

»Hattet Ihr mit Welley eine Zeit und einen Ort festgesetzt, wo Ihr Euch wieder treffen wolltet?«

»*Yes*, hier in Weston in diesem Hotel.«

»Hm! Ihr sagtet, daß die vier Männer Euch am Sweetwater beinahe des Nachts überrumpelt hätten. Wie ging das zu?«

»Wir rochen ihr Lagerfeuer und schlichen uns hin. Wir sahen nur zwei von ihnen, aber die Gewehre der beiden andern lagen auch da. Das war genug für uns.«

»Ihr hattet auch ein Feuer?«

»Natürlich! Die Nächte da oben sind kühl, und wir brauchten es auch, um unser Fleisch zu braten.«

»Wann und wo habt Ihr dann gelost?«

»Eben an diesem unserm Feuer, gleich nachdem wir sie entdeckt hatten.«

»Wann seid Ihr von dort fort?«

»Als der Tag graute.«

»Ihr sagtet, daß Welley mehr Gold als Ihr bei sich gehabt habe. Warum das? Hattet Ihr nicht geteilt?«

»Welche Frage! Man merkt es, daß Ihr ein Garnichts seid! Welley ging auf einem Floße den Platte hinab, und ein Floß trägt doch mehr, als ein Pferd tragen kann. Das wenigstens solltet Ihr doch wissen! Ich wiege anderthalb Centner, und meine Nuggets sind einen halben Centner schwer; stellt Euch da vor, was mein Pferd zu schleppen hatte. Ich möchte fast sagen, daß ich geschlichen anstatt geritten bin, so langsam kamen wir fort.«

»Wie lange habt Ihr vom obern Platte bis hierher gebraucht?«

»Fast vier Wochen.«

»Habt Ihr die Nuggets schon verkauft?«

»Nein; damit muß ich warten, bis Welley kommt; da thun wir die beiden Lasten zusammen und schaffen sie nach St. Louis.«

»So habt Ihr das Gold etwa gar hier im Hotel?«

»Natürlich! Wo sollte ich es sonst haben? Aber erst hattet Ihr nur ein *Yes* oder ein *No,* und jetzt fragt Ihr mich so ausführlich aus. Habt Ihr einen Grund dazu?«

»*Yes.*«

»Welchen, Mr. Meier?«

»Ihr scheint Euch darüber zu wundern, ich aber bin der Ansicht, daß ein »reiner Garnichts« auch einmal Gründe haben kann.«

»Ja, aber was für welche! Gefällt Euch vielleicht etwas von dem, was ich erzählt habe, nicht?«

»Es gefällt mir mehreres nicht; ich will aber nicht viele Worte machen, sondern Euch kurz heraus folgendes sagen: Ihr wartet vergeblich auf Euren Kumpan Welley, denn er ist ermordet und beraubt worden, und wenn Ihr Euch nicht bald von hier weg aus dem Staube macht und gegen andere ebenso mitteilsam seid wie gegen mich, wird es Euch wahrscheinlich ähnlich ergehen wie ihm.«

Er warf den Kopf zurück, sah mich mit halb zusammengekniffenen Augen ungefähr so an, wie ein Kasernenhofblütentreiber einen dummen Rekruten, der ihm eine alberne Antwort gegeben hat, betrachtet, und fragte dann in höchst überlegenem Tone von oben herab:

»Wie war das? Was habt Ihr gesagt? Habe ich richtig verstanden? Ermordet – – ausgeraubt – –?!«

»Ja, so habe ich gesagt; Ihr habt nicht falsch gehört, Mr. Watter.«

»Bei Euch ist wohl da oben, wo andere Menschen das Gehirn haben, der Kopf mit Luft gefüllt?«

»Weiß nicht; habe noch nicht hineingeguckt.«

»Ich glaube sogar an eine so vollständige Leere, daß nicht einmal Luft drin ist! Wie ist es nur möglich, auf einen so unbeschreiblich verrückten Gedanken zu kommen! Ihr seht doch sonst so ziemlich vernünftig aus! Oder habt Ihr Euch nur einen dummen Spaß erlaubt? Das würde ich mir verbitten!«

»Wenn hier überhaupt vom ›Verbitten‹ die Rede sein soll, so bin ich es, der es sich verbittet, als hirnlos und verrückt bezeichnet zu werden, Mr. Watter! Grad diejenigen Menschen, welche ›in der Tinte sitzen‹, wie Ihr Euch auszudrükken beliebtet, müssen an ihr Gehirn noch ganz andere Ansprüche machen, als zum Beispiele solche Leute, welche da oben am Plattefluß ein Feuer riechen und dennoch nicht auf den so nahe liegenden Gedanken kommen, daß das ihrige auch gerochen wird!«

»Das klingt ja ganz genau so, als ob Ihr mir eine Lehre erteilen wolltet!«

»Nehmt das ganz so, wie es Euch beliebt! Wenn man die Verfolger so nahe hinter sich hat, daß man sie sehen kann, brennt man überhaupt kein Feuer an; das muß sich sogar ein ›reiner Garnichts‹ sagen. Als Euch der Geruch des Feuers, welches die vier Männer, die auch nicht etwa kluge Westleute waren, angezündet hatten, in die Nase kam, hättet Ihr diese Nase nur hinter Euch ins Gebüsch zu stecken brauchen, um die zwei Personen zu bemerken, von denen Ihr dann nur die Gewehre saht. Sie belauschten Euch, noch ehe Ihr das fremde Feuer entdecktet, und dann auch nachher, als Ihr das Los warft, um Euch zu trennen und verschiedene Wege einzuschlagen. Sie hörten alles, was Ihr zu einander sagtet, und erfuhren also Euern ganzen Plan, auch daß Ihr Euch in diesem Hotel treffen wollt. Sie merkten, daß Euer Kumpan den größern Teil des Goldes zu transportieren bekam, und folgten dann also ihm, während sie Euch einstweilen laufen ließen, um Euch das übrige hier in Weston abzunehmen. So ist die Sache, anders nicht.«

»Hört, Mr. Meier, jetzt sehe ich freilich ein, daß Ihr ein Gehirn besitzt, und was für eins! Ihr habt ja eine gradezu großartige Phantasie, um welche man Euch beneiden müßte, wenn man die Erzeugnisse derselben in Goldklumpen verwandeln könnte! Ich will einmal annehmen, daß Ihr im Ernst gesprochen habt, und mir da erlauben, Euch mit einer einzigen Frage zu schlagen: Warum haben diese Kerle uns nicht niedergemacht, als sie, wie Ihr annehmt, hinter uns lagen und uns belauschten? Mit zwei Kugeln wäre alles abgemacht gewesen, und sie hätten unser ganzes Gold gehabt! Nun, was sagt Ihr jetzt, Ihr unvergleichlich kluger Mann?«

»Sie hätten über einen Centner Gold zu schleppen gehabt. Was das heißt, habt Ihr ja selbst erfahren. Sie ließen Euch lieber noch leben, um es von Euch so weit schleppen zu lassen, bis es sich da befand, wo sie dann endlich zugreifen konnten. Man kann auch an noch andere Gründe denken.«

»Noch andere? Ich wüßte keinen. Habt doch die Güte, mir nur noch einen einzigen zu sagen!«

»Recht gern! Denkt doch an Euer eigenes Verhalten droben am Stihi-Creek! Ihr habt dort Eure Gefährten fortgeschickt, weil Ihr das Placer nur für Euch haben wolltet. Vielleicht gab es unter den vier Männern auch einen, den man erst beseitigen wollte, ehe man zugriff; vielleicht war das nicht bloß einer. Bei mir steht es bombenfest, daß man Eurem Kumpan auf dem Flusse gefolgt ist. Er müßte ja längst vor Euch angekommen sein! Oder habt Ihr vielleicht Grund, anzunehmen, daß er, um besser wegzukommen als Ihr, sich aus dem Staube gemacht hat?«

»Nein. Dieser Fall ist geradezu undenkbar. Er ist ehrlich

gegen mich, denn wir sind schon über zwanzig Jahre lang gute Kameraden gewesen und einander so treu wie – – wie – – na, wie zum Beispiel Winnetou und Old Shatterhand. Habt Ihr schon einmal von diesen beiden gehört?«

»*Yes!*«

»Gott sei Dank, daß ich endlich wieder einmal bloß ein *Yes* zu hören bekomme! Nämlich seit Ihr gesprächiger geworden seid, gefallt Ihr mir nicht mehr; Ihr kommt mir wie ein Waschbär vor, welcher sich einbildet, Präsident der Vereinigten Staaten zu sein.«

»So kann ich mich ja von jetzt an wieder auf ein *Yes* und *No* beschränken!«

»Thut das, Sir, thut es immerhin! Ich werde es Euch ganz gewiß nicht wieder vorwerfen!«

»*Well!* Aber vorher will ich noch eine kurze Warnung aussprechen: Nehmt Euch hier in acht, und sagt zu keinem Menschen, daß Ihr so viel Gold bei Euch habt. Ich an Eurer Stelle würde es gleich morgen schon in Geld umtauschen und dann noch gleich nach Plattsmouth fahren.«

»Warum dorthin?«

»Weil dort der Platte in den Missouri mündet und Euer Kumpan unbedingt dort gewesen sein muß, wenn er die Fahrt auf dem Platte-River glücklich vollendet haben sollte. Ich würde unbedingt dort die sorgfältigsten Erkundigungen einziehen und, falls diese resultatlos wären, den Platte aufwärts gehen, um mich weiter zu erkundigen. Das seid Ihr Welley schuldig, der so lange Zeit ein treuer Freund von Euch gewesen ist.«

Sein Gesicht, welches sich nach und nach verfinstert hatte, nahm jetzt einen zornigen Ausdruck an, und er sagte:

»Hört einmal, macht mir das Bild nur nicht zu bunt! Meine Pflichten kenne ich selbst, und was ich Welley schuldig bin, darüber brauchen mir andere Leute kein Wort zu sagen! Ihr bildet Euch ein, daß er tot sei, und ich behaupte, daß er lebt und sehr bald kommen wird. Ihr werdet mir wohl erlauben, mich nach meiner Ueberzeugung, nicht aber nach Eurer Einbildung richten zu dürfen!«

»Mr. Watter, das ist grob!«

»Das soll es auch sein, denn Ratschläge, um welche ich nicht gebeten habe, mag ich nicht haben! Ihr braucht Euch nur zu überlegen, wie die Sache steht: Ihr seid nicht einmal ein Greenhorn; Ihr wißt weder Gix noch Gax von dem Wildwest und seinem Leben; ich aber bin ein Westmann, welcher sich in jeder Lage auskennt; ja, ich kann dreist behaupten, daß ich mich selbst vor Leuten wie Winnetou, Old Shatterhand, Old Firehand und anderen nicht zu verstecken brauche; und da setzt Ihr Euch her zu mir und sprecht von Fehlern, die ich gemacht haben soll, und macht mir Vorschläge, über die ich eigentlich mich gar nicht ärgern, sondern lieber grad hinaus lachen sollte! Ihr habt doch wohl auch einmal sagen hören, daß der Mops den Mond anbellt? Nun, der Mond bin ich, und das weitere wollt Ihr Euch gefälligst selbst denken!«

»Schön! Der Mops sagt Euch Dank für diesen Vergleich, Mr. Watter!« lachte ich.

»Bitte sehr! Und ferner mache ich Euch auf die Verrücktheit aufmerksam, welche in der großartigen Behauptung liegt, daß ich hier beraubt und ermordet werden soll.«

»Die Worte ermordet und beraubt habe ich nicht in Anwendung gebracht, nämlich in Beziehung auf Euch. Ich habe gesagt, daß es Euch, wenn Ihr nicht vorsichtig seid, ähnlich ergehen wird wie ihm. Das braucht also kein Raub und kein Mord, sondern das kann auch bloß ein Diebstahl sein.«

»Auch das ist lächerlich! Ich wollte sogar, es kämen solche Spitzbuben: wie würde ich ihnen heimleuchten! Mein Gold steckt tief im Kasten, und dieser ist nicht nur gut zugeschlossen, sondern ich habe ihn sogar fest angeschraubt.«

»Wo?«

»In der Stube, welche ich hier bewohne. Nehmt dann mich dazu, das Gewehr, das Messer, meine Revolver, so möchte ich den Dieb sehen, dem es gelingen könnte, mir den Kasten leer zu machen, oder gar ihn loszuschrauben und dann fortzutragen!«

»Seid Ihr denn stets in dieser Stube?«

»Nein.«

»Also!«

»*Pshaw!* Sie ist verschlossen, und ich habe den Schlüssel in der Tasche.«

»Ich sage ebenso *Pshaw!* Was man nicht durch Anwendung von Gewalt erreicht, das kann man vielleicht durch List viel leichter fertig bringen. Aber ich will Euch meine Warnung ja nicht etwa aufzwingen. Jeder mag sein eigener Wächter sein, und die Nuggets sind doch nicht mein sondern Euer Eigentum.«

»Das ist richtig, und es freut mich, daß Ihr anfangt, wieder vernünftig zu reden. Es klingt doch gar so possierlich, wenn die Maus dem Löwen Ratschläge erteilen will, wohin er den Tiger, der sich gar nicht an ihn wagt, zu beißen hat! Ich muß Euch, um Euch einen richtigen Begriff zu geben, sagen, daß nicht einmal Winnetou es gewagt hätte, mich ungebeten mit einem Rate zu belästigen.«

»Winnetou? Kennt Ihr ihn?«

»Und ob!«

»Persönlich?«

»Ja.«

»So habt Ihr mit ihm verkehrt?«

»Sehr oft sogar, natürlich auch mit Old Shatterhand, der von ihm unzertrennlich ist. Und mit Old Firehand stehe ich mich sogar auf du und du.«

»Ja–a–a–a–a, Mr. Watter, wenn das der Fall ist, so habe ich mit meinen Ratschlägen freilich einen ganz unverzeihlichen Bock geschossen. Das hättet Ihr längst sagen sollen! Sind diese beiden Männer denn wirklich so unvergleichliche Westleute, wie man sie beschreibt?«

»Unvergleichlich? Hmmmmmm!« brummte er, selbstgefällig schmunzelnd, indem er langsam an sich herabblickte. »Ich kenne Personen, oder doch wenigstens eine Person, welche diesen Vergleich wohl ganz gut aushalten würde; aber andere können sich auf keinen Fall an sie wagen.«

»Ich gäbe sonst was drum, wenn ich sie einmal sehen könnte!«

»Das glaube ich Euch, denn es ist wirklich eine Pracht, sie

vor Augen zu haben. Der Winnteou ist ein wahrer Riese von Gestalt; er könnte sich getrost bei Barnum engagieren und fürs Geld sehen lassen. Und Old Shatterhand ist noch größer als er.«

»Wirklich?«

»Ja. Old Shatterhand ist zweimal so breit und um anderthalb Kopf höher als Ihr!«

»*Good lack!* So eine Gestalt ist an sich schon sehenswert!«

»Ja. Denkt Euch dazu eine Körperkraft, die es mit einem Ochsen aufnimmt, eine Gewandtheit, welche außer dem einen, den ich vorhin beim Vergleiche meinte, kein zweiter besitzt, und dazu eine Schlauheit, vor welcher sich alle Füchse der Welt verstecken müssen, kurz und gut, denkt Euch grad das Gegenteil von dem, was Ihr seid und was Ihr könnt, so habt Ihr Old Shatterhand grad vor Euern Augen!«

»Ihr seid um die Freundschaft, welche Euch mit ihm und Winnetou verbindet, gradezu zu beneiden!«

»Das gebe ich gern zu, zumal sie schon so alt ist und so treu, so innig, daß man sich die beiden ohne mich fast gar nicht denken kann.«

»Ihr sagtet aber doch, daß Welley in dieser Weise Euer zweites Ich gewesen sei!«

»Das war er auch.«

»Wie stimmt das dann mit Winnetou und Old Shatterhand?«

»Das stimmt in der Weise, daß wir immer zu vieren gewesen sind.«

»Ah – – – so – – –!«

Ich dehnte, ohne es eigentlich zu wollen, diese zwei kurzen Worte in einer Weise, die ihm nicht gefiel, denn er fragte mich:

»Wollt Ihr mir etwa nicht glauben, Sir?«

»Bitte! Mir fiel nur auf, daß man niemals Euch erwähnt, wenn man von diesen beiden spricht.«

»Das ist es ja, was mich stets geärgert hat! Auf sie fällt aller Ruhm; ihre Begleiter aber bekommen nichts davon, obgleich sie ihn ebenso verdienen!«

»Es wundert mich, dies zu hören. Ich könnte Euch eine ganze Reihe von Westmännern nennen, welche mit den beiden geritten sind und vielleicht grad deshalb sehr oft mit Lob und Anerkennung genannt werden.«

»Ihr könntet das? Wer wären denn diese Leute?«

»Old Firehand, Sam Hawkens, Dick Stone, Pitt Holbers, Dick Hammerdull, der lange Davy mit dem dicken Jemmy, die beiden Snuffels und noch viele andere mehr. Die Namen Watter und Welley aber hat man nie dabei gehört. Wie das nur wohl kommen mag, Sir?«

»Ihr werdet sie nicht beachtet oder sie vergessen haben.«

»Oh nein; ich besitze ein ganz vorzügliches Gedächtnis.«

»Hört, das sagt Ihr so in einem Tone! Sprecht grad heraus! Ich liebe versteckte Anzüglichkeiten nicht! Meint Ihr vielleicht, daß Ihr alle Begleiter dieser beiden berühmten Jäger kennt und daß derjenige, dessen Name Euch unbekannt ist, nicht bei und mit Ihnen gewesen sein kann?«

»Ich meine nur das, was ich schon gesagt habe: Ich kenne alle, aber auch alle Bekannten Winnetous und Old Shatterhands, habe aber von Euch noch nichts gehört.«

»Alle, also alle kennt Ihr? Das heißt doch mit andern Worten, daß ich geflunkert haben soll! Hört, Mr. Meier, wenn Ihr ein Westmann wäret, würde ich Euch auf Messer herausfordern; dankt also Gott, daß Ihr ein reiner Garnichts seid! Ihr seid mir Luft; Ihr seid mir Schnuppe, aber auch ganz und gar Schnuppe; darum will ich so thun, als ob ich die Beleidigung gar nicht gehört hätte, und Euch laufen lassen. Aber noch länger bei Euch zu bleiben, das dürft Ihr nicht von mir verlangen!«

»Thue ich auch gar nicht!«

»So? Nicht? So steht gefälligst auf, und setzt Euch fort!«

»Aaaaaaah!« staunte ich ihn ob dieses Verlangens lachend an.

»Ja – – jawohl!«

»Wer hat zuerst hier gesessen?«

»Ihr; aber das geht mich gar nichts an! Ihr werdet Euch

doch nicht einbilden, daß ich, der Westmann, der Freund Old Shatterhands und Winnetous, vor Euch, dem Garnichts, retiriere!«

»Von einer Einbildung ist hier gar keine Rede.«

»Wovon denn?«

»Von dem, was ich für richtig halte.«

»Ach, also was Euch beliebt?«

»*Yes!*«

»Und was beliebt Euch denn?«

»Daß Ihr Euch wieder dorthin setzt, wo Ihr vorher gesessen habt.«

»Das beliebt Euch also, das? Nun, so wollen wir doch einmal sehen, wie weit Ihr es mit diesem Eurem Belieben bringt. Ich bleibe hier sitzen, so lange es mir beliebt. Jetzt bin ich neugierig, was Ihr machen werdet!«

»Das sollt Ihr sofort erfahren!«

Es waren inzwischen mehr Gäste gekommen, welche unsere halblaut geführte Unterhaltung nicht gehört und auch nicht beachtet hatten; Watter aber hatte in der letzten Zeit seine Stimme erhoben und sprach schließlich so laut, daß sie über das ganze Zimmer schallte, wodurch die allgemeine Aufmerksamkeit natürlich auf uns gelenkt wurde. Ich bin durchaus kein Freund von Kneipenscenen, aber die öftere Wiederholung seines »reinen Garnichts«, die Verächtlichkeit, mit welcher er meinen nur zu begründeten und wohlgemeinten Rat zurückgewiesen hatte, und die lügenhafte Behauptung, ein Freund von Winnetou und mir zu sein, verdienten eine Zurechtweisung, mit welcher ich gar nicht zögerte. Indem er mich bei seinen letzten Worten in überlegener, geringschätziger Weise anlächelte und ich ihm sagte: »das sollt Ihr sofort erfahren«, stand ich rasch auf, hob seinen Stuhl mit ihm selbst in die Höhe, trug ihn durch die Stube hinüber und setzte ihn dort nieder, wo er vorher gesessen hatte. Als ich wieder zurückging, erscholl ein allgemeines Gelächter, untermischt mit lauten Bravorufen.

Er sprang sofort wieder auf, kam eiligst hinter mir her und schrie, als ich mich niedergesetzt hatte, mich an:

»Ihr habt es gewagt, mich anzufassen! Wißt Ihr, was das heißt, was das zu bedeuten hat? Eure Albernheiten habe ich ruhig ertragen, denn sie waren so dumm, daß Ihr mich nur erbarmen konntet; aber thätliche Angriffe kann ein Westmann auf keinen Fall dulden. Wißt Ihr, was ich thun werde?«

»Nun, was?« fragte ich, ihn ruhig anlächelnd.

»Ich werfe Euch hinaus, hinaus bis auf die Straße!«

»Schön! Thut es, Mr. Watter! Seht, ich stehe auf; hier habt Ihr mich! Ich werde mich gar nicht wehren.«

Ich stand wieder auf und stellte mich vor ihn hin.

»Gut, gut!« rief er. »Soll sofort losgehen! Also hinaus, hinaus!«

Er faßte mich bald rechts, bald links, bald oben, bald unten, bald hüben und drüben oder hinten und vorne zu gleicher Zeit und brachte mich doch nicht um einen Centimeter von der Stelle, denn ich hatte die Beine ausgespreizt und die Knie ein wenig gebogen und schob jedem Drucke von ihm den Schwerpunkt meines Körpers entgegen. Wer diesen Vorteil, oder sagen wir lieber Trick, genau kennt und gut eingeübt hat, den bringt selbst ein ungewöhnlich starker Mann nicht leicht von der Stelle. Die Hauptsache ist dabei, daß man nicht den Bruchteil einer Sekunde zögert, seinen Schwerpunkt sofort dem Drucke des Gegners entgegenzuschieben. Man muß diesen Druck, ich möchte sagen, vorherahnen; man darf nicht warten, bis man ihn erst fühlt; läßt man nur einen Augenblick vergehen, so ist's zu spät und man hat die Balance verloren. Daß zur Ausführung dieses Tricks nicht nur Gewandtheit und lange Uebung, sondern auch eine gute Körperkraft gehört, das brauche ich eigentlich gar nicht zu sagen.

Es läßt sich denken, daß alle Gäste ihre Plätze verlassen hatten, um uns zuzuschauen. Es war ein Gaudium für sie, zu sehen, welche Mühe sich Watter gab, seine Drohung wahr zu machen.

»*Lo lo! Up!* Greift zu! Fester, fester! *Come on!* Hebt, schiebt, schiebt! *Huzza, huzza!*« erklang es aufmunternd von allen Seiten. »Wer wettet mit? Ich sage, er bewegt ihn nicht! Einen Dollar, zwei Dollars, fünf Dollars! Jetzt, jetzt!

Ach, wieder nichts! Der Mann steht wie ein Fels, wie ein Gebirge! Zehn Dollars setzte ich, zehn! Wer wagt sich dagegen!«

Es versteht sich ganz von selbst, daß diese Rufe meinen Gegner zur größten Anstrengung spornten; er that, was er konnte, doch ohne jeden Erfolg. Endlich ließ er wieder ab, holte tief Atem und schrie erbost:

»Dieser Kerl hat entweder den Teufel, oder er ist an die Diele festgenagelt! So etwas hat man noch nie erlebt!«

»Ich will Euch gleich etwas zeigen, was Ihr wohl auch noch nicht erlebt habt!« lachte ich. »Ihr wolltet mich auf die Straße werfen; ich will es feiner mit Euch machen; Ihr müßt zwar auch hinaus, aber ich werde Euch nicht werfen, sondern tragen. Paßt auf!«

Um seine Arme und Hände für mich unschädlich zu machen, drehte ich ihn schnell, ehe er es vermutete, um, faßte ihn oben am Rock- und Westenkragen, unten am Gesäß, hob ihn mit einem Rucke in die Höhe, schüttelte ihn einigemal derb auf und nieder, was ihm für den Augenblick die Energie benahm, ging nach der halb offen stehenden Thür, schob diese vollends auf und trug ihn durch den Flur hinaus auf die Straße. Alles, was sich im Zimmer befand, kam unter hellem Gelächter hinterhergelaufen.

»Wo soll ich ihn hinthun, Mesch'schurs?« fragte ich.

»Steckt ihn wieder zum Fenster hinein, damit wir ihm drin applaudieren können!« schlug einer vor.

»Gut! Da geschieht es schon!«

Bei diesen Worten schob ich den »Freund Winnetous und Old Shatterhands« durch das Fenster, mit dem Kopfe voran, und gab, als der Oberkörper drin war, den Beinen einen Stoß, so daß er nieder auf den Boden fiel. Allgemeines Händeklatschen und Bravorufen begleitete diesen leichten Erfolg; dann kehrten wir in die Stube zurück. Kein Watter war zu sehen! *Dr.* Rost, der einstweilige Oberkellner, beantwortete die erstaunten Fragen, indem er lustig lachend auf ein auch offenes Fenster an der andern Wand deutete:

»Dort ist er gleich wieder hinaus, als er schnell aufgestanden war. Das ging so im Nu, daß man ihn fast gar nicht deutlich sehen konnte!«

Das Gelächter verdoppelte sich natürlich. Uebrigens hatte der famose Westmann ganz klug daran gethan, sich sofort aus dem Staube zu machen, denn er hätte nach dieser Zurechtweisung doch nur eine jämmerliche Figur gespielt. Was mich betrifft, so wollte man mich in Beschlag nehmen; man schlug vor, daß alle sich an einem Tische zusammensetzen möchten; ich brachte aber irgend eine glaubhafte Entschuldigung vor und ging auf mein Wohnzimmer, um dort den Tisch zur Arbeit herzurichten, denn ich hatte vor, trotz des Ballgeräusches die Nacht hindurch bis zum Morgen zu schreiben.

Meine Stube hing durch eine Thür mit der nebenan liegenden zusammen; der Schlüssel steckte auf meiner Seite. Ohne irgend ein Mißtrauen zu hegen, folgte ich nur der alten, westmännischen Gewohnheit, meine Umgebung genau zu kennen, und schloß die Thür auf. Man hatte jenseits einen Schrank vorgesetzt, welcher so breit und so hoch war, daß er nicht nur die Thür sondern auch ihre Einfassungen vollständig verdeckte. Wer als Fremder jenseits wohnte, konnte also leicht der Meinung sein, daß der Schrank an der Mauer stehe und eine Thür gar nicht vorhanden sei.

Nun kam die Zeit, der Einladung von Frau Hiller zu folgen. Das Abendbrot war zubereitet, und wir setzten uns, als ich kam, sofort zu Tische. Man schien erwartet zu haben, daß ich jetzt weniger schweigsam sein, sondern erzählen werde, weshalb ich nach Amerika gekommen sei und was ich bis heutigen Tages erlebt habe; ich wies das aber von mir, selbstverständlich in einer Weise, die sie nicht beleidigen konnte. Hierauf erfuhr ich, warum sich im Arbeitszimmer des Sohnes fast nur Bücher juristischen Inhaltes befanden.

Den eigentlichen Grund, weshalb die Familie die Heimat verlassen hatte, wo diese Heimat lag und welchem Stande Hiller angehört hatte, das erfuhr ich nicht und hütete mich auch, mir nur durch eine Silbe den Anschein zu geben, als ob ich es gern erfahren möchte. Diese Verhältnisse konnten mir bei all meiner Teilnahme für die Leute, bei denen ich mich befand, vollständig gleichgültig sein. Aber ich merkte, daß es ein Band gab, welches sie mit der Heimat zusammenhielt und nicht zerrissen werden sollte. Es war ihnen ein großes Unrecht geschehen, dem sie wehrlos gegenübergestanden hatten. Man hatte eine, wie es schien, sehr schwere Schuld auf sie geworfen, deren Folgen, also der Bestrafung, zu entgehen, sie geflüchtet waren. Die Ehre der Familie war verloren gegangen, und sie schienen bis heut ihr ganzes Bestreben darauf gerichtet zu haben, diese Ehre wieder herzustellen, um in die Heimat zurückkehren zu können. Es galt, Beweise ihrer Unschuld zu erbringen, wozu es guter gerichtlicher und wahrscheinlich auch polizeilicher Kenntnisse bedurfte, und weil sie sich keinem Fremden anvertrauen konnten oder wollten, war der Sohn Jurist geworden und hatte sich, ohne nach einer Anstellung in den Vereinigten Staaten zu verlangen, ausschließlich darauf gelegt, die einschlägigen Gesetze seines Vaterlandes zu studieren. Sobald er sich dazu reif fühlte, sollte an die Lösung der so schwierigen Aufgabe gegangen werden.

Das Studium des Knaben und die Hingabe an die Erreichung dieses einzigen, großen Lebenszweckes hatte natürlich Opfer gefordert, vor allen Dingen pekuniäre. Hiller hatte verdienen müssen und doch zu keinem erwerblichen Berufe Kenntnisse oder Geschick besessen, was mich auf die Vermutung brachte, daß die Familie eine aristokratische sei und das Haupt derselben bis zum Hereinbruche des Unglückes nur der Repräsentation gelebt habe, ein Beruf, welcher ein großes Vermögen erfordert und zwar in den heimatlichen Verhältnissen möglich, aber im Lande der rastlosen Arbeit jenseits des Oceans mit keinem einzigen Cent bewertet ist. Zu seinem und der Seinen Glück war Hiller ein guter Jäger gewesen, und es gelang ihm, bei einer der großen Pelzfirmen Engagement zu finden. Er arbeitete sich mit der Zeit in diesem Fache so empor, daß er ein seinen Absichten genügendes Einkommen erzielte. Freilich konnte er nur kurze Zeit im Jahre daheim sein, und Frau und Sohn mußten sich in steter Sorge um ihn befinden; aber die Macht der Gewohnheit blieb auch hier nicht ohne Wirkung, zumal ihm auf seinen Jagdzügen nie etwas widerfahren war, was man ein Unglück hätte nennen können.

Jetzt aber befanden sich die beiden Personen, bei denen ich saß, in großer Sorge um ihn. Er war, wie schon oft, im zeitigen Frühjahre fortgegangen, um bei den Indianern, mit denen er in Geschäftsverbindung stand, die Erträgnisse der Herbst- und Winterjagd einzuhandeln, und bis heute nicht zurückgekehrt, obgleich er seine Heimkehr für spätestens auf Anfang Juli festgesetzt hatte. Auf ihre wiederholten, ängstlichen Erkundigungen war Frau Hiller aus St. Louis nur immer der unzulängliche Bescheid zugegangen, daß man selbst noch keine Kunde von ihm oder einem seiner Begleiter bekommen habe und den erwarteten großen Pelzlieferungen schon längst mit Ungeduld entgegensehe. Die Firma schien sich also selbst in Sorge zu befinden; dazu kam, daß sich seit einiger Zeit ein dunkles Gerücht über Feindseligkeiten zwischen den in den nordwestlichen Bergen hausenden Indianerstämmen im Umlauf befand. Ich hatte von diesem Gerücht noch nichts gehört, weil ich mit Winnetou aus dem Süden und zwar durch Gegenden gekommen war, in denen es keine Weißen gab und wo wir jedes Zusammentreffen mit den Roten hatten vermeiden müssen.

Ich suchte, um Frau Hiller und ihren Sohn zu beruhigen, alle möglichen Gründe zusammen, welche sein langes Ausbleiben erklären konnten, brachte aber damit nicht die beabsichtigte Wirkung hervor. Als ich mich erkundigte, welche Indianerstämme es seien, die er hatte besuchen wollen, antwortete sie:

»Er pflegt das der Konkurrenz wegen immer geheim zu halten; gegen mich zwar braucht er natürlich nicht verschwiegen zu sein, aber es würde doch zu nichts führen, Ihnen diese Namen alle zu nennen, die Ihnen ja doch unbekannt sind.«

»Sie irren. Ich kenne die Verhältnisse aller Stämme der Vereinigten Staaten besser, als Sie denken.«

»Aus der Ferne, ja, aus Zeitungen und aus Büchern! Sie sind uns ein lieber, hochgeehrter Freund und in Ihrem Fache ein jedenfalls tüchtiger Mann; aber was unsere Sorge um meinen Mann betrifft, da ist es Ihnen unmöglich, uns auch nur einen kleinen Teil der Last zu nehmen. Dazu gehörten Männer, die den Westen kennen und kühn und erfahren genug sind, sich hinauf in die Felsenberge zu wagen, um nach den Vermißten zu forschen. Ein deutscher Schriftsteller, und wenn er der berühmteste wäre, wiegt da auch nicht ein Gramm. Sie verzeihen diese Worte; aber es ist wirklich so! Ich werde nach St. Louis fahren, um dort den Vorschlag zu machen, daß man einige tüchtige Jäger hinaufschickt, aber mutig und klug müssen sie sein und die Verhältnisse genau kennen, nicht solche unbewanderte Leute wie alle die, welche nicht wußten, was das Leder zu bedeuten hatte!«

»Leder?« fragte ich.

»Ja. Da kann ich Ihnen gleich einen Beweis liefern, daß die Klugheit des klügsten Europäers oder überhaupt Weißen sich an einem Stückchen Leder in Unwissenheit verwandelt.«

»Hm! Ein Stückchen Leder? Gestatten Sie, daß ich mich vor diesem Beweise nicht fürchte! Ich bin nämlich Lederkenner.«

»Oh, in der Weise, wie Sie es meinen, bin ich auch Lederkennerin. Hier aber handelt es sich um die Beantwortung der für mich sehr wichtigen Frage: Welche Bedeutung hat es, wenn ein Indianer zu Ihnen kommt und Ihnen ein Stück Leder giebt?«

»Das Leder ist ein Brief oder hat sonst irgend eine Bedeutung, welche auf eine Mitteilung abzielt.«

»Das hat bis jetzt ein jeder gedacht; aber keiner hat mir auch nur ein einziges Wort über diese Bedeutung sagen können. Ich habe mich hier erkundigt und bin überall herumgefahren; ich bin auch in St. Louis gewesen, wo es bei den Handelsfirmen doch Leute giebt, von denen man Erfolg erwartet; es sind hundert und noch mehr Westmänner, Jäger, Trapper und sonstige Kenner gefragt worden; alle haben das Leder untersucht, aber die Antwort hat stets in einem Kopfschütteln und dem Geständnis bestanden, daß dieses Leder ein ganz gewöhnliches Stück Leder sei und gar nichts zu bedeuten habe. Und doch muß es eine Bedeutung besitzen, und zwar für mich, denn ein Indianer hat es gebracht und dabei gesagt, daß es für die Squaw von Nana-po, so wird mein Mann genannt, bestimmt sei!«

»Sie sagten doch, daß Sie keine Nachricht von Ihrem Manne hätten! Warum haben Sie das Leder nicht schon längst erwähnt?«

»Weil das keinen Zweck gehabt hätte. Was hundert Westmänner nicht sagen können, können auch Sie nicht wissen. Die Bedeutung des Leders wird mir ein Rätsel bleiben, bis einmal so ein Mann wie Old Firehand oder Old Shatterhand in diese Gegend kommt, den ich dann augenblicklich aufsuchen werde, um es ihm zu zeigen.«

»Da können Sie jahrelang warten, ehe so einer zufälligerweise einmal nach Weston oder in die Nähe kommt!«

»Leider! Aber in Jefferson soll Old Shatterhand und sogar auch Winnetou schon einigemal gewesen sein.«

»Sie haben das Leder noch?«

»Ja.«

»Vielleicht genügt es, daß Sie es mir einmal zeigen!«

»Ihnen?! Meinetwegen! Sie sollen es sehen, nur damit Sie später sagen können, daß Sie ein indianisches Totem oder so etwas in der Hand gehabt haben. Ich hole es!«

Sie brachte es und gab es mir. Es war ein vierfach zusammengelegtes Lederstück von der Größe eines Papierbogens. Man konnte auf keiner Seite ein Zeichen oder sonst etwas bemerken, was darauf hätte schließen lassen, daß es irgend eine Bedeutung, irgend einen andern Zweck gehabt hätte, als überhaupt jedes Lederstück hat. Und doch wußte ich sofort, woran ich war.

»Nun?« fragte sie lächelnd. »Nicht wahr, es ist ein Stück Leder wie jedes andere Lederstück?«

»Nein.«

»Nicht? Da bin ich wirklich neugierig, was Sie denken! Natürlich wird es ein Irrtum sein!«

»Ich denke, daß auch einmal ein deutscher Schriftsteller allen Ihren hundert und noch mehr Westmännern beweisen kann, daß sie keine Westmänner sind. Dieses Leder ist ein Brief!«

»Was? Doch? Sie irren sich! Sie täuschen sich!« rief sie schnell aus. »Es ist ja ganz und gar nichts darauf zu sehen!«

»Nicht darauf sondern darin!«

»Darin? Kann ein Lederstück hohl sein?!«

»Dieses Lederstück ist oder vielmehr sind eigentlich zwei Stücke Leder!«

»Unmöglich! Das hätte man doch fühlen und auch an den Rändern sehen müssen.«

»*Pshaw!* Wir haben da zwei sehr fein zubereitete Waschbärfelle vor uns, welche zusammengeklebt sind. Das eine ist der Brief und das andere die Decke.«

»Warum hätte man eine Decke auf den Brief geklebt?«

»Um die Schrift zu schonen.«

»Das hätte man auf einfachere Weise erreichen können, zum Beispiel durch Einwickeln.«

»Die Decke hat noch einen zweiten Zweck, einen Zweck, welcher mir Besorgnis einflößt.«

»Warum.«

»Der Indianer, welcher den Brief gebracht hat, ist ein Feind von Ihnen, also auch Ihres Mannes gewesen. Auf welche Weise hat er Ihnen das Leder gegeben?«

»Ich war nicht daheim. Er hat es gebracht und gesagt, das sei für die Squaw von Nana-po; dann ist er schnell wieder fortgegangen. Ich habe mich dann nach ihm erkundigt; aber er ist keinen Augenblick in der Stadt geblieben.«

»Also habe ich recht. Die Beschaffenheit dieses Briefes ist eine solche, daß Sie Zeit brauchten, ihn zu öffnen und zu lesen, und während dieser Frist konnte er sich flüchten. Der Inhalt des Briefes ist kein guter für Sie.«

»Um Gott! Wenn Sie ihn doch lesen könnten!«

»Ich kann ihn lesen!«

»Das wäre ein Wunder, ein geradezu unbegreifliches Wunder, nachdem so viele Kenner nichts herausgebracht haben!«

»Das waren keine Kenner sondern Pfuscher. Wissen Sie vielleicht, was der Lederarbeiter unter ›Leder schärfen‹ versteht?«

»Nein.«

»Die Ränder sind mit einem sehr scharfen Messer verdünnt worden, um besser zusammenzukleben, so daß man nicht bemerkt, daß das Leder aus zweien besteht. Der Kenner aber fühlt sofort, daß die Ränder dünner sind.«

»Aber man müßte doch in der Mitte fühlen, daß es doppelt ist!«

»Es ist da auch zusammengeklebt.«

»Geht da nicht die Schrift beim Auseinanderreißen verloren?«

»Wir reißen nicht, sondern wir weichen auf.«

»Da weicht doch auch die Schrift auf!«

»Nein, denn die ist nicht mit einer Wasserfarbe geschrieben. Bitte, geben Sie mir eine Schere, und bringen Sie eine Schüssel voll Wasser!«

Als sie beides brachte, schnitt ich auf allen vier Seiten den Rand des Leders weg und legte dieses so in die Schüssel, daß das Wasser darüberstand; dann mußten wir warten, bis der Klebstoff aufgelöst war. Inzwischen hatten wir Zeit, die eiserne Herdplatte durch ein gelindes Feuer zu erwärmen, um den Brief darauf trocknen zu lassen, weil das Trocknen in der Luft zu lange gedauert hätte.

Es ist eigentlich überflüssig, zu betonen, daß die zwei Personen sich in einer außerordentlichen Spannung befanden. Es wollte ihnen gar nicht einleuchten, daß ein »deutscher Schriftsteller« nun doch mehr wisse als alle Westmänner, an die sie sich vorher gewendet hatten; aber die Sicherheit und Ueberzeugung, welche ich zeigte, brachten ihren Zweifel je länger desto mehr ins Wanken. Zu ihrer Spannung gesellte sich die Unruhe, eine Folge meiner Behauptung, daß der Indianer ein feindlicher gewesen und also der Inhalt des Briefes kein erfreulicher sei.

Nach einer halben Stunde nahm ich das Leder aus dem Wasser und konnte die beiden Teile wie zwei auf einander geklebte Papiere auseinander ziehen; sie konnten sie nicht unterscheiden; ich aber sah trotz der Nässe, welcher Teil die Decke gewesen und welcher der Brief war; diesen letzteren legte ich, die Schriftseite nach oben, auf die warme Ofenplatte, mußte aber sehr aufpassen, daß die Schrift ja nicht durch die Wärme zum Zerfließen kam. Dann wurde der Brief zwischen zwei Lampen auf den Tisch gelegt.

Die beiden beugten sich schnell darüber, um zu lesen, richteten sich aber enttäuscht wieder in die Höhe.

»Das sind ja keine geschriebenen Buchstaben sondern eingeschnittene rote Punkte, Striche und Figuren!« sagte die Frau.

»Es ist eine wunderbar gelungene indianische Zinnoberschrift,« antwortete ich.

»Die nun wahrscheinlich kein Mensch lesen kann! Wie froh war ich, als Sie behaupteten und dann auch bewiesen, daß es ein Brief sei! Und nun fallen wir in die frühere Ungewißheit zurück!«

»Beruhigen Sie sich, Mrs. Hiller! Ich lese ihn.«

»Wirklich? Wahrhaftig! Wo haben Sie denn das nur gelernt?!«

»Bei den Indianern.«

»Was? Wie? Sie wären bei den Indianern gewesen? Davon haben Sie ja kein einziges Wort gesagt!«

»Man soll sprechen, wenn es notwendig ist, sonst nicht. Erlauben Sie, daß ich mir erst still die Bedeutung der Figuren entziffere! Das nimmt natürlich mehr Zeit in Anspruch als das Lesen eines Briefes in gewöhnlicher Schrift.«

Es dauerte vielleicht zehn Minuten, bis ich fertig war. Der Inhalt war, wie ich vorhergesagt hatte, kein erfreulicher. Ich fragte mich im stillen, ob es nicht vielleicht besser sei, ihn zu verschweigen, kam aber doch zu dem Entschlusse, ehrlich und aufrichtig zu sein. Ich durfte der Frau nicht vorenthalten, wie es mit ihrem Manne stand. Wenn sie es erfuhr, war es ihr mit Hilfe ihrer Pelzfirma vielleicht möglich, ihn zu retten. Ich bereitete sie durch eine kurze Einleitung auf die betrübende Mitteilung vor und erklärte ihnen dann:

»Sie sehen zunächst hier oben ein Viereck mit vier Cowboys darin. Das ist der Name des Schreibers und Absenders dieses Briefes, des Häuptlings der Kikatsa, welche eine Abteilung der Krähenindianer, also der Crows oder, wie sie selbst sich nennen, Upsarokas sind. Er heißt Yakonpi-Topa; das ist zu deutsch: Vier Hirten, womit Cowboys gemeint sind. Er hat nämlich damals, als er auszog, um sich einen Namen zu holen, was jeder junge Indianer thun muß, vier Cowboys getötet und ihre Skalpe mit heimgebracht; daher dieser sein Name.«

»Aber wie kommt dieser grausame Mörder dazu, mir einen Brief zu senden? Mein Mann hat doch mit ihm und den Kikatsa nie etwas zu thun gehabt!« sagte die Frau.

»Bitte um Geduld; Sie werden es schnell genug erfahren. Weiter sehen Sie fünf Schlangen mit Menschenköpfen; vier von diesen Köpfen sind barhaupt und haben langes Haar, wie die Indianer tragen; der fünfte hat einen Hut auf, was stets einen Weißen bedeutet. Die Schlangen sind Schlangenindianer, also Snakes, die sich Schoschonen nennen. Ich weiß jetzt genau, daß Mr. Hiller mit diesen Schoschonen in Geschäftsverbindung steht.«

»Das ist richtig; er wollte auch zu ihnen. Woher wissen Sie das?«

»Die Schlange mit dem Hute ist Ihr Mann; die vier andern Schlangen sind Schoschonen. Unter ihnen sehen Sie sechs verkehrte Vögel, d. h. sie liegen auf dem Rücken und haben die Beine an den Leib gezogen; sie sind also tot. Von den Schlangen führt eine aus runden Punkten, welche Flintenkugeln bedeuten, bestehende Linie zu den Krähen herunter; das heißt: vier Schoschonen und Ihr Mann haben sechs Kikatsa erschossen. Die Vögel sollen nämlich Krähen, also Crow- oder Kikatsaindianer bedeuten.«

»Das ist unmöglich! Es kann meinem Manne nicht einfallen, einen Indianer zu töten!«

»Was ich hier lese und Ihnen sage, ist nicht nur nicht unmöglich sondern wahr, eine gar nicht anzuzweifelnde Thatsache. Der größte Indianerfreund kann, z. B. wenn er von ihnen überfallen wird, in die Lage kommen, einen oder einige Rote zu erschießen.«

»Das ist dann aber Notwehr und nicht Mord!«

»Ganz recht; leider aber erkennen die Indsmen diese Unterscheidung niemals an. Weiter! Sie sehen hier eine ganze Menge von Krähen; sie bilden einen Kreis um die Schlangen, welche zusammengebunden sind. Das heißt: Die Kikatsa haben die Mörder gefangen genommen.«

»Himmel! Meinen Mann auch?«

»Leider!«

»Was wird mit ihm geschehen? Sagen Sie es mir! Schnell, schnell, schnell!«

»Bleiben Sie ruhig! Es ist ihm nichts geschehen. Er lebt jetzt noch.«

»Jetzt noch? Aber später?! Sie wollen ihn töten, ja?«

»Bitte, Mrs. Hiller, regen Sie sich nicht auf; es wird wahrscheinlich alles gut! Hier sehen Sie einen Berg gezeichnet, um welchen Felle hängen; das bedeutet einen ganzen, großen Haufen von Fellen; die Westleute pflegen zu sagen: einen Berg von Fellen. Die Kikatsa haben Ihrem Manne also sein ganzes Pelzwerk, welches er bei sich führte, abgenommen.«

»Das Unglück wird ja immer größer! Was soll man in St. Louis dazu sagen, wo man erwartet, daß –«

»Klagen Sie jetzt nicht, sondern hören Sie mich! Zunächst ist ein Menschenleben mehr wert als der größte Haufe von Häuten; wir wollen uns also einstweilen nur um Mr. Hiller kümmern. Und sodann hat er natürlich nicht alle seine Einkäufe mit sich geschleppt, sondern sie von Zeit zu Zeit auf den Weg gegeben. Diese Sendungen werden schon noch in St. Louis ankommen. Ferner sehen Sie hier vier Schlangen an einen Pfahl gebunden; ihre Köpfe liegen unten, aber glücklicherweise kein Hut dabei. Das heißt: die vier Schoschonen sind wegen des Mordes von den Kikatsa zu Tode gemartert worden; Ihr Mann war aber nicht mit dabei. Von ihm lesen wir jetzt weiter: Es folgen, wie Sie sehen, zwei Figurenreihen. Vor der einen befindet sich eine nach oben und vor der andern eine nach unten gerichtete Hand. Diese beiden Hände bedeuten: entweder, oder; das heißt: entweder geschieht das, was auf der einen Reihe, oder das, was auf der andern Reihe steht.«

»Und was steht da? Sie spannen mich auf die Folter!«

»Haben Sie doch nur Geduld! Hier sehen Sie ein Leder und unten auf der andern Reihe auch. Das ist der Brief, den Sie bekommen haben. Wann wurde er Ihnen gebracht?«

»Vor noch nicht ganz vier Wochen.«

»Gut, so haben wir ja noch drei Monate Frist!«

»Wieso Frist? Wozu?«

»Um Ihren Mann zu retten. Schauen Sie her! Da liegt die Schlange gebunden, mit einem Hute auf dem Kopfe; das ist: Ihr Mann ist gefangen, lebt aber noch. Hierauf sind vier Monde nacheinander abgebildet; das bedeutet die Zeit von vier Monaten. Dann sehen Sie diese Schlange am Pfahle, und der Kopf mit dem Hut liegt unten. Der Sinn dieser Zeichnung ist: der Weiße lebt noch, wird aber genau vier Monate nach Abgabe des Briefes am Marterpfahle sterben; ich will aber – – –«

»Das ist doch schrecklich, schrecklich!« unterbrach sie mich, indem sie die Hände zusammenschlug. »Giebt es denn nicht – – –«

»Hören Sie nur weiter!« fiel ich ihr in die Rede. »Auf der andern Reihe folgt nach dem Briefe die Schlange mit dem Hute; sie hat jetzt Hände, in denen sie zwei Gewehre hält, mit denen andere Gewehre mittels einer Schnur verbunden sind; das bedeutet eine Vielzahl von Gewehren. Dahinter kommt das Zeichen des Häuptlings mit den vier Cowboys oder Hirten. Dieses Zeichen hat zwei Hände, welche es den Gewehren entgegenstreckt. Von der Schlange bis zum Häuptlinge hin ziehen sich oben wieder vier Monde, und darunter sehen Sie zwei Hände mit ausgespreizten Fingern, an die sich ein einzelner Finger legt; das ist die Bezeichnung, die Gebärde des Zählens; zwischen diesen Händen steht eine Sonne, das Zeichen des Jahres, von 365 Tagen, welche sich auf die Gewehre beziehen, also 365 Gewehre. Der Häuptling hat diese und nicht eine nach unsern Begriffen ›runde Summe‹ gewählt, weil die Sonne für ihn die einfachste, kürzeste und darum bequemste Zahlenbezeichnung war. Hinter dieser Gruppe erblicken Sie die Schlange mit dem Hute auf einem von ihr abgewendeten Pferde, welches galoppiert, sich also schnell entfernt. Diese ganze Figurenreihe bedeutet also: Wenn die gefangene Schlange, also Ihr Mann, binnen vier Monaten 365 Gewehre an den Häuptling zahlt, erhält er die Freiheit und kann fortreiten. Ganz unten sehe ich zu meinem Erstaunen zwei wirkliche Buchstaben, nämlich ein kleines *v* und ein großes lateinisches *H*. Was das zu bedeuten hat, kann ich leider nicht sagen.«

»Aber ich, ich, ich!« rief sie schnell und froh. »Zeigen Sie, zeigen Sie! Ja, hier steht es: *v. H.;* das ist das adelige ›von‹ mit dem Anfangsbuchstaben unsers Namens, also ein Lebenszeichen meines Mannes!«

»Und zugleich das Zeichen, daß er mit dem Briefe einverstanden ist! Haben Sie diesen verstanden, oder soll ich ihn wiederholen?«

»Ja, bitte, sagen Sie mir den Inhalt noch einmal!«

»Gern! Also Mr. Hiller ist mit vier Schlangenindianern beisammen gewesen und wird darum der leichteren Bezeichnung wegen von dem Häuptling auch als Schlange abgebildet, aber von ihnen durch einen Hut unterschieden. Diese fünf Schlangen haben sechs Krähenindianer getötet, welche zum Stamme der Kikatsa gehörten, und sind dafür von den Kikatsa gefangen genommen worden. Die vier roten Schlangen, mit denen man wenig Federlesens machte, wurden am Marterpfahle umgebracht; mit der fünften, weißen Schlange aber, Ihrem Manne also, hat man etwas anderes vor. Vielleicht ist er bei der Tötung der Krähenindianer nicht so beteiligt gewesen wie die Schlangenindianer; vielleicht auch oder sehr wahrscheinlich ist die Rachsucht des Häuptlings weniger groß als seine Klugheit, die sich in den Besitz einer hinreichenden Anzahl von Gewehren zu setzen wünscht, mit denen er diejenigen seiner Krieger, die noch keines besitzen, bewaffnen kann. Wenn sich das Gerücht, von welchem Sie vorhin sprachen, bestätigt, so bereiten sich da oben in den Bergen Feindseligkeiten vor, bei denen die bessere Bewaffnung leicht den Ausschlag giebt. Der Häuptling sendet also einen Brief an die Frau des Gefangenen und sagt ihr in demselben: Schickst Du binnen vier Monaten nach Empfange dieses Schreibens 365 Gewehre an mich, so gebe ich Deinen Mann frei, und er kann reiten, wohin er will; thust Du das aber nicht, so muß er grad so am Marterpfahle sterben wie die vier Schoschonen! Mr. Hiller hat den Brief gesehen und unterzeichnet; er ist also damit einverstanden, daß er an Sie geschickt wurde.«

»Auch mit der Absendung der Gewehre?«

»Das will ich nicht behaupten. Wenn er der Westmann, der Jäger ist, wie Sie ihn beschreiben, ist er gegen die Lieferung der Waffen.«

»Aber da müßte er doch sterben!«

»Nicht so unbedingt, wie Sie anzunehmen scheinen. Kein Jäger wird es für in seinem Interesse gehandelt erachten, daß die Indianer ihm in Beziehung auf Bewaffnung gleichgestellt werden, und vier Monate sind eine lange Zeit, in der viel geschehen kann. Das wäre mir ein Westmann, der binnen hundertundzwanzig Tagen keine Gelegenheit zur Flucht fände! Ich bin oft auch schon Gefangener der Indianer gewesen, ohne eine viermonatliche Frist zu – – –«

»Sie, Sie waren auch gefangen?!« fiel sie ein.

»Ja, und zwar wiederholt. Ich habe da in der Hitze des Gefechtes mehr gesagt, als ich sagen wollte; das thut aber nichts, denn wie die Sachen stehen, werden Sie auch noch mehr über mich erfahren. Also, man braucht diesem Häuptling Yakonpi-Topa nicht gleich soviel Gewehre, wie das Jahr Tage hat, hinzuwerfen, um Mr. Hiller frei zu machen; er wird auch mit sich handeln lassen, wenn Ihr Mann nicht inzwischen schon entkommen ist. Uebrigens müßten, falls man die Waffen vielleicht doch schicken will, die Boten tüchtige Kerle sein, die sich nicht fürchten und sich nicht betrügen lassen, sonst nimmt er die Gewehre und giebt den Gefangenen nicht frei. Ich kenne das!«

»Da machen Sie mir ja noch mehr Angst, als ich so schon habe!«

»Sie dürfen das, was ich sage, nicht so schwer nehmen, Mrs.

Hiller. Ich halte es für notwendig, daß ich gegen Sie aufrichtig bin, denn ich muß Ihnen die Schatten zeigen, damit Sie die Lichter umso besser erkennen.«

»Ich danke Ihnen! Mein Entschluß steht fest: Ich werde morgen früh nach St. Louis fahren und den Brief wieder mitnehmen, um mit den Herren wegen der Gewehre zu sprechen.«

»Uebereilen Sie nichts! Es giebt da noch wichtige Punkte zu überlegen.«

»Welche?«

»Yakonpi-Topa hat geschrieben, daß er Ihrem Manne einen ganzen Berg von Pelzen abgenommen hat; aber ob er sie ihm wiedergeben will, davon schreibt er nichts.«

»Das versteht sich doch von selbst!«

»Oh nein! Wollte er sie ihm ausliefern, so hätte er im Briefe den Berg hinter das fortgaloppierende Pferd gemalt. Auch schreibt er nur von Ihrem Manne, nicht aber von dessen weißen Begleitern. Mr. Hiller ist doch nicht allein fort?«

»Er hat noch sechs Mann mitgenommen.«

»Sehen Sie! Die sind auch Gefangene der Kikatsa oder vielleicht gar schon am Marterpfahle gestorben!«

»Ist es denn nicht möglich, daß sie gar nicht mit gefangen genommen wurden?«

»Möglich ist es wohl, aber nicht wahrscheinlich. Ich nehme an, daß sie mit ihm bei den Schlangenindianern gewesen sind?«

»Gewiß!«

»Wenn Ihr Mann ohne sie den Kikatsa in die Hände gefallen wäre, so hätten das seine Gefährten unbedingt erfahren und Ihnen oder auch nach St. Louis so schnell wie möglich Nachricht gegeben. Auch würden, wenn sie noch frei wären, längst Pelzsendungen angekommen sein.«

»Das leuchtet mir am schnellsten ein, Mr. Meier!«

»Nicht wahr? Und sodann: Fünf Schlangen, dabei Ihr Mann, sollen sechs Krähen ermordet haben! Mr. Hiller war ein Indianerfreund, der auch aus geschäftlichem Interesse wohl alles gethan hätte, um eine solche That zu verhüten. Die

Sache ist nicht ganz richtig; wenigstens ist sie nicht so, wie sie von Yakonpi-Topa in seinem Briefe dargestellt wird. Man muß da vorsichtig sein und nicht vorschnell handeln. Warum haben die Krähenindianer die vier Schoschonen so schnell hingerichtet, den einen Weißen aber leben lassen? Hat Yakonpi-Topa Ihren Mann mit allen sechs Begleitern gefangen und spricht in seinem Briefe nur von einem unbestimmten Weißen, so giebt er für die 365 Gewehre einen von ihnen frei und behält Ihren Mann mit den andern fünf doch zurück, um neue und noch größere Forderungen zu stellen. Sie sehen: einen solchen Indianerbrief zu lesen, ist das wenigste; man muß ihn auch überlegen. Diese roten Herren sind pfiffig, und ich sage Ihnen, daß das Schreiben, welches hier vor uns liegt, ein kleines diplomatisches Meisterstück ist. Alle Ihre hundert und noch mehr Westmänner würden sich durch diesen Brief wahrscheinlich auf falsche Wege locken lassen.«

»Sagen Sie, Mr. Meier, könnten Sie nicht vielleicht morgen mit mir nach St. Louis fahren?«

»Zu den Herrschaften vom Pelze?«

»Ja.«

»Danke! Ich bin nicht gewohnt, solchen Leuten nachzulaufen.«

»Oder soll ich telegraphieren, daß man mir einen Bevollmächtigten schickt, mit dem ich verhandeln kann?«

»Das wäre schon etwas anderes!«

»Ich möchte nämlich gern haben, daß Sie mit dabei sind!«

»Ich? Der deutsche Schriftsteller?!«

Sie blickte eine Weile still vor sich hin, reichte mir dann die Hand hin und sagte:

»Verzeihen Sie! Ich weiß nicht, woran ich mit Ihnen bin und was und wie ich thun und sagen soll. Das Unglück, welches meinen Mann betroffen hat, läßt mich fast ausschließlich nur an ihn denken, und darum wirken Sie nicht so ganz und voll auf mich, wie es sonst der Fall sein würde; aber es ist mir dennoch so, als ob ich an Ihnen immer neue Entdeckungen zu machen hätte. Sie lesen einen Indianerbrief, den andere Westmänner für ein leeres, wertloses Stück Leder hielten; Sie lesen sogar zwischen den Zeilen dieses Briefes und dringen dann in einer so klaren und selbstverständlichen Weise in die schwierigen Verhältnisse ein, daß ich gleich bitten möchte: Gehen Sie hin, und holen Sie meinen Mann! Ich glaube, ich würde fast ohne Besorgnis warten, bis Sie wiederkämen, denn ich habe das sichere Gefühl, daß Ihnen kein Unfall passierte, daß Sie alle Schwierigkeiten überwinden und ihn mir heimbringen würden. Wie kommt das nur? Vorhin kam mir der Gedanke an Old Shatterhand, jetzt nicht mehr.«

»Ist auch nicht nötig, Mrs. Hiller.«

»Ich dachte: Wenn der hier wäre und die Sache in die Hand nehmen wollte! Ja, wenn er sich nur herbeiließe, einen guten Rat zu geben!«

»Das hat er schon gethan.«

»Gethan?« fragte sie verwundert.

»Ja.«

»Wann?«

»Jetzt eben.«

»Wo?

»Hier in diesem Zimmer, an diesem Tische.«

»Ich – – – verstehe Sie nicht. Sie geben mir Rätsel zu lösen, die ich – – – ich – – – ich – – – –«

Sie vollendete den Satz nicht und sah mit ungewissen, furchtsam fragenden Augen zu mir herüber. Ich brach in ein herzliches Lachen aus und half ihr aus der Verlegenheit:

»Ja, Sie haben mit dem Manne, dessen Namen Sie erwähnten, gesprochen. Ich habe nämlich die eigentümliche Gewohnheit, eigentlich ein deutscher Schriftsteller, nebenbei aber auch Old Shatterhand zu sein.«

Sie brachte vor Erstaunen keinen Laut hervor. Ihr Sohn aber, der sich nur zuweilen mit einem kurzen bescheidenen Worte an unserm Gespräche beteiligt hatte, sprang so rasch auf, daß er den Stuhl hinter sich umwarf, und rief mir so laut, als ob er Feuer schreien wolle, zu:

»Old Shatterhand? Sagen Sie die Wahrheit?«

»Ja.«

»Ich glaube es; ich glaube es! Aber bitte, beweisen Sie es

dennoch – – meiner armen Mutter wegen, die so schwere Sorgen um den Vater hat!«

»Gern! Welchen Beweis wollen Sie?«

»Old Shatterhand hat von Winnetou einen Stich in den Hals bekommen – – –?«

»Hier, sehen Sie – – – da ist die Narbe!«

»Und der Schnitt, als Sie Blut brauchten, um Blutsbrüderschaft mit ihm zu trinken – – –?«

»Hier haben Sie die Hand und den Vorderarm; da sehen Sie! Stimmt es?«

Da faßte er seine Mutter, zog sie vom Stuhle auf, drückte sie an sich und rief frohlockend:

»Er ist's; er ist's; er ist's wirklich. Er ist Old Shatterhand! Nun brauchen wir keine Sorge zu haben; er wird uns den Vater bringen, und wenn er ihn aus der Mitte von tausend Rothäuten herausholen müßte!«

»Sachte, sachte!« warnte ich lachend. »Sie sprechen ja von mir wie von einem Dollarstück, welches Sie schon in der Tasche haben! Hinauf zu den Kikatsa zu reiten, ist keine Kleinigkeit! Das erfordert Zeit, und wir haben keine Zeit dazu.«

»Nicht? Warum nicht?«

»Weil wir nach dem Osten wollen!«

»Nach dem Osten? Was wollen Sie dort? Etwa Gedichte machen oder Kalender schreiben? Bei einer solchen Arbeit kann ich mir Old Shatterhand gar nicht denken!«

»Ich auch nicht, Verehrtester! Aber wenn ich die Feder in die Hand nehme, so bin ich nicht mehr Old Shatterhand, sondern – – – sondern ein gewisser Mr. Meier, der zum Beispiel heut die ganze Nacht hindurch schreiben wird, bis es morgen Mittag schlägt. Und was unsere Reise nach dem Osten betrifft, so ist sie so fest beschlossen, daß uns nur ein ganz ungewöhnlicher Grund veranlassen könnte, sie aufzuschieben oder gar ganz aufzuheben.«

»So ein Grund ist doch nun da! Oder ist es vielleicht etwas Gewöhnliches, meinen Vater aus der Gefangenschaft und vom Tode am Marterpfahle zu erretten?«

»Ja, wenigstens für uns, denen derartige Aufgaben schon längst nichts Neues mehr sind.«

»Uns – – – wir – – –? Sie sprechen immer in der Mehrzahl. Wen meinen Sie damit noch?«

»Erraten Sie das nicht?«

»Etwa Winnetou?«

»Ja.«

»Wirklich? Winnetou ist auch da?«

»Da noch nicht, aber er wird noch kommen.«

»Wann?«

»Bald.«

»Hurra, Hurra! Winnetou kommt auch! Winnetou und Old Shatterhand, Old Shatterhand und Winnetou! Mutter, heut ist ein Tag, wie ich noch keinen erlebt habe! Mein Wunsch, mein heißer Wunsch ist stets und stets gewesen, den guten, lieben Gymnasiasten, den wir in Falkenau trafen, einmal wiederzusehen. Da steht er; er ist heut gekommen! Und dann weißt du, wie ich Tag und Nacht gearbeitet habe, um Euren Wunsch zu erfüllen und ein guter Jurist zu werden. Ich habe weder nach rechts noch nach links geschaut und mir keine andere Erholung gegönnt als nur die, daß ich die Blätter las, in denen von Winnetou, dem Häuptling der Apatschen, und seinem weißen Freunde und Blutsbruder geschrieben wurde. Oder ich ging hier zu Bekannten, bei denen man von diesen zwei Westmännern und ihren Gefährten erzählte. Da habe ich oft gedacht, was für Freude ich haben würde, wenn ich das Glück hätte, einen von ihnen oder gar alle beide einmal zu sehen, sie vielleicht, wenn auch von weitem nur, sprechen zu hören. Und nun ist er da in unserm Zimmer, dieser Old Shatterhand, der zugleich unser kleiner Student ist, und Winnetou, der Herrliche, den alle Welt bewundert, bei dessen Namen jedes Herz begeistert schlägt, wird auch kommen! Mutter, ich bin so glücklich heut, daß ich es dir gar nicht sagen kann, wie!«

Der vorher so stille, junge Mann war geradezu außer sich; ja, noch mehr, er schien ganz außer Rand und Band geraten zu sein, denn er tanzte jubelnd um den Tisch herum. Wäre ich nur sein »kleiner Student« gewesen, so hätte er mich gewiß ebenso umarmt und geküßt wie seine Mutter; da in mir aber zu gleicher Zeit auch Old Shatterhand mit steckte, so wagte er sich mit diesen Liebkosungen nicht an mich heran. Es war vielleicht seit seiner frühen Kindheit heut das erste Mal, daß er eine solche Freude in dieser Weise äußerte.

Jetzt wußten die beiden nun, warum ich vorher so schweigsam über mich gewesen war. Sie gaben zu, daß ich ganz recht gethan hatte, mich hier in Weston nicht zu nennen, weil ich sonst keinen Augenblick für mich hätte allein sein können und gezwungen gewesen wäre, nur immer zu erzählen und Tausende von Fragen zu beantworten. Einen kleinen Vorgeschmack eines solchen Fragensturmes bekam ich übrigens auch schon hier, denn Mutter und Sohn schienen ihre eigenen Verhältnisse ganz und gar vergessen zu haben und wollten immer nur von mir und meinem Winnetou wissen und hören. Ich mußte ein Gewaltwort sprechen und ihnen sagen, daß ich nicht nur heut kein weiteres Wort erzählen sondern auch sofort gehen werde, wenn sie mir keine Ruhe lassen würden.

Ganz sonderbarerweise stand es bei beiden ganz fraglos fest, daß wir ihnen nicht bloß mit unserm Rate sondern auch durch die That beistehen würden. Sie sprachen von Winnetous und meinem Ritte hinauf zu den Kikatsa-Indianern wie von einer ganz und gar selbstverständlichen und fest beschlossenen Angelegenheit, über welche es gar keinen Zweifel geben könne. Das war, wie ich wohl wußte, nicht etwa rücksichtslose Anmaßung, sondern eine reine und unausbleibliche Folge des Rufes, in dem wir standen, oder vielmehr der poetischen Legenden, welche sich besonders über Winnetou gebildet hatten, den man sich nicht anders als den stets bereiten Rächer allen Unrechtes und Schützer der Bedrängten denken konnte. Nach der Beschreibung, welche von ihm und seinen hochherzigen Eigenschaften im Schwange war, durfte man allerdings zu jeder Zeit von ihm erwarten, daß er selbst die wichtigste Sache, falls sie ihn selbst betraf, augenblicklich fallen ließ, wenn es galt, sich der vielleicht gar nicht so wichtigen eines andern anzunehmen.

Um die Wahrheit zu sagen, war ich, ohne daß ich es verriet, gar nicht abgeneigt, diesen braven Leuten beizustehen, denn erstens reizte mich das Abenteuer an sich selbst, und zweitens schien es mir eine Konsequenz der Vergangenheit zu sein, meine Teilnahme für sie aus dem Worte in die That zu übersetzen; aber immer und immer wieder nur für andere leben und nur für andere wagen, daß wird einem doch auch einmal genug, und ich durfte auf meine Gefühle allein hin keinen Entschluß fassen, ohne vorher Winnetou zu fragen, um zu erfahren, welcher Ansicht er darüber war. Darum hielt ich es für angebracht, so zu thun, als ob wir wohl mitraten aber keinesfalls mitthaten könnten.

Das glaubten sie aber nicht; sie waren vielmehr vom Gegenteile so überzeugt, daß der Sohn die Absicht aussprach, sich uns anzuschließen, denn wenn fremde Leute ihr Leben wagten, um seinen Vater zu befreien, so könne er doch unmöglich thatenlos zu Hause sitzen bleiben. Ich hatte meine liebe Not, ihn davon zu überzeugen, daß er sich ganz und gar nicht zur Beteiligung eigne und durch seine Anwesenheit die vorauszusehenden Anstrengungen und Gefahren nur vergrößern würde.

Als keiner meiner Einwände im stande war, die Unerschütterlichkeit, mit welcher man von unserer Hilfe überzeugt war, ins Wanken zu bringen, gab ich halb ärgerlich und halb lachend schließlich noch als letzten Grund an:

»Aber was soll mit meinem neuen Anzuge werden, in den ich mich mit so ungeheuren Kosten gesteckt habe, um jenseits des Missisippi für einen leidlich anständigen Menschen gehalten zu werden? Nun ich ihn einmal gekauft habe, will ich ihn auch tragen, und zu einem so strapaziösen Ritte wäre es doch jammerschade um ihn!«

»Den lassen Sie natürlich hier bei uns,« sagte Frau Hiller, »und wenn Sie zurückkehren, bekommen Sie ihn wieder. Sie können dann ganz ebenso Staat drin machen wie jetzt. Und denken Sie, was für eine Expedition das werden wird! Sobald Sie bekannt geben, daß Sie und Winnetou dieses Unternehmen beabsichtigen, werden Ihnen soviel Begleiter zuströmen, daß Sie mit einem ganzen Heere droben bei den Kikatsa ankommen und, um des schnellsten, ungefährlichsten und mühelosesten Sieges sicher zu sein, nur über diese Kerle herzufallen brauchen!«

»Ungefährlich und mühelos? Verzeihung, Mrs. Hiller; aber wenn Sie das glauben, befinden Sie sich in einem Irrtum, der freilich nur bei einer Dame möglich ist. Je zahlreicher die Truppe, desto unwahrscheinlicher ist der Erfolg. Vor allem andern, was noch viel wichtiger ist, bildet da schon die Ernährungsfrage eine Aufgabe, deren Lösung große Schwierigkeiten bietet. Sie kennen die Gegenden nicht, welche man da zu durchreiten hat. Der Weg ist wenigstens fünfzehnhundert amerikanische Meilen weit, bedenken Sie, und bietet ganze, große Strecken, auf denen man kein einziges Pfund Fleisch schießen kann oder wo den Pferden das Wasser und das Futter mangelt. Und grad an den allerwichtigsten Umstand haben Sie gar nicht gedacht: Wir haben Herbst, und droben in den Bergen tritt der Winter früher ein als hier. Es kann da vorkommen, daß man heut den schönsten Sonnenschein hat und morgen schon im Schnee stecken bleibt. Ein vorsichtiger Mann muß darauf rechnen, daß er nicht wieder herunter kann, sondern gezwungen ist, den ganzen Winter in irgend einem abgelegenen Gebirgswinkel zuzubringen. Was soll da mit so vielen Leuten werden? Ich bin überzeugt, daß die meisten von ihnen verhungern würden.«

»So lange wird es dauern? Mein Gott! Da machen Sie mir ja schon wieder Angst!«

»So lange kann, nicht wird es dauern. Ich bin gewohnt, mit allen Möglichkeiten und Zufällen zu rechnen, und habe nur aus dem Grunde davon gesprochen, weil Sie sich alles leichter denken, als es ist, und außerdem der Meinung waren, daß ein größerer Trupp auch die größere Aussicht auf Erfolg besitze. Es findet aber vielmehr grad das Gegenteil statt. Wir, nämlich Winnetou und ich, haben die größten Gefahren und schwierigsten Lagen oft nur deshalb überwinden können, weil wir allein waren. Wir kennen uns genau und wissen, daß wir aufeinander rechnen können; bei einer großen Gesellschaft aber giebt es viel Köpfe und viel Sinne, und es giebt da Aergernisse, Fehler und Dummheiten, über welche man aus der Haut fahren könnte. Ich wiederhole, was ich schon gesagt habe: Sie dürfen durchaus nicht auf die Erfüllung Ihres Wunsches rechnen, daß wir unsern bisherigen Plan ändern und nach dem Westen zurückkehren werden, um die Krähen aufzusuchen, aber wenn wir es ja thäten, so können Sie sicher sein, daß wir einen jeden, der sich anböte, uns zu begleiten, abweisen würden.«

»Sie wollten den weiten, gefahrvollen Ritt ganz allein unternehmen?!«

»Ja.«

»Sie zwei gegen einen ganzen Stamm? Das ist doch unmöglich!«

»Es wäre nicht zum erstenmal, daß wir grad dadurch unsern Zweck erreichten!«

»Aber die vielen Gewehre, welche der Häuptling verlangt hat und die also mitgenommen werden müssen, die könnten Sie da doch nicht mit sich schleppen!«

»Allerdings nicht. Es würde uns auch gar nicht einfallen, den Gefangenen loszukaufen, sondern wir würden ihn auf eine Art und Weise herausholen, die keinen Penny Kosten macht. Die Krähen, anstatt sie zu bestrafen, für ihre Feindseligkeit auch noch mit einer solchen Menge von Gewehren zu belohnen, das käme uns keinen Augenblick in den Sinn! Sie hören, daß wir die Sache ganz anders anfassen würden, als es vielleicht von Ihren mehr als hundert Westmännern und Kennern geschähe, und das wäre uns nur dadurch möglich, daß wir uns um keinen unnützen Kameraden zu bekümmern brauchten.«

»Ich kann gar nichts dazu sagen, denn ich verstehe nichts davon; aber ich bin überzeugt, daß das, was Sie für gut halten, auch gut ist, wenn auch mein Mann seine Wanderungen niemals allein, sondern stets in möglichst zahlreicher Begleitung unternommen hat.«

»Das ist etwas ganz anderes. Sein Zweck war die Pelztierjagd und dazu der Handel mit den Indianern. Da brauchte er schon zum Transporte der Felle, den er allein nicht hätte bewältigen können, die ausreichende Beihilfe anderer Leute. Wir aber verfolgen auf unsern Ritten ganz andere Ziele, und wenn es sich gar darum handelt, durch List etwas zu erreichen, was mit Hilfe der offenen Gewalt große Opfer fordern würde, so müssen wir uns verborgen halten, was gar nicht möglich wäre, wenn wir uns in zahlreicher Gesellschaft befänden. Nun aber ist meine Zeit abgelaufen, und wenn Sie es gestatten, will ich mich an meine Arbeit begeben.«

»Für die ganze Nacht hindurch?«

»Ja.«

»Ist das nicht zu anstrengend?«

»Für mich nicht. Ich bin es nicht ungewohnt, sogar mehrere Tage und Nächte hindurch den Schlaf ganz zu entbehren. Die Natur richtet sich darnach ein oder wird gezwungen, sich zu fügen.«

»Soll ich nach St. Louis telegraphieren?«

»Nein. Warten Sie damit, bis Winnetou kommt! Wir wollen sehen, welcher Meinung er ist.«

»Ich bin überzeugt, daß er nicht das Herz hat, uns seine Hilfe zu versagen.«

»Na, na! Der Mensch soll niemals mit allzu großer Sicherheit auf die Erfüllung seiner Wünsche rechnen!«

»Oh, Sie stellen sich ja nur so, als ob ich zweifeln müsse; im Grunde genommen aber sind Sie schon entschlossen, bei dem Häuptling der Apatschen ein gutes Wort für uns einzulegen. Ich fühle das und sehe es Ihnen auch an.«

»Da warne ich Sie. Lassen Sie sich weder durch Ihr Herz noch durch Ihren Scharfsinn täuschen! Und nicht wahr, Sie verschweigen, daß Old Shatterhand sich hier befindet?«

»Wenn Sie es wollen, ja. Lieber aber möchte ich es allen Menschen sagen, daß er heute mein Gast gewesen und überhaupt ein alter, lieber Bekannter von mir ist. Sehen wir uns morgen wieder?«

»Ich denke es, falls Sie nicht inzwischen Gründe finden, mich abzuweisen, wenn ich komme. Gute Nacht!«

Ich wurde bis vor die Thür begleitet und ging dann nach

dem Hotel, von welchem mir schon von weitem die Tanzmusik entgegenschallte. Die Fenster des Gastzimmers standen offen, und mit dem hellen Lichte der Lampen drang das Stimmengewirr der Gäste heraus, welche so zahlreich waren, daß kein Stuhl leer stand.

Einen Augenblick stehen bleibend, blickte ich hinein und sah Watter, den schwatzhaften Westmann und unverdient glücklichen Nuggetfinder, auch drinsitzen. Er hatte also die ihm von mir gewordene Zurechtweisung und Blamage schon überwunden und hielt es nicht für gegen seine Ehre, sich wieder in dem Raume sehen zu lassen, aus welchem er erst von mir hinausgetragen worden und dann auf einem so lächerlichen Wege geflohen war. Bei ihm saß – – der Prayer-man. Sie schienen in ein sehr angelegentliches Gespräch vertieft zu sein. Wenn sich Watter gegen den salbungsvollen Schriftenhändler ebenso mitteilsam verhielt, wie er gegen mich gewesen war, so konnte ihm nur angeraten werden, seinen Goldkasten noch fester anzuschrauben als bisher!

Eben wollte ich mich nach der Thür wenden, um hinein zu gehen, da fing ich einen Blick des Prayer-man auf, den er nach einem andern Tische warf, einen Blick, welcher mir, der ich gewohnt war, scharf zu beobachten, sonderbar und auffällig vorkam. Es war ein Blick heimlichen Einverständnisses, ein Blick, welcher, wenn ich recht gesehen hatte, so ungefähr sagen sollte: Sorge dich nicht; ich habe meine Sache gut gemacht, und er geht mir sicher auf den Leim!

An dem betreffenden Tische saßen nicht weniger als sechs Personen, darunter einer, welcher seinen Stuhl etwas abgerückt hatte und nicht am Gespräch der übrigen teilnahm. Diese waren jedenfalls Bewohner von Weston, während ich ihn für einen Fremden hielt. Er hatte seine Augen auf Watter und den Prayer-man gerichtet, und ich sah eben jetzt als die Wirkung des ihm von dem letzteren zugeworfenen Blickes einen Zug der Befriedigung über sein braungebranntes Gesicht gleiten. Nach dieser Beobachtung gab es für mich keinen Zweifel darüber, daß er aus irgend einem Grunde mit dem Traktätchenhändler im heimlichen Einvernehmen stand. War dieser Grund ein guter oder ein schlimmer? Ging die Sache mich etwas an? Sollte ich Watter warnen? Nein; eine Warnung wäre Unsinn gewesen, denn ich wußte ja nichts. Aber wenn ich nicht das Rencontre mit dem Westmanne gehabt hätte, wäre ich jetzt hineingegangen, um mich zu ihm zu setzen und dadurch den Prayer-man von ihm wegzutreiben. Nun aber war mir dies nicht möglich, denn infolge der Lehre, die ich ihm erteilt hatte, wäre mir von ihm jedenfalls ein Empfang geworden, welcher sehr wahrscheinlich zu einer neuen, Aufsehen erregenden Scene geführt hätte. Was ging mich dieser Mann überhaupt noch an? Er hatte mich, andere Beleidigungen gar nicht mit gerechnet, einen »reinen Garnichts« genannt, und so war es wohl ganz richtig von mir, daß ich nun für ihn auch gar nicht mehr vorhanden sein wollte. Er hielt sich ja für einen tüchtigen Mann und mochte also für sich selbst sorgen! Ich ging auf mein Zimmer und brannte die Lampe an, welche mir auf meinen Wunsch hinaufgestellt worden war. Dann setzte ich mich an den Tisch und machte mich an das Manuskript, mit welchem ich bis morgen fertig sein wollte.

Unter mir klang die Musik; noch stärker drang sie zum offenen Fenster herein; um mir die frische Nachtluft nicht abzuschließen, ließ ich es offen, machte aber den Laden zu. Dann zog ich, um nicht von jemandem, welcher die Zimmer verwechselte, was in Hotels häufig vorkommt, in meiner Arbeit gestört zu werden, draußen den Schlüssel ab und verriegelte von innen die Thür. Auch zog ich die Stiefel aus und nahm an ihrer Stelle die leichten, bequemeren und geräuschlosen Mokassins an die Füße. Von jetzt an ging meine Arbeit trotz der unter mir klingenden Musik flott und ohne Unterbrechung von statten.

Nach einiger Zeit hörte ich jemand in das Nebenzimmer kommen und die Thür von innen verschließen. Es stand also nicht leer, sondern es gab einen Logiergast, der es bewohnte, was mir aber gleichgültig sein konnte. Nur fiel mir auf, daß er nicht schlafen ging, sondern unruhig auf und ab spazierte.

Eben war unten eine Tanzpause eingetreten; die Musik

schwieg, und so kam es, daß ich ein Klopfen an der Thür der Nachbarstube hören konnte.

»Wer ist's?« fragte der Ruhelose.

»Du weißt's,« lautete die Antwort. »Mach schnell, damit ich nicht erwischt werde!«

Erwischt? Dieses Wort mußte mir auffallen. Wer befürchten muß, erwischt zu werden, der befindet sich nicht auf rechtlichen Wegen. Der Klopfende hatte laut sprechen müssen, um von dem im Zimmer verstanden zu werden; darum hatte auch ich seine Worte gehört. Infolge des Wortes »erwischt« stand ich leise auf, schlich mich an die Verbindungsthür und horchte. Der eine ließ den andern ein; die Thür wurde wieder verschlossen, und dann hörte ich die Frage:

»Können wir belauscht werden?«

»Nein,« wurde geantwortet.

»Aber ich sah draußen, daß nebenan noch ein Zimmer ist!«

»Das ist unbewohnt.«

»Weißt du das genau?«

»Ja.«

»Du hast dich erkundigt?«

»Nein, weil das vielleicht aufgefallen wäre. Man kann in unserer Lage nicht vorsichtig genug sein. Aber ich bin schon vorhin und auch jetzt wieder im Hofe gewesen und habe gesehen, daß der Laden vor dem Fenster verschlossen ist; es ist also unbewohnt. Und selbst wenn jemand drüben wäre, könnte er uns nicht hören; durch die Mauer dringt kein Wort.«

Der Sprecher wußte also nicht, daß sich hinter dem Schranke eine Thür befand.

»Setz dich!« sagte er weiter. »Du hast diesen Watter beobachtet. Wie denkst du heut? Noch so wie erst?«

»Ja. Wir haben es bei ihm jedenfalls viel leichter als bei seinem vorsichtigen – – –«

Pum–pum–derum! fiel unten die Musik mit Paukenschlägen ein, und ich konnte nichts mehr hören. Wer waren die beiden Männer da drüben? Jedenfalls der Prayer-man und der Fremde, welchem er den von mir beobachteten Blick zugeworfen hatte. Und welche Person war mit den Worten »seinem vorsichtigen – – –« gemeint gewesen? Da sie Watter erwähnt hatten, so glaubte ich, diesen abgebrochenen Ausdruck auf Welley, seinen Kumpan, beziehen zu müssen. Und wenn ich damit das Richtige getroffen hatte, so war Welley zwar ein vorsichtiger Mann gewesen aber dennoch tot, meine Voraussage also eingetroffen. Dieser Gedankengang führte aber noch weiter: Nämlich, wenn alles so war, wie ich dachte, so befanden sich Welleys Mörder oder doch wenigstens zwei Mitschuldige da drüben in dem Zimmer neben mir.

Dieser Gedanke ließ mich meine Arbeit vergessen, und ich ging an meine Thür, um mich zu überzeugen, daß sich das Lochplättchen auf dem Schlüsselloch befand und von dem Lichte in meiner Stube also nichts zu sehen war, falls die beiden Männer beim Verlassen des Nebenzimmers ja auf den Gedanken kommen sollten, einmal hindurchzublicken. Dann ging ich wieder an die Verbindungsthür, drehte den Schlüssel leise, leise auf, hob die Klinke empor und öffnete sie.

Ich hatte ein sehr feines Gehör, konnte aber doch nichts verstehen, sondern nur vernehmen, daß gesprochen wurde. So lauschte ich längere Zeit vergeblich, bis unten die Polka zu Ende war; da hörte ich nun die Worte:

»Du hast ihm die Nuggets gezeigt?«

»Natürlich! Anders ging es doch nicht.«

»Was sagte er?«

»Er wurde begierig wie ein Teufel auf die Seele. Der alte Kerl ist habsüchtig wie kein zweiter Mensch.«

»Die Hauptsache ist, ob er auf den Handel einging.«

»Sofort!«

»Wieviel hast du verlangt?«

»Hunderttausend Dollars.«

»Ah! Was meinte er zu dieser Summe?«

»Sie war ihm zu hoch; er bot fünfzigtausend.«

»Das war auch genug,« erklang es mit einem Lachen, an dem ich nun den Prayer-man ganz genau erkannte. Er war es und kein anderer Mensch, der zuerst in das Nebenzimmer getreten war und dann dem andern geöffnet hatte. Dieser fiel in das Lachen ein und fuhr fort:

»Ja, es wäre auch genug für nichts; aber ich versuchte doch, noch mehr herauszuschlagen, und es kam soweit, daß wir den Unterschied von fünfzigtausend halbierten und auf fünfundsiebzigtausend einig wurden.«

»Wann zahlbar?«

»Sofort, wenn ich ihm das Finding-hole übergeben habe.«

»Mit welcher Münze?«

»Münze? Welchem vernünftigen Menschen würde es wohl einfallen, schwere Münzen so weit und hoch da hinaufzuschleppen. Er zahlt mit einer Anweisung.«

»Pfui!«

»Was pfui?«

»Ich liebe Anweisungen nicht; sie sind nicht sicher.«

»Diese ist sicher!«

»*Pshaw!* Es braucht nur der geringste Verdacht zu entstehen, so wird die Anweisung nicht honoriert.«

»In diesem ganz besonderen Falle kann von einem Verdachte keine Rede sein, und mit der Anweisung habe ich mich so gut vorgesehen, daß die Zahlung gar nicht verweigert werden kann. Wir sind nämlich miteinander zum Bankier gegangen, wo er sie geschrieben hat. Dann wurde ausgemacht, daß, wenn ich käme und das Papier brächte, mir das Geld sofort ausgehändigt werden müsse. Der Bankier kennt mich also persönlich, womit allen späteren Zweifeln vorgebeugt worden ist.«

»So seid ihr also beide bei der Bank gewesen? Das will ich eher gelten lassen, als daß diese gar nichts davon weiß, und später kommt ein Fremder und verlangt eine so bedeutende Summe auf ein Papier hin, welches man mit Mißtrauen betrachtet. Auf die jetzige Weise gefällt mir dieses Geschäft natürlich besser als vorher. Die Anweisung nimmt er mit?«

»Natürlich! Und oben am Finding-hole muß er sie hergeben.«

»Und tauchen?«

»Ja. Der Alte ist ein vorzüglicher Schwimmer, und sein

deutscher Neffe hat es auch gelernt. Sie werden gezwungen, die Nuggets aus dem eiskalten Wasser zu holen, und wenn ihnen dies das Leben noch nicht kosten sollte, helfen wir nach.«

»Alle Teufel, wird das ein Geschäft! Dann, dann haben wir die Nuggets von jetzt, das Gold aus dem Hole und die fünfundsiebzigtausend Dollars dazu. Wenn dieser Streich gelingt, können wir uns zur Ruhe setzen.«

»Ich wüßte keinen Grund, weshalb er mißglücken sollte!«

»Weshalb? Gründe stellen sich oft grad dann ein, wenn man sie am wenigsten erwartet hat. Man hat immer und stets Glück gehabt, und grad dann, wenn man den letzten Hauptstreich führen will, geht die Sache den verkehrten Gang. Bei diesem Welley wäre es uns auch beinahe mißlungen. Der Kerl war gescheiter als dieser geschwätzige Watter, der einem seine Nuggets beinahe in die Tasche steckt. Es ist gut, daß wir ihn damals haben reiten lassen. Auf diese Weise hat er das schwere Gold für uns hierhergeschleppt, und wir können es uns in aller Gemächlichkeit von ihm holen.«

»Was wird er für Augen machen!«

»Die werde ich mir ganz genau betrachten!«

»Du, sei ja nicht unvorsichtig!«

»Fällt mir nicht ein! Ich weiß ganz genau, wieweit ich – – –«

Jetzt begann unten ein neuer Tanz, und ich konnte nichts mehr verstehen. Das war ja eine außerordentlich saubere Angelegenheit, die man da vor meinen Ohren besprochen hatte! In ihrem ganzen Umfange kannte ich sie natürlich nicht; aber nach dem, was ich erlauscht hatte und mir dazu dachte, verhielt es sich so, daß der eine dieser Gauner einem Manne, welcher der Onkel eines deutschen Neffen war, Nuggets vorgezeigt und ihm weisgemacht hatte, daß sie aus einem Finding-hole seien, welches er nicht selbst ausbeuten könne und also verkaufen wolle. Der Oheim war auf das Anerbieten eingegangen und hatte fünfundsiebzigtausend Dollars, zahlbar auf eine Anweisung, dafür versprochen, falls das Hole sich als so reichhaltig erweisen sollte, wie es ihm beschrieben worden war. Bis hierher war mir alles klar; aber woher hatten die

Halunken die vorgezeigten Nuggets? Waren sie Welley abgenommen worden? Wer war der Onkel und wer der Neffe? Wo wohnten sie? Von welcher Bank hatte man gesprochen? Der Onkel und der Neffe waren gute Schwimmer. Wozu man dies benutzen wollte, das hatte ich gehört. Sie sollten nach dem Finding-hole gebracht werden, angeblich um es anzusehen, zu kaufen und zu bezahlen. Aber das war nur Vorspiegelung. In Wahrheit wollte man ihnen die Anweisung abnehmen, um sie später bei der erwähnten Bank in Geld umzusetzen, und die beiden Betrogenen sollten nicht bloß diesen Verlust erleiden, sondern auch noch gezwungen werden, die Nuggets aus dem Finding-hole herauszuholen.

Man muß wissen, was so eine Arbeit zu bedeuten hat! Man nehme an, so ein Goldloch befinde sich im Bette eines Gebirgswassers, welches aus den Eisfeldern quillt. Dieses tiefe Loch wird also von dem darüber wegfließenden Wasser vollständig angefüllt und hat auf seinem Grunde die wegen ihrer Schwere da hinuntergespülten Goldbrocken und Körner. Um sie heraufzubekommen, muß man sich ausziehen und auf den Grund des eiskalten Wassers niedertauchen. Das muß so lange geschehen, bis nichts mehr unten liegt; es kann, je nach der Menge des Goldes, wochen- und auch monatelang dauern. Wenn man annimmt, daß schon ein einmaliges Tauchen in die eisige Flut genügt, sich eine tödliche Erkältung zu holen, so kommt man zu der Ueberzeugung, daß die vollständige Entleerung des Hole den sichern Tod nach sich ziehen muß. Und zu dieser schrecklichen Arbeit sollten Onkel und Neffe gezwungen werden! Es gehörte eine geradezu teuflische Verworfenheit und Gefühllosigkeit dazu, einen solchen Plan nur zu entwerfen, geschweige denn auszuführen. Es stand natürlich bei mir fest, daß ich dieses Vorhaben unbedingt verhindern müsse.

Soweit ich es bis jetzt kannte, konnte ich freilich nichts dagegen thun. Hätte ich die Kerle angezeigt, so wäre ich einfach abgewiesen worden, weil ich nichts beweisen konnte. Ich mußte Belege haben, unumstößliche Belege, und hoffte, während des weitern Verlaufes der Unterhaltung vielleicht noch so viel zu erfahren, daß ich, wenn ich auch keine direkten Beweise bekäme, sie mir doch aus dem Erlauschten konstruieren könne. Ich wartete also mit Sehnsucht und größter Spannung auf die nächste Tanzpause, während welcher das Gespräch für mich wahrscheinlich wieder hörbar wurde.

Endlich, endlich hörte die Musik wieder auf, und ich schob mich so nahe, wie ich nur konnte, an die Hinterwand des Schrankes, welcher jedenfalls leer war, weil darin befindliche Kleider den Schall so gedämpft hätten, daß selbst mein ausgezeichnetes Gehör nicht scharf genug gewesen wäre, die vor dem Schranke im Zimmer gesprochenen Worte zu verstehen.

Ich lauschte also, hörte aber kein Wort. Ich wartete, doch vergeblich. Ich blieb bis zum Beginne des neuen Tanzes auf meinem Posten, vernahm aber keinen Laut, keinen Ton, nicht das allergeringste Geräusch. Es war nicht anzunehmen, daß die beiden Männer so lange Zeit wortlos bei einander säßen; sie mußten sich entfernt haben, und ich hatte das wegen des von unten heraufschallenden Lärmes nicht gehört.

Was nun thun? Mich wieder hersetzen und weiterschreiben? Dazu fehlte mir die nötige Sammlung. Die Sache ließ mir keine Ruhe; ich löschte meine Lampe aus und ging, meine Thür von draußen verschließend, hinunter. Die Gaststube lag rechts. Links war ein kleines Kabinett, eigentlich für den Portier bestimmt; da aber keiner da war, hatte der Oberkellner die Obliegenheiten eines solchen mit übernommen. Dort hingen auch die Schlüssel der Gastzimmer.

Eben kam der Oberkellner in diesem Kabinett heraus und wollte eiligst nach der Stube. Ich hielt ihn trotz dieser Eile an und fragte ihn:

»Sitzt der Prayer-man noch drin, Herr Doktor?«

»Ja,« antwortete er.

»Seit wann?«

»Seit einigen Stunden schon.«

»Aber er ist einmal für einige Zeit fort gewesen?«

»Nein.«

»Wirklich nicht?«

»Wirklich nicht!«

»Hören Sie, Sie haben keine Zeit, aber meine Sache ist höchst wichtig, und ich vertraue sie Ihnen mit der Bitte an, keinem, aber auch gar keinem Menschen etwas zu sagen. Ich werde Ihnen dafür bei Winnetou und Old Shatterhand dankbar sein. Der Prayer muß einmal fortgewesen sein; er muß! Sie haben vielleicht keine Acht auf ihn gehabt?«

»Sie müssen sich irren, Mr. Meier. Grad auf ihn habe ich mehr Acht als auf jeden andern Gast, weil er seit einiger Zeit trinkt geradezu wie ein Kellerloch. Er und Mr. Watter scheinen es darauf abgesehen zu haben, zu erfahren, wer von ihnen am meisten vertragen kann. Kaum habe ich ihnen volle Gläser gegeben, so muß ich schon wieder hin, um sie von neuem zu füllen. Da müßte ich es bemerkt haben, wenn er einmal auch nur auf fünf Minuten fortgewesen wäre. Er ist nicht aufgestanden.«

»Wo hat er seine Stube?«

»Im Hinterhaus über dem Stalle.«

»Wie? Nicht in dem Vorderhause?«

»Nein.«

»Und Watter? Wohnt der vielleicht neben mir?«

»Nein; er wohnt am andern Ende des Korridors.«

»Wer aber logiert neben mir?«

»Niemand.«

»Das ist unmöglich. Es waren Leute nebenan im Zimmer!«

»Auch da müssen Sie sich geirrt haben, Mr. Meier. Ich müßte es doch vor allen Dingen wissen, wenn das Zimmer neben Ihnen besetzt wäre, denn nicht der Wirt, sondern ich pflege den ankommenden Gästen ihre Wohnungen anzuweisen.«

»Hm! ist der Schlüssel zu dem Nebenzimmer da?«

»Ja; hier!«

Er nahm ihn vom Nagel und zeigte ihn mir.

»Erlauben Sie ihn mir auf eine Minute; ich will einmal hinauf! Aber bitte also, keinem Menschen ein Wort sagen!«

»Keinem,« nickte er. »Mein Ehrenwort darauf!«

Ich begab mich zunächst in mein Zimmer, um meine Lampe wieder anzubrennen; dann ging ich mit dieser auf den Korridor, um die Nachbarwohnung aufzuschließen. Der Schlüssel paßte ganz genau; es war der richtige. Ich trat hinein, zog die Thür hinter mir zu und ließ das Licht der Lampe überall hin, in jeden Winkel fallen. Die Sache war mir so wichtig, daß ich so genau wie sonst selten forschte; es durfte mir kein Stäubchen entgehen.

Und richtig, da fand ich eine Spur. Es lagen Schnupftabakskörnchen auf dem Boden, und ich hatte heut gesehen, daß der Prayer-man nicht nur schnupfte, sondern sogar ein leidenschaftlicher Schnupfer war, denn während der kurzen Zeit, in der es mir heut möglich gewesen war, ihn zu beobachten, hatte er doch wenigstens zwanzigmal die Finger in der Schnupfdose und an der Nase gehabt. Ich suchte weiter und fand noch mehr Tabaksbröckchen, welche eine allerdings nicht zusammenhängende aber doch für mich bemerkbare Linie von der Thür nach dem Fenster bildeten, also über das ganze Zimmer hinweg. Er war vor dem Erscheinen seines Spießgesellen erregt hin und her gegangen, hatte dabei die Dose in der Hand gehabt und in dieser Erregung, wie es leidenschaftliche Schnupfer zu thun pflegen, die Nase in einem fort mit Prisen gefüttert und dabei den Schnupftabak verstreut. Also, der Oberkellner mußte sich irren; er konnte sagen, was er wollte, der Prayer-man war dennoch dagewesen!

Ich ging wieder hinaus, verschloß die Thür, setzte die ausgelöschte Lampe in mein Zimmer, verschloß dieses und trug den Schlüssel, welchen ich von dem Oberkellner erhalten hatte, in das Kabinett, wo ich ihn an den Nagel hing. Der Prayer-man hatte diesen Schlüssel heimlich weggenommen, um in der unbewohnten Fremdenstube seinen Bundesgenossen zu erwarten; so war es, anders nicht. Woher aber kannte er diesen Schlüssel so genau, und warum hatte er den Komplicen nicht hinüber nach dem Hintergebäude in seine eigene Stube bestellt? Vielleicht, weil die heimliche Zusammenkunft den dort Bediensteten leichter aufgefallen wäre als den Bewohnern des Vorderhauses, wo man in dem da herrschenden Gedränge den einzelnen nicht beobachtete.

Was sollte ich nun thun? Mich in die Gaststube setzen und

den Prayer-man beobachten? Nein, denn das konnte ihm leicht auffallen, und ich liebe nicht den Dunst und Qualm so eng gefüllter Lokale. Schreiben? Meine Gedanken waren abgelenkt, und ich wußte, daß ich jetzt nichts fertig bringen würde. Ich beschloß also, einen Spaziergang zu machen und während desselben über diese Angelegenheit nachzudenken, die eine so wichtige war und mir doch nicht die kleinste Handhabe zum Anfassen bot.

Von der Straße aus warf ich einen Blick durch die Fenster in die Stube. Der Fremde, den ich im Verdachte des geheimen Einverständnisses mit dem Prayer-man gehabt hatte, war nicht da; dieser letztere aber saß mit Watter beisammen und erhob eben jetzt sein Glas, um mit ihm anzustoßen. Hatte er vielleicht die Absicht, ihn kaput zu trinken? Ich riß aus meinem Notizbuche ein Blatt, worauf ich die Warnung schrieb:

»Betrinkt Euch nicht, Mr. Watter, und gebt heut sehr auf Eure Nuggets acht!«

Dieses Blatt faltete ich zusammen, gab es einem von den Knaben, welche von der Straße aus neugierig in das Lokal gafften, zeigte ihm den Mann, dem er es zu bringen hatte, und sagte, daß er keine Auskunft geben und gleich wieder gehen solle; dann werde er zwanzig Cents von mir erhalten. Er ging hinein, und ich sah, daß er den Zettel richtig übergab; es fielen einige kurze Worte, und der Adressat steckte den Zettel, ohne ihn zu lesen, in die Westentasche.

»Nun?« fragte ich den Jungen, als er wieder kam.

»Er fragte mich, von wem es sei; ich sagte ihm, das werde er schon lesen; da meinte er, übers Jahr werde er antworten, und steckte das Papier ein.«

Der Knabe erhielt seinen Botenlohn, und ich ging. Ich hatte meiner Pflicht genügt; mehr konnte ich jetzt nicht thun. Nach einem Spaziergange von einer halben Stunde hatte ich mir diese Angelegenheit aus dem Kopfe gebracht, und ich kehrte nach dem Hotel und in meine Stube zurück, um die unterbrochene Arbeit wieder aufzunehmen, mit welcher ich zwar flott vorwärts, aber doch erst um die Mittagszeit zu Ende kam. Den Morgenkaffee hatte ich mir auf das Zimmer bringen lassen; zum Diner ging ich in die Gaststube hinab, mit deren Wiederherstellung nach der gesterigen Verwirrung man erst jetzt zu Ende war.

Ich war der einzige Gast, so daß sich der Oberkellner ganz der für mich so freundlichen Aufgabe widmen konnte, mir das Beste von den übrig gebliebenen Resten des Festmahles aussuchen und wärmen zu lassen.

Später kam Watter hinzu. Er sah angegriffen und übernächtig aus und ging unsicheren Schrittes auf den Tisch zu, an welchem er schon gestern gesessen hatte und dann von mir wieder niedergesetzt worden war; heut nahm er von mir keine Notiz. Von dem Oberkellner gefragt, ob er speisen wolle, antwortete er abweisend:

»Nein, keinen Bissen! Aber bringt mir eine Flasche Wein, so stark, wie Ihr ihn habt! Wenn man von einem Hunde gebissen worden ist, muß man Hundehaare auflegen.«

»Seid Ihr denn auch gebissen worden?« fragte der Oberkellner lächelnd.

»Nicht sehr, sondern nur ein bißchen; aber der Prayer-man war totgebissen worden, vollständig totgebissen! Wißt Ihr das, Mr. Rost?«

»Ja; die zwei Kellner, welche ihn mit hinaufgeschafft haben, erzählten es mir.«

»Ja; er war so toll betrunken, daß er nicht stehen und nicht gehen konnte. Ich mußte mich seiner annehmen und bat sie, mir zu helfen. Da haben wir ihn über den Hof hinüber nach dem Hintergebäude und hinauf in seine Stube getragen. Ist er schon dagewesen?«

»Nein.«

»Das läßt sich denken, denn sein Rausch war ein so schwerer, daß er leicht vor Abends nicht – – – alle Teufel, er kann ja doch noch gar nicht dagewesen sein, denn er kann nicht heraus und herunter!«

»Warum nicht?«

»Weil ich den Schlüssel zu seiner Stube einstecken habe. Er war nämlich trotz seiner Betrunkenheit sehr auf seine Sicherheit bedacht. Er konnte zwar nur noch lallen, aber ich verstand dennoch seinen Wunsch. Er hatte gestern durch den Verkauf seiner Schriften Geld eingenommen, für welches er besorgt war. Er befürchtete, man könne seinen Rausch benutzen und sich bei ihm einschleichen, um es ihm abzunehmen. Darum bat er mich, ihn einzuschließen und den Schlüssel einzustecken.«

»Ein sonderbarer Wunsch, den nur ein Betrunkener haben kann!« bemerkte der Oberkellner.

»Warum?«

»Er konnte sich doch selbst einschließen und den Schlüssel zu sich in das Zimmer nehmen.«

»Das ist richtig, und das sagte ich ihm auch; aber was kann man gegen die Idee eines berauschten Menschen thun? Nichts, gar nichts. Ich mußte ihm seinen Wunsch erfüllen. Er hat eine fürchterliche Schlappe erlitten, denn er behauptete, daß er wenigstens fünfmal soviel wie ich vertragen könne, und wurde doch von mir totgetrunken, obgleich er sich außerordentlich dagegen stemmte. Ich muß doch einmal hinübergehen, um nachzusehen, wie es mit ihm steht.«

Er stand von seinem Tische auf und ging.

Dieser Mann freute sich seines Trinkersieges, auf den er stolz war, während ich eine ganz andere Ansicht über diese Sauferei, denn anders konnte man es nicht nennen, hatte. Wetten darüber, wer mehr essen oder mehr trinken kann, sind mir abscheulich. Das Verlangen des Prayer-man an Watter, ihn einzuschließen und den Schlüssel einzustecken, kam mir ganz und gar nicht wie das unmotivierte Verlangen eines Betrunkenen vor; ich ahnte vielmehr, daß der Schriftenhändler sich nur so berauscht gestellt hatte, um irgend einen Zweck zu erreichen. Indem ich über diesen Zweck nachdachte, kam ich auf den Gedanken, daß es sich da vielleicht um einen Alibibeweis handle. Hatte ich damit das richtige getroffen, so war während der vergangenen Nacht das Gold Watters verschwunden. War es da nicht meine Pflicht, ihn, wenn er jetzt wieder kam, aufzufordern, sofort einmal nach seinen Nuggets zu sehen? Eigentlich wohl ja, uneigentlich aber nein, und ich zog bei dem jetzt zwischen ihm und mir bestehenden gespannten Verhältnisse, welches er selbst geschaffen hatte, das »Uneigentlich« dem »Eigentlich« vor.

Daß ich beschloß, zu schweigen, hatte auch noch einen andern, außerordentlich triftigen Grund. Selbst wenn meine Ahnung sich bewahrheitete und die Nuggets also verschwunden waren, durfte ich überzeugt sein, daß alle Nachforschungen nach ihnen vergeblich sein würden. Der Prayer-man konnte beweisen, daß er im öffentlichen Gastzimmer gesessen und sich einen so schweren Rausch angetrunken habe, daß er getragen werden mußte, und dann bis jetzt in seiner Stube eingeschlossen gewesen sei. Der Kumpan, mit dem ich ihn im Nebenzimmer belauscht und welcher die That ausgeführt hatte, war mit den Nuggets fort. Niemand kannte ihn. Ich konnte nicht beweisen, daß er mit dem Prayer-man in heimlichem Einvernehmen gestanden hatte. Daß zwei Männer in der Stube neben der meinigen gewesen seien, würde man mir wohl kaum glauben, denn schon der Oberkellner hatte es bezweifelt, und selbst wenn man es mir glaubte, war damit so gut wie nichts bewiesen. Dazu kam, daß Watters Nuggets für mich lange nicht die Wichtigkeit besaßen wie der von mir erlauschte Plan, welcher gegen den sogenannten Onkel und dessen Neffen ausgeführt werden sollte und den ich, wenn es mir möglich war, zunichte machen wollte. Verriet ich aber wegen des an Watter begangenen Diebstahls, daß ich an der Verbindungsthür meines und des andern Zimmers gelauscht hatte, so gab ich unklugerweise eine mir gegen den Prayer-man zur Verfügung stehende Waffe, mit welcher ich ihn später niederschlagen konnte, aus der Hand und machte es mir dadurch unmöglich, ein Verbrechen zu verhüten, dessen Verhinderung in meine Hände, aber auch nur in die meinigen, gegeben war. Darum mußte ich jetzt schweigen.

Nach einiger Zeit kehrte Watter zurück; er brachte den Prayer-man mit, welcher sehr malade that, obgleich er ein ganz und gar nicht katzenjämmerliches Aussehen hatte. Er aß sogar mit großem Appetite, während Watter behauptete, daß es ihm unmöglich sei, einen einzigen Bissen zu genießen.

Auch dieser Umstand zeigte, wer von den beiden der eigentlich oder wirklich Betrunkene gewesen sei.

Sie unterhielten sich zunächst über ihre Wette, dann aber auch über andere Dinge, wobei sie jede Gelegenheit benutzten, mir eine Beleidigung zuzuwerfen. Ich that, als ob ich sie gar nicht sprechen höre, und ging dann fort, um erst einen Besuch bei Frau Hiller und dann einen Spaziergang zu machen, der mir nach der durchwachten Nacht Erfrischung bringen sollte. Als ich bei Mrs. Hiller diesen Spaziergang erwähnte, bat sie mich, mit ihrem Sohne daran teilnehmen zu dürfen, weil sie die Gelegenheit, mit mir zusammensein zu können, möglichst ausnützen müsse. Die Höflichkeit verbot mir, nein zu sagen und sie wissen zu lassen, daß ein Westmann unter »spazieren gehen« etwas ganz anderes meint, als langsam neben einer Dame herzuschlendern und dabei nach einer den Geist und den Körper anstrengenden Nachtarbeit sich Mühe zu geben, ein angenehmer Gesellschafter zu sein.

Aus der ausgiebigen Partie, welche ich vorgehabt hatte, wurde also ein ermüdend langsamer Bummel, der uns auch nach dem gestrigen Festplatze führte, über welchen wir nur hatten gehen wollen, ohne uns da aufzuhalten, denn weil das Fest vorbei war, glaubten wir, ihn leer zu finden. Es wurde aber, wie wir schon von weitem hörten, heute wieder geschossen, und es gab eine ziemliche Anzahl von Leuten da, welche den Scheibenständen eine solche Aufmerksamkeit widmeten, daß der junge Hiller hinging, um sich nach der Ursache zu erkundigen. Er kam nicht zurück, sondern winkte uns, nachzukommen. Wir erfuhren, daß ein höchst interessantes Wettschießen stattfinde, welches gestern von einem gewissen Mr. Watter angeregt worden sei und eine größere Dimension angenommen als man vorher beabsichtigt habe.

Ich war der Zuschauer von hundert Wettschießen unter wohlgeübten Jägern im wilden Westen gewesen und hatte da wohl auch einmal selbst mitgeschossen; darum lag mir gar nichts daran, mir meine ohnehin nicht rosige Laune durch das Anstaunen stümperhafter Schießereien noch mehr verderben zu lassen; aber Frau Hiller war nun auch neugierig geworden, und so sah ich mich gezwungen, mit meiner sich heimlich dagegensträubenden Person einen unfreiwilligen Zuwachs des anwesenden Publikums zu liefern.

Das eigentliche, seit gestern für heut beabsichtigte Preisschießen war schon vorüber; es hatte über eine Stunde gedauert und einen für die hiesige Jägercompagnie unerwarteten Ausgang genommen, denn Watter war der Sieger gewesen. Man hatte geglaubt, daß die bei jedem Kampfe um einen Preis, also auch hier, unvermeidliche Aufregung nun vorüber sei und sich schon auf den Heimweg begeben wollen, da aber war Watter im Gefühle seiner Ueberlegenheit auf den Gedanken gekommen, den fünfzig Dollars betragenden Preis auf hundert Dollars zu verdoppeln und gegen einen gleichen Einsatz auf fünf Schüsse auszubieten. Keiner der Jäger war so überzeugt von seiner Geschicklichkeit oder so mutig gewesen, eine solche Summe gegen den bisher überlegenen Sieger zu wagen, da aber hatte zum allgemeinen Erstaunen der Prayer-man erklärt, daß er parieren wolle. Ein frommer Traktätchenhändler, welcher sich erbot, mit einem Westmanne auf hundert Dollars um die Wette zu schießen, das hatte ungeheures Aufsehen erregt. Ich sagte mir, daß wohl keiner davon so überrascht gewesen sei wie Watter selbst, und gestehe zu, daß mir dieses Schießen nun freilich viel interessanter vorkam, als es mir vorher gewesen war. Eben, als wir an den Schießstand traten, wurden die Bedingungen ausgerufen. Jeder hatte sich seines eigenen Gewehres zu bedienen und die fünf Schüsse in zwei Minuten abzugeben. Die geschossenen Nummern sollten addiert und dann durch fünf dividiert werden; wer den größten Quotient hatte, war der Sieger.

Die Entfernung betrug, so schätzte ich, hundertundzwanzig Schritte; der Treff ins Schwarze war also ein reines Kinderspiel. Wenn es hier etwas zum An- oder Erstaunen gab, so war es der Umstand, daß jeder sein eigenes Gewehr haben sollte. Der Prayer-man besaß also eins, und nicht nur das, sondern er hatte es auch mit; er führte es also stets mit sich herum; der Handel mit Traktätchen war also nur Nebensache oder vielmehr Mittel zum Zweck für ihn. Er war nach der

Stadt in das Hotel geeilt und kam jetzt mit dem Gewehre von da zurück.

Ich stand ziemlich weit von ihm, sah aber doch, daß der Lauf mit einer Säure stumpfgebeizt worden war; das machte mich neugierig, und ich forderte Hiller auf, hinzugehen, um unauffällig zu erfahren, ob in der Nähe des Schlosses eine Firma in den Lauf gestanzt sei. Es wurde ihm leicht, dies zu erfahren, denn es gab mehr Wißbegierige, welche das Gewehr in die Hand nahmen und es betrachteten. Er kam wieder und teilte mir mit, daß er »*Ralling, Shelbyville, Tenn.*« gelesen habe.

Dieser Name machte mich stutzig. Es giebt oder vielmehr es gab im Wildwest Jäger, welche ihrer Gewehre wegen allbekannt oder gar berühmt waren. Wenn so ein Mann irgendwo erschien, ging sein Gewehr von Hand zu Hand; es wurde betrachtet, geprobt und beurteilt, wie ein seltenes Pferd von Kennern in die Augen genommen wird. Jeder, der es gesehen und seiner Prüfung beigewohnt hatte, erzählte an andern Orten davon, und so kam es, daß jeder bewanderte Westmann die meisten guten Gewehre, welche es jenseits des Missisippi gab, entweder gesehen hatte oder nach ihrem Firmenstempel oder dem Namen des jetzigen Besitzers kannte. Winnetou und ich, die wir so weit herumgekommen waren, konnten mit Recht behaupten, die Kenntnis solcher Gewehre in höherem Grade als jeder andere zu besitzen. Diese Kenntnis war bei uns zu einer Art Lieblingswissenschaft geworden, in welcher wir uns bei jeder Gelegenheit zu bereichern suchten. Nun kannte ich nur zwei Gewehre, welche den Ralling-Stempel trugen. Das eine besaß ein Unterhäuptling Winnetous, welcher Nonton[1] der Pinal-Apatschen war; das andere gehörte Amos Sannel, einem alten, biederen Pelzjäger, den wir oben in Utah und dann auch einmal in Montana getroffen hatten. Wir waren mehrere Wochen lang mit ihm zusammen gewesen und hatten da mit seiner Erlaubnis manchen Schuß aus seinem vorzüglichen Einläufer gethan. Er hatte in die beiden Backen

1 Apatschisch = Anführer.

des Schlosses Blumen ätzen lassen, deren Staubfäden rechts am Laufe ein *A* und links ein *S* bildeten; doch mußte man, um dies zu sehen, überhaupt wissen, daß die Fäden Buchstaben seien. Wir hatten nichts vom Tode dieses braven Alten gehört, und ich nahm darum an, daß es sich hier beim Prayer-man um ein drittes Gewehr von Ralling handle. Das war aber auch schon genug, in mir den Wunsch zu erregen, es einmal in die Hand nehmen zu dürfen.

Jeder der beiden Wettenden bekam eine zwölfkreisige Scheibe für sich. Kreis No. 12 war der innerste und schloß das Schwarze ein; der äußerste Kreis hatte die No. Eins; je besser der Schuß, desto höher war also die Nummer. Es wurde um die Reihenfolge gelost; Watter hatte zuerst zu schießen. Das Geld war in die Hände einer Dame gelegt worden.

Ich muß sagen, daß ich, als er zum ersten Schusse anlegte, einige Schritte vorwärts machte, um ihm näher zu stehen. Der Westmann in mir machte sich doch geltend! Er schoß eine Acht. Das war, da er schon vorher geschossen hatte und sich heute also in Aktion befand, ein schlechter Schuß. Dann kam gar eine Sieben, hierauf aber ein Schwarz, welchem eine Elf und eine Neun folgte. Er hatte also zusammen 47 Points geschossen, $9\frac{2}{5}$ auf die Kugel. Wenn durch diese Fertigkeit die ganze hiesige Jägercompagnie vorher von ihm besiegt worden war, so war es freilich leicht, ihren Mitgliedern eine Wette anzutragen!

Jetzt trat der Prayer-man vor. Meine Aufmerksamkeit verdoppelte sich, denn wie er jetzt dastand, in dieser Haltung und mit diesem aus halb zusammengekniffenen Augen auf die Scheibe gerichteten Blick, war er kein Traktätchenhändler mehr. Hätte ich ihn in diesem Augenblick zum erstenmal gesehen, ich hätte sofort gesagt, daß es ein Westmann, und zwar kein schlechter, sei. Natürlich hat das Wort »schlecht« hier nicht auf die moralischen Eigenschaften Bezug.

Sich leicht vorbiegend, nahm er das Gewehr in einer Weise in Anschlag, welche nur den guten Westschützen kennzeichnet, zielte kurz und drückte ab. Er schoß eine Zehn.

»Das war der erste Schuß,« lachte er. »Es wird schon besser werden, Mesch'schurs!«

Der zweite Schuß brachte wieder zehn; auf den dritten und vierten fiel Schwarz, und der fünfte traf die Elf. Er hatte also zusammen 55 geschossen, durchschnittlich also genau eine Elf.

Watter hing den Kopf. Er hatte gestern dem Prayer-man jedenfalls viel von seinen großen Eigenschaften als Westmann erzählt, weil er des Glaubens gewesen war, daß dieser vom *far-west* gar nichts verstehe, und mußte nun sehen, daß er von diesem vermeintlich Kenntnislosen um acht Points und hundert Dollars geschlagen worden war! Der Sieger, dem man zujubelte, verbeugte sich in stolzer, selbstbewußter Weise nach allen Seiten und näherte sich der erwähnten Dame, um den Preis aus ihrer Hand zu nehmen. Aber noch war er nicht ganz bei ihr, so hielt er an, drehte sich um und erhob die Hand zum Zeichen, daß man schweigen möge. Ich ahnte, was für ein Entschluß in ihm erwacht war. Der Wettteufel ist, wo es eine Gelegenheit zum Verluste des Gewonnenen giebt, immer bereit, sein schadenfrohes Spiel zu treiben.

»Myladies und Mesch'schurs,« rief er. »Ich will nicht weniger anständig sein, als Mr. Watter vorhin gewesen ist. Er hat seinen Preis wieder ausgeboten und ich thue das auch. Es stehen zweihundert Dollars auf fünf Schüsse. Wer setzt dieselbe Summe dagegen?«

Kein Mensch antwortete. Ich sah Watter an. Sollte er denn nicht versuchen, wieder zu seinem Verluste zu kommen und noch hundert Dollars dazu? Er schien mit sich zu Rate zu gehen. Bis jetzt hatte er nur fünfzig Dollars verloren; nun aber handelte es sich um das Vierfache, und das schien ihm zuviel zu sein. Frau Hiller legte ihre Hand an meinen Arm und sagte leise:

»Das wäre jetzt etwas für Sie!«

Ihr Sohn hatte das gehört und wies sie zurecht:

»Da müßte er seine Gewehre mithaben; mit einem fremden schießt selbst der größte Meister keine fünfundfünfzig auf fünf Kugeln weg!«

Ich antwortete nicht, denn ich hielt es für vollständig ausgeschlossen, daß ich in irgend einer Weise hier in Betracht kommen könne. Mir war es nur darum zu thun, das Gewehr des Prayer-man einmal betrachten zu dürfen. Aber es sollte doch anders kommen, als ich gedacht hatte!

Der Sieger wiederholte sein Angebot noch einigemal, doch ohne Erfolg. Er blickte dabei im Kreise herum, wobei sein Auge auch auf mich traf. Es blieb an mir haften. Sein Gesicht nahm einen höhnischen Ausdruck an, welcher mir die sofortige Ueberzeugung gab, daß er sich jetzt von seiner Rachsucht hinreißen lassen werde, mich zu blamieren. Richtig! Er hob den Arm, zeigte auf mich und rief:

»*See, see!* Da steht ja einer, der so thut, als ob er die Klugheit mit tausend Löffeln gegessen habe! Er hat gestern Mr. Watter, der doch ein kluger, unvergleichlicher Westmann ist, so mit Gescheidheit förmlich überschüttet, als ob Männer wie Old Firehand oder Old Shatterhand dumme Jungens gegen ihn seien. Seht ihn doch einmal an! Er ist seines Zeichens Schriftsteller, ein Papierfresser und Tintentrinker, thut aber so dick, als ob er die Pfiffe und Kniffe des ganzen Wildwest im Leibe habe! Jetzt hat er Gelegenheit, zu beweisen, daß er nicht bloß Worte zu machen verstehe. Ich rufe ihm zu: *Come on!*«

Jetzt waren natürlich aller Augen auf mich gerichtet, und zwar in einer für mich nicht schmeichelhaften Ausdrucksweise. Frau Hiller und ihr Sohn waren entrüstet darüber; ich blieb aber ruhig und antwortete nicht.

»Da habt Ihr es, daß er kein Wort sagen kann!« fuhr der Prayer-man fort. »Solche Prahlhänse bekommen eine wahre Todesangst, wenn es sich um Thaten handelt!«

Da fiel Watter, dem dies natürlich aus der Seele gesprochen war, lachend ein:

»Gebt Euch keine Mühe! Dieser Mensch hat ja in seinem ganzen Leben noch kein Gewehr in der Hand gehabt; das sieht man ihm ja an!«

»Oder hat er kein Geld!« rief der Prayer-man wieder. »Er mag nur hundert gegen meine zweihundert setzen, ja, nur fünfzig! Seht Ihr, wie verlegen er wird? Er schwitzt schon vor Angst!«

»Wenn ich wäre wie Ihr, so ließe ich ihn ohne Einsatz mitthun; er trifft doch die Scheibe nicht!« schlug Watter vor.

»Gut, gut! Also ohne allen Einsatz gegen meine zweihundert Dollars!« stimmte der Prayer-man mit höhnischem Grinsen bei. »Ich setze sie gern, sehr gern aufs Spiel, nur um der sehr verehrten Versammlung einmal zeigen zu lassen, wie ein Papierfresser schießt!«

»Der mir, nämlich mir, guten Rat erteilen will, aber selbst ein reiner Garnichts ist!« bekräftigte Watter. »Holt ihn heran, heran!«

Für jeden andern wäre die Blamage fertig gewesen; mir machte sie großen Spaß; ich steckte eine sehr verlegene Miene vor und ließ mich von den Umstehenden nach ihrem Belieben vorwärtsschieben und weiterziehen. Das Interesse an dem Preisschießen war bisher immer lebhafter geworden, hatte aber nun, wo es sich um ein solches Gaudium handelte, den höchsten Grad erreicht. Der Sieger, welcher mit fünf Schüssen eine 55 erzielt hatte, setzte zweihundert Dollars gegen nichts, nur um den Anwesenden eine lustige Unterhaltung zu verschaffen. Man rief und schrie; man lachte schon im voraus und drängte mich zu ihm hin. Als er mich bei sich sah, schlug er ein spöttisches Gelächter auf und rief:

»Na, da sind Sie ja endlich, Sie – – Sie – – – wie war doch gleich Ihr Name?«

»Meier,« antwortete ich.

»Ja, Meier, Meier – – – Meier! Jedoch der Meier thut nichts zur Sache, denn nur dort auf die Scheibe kommt es an. Sie werden also mit mir um die Wette schießen – – – was? – – – – heh?«

»Aber – – aber – – –« antwortete ich bang; »ich habe – – doch keine Flinte!«

»Flinte? Flinte! Das ist gut! Habt Ihr es gehört, Meschschurs? Er hat Flinte gesagt, Flinte, hahahaha! Diesem Mangel wird gleich abgeholfen sein, Mr. Meier, denn Sie dürfen mit meiner Flinte schießen, Flinte, hahaha! Also, sind Sie einverstanden?«

»Ja – – ja, ich muß doch wohl!«

»Ja, Sie müssen! Sie kommen nicht los davon! Also ich setze zweihundert Dollars, und wenn Sie mich überschießen, gehört das Geld Ihnen; die Lady dort wird es Ihnen geben. Haben Sie es verstanden?«

»*Yes!*«

»Wollen wir losen, wer erst drankommt?«

»*Yes!*«

»Oder soll ich gleich erst schießen?«

»*Yes!*«

Er schien es für nicht seiner würdig zu halten, wenn er nach mir schießen mußte, nachdem ich nichts getroffen hätte.

»Gut!« stimmte er bei. »Ich schieße also zuerst. Gebt Raum, Mesch'schurs! Der Spaß wird gleich beginnen!«

Man stand noch immer dicht um uns gedrängt; jetzt schaffte er Platz; die Leute wichen zurück, doch immer lachend und einander Ausdrücke zurufend, welche voller Spitzen für mich waren. Die Schußlöcher der beiden Scheiben wurden überklebt; dann stellte sich mein Gegner zum ersten Schusse an. Er hatte das Gewehr schon angelegt; da setzte er es wieder ab und sagte laut, daß alle es hörten:

»Denken Sie nicht, Myladies und Mesch'schurs, daß ich jetzt wieder eine 55 schieße! Ich würde mich ja schämen müssen, mir die Mühe gemacht zu haben, ihm eine so hohe Ziffer vorzugeben; ich schieße also so, wie es grad kommen will. Also, paßt auf!«

Er schoß eine Neun, dann eine Acht und wieder eine Neun. Hierauf zielte er sorgfältiger und schoß eine Elf und zuletzt eine Zehn. Er hatte also 47 zusammengebracht.

»Das ist nicht viel, für so einen Dummkopf aber mehr als genug!« lachte er. »Hier ist das Gewehr – – die Flinte, hahaha, die Flinte, und da sind die Patronen!«

Ich nahm den »Dummkopf« so ruhig hin, als ob ich ihn nicht gehört hätte, und ergriff das Gewehr beim Laufe, den Kolben nach oben, um es zu betrachten. Ein brausendes Gelächter war die Folge dieses vermeintlichen Ungeschickes, und Watter rief:

»Ich setze zehn Dollars, zwanzig Dollars, daß er auf seine fünf Schüsse keine dreißig macht. Wer hält dagegen?«

Keiner hatte den Mut dazu; aber Hiller antwortete:

»Ich setze zwanzig dagegen. Wer bekommt das Geld? Meine Mutter hier?«

»Jawohl, ja!« lachte Watter. »Es ist ganz egal, wer es einstweilen hält; ich bekomme es nachher doch.«

Hiller hatte diese Summe nur zufälligerweise bei sich, wie er mir später sagte, hätte aber gern tausend und noch mehr gesetzt, wenn es ihm möglich gewesen wäre. Seine Mutter bekam die vierzig Dollars in die Hand.

Mein erster Blick war natürlich auf die Schloßbacken des Gewehres; ich sah die beiden Blumen mit dem *S* und dem *A;* es war also dasjenige unsers alten Amos Sannel. Wie war es in die Hände seines jetzigen Besitzers gekommen? Etwa durch ein Verbrechen! Ich hatte keine Zeit, jetzt meine Gedanken mit dieser Frage zu beschäftigen, und fühlte mich zunächst durch das Bewußtsein beruhigt, eine mir bekannte Waffe in der Hand zu haben. Dennoch war ich wenigstens des ersten Schusses nicht sicher, weil die Möglichkeit vorlag, daß das Gewehr inzwischen schlecht behandelt worden war. Der erste Schuß mußte ein Probeschuß sein. Aber wohin? Ich wollte meinen Gegner mit achtundvierzig überschießen; dazu genügten vier Schwarze; ich hatte also die erste Kugel ganz frei und beschloß, sie gar nicht nach der Scheibe zu richten.

»Vorwärts, vorwärts!« riefen die Zuschauer ungeduldig. »Schießen Sie doch! Wann geht es denn los?!«

Ich nahm das Gewehr so dumm wie möglich in Anschlag, zielte auf einen im Kugelfange befindlichen Ast und drückte los. Ein schallendes Gelächter begleitete diesen Mißerfolg, der aber für mich ein sehr beruhigender Erfolg war, denn der Ast war getroffen.

»Er hat den Kugelfang erschossen, vollständig totgeschossen!« johlte der Prayer-man. »Geht weg, Leute, geht weg, denn es ist höchst gefährlich, seitwärts von ihm zu stehen! Ich bin überzeugt, daß er es noch fertig bringt, grad längs seiner Ellbogen hinauszuschießen!«

Ein allgemeiner, lauter Beifall belohnte diesen Witz. Ich lud wieder und sah dabei, daß Hiller jetzt doch eine besorgte Miene machte. Darum forderte ich ihn laut auf:

»Seien Sie unbesorgt um die vierzig Dollars, Mr. Hiller! Lassen Sie sich das Geld immerhin schon jetzt von Ihrer Mutter geben, denn ich werde gewinnen!«

Hierauf ertönte allerdings ein ganz unbeschreibliches Gelächter, und Watter rief, als es sich ziemlich gelegt hatte:

»Da hört man ja, daß der Kerl verrückter ist als verrückt! Wenn er die vorgelegte siebenundvierzig überschießen wollte, müßte er mit vier Kugeln vier Schwarze treffen!«

»Das werde ich auch!« antwortete ich.

»Hallo! Das kann man gar nicht anders als den reinen Wahnsinn nennen!«

»*Pshaw!* Ihr scheint alle blind zu sein! Ich mußte natürlich das Gewehr prüfen und hätte das mit einem Zieler in die Zwölf thun können, hielt dies aber einem solchen Luftschützen gegenüber, wie der Prayer-man ist, gar nicht für nötig. Wer wie er, vorhin, wo es ihm ernst war, auf fünf Kugeln nur eine Fünfundfünfzig macht, der mag seine ›Dummköpfe‹ nur an die eigene Adresse richten. Also, aufgepaßt! Von jetzt an geht es schneller als bisher!«

Mein zweiter Schuß krachte; er traf einen Finger breit vom Rande ins Schwarze; die nächste Kugel ging schon mehr in die Mitte, und der vierte und der fünfte Schuß nahmen grad durchs Centrum ihren Weg. Ich weiß wohl, daß ich sehr gewagt gehandelt hatte, als ich darauf rechnete, vier Treffer hintereinander zu machen; aber es giebt Schützen, und ich gehöre glücklicherweise zu ihnen, welche – – – ich weiß das, was ich sagen will, nicht anders zu verdeutlichen – – – welche die Treffer schon voraus fühlen. Es ist das ungefähr so, als wenn ein guter Billardspieler versichert, daß er hundert Points hintereinander machen werde. Er weiß, daß er grad jetzt ruhiges Blut hat und daß auch sonst alle Erfordernisse dazu vorhanden sind – – er macht die hundert wirklich. Die geringste

Kleinigkeit hätte eine der vier Kugeln ablenken können, das weiß ich wohl, aber ich wußte und wußte es eben, daß dies nicht geschehen werde, und diese Zuversicht hilft nicht zum wenigsten zu dem Erfolg.

Jetzt verhielten sich die Zuschauer freilich ganz anders als nach meinem ersten Schusse! Zunächst war alles still; dann brach ein wahrer Sturm des Beifalles los, um den ich mich aber gar nicht bekümmerte. Ich sah, daß Frau Hiller ihrem Sohne die vierzig Dollars gab, und ging zu der Dame, welche die Zweihundert hielt. Schon wollte sie mir das Geld geben, da stürzte der Prayer-man herbei und schrie:

»Halt, halt! Das Geld ist mein; es ist ja alles nur ein Scherz gewesen!«

Es bildete sich im Nu ein Kreis von Zuschauern um uns, welche neugierig waren, wie dieses Quiproquo sich lösen werde. Mein Gegner wollte nach dem Gelde greifen; da schob ich meinen Arm vor und sagte:

»Ich habe Ihnen schon einmal eine Lehre gegeben; versuchen Sie es ja nicht, eine zweite herauszufordern, denn diese würde viel kräftiger als die erste ausfallen! Sie haben die zweihundert Dollars gesetzt, und ich habe sie gewonnen; sie sind mein! Ich rate Ihnen, diesen Verlust ganz ruhig hinzunehmen, sonst könnte ich, wenn Sie diesem Rate nicht Folge leisten, Ihnen noch ganz anders kommen, als ich schon gekommen bin!«

»Was soll das heißen? Was meinen Sie? Soll das etwa eine Drohung sein?!« fuhr er mich zornig an. »Sie sind nicht der Mann, der auch nur einem Floh in meinem Rocke Angst einjagen könnte!«

»Ich habe es weniger auf die Flöhe in Ihren Kleidern als vielmehr auf das Ungeziefer in Ihrem Gewissen abgesehen!«

»Ungeziefer – – –? Gewissen – – –? Was wissen Sie von meinem Gewissen? Wenn Sie wieder eine Verrücktheit loslassen wollen, dann heraus damit, heraus!«

»*Well!* Woher haben Sie Ihr Gewehr, Sie frommer Mann?«

»Woher? Gekauft habe ich es natürlich!«

»Von wem?«

»Von dem früheren Eigentümer.«

»Wer war das?«

»Ein Freund von mir, dessen Namen Sie nicht zu wissen brauchen.«

»Wann haben Sie es gekauft?«

»Vor langer Zeit; es ist länger als zehn Jahre her.«

»Das ist eine Lüge!«

»Eine Lüge? Herr, wagen Sie ja nicht, mich zu beleidigen, Sie Mr. Meier – – Meier – – Meier, Sie?«

»*Pshaw!* Ich kenne das Gewehr!«

»Sie? Ah so! Sie scheinen alles Unbekannte zu kennen!«

»So will ich einmal sehen, ob Sie auch so etwas Unbekanntes kennen. Haben Sie vielleicht schon einmal den Namen Amos Sannel gehört?«

Diese Frage kam ihm so vollständig unerwartet, daß er keine Zeit, sich zu beherrschen, fand. Er erbleichte bis in die Haarwurzeln hinauf, nahm sich aber schnell zusammen und antwortete, wenn auch in unsicherem Tone:

»Dieser Name ist – – ist mir – – mir vollständig unbekannt.«

»So will ich Ihnen sagen, daß Amos Sannel ein Pelzjäger ist oder vielleicht auch war, aus dessen Gewehr – – Ihrem jetzigen, ich sehr oft geschossen habe. Darum die vier sichern Treffer hintereinander! Bei Lebzeiten verkauft oder verschenkt so ein Mann ein solches Gewehr nie; ich nehme also an, daß es ihm gestohlen wurde oder daß es erst nach seinem natürlichen oder auch gewaltsamen Tode in andere Hände gekommen ist. Was sagen Sie dazu?«

»Nichts, gar nichts, als daß Sie mir beweisen sollen, daß mein Gewehr dasjenige dieses Amos Sannel ist.«

»Nichts leichter als das! Sein Name ist eingeätzt.«

»Schau! Eingeätzt? So, so! Meine Damen und meine Herren, sehen Sie sich das Gewehr einmal genau an, und wenn sie einen Namen finden, lasse ich mich auf der Stelle hängen!«

Er holte es und gab es zum Betrachten in der Reihe herum. Niemand fand, was ich meinte. Da zeigte ich auf die beiden Backen und erklärte:

»Der Dieb oder gar Raubmörder wird sich das Gewehr

freilich sehr genau angesehen haben, ist aber ein so großer Dummkopf gewesen, diese Blumen nur für Blumen, nicht aber für Verschleierungen des Namens zu halten. Sehen Sie genauer hin, so werden Sie bemerken, daß die Staubfäden ein *A* und ein *S* bilden, was eben Amos Sannel bedeutet!«

Jetzt freilich fanden sie die Buchstaben leicht; sie wichen von dem Prayer-man zurück. Dieser bemerkte das und zischte mich grimmig an:

»Schwindler, der Sie sind! Sie haben beim Laden ganz zufällig die Aehnlichkeit der Staubfäden mit den beiden Buchstaben bemerkt und sich schnell eine Lüge ausgesonnen, um sich an mir zu rächen!«

»Den ›Schwindler‹ bleibe ich Ihnen für zwei Augenblicke schuldig und lasse Sie aus guten Gründen auch in Beziehung auf das Gewehr einstweilen laufen. Für jetzt handelt es sich nur um unser Wettschießen. Ich will den Preis haben, und Sie wollen ihn nicht zahlen. Die Anwesenden mögen entscheiden; ich werde mich ganz genau nach ihrem Urteile richten. Also, Myladies und Mesch'schurs, habe ich die zweihundert Dollars bekommen sollen, falls ich die Siebenundvierzig überschießen würde?«

»Ja,« erklang es rund umher.

»Habe ich eine Achtundvierzig geschossen, also mehr als er?«

»Ja.«

»Gehört das Geld nun ihm?«

»Nein.«

»Mir?«

»Ja.«

»*Well*, so werde ich es nehmen, und wer mich darin hindern will, der hat es nun mit mir zu thun!«

Ich wendete mich wieder an die Dame; da fuhr der Prayerman schnell dazwischen:

»Halt! Ich dulde es nicht. Es war eine Wette, und das Geld ist noch nicht ausgezahlt. Das Gericht entscheidet, daß kein Mensch zur Zahlung zwingen kann!«

»Papperlapapp! Sie haben sich so vor dem Gerichte zu

fürchten, daß es Ihnen gar nicht einfallen wird, seine Hilfe in Anspruch zu nehmen. Uebrigens Gericht – – – es giebt auch ein gewisses Gericht, welches man selbst ausübt, und ich werde Sie sogleich ein solches kennen lehren: Ich bin Ihnen den ›Schwindler‹ vorhin schuldig geblieben und will ihn jetzt bezahlen; der heutige Preis dafür sind drei Ohrfeigen, die ich Ihnen jetzt geben werde. Eine Quittung brauche ich nicht. Kommen Sie her, Sie frommgesalbter Mann!«

Er wollte schnell fort; ich nahm ihn aber beim Genick, drehte ihn herum und verabreichte ihm die erwähnte Zahlung mit solcher Schnelligkeit, daß er gar nicht zu dem Versuche kam, sich ihrer zu erwehren. Dann gab ich ihm einen Stoß, daß er weit fort zu Boden flog, und nahm der Dame endlich die zweihundert Dollars aus der Hand. Das Geld einsteckend, grüßte ich die Anwesenden, deren Gesinnung sich nach den vier Treffern vollständig umgekehrt hatte, und als ich mich mit Mrs. Hiller und ihrem Sohne entfernte, schallte ein vielstimmiges Bravo hinter uns her.

»Das war ein wahrhaft köstliches Abenteuer!« sagte meine Begleiterin. »Das kommt bei Ihnen alles so schnell und so selbstverständlich, die Schüsse und die Ohrfeigen, daß man es sich gar nicht anderskommend denken kann! Sie sind durch unsern Spaziergang um ein hübsches Sümmchen reicher geworden!«

»*Pshaw!* Um das Geld ist es mir wahrlich nicht; ich habe es genommen, um ihn zu strafen. Uebrigens ist Ihr Vertrauen zu mir auch belohnt worden, wenn auch nur mit einem kleinen Betrage. Gehen wir heim?«

»Ja, natürlich zu mir!«

»Gestatten Sie mir, daß ich höflichst ablehne!«

»Warum?«

»Mir ahnt, daß der Prayer-man sich baldigst aus dem Staube machen wird, und da habe ich Gründe, im Hotel zu sein. Ich habe ihm einiges gesagt, was ihn hier moralisch in Mißkredit gebracht hat. Ich vermute, er fühlt, daß ihm der Boden unter den Füßen zu warm wird. Ich begleite Sie bis an Ihre Wohnung. Vielleicht sehen wir uns am Abend wieder.«

»Erst am Abend?« fragte der Sohn. »Wie plötzlich können Sie fort müssen! Es ist mir jede Viertelstunde kostbar, die ich mit Ihnen beisammen sein kann. Arbeiten Sie jetzt?«

»Nein.«

»Haben Sie sonst etwas Wichtiges vor?«

»Nein.«

»So erlauben Sie, daß ich bei Ihnen bleibe. Wir trinken ein Bier im Hotel. Sie thun mir einen großen Gefallen damit. Ich gehe so wenig aus.«

Es lag mir nichts daran; aber ich konnte nicht unhöflich sein und sagte also ja. Man ist eben, wenn man Bekannte aufsucht, niemals sein eigener Herr! Wir gingen also, nachdem wir seine Mutter heimgebracht hatten, nach dem Hotel, wo uns der Wirt im Beisein seiner Frau und des Oberkellners mit der verwunderten Frage empfing:

»Was ist denn geschehen, Mr. Meier? Erst kam der Prayer-man gelaufen, schimpfte aus allen Tonarten auf Sie und erklärte, daß er abreisen werde, weil Sie ihn aus dem Hause und aus der Stadt trieben. Als er nach seinem Zimmer gegangen war, kam auch Mr. Watter, schimpfte ebenso auf Sie und fragte nach dem Prayer-man. Sobald er erfuhr, daß dieser abreisen werde, erklärte er, daß auch er das Hotel verlasse, denn mit einem Menschen, wie Sie seien, möge er nicht unter einem Dache wohnen.«

»Sie sind nicht beide miteinander gekommen?« fragte ich.

»Nein.«

»Erst der Prayer-man und dann Watter?«

»Ja.«

»So weiß der erstere noch nicht, daß der letztere auch Ihr Hotel verlassen will?«

»Nein. Warum fragen Sie das?«

Ich hütete mich natürlich, ihm den Grund mitzuteilen. Wenn meine allerdings kühnen Schlüsse keine Trugschlüsse waren, so mußte Watter jetzt beim Zusammenpacken seiner Sachen entdecken, daß – – – – Ich kam gar nicht dazu, diesen Gedanken vollends auszudenken, denn der Genannte stürzte, bleich vor Schreck und im höchsten Grade aufgeregt, herein, auf den Wirt zu und rief:

»Schickt sogleich fort, Sir, sogleich! Ich muß den Sheriff und auch den Constable haben, aber sofort, sofort!«

»Weshalb? Wozu?« fragte der Wirt erstaunt.

»Ich bin bestohlen worden, ganz entsetzlich bestohlen! Man ist in mein Zimmer eingebrochen und hat mir meine Nuggets, alle meine Nuggets und meinen Goldstaub geraubt. Schickt sogleich fort, sogleich!«

Man kann sich denken, welchen Eindruck diese Worte machten. Ein jeder Wirt hält auf den Ruf seines Hauses und ist bereit, ihm Opfer zu bringen. Hier handelte es sich um keinen vielleicht zu vertuschenden, sondern um einen ganz ungewöhnlichen Diebstahl, denn auch der Hotelbesitzer wußte, daß Watters Gold einen halben Centner wog. Er forderte diesen auf, ruhig zu sprechen und ihm den Hergang der Sache kurz mitzuteilen. Der Bestohlene versuchte, seine Aufregung zu bemeistern, und erzählte:

»Ihr wißt, Sir, daß und weshalb ich Euer Haus verlassen will. Ich ging nach meinem Zimmer, um einzupacken. Der Kasten mit dem Golde steht im Schranke; er kann nicht herausgenommen werden, denn ich habe ihn mit acht Schrauben an den Boden des Schrankes befestigt. Die Schrauben gehen durch den Boden des Kastens in den Boden des Schrankes, und wenn man sie aufdrehen will, kann man nur dann zu ihnen kommen, wenn man den Inhalt, also die Nuggets, herausnimmt. Das macht aber soviel Mühe und erfordert eine so lange Zeit, daß sich jeder Einbrecher hüten wird, den Kasten mit dem Golde zu stehlen. Dennoch aber ist es fort, vollständig fort! Der Kasten war natürlich verschlossen und der Schrank auch, und ich habe beide Schlüssel bei Tage stets hier in meiner Hosentasche und des Nachts unter dem Kopfkissen gehabt. Jetzt öffnete ich den Schrank und auch den Kasten, um ihn loszuschrauben – er war leer! Schicken Sie also augenblicklich zum Constable und auch zum Sheriff. Es darf kein Mensch das Haus verlassen, kein einziger! Ich erkläre jedermann, der sich in seinen Mauern befindet, für arretiert, besonders aber den fremden Deutschen, der sich Mr. Meier nennt!«

Diese Worte lenkten natürlich alle Augen auf mich.

»Warum besonders grad diesen Herrn?« fragte der Wirt erstaunt.

»Weil er es höchst wahrscheinlich gewesen ist, denn ich habe ihm alles erzählt. Es war das eine großartige Unvorsichtigkeit von mir, welche ich schwer zu bereuen habe!«

Ich nahm diese Anschuldigung in Anbetracht der Aufregung, in welcher Watter sich befand, ruhig hin. Der Wirt achtete nicht auf sie und forderte ihn auf, mit ihm nach dem Zimmer zu gehen, wo der Diebstahl stattgefunden hatte. Als sie gingen, wendete sich Watter an der Thür noch einmal um und rief dem Oberkellner zu:

»Mr. Rost, paßt auf diesen Deutschen sehr scharf auf, bis ich wiederkomme! Er darf dieses Zimmer nicht verlassen!«

Hiller war über meine Gleichgültigkeit im höchsten Grade erstaunt. Die Wirtin und die Oberkellner baten mich, die Worte des zornigen Goldsuchers nicht so zu nehmen, wie sie geklungen hatten; er sei noch darüber bös, daß er gestern eine so kräftige und ihn lächerlich machende Lehre von mir erhalten habe.

»Ahnen denn auch die Wirtsleute nicht, daß Sie gar nicht Meier, sondern anders heißen und Old Shatterhand sind?« fragte mich Hiller leise.

»Sie befinden sich in vollständigster Unwissenheit darüber,« antwortete ich ihm.

»Ich würde es ihnen sagen.«

»Warum?«

»Weil man sich in Beziehung auf den von diesen Menschen auf Sie geworfenen Verdacht ganz anders gegen Sie verhalten würde.«

»Oh, diese Leute wissen gar wohl, daß ich der Dieb nicht bin, und wenn es andern einfallen sollte, sich nach der albernen Verdächtigung zu richten, so werde ich ihnen allerdings, falls mir nichts anderes übrig bleibt, meinen Namen nennen, der sie eines Bessern belehren wird.«

»Ja, denn der Name Old Shatterhand ist so bekannt und geachtet, daß er Ihnen als unumstößlichster Beweis Ihrer Ehrlichkeit dienen würde.«

Der Wirt kam mit Watter zurück. Er hatte einen Boten nach der Polizei geschickt und erklärte nun:

»Wenn die Beamten keine Klarheit in die Sache bringen, so bleibt sie ein Geheimnis für alle Zeit. Ich kann nicht begreifen, wie das zugegangen ist!«

»Ich auch nicht,« stimmte Watter bei. »Der Vorgang an sich ist mir vollständig unerklärlich, desto besser aber weiß ich, wer der Halunke ist, der mich zum armen Mann gemacht hat oder vielmehr hat machen wollen, denn er ist noch da, und ich hoffe, man wird ihn zu zwingen wissen, den Ort anzugeben, wo er meine Nuggets hingesteckt hat. Ich bleibe hier sitzen und lasse ihn nicht von der Stelle, bis die Polizei gekommen ist!«

Er setzte sich, mir giftige, haßerfüllte Blicke zuwerfend, zwischen mich und die Thür. Ich schwieg auch jetzt; der Wirt aber sagte zu ihm:

»Ihr habt jetzt schon oben in Eurem Zimmer von mir gehört, daß Ihr mit Eurem Verdachte auf ganz falschem Wege seid. Der Dieb ist jedenfalls an einem ganz andern Orte als hier in meinem Hause zu suchen.«

»*Pshaw!* Das weiß ich besser!«

»Er würde sich hüten, sich hierher zu setzen!«

»Oh, es giebt freche Patrone, welche grad dadurch, daß sie bleiben, den Verdacht von sich ab und auf Unschuldige lenken wollen. Ich kenne diese Kniffe, denn ich bin ein alter, erfahrener Westmann, der sich nicht so leicht etwas weismachen läßt!«

Diese Starrnackigkeit erbitterte den Oberkellner, der mich liebgewonnen hatte, so, daß er ihm in einem nichts weniger als freundlichen Tone die Warnung gab:

»Begeht ja nicht eine Unvorsichtigkeit, welche noch größer ist, als die gestrige war! Es könnte leicht geschehen, daß es Euch nicht möglich wäre, Euch der darauf folgenden Blamage bloß durch einen Sprung zum Fenster hinaus zu entziehen!«

»Was habt Ihr mir zu sagen, Ihr Grünschnabel? Behaltet Euern Rat für Euch, sonst könnte mir es in den Sinn kommen, zu denken, daß ein solcher Einbruch in ein Hotelzimmer unmöglich ohne das Vorwissen und die Beihilfe des Kellners unternommen werden kann!«

Da fuhr der Wirt zornig auf:

»Mann, werdet ja nicht unverschämt! Es thut mir um Euert- und um meines Hauses willen herzlich leid, daß so etwas geschehen ist, aber beleidigen lasse ich weder mich noch einen meiner Leute. Wenn Ihr auch Gäste verdächtigt, so kann ich leider direkt nichts dagegen thun und muß es ihnen überlassen, sich selbst zu wehren; ich hoffe aber, daß Mr. Meier, von dessen Unschuld ich überzeugt bin, Eure Anschuldigungen nicht länger so schweigsam auf sich ruhen läßt!«

Da kam der Sheriff mit einem Constable. Der letztere blieb an der Thür stehen; der erstere fragte, wo Mr. Watter, der Bestohlene, sei. Dieser sprang auf und stellte sich als diesen vor. Er erzählte, was er vorher dem Wirte erzählt hatte, und sprach dann auch seinen gegen mich gerichteten Verdacht und dessen Begründung aus. Hierauf erkundigte sich der Beamte bei ihm:

»Habt Ihr auch andern Leuten gesagt, wo sich die Nuggets befunden haben?«

»Nein, keinem Menschen!«

»Und Ihr bleibt bei diesem Verdachte?«

»Ja, zumal dieser Deutsche gestern, als er bei mir saß, so unvorsichtig war, sich dadurch zu verraten, daß er unbedachterweise ein Wort über diesen Diebstahl fallen ließ.«

»Ah! Das giebt freilich zu denken.«

Er zog die Stirne in Falten, nahm mich mit einem fast beleidigenden Blicke in Augenschein, kam auf mich zu, blieb vor mir stehen und fragte:

»Ihr seid ein Deutscher?«

»Ja, und Ihr ein Yankee?«

»Hört, Mann, hier habe ich zu fragen und nicht Ihr!«

»Wer will es mir verbieten, zu fragen, wer und was jemand ist, der mit mir spricht?«

»Ich. Ihr scheint, hm – – –!«

Er legte den Kopf herüber und hinüber und betrachtete mich von beiden Seiten.

»Ich scheine – – – hm! sagt Ihr? Ich scheine gar nicht, sondern ich bin, was ich bin, nämlich noch immer im Unklaren darüber, wer und was Ihr seid.«

»Donnerwetter! Ich bin der Sheriff!«

»Schön! Das muß doch gesagt werden, weil wir Menschen nun einmal nicht allwissend sind. Jetzt stehe ich Euch zur Verfügung und werde Eure Fragen, so lange sie höflich sind, gern beantworten.«

»Hört, Ihr werdet sie auch in dem Falle, daß Ihr sie nicht für höflich haltet, beantworten müssen!«

»Wird mir nicht einfallen!«

»Oho! Ich bin bekleidet mit der Staatsgewalt!«

»Richtig! Aber mit was für einem großen oder kleinen Teile dieser Gewalt? Ihr seid ein ganz gewöhnlicher Bürger der Vereinigten Staaten, dem man auf nur zwei Jahre das Amt des Sheriffs übertragen hat; dann werdet Ihr wieder, was Ihr vorher waret. Als ein Herrscher von Gottes Gnaden steht Ihr nicht vor mir, und wenn mir Eure Fragen nicht gefallen, so bekommt Ihr eben keine Antwort darauf. Ich würde nicht in dieser Weise zu Euch sprechen, Sir, wenn Euer Benehmen gegen mich das richtige gewesen wäre!«

»Wieso war es denn nicht richtig?« lächelte er ironisch.

»Ein Richter oder Polizeier muß vor allen Dingen gelernt haben, seine Blicke zu beherrschen; das ist es, was Ihr nicht könnt. Man kann mit den Augen unter Umständen leichter oder vielmehr auch schwerer als mit Worten beleidigen.«

»Das ist ja eine ganze Strafpredigt, welche Ihr mir haltet! Ihr gebt doch zu, daß Ihr verdächtigt worden seid?«

»*Yes!*«

»Ich habe Euch also zu vernehmen und werde Euch arretieren, wenn es mir beliebt!«

»Das werdet Ihr nun freilich nicht!«

»Wer will es mir verwehren?«

»Ich!«

Er trat einen Schritt zurück, unterwarf mich wieder einer höchst ironischen Betrachtung und antwortete lachend:

»Ihr? Mir verwehren? Sagt mir doch einmal gütigst, wie Ihr das anfangen würdet!«

»Soll ich es Euch nicht lieber zeigen?«

»*Well,*« nickte er. »Bin sehr neugierig darauf; also zeigt es einmal!«

Ich packte ihn sofort an der Brust und am Oberschenkel, hob ihn hoch empor, trug ihn nach dem offenen Fenster und sagte:

»Hier hinaus würde ich Euch werfen, Sir! Da Ihr mir aber die Arretur bis jetzt noch nicht angekündigt habt, so werde ich Euch einstweilen wieder dahin setzen, wo ich Euch weggenommen habe. So, da steht Ihr wieder!«

Ich hatte ihn wieder zurückgetragen und vor meinen Tisch gestellt. Er hatte vor Ueberraschung oder Schreck kein Glied bewegt; jetzt aber wurde er um so lebendiger.

»Hört, Ihr habt Euch am Sheriff vergriffen!« donnerte er mich an. »Wißt Ihr, was das heißt?«

»Vergriffen? Daß ich nicht wüßte! Ihr habt mich aufgefordert, und ich bin dieser Aufforderung gefolgt; dazu habe ich hier Zeugen!«

»Mann, ich werde doch noch anders mit Euch reden, als Ihr jetzt zu ahnen scheint! Wenn ich Euch arretieren will, so stelle ich mich nicht so mundrecht zum Anfassen her, sondern dazu ist der Constable da!«

»*Pshaw!* Der würde auch zum Fenster hinausfliegen!«

»Ja, riesenstark scheint Ihr zu sein, und gewaltthätig dazu. Ich kann Euch leider nicht bestrafen lassen, weil ich Euch allerdings nichts ahnend aufgefordert habe; aber es giebt Handschellen und Stricke, verstanden!«

»Die flögen Euch und dem Constable nach, und zwar könnte mich kein Mensch dafür bestrafen. Es scheint fast, daß ich die Gesetze des Staates Missouri besser kenne als Ihr, der Beamte dieses Staates. Es darf nämlich hier ohne ganz speziellen richterlichen Befehl keine Verhaftung vorgenommen werden. Wißt Ihr das? Wo habt Ihr diesen Befehl? Und wenn Ihr ihn hättet, so bin ich ein Ausländer. Ihr müßtet Euch erst an den *Circuit court* oder gar noch höher wenden!«

»Alle Teufel! Das ist ja eine ganze, polizeiliche Belehrung, die Ihr mir da haltet!« rief er aus, sich Mühe gebend, seine Verlegenheit zu verbergen. »Also höflich und freundlich soll ich mit Euch sein? *Well,* wollen es versuchen! Habt Ihr die Nuggets gestohlen, Mr. Meier?«

»*No!*«

»Nicht! Also werden wir einmal in Eurem Zimmer nachsuchen!«

»Das dulde ich nicht!«

»Nicht? Ah!«

»Nein, denn nach den Gesetzen des Staates Missouri bedarf es zu einer Haussuchung auch eines ganz speziellen richterlichen Befehles.«

»Ich bin erstaunt! Ihr, der Ausländer, scheint unsere Gesetze ja förmlich bis auf das Tüpfelchen auf dem i studiert zu haben!«

»Das muß man auch, wie es scheint!«

»Nun, ich verstehe mich ebenso darauf wie Ihr. Ich brauche zu einer Haussuchung hier keinen Befehl, weil der Wirt mir die Einwilligung dazu nicht vorenthalten wird.«

»Den Wirt geht mein Zimmer gar nichts an! Nach den Gesetzen des Staates Missouri ist jeder in einem Hotel wohnende Gast der vollberechtigte Besitzer des Zimmers, welches er bewohnt und bezahlt. Es würde also nicht seiner sondern meiner Erlaubnis bedürfen.«

Der Sheriff kannte diese Gesetze selbstverständlich auch; nur hatte er geglaubt, daß es einem Fremden gegenüber nicht notwendig sei, sich nach ihnen zu richten. Keine Haussuchung – – keine Arretierung – – und doch war ich beschuldigt? Dazu die Art und Weise meines Auftretens! Er schluckte seine Verlegenheit hinunter und sagte:

»Uebertreibt es nicht, Sir, und macht mir mein Amt nicht schwer! Es ist auch für Euch besser, wenn Ihr Euch den Umständen fügt!«

»Das weiß ich; aber ich bin nur unschuldig verdächtigt,

weiter nichts, und muß es mir verbitten, in der Weise angeäugt und mit Ausdrücken angerempelt zu werden, als ob schon hundert Schuldbeweise gegen mich vorlägen. Ihr seid belogen worden, Sir. Ich bin nicht der einzige, zu dem der Bestohlene von seinen Nuggets gesprochen hat. Fragt nur den Wirt und den Oberkellner!«

Diese beiden gaben sofort zu, daß er auch ihnen seine ganze Fundgeschichte förmlich aufgezwungen und den Kasten mit den Nuggets sogar gezeigt habe.

»Und fragt den dort auch!« fügte ich hinzu, indem ich nach der Thür zeigte, zu welcher der Prayer-man soeben hereinkam.

Dieser wußte noch nicht, daß der Diebstahl schon entdeckt worden und der Sheriff schon gekommen war. Watter sprang auf, nahm ihn schützend bei der Hand und sagte zu dem Beamten:

»Dieser Gentleman ist ein sehr guter Freund von mir, der allerdings auch alles weiß, der aber meine Nuggets eher bis auf den Tod für mich verteidigen als sie mir stehlen würde. Ich stehe für ihn ein.«

»*Well!* Hat er auch hier gewohnt?«

»*Yes!*«

»So muß ich auch ihn befragen trotz der Garantie, welche Ihr mit Euren Worten für ihn bietet. Sagt, Mr. Meier, werdet Ihr so vernünftig sein, mich in Eurem Zimmer nachsehen zu lassen?«

»Ja,« antwortete ich. »Doch stelle ich die Bedingung, daß auch das Zimmer und die Sachen des Prayer-man untersucht werden!«

»Einverstanden!«

»Nein, nicht einverstanden!« rief Watter. »Ich lasse meinen Freund nicht beleidigen! Ich kann nachweisen, daß er während der ganzen Zeit, in welcher der Diebstahl ausgeführt worden sein muß, bei mir gesessen hat; dann bin ich mit ihm auf sein Zimmer gegangen und habe ihn eingeschlossen und seinen Schlüssel mitgenommen. Er ist so unschuldig wie ein neugeborenes Kind. Nehmt nur dort diesen Mr. Meier tüchtig vor, der doch schon durch seine Gewaltthätigkeiten und Grobheiten beweist, daß er ein böses Gewissen hat!«

Durch diese Wiederholung seiner Beschuldigung nun endlich doch erzürnt, ließ ich mich leider zu der Dummheit hinreißen, zu entgegnen:

»Was dieses neugeborene Kind betrifft, so bin ich über ihn zu Mitteilungen bereit, die Euch wahrscheinlich überraschen werden. Er mag zunächst beweisen, daß das Gewehr des alten Amos Sannel sein wohlerworbenes Eigentum ist, und sodann kenne ich ihn auch in anderer Beziehung besser, als er ahnt. Ich bin droben am Platte-River nicht so unbekannt, wie er denkt, und werde nachweisen, daß er sogar den sonst so vorsichtigen Welley mit auf seinem Gewissen hat!«

Der Prayer-man wurde leichenblaß und starrte mich aus den weit aufgerissenen Augen mit einem so erschrockenen Blicke an, als ob ich eine gespenstige Erscheinung sei.

»Platte-River – – –? Welley – – –?« fragte mich der Sheriff. »Was ist's mit diesem Flusse, und welche Bewandtnis hat es mit diesem Welley?«

»Das sollt Ihr bald erfahren. Gebt nur vor allen Dingen Eurem Constable den Befehl, sich an die Thür zu stellen und diesen Verkäufer frommer Schriften nicht hinauszulassen! Ich sehe voraus, daß er nicht zögern – – – halt, halt, halt!«

Der Prayer-man hatte, als ich ihn und seinen Complicen belauschte, gesagt, daß er der Entdeckung des Diebstahles mit Vergnügen beiwohnen werde; jetzt war die Zeit zu diesem Vergnügen da; aber die Verhältnisse waren anders, als er sie sich dabei gedacht hatte. Meine Anschuldigungen kamen für ihn wie ein Blitz aus heitrem Himmel herab. Der Boden war ihm schon draußen beim Wettschießen unter den Füßen warm geworden; jetzt fühlte er, daß diese Wärme sich zur Hitze steigerte, und als ich nun gar seine Bewachung forderte, riß er sich aus dem Schreck, in welchen ihn meine Erwähnung Welleys versetzt hatte, heraus und war mit zwei schnellen Sprüngen durch die Thür verschwunden. Er hatte nichts in den Händen gehabt; seine Sachen befanden sich also noch auf seinem Zimmer; daraus war zu schließen, daß er wenigstens auf sein Gewehr nicht verzichten sondern dieses holen werde; darum forderte ich die Anwesenden auf, schnell mit mir nach dem Hintergebäude zu kommen, um ihn dort festzunehmen. Ich eilte nach der Thür; da stellte sich mir aber der Sheriff in den Weg und sagte:

»Bitte, zu bleiben, Sir! Ihr seid Angeschuldigter und dürft nicht hinaus!«

»Angeschuldigter? Der Prayer-man hat doch durch seine Flucht bewiesen, daß er der Thäter ist!« antwortete ich.

»Nein! Ihr habt ihm noch andere Dinge vorgeworfen, auf die sich seine Flucht beziehen könnte. Ich werde mit dem Wirte und dem Oberkellner ihm nacheilen; Ihr aber bleibt mit dem Constable hier!«

»Das hieß ja soviel wie Arretur, und die dulde ich nicht, wie ich schon gesagt habe!«

»Mißversteht mich nicht! Ihr seid nicht verhaftet, sondern ich bitte Euch, hier zu bleiben, bis ich wiederkomme. Wollt Ihr mir versprechen, dies zu thun?«

Das kam mir denn doch so komisch, so urkomisch vor, daß ich mich laut lachend niedersetzte und dem Beamten antwortete:

»*Well;* ich werde sitzen bleiben, bis Ihr zurückkehrt, falls Ihr mich nicht bis zum jüngsten Tage warten laßt! Aber macht jetzt schnell, sonst macht sich das liebe, unschuldige, neugeborene Kind mit allen Flügeln fort, und der kluge Mr. Watter bekommt seine Nuggets niemals wieder!«

Sie trabten alle zur Thür hinaus und ließen mich und Hiller unter dem liebreichen Schutze des Constable im Zimmer zurück. Es war wirklich eine Dummheit von mir gewesen, dem Prayer-man zu verraten, daß ich einen Blick in seine Geheimnisse geworfen habe; aber jetzt, da der Sheriff eine noch viel größere Dummheit beging, konnte ich mich nicht mehr über die meinige ärgern. Mir war es in diesem Augenblicke vollständig gleichgültig, ob sie ihn entkommen ließen oder nicht.

Freilich, wenn ich an den von mir belauschten Plan dachte, der sich auf den mir leider rätselhaften Onkel und seinen Neffen bezog, wurde mir durch das wahrscheinliche Entkommen des Schriftenhändlers ein Strich durch meine Rechnung gemacht. Ich hatte gehofft, daß er bleiben und daß sich mir dadurch irgend eine Gelegenheit bieten werde, über diese beiden Personen etwas näheres zu erfahren. An Aufmerksamkeit meinerseits hätte es sicher nicht gefehlt, und der sogenannte Zufall ist kein Zufall, sondern das Ergebnis unbekannter Umstände, die einem oft so günstig sind, daß es gar kein Fehler ist, wenn man ihn auch mit in Rechnung bringt. Wenn aber dem Prayer-man die Flucht gelang, konnte mir all mein Scharfsinn nicht das mindeste nützen, und ich mußte wahrscheinlich ganz darauf verzichten, zu erfahren, wer die Leute seien, die hinauf nach dem Finding-hole gelockt werden sollten.

Hiller war ganz glücklich darüber, daß er mit mir hatte gehen dürfen. Er fühlte sich nicht nur als Zeuge, sondern als Mitbeteiligter bei einem hochinteressanten Ereignisse, über dessen bisherigen Verlauf er sich in diesem Augenblicke allerdings nur ärgern konnte. Er wollte nicht begreifen, daß ich so zögerte, meinen Namen zu nennen, denn er sagte sich nicht, daß grad er selbst auch nur infolge des Umstandes, daß er diesen Namen kannte, nun als nicht ganz hochwillkommener Inseparable bei mir saß. Sobald es bekannt wurde, wer ich war, konnte ich mit Sicherheit darauf rechnen, in kurzer Zeit sämtliche Bewohner Westons, welche von Winnetou und mir gehört hatten, als solche inseparable Sympathievögel um mich herumzwitschern zu hören.

Es dauerte lange, sehr lange, ehe der Sheriff sich mit seinen Begleitern wieder sehen ließ. Als sie endlich kamen, war das »neugeborene Kind«, ganz wie ich gedacht hatte, leider nicht dabei. Er sah den Blick, den ich auf ihn richtete, und sagte:

»Lacht nicht, Sir!«

»Lache ich denn?« fragte ich.

»Ihr thut es, wenn auch heimlich; ich sehe es Euch an!«

»Was Ihr seht, ist nicht Humor, sondern Neugierde, Sir. Darf ich vielleicht fragen, ob der Prayer-man in sein Zimmer schlafen gegangen ist?«

»Ich verbitte mir derartige Scherze! Der Mensch ist fort,

und wir sind ihm vergeblich nachgerannt bis weit vor die Stadt hinaus!«

»War er in seiner Stube, als ihr hinüberkamt?«

»Ja, aber er hatte zugeschlossen.«

»Ihr mußtet ihn doch von zwei Seiten nehmen, von der Thür und von dem Fenster aus!«

»Das haben wir dann auch gethan; aber als wir unter das Fenster kamen, stand es auf, und er war herabgesprungen.«

»Ich sagte es doch: mit allen Flügeln fortgeflogen! Hat er etwas von seinen Sachen mitgenommen?«

»Nur das Gewehr. Mr. Rost ist dann mittels einer Leiter durch das Fenster eingestiegen und hat uns die Thür geöffnet. Wir untersuchten das Zimmer und fanden nichts als seinen Koffer.«

»Was war darin?«

»Fromme Schriften, der Rest von gestern.«

»Hm! Darf ich einmal hinübergehen?«

»Was wollt Ihr drüben? Haltet Ihr Euch vielleicht für scharfsinniger und findiger als einen Polizeibeamten?«

»Nein; aber es kommt vor, daß ein Mensch schließlich doch sieht, was andere Leute nicht gesehen haben.«

»Da habt Ihr es wieder!« fiel Watter ein. »Dieser Mr. Meier ist überzeugt, daß es keinen Menschen gebe, der es an Klugheit mit ihm aufnehmen kann. Grad diese seine eingebildete Gescheitheit befestigt meinen Verdacht. Er ist der Dieb. Ich habe seinen falschen, hinterlistigen Augen gleich von Anfang an nicht getraut!«

Das war mir nun endlich doch zu viel. Ich stand auf, ging zu ihm hin und sagte:

»Und trotz dieser falschen Augen habt Ihr mir Eure ganze Bonanza-Brühe vorgequatscht? Mensch, ich habe mit Euch lange Geduld gehabt; nun aber ist sie zu Ende. Wenn Ihr noch ein einziges beleidigendes Wort gegen mich sagt, werfe ich Euch an die Decke, daß Ihr oben kleben bleibt!«

Da befahl mir der Sheriff:

»Keine Drohungen hier! Setzt Euch auf Euern Stuhl! Ich habe hier polizeiliche Recherchen zu führen und kann nicht dulden, daß der Bestohlene von dem des Diebstahles Verdächtigten in dieser Weise angebrüllt wird! Kommt jetzt mit hinauf! Ich werde den Schauplatz des Verbrechens und dann auch Euer Zimmer untersuchen.«

»*Well!* Ich habe versprochen, Euch diese Untersuchung zu gestatten, und halte Wort; dann aber werde ich mir das Vergnügen machen, Euch einmal zu zeigen, wie man es anzufangen hat, Schuld von Unschuld zu unterscheiden und einen Gentleman nicht als Lump, sondern als Gentleman zu behandeln. Vielleicht kleben nachher zwei und nicht bloß einer an der Decke!«

»Hört, Mann, das ist genug gesagt, um Euch die Handschellen anlegen zu lassen! Wir haben sie mit, und wenn – – –«

Er hielt inne und blickte nach dem Fenster, durch welches lautes Pferdestampfen hereinklang. Man sah zwei indianisch aufgeschirrte, prächtige Hengste und einen Indianer, welcher sich, um hereinzuschauen, aus dem Sattel herabbückte, so daß sein lang niederfallendes, dunkles Haar beinahe die Erde berührte. Der Wirt ging rasch hin, und wir hörten die sonore Stimme des Indsman fragen:

»Dies ist ein Hotel? Wohnt mein Bruder Old Shatterhand hier?«

»Old Shatterhand?« fragte der Wirt erstaunt. »Soll er hier in Weston sein?«

»Ja. Er ist gestern hier eingetroffen, und weil dies das beste Haus für Fremde ist, vermute ich, daß er hier wohnt. Ich bin Winnetou, der Häuptling der Apatschen.«

»Winnetou, Winnetou, Winnetou!« klang es aus jedem Munde, und alle eilten nach dem Fenster hin. Ich aber war im nächsten Augenblicke draußen bei ihm.

»Winnetou, mein Bruder, sei gegrüßt!«

»Scharlih, mein Bruder, gieb mir deine Hand!«

Sein dunkles Auge strahlte lächelnd auf meinen neuen Anzug nieder, indem er weiter sprach:

»Mein Freund Scharlih wird diese Kleidung der Bleichgesichter ablegen und sein Leder wieder anlegen müssen, doch heut bleiben wir noch hier. Gefällt es dir in diesem Hause?«

»Das Haus ist gut, und seine Bewohner sind es auch; aber soeben befindet sich drin die Polizei, weil Nuggets gestohlen worden sind und ein Bleichgesicht mich beschuldigt hat, der Dieb zu sein.«

»Uff! Old Shatterhand ein Dieb! Dieses Bleichgesicht hat dich doch sofort um Verzeihung gebeten?«

Man konnte jedes Wort, welches wir sprachen, drin hören; darum zog ich den einen Augenwinkel in Falten, ein Zeichen, welches Winnetou sofort verstand, und antwortete:

»Nein; er behauptet trotz all meiner Versicherungen noch jetzt, daß ich der Dieb sei, und der Sheriff glaubt es ihm und hat mir soeben gedroht, Eisen um meine Hände legen zu lassen.«

»Uff, uff, uff! Eisen um Old Shatterhands Hände? Mein Bruder gehe voran; ich folge gleich!«

Das Zusammenziehen des Augenwinkels war zwischen uns die Andeutung, eine Sache, über welche wir innerlich lachten, äußerlich mit Ernst und Wichtigkeit zu behandeln. Ein heiteres Lächeln ging schnell wie ein Blitz über sein Gesicht, um sich in den Ausdruck drohenden Zornes zu verwandeln. Ich verstand sein »ich folge sogleich«, und kehrte in die Stube zurück, indem ich die Haus- und auch die Zimmerthür weit offen ließ.

Die Anwesenden waren von den Fenstern weggetreten. Sie wußten nun, wer ich war, und sahen mich mit ganz andern Augen an als vorher. Wie staunten sie aber, als sie das Stampfen der Hufe vom Flur her hörten und dann Winnetou zu Pferde vor der Thür erschien! Er bückte sich, um hereinzukommen, hielt den Rappen an, blitzte mit seinen hellen, wunderbaren Augensternen eine Person nach der andern an und fragte dann:

»Welches von diesen Bleichgesichtern ist der Sheriff?«

»Ich bin es,« antwortete der Genannte in einem Tone, als ob er in Demut vor einem gekrönten Regenten stehe.

»Du bist es, du, also du!« erklang es wie Mitleid aus dem Munde des herrlichsten Indianers. »Du, du wagst es, Old Shatterhand, meinen berühmten Bruder, vor dem alle Scharen der roten und der weißen Krieger zittern und der lieber alles, was er besitzt, verschenkt, als daß er einen fremden Grashalm nimmt, einen Dieb zu nennen? *Pshaw!*«

Es lag in diesem »*Pshaw!*« der Ausdruck einer so tief herniedersteigenden Herablassung, eines so hoheitsvollen Erbarmens, daß der, an den es gerichtet war, keine Antwort fand und unwillkürlich einige Schritte zurückwich, als ob er mit dieser nun sehr heikel gewordenen Angelegenheit jetzt lieber gar nichts mehr zu thun haben wolle. Einem jeden, der Winnetou nicht gekannt hat, muß dieser Eindruck seiner Persönlichkeit, wenn auch nicht unerklärlich sein, so doch als höchst ungewöhnlich vorkommen, aber der berühmte Häuptling der Apatschen war auch weit mehr als bloß ein ungewöhnlicher Mann. Die Häuptlingsstellung war es natürlich nicht, welche imponierte, denn die soziale Distinktion eines indianischen Sachem[1] ist, wenigstens den Weißen gegenüber, keine an sich Ehrfurcht gebietende, sondern es lag ganz allein nur in seiner Personalität, in der Gesamtheit seiner Vorzüge, seinen geistigen und seelischen Eigenschaften, welche in seiner fehlerlosen männlichen Schönheit eine köstliche Verkörperung gefunden hatten, daß sein Erscheinen überall, wohin er kam, Bewunderung erregte und dabei zugleich jene niemals ausbleibende Ehrerbietung erweckte, deren sofortige Folge stets der unwillkürliche Gehorsam ist.

Er trug, wie auch ich stets, wenn ich mich im Westen befand, einen aus Elkleder gefertigten Jagdanzug von indianischem Schnitt, an den Füßen leichte Mokassins, welche mit Stachelschweinsborsten und seltengeformten Nuggets geschmückt waren. Eine Kopfbedeckung gab es bei ihm nicht. Sein reiches, dichtes, bläulich schwarzes Haar war auf dem Kopfe zu einem hohen, helmartigen Schopf geordnet und fiel von da aus, wenn er im Sattel saß, wie eine Mähne oder ein dichter Schleier fast bis auf den Rücken des Pferdes herab. Keine Adlerfeder schmückte diese indianische Frisur. Er trug dieses Abzeichen der Häuptlinge nie; es war ihm ohnedies auf

1 Oberhaupt.

den ersten Blick anzusehen, daß er kein gewöhnlicher Krieger sei. Ich habe ihn mitten unter Häuptlingen gesehen, welche alle mit den Federn des Kriegsadlers geschmückt waren und sich auch sonst mit allen möglichen Trophäen behangen hatten; seine königliche Haltung, sein freier, ungezwungener, elastischer und doch so stolzer Gang zeichneten ihn doch als den edelsten von allen aus. Wer auch nur einen einzigen Blick auf ihn richtete, der sah sofort, daß er es mit einem bedeutenden Manne zu thun hatte. Um den Hals trug er die wertvolle Friedenspfeife, den Medizinbeutel und eine dreifache Kette von Krallen der Grizzlybären, welche er mit Lebensgefahr selbst erlegt hatte. Der Schnitt seines ernsten, männlich schönen Angesichtes, dessen Backenknochen kaum merklich vorstanden, war fast römisch zu nennen, und die Farbe seiner Haut war ein mattes Hellbraun, mit einem leisen Bronzehauch übergossen.

Einen Bart trug er nicht; in dieser Beziehung war er ganz Indianer. Darum war der sanfte, liebreich milde und doch so energische Schwung seiner Lippen stets zu sehen, dieser halbvollen, ich möchte sagen, küßlichen Lippen, welche der süßesten Schmeicheltöne ebenso wie der furchterweckendsten Donnerlaute, der erquickendsten Anerkennung gleichso wie der schneidendsten Ironie fähig waren. Seine Stimme besaß, wenn er freundlich sprach, einen unvergleichlich ansprechenden, anlockenden gutturalen Timbre, den ich bei keinem andern Menschen gefunden habe und welcher nur mit dem liebevollen, leisen, vor Zärtlichkeit vergehenden Glucksen einer Henne, die ihre Küchlein unter sich versammelt hat, verglichen werden kann; im Zorne hatte sie die Kraft eines Hammers, welcher Eisen zerschlägt, und, wenn er wollte, eine Schärfe, welche wie zersetzende Säure auf den festesten Gegner wirkte. Wenn er, was aber sehr selten und dann nur bei hochwichtigen oder feierlichen Veranlassungen geschah, eine Rede hielt, so standen ihm alle möglichen Mittel der Rhetorik zur Verfügung. Ich habe nie einen besseren, überzeugenderen, hinreißenderen Redner gehört als ihn und kenne nicht einen einzigen Fall, daß es einem Menschen möglich gewesen wäre, der Beredsamkeit des großen, unvergleichlichen Apatschen zu widerstehen. Beredt auch waren die leicht beweglichen Flügel seiner sanftgebogenen, kräftigen, aber keineswegs indianisch starken Nase, denn in ihren Vibrationen sprach sich jede Bewegung seiner Seele aus. Das Schönste an ihm aber waren seine Augen, diese dunklen, sammetartigen Augen, in denen, je nach der Veranlassung, eine ganze Welt der Liebe, der Güte, der Dankbarkeit, des Mitleides, der Besorgnis, aber auch der Verachtung liegen konnte. Solch' ehrliche, treue, lautere Augen, in welchen beim Zorne heilige Flammen loderten oder aus denen das Mißfallen vernichtende Blitze schleuderte, konnte nur ein Mensch haben, der eine solche Reinheit der Seele, Aufrichtigkeit des Herzens, Unwandelbarkeit des Charakters, und stete Wahrheit des Gefühles besaß wie Winnetou. Es lag in diesen seinen Augen eine Macht, welche den Freund beglückte, den Feind mit Furcht und Angst erfüllte, den Unwürdigen in sein Nichts verwies und den Widerspenstigen zum Gehorsam zwang. Wenn er von Gott sprach, seinem großen, guten Manitou, waren seine Augen fromme Madonnen-, wenn er freundlich zusprach, liebevolle Frauen-, wenn er aber zürnte, drohende Odins-Augen.

Dieser herrliche Mann befand sich jetzt, hoch zu Pferde, hier im Zimmer, und aller Augen hingen mit Staunen und Bewunderung an seinem gebieterischen Angesichte und seiner tadellosen Gestalt, welche in vornehmer Haltung halb auf dem Sattel, halb in den mit Klapperschlangenzähnen verzierten Bügeln ruhte. Von seinen breiten, kräftigen Schultern hing sein, gleich dem meinigen von seiner schönen Schwester Nscho-tschi gefertigter Lasso in Schlingen über Brust und Rücken bis auf die Hüften herab, wo er um die schmale, elastische Taille eine buntschillernde Santillodecke als Shawl gewunden hatte, welcher Messer, Revolver und alle die Gegenstände enthielt, die der Westmann in oder an seinem Gürtel zu tragen pflegt. Auf seinem Rücken hing ein doppelläufiges, an den Holzteilen mit silbernen Nägeln beschlagenes Gewehr. Das war die weitberühmte Silberbüchse, deren Kugeln nie ihr Ziel verfehlten.

Wenn man eine jener Indianererzählungen liest, deren Wert oder vielmehr Unwert ich schon weiter oben der Wahrheit nach bezeichnet habe, so findet man sie meist mit schauderhaften Illustrationen versehen, gegen welche der Kenner und auch jeder andere vernünftige Mann einen wahren Ekel empfinden muß. Da sieht man nichts als Kampf, Mord und Gier nach Blut. Jeder Rote ist mehr oder weniger bunt mit Federn geschmückt, was eine Lüge ist und die Unwissenheit des Verfassers und Zeichners verrät, und um den kriegerischen Eindruck zu erhöhen, sind, wo es nur immer der Platz hergiebt, alle Arten indianischer und anderer Waffen angebracht. Wie anders hier bei Winnetou! Man sah nur sein Gewehr, denn selbst sein Tomahawk, übrigens ein Meisterstück der Waffenschmiedekunst, steckte unsichtbar in einer Scheide von Opossumfell, welche links an seiner Hüfte hing. Und doch wirkte seine Erscheinung so unbedingt kriegerisch, daß es wohl niemandem eingefallen wäre, an ihm eine derjenigen Eigenschaften zu bezweifeln, welche er als oberster Kriegshäuptling sämtlicher Apatschenstämme besaß.

Er wendete sich, als der Sheriff ängstlich zurückgewichen war, an die übrigen und fragte:

»Und welches ist das Bleichgesicht, dem die Nuggets gestohlen worden sind?«

»Ich,« antwortete Watter.

»Du hast behauptet, Old Shatterhand sei der Dieb?«

Watter wagte nicht, ja zu sagen.

»Und als mein weißer Bruder dich zurechtwies, hast du es dennoch fortbehauptet?!«

Der tadellose Westmann antwortete auch jetzt nicht.

»Mensch, ich reite dich nieder und lasse dich unter den Hufen zerstampfen! *Tschah!*«

Dieser Ausruf *Tschah* war für seinen Rappen der Befehl, hochzuspringen. Er nahm ihn mit den Zügeln vorn empor, stemmte die Fersen fest ein und setzte mit dem Pferde über den Tisch hinüber, daß alles vor Schreck laut aufschrie, obgleich der kühne Sprung so wunderbar gelang, daß der Tisch von keinem Haar, nicht einmal dem Schweifhaare des Hengstes gestreift worden war. Watter retirierte bis an die Wand, wo er nicht weiter konnte. Winnetou zog sein Pferd wieder in die Höhe und ließ es auf den Hinterhufen dem Flüchtling folgen, bis es so nahe vor demselben stand, daß er es hätte mit der Hand berühren können.

»Um Gottes willen, thut das nicht, thut das nicht!« schrie Watter voller Angst. »Ich habe ja nicht gewußt, daß dieser ganz vorzügliche Gentleman der berühmte Old Shatterhand ist!«

»Coyote!!«

Coyote ist der Prairiewolf, welcher Aas frißt und sich nicht einzeln an ein lebendes Wild wagt. Dieser Feigheit und seines Gestankes wegen wird er so verachtet, daß sein Name, zu einem Menschen gesagt, als große Beleidigung gilt. Watter wagte es nicht, diese Beleidigung zurückzuweisen; er hielt, um sich vor den Hufen zu schützen, welche sich vor seinem Gesichte bewegten, die Ellbogen vor und rief:

»Zurück, zurück, Mr. Winnetou! Das Pferd schlägt mir ja nach dem Kopfe!«

»Wenn du gestehst, daß du ein Coyote bist! Bist du einer?«

»Ja doch, ja! Ich bin alles, was Ihr wollt, sogar ein Coyote!«

Da drehte der Apatsche den Rappen herum, ließ ihn nieder und sagte:

»Und nun hinaus jeder, der Old Shatterhand, meinen weißen Bruder, beleidigt hat, hinaus! Hier ist nur Platz für ihn und seine Freunde! Hinaus!«

Er ließ das Pferd zwischen den Tischen hintänzeln, was bei der Lebhaftigkeit und dem feurigen Temperamente des Tieres gefährlich aussah, obwohl es dabei dem Drucke jedes seiner Muskeln gehorchte. Watter schoß sofort zur Thür hinaus. Ihm folgte etwas langsamer der Sheriff, dem der Constable noch voraneilte. Wir erfuhren dann, daß sie sich eine andere Stube genommen hatten, die nicht, wie der Sheriff sich ausgedrückt hatte, »als Manege zum Zureiten von Indianerpferden benutzt wird!«

Zu Pferde in das Gastzimmer eines Hotels zu kommen, konnte nur der Gedanke eines Winnetou sein, der so ein Reiter war, daß er nichts beschädigt hätte, selbst wenn die Tische und Stühle von Glas gewesen wären. Unsere Hengste waren Brüder, Pferde edelster Abkunft, vollständig fehlerlos, feurig, mutig, ausdauernd, klug und trotz ihres Feuers lämmerfromm, allerdings nur gegen uns beide. Winnetou hatte sie selbst indianisch zugeritten und dressiert. Der Name seines Hengstes war Iltschi[1], des meinigen Hatatitla[2], welches Apatschenwort auf den beiden letzten a betont und also Hatahtitlah ausgesprochen wird. Mein Hatatitla stand mir, so oft ich kam, zur Verfügung und war, so lange ich mich mit Winnetou zusammenbefand, mein Eigentum, welches ich ihm übergab, sobald ich mich von ihm trennte. Ich hätte das Pferd mitnehmen können, was ich aber natürlich niemals that. Unsere äußerliche Zusammengehörigkeit und innere Harmonie bekam durch den Umstand, daß wir stets zwei ganz gleiche Pferde ritten, eine sehr zutreffende Illustration.

Winnetou stieg, als die erwähnten Personen aus der Stube gegangen waren, ab und führte den Hengst hinaus, um ihn und Hatatitla anzubinden. Die Hufe hatten auf der Diele keine Spur gemacht, weil sie unbeschlagen waren. Der Wirt sagte zu mir:

»Ich habe mir gleich gedacht, daß Sie nicht bloß so ein herumlaufender und zuweilen schreibender Mr. Meier seien; meine Frau wird das bestätigen. Daß ein so bedeutender Diebstahl bei mir stattgefunden hat, ist ein außerordentlich unangenehmer Fall, der aber mehr als aufgewogen wird durch die hohe Ehre, daß Sie und der berühmte Häuptling der Apatschen meine Gäste sind. Ich hoffe doch, daß auch Winnetou bei mir logieren wird?«

»Für heut kann ich zusagen, für morgen aber nicht mehr,« antwortete ich, »denn ich glaube, daß wir morgen nach dem Westen aufbrechen werden.«

Da fragte Hiller schnell:

»Nach dem Westen, also nicht nach dem Osten, wohin Sie doch erst wollten?«

1 Wind.
2 Blitz.

»Ja. Winnetou kommt jetzt von St. Joseph herab und hätte unbedingt einen andern, dort gekauften Anzug an und auch die Pferde in der dortigen Gegend in Pension gelassen, wenn die Absicht, nach dem Osten zu gehen, nicht eine andere geworden wäre. Ich verstehe alles, was er thut, ohne ihn zu fragen.«

Das war Wasser auf die Mühle des Oberkellners, welcher mit einer tiefen Verbeugung zu mir sagte:

»Verzeihen Sie, wenn ich es vielleicht an der nötigen Höflichkeit habe mangeln lassen; ich wußte ja nicht, wer Sie sind! Darum also, weil Sie Old Shatterhand sind, konnten Sie mit so großer Bestimmtheit sagen, daß ich Winnetou nicht in St. Joseph treffen würde! Ich bin ganz überglücklich über den Vorzug, Sie in unserm Hause eingekehrt zu sehen, und bitte um die Erlaubnis, daß eine innere Stimme mir sagt, mein Herzenswunsch, indianisch-medizinische Studien machen zu dürfen, werde jetzt in Erfüllung gehen!«

»Wenden Sie sich an Winnetou!«

»Oh, er wird thun, was Sie wollen, Mylord!«

»Möglich! Aber ich weiß jetzt noch nicht, aus welchen Gründen er unserm Plane eine Aenderung gegeben hat, und kann erst dann, wenn ich sie erfahren habe, Ihnen eine bestimmte Zu- oder Absage geben.«

Wenigstens ebenso sehr wie Rost freute sich Hiller über die Ankunft meines roten Bruders, denn erstens war er schon darüber glücklich, ihn überhaupt einmal zu sehen, und zweitens glaubte er, daß sich die Hoffnungen, welche er in Beziehung auf seinen Vater hegte, nun erfüllen würden. Als der Apatsche wieder hereinkam und sich zu mir und ihm setzte, richtete der junge Mann seinen Körper kerzengrad im Stuhle auf und ließ diese hochachtungsvolle Haltung auch nicht wieder fallen, bis er sich entfernte.

Es wäre ein Irrtum, zu denken, daß Winnetou nun von sich, seinem Ritte und seinen Absichten gesprochen hätte. Das that er nicht, und ich erwartete es auch nicht von ihm, denn ich kannte ihn. In solchen Angelegenheiten war er der schweigsame Mann, der nur dann sprach, wenn es notwendig war, aber auch kein einziges Wort zu viel. Ich hatte gelernt, mehr aus seinen Augen, seinem Gesicht zu lesen als von seinen Lippen zu hören. Als der Oberkellner ihn dienstbereit nach seinen Wünschen fragte, antwortete er nur das eine Wort »Wasser« und richtete dann sein Auge auf mich. Ich verstand diesen Blick und erzählte ihm in kurzen Worten von dem Diebstahle, wobei ich keine lange Ausführung nötig hatte, um den Prayer-man und Watter und mein Verhältnis zu ihnen zu charakterisieren; ein treffendes Wort genügte vollständig für ihn. Als ich fertig war, stand er auf und sagte:

»Mein Bruder mag über die Klugheit dieser Leute nicht lachen sondern Mitleid mit ihr haben! – – – Winnetou will den Stall ansehen. Komm!«

Der Stall war sauber und stand jetzt leer. Wir schafften die Pferde hinein und ließen ihnen Wasser und Futter geben, welches wir vorher auf seine Güte untersuchten. Zugleich befahl Winnetou, daß kein anderes Pferd hineingestellt werden dürfe, was uns gern zugesagt wurde.

Der Stall lag, wie bereits einmal erwähnt, im Hintergebäude. Neben seiner Thür führte eine Treppe nach der Stube, in welcher der Prayer-man gewohnt hatte. Wir sahen den Sheriff mit Watter und dem Constable herabkommen. Ganz seinem bisherigen, unfreundlichen Verhalten zu mir entgegen, kam der erstere auf mich zu und meldete mir in einem Tone, als ob ich sein Vorgesetzter sei:

»Wir sind noch einmal oben gewesen, um ganz genau nachzuforschen, haben aber nichts gesehen. Auch im Zimmer von Mr. Watter haben wir nichts entdecken können, was uns auf den Thäter und die Art und Weise, wie der Diebstahl ausgeführt wurde, schließen lassen könnte. Ihr hattet vorhin den Wunsch, einmal hier hinaufzugehen, Mr. Shatterhand?!«

»Diesen Wunsch hatte ich als Mr. Meier, der durch Eure Beschuldigungen dazu gezwungen wurde,« antwortete ich kalt. »Jetzt geht mich die ganze Sache nichts mehr an!« Und in drohendem Tone fügte ich die Frage hinzu: »Oder etwa doch?«

»Nein, nein! Ganz und gar nichts! Eure Unschuld steht

über jeden Zweifel erhaben; das ist ja ganz selbstverständlich! Aber ich dachte – – – dachte – – – hm!«

»Was dachtet Ihr?« half ich ihm aus der Verlegenheit, in welcher er sich befand.

»Da Ihr Old Shatterhand seid und dieser vorzügliche Gentleman Winnetou, der Häuptling der Apatschen ist, und weil man weiß, daß Ihr selbst Spuren, die kein anderer erkennen kann, so meisterhaft zu lesen versteht, so wollte ich, weil ich Euch nun doch einmal hier treffe – – – hm!«

»So redet doch weiter!«

»Kurz und gut, ich wollte Euch höflichst bitten, doch einmal da hinaufzugehen und zu versuchen, ob Ihr vielleicht etwas findet, was wir nicht gesehen haben!«

Ich warf einen schnellen Blick auf Winnetou. Sein Gesicht war unbewegt; er war also weder dafür noch dagegen, sondern überließ mir die Entscheidung. Darum antwortete ich und zwar nur ganz kurz:

»Kommt!«

Sie stiegen voran, um uns die Stube zu zeigen. Wir folgten ihnen. Der Wirt, welcher im Hofe gestanden hatte, kam nach, als er sah, wer jetzt das Suchen übernahm. Der Sheriff schloß auf und wollte eintreten.

»Halt!« sagte ich. »Ihr kommt erst hinter uns. Ihr könntet uns die Spur verderben, wenn Ihr sie nicht schon verdorben habt.« Und um Winnetou Gelegenheit zu geben, diesen Leuten zu zeigen, was ein geübter Scharfsinn und Scharfblick zu bedeuten hat, schloß ich die Bemerkung an: »Der Häuptling der Apatschen wird zuerst eintreten!«

Er verstand mich, that einen Schritt hinein und blieb dann stehen. Wir konnten sein Gesicht nicht sehen. Dann ging er bis in die Mitte der Stube, so daß wir folgen konnten. An der rechten Wand stand das Bett, an der linken ein Tisch und ein Stuhl, auf letzterem der Koffer des Prayer-man. Winnetou bückte sich und hob eine Schnur auf, welche unter dem Tische lag.

»Das ist nichts«! sagte der Sheriff wegwerfend.

»Wartet nur!« entgegnete ich.

Der Apatsche ging nach dem offenen Fenster und ließ die Schnur hinab, um zu sehen, wie weit sie draußen hinunterreichte. Dann warf er sie herein, behielt aber den Kopf draußen, um etwas, was wir nicht sahen, zu betrachten. Hierauf schwang er sich auf die Fensterbrüstung und stieg auf die noch anliegende Leiter hinaus. Als er wieder hereinkam, hatte er einen kurzstieligen Hohlbohrer in der Hand.

»Die Bleichgesichter haben keine Augen und keine Gedanken!« sagte er. »Der Prayer-man ist nicht betrunken gewesen und hat nicht geschlafen. Er hatte Werkzeuge und er hatte einen Gehilfen, dem er sie an dieser Schnur hinunterließ. Der Gehilfe ging, um die Nuggets zu stehlen; als das geschehen war, brachte er die Werkzeuge wieder, band sie unten an die Schnur, und der Prayer-man zog sie herauf; sie waren aber nicht fest zusammengebunden, und so fiel eins heraus und blieb draußen im Gezweig des wilden Weines hängen, welcher an der Mauer wächst. Hier ist es. Solche Werkzeuge steckt man nicht in die Taschen des Gewandes; er hatte sie also nicht bei sich, als er floh, zumal seine Flucht sehr schnell geschah; sie sind noch hier. Die Bleichgesichter mögen noch einmal alles aus dem Bette werfen!«

Es fiel ihm nicht ein, das Bett anzurühren. Der Constable warf ein Stück nach dem andern heraus. Es lag nichts drin, was nicht hineingehörte, auch nichts darunter.

»Die Bleichgesichter mögen auch den Koffer leeren!« befahl nun Winnetou.

Der Sheriff erklärte, daß dies bereits einmal geschehen und nichts dabei gefunden worden sei; man mache sich die Mühe also überflüssig. Als die Papiere, welche drin lagen, herausgenommen worden waren, war der Koffer leer. Winnetou nahm ihn in die Hand, behielt ihn einen Augenblick in derselben, lächelte und gab ihn mir. Ich fühlte sofort, daß er schwerer war, als er hätte sein dürfen, wenn er wirklich leer gewesen wäre.

»Mein Bruder Shatterhand messe die Tiefe von außen und von innen!« forderte mich Winnetou auf.

Ich that dies durch die Handspanne und fand, daß er einen

hohlen Boden haben müsse. Die Untersuchung ergab, daß er einen bis oben reichenden Einsatz hatte, den wir nun herauszogen; dann schütteten wir den geheimen Inhalt heraus, der aus Nachschlüsseln, Bohrern, Feilen und sonstigen Werkzeugen bestand, welche alle so gearbeitet waren, daß sie möglichst wenig Platz einnahmen. Von einem Meißel, der so schmal war, daß er als Zieher kleiner Schrauben benutzt werden konnte, war die Spitze abgebrochen. Winnetou betrachtete die Bruchstelle aufmerksam und fragte dann:

»Die Bleichgesichter haben auch in der Stube, wo die Nuggets waren, keine Spur gefunden?«

»Nein, nicht die geringste,« antwortete der Sheriff.

»Sie mögen uns hinführen!«

Wir gingen über den Hof in das Vorderhaus und dort nach Watters Zimmer, welches ein Eckzimmer wie das meinige war. Hier standen mehr und bessere Möbel, als drüben. Der Schrank war offen; der leere, noch angeschraubte Kasten stand drin. Winnetou sah und griff hinein und ließ den offenen Deckel in den Scharnieren spielen.

»Das ist alles nutzlos!« erklärte Watter. »Ich selbst erst habe ihn aufgeschlossen, und der Schlüssel ist nicht aus meiner Tasche gekommen!«

Nun langte Winnetou mit der Hand hinter den Kasten und suchte dort.

»Uff!« rief er aus, indem er sich aufrichtete und uns ein kleines, scharfes Eisenstückchen zeigte. »Dieser Schrank steht nicht an einer Mauer, sondern an einer Thür!«

»Das ist richtig!« sagte der Wirt erstaunt, denn der Schrank verdeckte die Thür so vollständig wie in dem Zimmer neben dem meinigen; Winnetou hatte sie also nicht sehen können.

»Man öffne die Stube, zu welcher diese Thür führt,« befahl Winnetou. »Von dort aus ist die hintere Wand des Schrankes aufgemacht worden, und weil der Dieb den Schlüssel zum Kasten nicht gehabt hat, hat er die Gelenke[1] des Deckels aufgeschraubt. Als er sie später wieder zuschraubte, ist diese

1 Er meinte die Scharniere.

Spitze des Meißels abgebrochen, welche ich gefunden habe. Er hat die Schrauben nicht ganz, sondern nur halb wieder hineingebracht; das fühlte ich gleich, als ich hingriff!«

Der Schlüssel wurde geholt; wir gingen in das Nebenzimmer und öffneten die Verbindungsthür. Da standen wir vor der Hinterwand des Schrankes und sahen sofort, daß ein Teil derselben weggenommen worden war. Der Schrank war ein leichtgearbeitetes Stück, wie sie in Fremdenzimmern zu stehen pflegen; der Tischler hatte die Bretter der Hinterwand nur aufgenagelt, und die Nagelkuppen waren von dem Diebe mit dem Hohlbohrer freigelegt worden, so daß er zwei Bretter hatte wegnehmen können. Wir thaten das auch, worauf das Innere des Schrankes vor uns lag, und nun sahen wir auch die halb hervorstehenden Scharnierschrauben. Es war genau so, wie Winnetou gesagt hatte: In Ermangelung des Schlüssels hatte der Dieb den Kasten nicht vorn beim Schlosse, sondern hinten bei den Scharnieren geöffnet.

»Das ist erstaunlich, geradezu erstaunlich!« rief der Sheriff.

»Wer hätte das gedacht!« stimmte Watter bei.

Der Wirt versetzte dem letzteren einen gelinden Rippenstoß und sagte mit mir willkommener Anzüglichkeit:

»Was denkt Ihr nun von Eurer großen Weisheit, Mr. Watter? Wer gehört nun zu den ›reinen Garnichtsen‹, mit denen Ihr nur so herumgeworfen habt? Wer ist so albern gewesen, sich von dem Prayer-man so betrunken machen zu lassen, daß er im Schlafe des Rausches das Geräusch nicht gehört hat, welches hier doch ganz unvermeidlich gewesen ist? Ihr wollt wegen Mr. Shatterhand mein Haus verlassen, dessen Ruf nur durch Eure Dummheit blamiert werden konnte. Ihr mögt immer gehen, denn solche Gäste mag ich gar nicht haben. Habt Ihr mich verstanden!«

Der Angerüffelte sagte kein Wort. Winnetou aber fuhr in seiner Erklärung fort:

»Der Dieb hat einem Verbündeten, welcher unten stand, das Gold nach und nach zugereicht, indem er es wahrscheinlich in irgend einem Gefäße an einer Schnur hinunterließ.«

»Eines Gefäßes bedurfte es nicht,« erklärte Watter. »Es

waren lauter fest zusammengebundene Pakete. Aber woher kann man wissen, daß es durch das Fenster gegeben wurde?«

Winnetou deutete, ohne ein Wort zu sagen, auf einige am Boden liegende Nuggets und auf verstreuten Goldstaub hin, welcher nach dem Fenster führte.

»Ah, da ist ein Paket auf gewesen! Ja, das stimmt, das stimmt! Also drei Personen haben mich bestohlen! Dieser Prayer-man, den der Teufel fressen möge, und noch zwei andere, die ich nicht kenne! Ich werde seine Fährte suchen, um ihr zu folgen, und wenn ich ihn erwische, so – – –«

Mehr hörte ich nicht, denn Winnetou glaubte, genug gethan zu haben, und ging; ich folgte ihm. Als er unten nach dem Gastzimmer biegen wollte, hielt ich ihn durch eine Handbewegung davon ab und führte ihn wieder nach der Stube des Prayer-man. Er ging schweigend mit. Oben angekommen, erzählte ich ihm nun, da wir allein waren, das Gespräch, welches ich belauscht hatte. Er hörte mir sehr aufmerksam zu, ließ, als ich zu Ende war, jenes beistimmende Lächeln sehen, welches mich stets so sehr befriedigte, und sagte:

»Und nun will mein weißer Bruder wohl diesen Koffer noch einmal untersuchen, ob er vielleicht noch etwas enthält, was wir noch nicht entdeckt haben?«

»Ja, deshalb ging ich noch einmal hierher, ehe der Sheriff kommt und ihn mit Beschlag belegt.«

»Wir wollen suchen!«

Wir suchten schnell aber gründlich die Schriften durch, doch ohne Resultat. Dann wurde der Koffer noch einmal vorgenommen. Eine heimliche Tasche, ein verborgenes Fach gab es nicht mehr; aber an einer Stelle war, wie wir bemerkten, das leinene Futter losgeweicht und ein Schnitt hineingemacht. Ich griff in den Schnitt und zog drei Papiere heraus; es war weiter nichts darin. Das erste Papier enthielt lauter untereinander gesetzte Namen. Darüber stand: »*To the Finding-hole*«. Die Namen waren folgende:

Kansas-City, Kansas River, Republican River, Frenchmans River, Fine Bluffs-Pole Creek, Iron Mountain-Chugwater-

Creek, Lake Jone-Laramie-River, Grand Medicine Bow Creek, Platte River, Sweetwater River, Pacific Creek, Big Sandy Creek, Fremonts Peak, Finding-hole.

Das zweite Papier war ein Wechsel auf Sicht auf fünftausend Dollars, ausgestellt von Frank Sheppard und angenommen von Emil Reiter.

Das dritte Papier war höchst interessant. Die darauf stehenden Zeilen lauteten folgendermaßen:

»Geständnis.

Ich, Emil Reiter, erkläre hiermit und an Eides Statt, daß ich vorgestern nachmittag 3 Uhr den Farmer Guy Finell mit meinem Gewehre erschossen habe, und verspreche, dem Untersuchungsrichter auf Vorzeigung dieses Zugeständnisses den Mord sofort und ohne Weigerung einzugestehen. –

Emil Reiter, Steelsville.«

Das unterzeichnete Datum ging auf nicht ganz ein Jahr zurück. Der Name des Thäters erinnerte mich an meinen Musiklehrer, jenen alten, lieben Kantor, welcher meine Motette hatte drucken lassen. Sein Sohn war nach Amerika gegangen und hieß Emil Reiter. Natürlich war das nur ein Zufall, und es gab keinen einzigen Grund, anzunehmen, daß der Schreiber dieser Zeilen der Sohn jenes Kantors und kein anderer Emil Reiter sei.

Was hatte ihn veranlaßt, dieses schriftliche Geständnis niederzuschreiben? Und was hatte der, für den es geschrieben worden war, für einen Grund, es sich geben zu lassen und es aufzuheben, ohne den Mord zur Anzeige zu bringen? War der jetzige Besitzer, also der Prayer-man, diese Person? Wenn er es war, so war die Absicht wohl keine gute! Vielleicht hatte Emil Reiter den Sichtwechsel acceptieren müssen, um das Schweigen des Zeugen zu erkaufen; dann aber mußte man annehmen, daß der Aussteller Frank Sheppard und der Prayer-man eine und dieselbe Person seien; der Schriftenhändler jedoch hieß anders – – wenigstens jetzt!

Winnetou sah mich forschend an. Als ich die drei Papiere einsteckte, fragte er:

»Wir behalten sie?«

»Ja,« antwortete ich; »das eine enthält die Reiseroute nach dem Finding-hole, ist uns also außerordentlich wichtig, und die beiden andern können uns noch wichtig werden!«

»Diese Orte – – – uff! Sie bezeichnen fast ganz genau den Weg, den auch wir mit einander reiten werden!«

Jetzt also, jetzt brach er das Schweigen!

»Müssen wir auch da hinauf?« fragte ich einfach, als ob ich es gewußt hätte, daß wir diesen monatelangen, beschwerlichen und gefährlichen Ritt machen würden.

»Ja,« antwortete er ebenso einfach. »Dein roter Bruder Winnetou hat gar nicht Zeit gefunden, Nuggets zur Reise nach dem Osten zu holen. Er ist unterwegs wieder umgekehrt, weil er erfuhr, daß die Krieger der Crows gegen die Krieger der Schoschonen den Tomahawk des Kampfes ausgegraben haben.«

»Ich dachte es mir, daß sie das thun würden!«

Diese meine Worte mußten ihm ganz unerwartet kommen; er fragte aber ohne das geringste Zeichen des Erstaunens:

»Mein weißer Bruder hat es gewußt?«

»Ja. Es sind von den Schoschonen sechs Crows getötet worden, welche gerächt werden sollen. Ich habe es hier von einer Squaw erfahren, deren Mann dabei gewesen ist und die von Yakonpi-Topa, dem Häuptling der Kikatsa-Crows, einen Brief empfangen hat.«

»Uff! Winnetou und Old Shatterhand müssen schnell fort, um ihre Freunde, die Schoschonen, zu unterstützen! Es sind auch noch andere Feindseligkeiten als diese Tötung zwischen ihnen vorgekommen. Yakonpi-Topa ist diesmal von dem verderblichen Brauch der roten Männer gleich nach geschehener Ursache, ohne gerüstet zu sein, in den Kampf zu ziehen, abgewichen und trifft große Vorbereitungen. Er hat die River- und die Mountain-Crows, die Ahwahaways und die Allakaweahs aufgewiegelt und scheint auch die Krieger der Satsilaa, der Kahnas, Pigans und der Small Robes an sich ziehen zu wollen.

Er ist ein alter und erfahrener, listiger Fuchs, während Wagare-Tey[1], der junge Häuptling der Schoschonen, noch nicht dreißig Winter zählt und mehr Aufrichtigkeit als Klugheit und Erfahrung besitzt.«

»Da müssen wir freilich schleunigst fort und auf dem kürzesten Wege hinauf! Der bequemste führt immer an dem Nord-Platte hin, macht aber so viele Windungen, daß man fast doppelt so lange braucht wie auf dem andern, der allerdings sehr beschwerlich ist und große Ortskenntnis erfordert, die wir aber glücklicherweise besitzen. Es ist das fast ganz genau der Weg, dessen Verzeichnis wir jetzt auf dem Zettel des Prayer-man gelesen haben, und so dürfen wir hoffen, daß wir ihn trotz seiner gelungenen Flucht auf dem Hin- oder Rückweg doch noch treffen. Ich wünsche das sehr! Und ich habe noch einen zweiten Wunsch, der mir durch deine Absicht, zu den Schoschonen zu reiten, leichter und schneller in Erfüllung gehen kann, als ich es bis jetzt für möglich hielt. Die Kikatsa halten nämlich ein Bleichgesicht gefangen, den Mann der Squaw, von welcher ich dir sagte, daß ihr Mann bei der Tötung der sechs Krähen zugegen gewesen sei und daß sie von Yakonpi-Topa einen Brief bekommen habe. Dieser Gefangene wird trotz allen Lösegeldes nicht freigegeben werden, und so muß man ihn entweder durch Gewalt oder mit List den Kikatsa entreißen.«

»Hat mein Bruder Shatterhand einen Grund, sich seiner anzunehmen?«

»Ja; du sollst ihn erfahren.«

Ich erzählte ihm von Frau Hiller und ihrem Sohne, und zwar that ich das, um sein Interesse an diesen beiden Personen zu vergrößern, etwas ausführlicher, als es sonst wohl geschehen wäre. Ich bemerkte zu meiner Genugthuung auch, daß ich die beabsichtigte Wirkung erzielte. Er hörte sehr aufmerksam zu und erkundigte sich dann:

»Mein Bruder Scharlih hat, wie ich höre, diese Squaw und ihren Sohn liebgewonnen?«

1 »Gelber Hirsch«.

»Ja. Sie hat soviel Schlimmes erlebt und erfahren, daß ich ihr die schwere Trübsal, ihren Mann zu verlieren, ersparen möchte.«

»Uff! Sie ist durch großes Elend gegangen, um sich wieder mit ihm zu vereinigen. Ihr Herz ist treu; das muß Belohnung finden! Also sie hat vom Mitleide anderer Menschen leben müssen, obgleich sie vorher wahrscheinlich reich gewesen ist? Konnte mein Bruder denn gar nichts für sie thun, ihr kein Geld für die Reise, für Nahrung und Kleidung geben?«

»Ich war damals noch ein Knabe und selbst sehr arm!«

Daß ich sie dennoch beschenkt hatte, sagte ich nicht, denn das Prahlen mit Wohlthaten liebte er ebensowenig wie ich. Er war gegen seine Mitmenschen, ganz gleichgültig, ob rot oder weiß, von einer Aufopferung und Mildthätigkeit, die selbst den Tod nicht scheute, pflegte aber kein Wort darüber zu verlieren. Ich hörte ihn oft sagen, was man für unglückliche Menschen thue, das thue man für den großen, guten Manitou[1], und wie man sich mit diesem, dem hoch Erhabenen, stehe, das dürfe man keinem Menschen, der gegen ihn ein Nichts sei, ausplaudern.

»Der Mann dieser Squaw wird also Nana-po genannt; ich muß diesen Namen schon einmal gehört haben. Nana-po --- Nana-po --- ja, jetzt finde ich es! Er nahm sich eines Sambitschekriegers an, welcher vom Felsen gestürzt war, und pflegte ihn so lange, bis er zu den Seinen zurückkehren konnte; dieser Krieger hat es mir selbst erzählt. Wer so an einem Fremden handelt, der ist ein guter Mann und darf nicht am Marterpfahle der Krähen sterben. Wir werden ihn, falls er noch lebt, wenn wir hinaufkommen, ihnen zu entreißen versuchen. Jetzt wollen wir gehen; es braucht niemand zu wissen, daß wir noch einmal gesucht und etwas gefunden haben.«

Als wir hinunter in den Hof kamen, stand dieser voller Menschen. Es hatte sich schnell in der Stadt herumgesprochen, wer hier im Hotel zu sehen sei, und nun waren sie gekommen, die lieben, neugierigen »Sympathievögel«, und

1 Gott.

wir wußten, daß sie uns nun bis zum Augenblicke unserer Abreise umflattern würden. Winnetou schloß sofort den Stall zu und steckte den Schlüssel ein, um wenigstens unsern Pferden die ihnen gehörige Ruhe zu sichern, denn daß die Wißbegierde sich auch auf sie richten würde, das war mit Sicherheit vorauszusehen.

Wir wollten uns nach dem Gastzimmer begeben, wo Hiller zurückgeblieben war; dieser aber kam jetzt heraus, um uns zu suchen. Er meldete uns, daß seine Mutter einen Boten gesandt habe, er solle sofort nach Hause kommen, es sei etwas Hochwichtiges geschehen; sie lasse auch mich bitten, mitzukommen.

»Sind Leute in der Gaststube?« fragte ich ihn.

»Alles voll!« lachte er. »Es kann fast kein Apfel zu Boden fallen, und vor dem Hause stehen sie auch so dicht. Alles will Winnetou und Old Shatterhand sehen.«

»So gehen wir beide mit Ihnen. Führen Sie uns einen möglichst freien Weg, wo wir nicht gesehen werden! Schaustücke für Jahrmärkte und Vogelschießen sind wir nicht!«

Es war für ihn aber unmöglich, diesen Wunsch zu erfüllen. Man bemühte sich zwar, uns Platz zu machen, aber es waren der Menschen so viele, daß wir nur langsam hindurchkamen. Und als wir die Straße erreicht hatten, standen noch mehr da, durch welche wir uns förmlich drängen mußten; dann kamen sie hinter uns her und blieben, als wir bei Frau Hiller eingetreten waren, dort vor dem Hause stehen.

Sie wußte noch nicht, daß Winnetou gekommen war, und war von seinem Anblicke so überrascht und seelisch ergriffen, daß sie ganz bewegungslos stand und keine Worte zur Begrüßung fand. Ihre innere Bewegung war so tief, daß sie ihr die Thränen in die Augen trieb. Diesen ergreifenden Eindruck seiner Persönlichkeit hatte ich schon oft beobachtet und mich dabei stets selbst auch ergriffen gefühlt. Es kam zu seiner unwiderstehlich wirkenden Erscheinung ja noch das ruhmesreiche Bild, welches die geschäftige Fama allüberall von ihm verbreitet hatte. Er sah ihre Sprachlosigkeit und ihre Augen in Wasser schwimmen, reichte ihr die Hand und sagte:

»Winnetou kommt, um seiner guten, weißen Schwester zu sagen, daß er ihr Freund ist und sich vorgenommen hat, ihr Leid zu stillen, wenn es ihm und seinem Bruder Scharlih möglich ist!«

Er pflegte meinen Vornamen Karl als Scharlih auszusprechen. Sie antwortete auch hierauf nicht und zog, ehe er es hindern konnte, seine Hand an ihre Lippen, um sie zu küssen. Ich hätte ihr die ihrige hundertmal dafür küssen mögen, so freute ich mich über diesen wortlosen, aber umso deutlicheren Beweis der Bewunderung, welcher zu widerstehen, ihr unmöglich war. Noch als wir schon im Zimmer waren und er in der ihm eigenen, unnachahmlichen Weise Platz genommen hatte, konnte sie kaum die Augen von ihm wenden und mußte von ihrem Sohne darauf aufmerksam gemacht werden, daß sie doch nach uns geschickt habe, weil etwas Wichtiges geschehen sei.

Da röteten sich ihre Wangen, und ihre Augen strahlten.

»Ja,« sagte sie, »etwas Hoch-, Hochwichtiges, was allem Leide ein Ende machen und uns das verlorene Glück wahrscheinlich wiederbringen wird. Bitte, lest, Mr. Shatterhand!«

Sie sprach englisch, weil sie annahm, deutsch von Winnetou nicht verstanden zu werden. Dabei gab sie mir eine Zeitung in die Hand und deutete auf die Stelle, die sie meinte. Es war der noch jetzt bestehende, in St. Louis erscheinende »Anzeiger des Westens«, welcher allen deutschen Lesern warm empfohlen werden kann. Er war das erste auf der Westseite des Mississippi herausgegebene deutsche Blatt, wurde stets in vorzüglicher Weise redigiert, hat bis heutigen Tages die Interessen der Deutschen warm vertreten und war das einflußreichste landsmännische Organ im ganzen Westen, wie er sich auch noch jetzt den besten Blättern des Ostens zur Seite stellen kann. Die betreffenden, an in die Augen fallender Stelle sehr groß gedruckten Zeilen lauteten:

»!!! – *v. H.* – – – *v. H.* – – – *v. H.* –!!!

Die Unschuld ist erwiesen! Der Thäter wurde entdeckt und hat alles eingestanden! Sie dürfen offen zurückkehren! Geben

Sie, falls Sie nicht gleich kommen können, Ihre genaue Adresse an!

Treuer Nachbar.«

Als sie sah, daß ich fertig war, faltete sie die Hände und sagte vor Freude weinend:

»Endlich, endlich hat Gott sich unser erbarmt; wie danke ich ihm dafür! Wir dürfen in die Heimat zurückkehren, dürfen unsern ehrlichen Namen wieder tragen! Wir bekommen alles, alles wieder, was wir verloren haben! Ja, weine, weine du auch, mein Sohn! Das sind andere, oh, ganz andere Thränen, als die, welche wir bisher vergossen haben. Mit ihnen fließt die ganze Last des Jammers von unserm Herzen, und die Seele wird ebenso frei, wie wir uns in jeder anderen Beziehung nun frei fühlen dürfen. Wenn doch mein alter, lieber Vater noch lebte; wenn er doch das hätte erleben dürfen!«

Der Sohn hatte sich still in eine Ecke gesetzt und verbarg das Gesicht in die Hände. Er wollte das Schluchzen ebenso verbergen, wie er damals in Falkenau als Knabe so wacker mit ihm gekämpft hatte. Niemand konnte ihnen die Freude aufrichtiger gönnen als ich; aber ich war gewöhnt, vorsichtig zu sein. Wenn diese Annonce nicht auf Wahrheit, sondern auf Täuschung beruhte, mußte der Rückschlag später um so tiefer, um so niederschmetternder sein. Darum fragte ich:

»Dürft Ihr diesem Aufrufe auch wirklich Vertrauen schenken? Handelt es sich nicht vielleicht um eine Falle, die man Euch stellen will, um Euch hinüberzulocken?«

»Nein, oh nein! Dieser Nachbar ist treu und aufrichtig wie Gold. Mit ihm von hieraus zu korrespondieren, wagten wir nicht, aber wir machten mit ihm aus, daß er uns sofort Nachricht geben solle, sobald die Verhältnisse, um welche es sich handelt, für uns eine Wendung zum Bessern nehmen sollten. Da wir nicht wußten, wo wir uns befinden würden, wurde für New York, Cincinnati, Chicago und St. Louis je eine Zeitung bestimmt, in welcher die Benachrichtigung erscheinen sollte; auch über die Form dieser Benachrichtigung wurde ein so genaues Abkommen getroffen, daß wir gar nicht in Zweifel sein können, ob sie von diesem Freunde oder von der Heimtücke eines andern stammt. Nein, wir können so fest glauben und vertrauen, als ob die Wahrheit in eigener Person diese Annonce aufgegeben hätte!«

»*Well*, so stecke ich sie also ein!«

Ich faltete die Zeitung zusammen und schob sie in die Tasche.

»Oh nein!« rief sie da. »Bitte, nehmt mir dieses Blatt nicht! Es ist mir ein Vermögen, ein ganzes Vermögen wert!«

»Davon bin ich überzeugt. Aber Ihr könnt Euch ein anderes Exemplar verschaffen, wozu wir wahrscheinlich keine Zeit haben. Wir brauchen es.«

»Wozu, Mr. Shatterhand?«

»Um es Eurem Manne zu bringen.«

Das hatte sie nicht erwartet. Sie jauchzte förmlich auf vor Freude:

»Herrgott! Das wollt Ihr, das? Wollt Ihr das wirklich thun, ihn aufsuchen und ihm diese frohe Botschaft bringen?«

»Ja. Mein Bruder Winnetou ist einverstanden.«

»Mein Bruder Scharlih sagt die Wahrheit,« bekräftigte der Häuptling. »Meine gute, weiße Schwester ist im Unglück eine starke Heldin gewesen; das hat der große Manitou gesehen und sie heut dafür mit seiner Hilfe belohnt. Er will es, daß wir zu Nana-po gehen, um ihn aus der Gefangenschaft zu holen und mit seiner treuen Squaw zu vereinigen. Wir brechen morgen früh von hier auf und sind bereit, selbst unser Leben daran zu wagen, ihn dir zurückzubringen.«

Da sank sie laut weinend vor ihm in die Kniee, um ihm für diesen Entschluß zu danken. Er ließ sie aber nicht zu Worte kommen, zog sie schnell wieder empor und sprach:

»Winnetou ist ein Mensch, und vor Menschen darf man niemals knieen. Wenn meine weiße Schwester nicht wünscht, daß ich mich gleich entfernen soll, so mag sie ja kein einziges Wort des Dankes sagen!«

»Aber wie kann ich schweigen, wenn das Herz mir überfließt! Welch eine Botschaft für meinen armen Mann, wenn Ihr ihm diese Zeitung gebt! Er kennt Euer Gedicht auswendig, Mr. Shatterhand; er weiß, auf welche Weise ich es bekommen habe. Mir klingt der Anfang desselben heut so deutlich in die Ohren wie damals, als ich sie unter dem Christbaume zum erstenmal vernahm: »Ich verkünde große Freude, die Euch widerfahren ist – – –!« Leider aber wird die Freude meines Mannes, wenn auch unendlich groß, doch keine so fromme, zu Gott gerichtete sein, wie die meinige ist. Er ist ungläubig!«

Sie machte eine Pause, betrübt durch den soeben ausgesprochenen Gedanken; dann fuhr sie fort:

»Dieser sein Unglauben hat mich im stillen oft schwer gepeinigt. Ich habe deshalb täglich gebetet und mit Gott um Erhörung gerungen, aber die Erfüllung dieser Bitten ist bis heute ausgeblieben. Der Umstand, daß wir so schwer und doch so unverschuldet leiden mußten, hat meinen Mann um den Glauben gebracht und ihn vollständig von Gott abgewendet. Es ist mein heißes Flehen, daß er durch das Glück, welches uns nun wieder leuchtet, zu ihm zurückgeführt werde!«

»Laßt Eure Hoffnung ja nicht sinken, Mrs. Hiller!« bat ich sie. »Die Wege des Herrn sind wunderbar, aber herrlich ist ihr Ende. Mir dürft Ihr das glauben; ich habe es schon so oft im Leben erfahren. Der Weg des Leidens, auf dem ich Euch begegnet bin, wird Euch zum Segen gereichen.«

»Das ist schon jetzt der Fall, Mr. Shatterhand. Ihr traft mich in einer Zeit, in welcher die Flut der Trübsal am reißendsten und tiefsten war. Ich wollte damals nach Graslitz zu einem Manne, den ich aus Rücksicht auf meine Sicherheit als unsern Verwandten bezeichnete; er war das aber nicht, sondern nur der Verwandte eines unserer Beamten. Ich hielt ihn für wohlhabend, hatte mich aber geirrt; auch war er von Graslitz fort, und wenn Ihr Euch nicht meiner erbarmt und mir Euer ganzes Geld geschenkt hättet, so lebte ich heute wohl nicht mehr.«

»Uff!« sagte da Winnetou, indem er die Hand leicht gegen mich erhob. »Mein Bruder Scharlih hat also doch geholfen, obgleich er es mir vorhin verschwieg! Ich kenne ihn ja!«

Ich richtete, um ihn nicht weitersprechen zu lassen, die Frage an Frau Hiller:

»Hat Euch der Empfehlungsbrief meines damaligen Gefährten Carpio etwas genützt?«

»Nein. Ich nahm ihn nur, um den jungen Mann nicht zu kränken. Kennt Ihr den Adressaten, an den er gerichtet war?«

»Nein.«

»Es war ein Mr. Lachner in Pittsburg. Mein Weg führte mich dann durch diese Stadt, und ich erkundigte mich nach ihm. Er war wohlhabend geworden durch Gefälligkeiten, für welche man ihm zehnfache Zinsen zu bezahlen hatte. Man bezeichnete ihn als einen der schlimmsten von der Art Menschen, welche der Engländer *Cut-purse*[1] und der Amerikaner *Throat-cutter*[2] nennt. Ich hütete mich natürlich, den Brief abzugeben.«

Also ein Gurgelabschneider war jener geheimnisvolle Verwandte meines Carpio! Die drei bekannten Blitze »Eldorado – – Millionär – – Universalerbe« kamen mir jetzt nicht so leuchtend vor wie in damaliger Zeit, wo ich mich aber auch schon mit stillen Zweifeln über sie herumgetragen hatte.

Was im Laufe der Unterhaltung weiter gesprochen wurde, kann ich übergehen, weil es von keinem Einflusse auf unsere späteren Erlebnisse war. Heute abend noch einmal mit mir herzukommen, mutete ich Winnetou nicht zu, und so bat uns Mrs. Hiller, uns für eine Minute im Hotel aufsuchen zu dürfen, um uns einen Brief für ihren Mann zu bringen. Wir gaben die Zeit an, wann wir da sein würden, und verabschiedeten uns sodann.

Das Hotel war in seinen öffentlichen Räumen förmlich gestopft voll Menschen, als wir dort ankamen. Watter hatte, auf uns wartend, am Fenster gesessen und kam uns entgegen, als er uns sah.

»Mesch'schurs,« sagte er. »Ich gehe fort, um den Prayerman zu verfolgen, während der Sheriff in anderer Weise versuchen wird, seiner habhaft zu werden. Ich habe nur gewartet, um Mr. Shatterhand noch um Verzeihung zu bitten, daß ich so dumm und grob gewesen bin. Ich erkläre hiermit feier-

1 Beutelschneider.

2 Gurgelabschneider.

lichst, daß ich den sogenannten Mr. Meier nicht mehr für einen ›reinen Garnichts‹ halte! Seid Ihr damit zufrieden?«

»*Yes!*« lachte ich.

»Der Teufel selbst wäre nicht klug genug gewesen, in diesem frommen Manne einen solchen Halunken zu vermuten!«

»Oh, was das betrifft, so muß ich Euch fragen, ob Ihr den Zettel gelesen habt, den Euch gestern ein Knabe in das Zimmer brachte. Ihr hattet gesagt, daß Ihr ihn in einem Jahre beantworten wollt.«

»Den – – – den habe ich wohl noch in der Westentasche. Was steht darauf? Wo ist er denn?«

Er brachte ihn heraus, las ihn und sah mich betroffen an.

»Diesen Zettel habe ich geschrieben, um Euch zu warnen,« erklärte ich ihm. »Hättet Ihr ihn gelesen und befolgt! Nun seht Ihr wohl ein, daß es auch gar nicht der Pfiffigkeit des Teufels bedurfte, den Prayer-man zu durchschauen. Nur die Augen muß man offen haben; Ihr aber habt sie mit Gewalt zugedrückt!«

Damit ließ ich ihn stehen.

Man hatte für Winnetou das beste Zimmer des Hauses hergerichtet; dahin begaben wir uns, um der Neugierde der Leute zu entgehen, welche alle uns sehen und sprechen hören wollten. Wir befanden uns kaum dort, so kam der Oberkellner, um uns zu bedienen, doch war seine Hauptabsicht, dem Häuptling seinen Wunsch, uns begleiten zu dürfen, vorzutragen. Er that das unter tiefen Verbeugungen in seiner höflichen Weise. Winnetou hatte keine Lust; ich sprach aber für den jungen Mann, der sich so brav gewehrt hatte, sein Ziel zu erreichen, und so entschied der Apatsche, daß er eine Ausnahme machen und es wagen wolle, einen Fremden, der zudem gar kein Westmann sei, mitzunehmen, nur müsse Rost ein gutes Pferd haben und auch beweisen können, daß er ein leidlicher Reiter sei. Da bat uns der Bittsteller, nur eine Viertelstunde zu warten und dann in den Hof zu blicken.

Nach der angegebenen Zeit erschien er unten auf einem gar nicht üblen Braunen und ritt die Schule in einer Weise durch, daß Winnetou ihn heraufwinkte, um ihm zu sagen, daß er sich noch heut mit allem zur Reise Notwendigen versehen und dann morgen frühzeitig zum Aufbruche bereit halten solle. Der gute Mensch war fast außer sich vor Freude und rannte fort, um den Gästen unten sein großes Glück zu verkünden. Schon hatte er die Thür hinter sich zugemacht, da öffnete er sie noch einmal und sagte unter einer tiefer Verneigung:

»Mylords, ich versichere noch einmal, daß heut der schönste Tag meines Lebens ist, und bitte dringend um die Erlaubnis, daß mir eine innere Stimme sagt, Ihr werdet die mir erteilte, ehrenvolle Erlaubnis nie zu bereuen haben!« – – –

DRITTES KAPITEL.

Old Jumble.

Es war drei Wochen später, als wir uns mitten in den Bergen des jetzigen Albanybezirkes im Südosten von Wyoming befanden. Im Norden von uns hob sich der Conical Peak und hinter ihm das Squawgebirge empor und weiter entfernt lagen die dunklen Massen des Rees- und Laramie-Peaks. Links von uns sahen wir die Höhen der Jelm- und der Sheepkette am fernen Horizont verschwinden, während rechts davon die Elk-Mountains mit einem leisen, kaum wahrnehmbaren Striche angedeutet wurden. Wir befanden uns also auf der weiten, außerordentlich fruchtbaren Laramie-Ebene und hatten für heut den Lake Jone zum Ziele, an dessen Ufer wir übernachten wollten.

Um einen kurzen Blick zurückzuthun, will ich erwähnen, daß ich den in St. Joseph gekauften Anzug Frau Hiller zum Aufheben übergeben und sie beauftragt hatte, die für mich aus St. Louis eingehenden Honorargelder anzunehmen und zu quittieren. Unser Ritt bis hierher war ein sehr schneller und angestrengter gewesen, hatte uns aber kein besonderes Erlebnis gebracht. Mit *Dr.* Rost waren wir zufrieden. Er hatte sich trotz der Kleinheit und scheinbaren Schwächlichkeit seines Körpers als ausdauernder Reiter und aufmerksamer, dienstfertiger Kamerad bewiesen und uns durch seine große Höflichkeit manchen heimlichen Spaß gemacht. Wir wurden auch jetzt noch von ihm nur Mylords genannt und sehr häufig um die Erlaubnis gebeten, daß »eine innere Stimme ihm etwas sagen dürfe«. Wie er sich in gefährlichen Lagen, in denen es ganz anders aufzupassen gab als bisher, verhalten würde, das war noch abzuwarten, doch hoffte ich, auch dann nicht bereuen zu müssen, daß ich seinen Wunsch, uns begleiten zu dürfen, bei Winnetou befürwortet hatte. Bemerken will ich, daß er eine zwar kleine aber umsichtig zusammengesetzte Apotheke bei sich trug und auch eine Anzahl chirurgischer

Instrumente mitgenommen hatte. Er nahm als möglich oder auch wahrscheinlich an, daß er in die Lage kommen werde, von ihnen einmal Gebrauch machen zu können.

Was unsern eigentlichen Zweck betrifft, die Schoschonen aufzusuchen, so mußten wir jedenfalls bis zum Schlangenflusse vordringen, um zu erfahren, wo sie jetzt zu treffen waren. Wir kannten zwar ihre Wohnsitze, welche oft aus wirklichen Dörfern mit ziemlich gut gebauten, hölzernen Häusern bestehen, ganz genau, mußten aber annehmen, daß infolge des bevorstehenden Krieges mit den Crows wenigstens ihre Krieger nicht dort, sondern anderswo zu finden seien.

Es war Nachmittag, und wir hatten bis zum Lake Jone ungefähr noch zwei Stunden zu reiten. Wir befanden uns in der Zeit des sogenannten indianischen Sommers, in Beziehung auf die Witterung eine wunderbare Jahresperiode, welche nur dem Westen eigen ist und sonst in keinem andern Lande, keiner andern Gegend der Erde vorkommt. Die Laramie-Plains liegen über zweitausend Meter hoch, und doch gab es eine so linde, warme Luft hier oben, wie man sie anderswo in derselben Höhe nur im Sommer findet. Und dabei war sie so rein und klar, daß man auf der weiten Ebene in eine Unendlichkeit sehen zu können glaubte.

Diese Ebene war da, wo wir uns befanden, mit ziemlich hohem Grase bewachsen, ein Umstand, welcher uns eine Fährte, welche von rechts her in einem sehr spitzen Winkel auf uns stieß, schon von weitem deutlich bemerkbar machte. Als wir sie erreichten, hielten wir an, um sie zu betrachten. Rost sagte, um zu beweisen, daß er kein für uns ganz unnützer Begleiter sei:

»Das sind keine wilden Tiere gewesen. Gestattet mir, Mylords, daß mir eine innere Stimme sagt, es sind hier Menschen geritten! Man sieht die Pferdestapfen ganz genau.«

»*Well!* Wieviel Reiter waren es?« fragte ich lächelnd.

»Wieviel? Das kann kein Mensch sagen.«

»So sind wir, nämlich Winnetou und ich, keine Menschen!«

»Warum? Könnt ihr vielleicht diese Zahl angeben?«

»Ja.«

»Das wäre ein Kunststück, auf welches ich mich nicht verstehe.«

»Glaube es! Wartet nur einen Augenblick, so wird er Euch gleich Bescheid sagen!«

Winnetou war nämlich abgestiegen, um die Spuren zu zählen. Nun schwang er sich wieder in den Sattel und sagte in seiner kurzen Weise:

»Fünf Weiße – – – Uff!«

Daß er eine Pause vor dem Uff machte, ließ mich vermuten, daß die Fährte ihm Stoff zum Nachdenken gab. Da er aber weiterritt, ohne etwas hinzuzufügen, war ich still, betrachtete aber die Fährte nun schärfer, als ich es sonst wohl gethan hätte.

Wir folgten ihr, erstens weil sie mit unserm Wege dieselbe Richtung hatte und weil man zweitens im wilden Westen keine Spur mit Gleichgültigkeit behandeln darf, denn es ist möglich, daß sie von Menschen stammt, welche eine feindliche Absicht haben. Nach einer Weile sah man, daß zwei von den fünf Reitern angehalten hatten und abgestiegen waren. Die Eindrücke ihrer Füße entfernten sich nicht von der Spur; sie waren ihr gefolgt, und dann sah man einen Eindruck, welcher nicht durch einen Fuß verursacht worden war. Als ich mein Pferd einen Augenblick anhielt, um das zu betrachten, fragte Rost:

»Giebt es hier etwas zu sehen, Mr. Shatterhand?«

»Ja, und zwar etwas sehr Wichtiges.«

»Was?«

»Zwei von diesen fünf Reitern haben die Fährte der andern drei untersucht, und einer von ihnen ist dabei niedergekniet.«

»Wozu? Ich ersehe keinen Grund. Wenn sie etwas wissen wollten, brauchten sie die andern doch nur zu fragen!«

»Das konnten sie nicht.«

»Warum?«

»Weil sie nicht bei ihnen waren.«

»Was? Wie? Die zwei sind nicht bei den drei gewesen? Die fünf sind also nicht zusammengeritten?«

»Nein.«

Winnetou, der Schweigsame, warf mir einen beistimmenden Blick zu, um mir ohne überflüssige Worte anzudeuten, daß ich jetzt wußte, warum diese Fährte ihm bedenklich vorgekommen war. Rost fragte weiter:

»Wie könnt Ihr das so genau wissen, Mylord? Ich bin zwar imstande, den Kaputzenmuskel vom rautenförmigen Muskel zu unterscheiden, aber hier wußte ich mir keinen Rat.«

»Man braucht nur nachzudenken, und Ihr habt das Rätsel ja auch schon gelöst: Eben weil die zwei, wenn sie etwas wissen wollten, die andern drei nur zu fragen brauchten, hätten sie es gar nicht nötig gehabt, anzuhalten, abzusteigen und deren Spuren zu untersuchen. Daß sie dies aber doch gethan haben, ist eben der Beweis, daß sie gar nicht bei ihnen gewesen, sondern hinter ihnen hergeritten sind. Seht Euch die Fährte einmal genau an! Hier links zum Beispiele hat sich das Gras beinahe schon wieder aufgerichtet, während es da rechts noch vollständig niederliegt. Diese Stapfen sind also jünger als jene. Ich schätze die links auf fünf, die rechts aber bloß auf drei Stunden; nach dieser Angabe sind die zwei Reiter also zwei Stunden später hier gewesen als die drei.«

»Da Ihr mich darauf aufmerksam gemacht habt, sehe ich diesen Unterschied im Grase nun freilich auch. Ich werde mir dieses Zeichen merken, um vorkommenden Falles auch sagen zu können, wie alt eine Fährte ist!«

Ich mußte lächeln. Er sah das und fragte mich also:

»Ihr lacht, Mylord? Warum?«

»Weil diese Bestimmung nicht so leicht ist, wie Ihr zu denken scheint, Mr. Rost.«

»Nicht so leicht? Hm! Man braucht doch nur das Gras anzusehen!«

»*Pshaw!* Wenn es sich nur um den Zustand der Halme handelte, wäre die Sache allerdings ziemlich leicht; aber es sind da noch ganz andere Dinge in Betracht zu ziehen.«

»Welche?«

»Vor allen Dingen die Witterung. Hat es geregnet, oder schien die Sonne? Woher wehte der Wind? War er stark oder schwach, trocken oder feucht? Sodann muß man sehen, welche Art von Gras es ist, ob es sich leicht oder schwer aufrichtet, worauf seine Länge oder Kürze, die Dicke der Halme, sein Alter, also seine Elastizität, seine größere oder geringere Brüchigkeit großen Einfluß hat.«

»Haltet auf, Mylord! Das ist ja eine ganze Menge von Dingen, die man dabei zu berechnen hat!«

»Oh, das ist noch nicht alles!«

»Was noch?«

»Wie groß war die Last, welche auf das Gras drückte, und wie lange währte dieser Druck? Die Spuren eines ledigen und eines berittenen Pferdes sind von verschiedener Deutlichkeit und Schärfe, weil eben die Last verschieden ist; sodann können die Eindrücke beim schnellen Gehen oder Reiten flüchtiger, also weniger deutlich, in andern Fällen aber ganz im Gegenteile ausgesprochener und kräftiger sein als beim langsamern Gange. Beim langsameren Reiten oder Gehen ruht der Fuß oder der Huf länger auf der betreffenden Stelle als beim schnellen; aber man hat dagegen sehr zu berücksichtigen, daß mit der Schnelligkeit auch die Kraft des Druckes wächst. Ein galoppierendes Pferd tritt mit ganz anderer Stärke auf als ein langsam schreitendes; es haut förmlich auf, und da es dabei aber mit der vordern Schärfe der Hufe fester auf- und tiefer tritt als mit dem hintern Teile derselben, läßt sich seine Gangart noch lange Zeit nach der Gestalt der Spuren unterscheiden und bestimmen. Ich könnte noch mehr sagen, was man alles zu berücksichtigen hat.«

»Es ist genug, vollständig genug für mich, Mylord! Ich sehe ein, daß die Sache doch größere Schwierigkeit besitzt, als ich dachte, und glaube nicht, daß ich es so bald und so leicht lernen werde.«

»Ja, das richtige Spurenlesen im Wildwest ist eine Wissenschaft, gradezu eine Wissenschaft, über die es freilich keine Lehrbücher und auch keine Lehrstühle giebt. Nicht jeder Mensch besitzt die Gabe, es in diesem Studium zu guten Erfolgen zu bringen. Wem sie versagt ist, der mag daheimbleiben, wenn er nicht zu Grunde gehen will, denn es kommt sehr häufig vor und ist auch mir hundertmal passiert, daß von der richtigen Beurteilung einer Fährte sehr viel abhängt, vielleicht sogar das Leben.«

»Doch nicht etwa hier von dieser auch?«

»Das kann man jetzt noch nicht wissen. Die Reiter waren Weiße; wir haben es also nicht mit Indianern zu thun, und das ist beruhigend. Aber es giebt auch Weiße, welche mehr zu fürchten sind als feindliche Indsmen, und so haben wir jetzt noch gar keinen Grund, die hier stets nötige Vorsicht in den Wind zu schlagen. Es sind hier vor fünf Stunden drei Bleichgesichter geritten; zwei Stunden später kamen zwei andere hinterher. Diese fünf bilden eine Gesellschaft; sie gehören unbedingt zusammen, und so fragt es sich, warum die zwei nicht mit den drei geritten, sondern von ihnen getrennt gewesen sind.«

»Hm! Mich dürft Ihr da nicht fragen; ich weiß es nicht! Aber wie könnt Ihr so bestimmt behaupten, daß die fünf zusammengehören?«

»Ich ersehe das aus dem Umstande, daß die hinterher Kommenden die Fährte der voran Reitenden so genau betrachtet haben.«

»Sonderbar! Ich würde daraus grad das Gegenteil schließen.«

»Wieso?«

»Mir würde eine innere Stimme sagen: Grad weil sie die Spur so angesehen haben, wußten sie nicht, wer die waren, die sie vor sich hatten.«

»Das beweist weiter nichts, als daß Ihr kein Westmann seid. Wenn man auf eine fremde Fährte stößt, so liest man sie und folgt ihr dann so lange, als sie keine Veränderung bietet oder es keinen sonstigen Grund zum Aufenthalte giebt. Die zwei Reiter aber sind abgestiegen und haben sich mit der Spur an einer Stelle beschäftigt, wo sie nicht den geringsten Grund zu dieser besondern Aufmerksamkeit bot, sondern ganz genau dieselbe war wie vorher. Sie haben also nicht nach etwas suchen wollen, was sie noch nicht wußten, sondern sich nur noch einmal überzeugen wollen, daß es die Fährte sei, der sie zu folgen hatten. Die Spuren, und folglich auch die drei Reiter, waren ihnen also bekannt. Wahrscheinlich wollten sie auch bloß wissen, wie groß die Entfernung zwischen diesen und ihnen war. Dieser Umstand bringt mich natürlich auf eine weitere Frage, welche für uns höchst wichtig werden kann.«

»Natürlich? Ich finde keine Frage, am allerwenigsten eine, die aus dem, was Ihr gesagt habt, so natürlich zu folgen hat!«

»Davon bin ich überzeugt! Es ist die Frage: Wollen die zwei die drei einholen, oder wollen sie das nicht?«

»Natürlich wollen sie es, da sie doch zu ihnen gehören!«

»Das ist nicht mit solcher Festigkeit hinzustellen. Wenn ich von ihrer Zusammengehörigkeit gesprochen habe, so ist die Möglichkeit nicht ausgeschlossen, daß diese sich nicht auf den heutigen Tag, sondern auf eine spätere Zeit, auf ein entferntes Ziel bezieht.«

»Das ist mir zu verwickelt! Ich kann zwar den Kaputzenmuskel ganz gut von – – –«

»Von dem rautenförmigen Muskel unterscheiden,« unterbrach ich ihn. »Aber für die jetzige – – –«

»Entschuldigung, Mylord!« fiel er mir schnell in die Rede. »Ich hatte dieses Mal nicht den rautenförmigen, sondern den großen, vorderen, gekerbten gemeint; sie gehören aber alle drei zu der Muskelgruppe der Schulter und des Schlüsselbeines. Ich habe zu ihnen nur noch den Aufheber, der auch der geduldige genannt wird, den kleinen, vorderen und gekerbten und den *musculus subclaveus* zu fügen.«

»Gut, fügt diese drei noch hinzu, so werden es sechs! Wir können aber alle diese Muskeln ruhig an der Schulter und dem Schlüsselbeine sitzen lassen und wollen uns lieber mit der Fährte beschäftigen, welche uns doch wichtiger ist!«

»*Well,* Mylord! Ich folge Euren Worten mit größter Aufmerksamkeit, denn diese Spur ist auf unserm ganzen bisherigen Ritte die erste, welche Eure Aufmerksamkeit so sehr in Anspruch nimmt.«

»Mich beschäftigen jetzt vor allen Dingen die beiden Fragen: Warum sind die zwei Reiter zurückgeblieben? und: Wollen sie die drei einholen oder nicht? Der Zweck des Rittes ist bei beiden Trupps jedenfalls derselbe; aber die beiden Zurückgebliebenen scheinen dabei irgend eine Absicht zu verfolgen, welche geheim bleiben soll; sie haben sich separiert, um über diese Absicht ungestört und unbelauscht reden zu können. Unter den Verhältnissen, welche hier im wilden Westen herrschen, kann man aber bei neunzig unter hundert Fällen annehmen, daß eine so sorgfältig geheimgehaltene Absicht keine gute, sondern eine schlechte ist. Die drei Reiter haben sich also vor den zwei in acht zu nehmen. Das ist es, was mir diese Spuren sagen.«

»Mylord, Euer Scharfsinn ist bewundernswert! Ich muß gestehen, daß ich auf diese Gedanken und Schlüsse nie gekommen wäre!«

»*Pshaw!* Es ist nicht bloß der Scharfsinn, der mich auf sie bringt, sondern noch etwas anderes, wofür es aber keinen treffenden Ausdruck giebt. Der Westmann eignet sich nämlich nach und nach einen, ich will sagen, sechsten Sinn an, auf den er sich ebenso wie auf die fünf eigentlichen Sinne verlassen kann. Es ist das eine Art geistigen Sehens oder Hörens, eine geheimnisvolle Art der Wahrnehmung, welche nicht von Licht- oder Schallwellen abhängig ist. Man möchte ihn den Ahnungs- oder den Vermutungssinn nennen, wenn Vermutungen und Ahnungen nicht etwas so Unbestimmtes wären, denn dieser sechste Sinn trifft das Richtige mit ganz derselben Sicherheit, wie das Auge einen vor ihm stehenden Gegenstand erfaßt. Der Westmann hat sich diesen Sinn ganz in derselben Weise nach und nach anzuüben, wie das Kind auch erst durch lange Uebung die Fertigkeit gewinnt, sich seiner Sinne zu bedienen; dann aber, wenn man ihn einmal besitzt, kann man sich auf ihn ebenso fest wie auf das Auge oder das Ohr verlassen; ja, es kommt sogar nicht selten vor, daß er den Ausschlag giebt, wenn die Ergebnisse von Gesicht und Gehör einander widersprechen. Kein Mensch besitzt diesen Sinn in so hoher Schärfe und Entwickelung wie Winnetou. Ich bin doch gewiß kein Neuling, aber es hat Fälle gegeben, in denen selbst ich im höchsten Grade über die Sicherheit erstaunte, mit welcher er Dinge vorhersagte, auf welche ich mit all meinem Scharfsinn nicht gekommen wäre. Diese Ankündigungen sind dann stets so genau in Erfüllung gegangen, als ob er die betreffenden, in der Zukunft liegenden Verhältnisse ganz deutlich vor seinen Augen gehabt hätte. Wenn ich diesen Sinn nicht auch besäße, wäre ich da wohl zuweilen versucht gewesen, anzunehmen, daß er zu den Menschen gehöre, welche mit dem sogenannten ›zweiten Gesicht‹ begabt sind. Doch, Ihr seht, daß er uns weit vorangekommen ist. Wollen uns beeilen, ihn wieder einzuholen! Ich vermute, daß wir heute am Lake Jone nicht so unbeschäftigt sein werden, wie wir es an unsern bisherigen Lagerstätten gewesen sind.«

»Denkt Ihr etwa an eine Gefahr, Mylord?«

»Nein. Wer Winnetou, den Häuptling der Apatschen, bei sich hat, für den wird manches, was sonst gefährlich sein würde, vollständig unbedenklich. Wir werden eine interessante Unterhaltung *à la* Wildwest haben, weiter nichts. Kommt, Mr. Rost!«

Wir trieben unsere Pferde an, um Winnetou, der seinen schnellen Schritt beibehalten hatte und uns infolgedessen vorausgekommen war, wieder einzuholen; dann folgten wir der Spur, welche grad auf den Lake Jone zuführte, so lange, bis sie sich trennte. Drei Pferde waren in der bisherigen Richtung weitergegangen, zwei nach der rechten Seite von ihr abgewichen. Winnetou ritt, ohne sich zu besinnen, auf der letzteren Fährte weiter. Das konnte sich Rost nicht erklären, weshalb er mich fragte:

»Warum reiten wir nicht geradeaus, Mr. Shatterhand? Diese neuen Eindrücke führen doch wohl nicht zum See, wohin wir wollen!«

»Sie führen hin,« antwortete ich.

»Wirklich? Sie gehen aber doch von der Richtung ab!«

»Nur einstweilen. Später werden beide Fährten wieder zusammenstoßen. Winnetou ist, sobald er sah, daß sie sich trennten, sofort mit seiner Berechnung fertig gewesen. Ahnt Ihr, was er vermutet?«

»Nein. Ich bin so ahnungslos wie ein Kind.«

»Beide Abteilungen wollen nach dem See; die zweite will

sich aber von der ersten zunächst nicht sehen lassen, weil sie wahrscheinlich die Absicht hat, sie zu belauschen.«

»Hm! Ist der Apatsche denn allwissend?«

»Wenn er es wäre, würde ich es auch sein, weil ich ganz dasselbe denke. Der Erfolg wird zeigen, daß wir recht haben. Es kann kein anderer Grund zu dieser Trennung vorliegen.«

»Aber hätten wir da nicht auch wohl Veranlassung, die erste Abteilung zu belauschen?«

»Allerdings. Wichtiger aber ist es, zu erfahren, was die zweite für einen Grund hat, Personen, mit denen sie zusammengehören, heimlich auszuhorchen. Wir haben hier den Beweis, daß das, was ich vorhin von ihnen gesagt habe, wahr ist: sie haben etwas vor, was entweder alle ihre drei Kameraden oder wenigstens einer von diesen nicht wissen sollen. Wenn aber Leute, welche die Gefahren des Westens mit einander tragen sollen, Heimlichkeiten vor einander haben, so mangelt ihrem Verhältnisse die grad hier so notwendige Ehrlichkeit. Es ist vorauszusehen, daß wir mit diesen fünf Personen zusammentreffen, und darum ist es vor allen Dingen notwendig, hinter die Schliche der Heimlichthuer zu kommen. Wir reiten also zunächst ihnen nach, um ihnen, wenn es notwendig ist, auf die Finger zu klopfen. Auf den Pfaden, welche Winnetou und Old Shatterhand reiten, werden keine Niederträchtigkeiten geduldet!«

»So kann es wohl gar zu Feindseligkeiten zwischen ihnen und uns kommen?«

»Ja.«

»Das ist höchst interessant! Jetzt freue ich mich darüber, daß wir auf diese Fährte getroffen sind!«

»Wahrscheinlich giebt es unter den drei Reitern auch jemand, der sich ebenso und noch mehr als Ihr darüber zu freuen hat. Wir werden das sehr bald erfahren, denn wir haben nur noch eine halbe Stunde zu reiten, bis wir den See erreichen.«

Diese Voraussagung bewahrheitete sich, denn die angegebene Zeit war noch nicht ganz verflossen, so sahen wir im Südwesten von uns einen dunklen Strich am Horizonte, der das Gehölz bedeutete, welches sich rund um den See herumzog. Anstatt der Fährte weiter zu folgen, wich Winnetou, noch weiter rechts ausbiegend, von ihr ab. Rost konnte den doch so naheliegenden Grund dazu nicht einsehen und fragte mich nach demselben. Ich bin auch kein Freund vom unnützen Sprechen und habe mich, so oft ich mit Winnetou allein war, stets ebenso schweigsam verhalten wie er; aber ein Neuling, der Rost doch war, muß unterrichtet werden, und da die Rolle des Belehrenden nun einmal mir zugefallen war, konnte ich mich derselben nicht entziehen und gab ihm also die gewünschte Auskunft, indem ich antwortete:

»Die drei sind so geritten, daß sie den See in seiner südlichen Gegend erreicht haben. Die zwei ritten weiter rechts, also nördlich, um an einer Stelle auf ihn zu treffen, wo sie von den dreien nicht gesehen werden können. Von da aus wollen sie sich an sie schleichen. Da wir sie nun ebenso belauschen wollen wie sie die anderen, dürfen sie uns auch nicht sehen. Darum gehen wir nun von ihrer Fährte ab, um von Norden her an das Wasser zu kommen. Ihr werdet gleich sehen, daß Winnetou sein Pferd zum Galopp antreiben wird.«

»Wozu das?«

»Weil ein galoppierendes Pferd sich schneller und tiefer am Boden bewegt und also von weitem nicht so leicht gesehen werden kann wie ein langsam gehendes; auch wird dadurch die Zeit einer doch leicht möglichen Beobachtung bedeutend abgekürzt.«

»Aber die zwei können uns doch gar nicht sehen und beobachten, weil sie so weit südlich von uns sind!«

»Ganz richtig eigentlich; aber der vorsichtige Westläufer hat mit allen Möglichkeiten zu rechnen. Wenn sie so vorsichtig sind, wie wir an ihrer Stelle sein würden, so suchen sie den Wald eine hinreichende Strecke weit ab, um sich zu überzeugen, daß sich niemand in der Nähe befindet und sie also sicher sind. Dabei können sie so weit nördlich kommen, daß sie unsere Annäherung bemerken würden, wenn wir nicht so klug wären, ihnen weit genug auszuweichen.«

»Schön! Wollen sehen, ob er wirklich galoppieren wird!«

Er hatte diese Worte, welche Winnetou gar nicht hörte, kaum ausgesprochen, so trieb dieser sein Pferd durch ein aufmunterndes Zungenschnalzen an und flog dann in Carriere vor uns hin. Wir folgten natürlich in demselben Tempo.

Der den See umgebende Wald schickte uns einen Buschausläufer entgegen, hinter welchem wir anhielten und abstiegen. Die Stelle, an welcher wir uns befanden, konnte von derjenigen, wo die zwei Männer zu vermuten waren, vielleicht eine englische Meile entfernt sein. Winnetou gab seinem Pferde das Maul zum Grasen frei und sagte:

»Meine weißen Brüder mögen auf mich warten!«

Mit diesen Worten verschwand er im Gebüsch, nachdem er seine Silberbüchse von der Schulter genommen und mir gegeben hatte.

»Wo will er hin?« fragte Rost.

»Nach den Leuten suchen, die wir beobachten werden.«

»Warum nimmt er sein Gewehr nicht mit?«

»Weil es ihm hinderlich werden kann. Es ist möglich, daß er streckenweit durch das Gebüsch kriechen muß, wobei einem ein langes Gewehr natürlich im Wege ist.«

»Was thun wir inzwischen?«

»Wir setzen uns nieder und warten. Es kann leicht eine ganze Stunde dauern, bis er wiederkommt. Macht es Euch und den Pferden also bequem; ich will inzwischen nachsehen, ob sich niemand in der Nähe befindet.«

Ich suchte den Rand des Waldes sorgfältig ab, fand aber kein Anzeichen von der Gegenwart eines menschlichen Wesens und kehrte dann zu ihm zurück. Die wegen des dazwischen liegenden Waldes für uns unsichtbare Sonne mußte fast am Horizonte stehen; es war also nach ungefähr einer halben Stunde die Dämmerung zu erwarten.

Die Schatten wurden länger und immer länger, bis sie ihre Spitzen ganz über die östliche Ebene hinauswarfen, worauf es schnell zu dunkeln begann. Grad als das Licht des Tages im Verschwinden war, kehrte der Apatsche zurück. Er stieg auf sein Pferd und ritt, ohne ein Wort zu sagen, dem Walde entlang in südlicher Richtung fort; wir folgten ihm. Rost war neugierig. Er hätte gern gewußt, ob Winnetou seinen Zweck erreicht hatte, getraute sich aber nicht, ihn mit Fragen zu belästigen. Ich war auch still, denn ich wußte, daß der Häuptling sprechen würde, sobald er es für nötig hielt. Er hatte die Gesuchten jedenfalls gefunden, denn daß er wußte, wo sie waren, ersah ich aus der Sorglosigkeit, mit welcher er uns voranritt.

Es mochte eine gute Viertelstunde vergangen sein, da stieg er ab, schlang den Pegriemen an die Zügel, um sein Pferd anzupflocken, und sagte:

»Mein Bruder Rost mag hier bei den Pferden bleiben und sich sehr still verhalten. Wir werden ihm unsere Gewehre geben, um uns leichter an die zwei Bleichgesichter anschleichen zu können. Er soll, selbst wenn wir um Mitternacht noch nicht zurückgekehrt wären, keine Sorge um uns haben und sich ja, bis wir wiederkommen, nicht von dieser Stelle entfernen! Jetzt komm, Scharlih!«

»Darf ich wirklich so ohne Sorge um Euch sein, Mr. Shatterhand?« fragte mich der Angeredete.

»Ja,« antwortete ich.

»Auch selbst dann, wenn mir vielleicht eine innere Stimme sagt, daß Ihr Euch in Gefahr befindet?«

»Auch dann. Ihr habt überhaupt nicht auf diese Eure innere Stimme, sondern nur auf uns zu hören. Es giebt keine Gefahr für uns, und sollte es eine geben, so würdet Ihr durch eine etwaige Eigenmächtigkeit das Uebel nur noch ärger machen. Ihr habt auf alle Fälle hier zu warten, bis wir wiederkommen, selbst wenn dies erst morgen früh geschehen sollte!«

Ich gab ihm meinen Bärentöter und den Henrystutzen und folgte dann dem Apatschen, welcher sich hier jeden Strauch gemerkt zu haben schien, so groß war die Sicherheit, mit welcher er mich erst durch das Gebüsch und dann in den vom Unterholz freien Wald führte. In diesem war es finster; darum nahm er mich bei der Hand.

Er bewegte sich, wie ich bemerkte, in einem Bogen um den Ort, den er erreichen wollte, und wurde um so vorsichtiger, je mehr wir uns demselben näherten. Dann ließ er meine Hand los, legte sich nieder und kroch auf den Händen und Füßen weiter. Selbstverständlich folgte ich ihm in derselben Weise. Bald hörten wir Stimmen. Indem wir uns langsam und geräuschlos vorwärtsschoben, erreichten wir die letzten Bäume am Waldesrande und hatten die Gesuchten nahe vor uns im Grase sitzen. Nicht weit von ihnen waren die dunklen Umrisse ihrer angehobbelten Pferde zu bemerken.

Das Glück war uns außerordentlich günstig, denn die beiden Personen sprachen grad jetzt über einen Gegenstand, welcher für mich von höchstem Interesse war. Als wir uns ihnen soweit genähert hatten, wie es möglich war, hörte ich die Worte:

»Ja, ich bin auch überzeugt, daß dieser Sheriff sehr fleißig nach uns forschen wird. Grad weil er einsehen mußte, daß er sich auf so falschem Wege befunden hatte, giebt er sich nun die größte Mühe, diesen Irrtum quitt zu machen. Ich möchte nur wissen, wer dieser fremde Dutchman gewesen ist!«

»Ein Zeitungsschreiber, weiter nichts!« antwortete der andere, dessen Stimme mir sofort bekannt vorkam, obwohl er in gedämpftem Tone sprach.

»Das bezweifle ich! Der Kerl ist in einer Weise gegen dich aufgetreten, die mehr als bloß einen Tintenklexer in ihm vermuten läßt.«

»Er hat aber doch das Gedicht gemacht und muß also ein Federfuchser gewesen sein!«

»Kannst du darauf schwören, daß er da nicht gelogen hat?«

»Schwören wohl nicht. Aber was für einen Grund sollte er gehabt haben, sich für den Verfasser auszugeben, Streit mit mir anzufangen und dann die Gedichte zu verbrennen?«

»Das weiß ich allerdings auch nicht.«

»Uebrigens war dieses Verbrennen ein Unsinn von ihm, denn ich habe das Poem, welches wirklich gar nicht schlecht ist, auswendig gelernt und werde es wieder drucken lassen, wenn ich noch einmal die Veranlassung haben sollte, als frommer Prayer-man aufzutreten.«

»Das kommt nicht wieder vor, denn unser jetziger Streich bringt uns soviel ein, das wir das Geschäft aufgeben und uns zur Ruhe setzen können. Es ist nur gut, daß wir die Nuggets dieses albernen Watter so rasch in Geld umsetzen und dieses deponieren konnten, und daß die beiden Lachner mit ihren Reisevorbereitungen fertig waren und gleich mitfahren konnten.«

»Ob es wohl so notwendig war, die Eisenbahn zu benutzen?«

»Ganz gewiß! Wir mußten möglichst schnell aus dem Staate Missouri verschwinden, in welchem du es nie wieder wagen dürftest, deine fromme Rolle zu spielen. Man würde den salbungsvollen Prayer-man wohl schnell bei den Haaren nehmen. Du hast überhaupt von Glück zu sagen, daß man nicht schon längst auf dich aufmerksam geworden ist. Man hätte doch unbedingt darauf kommen müssen, daß, wo ein solcher wohlvorbereiteter Einbruch geschah, du stets vorher dagewesen warst!«

»*Pshaw!* Meine Frömmigkeit machte die Leute blind. Es macht mir noch jetzt Spaß, daß der Wirt in Weston von dem Einbruche bei dem dortigen Händler und bei dem Advokaten Pretter in Plattsburg sprach und dabei in seiner kindlichen Unschuld erwähnte, daß ich kurz vorher in Weston und Plattsburg gewesen bin. Der dumme Teufel hatte keine Ahnung von dem Zusammenhang!«

»Oh, jetzt wird ihm diese Ahnung wohl gekommen sein! In Weston darfst du dich niemals wieder sehen lassen. Wenn dieser verdammte Dutchman nicht gewesen wäre, dieser – – – wie hieß er?«

»Meier.«

»Also dieser Meier nicht gewesen wäre, hätte die Sache ein ganz anderes Ende genommen und es wäre nicht nötig gewesen, uns in der Weise zu beeilen, daß das Gelingen unseres herrlichen Planes beinahe unmöglich geworden wäre. Hatte er denn Verdacht gegen dich geschöpft?«

»Es schien so.«

»Aus welchem Grunde?«

»Das weiß der Teufel! Ich bin ja nicht dabei gewesen, als Watter den Diebstahl entdeckte, und ich weiß also nicht, was alles gesprochen worden ist. Als ich dann kam, hörte ich nur, daß dieser Meier den Sheriff aufforderte, mich festzuhalten. Es schien, daß der Verdacht auf ihn gefallen sei und er sich dadurch, daß er ihn auf mich warf, rechtfertigen wolle. Ich suchte natürlich sofort das Weite.«

»Vielleicht hättest du besser gethan, zu bleiben?«

»Nein. Wenn ich einmal arretiert worden war, so stand fast mit Sicherheit zu erwarten, daß alle Verdachtsmomente gegen mich sprechen würden. Uebrigens mußte ich dir nach und und durfte mich schon deshalb nicht ergreifen lassen.«

»*Well!* Ich bleibe aber dabei, daß dieser Meier nicht das gewesen ist, wofür er sich ausgegeben hat. Für die Wahrheit dieser Vermutung spricht auch der Umstand, daß er so meisterhaft geschossen hat.«

»Das war Zufall!«

»Nein. Wer bei so wenig Schüssen eine Kugel mit Absicht daneben gehen läßt, der weiß genau, daß er nicht wieder fehltreffen wird.«

»Ob es Absicht gewesen ist, das läßt sich nicht behaupten!«

»Ich behaupte es aber! Wenn er etwa ein verkappter Westmann gewesen wäre!«

»*Pshaw!*«

»Dann käme er gewiß auf den Gedanken, sich etwas näher nach uns zu erkundigen. Ich traue diesem Kerl nicht, obgleich ich ihn leider nicht gesehen habe. Ein guter Prairieläufer kommt sehr leicht auf allerlei Berechnungen, zu welchen das Gehirn anderer Menschen nicht ausreicht. Du hast doch nichts zurückgelassen, was auf unsere Fährte führen könnte?«

»Nein.«

»Deine Werkzeuge?«

»Habe ich in den Fluß geworfen.«

»Deinen Koffer?«

»Verbrannt.«

»Du hattest dir doch auch Notizen gemacht. Hast du die noch?«

»Nein; ich habe sie auch verbrannt, weil das Ereignis in Weston mich vorsichtig gemacht hatte.«

Der Prayer-man sagte hier die Unwahrheit, denn wir hatten ja seinen Koffer mit den Werkzeugen und Notizen in den Händen gehabt. Er verschwieg jetzt die Wahrheit, um sich keinen Vorwürfen auszusetzen.

Man kann sich denken, daß meine Ueberraschung, hier am Lake Jone auf den Prayer-man zu treffen, keine betrübende für mich war! Es hätte mir im Gegenteil nichts Erfreulicheres geschehen können, als diese Begegnung mit dem Manne, dessen Pläne zu durchkreuzen mein Wunsch gewesen war. Ich wußte nun mit einemmal ganz genau, wer die fünf Reiter seien. Es war gar nicht schwer, dies zu erraten.

Bei dem Nuggetdiebstahle in Weston nämlich waren drei Personen thätig gewesen: der Prayer-man, der eigentliche Einbrecher und sodann derjenige, welcher im Hofe gestanden und die Nuggets in Empfang genommen hatte. Einer von diesen beiden letzteren war der Fremde gewesen, welcher in der Gaststube gesessen und mit dem Prayer-man die von mir beobachteten Blicke des Einverständnisses gewechselt hatte. Nicht dieser Fremde, der mich doch in der Stube gesehen hatte, sondern der dritte im Bunde saß jetzt hier neben dem Prayer-man, denn er hatte soeben gesagt, daß ich ihm unbekannt sei. Dieser dritte schien der Anführer, das dominierende Mitglied des saubern Kleeblattes zu sein, wie aus seiner Ausdrucksweise zu vermuten war.

Ich hatte erfahren, daß zwei Menschen, ein Onkel und ein Neffe, in die Berge nach einem Finding-hole gelockt werden sollten. Diese fünf Personen ritten nach dem Gebirge, und zwar auf dem Wege, welcher auf dem in dem Koffer des Prayer-man gefundenen Zettel angegeben war. Da lag es sehr nahe, zu erraten, daß wir es hier mit diesem beabsichtigten Unternehmen zu thun hatten: es waren die drei Gauner mit ihren beiden Opfern, mit denen wir hier zusammentrafen. Und wenn ich mit dieser Vermutung keinen Irrtum beging, so waren die drei, welche vorangeritten waren, der Onkel, der Neffe und der fremde Gast aus Meiers Hotel, den ich beobachtet hatte.

Diese Erwägungen flogen mir nur so schnell durch den

Kopf, denn ich hatte keine Zeit, ihnen nachzuhängen, weil jedes Wort, welches gesprochen wurde, meine ganze Aufmerksamkeit in Anspruch nehmen mußte.

»Es war klug, daß du das alles vernichtet hast. War es dir denn möglich, den Koffer auf der schnellen Flucht mitzuschleppen?« wurde der Prayer-man weiter gefragt.

»Ja, denn die Kerls waren so dumm, mir die nötige Zeit zu lassen. Ich habe dann zwar bemerkt, daß sie mir folgten, hatte aber da einen schon so großen Vorsprung, daß sie mich nicht einholen konnten.«

»Watter wird sich schleunigst auf deine Spur gesetzt haben!«

»Ganz gewiß, aber ich lache darüber. Dieser Mensch hält sich wirklich für einen guten Westmann! Er wird die Spur sofort wieder verloren haben.«

»Hm! Wenn der Teufel will, macht er auch einmal den dümmsten Kerl zum gescheiten Manne!«

»*Pshaw!* Unsere Fahrt auf der Bahn hat der Spur eine so große Unterbrechung gegeben, daß sie selbst von einem Winnetou oder Old Shatterhand nicht wiedergefunden würde.«

»Behaupte nicht zu viel!«

»Das thue ich nicht. Es giebt überhaupt keinen Kopf irgend eines Menschen, welcher so findig wäre, die Orte zu erforschen, an denen wir den Zug bestiegen und ihn dann wieder verlassen haben. Und sollten wir diesem Watter ja durch Zufall einmal begegnen, so ist inzwischen Gottes Zeit über Gottes Land gelaufen, und er muß schweigen.«

»Wenn er dies aber nicht thut?«

»So bekommt er eine Kugel durch den Kopf, und dann ist er für immer still. Die Entdeckung dieses Nuggetraubes macht mir ebensowenig Sorge wie der Ueberfall seines Kumpans Welley, dem wir vom Ufer des Platte aus eine Kugel durch die Brust gaben, die ihn von seinem Floße in das Wasser stürzte. Er wird auch nicht davon erzählen können, von wem er diese Kugel bekam und wer die sind, die dann das Floß auffischten und mit dem Golde an das Ufer zogen. Das war ein Fang! Fast zwanzigtausend Dollars! Ohne die drei Pfund, welche die großen Nuggets wogen, mit denen wir den alten Lachner geködert haben! Wird es nun nicht Zeit, daß wir uns hinschleichen?«

»Ja. Wenn wir so lange ausbleiben, ist es möglich, daß er Verdacht schöpft. Die Reden, welche er in den letzten Tagen hören ließ, sind mir aufgefallen. Darum gab ich Eggly den Auftrag, ihn heut abend, sobald ich ihm das Zeichen dazu gegeben haben werde, zur Aussprache zu bewegen. Es ist möglich, daß meine Besorgnis unnötig ist, daß wir also sein ganzes Vertrauen noch besitzen. Wenn man auf Wegen geht, wie unser jetziger einer ist, schöpft man sehr leicht Argwohn, ohne daß man es nötig hat. Aber ich will Sicherheit haben. Er wird sich von Eggly seine Meinung leichter als von uns entlocken lassen, und da er nicht ahnt, daß wir dabei sind und alles hören, was er sagt, wird er wahrscheinlich mit seinen Gedanken nicht zurückhalten. Der Neffe ist ein dummer Junge; was der denkt, kann uns ganz gleichgültig sein. Der Alte hat zwar die Klugheit auch nicht zentnerweise hinuntergeschlungen, aber er ist hinterlistig, und wenn er sich in Gefahr wähnt, kann er leicht auf den Gedanken kommen, uns um den Erfolg dieses Rittes und vielleicht auch um noch mehr zu bringen.«

»Das würde ihm nicht gelingen!«

»*Pshaw!* Ich denke da vorsichtiger als du.«

»Ist gar nicht nötig! Wenn der alte Halunke etwa Sprünge machen sollte, so nehmen wir ihn fest an die Leine und zeigen ihm, was er eigentlich von uns zu denken hat!«

»Das ist freilich leicht gesagt. Wie aber nun, wenn er Verdacht geschöpft hat und so klug ist, uns dies gar nicht merken zu lassen? Ist dieses Mißtrauen vorhanden, so hat er uns durchschaut und muß einsehen, daß wir zu jeder Gewaltthat entschlossen sind, er sich also auch nur durch eine Gewaltthat retten kann. Es würde für unser Leben ganz und gar nicht förderlich sein, wenn er uns ganz plötzlich einige Kugeln durch die Köpfe jagte und wieder nach Hause ritte, um uns als Fraß für die Geier liegen zu lassen!«

»*All devils!* Hältst du so etwas für möglich?«

»Ja. Darum soll Eggly ihn heut ausfragen, während wir dabei lauschen. Verrät er durch ein einziges Wort, daß er uns nicht mehr traut, so müssen wir dafür sorgen, daß er und sein Junge den morgenden Tag nicht erleben. Ich bin fest entschlossen dazu!«

»Es würde schade, jammerschade sein!

»Um diese beiden Menschen? Unsinn!«

»Um sie nicht, aber um die Arbeit, welche sie uns machen sollen. Es wird keinem von uns drei einfallen, einige hundert Male in das Eiswasser des Finding-Hole hinabzutauchen, um die Nuggets, welche da unten liegen, heraufzuholen. Das Leben ist einem schließlich ja doch mehr wert als alles Gold der Erde!«

»Das gebe ich natürlich zu. In Rücksicht auf diesen Grund würde ich mich vielleicht entschließen, nur den Alten unschädlich zu machen, den Jungen aber leben zu lassen. Wir würden ihn fesseln, und ich halte es für gar nicht schwer, ihn als Gefangenen mit uns zu führen. Er ist ja so unerfahren und dabei so wirr im Kopfe, dieser Old Jumble[1], wie Eggly ihn immer nennt, daß er, wenn er einmal tüchtig eingeschüchtert worden ist, gar nicht auf den Gedanken kommen wird, sich uns zu widersetzen. Daß ihn dann das kalte Wasser auch kalt, vollständig kalt machen wird, kann uns nur lieb sein, denn dies erspart uns die Mühe, ihm eine Kugel in sein vergeßliches Gehirn zu geben.«

»Besser ist es aber doch, der Alte bleibt auch leben, natürlich nur, bis wir ihn nicht mehr brauchen. Es sollte mich also ärgern, wenn er uns nicht mehr traute!«

»Mich natürlich auch! Wir werden ja in kurzer Zeit erfahren, wie es in dieser Beziehung mit ihm steht. Es wird jetzt Zeit, daß wir uns auf die Beine machen. Gut, daß ich Eggly befohlen habe, sobald er den Wald erreicht, gleich Lager zu machen und ein Feuer anzuzünden. Auf diese Weise ist der Platz sehr leicht zu finden. Wir brauchen nur immer hier am Rande hinzugehen, bis wir das Feuer sehen, welches Eggly

1 Wirrkopf.

auslöschen wird, sobald er mein Zeichen hört. Haben wir dann erfahren, was wir wissen wollen, so kehren wir hierher zu unsern Pferden zurück und reiten auf einem Umwege nach ihrer Spur zurück, um zu thun, als ob wir erst jetzt über die Prairie herüber angekommen wären.«

»Was sagen wir aber von unserer Jagd?«

»Daß wir keinen Elk getroffen haben. Dieser Alte glaubte wirklich, daß die Bockfährte eine Elkspur sei! Hahahaha! Und als ich ihm sagte, daß es so außerordentlich gefährlich sei, einen Elk zu schießen, ritt er ganz gern mit seinem Old Jumble und Eggly weiter, ohne zu ahnen, daß dies nur ein Vorwand von uns sei, zurückbleiben zu können! Da sieht man aber wieder einmal, daß die Pfiffigkeit eines einzigen Westmanns vollständig ausreicht, um zehn der klügsten Ostmänner an der Nase auf das Glatteis zu führen! Kommt jetzt; es ist Zeit dazu!«

Sie erhoben sich aus dem Grase und gingen fort. Wir standen auch auf.

»Hat mein Bruder Scharlih Wichtiges gehört?« erkundigte sich Winnetou.

Er wußte selbstverständlich, daß ich ebenso wie er jedes Wort vernommen hatte, und wollte nur wissen, ob ich mit dem Resultate unsers Anschleichens zufrieden sein könne.

»Sehr Wichtiges,« antwortete ich. »Ich weiß nun alles, was ich wissen wollte.«

»Uff! Gehen wir ihnen nach!«

Wir traten in das weiche Gras hinaus und huschten längs des Waldrandes hin, stets bereit, den Schritt sofort einzuhalten, falls wir den beiden Vorangegangenen zu nahe kämen. Das dauerte wohl auch eine Viertelstunde, bis wir weit vor uns ein Feuer erblickten, welches uns hell und groß entgegenleuchtete. Da der Prayer-man und sein Kumpan sich zwischen ihm und uns befanden, konnten wir ihre Gestalt erkennen und uns nach ihren Bewegungen richten. Als sie so nahe an die Lagerstätte ihrer Gefährten gekommen waren, daß sie nun bald befürchten mußten, gesehen zu werden, verschwanden sie im Walde. Da huschten auch wir unter die Bäume und griffen uns zwischen ihnen so rasch wie möglich fort. Es war nun ganz stockdunkel da, doch ließen unsere geübten Augen uns auch hier nicht im Stich. Dann sahen wir das Feuer uns zwischen den Stämmen entgegenblinken, wodurch uns das Vorwärtskommen sehr erleichtert wurde.

Als wir uns bis auf ungefähr sechzig Schritte genähert hatten, erkannten wir die beiden Lauscher, welche am Boden lagen und nach dem Feuer zukrochen. Wir ließen uns auch auf unsere Hände nieder und folgten ihnen, nicht hinter-, sondern in einiger Entfernung nebeneinander. Indem ich mich so, mit dem Gesichte dem Boden nahe, fortbewegte, war es mir, als ob ich ein leises, fast unbemerkbares metallisches Blinken im Moose gesehen hätte. Ich griff hin und fand – – – zwei Reitsporen, ein Fund, welcher mich in Staunen versetzen mußte. Die Sporen waren blank, konnten also gar nicht lange hier gelegen haben. Wahrscheinlich gehörten sie einer von den drei Personen, welche dort am Feuer saßen. Welch eine Unvorsichtigkeit! Man kann zwar unter Umständen Veranlassung haben, die Sporen abzunehmen; aber sie nicht einzustecken, sondern in das Gras oder Moos zu legen und dann liegen zu lassen, das ist eine so unerhörte Unvorsichtigkeit, daß ein erfahrener Westmann darüber vor Zorn außer sich geraten kann. So eine große, unverzeihliche Nachlässigkeit ist geeignet, die Sicherheit, ja, unter Umständen sogar das Leben aller Beteiligten in Frage zu stellen! Wer sie sich zu schulden kommen ließ, hatte noch mehr, viel mehr verdient, als bloß, daß man ihn Old Jumble nannte! Denn nur der Neffe, der Wirrkopf, von welchem vorhin gesprochen worden war, konnte diese Unachtsamkeit begangen haben. Eine solche Zerstreutheit – – – – – Zerstreutheit!!! Indem ich an dieses Wort dachte, ging es mir wie ein elektrischer Schlag, ich weiß nicht, ob durch die Seele oder durch den Körper. Und warum?

Es war der Name Lachner genannt worden, und Lachner war der Familienname meines einstigen Freundes und Reisegefährten Carpio! Er hatte einen Verwandten in Amerika und war stets ein Wirrkopf, ein Old Jumble gewesen! Ich fand keine Zeit, diesem Gedanken weiter Audienz zu geben, denn Winnetou war mir vorangekommen, und ich mußte mich beeilen, ihn einzuholen. Ich steckte die Sporen ein und kroch schnell weiter.

Das Feuer brannte noch so hoch und hell wie vorher; es beleuchtete die ganze Umgebung des Lagerplatzes, den wir also überblicken konnte. Er bildete den Endpunkt eines schmalen Grasstriches, welcher sich, von zwei Buschreihen eingefaßt, aus der offenen Prairie bis an den Rand des Waldes zog. Die nördliche Buschreihe war von Lücken durchbrochen, durch welche der Schein hinaus in die Ebene drang. Diesem Umstande war es zuzuschreiben, daß wir das Feuer gesehen hatten.

Der Prayer-man und sein Gefährte bewegten sich auf diese Sträucherreihe zu, weshalb wir die südliche für uns wählen mußten. Wir waren dadurch gezwungen, einen Umweg zu machen, und erreichten also unsern Standort erst, als die andern es sich an dem ihrigen schon bequem gemacht hatten. Nachdem wir uns unter die bis auf die Erde niederhängenden Zweige hineingebohrt hatten, warteten wir auf das Zeichen, welches gegeben werden sollte. Worin es bestehen sollte, wußten wir nicht.

Es war uns gar nicht schwer geworden, an Ort und Stelle zu kommen, denn die drei am Feuer Sitzenden führten ein so lautes Gespräch, daß ein von uns vielleicht doch verursachtes kleines Geräusch gar nicht gehört werden konnte. Schwieriger schon war es gewesen, die Zweige beim Darunterkriechen so langsam und gleichmäßig emporzuheben, daß man ihre Bewegung nicht bemerkte. Glücklicherweise hatten die beiden sich uns nun gegenüber befindenden Lauscher so mit sich selbst zu thun, daß sie gar nicht auf die Büsche, unter denen wir staken, achteten.

Die drei saßen in der Weise am Feuer, daß die nach der Prairie gekehrte Seite desselben offen war. Das hatte jedenfalls der mit dem Namen Eggly bezeichnete Gefährte so veranstaltet, damit die beiden heimlich mit ihm Einverstandenen das Lager leicht finden könnten. Er saß mit dem Rücken gegen den Wald und schielte, während er sprach, sehr fleißig ins Gebüsch – – nach den beiden Lauschern natürlich.

Uns gegenüber, also mit dem Gesicht nach Süden, saß jenseits des Feuers ein alter, hagerer, runzeliger Mann, dessen kräftiger Knochenbau aber noch Kraft und Ausdauer verriet. Er besaß ein sehr kräftiges Gebiß, welches ebenso wie das breite, massige, unten weit vorgebogene Kinn auf weniger hohe Instinkte schließen ließ. Die Lippen waren außerordentlich schmal und hatten kein Pigment, wie man es bei ausgesprochen geizigen Leuten zu beobachten pflegt. Die scharfgebogene Habichtsnase hätte einem armenischen Wucherer alle Ehre gemacht. Unter der von einem spärlichen, ergrauten Haarwuchse weit eingeengten Stirn blickte ein Paar kleiner, fast wimperloser Augen in steter Unruhe hin und her, und der höchst ärmlich gewachsene, ungepflegte Vollbart bemühte sich vergeblich, dem häßlichen, ganz und gar nicht Vertrauen erweckenden Gesichte ein ehrwürdiges Aussehen zu verleihen.

Dieser alte Mann war in einen festen, graubraunen Stoff gekleidet, trug lange Sporenstiefel, dazu einen breitkrempigen Hut und hatte ein Gewehr neben sich liegen, welches nicht seine einzige Bewaffnung bildete, denn in dem breiten Gürtel sah ich noch ein Messer und zwei Revolver stecken. Er war jedenfalls der Onkel, während der Neffe uns den Rücken zukehrte, sodaß wir sein Gesicht nicht sehen konnten. Ganz ebenso gekleidet und bewaffnet wie sein Verwandter, zeigte er mir bei den Wendungen seines Kopfes nur einen jungen Stoppelbart, welcher ihm, fern allen Barbieren der Vereinigten Staaten, während des Rittes bis hierher gewachsen war.

Eggly trug Lederhosen und ein dickes Wams über einer ebenso dicken Weste. Auch er hatte ein Gewehr, ein Messer und zwei Revolver, und an seinem Gürtel hingen mehrere Beutel, welche wahrscheinlich mit all den einem Westmann notwendigen Requisiten gefüllt waren. Ich erkannte in ihm augenblicklich jenen fremden Gast, den ich im Hotel zu Weston beobachtet hatte. Während ich ihn betrachtete, ließ sich ein unterdrücktes, heiseres Krächzen hören, welches ein

Unerfahrener einem Geier oder einem Raben zugeschrieben hätte, dem ich aber anhörte, daß es aus dem uns gegenüberliegenden Gebüsch kam. Eggly machte eine Gebärde der Besorgnis und sagte:

»Ein Geier, der noch wach ist? Oder ist er aufgestört worden? Von wem? Das kann ein Mensch gewesen sein! Aber wir haben doch die ganze Gegend abgesucht und keine Spur gefunden! Dennoch wollen wir vorsichtig sein und das Feuer auslöschen!«

Diese Worte hätten einen erfahrenen Mann mißtrauisch gemacht, und zwar nicht auf einen sich heranschleichenden Menschen, sondern auf den Sprecher derselben. Ein Geier, dessen Stimme man hört, ist nahe, und so kann derjenige, welcher ihn aufgestört hat, auch nicht soweit entfernt sein, daß er das Lagerfeuer nicht schon gesehen hätte; das Verlöschen desselben wäre also eine unnütze, weil zu spät getroffene Maßregel gewesen. Ein Westmann hätte es nicht ausgelöscht und wäre auch nicht so ruhig sitzen geblieben, sondern schnell auf- und in den Wald gesprungen, um sich keiner Kugel auszusetzen und vielmehr im Schutze der dortigen Dunkelheit nach der Ursache der Störung zu forschen. Eggly aber that oder unterließ von alledem nichts; er brachte die brennenden Holzstücke durch Auseinanderschieben derselben zum Verlöschen und sagte dann:

»So! Jetzt sieht uns kein Mensch mehr, und wir können ruhig weiterreden.«

Das Krächzen war das verabredete Zeichen gewesen, und nun sollte das Ausforschen des Alten beginnen, welcher keine Ahnung davon hatte, daß sein Leben von den Antworten, die er jetzt gab, abhängig war.

»Kann es wirklich ein Mensch sein, der den Geier aufgestört hat?« erkundigte er sich.

»Ja, möglich ist es wohl, aber wahrscheinlich ganz und gar nicht. Wer sollte noch so spät in diese abgelegene Gegend kommen! Jedermann sucht seinen Lagerplatz, so lange es noch Tag ist. Ich habe nur ausgelöscht, weil es so eine Gewohnheit von mir ist, vorsichtig zu sein. Wir können ja ein kleines Scheit brennen lassen, um das Feuer später wieder groß zu machen. Ich glaube, der Geier, oder was es eigentlich war, hat bloß im Traume gekrächzt, denn dieses Viehzeug träumt auch zuweilen, wie Ihr vielleicht wißt, Mr. Lachner.«

»Ich weiß nur, daß Hunde und Stubenvögel träumen und da zuweilen einen Ton hören lassen; warum sollten Geier dies nicht auch thun. Mir ist es nur um Mr. Sheppard und Mr. Corner!«

»Warum?«

»Weil die nun, wenn sie kommen, in der Dunkelheit herumirren, ohne uns finden zu können.«

»Das ist freilich wahr! Wir werden also doch bald wieder anbrennen müssen.«

»Ich bin neugierig, ob sie den Elk gefunden haben!«

»Ich bezweifle es. So ein Wild läuft meilenweit, ehe es einmal Halt macht, und dann ist es noch die Frage, ob es in einer Gegend steht, wo man herankommen kann. Unsere Gefährten haben nur einige Stunden erübrigen können und uns nicht zu weit vorankommen lassen dürfen. Ich bin überzeugt, daß sie nichts geschossen haben.«

»Ist eigentlich auch nicht nötig, denn wir haben ja noch Fleisch genug. Sie hätten den Elk laufen lassen sollen. Man sitzt ohne sie ganz ohne Unterhaltung da!«

»So – –? Bin denn ich nicht hier?«

»Ja, Ihr seid freilich hier!«

»Und habe ich jetzt nicht immerfort mit Euch gesprochen? Ist das keine Unterhaltung gewesen?«

»Jadoch! Aber ich will nun einmal nur von dem Finding-hole reden.«

»Das könnt Ihr auch mit mir!«

»Ich will dies nicht bestreiten; aber Mr. Corner und Mr. Sheppard wissen mehr davon als Ihr.«

»Sie wissen auch nicht mehr, als ich weiß. Ihr scheint aber zu ihnen mehr Vertrauen zu besitzen als zu mir.«

»Mehr Vertrauen nicht, denn das besitzt ihr alle in gleicher Weise; aber Mr. Sheppard war es, der zuerst von dem Finding-hole zu mir gesprochen hat, und mit Mr. Corner habe ich den Kontrakt abgeschlossen; da versteht es sich doch ganz von selbst, daß ich mich an diese beiden mehr halte, als an Euch. Es ist eine große Summe, welche ich geboten habe.«

»Habt Ihr Sorge um sie?«

»Sorge? Hm! In einer Beziehung nur.«

»In welcher?«

»In der, daß Ihr Euch getäuscht habt, daß das Goldloch also kein Gold enthält.«

»Sonst nicht?«

»Nein.«

»Wirklich nicht?«

»Warum fragt Ihr so? Welche Sorge sollte ich sonst haben?«

»Hm! Ich will Euch einmal etwas sagen; aber wollt Ihr mir versprechen, daß Ihr mich nicht verraten werdet?«

»Ja. Was ist es? Ihr macht mich neugierig!«

»Ist Euch mein Abkommen mit Sheppard und Corner bekannt?«

»Nein.«

»Gar nicht?«

»Ich weiß nur soviel, daß Ihr an der Summe, welche ich bezahle, teilhaben werdet.«

»*Well!* Aber Ihr wißt auch, daß ich noch nicht mit oben am Hole gewesen bin?«

»Nein, das weiß ich nicht. Also Ihr wart noch gar nicht oben?«

»Noch nicht. Ich bin nur zur Begleitung engagiert worden, weil ihr beide keine Westleute sind und es doch immer besser ist, wenn sich mehr erfahrene als unerfahrene Männer bei einer solchen Gesellschaft befinden. Ich bekomme für diese meine Begleitung vielleicht eine gewisse Summe, vielleicht auch eine Extragratifikation, wenn alles glücklich abläuft, mehr aber nicht. Die Nuggets, welche da oben liegen sollen, gehen mich also eigentlich gar nichts an.«

»So, so ist es?«

»Ja. Und da habe ich so meine Gedanken gehabt. Ist es nicht möglich, daß Corner und Sheppard unehrliche Absichten gegen Euch haben?«

»Unehrliche? Wieso?«

»Nun, so, daß – – – daß im Hole gar keine Nuggets sind?«

»Seid Ihr des Teufels, Sir?!«

»Ganz und gar nicht, Mr. Lachner!«

»Oh doch! Wozu sollten diese beiden Männer ein Geschäft mit mir abgeschlossen haben, wenn es keine Nuggets gäbe?«

»Um zu Eurem Gelde zu kommen.«

»Hört, Ihr seid verrückt!«

»Gut für Euch, wenn Ihr das denkt!«

»Aber nicht gut für Euch, Mr. Eggly! Haltet Ihr mich für so dumm, daß ich einen Kontrakt unterschreibe, ohne zu wissen, daß ich dabei sichergehe?«

»Das freilich nicht.«

»Ich habe die Nuggets gesehen. Es waren welche von der Größe eines Taubeneies dabei.«

»Wirklich? Also doch?«

»Ja. Also Gold giebt es, und zwar genug. Und ich zahle nicht eher, als bis ich mich überzeugt habe, daß es noch da ist. Kann ich da betrogen werden?«

»Nein.«

»Also!«

»Aber warum verkaufen Sheppard und Corner das Hole; warum holen sie die Nuggets nicht selbst heraus?«

»Weil sie vom wilden Westen nichts mehr wissen, sondern sich zur Ruhe setzen wollen. Uebrigens wundert es mich, daß Ihr als Westmann die Gepflogenheiten der Goldsucher nicht kennt.«

»Welche Gepflogenheiten?«

»Daß sie oft ihre Fundorte verkaufen, um neue zu suchen.«

»Ja, ja; auch das ist richtig.«

»Ihr scheint eine Art von Mißtrauen gegen die beiden Gefährten zu haben?«

»Ich? Ich dachte vielmehr, Ihr hättet es.«

»Warum dachtet Ihr das?«

»Weil Ihr gestern und auch vorgestern einige Worte fallen ließet, welche wie Argwohn klangen.«

»Ist mir nicht eingefallen! Ihr habt da Worten, welche jedenfalls ganz unverfänglich gewesen sind, eine vollständig falsche Bedeutung beigelegt. Nein, von Mißtrauen kann keine Rede sein. Ich bin meiner Sache gewiß. Und wenn Ihr vielleicht dumme Gedanken habt, so laßt sie ja fallen. Mr. Corner und Mr. Sheppard sind Gentlemen; für sie stehe ich ein, und ich sage Euch, daß ich Menschenkenner bin und mich, was Geldsachen betrifft, nie habe täuschen lassen. Eigentlich ist es meine Pflicht, ihnen zu sagen, daß Ihr mich habt warnen wollen!«

Da stellte sich Eggly erschrocken und rief aus:

»Das werdet Ihr doch nicht thun, Mr. Lachner!«

»Ich sollte es!«

»Ich bitte Euch, zu schweigen! Ihr habt es mir doch versprochen!«

»Weil ich nicht wußte, was es war, was Ihr mir sagen wolltet.«

»Bedenkt doch, was Ihr mir dadurch für Schaden machen würdet!«

»Ja, Ihr würdet natürlich fortgejagt!«

»Und ich habe es doch nur gut mit Euch gemeint!«

»Das ist freilich Euer Glück! Wenn das nicht wäre, würde ich sie unbedingt vor Euch warnen. Ich will also schweigen und bin sogar bereit, Euch auch noch in anderer Weise für Euer Gutmeinen dankbar zu sein.«

»In welcher?«

»Ihr bekommt, wie Ihr gesagt habt, eine Bezahlung bloß für Eure Begleitung, und die Nuggets gehen Euch sonst gar nichts an. Ich will dafür sorgen, daß sie Euch doch etwas angehen.«

»Das wäre mir freilich lieb, außerordentlich lieb; nur weiß ich nicht, wie Ihr das meint, Mr. Lachner.«

»Ich meine es folgendermaßen: Ihr begleitet uns hinauf und dann wieder zurück, lernt also das Hole kennen. Sobald ich heimkomme, engagiere ich die nötigen Kräfte und kaufe die nötigen Werkzeuge oder Maschinen, um das Placer auszubeuten. Ich möchte Euch da auch mit engagieren. Habt Ihr Lust dazu?«

»Ich bin mit größtem Vergnügen dabei!«

»*Well;* so ist die Sache schon so gut wie abgemacht. Ihr habt jetzt also auch Interesse an den Nuggets und werdet später sagen, daß Ihr zu Eurem Glück mit mir zusammengetroffen seid.«

Der alte Geizhals wußte gar wohl, warum er Eggly diese Offerte machte. Eggly lernte, falls er es wirklich noch nicht kannte, das Finding-hole kennen. Er konnte es andern verraten oder sich auch selbst darüber hermachen, und wenn dann der wirkliche Eigentümer kam, der es bezahlt hatte, war das Nest ausgeleert. Um dies zu verhüten, sah Lachner sich gezwungen, ihn an sich zu binden, und konnte dies auf keine für ihn weniger kostspielige Weise thun, als daß er ihn engagierte. Der Alte war schlau. Es fiel ihm gar nicht ein, auf den Gedanken zu kommen, daß Eggly aber noch viel schlauer sei. Dieser sagte in einem Tone, als ob er sich außerordentlich freue:

»Ich werde Euch das stets hoch anrechnen, Mr. Lachner! Ich habe das Herumtreiben schon längst satt gehabt und mich danach gesehnt, eine feste, gut bezahlte Stelle zu finden. Nun ist mir mit einemmal und zwar so ganz unerwartet geholfen! Was ich zu leisten habe, und wieviel Ihr mir dafür bietet, das können wir ja später besprechen.«

»Ja, später. Erst wollen wir hinauf, um zu sehen, wie groß das Loch ist und wieviel Nuggets es enthält. Nicht wahr, Hermann? Wie?«

Diese Frage war an den Neffen gerichtet. Ich strengte mein Gehör doppelt an, um mir keinen Laut von seiner Antwort entgehen zu lassen. Es kam mir darauf an, ob ich seine Stimme an ihrer Klangfarbe erkennen würde. War es Carpio oder war er es nicht?

»Ja,« sagte er.

Dieses kurze Wort war leider nicht imstande, mir Aufklärung zu geben. Das Ja klang wie aus jedem andern Munde und genügte nicht für mich, eine Stimme, welche ich vor so vielen Jahren zum letztenmal gehört hatte, jetzt gleich wieder zu erkennen.

»Höre, was hast du schon wieder für Gedanken?« fragte der Alte. »Du bist nie bei der Sache. Woran hast du jetzt gedacht? Ich will es wissen!«

Das klang außerordentlich streng. Wenn das der Ton war, in welchem er stets mit seinem Neffen verkehrte, so konnte für diesen letzten das Verhältnis zwischen ihnen kein sehr erfreuliches sein!

»Ich dachte an meine Sporen,« lautete die Antwort.

»An deine Sporen? Wie kommst du denn auf die dumme Idee, grad an deine Sporen zu denken?«

»Sie sind weg!«

»Weg? Wieso? Wie meinst du das? Ich begreife es nicht. Sie können doch nicht weg sein!«

»Sie sind trotzdem weg!«

»Von den Füßen?«

»Ja.«

»*Damned!* Es ist doch ganz unmöglich, daß die Sporen von den Füßen, von den Stiefeln verschwunden sind!«

»Sie sind aber trotzdem nicht mehr dran!«

»Mensch, deine Zerstreutheit geht über alle Begriffe! Ein so verfahrenes Subjekt, wie du bist, kann es zum zweitenmal gar nicht geben! Greif doch an die Fersen; sie werden schon noch dran sein!«

»Das habe ich schon gethan, soeben erst, und da fühlte ich gleich, daß die Sporen weg sind. Ich muß sie heruntergemacht und dir gegeben haben, um sie aufzuheben. Du bist aber so außerordentlich vergeßlich, lieber Onkel. Greif nur einmal in deine Taschen; da werden sie sich gleich finden!«

»Den Teufel habe ich in meinen Taschen, aber deine Sporen nicht! Erst vorgestern hat der Kerl mit mir gestritten, daß mein Gewehr das seinige sei; gestern hat er meine ganze Portion Fleisch nach der seinigen aufgefressen und sich dann noch darüber beklagt, daß er zuviel bekommen habe, und heut sind ihm gar die Sporen davongeritten! Wem das nicht zu toll wird, der hat keine Galle mehr!«

»Ich höre, daß du die deinige noch hast. Beruhige dich nur, lieber Onkel, und suche in deinen Taschen nach! Du mußt sie haben, denn wem soll ich sie sonst gegeben haben, als nur dir!«

»Ich habe sie nicht!« brauste der Alte auf. »Wie kommst du denn überhaupt dazu, die Sporen herunter zu machen?«

»Ich besinne mich, daß mein Pferd sehr kitzlich ist. Man kann doch die Sporen nicht immer nach auswärts halten, und wenn ich es ja einmal mit ihnen berühre, geht es gleich in die Luft.«

»Weil du die Beine nie stillhalten kannst, sondern wie ein Hanswurst mit ihnen um dich wirfst!«

»Da habe ich die Sporen lieber gleich ganz heruntergemacht und sie dir zur Aufbewahrung übergeben. Wenn sie nicht in deinen Taschen sind, hast du sie verloren.«

»Ich?! Da hört nun alles, alles auf! Kerl, es ist ja gar nicht mehr zum Aushalten mit dir!«

»Bitte, lieber Onkel, rege dich nicht unnötig auf! Du kannst ja nicht dafür, daß du zuweilen zerstreut bist, ohne es zu wissen. Es muß das so in der Verwandtschaft, in der Familie liegen, denn meine Schwestern litten an ganz demselben Fehler. Ich weiß, daß sie – – –«

»Komme mir nicht so oft mit deinen Schwestern! Du hast mir das alles schon hundertmal erzählt, und ebenso oft habe ich dir nicht bloß gesagt, sondern unwiderleglich bewiesen, daß deine Schwestern ganz brave und umsichtige Ladies gewesen sind, während du allein der Hohlkopf warst, der alle diese Dummheiten beging, welche sie begangen haben sollen! Ich habe eure Schulden bezahlt und dich herüberkommen lassen, um einen brauchbaren Menschen aus dir zu machen: das ist aber bloß zu meinem Aerger geschehen, weil Hopfen und Malz an dir verloren sind!«

»Lieber Onkel, wirf mir doch nicht immer die kleine Summe vor, welche du damals meinem Vater schicktest! Du weißt doch, daß mich das tief betrübt!«

»Eine kleine Summe nennst du das? Zweihundert Dollars eine kleine Summe! Ja freilich, wer so wie du als Habenichts und armer Gymnasiast einer Vagabundin zwanzig Thaler und auch noch, ich weiß nicht, wieviel Gulden schenkt, der kann allerdings vom Werte des Geldes nicht den mindesten Begriff besitzen!«

»Das bin nicht ich, sondern mein Freund Sappho ist es gewesen.«

»Freund? Ich danke für einen solchen Freund! Die Gulden waren doch auch mit dein Eigentum! Du hast es mir ja wiederholt erzählt, denn du hängst noch heut an diesem Taugenichts, diesem Luftikus, welcher nicht dein Freund, sondern dein Verführer gewesen ist!«

Da fuhr der Neffe zornig auf:

»Höre, Onkel, taste mir meinen Sappho nicht in dieser Weise an! Du weißt, daß dies ein Punkt ist, den du nicht berühren darfst. Hätte ich länger mit ihm verkehren können, so irrte ich jetzt nicht hier im wilden Westen herum, während er daheim eine jedenfalls sehr gute Anstellung bekleidet. Wir haben einander aus den Augen verloren, aber im Herzen halte ich ihn grad so fest wie in damaliger Zeit, die niemals wiederkommt!«

Er sprach in seiner Erregung so laut, daß Eggly jetzt in scharfem Tone zu ihm sagte:

»Brüllt nicht in dieser Weise, junger Mann! Ihr befindet Euch hier in keiner Niggerversammlung, wo jeder schreit, wie es ihm beliebt! Euer Onkel hat recht! Ihr habt Eure Gedanken niemals beisammen und werdet uns mit Eurer Zerstreutheit noch die größten Unannehmlichkeiten zuziehen. Das albernste dabei ist, daß Ihr die Schuld dabei stets auf andere werft. Ich habe Euch den Namen Old Jumble gegeben, und Ihr verdient ihn im vollsten Maße!«

»Ich muß ihn mir aber verbitten! Ihr habt kein Recht, mir einen Namen zu geben, der mich beleidigen muß. Ich nenne Euch Mr. Eggly und verlange die gleiche Höflichkeit von Euch!«

»Schweigt, Old Jumble! Ich will Euch jetzt nur das Eine sagen, daß die Sporen, welche Ihr heut verloren habt, uns in die heilloseste Verlegenheit bringen können. Wenn sie ein Indsman oder sonst ein Halunke findet und durch sie auf unsre Spur gerät, kann unser ganzer, schöner Plan ein schlimmes Ende nehmen! Ihr könnt nicht reiten, könnt nicht schießen, könnt überhaupt gar nichts von allem, was man hier können, wissen und verstehen muß, und wenn Ihr nun gar noch solche Unsinnigkeiten treibt, wie heut mit den Sporen, so werdet Ihr uns gradezu gefährlich, während Ihr uns bisher bloß lästig gewesen seid. Für ein gefährliches Mitglied aber müssen wir danken! Die Sporen heruntermachen und verlieren! So etwas hat man noch nie erlebt! Wenn Ihr Euch nicht besser zusammennehmt, werden wir uns gezwungen sehen, Euch irgendwo sitzen zu lassen und ohne Euch weiterzureiten. Ihr werdet doch nur ein Fraß für die Geier, weiter nichts!«

»Mr. Eggly, ich habe Euch ruhig angehört, muß aber bitten, daß nun auch Ihr mit derselben Gelassenheit – – –«

»Schweigt!« unterbrach ihn der Angeredete zornig. »Wir wissen, was Ihr wart, und Ihr wißt nun, woran Ihr mit uns seid; weiter braucht kein Wort gesagt zu werden! Wir werden jetzt das Feuer wieder anbrennen, denn wenn das Krächzen des Vogels eine unwillkommene Störung für uns bedeutet hätte, wäre sie schon längst eingetreten. Ich bin überzeugt, daß niemand Fremdes in der Nähe ist, und wir müssen nun wieder eine hohe Flamme haben, damit unsere Kameraden, wenn sie kommen, uns finden können.«

Er beeilte sich aber mit dem Wiederanzünden des Feuers nicht allzu sehr, denn er wollte Corner und Sheppard Gelegenheit lassen, sich in dem jetzt noch herrschenden Dunkel unbemerkt zurückzuziehen. Wir machten natürlich von dem dadurch auch uns gebotenen Vorteile ebenso Gebrauch.

Welch ein Zusammentreffen! Mein Carpio, mein alter, guter, lieber Carpio hier am Lake Jone, auf der Hochebene des wilden Westens! Ja, wir hatten uns leider aus den Augen verloren! Er war trotz aller Mühe, die ich mir mit ihm gegeben hatte, nicht vorwärts gekommen, und als ich das Gymnasium verließ, nahm ich die Ueberzeugung mit, daß all sein Würgen erfolglos sein werde. Als Handwerker hätte er es wahrscheinlich eher zu etwas gebracht; Handwerk hat einen goldenen

Boden, und wer den Mann, der auf diesem ehrenwerten Boden steht, verachtet, der verdient an sich das, was er thut. Aber Carpio war eines der vielen, vielen Opfer der landläufigen und doch so falschen Ansicht vieler studierter Väter, daß es eine Schande für sie sei, einen nicht studierten Sohn zu haben. Auch Väter, welche es zu einer guten Lebensstellung brachten, ohne eine höhere Schule besucht zu haben, und die nun doch wissen sollten, daß es viele Wege giebt, sich zu einer sogenannten, aber auch nur sogenannten, »bessern Existenz« emporzuarbeiten, setzen einen Trumpf darauf, wenigstens einen ihrer Söhne irgend einer Alma mater womöglich mit Gewalt in die widerstrebenden Arme zu treiben. Die Folgen bleiben niemals aus; die Enttäuschung läßt nicht auf sich warten, und wenn man zehn Menschen in die berühmte Klage vom »verfehlten Leben« einstimmen hört, so kann man getrost behaupten, daß acht oder neun von ihnen Söhne solcher Väter sind.

Carpio war auch ein solches Unglückskind. Ich hatte das vorausgesehen und aus Freundschaft für ihn einmal das Wagnis unternommen, im Laufe eines Gespräches mit seinem Vater in ganz unauffälliger Weise eine darauf bezügliche Bemerkung zu machen, hatte aber den sofortigen Erfolg gehabt, in einer Weise, so was man sagt, abgeblitzt zu werden, daß ich ganz still von dannen ging. Ich hatte da Ausdrücke wie »knabenhafte Ansichten, unreife Urteile und unerbetene Einmischung in Angelegenheiten, von denen man gar nichts verstehen kann,« zu hören bekommen und später dann bemerkt, daß mein Verkehr mit dem Sohne nicht nur passiv nicht mehr gern gesehen, sondern auch in aktiver Weise möglichst verhindert wurde. Das war auch der eigentliche Grund, daß unser schriftlicher Verkehr, den wir nach meinem Fortgange noch einige Zeit unterhielten, nach und nach einschlief. Man glaubte, daß ich diesen Verkehr benutzen werde, Carpio zu bewegen, meiner gegen seinen Vater geäußerten Ansicht Folge zu leisten.

Ich wußte also nicht eigentlich, was aus ihm geworden war, und hätte eher alles aber nur das nicht erwartet, den zerfahrenen und unbeholfenen einstigen Freund hier im Wildwest wiederzusehen, wo mit größerer Bestimmtheit als irgend anderswo an den Mann die Forderung tritt, nicht nur ein Mann zu heißen, sondern auch wirklich einer zu sein. Hätte er, als von mir gesprochen wurde, gewußt, daß sein Sappho, dieser »Taugenichts und Luftikus« hinter seinem Rücken lauschend zwischen den Büschen steckte! Ich kannte schon jetzt sein Verhältnis zu seinem Verwandten so genau, daß er mir später gar nichts darüber zu sagen brauchte. Der alte Gurgelabschneider hatte ihn als einstigen Gymnasiasten zu hoch abgeschätzt, ihn für einen recht brauchbaren jungen Mann gehalten und ihn zu sich nach Amerika kommen lassen, um ihn ohne entsprechende Bezahlung ganz gehörig auszunützen. Da er aber doch sehr bald hinter diesen seinen Irrtum hatte kommen müssen und es ihm ohne weiteres zuzutrauen war, sich von dem seinen Erwartungen nicht genügenden Neffen einfach loszusagen und ihn hilflos sitzen zu lassen, kam es mir unbegreiflich vor, daß er dies nicht gethan, sondern ihn bei sich behalten und sogar auf dem jetzigen Ritte mitgenommen hatte. Es mußte da irgend eine Absicht vorliegen, die ich jetzt noch nicht erraten konnte, hinter welche ich aber schon noch zu kommen hoffte.

Am liebsten wäre ich jetzt vorgetreten, um dem lieben Onkel meine Meinung so recht aus dem Herzensgrunde zu sagen; aber das durfte ich nicht; ich mußte Winnetou folgen, welcher schon bei Egglys letzten Worten sich aus dem Gebüsch zurückgeschoben hatte, um sich zu entfernen, ehe das Feuer wieder hell zu brennen begann. Ich holte ihn bald ein, und dann huschten wir so schnell wie möglich zwischen den Bäumen hin, um Corner und Sheppard zuvorzukommen und vielleicht noch einige Worte von ihnen zu erlauschen.

Sie kehrten selbstverständlich jetzt zu ihren Pferden zurück. Wir schlichen, um schneller vorwärts zu kommen, uns möglichst bald aus dem Walde heraus, eilten am Rande desselben hin und hielten an einer vorspringenden Ecke des ihn begleitenden Gebüsches, wo sie vorüberkommen mußten, an und duckten uns da nieder. Wir waren da so weit vom Feuer entfernt, daß man von dort aus nicht gehört werden konnte, und so glaubten wir, daß sie, voraussichtlich miteinander redend, sich keine besondere Mühe geben würden, leise zu sprechen. Wie gedacht, so geschehen! Sie kamen bald, und wir hörten, daß Corner zu Sheppard sagte:

»– – – – es also nicht nötig, den Alten umzubringen. Er hat ein unerschütterliches Vertrauen zu uns und hält uns sogar für Gentlemen!«

»Aber der Junge! Die Sporen zu verlieren! So etwas ist doch gar nicht zu denken! Was thun wir mit dem Kerl?«

»Haben wir ihn bis hierher geschleppt und uns über ihn geärgert, ohne daß wir daran gestorben sind, so wird es wohl die wenigen Tage bis hinauf zum Finding-hole auch noch auszuhalten sein!«

»*Well!* Aber dann giebt's keine Rücksicht und kein Schweigen mehr. Ich habe es satt, Zeuge von Laffereien zu sein, die in die Kinderstube aber nicht hier herauf in die Rocky-Mountains gehören! Wir reiten jetzt zu ihnen hin, erzählen, daß der Elk uns nicht – – – –«

Weiter konnten wir nichts hören, denn sie waren nun an uns vorüber. Wir warteten einige Augenblicke und gingen langsam hinterher. Nach kurzer Zeit hörten wir an dem im weichen Grase dumpf klingenden Hufschlage ihrer Pferde, daß sie ihr Versteck verlassen hatten und ein Stück hinaus in die Prairie ritten, um sich den Lachners gegenüber den Anschein zu geben, als ob sie erst jetzt am See ankämen.

Als wir zu Rost zurückkehrten, wunderte er sich, uns so bald wiederzusehen. Er hatte infolge unserer Warnungen erwartet, uns viel später wiederzusehen, freute sich aber darüber, daß er nun nicht länger in der tiefen und für ihn unheimlichen Stille der Nacht so allein zu sein brauchte. Nachdem wir die nächstliegende Aufgabe gelöst hatten, galt es, unsere Pferde trinken zu lassen. Wir ritten also ein großes Stück längs des sich am nördlichen Seeufer hinziehenden Waldes hin und führten dann die Pferde nach dem Flusse, welcher mit dem See in Verbindung stand. Als sie sich sattgetrunken hatten, suchten wir eine zum Aufenthalte während der Nacht passende

Stelle, hobbelten da die Tiere an und breiteten unsere Decken aus, um es uns auf ihnen bequem zu machen.

Wir lagen da eine ganze Weile, ohne daß einer von uns ein Wort sagte. Das machte mir heimlich Spaß, denn es war zu denken, daß Rost vor Neugierde brannte, zu erfahren, was wir gesehen und gehört hatten. Er setzte sich bald auf, bald legte er sich wieder nieder, drehte sich bald nach rechts, bald nach links und konnte seine Unruhe je länger desto weniger verbergen. Er wollte aber auch nicht gern für zudringlich gelten. An Winnetou getraute er sich schon gar nicht; darum war ich es, an den er endlich doch das Wort richtete, als er die Ungewißheit nicht länger aushalten konnte:

»Mr. Shatterhand, Ihr liegt so ruhig. Schlaft Ihr vielleicht schon?«

»Nein,« antwortete ich.

»Gott sei Dank! Ich hätte Euch sonst wahrscheinlich aufwecken müssen.«

»Warum?«

»Weil ich doch, so zu sagen, auch ein Geschöpf mit menschlichen Gefühlen und Bedürfnissen bin.«

»Und solche menschliche Gefühle und Bedürfnisse habt Ihr eben jetzt, Mr. Rost? Welche denn wohl?«

»Ach, jetzt seid Ihr endlich das, was ich schon lange bin!«

»Was?«

»Neugierig.«

»Ich habe nicht aus Neugierde, sondern aus Teilnahme für Euch gefragt. Ihr fahrt fortwährend auf und nieder und wendet Euch hin und her, als ob die Gefühle, von denen Ihr redet, recht schmerzliche für Euch seien.«

»Schmerzlich wohl nicht, aber höchst unangenehm. Wenn man das Gefühl hat, ein überflüssiger Mensch zu sein, so empfindet man das dringende Bedürfnis nach dem wohlthuenden Beweise, daß man es wenigstens nicht ganz ist!«

»Ueberflüssig? Wieso?«

»Das fragt Ihr noch? Hört, Mylord, ich kann gar wohl den rautenförmigen vom Kaputzenmuskel unterscheiden, aber Dinge zu sehen und zu hören, die in der Entfernung von einer englischen Meile oder noch weiter von mir geschehen, das kann ich leider nicht.«

»Wird Euch auch nicht zugemutet, Mr. Rost!«

»Doch! Es wird mir zugemutet, denn wenn Ihr diese Zumutung nicht an mich stelltet, so würdet Ihr die Gewogenheit haben, mir zu erzählen, ob und wie das Anschleichen Euch gelungen ist.«

»*Well!* Wenn das Euer einziger Schmerz ist, so kann ich Euch davon befreien. Ihr sollt erfahren, was Ihr wissen wollt. Also ob: Ja, es ist uns gelungen. Und wie: Es ist uns sehr gut, über alles Erwarten gut gelungen.«

»Bitte, weiter!«

»Was, weiter? Eure Fragen sind doch beantwortet worden!«

»Aber in was für einer Weise! Haltet mich nicht für einen gewöhnlichen Neugierigen! Hier oben in den Rocky-Mountains, wo die geringste Kleinigkeit zur größten Wichtigkeit werden kann, ist es wohl selbstverständlich, daß ich nicht in Unwissenheit bleiben möchte über das, was Ihr erfahren habt. Ich bitte um Eure freundliche Erlaubnis, Mylord, daß mir meine innere Stimme – –«

»Gut! Ich erlaube es Euch,« fiel ich ihm in die Rede, »daß Euch Eure innere Stimme alles sagt, was Ihr so gern wissen wollt.«

»Ihr seid grausam! Meine innere Stimme ist in diesem Augenblicke ebenso unwissend, wie ich selber bin. Darf ich denn nicht wenigstens erfahren, wer die fünf Personen sind, und ob sie auch wirklich, so wie Ihr vermutetet, zusammengehören?«

»Ja, Ihr sollt, Ihr müßt es sogar erfahren. Ich spannte Euch nur ein wenig auf die Folter, weil ich bei guter Laune bin.«

»Ich danke! Also wenn Ihr guter Laune sind, macht Ihr Euch das Vergnügen, andere Leute auf die Folter zu spannen? Erlaubt, daß ich Euch bisher für einen menschenfreundlicheren Herrn gehalten habe!«

»Die Qualen dieser Folter sind nicht so bedeutend, daß sie Eure Gesundheit in Frage stellen werden. Ich kann Euch durch höchst interessante Neuigkeiten entschädigen. Der Prayer-man ist da.«

»Wer – – wie – – was – – – wo?!« fuhr er vor Erstaunen in die Höhe. »Der Prayer-man?«

»Ja.«

»Das ist doch – – – im höchsten, höchsten Grade bewundernswert!«

»Ich bewundere es nicht, denn ich habe erwartet, ihn hier oben zu treffen. Ferner ist noch jemand da, den Ihr im Hotel nicht nur gesehen, sondern auch bedient habt. Nämlich der Fremde, welcher mit vier oder fünf Westonleuten am Fenstertische saß.«

»Ich erinnere mich; ich weiß, wen Ihr meint, Mr. Shatterhand. Ich dachte, er werde bei uns logieren wollen; er that es aber nicht.«

»Das ist ihm gar nicht zu verdenken. Er wollte nur etwas holen und sich dann damit schnell aus dem Staube machen.«

»Was?«

»Watters Nuggets.«

»Was Ihr sagt, Mylord! Ein Mitdieb des Prayer-man also? Nicht?«

»Ja. Es ist dieselbe Person, welche mit dem Prayer-man im Zimmer neben dem meinigen gewesen ist. Ihr wolltet das nicht zugeben; ich hatte mich aber nicht geirrt.«

»Also doch, doch! Wißt Ihr, was diese beiden Männer miteinander gesprochen haben?«

»Ja.«

»Was?«

»Das werdet Ihr später erfahren. Es ist noch jemand da.«

»Wer?«

»Der Dieb, welcher – doch, ich will es kurz machen, es sind alle drei Diebe da, der Prayer-man, der die Gelegenheit schaffte, der Einbrecher, der den Goldkasten öffnete, und der Mann, der die Nuggets unten im Hofe in Empfang nahm.«

»Das ist ja ein ganz außerordentlicher Zufall, eine Begegnung, wie wir sie uns gar nicht schöner wünschen können! Wißt Ihr, was mir meine innere Stimme sagt?«

»Etwas Kluges wohl nicht!«

»Oh doch! Diesesmal ist sie nicht ganz so unwissend wie ich selber. Sie sagt mir nämlich, daß diese Diebe die Nuggets mithaben.«

»Ah so!«

»Ja. Wir nehmen sie ihnen ab und geben sie dem rechtmäßigen Eigentümer wieder!«

»Das klingt wunderbar schön und geläufig. Nur schade, daß die Nuggets schon längst verkauft worden sind!«

»Wo?«

»Das weiß ich nicht. Wahrscheinlich in St. Louis.«

»Sie haben sie also nicht mit?«

»Fällt ihnen nicht ein! Wie kommt Ihr überhaupt auf die sonderbare Idee, daß die Diebe das schwere Gold mit hierherauf geschleppt haben? Das wäre doch wohl das Allerverkehrteste, was sie machen könnten. Jeder Goldfinder ist froh, wenn er sein Metall glücklich von hier fortgebracht hat, und diese sollten das ihrige hierhertragen? Jeder Dieb ist vor allen Dingen bemüht, seinen Raub zu Geld zu machen, und diese drei durchtriebenen Schurken haltet Ihr für so blödsinnig, einen halben Centner Nuggets mit sich zu führen, damit man ihnen den Diebstahl beweisen und das Gold wieder abnehmen könne?«

»Ihr habt recht, sehr recht, Mylord! Ich bin vor Ueberraschung, daß wir die drei Kerle hier beisammenhaben, ganz konfus geworden. Aber, was Ihr mit ihnen thun werdet, das weiß ich doch!«

»Ich bezweifle es.«

»Oh nein, ich weiß es gewiß!«

»Nun, was?«

»Ihr werdet sie ergreifen und hinunter nach Weston schaffen.«

»Fällt uns nicht ein!«

»Was? Nicht? Warum denn nicht?«

»Es giebt mehrere Gründe; der Hauptgrund aber ist der, daß wir keine Zeit dazu haben, weil wir zu den Schoschonen wollen. Sodann beabsichtigen die drei Personen eine neue

Schandthat, die wir zwar durch ihre Festnahme verhüten könnten, die uns aber, wenn wir es klug anfangen und uns nicht an ihnen vergreifen, zur Entdeckung eines Finding-hole führen wird. Sie haben zwei Männer, einen alten und einen jungen, heraufgelockt, die Ihr morgen bei ihnen sehen werdet.«

»Was beabsichtigen Sie mit diesen?«

»Auch das werdet Ihr nicht jetzt, sondern später erfahren. Für diesen Augenblick wißt Ihr genug. Ich habe es Euch gesagt, um Euch darauf vorzubereiten, daß der morgende Tag für uns ein höchst interessanter sein wird. Was Ihr da zu thun, und wie Ihr Euch dabei zu benehmen habt, das werde ich Euch morgen unterwegs mitteilen.«

»Unterwegs? Wann geht es fort?«

»Beim Morgengrauen.«

»Mit diesen fünf?«

»Nein.«

»Also hinter ihnen her?«

»Nein, vor ihnen.«

»Ich denke, Ihr müßt ihnen folgen, um ein Finding-hole zu entdecken!«

»Ja; aber morgen werden wir eine Ausnahme machen und ihnen voran reiten, um sie zu erwarten.«

»Kennt Ihr denn den Weg, den sie einschlagen werden?«

»Ja. Doch nun ist's genug für heute. Versucht es, einzuschlafen! Wir werden Euch früh wecken.«

»Kommt heut die Wache nicht mit an mich?«

»Nein. Wir haben gefährliche Menschen in der Nähe; da können wir uns nur auf uns selbst verlassen. Gute Nacht!«

»Gute Nacht, Mylord! Aber schlafen kann ich jetzt noch lange nicht, vielleicht gar nicht bis früh!«

Er legte sich lang und wickelte sich in seine Decke. Ich begriff es leicht, daß ihn eine Art Lampenfieber gepackt hatte. Es war ja das erste bedeutende Abenteuer, welches wir auf diesem Ritte erlebten; die Aufregung darüber brachte ihn um den Schlaf.

Winnetou hatte kein einziges Wort gesagt. Zwischen uns

beiden wäre eine besondere Aussprache überflüssig gewesen. Wir kannten uns genau, und wenn uns bestimmte Verhältnisse gegeben waren, so wußte jeder von uns beiden, was der andere davon dachte und dabei zu thun beabsichtigte. Wir waren in unsern Gefühlen, Gedanken und Entschlüssen durch das lange Zusammenleben einander so ähnlich geworden, daß nur in zweifelhaften Fällen eine Frage nötig wurde.

»Gute Nacht, Winnetou!« sagte ich und stand auf.

»Gute Nacht, Scharlih!« antwortete er. »Mein Bruder wacht zuerst, weil er mit seinen Gedanken sprechen muß.«

Das war wieder ein Beweis, wie genau er mich zu beurteilen wußte! Ich entfernte mich eine kleine Strecke und ging dann in der Nähe unseres Lagerplatzes langsam auf und ab. Seit ich Carpio hier wußte, wäre es mir ganz unmöglich gewesen, dem Apatschen die erste Wache zu überlassen und mich schlafen zu legen. Die arbeitsvolle, arme und doch so liebe, schöne Jugendzeit war vor mir aufgestiegen und ließ alle ihre Gestalten, ihre Sorgen und Kümmernisse, ihre Leiden und Freuden an mir vorüberziehen. Der Mensch ist eine gehende Pflanze, deren Wurzeln doch nirgends anders als in der Jugendzeit ruhen. Aus ihr holt er sich noch im spätesten Alter, vielleicht ohne es zuzugeben oder es auch nur zu wissen, eine Menge geistiger Nahrungsstoffe, ohne welche sein Gemüt verdorren müßte!

So patrouillierte ich hin und her bis weit nach Mitternacht; dann weckte ich den Häuptling. Er machte mir Vorwürfe:

»Warum hat mich mein Bruder erst jetzt geweckt? Wir müssen in zwei Stunden aufbrechen! Howgh!«

Ich legte mich nieder und war dank des glücklichen Umstandes, daß man doch schließlich kann, was man will, bald eingeschlafen. Als ich geweckt wurde, standen die Pferde bereit, obgleich der Morgen nur einen kaum bemerkbar leisen Schimmer aus dem Osten herüberwarf. Wir stiegen auf und ritten nordwärts am Flusse hin, bis eine Furt kam, welche wir genau kannten. Dort ging es hinüber nach dem andern Ufer.

Auf diesem Wege hatten wir uns zwar von der Richtung entfernt, welche Corner mit seinen Begleitern jedenfalls ein zuschlagen beabsichtigte, aber wir entgingen dadurch der Gefahr, daß unsere Spur von ihnen bemerkt wurde, und waren überzeugt, daß wir diesen Umweg mit Leichtigkeit quitt machen würden.

Uns auch ferner immer nördlich haltend, bis wir uns ungefähr in gleicher Breite mit den allerdings sehr fernen Squaw-Mountains befanden, bogen wir nach Westen um und ließen nun unsere Pferde tüchtig ausgreifen, denn es galt, den Medicine-Bow noch vor den Finding-hole-Suchern zu erreichen. Es war um die Mittagszeit, als wir dort ankamen, und Winnetou lenkte, nachdem wir die Pferde im Creek getränkt und durch ein Bad erfrischt hatten, nach den steilen Höhen des Tutsil ein.

Wir wollten nicht etwa ganz hinauf, sondern nur so weit, bis wir einen für unsere Zwecke genügenden Ausblick über die weite Ebene hatten; dann stiegen wir ab und gaben die Pferde frei, daß sie nach Belieben weiden konnten. Während ich mich mit Rost unter einen Baum setzte, entfernte sich Winnetou. Er nahm das Gewehr mit, und so wußte ich, daß er Fleisch holen wollte. Es dauerte auch gar nicht lange, so hörten wir zwei Schüsse, und als er dann kam, brachte er zwei so große Berghühner, daß wir für einen vollen Tag zu essen hatten. Sie wurden abgezogen und an einem schwachen Feuer gebraten, bei welcher Arbeit wir aber nicht versäumten, fleißig nach den erwarteten fünf Reitern auszublicken.

Grad als wir gegessen hatten, sahen wir sie kommen. Sie befanden sich noch weit draußen am Horizonte, doch erkannten wir schon nach kurzer Zeit die Richtung, welche sie nahmen, und konnten nun nach der Beschaffenheit des hiesigen Terrains ganz genau den Punkt bestimmen, an dem wir ihnen am besten entgegenzutreten vermochten. Dorthin ritten wir, nachdem wir unsere Pferde erst wieder den Berg hinabgeführt hatten.

Sie kamen den Bow-Creek entlang. Wir hatten eine Stelle gewählt, wo sie einen langen, schmalen Rasenstreifen überschreiten mußten, der links vom Flusse und rechts von dicht stehenden Erlenbäumen eingefaßt wurde. Winnetou sollte ihnen wie zufällig begegnen; er blieb also zurück; ich aber ritt mit Rost, um auf dem Grase keine Spur zu machen, von hinten in das Erlendickicht hinein und drang darin bis zum vordern Rande vor. Von hier aus mußten wir das Zusammentreffen Winnetous grad vor Augen haben. Während wir hier warteten, unterrichtete ich Rost, wie er sich zu verhalten habe. Er war voll Begierde, dem Prayer-man eine Rede zu halten, von der ich erwartete, daß sie weniger fromm ausfallen werde, als die Ausdrucksweise des salbungsvollen Schriftenhändlers in Weston gewesen war.

Hierbei muß ich erwähnen, daß Sheppard gestern abend, als wir ihn und Corner belauschten, sich nicht etwa dieser gewählten Redeweise bedient hatte; seine Ausdrücke waren im Gegenteile genau so ordinär wie die Corners, so daß es mir unmöglich gewesen ist, sie wiederzugeben. Wer sie hörte, mußte schon gleich nach den ersten Sätzen zu der Ueberzeugung kommen, daß diese beiden Menschen auf der niedrigsten Stufe moralischen Wertes oder vielmehr Unwertes standen.

Wir brauchten nicht allzulange zu warten, so verrieten uns ihre lauten Stimmen, daß sie kamen. Sie hatten um eine Krümmung des Creek zu biegen, bis wir sie sahen. Der Prayer-man ritt mit Corner voran; ihnen folgte Eggly mit dem alten Lachner, und hinter diesen kam Carpio allein.

Wenn ich nicht gewußt hätte, wer es war, so glaube ich nicht, daß ich ihn auf den ersten Blick erkannt hätte. Ja, es waren seine Gesichtszüge, aber viel, viel älter, älter nicht bloß im Vergleich mit seinem damaligen jugendlichen Gesichte, als ich ihn zum letztenmal gesehen hatte, sondern auch älter, als er eigentlich jetzt nach seinen Jahren war. Die Augen lagen tief in ihren Höhlen; die Wangen waren eingefallen, und seine Haltung war eine so müde, als ob er mehrere Tage lang nicht aus dem Sattel gekommen wäre. Uebrigens werde ich mich wohl hüten, von der Art und Weise zu sprechen, wie er auf dem Pferde saß. Ich habe meinen guten Carpio noch heute viel zu lieb, als daß ich so rücksichtslos sein möchte, ihn in den Augen meiner lieben Leserinnen und Leser so schmählich herabzusetzen, zumal ja auch ohnedies bei jedem Schritte des

Pferdes zu befürchten war, daß es ihn herabsetzen werde. Man hatte ihm den schlechtesten Gaul gegeben, bei dessen stoßendem Gange es kein Wunder war, wenn dem ungeschulten Reiter alle Knochen im Leibe schmerzten. Er sah so elend, so mitleiderweckend aus, daß ich am liebsten hinausgesprungen wäre, um ihn an das Herz zu drücken, die andern aber alle gleich mit den Fäusten niederzuschlagen! Diese andern waren gar nicht übel beritten; zumal Corner saß auf einem Fuchse, den zu reiten auch ich mich nicht geschämt hätte.

Als sie beinahe in gleicher Linie mit uns waren, stutzten sie. Corner hielt sein Pferd an und rief:

»Hallo, ein Indianer! Paßt auf! Ah, es scheint doch nur einer zu sein!«

Die andern vier hielten auch an. Ich hatte auch jetzt nur Carpio im Auge und sah, wie der Ausdruck seines Gesichtes beim Anblick Winnetous Bewunderung verriet. Dieser kam langsam von rechts her geritten; er hielt sein Pferd an, überflog die Weißen mit einem beleidigend gleichgültigen Blicke und sagte:

»Fünf Bleichgesichter! Uff! Sie mögen zur Seite weichen, daß ich vorüber kann!«

»Ausweichen?« lachte Corner. »*For shame!* Vor einem roten Halunken im ganzen Leben nicht! Mach dich von dannen, Rothaut, sonst bekommst du die Faust in das Gesicht!«

»*Pshaw!*« war die kurze aber unendlich verächtlich klingende Antwort des Apatschen.

»Hund, du antwortest mir mit einem *Pshaw?*« schrie Corner. »Da hast du deinen Lohn!«

Er gab seinem Pferde die Sporen, um es mit einigen raschen Sätzen an Winnetou vorüberzutreiben, und erhob die Faust zum Schlage dabei.

»*Tschah!*« rief Winnetou seinem Hengste zu.

Dieser that einen mächtigen Sprung zur Seite, prallte mit dem Fuchse zusammen, und im nächsten Augenblicke wälzte sich dieser mit seinem Reiter an der Erde. Das Pferd sprang schnell wieder auf; Corner aber kam viel langsamer wieder auf die Beine. Er hatte sein Gewehr verloren und wollte nach dem

Revolver greifen; da aber hatte Winnetou schon seine beiden in den Händen und drohte blitzenden Auges:

»Da sind fünf Bleichgesichter und hier in meinen Händen zwölf Schüsse. Welches Bleichgesicht die Hand nach einer Waffe bewegt, bekommt sofort eine Kugel!«

Die Weißen kannten die Gesetze und Gebräuche des wilden Westens: Wer die Schußwaffe am schnellsten in der Hand hält, hat gewonnen. Es fiel Winnetou nicht ein, das gewöhnliche *»Hands up!«* zu befehlen; er war seiner Sache gewiß, auch ohne die fünf Weißen zu zwingen, ihre Hände hochzuhalten. Seine gebieterische Haltung wirkte ebenso wie sein Revolver; Corner ließ die Hand vom Gürtel, sagte aber drohend:

»Mensch, du hast mich umgeritten! Weißt du, was das heißt?«

»Mann, du hast mich schlagen wollen! Weißt du, was das heißt?« antwortete Winnetou.

»Pshaw! Einen Indianer schlagen! Diese Kerle verdienen nichts als Hiebe!«

»Auch Winnetou, der Häuptling der Apatschen?«

Bei diesem Namen horchten alle fünf hoch auf.

»Alle Teufel! Soll das vielleicht heißen, daß du Winnetou, der Apatsche, bist?« fragte Corner.

»Ich bin es!«

»Wenn das die Wahrheit ist, so lasse ich mich – – – – Donnerwetter! Ja, er ist es! Das ist ja die berühmte Silberbüchse! Und dieses Pferd ist Iltschi, der schwarze Hengst! Ja, das ist etwas anderes; du kannst deinen Weg fortsetzen. Wir thun dir nichts!«

»Uff! Ihr thut Winnetou, dem Häuptling der Apatschen, nichts?« fragte er mit einer verächtlichen Handbewegung. »Zwölf Kugeln sind gegen euch gerichtet, und dieses Bleichgesicht ist so gnädig, zu versichern, daß mir nichts geschehen soll! Winnetou reitet, wann und wohin er will; jetzt aber bleibt er hier, denn er hat mit euch zu sprechen. Du hast die Hand gegen ihn erhoben und ihn einen Hund genannt! Was bist denn du? Was kann überhaupt ein Bleichgesicht sein, wenn es Corner heißt?«

»Was? Du kennst meinen Namen?«

»*Pshaw!* Winnetou kennt alle fünf! Wer Corner, Eggly und Sheppard heißt, der stiehlt fremde Nuggets und tötet ihre Besitzer! Ihr seid stinkende Coyoten! Für euch sind meine Kugeln nicht, weil ich sie nur für ehrliche Menschen habe. Euch reite ich mit den Hufen meines Rosses in die Erde!«

Er steckte beide Revolver in den Santillogürtel zurück. Nun sie in seinen Händen keine Waffe mehr sahen, bekamen die Kerle Mut.

»Was sollen wir sein, und was haben wir gethan?« rief der gewesene Prayer-man. »So eine Beleidigung dulden wir selbst von Winnetou nicht! Wir haben auch Gewehre und Revolver!«

Er wollte sein Gewehr von der Schulter nehmen; da deutete der Apatsche mit überlegenem Lächeln zu den Erlen herüber und drohte:

»Das Bleichgesicht Sheppard mag sein Gewehr ruhen lassen, denn dort blickt der Henrystutzen meines Bruders Shatterhand heraus!«

Aller Augen richteten sich nach der Stelle, wo ich den Lauf des Stutzens durch das Gesträuch hielt.

»Donner!« schrie Corner. »Das scheint ein regelrechter Ueberfall zu sein! Winnetou nimmt uns von vorn, und Old Shatterhand von der Seite. Sie haben schon lange hier gesteckt, um auf uns zu warten. Was wollt ihr von uns?«

Da trieb auf meinen Wink Rost sein Pferd aus dem Versteck hinaus und sagte:

»Was wir von euch wollen, brauchen wir euch doch wohl nicht erst zu sagen! Der Prayer-man wird wohl wissen, wer ich bin!«

Der Genannte starrte ihn einige Zeit wie abwesend an, schlug dann eine forcierte Lache auf, die sehr verlegen klang, und sagte:

»Der Kellner aus Weston; wahrhaftig der Kellner ist's! Was hat denn Euch hier in diese Berge getrieben, Mr. Rost?«

»Ich suche Mr. Watters Nuggets,« antwortete dieser.

»Sind die hier oben? Er hat sie wohl vergessen gehabt und dann gedacht, daß sie ihm gestohlen worden seien?«

»Laßt Euern Witz! Wir wissen, woran wir sind!«

»Wir? Wen meint Ihr da? Etwa Euch?«

»Nein, sich nicht allein, sondern auch mich,« antwortete ich nun, indem ich die Erlen auch verließ. »Herunter von den Pferden!«

Ich hatte den Stutzen wieder umgehängt und jetzt die Revolver in den Händen. Es trat eine kurze, tiefe Stille ein; dann schrie der Prayer-man mit vor Erstaunen hoher Fistelstimme:

»Das – – das – – das ist ja der famose Mr. Meier, welcher so schöne Weihnachtsverse macht! Und in einem solchen Anzuge – – –! Da denkt man doch gleich – – –«

»Herunter von den Pferden!« wiederholte ich, ihn unterbrechend.

Corner stand schon oder vielmehr noch unten. Eggly hatte die Situation begriffen und stieg ab. Sheppard aber machte keine Anstalt, meinem Befehle zu gehorchen; da nahm ich meinen Rappen fest zwischen die Schenkel, schoß in zwei schlanken Lanzaden auf ihn zu und an ihm vorüber und schlug ihn dabei mit der Faust an den Kopf, daß er die Bügel verlor. Den in der rechten Hand gehaltenen Revolver hatte ich natürlich mit in die linke genommen. Sein Pferd bäumte sich und warf den halb Besinnungslosen in das Gras.

Meinen Hengst wieder umdrehend, hatte ich Carpio vor mir. Seine Augen waren aus weit aufgerissenen Lidern auf mich gerichtet, als ob sie aus ihren Höhlen treten wollten.

»Du bist – – bist – – bist – – Ihr seid – – – seid Old Shatterhand?« stotterte er in seinem Schulbuch-Englisch.

»Ja, ich bin Old Shatterhand,« antwortete ich, um das, was jetzt vor allen Dingen notwendig war, nicht durch eine Erkennungsscene aufzuheben. »Setzt euch in das Gras, ihr drei, und legt die Waffen hinter euch! Schnell gehorcht, sonst reite ich euch zu Brei zusammen!«

Eggly setzte sich nieder und legte sein Messer und die Revolver hinter sich. Corner that dasselbe, aber zähneknirschend. Dann hinkte auch Sheppard herbei und setzte sich zu ihnen.

»Nun möchte ich aber doch wissen, was diese Komödie eigentlich bedeuten soll?« fragte Corner mit jener verwegenen Frechheit, welche das letzte Mittel der Verteidigung ist.

»Das werdet ihr sogleich erfahren,« antwortete ich, indem ich nun auch vom Pferde stieg. »Ich möchte euch eine Frage vorlegen. Ihr drei habt in Weston Watters Nuggets gestohlen?«

»Fällt uns nicht ein!«

»*Well!* Ganz wie ihr wollt. Ich bin weder der Bestohlene noch der Sheriff oder gar der Richter. Behaltet also, was ihr wißt, für euch. Aber mit diesem alten Mr. Lachner habe ich ein desto notwendigeres Wort zu reden.«

Der Alte war, ebenso wie Carpio, auch abgestiegen; ich wendete mich an ihn:

»Mr. Lachner, Ihr befindet Euch in schlechten Händen. Wie kommt es, daß Ihr Euch mit Mördern und Dieben verbündet habt?«

»Mördern und Dieben?« fragte er. »Ihr irrt Euch, Sir! Diese Gentlemen sind die ehrlichsten Leute, die es in den Staaten geben kann!«

»Da seid Ihr es, der sich irrt. Ich kenne sie besser. Diese drei hartgesottenen Sünder, welche Ihr Gentlemen zu nennen beliebt, haben, von noch andern Verbrechen ganz abgesehen, einen gewissen Welley, welcher für zwanzigtausend Dollars Nuggets den Platte hinunter mit sich führte, erschossen und sich seines Goldes bemächtigt. Sie sind dann seinem Gefährten nach Weston gefolgt und haben ihm einen halben Centner Gold gestohlen. Sie sind dort auch bei einem Händler und in Plattsburg bei einem Advokaten eingebrochen. Von der Polizei verfolgt, so daß sie sich im Staate Missouri nicht mehr sehen lassen können, führen sie nun Euch in die Berge, um Euch Euer Geld abzunehmen.«

Die drei Beschuldigten erhoben laut schreiend Widerspruch; ein ernster, drohender Wink von Winnetou aber brachte sie schnell zum Schweigen.

»Ich rate Euch, von ihnen abzulassen!« fuhr ich fort. »Ihr dürft Euch doch nicht mit solchen Halunken abgeben!«

»Seid Ihr dabei gewesen, als sie den Mann im Plattefluß erschossen?« fragte der Alte.

»Nein.«

»Habt Ihr sie bei den Einbrüchen in Weston und Plattsburg beobachtet?«

»Nein.«

»Seid Ihr zugegen gewesen, als ich mein Geschäft mit ihnen abgeschlossen habe?«

»Nein,« antwortete ich auch jetzt. Ich durfte ja nicht alles verraten, was ich wußte, weil ich da meine Waffen gegen sie aus der Hand gegeben hätte.

»So ist es Euch also unmöglich, Eure Anschuldigungen zu beweisen. Wenn Ihr Old Shatterhand seid, so seid Ihr ein berühmter West-, aber kein berühmter Geschäftsmann, von dem ich einen Rat annehmen würde. Diese drei Herren sind Gentlemen; ich kann das beschwören und werde nicht von meiner Verbindung mit ihnen weichen. Wie kommt es überhaupt, daß Ihr glaubt, Euch meiner Sache annehmen zu müssen?«

»Ich bin der Freund eines Verwandten von Euch.«

»Wer ist dieser Verwandte?«

»Euer Neffe Hermann, da neben Euch.«

»Ihr? Sein Freund?«

Ehe ich antworten konnte, antwortete Carpio an meiner Stelle. Er hatte noch immer kein Auge von mir gelassen, und in seinem Gesichte arbeitete es immer fort; der Zweifel stand im Kampfe mit der Hoffnung, sich dennoch nicht zu täuschen. Als er jetzt meine Worte hörte, schrie er förmlich auf:

»Sappho! Du bist's; du bist es wirklich? Ich habe mich also nicht geirrt?«

»Nein, lieber Carpio, ich bin dein alter, treuer Mitschüler und Ferienkamerad.«

Da wankte er auf mich zu, schlang die Arme um mich und weinte bitterlich, als ob ihm das Herz brechen wolle. Und aus dem aus der Tiefe kommenden Schluchzen heraus hörte ich die halblaute Bitte:

»Verlaß mich nicht, Sappho, verlaß mich nicht! Ich gehe sonst zu Grunde. Der Onkel mag mich nicht leiden, und die andern trachten mir gar nach dem Leben!«

»Fürchte dich nicht!« beruhigte ich ihn. »Wenn du bei mir bist, befindest du dich in guter Hut.«

»Ja, bei dir, wie damals, als ich auch nur immer dich allein hatte!«

Der Alte mochte doch einige der halblauten Worte verstanden haben, denn er fragte mich in giftigem Tone:

»Was hat er gesagt? Was meinte er von nach dem Leben trachten?«

»Euch hat er nicht gemeint!«

»Wen denn? Er gehört zu mir. Ich bin sein Oheim und folglich derjenige, der über ihn zu bestimmen hat. Auf Eure ›gute Hut‹ kann er verzichten! Laßt ihn los!«

»Mr. Lachner, Ihr seid nicht mein Onkel! Ich thue, was ich will. Hermann ist jetzt bei mir, und wo er ist, da wird er bleiben, so lange es ihm gefällt!«

»Oho! Her mit ihm!«

Er wollte uns auseinanderreißen; ich hinderte ihn aber daran, schob ihn von uns ab und sagte:

»Euer Neffe ist mündig; Ihr habt ihm nichts zu befehlen!«

»Ihr mir auch nicht!« fuhr er mich grimmig an.

»Hier an dieser Stelle doch, denn da sind wir die Herren, wie wir Euch bewiesen haben. Ich habe Euch vor Euern drei Gefährten gewarnt und also meine Pflicht gethan. Wollt Ihr nun also wirklich weiter zu ihnen halten?«

»Ja. Wie ich jetzt vermute, seid Ihr jener Schüler, mit dem mein Neffe eine Weihnachtsreise gemacht hat?«

»Ja.«

»Und doch seid Ihr jetzt Old Shatterhand? Hört, einen größern Bock konnte das Schicksal gar nicht schießen! Ich habe diesen Old Shatterhand stets für einen tüchtigen Kerl gehalten; jetzt aber bin ich anderer, ganz anderer Meinung geworden. Wer schon als Knabe ein so unsinniger Leichtfuß gewesen ist, aus dem kann nun unmöglich ein Mann geworden sein, der mir gute Lehren geben darf. Nun grad, weil Ihr sie so verleumdet, werde ich erst recht zu diesen Herren halten!«

»*Well!* Wenn Ihr auf Eurem Willen bestehen wollt, so bin grad ich der allerletzte, der etwas dagegen haben wird. Wir sind, so hoffe ich, mit einander fertig!«

»Ja, und zwar für immer! Ich reite fort!«

Er trat von mir zurück. Da rief der Prayer-man:

»Und was wird mit uns? – Wir reiten natürlich mit?«

»Ja, Ihr reitet mit,« antwortete ich. »Ich habe gesagt, daß ich nicht Euer Richter bin, und weil ich auch keine Polizeigewalt besitze, so kann ich Euch nicht festhalten.«

»Fort also!«

Er wollte aufstehen.

»Wartet noch eine Weile!« hinderte ich ihn. »Wir sind nämlich noch nicht ganz fertig mit einander. Ich habe zwar jetzt, aber auch nur jetzt, keine Gewalt über Euch; aber sobald Ihr nur die geringste Feindseligkeit gegen uns zeigt, treten die Gesetze der Prairie in ihre Rechte, und dann sind wir Polizei, Jury und Vollstrecker des Urteiles zu gleicher Zeit. Hütet Euch also! Ihr habt mich schon in Weston kennen gelernt! Und nun noch eins. Der junge Mr. Lachner geht nicht mit Euch; er bleibt bei uns, und – – –«

»Oho!« rief der Onkel. »Er geht mit mir, und sollte ich meine alten Fäuste selbst an diesem Old Shatterhand – – –«

»Schweigt!« fiel ich ihm in die Rede. »Ich habe Euch gesagt, daß wir hier die Herren sind, und dabei hat es zu bleiben!«

»Meint Ihr? Da will ich Euch doch zeigen, wer der Herr ist, Ihr oder ich!«

Er drang auf mich ein. Es widerstrebte mir, mit einem alten und noch dazu mir so widerwärtigen Manne zu ringen, aber um einen langen Wortstreit zu vermeiden und die Sache kurz zu machen, packte ich ihn hüben und drüben fest, hob den wütend mit Händen und Füßen um sich Stoßenden und Schlagenden empor, trug ihn die wenigen Schritte bis hin an den

Creek und legte ihn da, so lang er war, ins kalte Wasser, wobei ich seinen Kopf einigemal untertauchte; dann ließ ich es geschehen, daß er heraussprang und jammernd und schimpfend zu seinem Pferde eilte. Er nahm es am Zügel, zog es mit sich fort und rief:

»Ich gehe; ich gehe weiter! Wir sind jetzt die Besiegten; aber wenn ich diesem Taugenichts, von dem man gar nicht weiß, wie er zu dem Namen Shatterhand gekommen ist, wieder einmal begegne, rechne ich mit ihm ab. Hundert Prozent Zinsen wenigstens muß er bezahlen!«

Dieser hohe Zinsfuß war ihm, dem Gurgelabschneider, freilich eine geläufige Sache! Ich sagte mir jedoch, daß nicht die Abneigung gegen mich, sondern der Geiz, die Habsucht es war, was ihn bestimmte, den offenbaren Verbrechern treu zu bleiben. Er stand ja in moralischer Beziehung ebenso tief wie sie.

Als er fort war, wendete ich mich wieder zu ihnen:

»Winnetou, der Häuptling der Apatschen, ist doppelt beleidigt worden; das darf nicht ungeahndet hingehen, doch soll die Strafe eine milde sein und zugleich dem, den ihr bis jetzt gepeinigt habt, Nutzen bringen. Auf diese Weise tragt ihr einen Teil eurer Schuld an ihn ab. Mr. Lachner hier hat nämlich kein gutes Pferd; er darf aber kein schlechtes haben, weil er bei uns bleiben soll. Darum wird er von jetzt an Corners Fuchs reiten. Auf seinen bisherigen Klepper kann sich setzen, wer von euch Lust hat. Für solche ›Gentlemen‹ ist er gut genug!«

Diese Entscheidung rief bei Corner einen wahrhaft vulkanischen Ausbruch des Zornes hervor. Er schleuderte mit Ausdrücken um sich, für welche kein gewöhnlicher und noch viel weniger ein gebildeter Mann eine Wiederholung hat. Der Teufel in ihm zeigte sich in seiner ganzen Gestalt, und seine zwei Gefährten stimmten in die Flüche und Verwünschungen ein, welche er mir entgegenwarf.

»Mein Bruder Scharlih mache es kurz mit ihm!« rief Winnetou, dem es auch unmöglich war, die Schmähungen länger anzuhören.

»Ja, kurz,« sagte ich. »Wenn nicht augenblicklich Stille eintritt, fliegt auch Ihr ins Wasser, kommt aber nicht so leicht wieder heraus!«

»Wirf mich hinein, Schurke, wenn du es wagst!« schrie Corner. »Ein Lump, der die Nuggets in Weston selbst gestohlen hat und nun die Schuld auf andere schiebt, hält es freilich nicht für eine Schande, mir mein Pferd zu stehlen. Ich speie dich an!«

Er führte diese Drohung wirklich aus. Das war mir denn doch zu viel. Ich warf mich auf ihn nieder, um ihn zu fassen, und das war mein Glück, denn in diesem Augenblicke krachte ein auf mich gezielter Schuß, der mich getroffen hätte, wenn ich nur einen Moment länger stehen geblieben wäre. Das zeigte sich später, als wir sahen, daß die Kugel den Hals des hinter mir stehenden Pferdes von Eggly gestreift hatte. Und nun gab es eine kurze aber höchst anstrengende Scene. Die drei Kerle griffen nach ihren Revolvern hinter sich. Corner hatte ich fest unter mir, doch gelang es ihm auch, seine Waffe zu erfassen. Sheppard und Eggly richteten die Läufe auf mich; dem letzteren schlug ich die Hand weg, und den ersteren riß Rost zurück. Winnetou, welcher erst dem alten Lachner, denn dieser hatte auf mich aus dem Hinterhalte geschossen, nacheilen wollte, wendete sich schnell um und kam uns zu Hilfe. Er drückte Eggly zu Boden und hielt ihn fest. Ich schlug Corner an den Kopf, daß er wie tot zurückfiel. Sheppard rang noch mit Rost; ich gab ihm meinen Jagdhieb mit demselben guten Erfolge, und inzwischen war der Apatsche mit Eggly fertig geworden; er hatte ihm die Luftröhre zusammengedrückt, daß ihm die Besinnung vergangen war. Zwei Minuten später waren alle drei gefesselt.

Carpio stand wie im Traum da; er bewegte sich nicht, klagte aber nun mit bebender Stimme:

»Mein Gott! Ist es denn wirklich möglich, daß solche Dinge geschehen können? Ich habe geglaubt, daß sie nur in blutrünstigen Romanen vorkommen!«

»Im Leben kommen sie so vor, wie sie hier geschehen sind,« antwortete ich. »Ein Romanschreiber aber würde von uns acht Personen wenigstens fünf bis sechs in dieses schöne Gras haben beißen lassen.«

»Uff!« ließ sich Winnetou hören, indem er flußabwärts zeigte, wo man den fliehenden Alten reiten sah.

»Laß ihn!« antwortete ich. »Er nimmt die Strafe mit sich fort; sie läßt ihn doch nicht los!«

»Ich sah ihn dort hinter dem Strauche am Ufer stehen und auf Euch schießen,« erklärte Rost.

»Er hat mich nicht getroffen; die Folgen aber werden ihn selbst desto sicherer treffen. Ich wiederhole, laßt ihn fliehen!«

Das Zusammentreffen mit diesen Leuten hatte sich ganz anders entwickelt, als von uns beabsichtigt gewesen war. Ich hatte nur Carpio und wo möglich auch seinen Oheim retten, nicht aber es zu einem Kampfe kommen lassen wollen; er hatte dennoch stattgefunden, glücklicherweise ohne Blutvergießen, denn die wenigen Tropfen, die aus der sehr leichten Streifwunde des Pferdes rannen, waren doch nicht zu rechnen. Nun fragte es sich, was jetzt geschehen solle. Ich warf einen fragenden Blick auf Winnetou. Er deutete stumm auf die Waffen der Ueberwundenen und dann auf diese selbst, wobei er die mit der Fläche nach unten gerichtete Hand schwer niedersinken ließ. Ich verstand diese Zeichen genau und sagte zu Rost und Carpio:

»Diese drei bleiben gefesselt hier liegen. Dein Oheim, Carpio, wird sicher wiederkommen und sie losbinden. Ihre Revolver nehmen wir mit; die Messer und Gewehre aber lassen wir ihnen.«

»Warum nehmen wir diese nicht auch?« fragte Rost.

»Weil wir sie dadurch dem Hungertode überliefern würden; sie könnten sich kein Fleisch verschaffen. Den alten Gaul vertauschen wir gegen den Fuchs; dann reiten wir fort.«

»Wohin?« fragte Carpio. »Doch heim?«

»Was nennst du heim?«

»Ich weiß es nicht. Wo aber wohnst denn du?«

»Ueberall und nirgends.«

»Hast du keine Anstellung?«

»Nein.«

»Wie jammerschade! Warum denn nicht?«

»Ich mochte keine.«

»Du mochtest keine!« wiederholte er. »Und ich, ich armer Teufel, wäre mit der geringsten zufrieden gewesen! Ich glaubte dich in irgend einem schönen Amte und habe erst gestern zu meinem Onkel gesagt, daß – – –«

»Daß du hier im wilden Westen herumirren mußt, während ich daheim eine jedenfalls sehr gute Anstellung bekleide,« fiel ich schnell ein.

»Das – – ja, so habe ich gesagt, genau so! Aber, Sappho, woher kannst du das wissen?«

»Von dir selbst.«

»Wie ist das möglich? Ich verstehe dich nicht.«

»Als du es sagtest, lag ich mit Winnetou hinter dir im Gebüsch. Wir belauschten euch.«

»Aber – – aber, lieber Sappho, das ist doch ganz genau so, wie man es in Indianerbüchern liest!«

»Und wie man es noch plastischer im wilden Westen selbst erleben kann. Wir werden darüber noch mehr sprechen, als jetzt möglich ist.«

»So bist du ein Westmann, ein wirklicher Westmann geworden?«

»Ja.«

»Wie wunderbar, wie wunderbar! Aber wie bist du denn auf den tollkühnen Gedanken gekommen, dich hier im Blute der roten Rasse zu baden? Du warst doch sonst ein so lieber, guter und mitleidiger Mensch!«

»Zunächst diene dir zur Beruhigung, daß ich mich nicht in diesem Blute bade; ich bin vielmehr als Indianerfreund bekannt. Und sodann bemerke ich, daß der Westmann, der ich bin, nur ein Teil von mir ist. Ich bestehe nämlich noch aus einigen anderen Existenzen.«

»Höre, du bist mir ein Rätsel, ein großes Rätsel geworden! Du scheinst ja mitten in lauter Geheimnissen zu stecken!«

»Vielleicht ist es umgekehrt: die Geheimnisse stecken in mir oder vielmehr in meinen Taschen. Da in meiner rechten Jagdrocktasche habe ich zum Beispiel eins, welches sich auf dich bezieht.«

»Auf mich? Ein Geheimnis? Du machst mich neugierig. Darf ich es erfahren?«

»Ja. Kennst du das?«

Ich gab ihm die gestern im Moose gefundenen Sporen; er betrachtete sie und sagte:

»Wie kommst du zu diesen Sporen? Ich kenne sie.«

»Ich habe sie im Walde, ganz in der Nähe eures Lagerplatzes gefunden.«

»Dort? Also habe ich doch recht gehabt!«

»Womit?«

»Mit meiner Behauptung, welche der Onkel nicht glauben wollte. Das hier sind seine Sporen.«

»Nicht die deinigen?«

»Nein.«

»Ganz gewiß nicht?«

»Ganz gewiß! Ich werde doch meine Sporen von denen meines Onkels unterscheiden können! Ich hatte die meinigen heruntergemacht, weil sie mein Pferd, dessen Seiten sehr gefühlvoll waren, unaufhörlich kitzelten. Ich gab sie dem Onkel; er sollte sie aufbewahren; das ist ihm sehr willkommen gewesen, und er hat sie angesteckt, weil er die seinigen verloren hatte.«

»Lieber Carpio, ist das nicht vielleicht eine Verwechslung?«

»Verwechslung? Bitte, wie kannst du eine solche unmotivierte Frage aussprechen! Du kennst mich doch von früher ganz genau, genauer, als jeder andere Mensch mich kennt, und mußt also wissen, daß mir dergleichen Schwächen und Unbegreiflichkeiten himmelweit fernliegen. Ich kann mich ohne Ueberhebung rühmen, daß ich mich einer Verwechslung oder sonstigen Zerstreutheit in meinem ganzen Lebens niemals schuldig gemacht habe. Bei mir geht alles seinen richtigen, logisch vorgeschriebenen und unfehlbaren Gang. Ich bin vielleicht sogar zu logisch für das Leben und habe es nur deshalb noch zu nichts gebracht. Leider hat das Geschick grad mich dazu ausersehen, immer und immerwährend unter den Gedankenlosigkeiten meiner Mitmenschen zu leiden. Ich mag hinkommen, wo es nur immer sei, stets treffe ich eine Person, welche eine Konfusion anrichtet. Sogar dich kann ich nicht davon ausnehmen, obgleich du mir teurer als jeder andere bist.«

»Mich?« fragte ich erstaunt.

»Ja, du brauchst dich nicht zu wundern, und auch ich wundere mich ganz und gar nicht darüber, daß du es nicht zugeben willst, denn grad alle diese verworrenen Menschen halten sich geradezu für wahre Muster der Ordnungsliebe und Regelmäßigkeit; du jedenfalls auch!«

»Ich will meine Fehler ja gern eingestehen, wenn du sie mir bezeichnen kannst. Erinnerst du dich einer solchen Konfusion von mir?«

»Einer großen, außerordentlichen Verwechslung, unter welcher meine Ehre sehr zu leiden hatte. Ich habe aber damals geschwiegen und alles auf mich genommen, um dich nicht zu kränken.«

»Nun, bitte!«

»Erinnerst du dich unsers Nachtlagers bei dem Wirte Franzl in Falkenau?«

»Ja.«

»Du hattest damals sehr starke Cigarren geraucht und infolgedessen nichts gegessen. Es kam wohl auch ein kleiner Weinrausch dazu; kurz und gut, du konntest nichts genießen und bekamst darum mitten in der Nacht einen solchen Heißhunger, daß du eine ganze große Magenwurst aufgegessen und dann, um dies zu verbergen, die leere Haut voll Bettfedern gestopft hast. Erinnerst du dich noch?«

»Hm, ja!«

»Damit nicht genug, hast du auch noch einen ganzen Kuchen verzehrt; ich kann es jetzt nicht mehr behaupten, ob es ein Quark- oder ein Apfelkuchen gewesen ist. Am andern Tag warst du natürlich zum Zerplatzen voll und so magenkrank, daß du dich kaum im Schlitten aufrecht halten konntest. Ich habe dein trübseliges Gesicht noch heute so genau und deutlich wie damals vor meinen Augen. Natürlich wurde das Fehlen eines Kuchens und einer Wurst bemerkt, und da ein Schwerkranker, welcher du doch warst, unmöglich soviel Wurst und Kuchen verzehren kann, fiel der Verdacht auf mich, und ich habe ihn in stiller Ergebung getragen. Bist du nun überzeugt, lieber Sappho?«

Armer, armer Carpio! Also so weit war es schon mit ihm gekommen! Ich mußte mir alle Mühe geben, meinen Blick nicht in sein Gesicht, sondern auf die Erde zu richten, wie einer, der seine Schuld erkennt. Dann antwortete ich:

»Ja, leider war der Heißhunger gar so groß! Ich bin dir heut noch dankbar für deine damalige Aufopferung.«

»Sprich nicht von Dank; ich habe es gern gethan! Du hast aber damit einen höchst eklatanten Beweis, daß ich wirklich dazu prädestiniert bin, das Unheil, welches andere anrichten, auf mich zu nehmen. Ich bin das so gewohnt, daß ich es für ganz selbstverständlich halte. Was will dieser Gentleman? Er greift in meine Taschen!«

Rost wollte nämlich den Inhalt von Carpios bisherigen Satteltaschen in die Taschen des auf dem Fuchse liegenden Sattels thun; ich sagte das Carpio.

»Das muß ich selber machen,« meinte er. »Ich lasse nicht gern andere Leute in meine Sachen greifen; sie richten nur Unordnung und Verwirrung an!«

Er ging zu dem Gaule, um sich selbst über die Taschen zu machen. Winnetou untersuchte die Fesseln der drei Männer, welche wieder zum Bewußtsein gekommen waren, aber es für geraten hielten, so zu thun, als ob sie noch ohnmächtig seien; ich hob die Revolver auf, um sie unter uns zu verteilen. Da hörte ich einen Ausruf Carpios. Mich zu ihm wendend, sah ich, daß er eine Tabakspfeife, welche die Form eines Kalumets hatte, kopfschüttelnd in den Händen hielt. Als er bemerkte, daß ich ihn beobachtete, kam er zu mir und sagte:

»Da hast du gleich wieder einen solchen Beweis. Das ist nämlich die Tabakspfeife meines Onkels. Was hat die in meiner Tasche zu suchen?«

»Ich weiß es nicht.«

»Ich aber auch nicht.«

»Gehört sie wirklich ihm?«

»Ja.«

»Nicht dir?«

»Mir? Höre, lieber Freund, du mußt dein Gedächtnis besser üben! Es läßt Erinnerungen fallen, welche mir für das ganze Leben treu bleiben werden. Als du damals so stark geraucht und getrunken hattest, machte dein beklagenswerter Zustand einen so abschreckenden Eindruck auf mich, daß ich mir vornahm, nie zu rauchen und alle Spirituosen nur als Arzneien zu betrachten. Ich habe Wort gehalten, ich rauche nie. Also kann diese Pfeife nicht mir gehören, und doch stak sie in meiner Tasche.«

»Wer hat sie hineingethan?«

»Der Onkel natürlich! Der ist ja stets so in Gedanken, daß er alles mögliche verwechselt. Er rauchte gestern, als wir am Feuer saßen; dann gab er mir die Pfeife mit der Weisung, sie in seine Satteltasche zu stecken, was ich auch sofort gethan habe.«

»Nun steckt sie aber in der deinigen!«

»Ganz selbstverständlich, weil der Onkel so ein Wirrkopf ist! Er hat dann seinen Sattel für den meinigen gehalten und geglaubt, daß ich im Irrtum gewesen sei; um dieses vermeintliche Versehen auszugleichen, hat er die Pfeife aus der einen Satteltasche genommen und in die andere gethan; so ist sie in die meinige gekommen; auf eine andere Weise ist es gar nicht denkbar! Nun wird er sie vermissen. Soll ich ihm nachreiten, um sie ihm zu geben?«

»Nein, nein! Erstens haben wir mit ihm zunächst nichts mehr zu thun, und zweitens würde er dich nicht zu uns zurückkehren lassen.«

»Das ist freilich sehr wahrscheinlich. Ich werde sie also behalten müssen, bis ich ihn wiedertreffe. Wohin reiten wir?«

»Wenn es möglich ist, werden wir wahrscheinlich die Einmündung des Medicine-Creek in den Nordplattefluß als Endpunkt des Rittes nehmen. Wir sind übrigens hier fertig und werden gleich aufbrechen. Hast du einen Wunsch?«

»Zunächst nur den einen Wunsch, mein lieber, mein einziger Freund: Verlaß mich nicht in der schrecklichen Lage, in welcher ich mich befinde! Sei der alte, liebe, treue Kamerad wieder gegen mich, der du in der Jugend für mich gewesen bist!«

»In dieser Beziehung brauchst du keine Sorge zu haben, Carpio; du bist bei uns gut aufgehoben. Unser jetziges Beisammensein wird sich freilich ganz anders als das frühere gestalten, aber da wir uns einmal hier im *far-west* getroffen haben, mußt du die Mühseligkeiten, die er bietet, auf dich nehmen. Ich bitte dich nur, dich in allen Dingen, welche sich ereignen werden, ganz genau nach Winnetou und mir zu richten!«

»Oh, was das betrifft, so wirst du sehen, daß ich meinen Mann zu stehen weiß. Ich habe alle möglichen Indianerbücher gelesen und aus ihnen eine solche Menge von Kenntnissen geschöpft, daß ich getrost behaupten darf, es mit dem besten Westmann aufnehmen zu können.«

Wäre er ein anderer gewesen, so hätte ich ihn entweder ausgelacht oder ihm in ganz energischer Weise mitgeteilt, daß ich anderer Meinung sei; er aber sah mir dabei mit so kindlich treuherzigen Augen in das Gesicht und stand überhaupt wie die personifizierte Hilflosigkeit vor mir, daß ich nur eine milde Andeutung über die Lippen brachte:

»Lieber Carpio, ich habe wenigstens ebenso viele solche Schwarten gelesen und gar, aber auch gar nichts aus ihnen gelernt!«

»Ja, das bist auch du! Du hast stets mit deinen vielen fremden Sprachen zu thun gehabt und nie derartige Unterhaltungsbücher geliebt; ich aber habe es verstanden, die Geistesnahrung, welche sie enthalten, herauszuziehen und in mir aufzunehmen. Du hast deine freien Stunden damit vergeudet und deinen letzten Pfennig dafür hergegeben, um reiten, schießen, fechten, ringen, turnen und schwimmen zu lernen; ich aber habe alle meine Muße auf diese Bücher verwendet, und du wirst sehr bald Gelegenheit finden, dich zu überzeugen, daß mir das grad jetzt sehr großen Nutzen bringt. Von allen diesen Uebungen habe ich es nur mit dem Schwimmen gehalten, und du wirst dich erinnern, daß ich dir im Tauchen überlegen war.«

Er ahnte natürlich nicht, daß grad seine Fertigkeit im Tauchen, von welcher Corner auf irgend eine Weise gehört haben mußte, mit zu den Ursachen gehörte, daß man ihn nebst seinem Verwandten nach den Rocky-Mountains geschleppt hatte. Ich hätte ihm dies wohl sagen können, hielt es aber bei seiner Unzuverlässigkeit für besser, darüber zu schweigen. Ich nahm mir überhaupt vor, ihn vollständig in Unkenntnis über die Gefahr zu lassen, welcher er so ahnungslos entgegengegangen war. Warum sollte ich den lieben Kerl beunruhigen, da sie doch, wie ich hoffte, nun vorüber war!

Die Gefangenen hatten sich still verhalten; aber als wir uns jetzt zum Aufbruche fertig machten und Carpio den Fuchs bestieg, zeigte Corner, daß er nicht mehr bewußtlos war. Er brach in eine Flut von Schimpfworten aus, die wir aber nicht beachteten, und rief uns drohend nach:

»Wir wünschen euch viel Glück mit Old Jumble, diesem unnützen Fratz. Denkt ja nicht, daß wir euch nicht wiedersehen! Dann aber rechnen wir mit euch ab. Mein Pferd bekomme ich wieder, und wie man hier im Westen Pferdediebe bestraft, dies zu wissen, seid ihr ja zu dumm; ihr werdet es aber erfahren. Aufgeknüpft werdet ihr alle, alle, aufgehängt – – – aufgehängt – – –!«

Als wir dem Laufe des Creek eine Viertelstunde lang gefolgt waren, sahen wir den alten Lachner, welcher seitwärts draußen halten geblieben war und beobachtend zurückschaute. Es wäre Winnetou und mir leicht gewesen, ihn in fünf Minuten zwischen uns zu bekommen und für seinen Mordanschlag zu bestrafen; es fiel uns aber gar nicht ein, seinetwegen einen Schritt von unserm Wege abzuweichen. Als er sah, daß wir uns nicht um ihn bekümmerten, ritt er nach der Stelle zurück, wo seine Reisegefährten lagen. Es war ganz natürlich, daß er sie losbinden und uns mit ihnen folgen würde. Daß uns das aber keine besondere Sorge machte, verstand sich auch ganz von selbst.

Der Medicine-Bow-River blieb auch ferner unser Führer;

er sollte es überhaupt bis zu seiner Mündung bleiben, weil man in einem Flußthale trotz der Windungen, welches es macht, doch schneller vorwärts kommt, als wenn man in gerader Linie über steile Berge reitet und durch unwegsame Wälder dringen muß. Leider aber mußten wir sehr bald einsehen, daß wir die Mündung dieses Flusses in den North-Platte nicht bis zum Abend erreichen würden. Der Fuchs machte Carpio zu schaffen, er war zu feurig für ihn; und als wir Rost veranlaßten, seinen Braunen mit ihm zu tauschen, wurde es nicht viel besser. Carpio war ein Hindernis, selbst wenn er auf dem besten Pferde saß.

Winnetou hatte zu meinem Entschlusse, den so unerwartet hier getroffenen Jugendfreund mit uns zu nehmen, nichts gesagt; wir konnten ja gar nichts anderes thun, wenn er aus der Gefahr, in welcher er sich befand, befreit werden sollte. Das immerwährende Haltenbleiben mußte dem Häuptling aber unbedingt ärgerlich werden, und da er aus Rücksicht auf mich auch dazu schwieg, so konnte ich nicht anders als nun meinerseits das Wort ergreifen, um sein Interesse in der Weise für Carpio zu vertiefen, daß er dessen Fehler mit Großmut übersah. Ich erzählte ihm also von unserer Jugendfreundschaft und schilderte den einstigen Genossen mit der innigen Teilnahme, welche ich einst für ihn gefühlt hatte, heut wieder empfand und die er wirklich auch verdiente. Als ich zu Ende war, blieb Winnetou eine Weile in sich gekehrt; dann sagte er:

»Uff! Das Leben der Bleichgesichter ist ein fast unbegreiflich sonderbares! Unter den Söhnen der roten Männer könnte es niemals einen geben, wie der ist, für welchen du das Mitleid meines Herzens erwecken willst. Eure Väter haben das Recht, das Gehirn ihrer Kinder durch den Zwang, etwas werden zu sollen, was sie nicht werden können, zu morden und sie um das Glück ihres Lebens zu bringen. Und wenn dieses Gehirn sodann den Dienst versagt, klagen sie über ungeratene Söhne! Dein Schützling ist nicht nur krank am Geiste, sondern auch krank am Körper; ich habe es ihm angesehen, gleich als mein Auge auf ihn fiel. Wie der Zwang, ein gelehrter Mann zu werden, an seinem Geiste gezehrt hat, grad wie der Kinnikinnick[1] die Kraft des Bodens verzehrt, so daß nichts neben ihm gedeiht und er dann selbst untergeht, so hat die erzwungene Arbeit über den Büchern und die darauf folgende Verstoßung aus der Heimat auch die Kräfte seines Körpers aufgefressen. Wir werden ihn vor dem Tode im eisigen Wasser des Findinghole bewahren, aber dennoch wird er weder das Land seiner Vorfahren noch auch nur die grünen Prairien des Kansas oder die häuserstarrenden Städte des Ostens wiedersehen, denn der Schnee des Westens wird auf die Stelle fallen, wo das Erbarmen der Erde ihn willkommen heißt. Mein Bruder Scharlih mag mild und nachsichtig mit ihm verfahren, denn ein guter Mensch darf nicht den Vorwurf auf sich laden, die letzten Stunden eines Sterbenden schwergemacht zu haben. Wenn die Sonne hinuntersinkt, umkleidet sich der Himmel mit Farben von Gold und Silber; so soll der Heimgang deines armen Bruders verklärt und erleichtert werden durch das vor ihm verborgene Mitleid unserer Herzen, welches uns gebietet, lind mit ihm zu sein. Wozu wäre die Liebe auf Erden, wenn sie sich nicht bereit zeigte, die unverschuldeten Leiden und Schwächen der Brüder und Schwestern tragen zu helfen. Howgh!«

Welch ein herrlicher Mann! So fühlte, so dachte und so sprach ein Indianer, also ein sogenannter Wilder! Ich habe überhaupt mehr sogenannte als wirkliche Wilde getroffen, ebenso, wie man sehr leicht dazu kommen kann, mehr sogenannte als wirkliche Christen kennen zu lernen.

Was Winnetou jetzt in Worten aussprach, hatte auch ich gleich beim ersten Anblicke Carpios empfunden, über dessen leidendes Aussehen ich schon eine Andeutung gemacht habe. Er war schon früher zerstreut gewesen, ja, aber doch jugendlich lebhaft dabei; ich hatte, wie man noch wissen wird, schon damals die Ansicht gehabt, daß diese Zerfahrenheit sich vergrößern und ihm in seinem Fortkommen hinderlich sein werde, und diese Befürchtung war nun eingetroffen; die Ver-

1 Sumach.

wechslung meiner Person mit der seinigen in Beziehung auf seinen damaligen »Heißhunger« bewies das zur Genüge. Auch von seiner früheren Munterkeit war keine Spur mehr vorhanden. Bei oberflächlicher Beurteilung hätte man ihn als schwermütig bezeichnen mögen, aber er war mehr als das. Er war körperlich in so geradezu unverantwortlicher Weise angestrengt und übermüdet worden, daß ihn nur die größte Schonung retten konnte; er bedurfte einer langen, langen Ruhe, die ihm zu bieten, uns leider ganz unmöglich war. Und noch größer als seine körperliche war seine geistige Ermattung. Er hatte die Kraft des innern Antriebes vollständig verloren; er besaß nicht die geringste Spur mehr weder von Initiative noch von Energie. Sein Gesicht war ausdruckslos, ich möchte noch lieber sagen ausdrucksleer, und wenn man dennoch nach etwas suchte, was sich in demselben aussprach, so konnte man nur von einer hilflosen Gleichgültigkeit reden, die alles ohne Widerstand mit sich machen ließ. Er war für die Absichten Corners und seiner Genossen ein Opfer, ein Werkzeug gewesen, wie sie es sich gefügiger gar nicht hätten denken können. Es that mir nicht nur leid sondern weh, unendlich weh um ihn, aber ich konnte nicht anderer als ganz derselben Meinung mit Winnetou sein, nämlich daß es uns bei den jetzt gegebenen Verhältnissen nicht gelingen werde, seinen körperlichen und geistigen Verfall aufzuhalten. Wir hätten ihn der ihm so nötigen Ruhe wegen entweder in guten Händen hier zurücklassen oder ihn nach dem Osten bringen müssen, und da dies beides zu den Unmöglichkeiten gehörte, so konnte es für uns nur die Ueberzeugung geben, daß »das Erbarmen der Erde ihn hier im wilden Westen willkommen heißen werde«, wie Winnetou sich so poetisch schön ausgedrückt hatte, mit andern, nicht so blumenreichen Worten gesagt, daß wir gezwungen sein würden, ihn hier auf den Höhen des Felsengebirges zu begraben. Der Häuptling hätte mich gar nicht aufzufordern brauchen, aus diesem Grunde Nachsicht mit meinem armen Carpio zu üben, denn ich fühlte für denselben ein so großes Mitleid und Bedauern, daß mir ein auch nur einigermaßen scharfes Wort zu ihm unmöglich gewesen wäre.

Ich hatte ihm natürlich gesagt, wer Rost war und welche Absichten dieser mit dem jetzigen Ritte verfolgte; aber weder die Person noch das Vorhaben dieses neuen Bekannten konnte ihn aus seiner Gleichgültigkeit reißen; er ritt teilnahmlos neben ihm her, ohne auf eine Unterhaltung mit ihm einzugehen. An Winnetou wagte er sich nicht, und so war ich es nur, dem es gelang, ihn von Zeit zu Zeit aus seiner Versunkenheit zu reißen. Bei einer dieser Gelegenheiten erkundigte ich mich nach einigen Bekannten aus der Jugendzeit. Er antwortete in seiner teilnahmslosen Weise:

»Die gehen mich schon seit langer Zeit nichts mehr an. Als du fort warst, hat sich fast kein Mensch mehr um mich gekümmert, und da ist es mir nicht eingefallen, irgend jemand um die Gnade, mit mir zu verkehren, anzubetteln. Du weißt, ich kann es nicht vertragen, wenn andere in ihrer Zerstreutheit Dummheiten begehen und sich dann, indem sie die Schuld auf mich werfen, über mich lustig machen.«

»Weißt du nicht, wie es meinem alten Kantor geht, der mir Unterricht im Generalbaß gab?«

»Nein; aber ich glaube, einmal gehört zu haben, daß er noch lebt.«

»Und Krüger, dem ich es zu verdanken hatte, daß der Kantor meine fehlerhafte Motette drucken ließ?«

»Du, das kann ich dir ganz genau sagen, denn ich habe später einmal mit ihm gesprochen. Denke dir, er war Clown und hat die Schwester eines Zirkusmusikanten geheiratet.«

»Hm! Vielleicht willst du sagen, daß er Zirkusmusikant war und die Schwester eines Clown geheiratet hat?«

»Nein! Beleidige mich nicht! Ich will gar nichts anderes sagen, als was ich sage, und du mußt ganz genau wissen, daß ein solcher Irrtum ein für allemal bei mir ausgeschlossen ist. Also frage mich lieber nicht nach Leuten, mit denen ich nichts zu thun haben mag!«

»Gut! Wollen also von dir reden! Das erlaubst du doch?«

»Ja, denn ich sehe ein, daß du gern wissen möchtest, wie es mir ergangen ist. Ich kann dir da freilich nicht viel Erfreuliches erzählen. Es muß meinem Vater von einem bösen Geiste eingegeben worden sein, daß ich partout studieren sollte, obgleich mir nichts weniger als alles dazu fehlte. Ich wollte Kunsttischler oder auch Kunstschlosser werden, und hätte ich das gedurft, so wäre ich jetzt wohl ein anderer Mensch! Es ist von frühester Kindheit an mein größtes Vergnügen gewesen, zu schneiden und zu schnitzen, und daß ich kein ganz übles Geschick dazu hatte, kann dir jenes von mir konstruierte Sicherheitsschloß beweisen, welches ich mit auf unsere Weihnachtswanderung nahm. Leider warst du schuld, daß wir es nicht in Anwendung bringen konnten.«

»Ich? Wieso?«

»Weil du die dazu gehörigen Schrauben verloren hattest. Ich habe seitdem keinem Menschen wieder etwas Wichtiges in Verwahrung gegeben. Da ich dich aber nicht kränken mag, wollen wir lieber davon schweigen. Als ich dich nicht mehr hatte, wurde mir das Lernen doppelt schwer. Latein und Griechisch waren mir ein Greuel; ich kam auch in andern Fächern nicht vorwärts und blieb infolgedessen sitzen. Ich bat den Vater oft unter Thränen, dieser Qual ein Ende zu machen; er aber bestand auf seinem Willen, bis er sich schließlich durch die ernsten Vorstellungen meiner Lehrer gezwungen sah, mich vom Gymnasium wegzunehmen; aber von der Erlernung eines Handwerks durfte ich auch jetzt nicht sprechen. Er entschied sich für den Verwaltungsdienst, und ich kam als jüngster Schreiber in das städtische Amt, wo ich es wegen der unbegreiflichen Zerstreutheiten meiner Vorgesetzten nicht länger als zwei Monate aushalten konnte. Nun wurde ich in das Bureau eines Advokaten gesteckt, wo ich von früh bis abends zu kopieren und zu mundieren hatte, daß mich dieses ewige Einerlei gewiß verrückt gemacht hätte, wenn ich ein weniger gesammelter Kopf gewesen wäre. Unglücklicherweise hatte der Bureauchef, welcher überhaupt kein zuverlässiger Mensch war, einmal die Nummern und Aufschriften zweier sehr wichtiger Aktenstücke verwechselt; er schob aber die Schuld auf mich, und ich wurde entlassen. Dann kam ich als Schreiber an den Bahnhof, dessen Vorstand von Adel und ein Freund meines Vaters war, später zu einem Kaufmanne, einem Baumeister, in eine Buchhandlung, eine Schokoladenfabrik – – kurz, ich wurde von einem Menschen nach Hause und von da aus wieder einem andern zugeschoben, bis die unausbleiblichen Folgen eintreten mußten: ich hielt es nirgends mehr aus! Nun sagte sich Vater von mir los. Ich versuchte alles, was man versuchen kann, wenn man nichts gelernt hat und nichts ist, und brachte es schließlich bis zum Kolporteur. Als solcher fristete ich mich durch mehrere Jahre hin, obgleich es gewiß kein glücklicher Beruf ist, sich immerwährend mit vergeßlichen Abonnenten herumzustreiten, welches Blatt oder Buch sie zu bekommen haben oder welches nicht.«

»Aber dein reicher Verwandter in Amerika?« fragte ich, als er jetzt eine Pause machte. »Wandtest du dich denn nicht an ihn?«

»Oh doch! Meine Briefe blieben lange, lange ohne Antwort, bis sich auch mein Vater einmal um Geld an ihn gewendet hatte; da schickte er diesem zweihundert Dollars und mir den Betrag zur Fahrt nach Pittsburg, wo er damals wohnte. Ich kam herüber und wurde von ihm gegen freie Station als Schreiber angestellt; Gehalt bekam ich nicht. Das bißchen Englisch, welches ich von früher her noch nicht vergessen hatte, kam mir dabei zu statten; was ich nicht verstand, das wurde mir von ihm diktiert. Er ist reich, sehr reich, aber Millionen scheint er doch nicht zu besitzen; das merkte ich doch mit der Zeit. Ein Eldorado war diese Stellung nicht für mich!«

»Was trieb oder treibt er eigentlich für ein Geschäft?«

»Darüber bin ich mir im ganzen unklar geblieben; es müssen Geldgeschäfte sein. Ich hatte oft längere Zeit gar nichts zu thun, und dann gab es wieder Schreibereien, deren Zweck und Inhalt mir nicht ganz verständlich war. Wir mußten plötzlich schnell von Pittsburg fort und zogen nach St. Louis, wo wir nun seit über einem Jahre wohnen. Vor einiger Zeit kam erst Sheppard und dann Corner zu uns; es wurden heimliche Verhandlungen gepflogen, und dann sagte mir der Onkel, der eigentlich nur ein weitläufiger Vetter aber nicht Onkel ist, daß wir nach dem Westen reiten würden, um eine ungeheure Menge von Gold zu holen.«

»Warst du denn gleich bereit, mitzugehen?«

»Warum sollte ich nicht? Ich kann weder Corner noch Sheppard leiden; beide sind mir verhaßt; aber Gold ist's, was ich brauche, und man hat mir versprochen, daß mein Anteil ein ganzes Vermögen betragen wird. Jetzt freilich traue ich der Sache nicht mehr recht. Ich kann zwar nichts Bestimmtes sagen, aber ich bin unterwegs fast wie ein Hund behandelt worden und habe dieses schauderhafte Leben satt, satt, so satt, wie ich es dir gar nicht sagen kann! Wie oft habe ich gewünscht, vom Pferd zu fallen und gleich tot zu sein! Es ist mir sogar der Gedanke gekommen, mir eine Kugel durch den Kopf zu schießen, und ich hätte das gewiß auch gethan, wenn ich nicht wüßte, was das für eine große, große Sünde ist! Denn, sage ich dir: wenn mir alles, alles verloren gegangen ist, meinen Glauben an den Herrgott habe ich festgehalten, und wenn ich alles, alles, was ich früher lernte, vergessen habe, dein Weihnachtsgedicht kann ich noch heut auswendig, und so oft die Versuchung an mich trat, meinem Elende ein schnelles Ende zu machen, mußte ich an deine Mahnung denken:

»Hat der Herr ein Leid gegeben,
Giebt er auch die Kraft dazu;
Bringt dir eine Last das Leben,
Trage nur, und hoffe du!«

Vielleicht würden diese Worte mich nicht so gestärkt haben, wenn sie von einem andern stammten; aber ich bin früher gewohnt gewesen, auf alles, was du sagtest, doppelt Wert zu legen, weil deine Meinung stets die richtige war, und wenn mir diese Strophe einfiel, war es mir immer so, als ob du persönlich vor mir ständest und ich deine liebe Stimme hörte. Weißt du, wenn ich an meine Jugendzeit zurückdenke, so kommt es mir grad so vor, als ob ich in einen regnerisch trüben Tag hineinsähe; es giebt nichts darin, was mich erfreut, nichts, gar nichts, als nur eine einzige Gestalt, an die ich gern denke und auch gern denken darf, weil sich an sie kein Leid, kein Vorwurf für mich knüpft. Diese Gestalt ist mein guter Sappho, der sich soviel Mühe mit mir gegeben hat, ohne etwas aus mir machen zu können. Jetzt bist du wieder bei mir und kannst dir wohl denken, was das für mich heißt! Ich frage nicht, wie du es anfangen und ob du es fertig bringen wirst, aber ich weiß, daß meine Rettung mit dem Augenblicke begonnen hat, an welchem du mich heute zu dir nahmst. Rette mich, Sappho, rette mich! Ich kann dir freilich dabei gar nicht helfen, denn ich bin so unwissend und so schwach, daß ich nach dir greifen muß, wie ein kleines Kind sich an die Rockfalten seiner Mutter hängt. Wir wollen wieder einmal jung sein und mit einander in die Berge wandern!«

Er reichte mir weinend seine Hand; ich drückte sie ihm tief bewegt, versuchte aber, ihn durch einige heitere Worte anzuregen:

»Ja, wollen in die Berge wandern! Wir sind ja schon mitten drin. Weißt du vielleicht, welchen Kurs heut der Gulden hat?«

»Gar keinen mehr, denn ich bin der Gulden, für den man keinen Pfennig zahlt. Wenn es dir nicht gelingt, mich wieder in Kurs zu bringen, ist es für immer mit mir aus!«

Er ließ den Kopf sinken und fiel in seine frühere Teilnahmlosigkeit zurück.

Ich mußte wieder bei mir denken: Armer, armer Carpio! Es hatte während seiner langen Rede geschienen, als ob doch noch ein wenig Energie in ihm vorhanden sei – aber auch nur geschienen! Seine Worte klangen tonlos, und seine Augen blieben unbelebt. Sein Leben war ein Jammer, ein fortgesetzter Jammer gewesen, ein fortgesetztes Fallen aus einem in den andern Mißerfolg. Und die einst so berühmten drei Blitze – Eldorado, Millionär, Universalerbe – sie hatten ihm auch kein Heil gebracht; er war das bewußt- und willenlose Werkzeug seines gewissenlosen Verwandten geworden und mußte es noch als ein Glück betrachten, daß dieser, als er in Pittsburg unmöglich geworden war, ihn dort nicht einfach sitzen ließ, sondern mitgenommen hatte, jedenfalls um seine Harmlosigkeit noch weiter auszubeuten.

»Uff!«

Dieser plötzliche Ausruf Winnetous riß mich aus meinen Gedanken. Wir ritten an einem langgestreckten Waldstreifen hin; ein Indianer war zwischen den Bäumen hervorgetreten und stand in kerzengerader Haltung da, den Blick auf uns gerichtet, doch ohne ein Wort zu sagen.

»Teeh!« rief auch ich verwundert aus, sobald ich ihn erblickte.

»Teeh sagt Winnetou, dem berühmten Häuptling der Apatschen, und Old Shatterhand, dem unüberwindlichen Krieger der Bleichgesichter, seinen Gruß,« antwortete nun der Rote, nachdem er ehrerbietig gewartet hatte, bis er von uns angesprochen worden war. Teeh war einer der verwegensten Schoschonen. Sein Name bedeutet »Hirsch«; er hatte ihn seiner außerordentlichen Schnelligkeit wegen erhalten, und es versteht sich ganz von selbst, daß sein so unerwartetes Erscheinen hier an dieser Stelle ein Ereignis für uns war. Es konnten ihn nur wichtige Gründe hierhergeführt haben, Gründe, welche mit den zwischen den Schoschonen und den Crows zu erwartenden Feindseligkeiten in Verbindung standen. Jedenfalls war er, der zu den zuverlässigsten Kriegern der Schoschonen gehörte, von dem Häuptlinge dieses Stammes als Kundschafter ausgeschickt worden.

Wir waren natürlich halten geblieben. Winnetou sah ihn mit einem prüfenden Blicke an, ließ hierauf sein Auge über den Waldstreifen und die daran grenzende Prairie gleiten und fragte dann:

»Mein roter Bruder ist von Avaht-Niah, dem tapfern Häuptling der Schoschonen, als Späher gesandt worden, die Absichten der feindlichen Krähen zu erkunden?«

»Winnetou, der große Krieger, hat das Richtige erraten,« antwortete der Gefragte. »Yakonpi-Topa, der Häuptling der Kikatsa, will den Kampf mit uns beginnen; er hat zu den andern Krähen vom Stamme der Ahwahaways und der Allakaweahs gesandt, ihm beizustehen, und außerdem wollen die Krieger der Blutindianer vom Volke der Schwarzfüße zu ihm stoßen, um ihm zu helfen. Das sind vier Stämme, welche gegen uns ziehen. Darum hat Avaht-Niah[1] vier Kundschafter ausgesandt, gegen jeden dieser Stämme einen; ich wurde zu den Blutindianern geschickt.«

»Der Häuptling dieser Roten ist Peteh[2], ein Feind von mir und Old Shatterhand. Wir sind gekommen, den Kriegern der Schoschonen unsern Rat zu erteilen. Ist mein Bruder auf seinem Wege glücklich gewesen?«

»Der große Manitou[3] hat meine Augen und Ohren offen gehalten, daß ich unentdeckt geblieben bin und alles gesehen und gehört habe, was ich wissen wollte.«

»Teeh mag uns sagen, was er erfahren hat!«

»Winnetou und Old Shatterhand sind Freunde der Schoschonen. Der Häuptling der Apatschen hat soeben gesagt, daß sie uns raten wollen; was er sagt, das thut er auch, denn in seinem Munde ist noch nie das Gift der Unwahrheit gefunden worden, und darum darf ich ihm mitteilen, was ich entdeckt habe. Peteh, der Häuptling der Blutindianer, kommt mit zehnmal zehn Kriegern vom Elk Creek herübergezogen, um zu den Krähen zu stoßen.«

»Welche Richtung hat er genommen?«

»Wenn er sie nicht ändert, wird er nach der Mündung des Medicine-River reiten, wo der Häuptling der Apatschen vorsichtig sein muß, nicht von ihm gesehen zu werden. Ich bin mehr rechts geblieben, damit Peteh meine Fährte nicht bemerken möge, und werde unterhalb der Seminole-Berge durch den Platte schwimmen.«

»Mein Bruder hat sein Pferd hier im Wald versteckt?«

»Ja. Ich sah vier Reiter kommen, und da ich wissen mußte, wer sie seien, ritt ich in den Wald, band mein Pferd dort an und versteckte mich hinter die ersten Bäume. Als sie herankamen, erkannte ich Winnetou und Old Shatterhand, unsere Freunde, mit noch zwei Bleichgesichtern. Meine Freude darüber war groß, und ich trat unter den Bäumen hervor, um

1 »Großer Name.«
2 »Kriegsadler.«
3 Gott.

mich ihnen zu zeigen. Werden unsere berühmten Brüder zu Avaht-Niah, unserm Häuptling, reiten?«

»Ja, wir wollen zu ihm. Wo befindet er sich?«

»Er will jenseits der Gros Ventre Range, da wo das Schwefelwasser in den Hobacksfluß mündet, auf die vier Kundschafter warten.«

»Weiß mein Bruder, wo sich die drei Stämme der Krähen vereinigen werden?«

»Nein. Doch als ich unser Lager verließ, wurde angenommen, daß dies wahrscheinlich jenseits des South-Passes in der Gegend des Pacific- oder Mortonwassers geschehen werde.«

»Wenn das geschähe, würden die beiden einander feindlich gesinnten Lager drei gute Tagesreisen voneinander entfernt liegen, und da wir nach dem Fremonts-Peak wollen, wären wir von dort aus nur einen Tagesritt von euch entfernt. Wird mein roter Bruder sich unterwegs verweilen?«

»Nein. Ich habe sehr schnell und ohne Aufenthalt zu Avaht-Niah zu reiten.«

»So bitte ich meinen Bruder, diesem unserm tapfern Freunde zu sagen, daß er uns hier getroffen habe und daß wir zwar nach dem Fremonts-Peak wollen, dies aber vielleicht aufschieben werden, um zu ihm zu kommen. Wenn er uns binnen fünf Tagen nicht bei sich sieht, sind wir entweder von den Feinden abgehalten worden oder wir befinden uns am Stihi-Creek, wo wir nicht fortkönnen, weil wir eine böse That verhüten müssen. Auf alle Fälle werden wir, wenn wir mit den Krähen oder den Blutindianern zusammentreffen, als Freunde der Schoschonen handeln und dann euch aufsuchen. Kommen wir nicht, so befinden wir uns in Not, und Avaht-Niah mag uns bei den Feinden suchen oder nach dem Stihi-Creek kommen, um uns beizustehen. Hat mein Bruder Teeh sich alle meine Worte gemerkt?«

»Was Winnetou, der große Häuptling der Apatschen, sagt, kann nie vergessen werden. Es wird kein Wort von seiner Rede fehlen, wenn ich sie meinem Häuptling wiedersage.«

Er zog sich in den Wald zurück, kam einige Augenblicke

später auf seinem Pferde wieder heraus, grüßte ehrerbietig mit der Hand und ritt im Galopp davon.

Es war für uns ein sehr günstiger Umstand, mit diesem Kundschafter hier zusammengetroffen zu sein, denn erstens hatten wir von ihm erfahren, wo die Schoschonen zu suchen waren und daß sich feindliche Blutindianer hinter uns befanden, und zweitens war diese Gelegenheit von Winnetou in seiner um- und voraussichtigen Weise dazu benutzt worden, uns, falls uns eine Gefahr zustoßen sollte, die Hilfe der Schlangenindianer zu sichern. Wie klug es von ihm gewesen war, dies zu thun, das sollten wir später zu unserm Glück erfahren.

Als der Kundschafter sich entfernt hatte, setzten wir unsern Weg fort und kamen, als es dunkel zu werden begann, an die Stelle, wo der Tokoah-Peh[1] in den Medicine-River mündet. Die Utah-Indianer pflegten hier auf der westlichen Laramie-Prairie erjagtes Fleisch zu dörren, woher der Nebenfluß den Namen Fleischwasser erhielt. Das Wort Tokoah-Peh gehört der Utahsprache an.

Es war Zeit, Lager zu machen. Wenn die Blutindianer ihre von dem Kundschafter beobachtete Richtung beibehielten, waren wir heute vor ihnen sicher; hatten sie dieselbe aber aus irgend einem Grunde geändert, so trafen sie auf Corners Fährte oder gar mit diesem und seinen Begleitern zusammen und erfuhren in diesem Falle ganz gewiß, daß wir uns hier am Medicine-Flusse befanden. Sie betrachteten Winnetou und mich als Feinde, weil wir uns früher einmal gegen einige von ihnen unserer Haut hatten wehren müssen, und so konnten wir mit Bestimmtheit annehmen, daß sie sich wie Bluthunde auf unsere Spur werfen und uns verfolgen würden, um uns lebendig oder tot in ihre Hände zu bekommen. Darum blieben wir nicht diesseits des Fleischwassers, sondern wir gingen über dasselbe an das andere Ufer, wo wir eine zum Lagern sehr gut geeignete Stelle fanden, von welcher aus wir das östliche Ufer, von dem wir herübergekommen waren, zwar nicht

1 Fleischwasser.

sehen, aber das Geräusch einer dort ankommenden Reiterschar doch hören konnten. Das Wasser begrenzte ein fast undurchdringliches Buschwerk, hinter welchem es eine halbkreisförmige, freie Grasstelle gab, wo wir unsere Pferde anhobbelten und uns niederlegten. Die Vorsicht verbot uns, ein Feuer anzustecken, was uns aber in Beziehung auf das Abendessen zu keinem Verzichte zwang, weil wir vom Mittag her Fleisch übrig hatten. In anderer Beziehung hätten wir freilich sehr gewünscht, ein Feuer brennen zu dürfen, weil hier oben die Nächte in dieser vorgeschrittenen Jahreszeit schon recht kalt waren. Wenigstens für Carpio wäre es wünschenswert gewesen, daß er sich hätte wärmen können. Er war so müde, daß er, sobald er gegessen hatte, sofort einschlief.

Wir andern blieben noch ungefähr zwei Stunden wach; dann mußten wir auch an die notwendige Ruhe denken. Da eine doch vielleicht nahende Gefahr jetzt noch nicht zu erwarten war, sollte Rost die erste Wache übernehmen und dann die ganze Nacht schlafen dürfen, in die ich mich mit Winnetou teilen wollte. Wir beide wickelten uns also in unsere Decken und schliefen auch schnell ein.

Nach Rost war ich an der Reihe. Als er mich weckte, sagte er mir, daß er auch nicht das geringste verdächtige Geräusch gehört habe. Ich verließ mich aber nicht ganz auf diese seine Versicherung und suchte die Umgebung des Lagers sorgfältig ab, leider bloß die nächste Umgebung. Warum leider, das sollte sich bald darauf zeigen.

Weil es kalt war, setzte ich mich nicht nieder, sondern ging im weichen Grase leise hin und her. Es mochte eine halbe Stunde vergangen sein, als ich den Klang von Stimmen hörte, welche vom andern Ufer herüberschallten. Ich weckte Winnetou. Wir lauschten. Es waren indianische Laute, doch konnten wir nicht verstehen, welcher Sprache sie angehörten. Es war unbedingt notwendig, uns hinüber zu begeben, um diese Indsmen zu beschleichen. Die Möglichkeit, daß es freundliche Schoschonen waren, konnte nicht als ausgeschlossen betrachtet werden. Hatten wir es aber mit Blutindianern zu thun, so waren wir zum augenblicklichen Aufbruche gezwungen.

Da es bei der jetzigen Kälte keine Annehmlichkeit war, bis unter die Arme im Wasser zu gehen, entschieden wir uns dafür, durch den Fluß zu reiten. Natürlich mußten wir dazu eine so weit aufwärts liegende Stelle suchen, daß das von den Pferden verursachte Stampfen und Plätschern nicht gehört werden konnte. Wir weckten also Rost und Carpio, was wir wegen der Nähe der Gefahr nicht unterlassen durften, schärften ihnen ein, sich ganz ruhig zu verhalten und sich auf keinen Fall zu entfernen, und führten dann unsere Pferde leise fort, um erst in sicherer Entfernung aufzusteigen. Dann ritten wir noch eine Strecke weiter, worauf wir sie ins Wasser trieben und glücklich jenseits anlangten. Dort banden wir sie an und schlichen uns nun längs der das Wasser besäumenden Büsche wieder abwärts. Ich muß hierbei bemerken, daß wir unsere Gewehre nicht mitgenommen, sondern zurückgelassen hatten.

Zu unserm Unglücke war es so dunkel, daß wir die Spuren unserer eigenen Füße nicht sehen konnten, sonst hätten wir an den zahlreich vorhandenen Eindrücken bemerken müssen, daß unser Lagerplatz schon entdeckt worden war.

Als wir soweit gekommen waren, daß wir die lautsprechenden Roten verstehen konnten, hielten wir an, um zu lauschen. Es waren nur drei oder vier Personen, welche sich unterhielten. Daß sie das so laut thaten, gab uns die Ueberzeugung, daß sie sich unbeobachtet wußten. Sie glaubten, sich allein hier am Fleischwasser zu befinden. So vermuteten wir; leider aber war das eine Täuschung, welche sich bitter an uns rächen sollte. Grad dieses laute Sprechen war darauf berechnet, uns sicher zu machen.

Wir legten uns nieder und krochen näher. Wir verstanden jedes Wort, konnten aber nicht klug werden, welcher Nation die Sprechenden angehörten, denn sie sprachen alle möglichen Mundarten durcheinander. Das erregte endlich doch unsern Verdacht. Wenn sie durch diesen Mischmasch ihre Stammesangehörigkeit verbergen wollten, mußten sie annehmen, daß sie belauscht wurden. Und war dies der Fall, so hatten sie

Kenntnis von unserer Anwesenheit. Es galt also, doppelt vorsichtig zu sein. Eben wollte ich Winnetou diese meine Ansicht mitteilen, da stieß er mich an und flüsterte mir zu:

»Wir sind in Gefahr. Mein Bruder Scharlih mag sofort zu unsern Gefährten zurückkehren, um sie, wenn es nötig werden sollte, zu beschützen, bis ich nachfolge.«

»Du gehst nicht mit?«

»Nein. Winnetou wird diese listigen Männer umschleichen, bis er weiß, wer sie sind und warum sie sich verstellen.«

»So bitte ich aber, dich ja dreifach in acht zu nehmen!«

»Uff!« antwortete er nur, dann war er verschwunden.

Sein verwundertes »Uff!« war sehr begründet, denn einen Winnetou zur Vorsicht zu mahnen, das konnte nur als eine geradezu lächerliche Ueberflüssigkeit bezeichnet werden.

Ich ging zurück, bis ich unsere Pferde erreichte. Winnetous Iltschi mußte ich für ihn stehen lassen; meinen Hatatitla band ich los, stieg auf und durchquerte den Fluß. Drüben ritt ich ein Stück abwärts und stieg dann wieder ab, um ihn leise bis dahin zu führen, wo er vorher angehobbelt gewesen war. Die beiden andern Pferde standen ruhig grasend da, und Rost und Carpio saßen an ihren Stellen; es gab nichts, was mich auf die Vermutung hätte bringen können, daß für den Augenblick eine Gefahr vorhanden sei.

»Ist etwas geschehen?« erkundigte ich mich.

»Nein, nein,« antworteten beide.

»Es gab kein verdächtiges Geräusch?«

»Nein,« antwortete Rost.

Und Carpio sagte:

»Setz dich her zu mir! Ich habe dir etwas zu sagen.«

»Was?«

»Etwas, worüber du dich freuen wirst. Komm nur her!«

»Gut! Vorher aber muß ich euch sagen, daß diese Gegend nicht so ungefährlich ist, wie wir dachten. Sprecht ganz leise! Also, was hast du mir zu sagen, lieber Carpio?«

Während ich diese Worte sprach, setzte ich mich neben ihn nieder. Kaum aber war dies geschehen, so bekam ich einen Hieb auf den Kopf, daß ich vollends hintenüberflog.

»Schi motahr ho tli!« konnte ich noch mit schriller Stimme rufen, dann schwand mir die Besinnung.

Diese apatschischen Worte bedeuten ungefähr »Mir naht der Tod!« Das war der zwischen Winnetou und mir verabredete Ruf, falls sich einer von uns in Todesgefahr befinden sollte. Er hatte ihn gehört und sich darnach verhalten, wie ich später erfuhr. Er hatte höchst wahrscheinlich diesem Hilferufe seine Freiheit zu verdanken.

Als ich wieder zu mir kam, sah ich trotz der Dunkelheit eine Menge Menschen um mich her; einige von ihnen waren bemüht, ein Feuer anzuzünden. Ich fühlte, daß man mich an Händen und Füßen gebunden hatte.

Das Feuer flackerte auf, und bei seinem Scheine bemerkte ich, daß ich zwischen Rost und Carpio lag, die auch gefesselt waren. Wir lagen am Rande des Gebüsches. Vor uns saß ein Halbkreis von Indianern. Seitwärts von uns lagen noch andere Gefangene, auch Weiße, wie es schien; ihre Gesichter konnte ich nicht erkennen. Neben Carpio sah ich meinen Bärentöter, den Henrystutzen und Winnetous Silberbüchse im Grase; diese Gewehre waren noch gar nicht beachtet worden. Winnetou war nicht gefangen, hatte aber seine Büchse nicht! Eben dachte ich, wie jammerschade es sei, daß – – –

»Uff, uff, uff, uff, uff!« erscholl es da von allen indianischen Lippen. Die Indsmen sprangen auf und wollten zugreifen, kamen aber zu spät. Mein unvergleichlicher Winnetou hatte sich herbeigeschlichen und mit einem kühnen Sprunge in den Halbkreis geschnellt. Die drei Gewehre fassen und mit ihnen wieder durch die Roten fort, das war für ihn das Werk eines Augenblickes. Alles schrie und rannte hinter ihm her, doch ohne ihn zu erreichen. Er hatte sein Pferd in die Nähe gebracht, schwang sich auf und jagte, indem er den Siegesruf der Apatschen erschallen ließ, in die westliche Prairie hinein. – – –

VIERTES KAPITEL.

»Sti-i-poka«[1].

Lieber Leser, hast du schon einmal einen Kolbenhieb auf den Kopf bekommen, aber einen so recht aus dem tiefsten Herzensgrunde? Nicht? Wohl dir! Oder doch? Dann wehe dir!

Mir wenigstens war es gar nicht wohl, als ich hier am lieben Fleischwasser im Grase lag und meinen Kopf viel deutlicher fühlte, als es eigentlich nötig war. Ich habe schon früher irgendwo einmal das Gefühl beschrieben oder vielmehr zu beschreiben versucht, welches so ein Krafthieb hinterläßt; ich bitte also, auch zu schlagen, aber gefälligst nicht mit dem Kolben, sondern diese Stelle nachzuschlagen! Da lobe ich mir meinen Jagdhieb mit der Hand! Er erreicht ganz denselben Zweck ohne das belästigende Gefühl hinterher, als sei der Kopf ein gewaltiger, mit hunderttausend gefühlvollen Nerven angefüllter Kessel, an welchem fünfzig Kupferschmiede die Nieten verhämmern.

Daß ich in diesem Zustande alles um mich her mit leidlicher Deutlichkeit zu erkennen vermochte, wäre fast ein Wunder zu nennen, wenn ich nicht so dicke Schädelknochen und ein so ungewöhnlich starkes Haar besäße. Aber geordnet zu denken, das wurde mir schwer, und um die Ohren summte es so arg, daß ich zwar den Siegesruf der Apatschen und das Wutgeheul der Roten hören, jedoch hierauf noch längere Zeit, als wieder verhältnismäßige Ruhe eingetreten war, den Sinn dessen, was gesprochen wurde, nicht erfassen konnte. Ich hielt es für das Beste, die Augen wieder zu schließen und so zu thun, als ob ich noch in Ohnmacht liege. Nach und nach brachte ich die einzelnen Worte auseinander, und dann dauerte es auch nicht lange, bis ich mit einiger Anstrengung die Bedeutung der einzelnen Sätze begriff. Sie war keineswegs beruhigend für uns!

Die Blutindianer waren doch mit Corner und seiner Sippe

1 »Auf Tod oder Leben.«

zusammengetroffen und hatten sie ohne Kampf gefangengenommen. Teils um sich an uns zu rächen, teils auch um die Indianer durch diese für sie wichtige Mitteilung vielleicht milder zu stimmen, hatten die Weißen ihnen gesagt, daß sie uns fangen könnten, wenn sie sich beeilten, unserer Spur zu folgen. Die Roten waren selbstverständlich mit Entzücken darauf eingegangen.

Wir kannten Peteh, den gegen Weiße stets unerbittlichen Häuptling der Blutindianer, als einen höchst schlauen Patron, gegen dessen List schon mancher sonst pfiffige Westmann nicht hatte aufkommen können. Er bewährte seine Verschlagenheit auch in dem vorliegenden Falle. Indem ich mit zugemachten Augen dalag, hörte ich ihn mit den Roten, welche mir gegenüber neben ihm saßen, in triumphierendem Tone den ganzen Vorgang noch einmal durchsprechen. Das eine Augenlid ein wenig hebend, betrachtete ich ihn.

Er machte gleich beim ersten Blick, den man auf ihn warf, den Eindruck großer physischer Stärke. Er trug ein vollständiges Ledergewand, doch verrieten die eng anliegenden Teile desselben eine Muskulatur, welche einem professionellen Preisringer Ehre gemacht hätte. Ob er aber die entsprechende Gewandtheit besaß, das glaubte ich bezweifeln zu müsssen. Der Ausdruck seines Gesichtes war mit den beiden Worten grausam-listig vollständig gekennzeichnet. Von seinen Waffen fiel mir der Tomahawk besonders auf. Er war von ausgezeichneter indianischer Arbeit und steckte, damit man ihn ja sehen möge, neben dem mit Skalpen reich geschmückten Futterale, statt daß er in demselben stak. Die Fransen seines Anzuges bestanden aus vierfach neben einander liegenden, in Zöpfe geflochtenen Menschenhaaren. Sein Schopf war mit Skalpen geschmückt; seine Brust hing voller Skalpe; aus lauter Skalpen bestand sein Gürtel; auf seinen Schultern und Achseln waren Skalpe gleich Epauletten angebracht, und um die Unterschenkel schlossen sich Skalpe in Form von Gamaschen. Alle diese Skalpe waren jedenfalls von ihm selbst erbeutet, und man sah es ihm auch an, daß sein größter Stolz in diesem Schmucke bestand. Wie anders präsentierte sich da mein Winnetou, gegen den dieser Blutindianer eine Fratze war! Und ganz so, wie er aussah, klangen auch die Ausdrücke, in denen er von unserer Ueberlistung sprach.

Der arglistige Rote hatte angenommen, wir seien überzeugt, daß Corner uns folgen werde und wir also keine Unvorsichtigkeit begehen würden. Durch diese Erwägung war er auf den Gedanken gekommen, unsere Vorsicht durch eine scheinbare Unvorsichtigkeit zu Schanden zu machen. Er hatte den besten Reiter seiner Truppe mit dem Auftrage, uns zu beobachten, vorausgeschickt. Da unser Ritt durch Carpios Ungeschick verlangsamt wurde, war es diesem Indianer gelungen, uns zu überholen. Er war erst auf unserer Fährte, und dann, als er uns von weitem erblickte, parallel mit dieser geritten, und zwar in solcher Entfernung von uns, daß wir ihn nicht sehen konnten. Am Fleischwasser angekommen, war er, weil nun der Tag vorüber war, überzeugt gewesen, daß wir da lagern würden, und hatte keine Vorkehrungen getroffen, uns unbemerkt beobachten zu können. Er sah uns kommen und durch das Wasser reiten; er sah sogar die Stelle, welche wir als Ruhestätte wählten, und zog sich dann zurück, um dem Häuptling bei dessen Ankunft in sichrer Entfernung von uns Bericht zu erstatten.

Von diesem Punkte aus hatte Peteh dann die geschicktesten Anschleicher seines Trupps beauftragt, zu erforschen, wie wir uns am Lagerplatze eingerichtet hätten. Sie näherten sich uns, als Rost wachte und die andern schliefen; sie waren trotz der Kälte des Wassers durch den Fluß gegangen. Der Rappe des Apatschen und der meinige hatten die Schleicher wohl bemerkt; sie waren unruhig geworden; Rost war aber zu unerfahren gewesen, darauf zu achten. Infolge des hierauf erstatteten Berichtes hatte der Häuptling angenommen, daß nun Winnetou und ich die zweite und die nächste Wache übernehmen würden; da hielt er das Gelingen eines Ueberfalles für zweifelhaft und beschloß, uns fortzulocken und einzeln zu überwältigen. Er führte also seine Schar ganz ungeniert, als ob er von uns gar nichts wisse, bis an den Fluß uns gegenüber, ließ einige in andern Dialekten bewanderte Männer laut sprechen, damit wir sie wohl hören aber nicht entscheiden könnten, zu welchem Stamme sie gehörten, und war nun überzeugt, daß Winnetou und ich uns anschleichen würden, sie zu belauschen. Hierauf legte er Posten rund um das Lager in das Gras, welche uns wohl zwischen sich hindurch- aber nicht wieder zurücklassen, sondern uns festnehmen sollten. Das konnte gar nicht mißlingen, weil wir von diesen Leuten nur für einen Augenblick festgehalten zu werden brauchten, worauf die andern alle über uns herfallen sollten.

Trotz dieser Ueberzeugung von dem Gelingen hatte Peteh für den fast undenkbaren Fall, daß einer von uns doch entkommen sollte, eine Maßregel angeordnet, welche zum Ziele führte. Er wußte von Corner, daß Carpio und Rost ganz unerfahrene Leute und sehr leicht zu übertölpeln seien, und suchte unter seinen Leuten einen aus, der leidlich englisch radebrechte. Diesem erteilte er seine Instruktion und gab ihm hinreichend Leute mit, dieselbe auszuführen.

Nun kam es fast genau so, wie er gedacht hatte, nur mit der einzigen Abänderung, daß Winnetou nicht ergriffen wurde. Wir kamen zwar herüber, schöpften aber grad wegen des Sprachgemisches, welches uns täuschen sollte, Verdacht. Winnetou schickte mich fort. Inzwischen hatte sich der englisch radebrechende Rote mit seinen Leuten drüben angeschlichen, hatte diese ins Gebüsch gesteckt und war ganz allein vor unsere beiden Gefährten getreten. Was da gesprochen worden war, erfuhr ich freilich erst später.

»Pst, seid still!« hatte er leise und warnend gesagt. »Ich suche Winnetou.«

»Wer seid Ihr?« fragte Rost, leider ebenso leise, wie der Indianer gesprochen hatte, sonst hätten wir es wahrscheinlich drüben gehört.

»Ich bin ein Krieger der Apatschen und will meinem Häuptling und Old Shatterhand etwas sehr Wichtiges sagen.«

»Sind das da drüben lauter Apatschen?«

Welch eine Frage hier oben im Norden, wo es gar keine Apatschen geben konnte!

»Nein,« hatte der Indsman geantwortet. »Es sind Feinde,

vor denen ich Euch warnen will. Drum sprecht sehr leise, daß sie uns ja nicht hören! Wo sind Old Shatterhand und Winnetou?«

»Hinüber, um zu lauschen; dann kommen sie wieder.«

»Wollen meine weißen Brüder mir und den beiden berühmten Kriegern eine große Freude machen?«

»Welche?«

»Ich bin der Liebling von Old Shatterhand und Winnetou; wie werden sie sich freuen, mich zu sehen! Ich werde mich verstecken, und wenn sie kommen, müssen sie raten, wen ihr ihnen zeigen wollt.«

Diese beiden vertrauensvollen Menschen gingen wirklich in diese so ungeheuer grob gelegte Falle! Ueber Carpio brauchte man sich freilich nicht zu wundern, aber daß auch Rost sich hier nicht klüger zeigte, das war und blieb mir unbegreiflich. Sie halfen sogar dem Roten, sich zu verstecken, und freuten sich riesig auf unsere voraussichtliche Wonne, so ganz unerwartet mit unserm »Liebling« zusammenzutreffen. Ich kam allein, doch spielten sie ihre Rolle so nach der erhaltenen Vorschrift, daß Winnetou an meiner Stelle demselben Kolbenhiebe wohl auch nicht entgangen wäre.

Er war, nachdem ich ihn verlassen hatte, mit solcher Vorsicht, so langsam und unhörbar gegen das Lager vorgeschlichen, daß die Posten seine Annäherung nicht bemerkt hatten; wohl aber hatte er sie bemerkt. Es fiel ihm gar nicht ein, in ihren Halbkreis einzudringen; er kroch vielmehr außerhalb desselben hin, um die andere Seite zu erreichen, auf welche vielleicht weniger Aufmerksamkeit verwendet wurde. Eben war er dort angekommen, als mein lauter Hilferuf erscholl und die Scene augenblicklich in eine vollständig andere verwandelte.

Wie Winnetou mir später sagte, hatte er im ersten Moment die Absicht gehabt, durch die Schar der Roten zu brechen und in das Wasser zu springen, um mir in gerader Linie zu Hilfe zu kommen, dies aber schon in der nächsten Sekunde für unklug gehalten, denn die Roten hatten sich blitzschnell auf ihre Pferde geworfen und sie in den Fluß getrieben, um auf diese Weise schnell, aber auch trocken an das andere Ufer zu kommen. Bei einer solchen Menge von Gegnern war durch Gewalt nichts zu erreichen. Er schnellte also am Ufer hinauf bis dahin, wo sein Pferd stand, band es los und ritt hinüber auf die Seite unsers Lagers. Das Geschrei der Indsmen, die nur uns drei und nicht auch Winnetou fanden, sagte ihm sehr deutlich, wo sie waren und wie weit er sich ihnen nähern durfte. Dort ließ er sein Pferd stehen und kroch weiter. Man zündete das Feuer an und hatte nur acht auf uns, nicht aber nach der Seite, wo der Apatsche sich befand. Das war ein geradezu unverzeihlicher Fehler, den der Häuptling der Blutindianer beging. Er hatte uns ja fest und mußte nun vor allen Dingen seine ganze Sorge auf die Ergreifung des Apatschen richten.

Dieser sah mich zwar bewegungslos liegen, bemerkte aber kein Blut. Dann entging es seinen scharfen Augen nicht, daß ich die meinigen für kurze Zeit öffnete. Das beruhigte ihn. Mich jetzt zu befreien, war unmöglich; er mußte zunächst sich selbst in Sicherheit bringen, um später für unsere Rettung thätig sein zu können. Dazu brauchte er sein Gewehr; er sah es mit meinen beiden liegen, was ein höchst willkommener Umstand für ihn war, denn im Besitze dieser drei Gewehre konnte er sich gegen eine ganze Schar von Feinden verteidigen, gar nicht gerechnet den Vorteil, daß sie nicht in die Hände der Blutindianer fielen. Auch war meine Befreiung später viel leichter, wenn meine Gewehre, auf welche ich nie verzichtet hätte, sich schon in Sicherheit befanden.

Er sah auch meinen Hengst und fragte sich, ob er ihn mitnehmen solle, entschied sich aber doch dafür, ihn hier zu lassen, was ich an seiner Stelle ebenso gemacht hätte. Er durfte mit der Ausführung seines Vorhabens nicht zögern, benutzte den geeigneten Augenblick dazu und sah, wie wir wissen, seine Kühnheit mit dem besten Erfolge belohnt. Es machten zwar einige Rote den Versuch, ihm nachzureiten, kamen aber sehr bald zurück. Die Finsterkeit der Nacht machte die Verfolgung unmöglich, und selbst wenn es heller Tag gewesen wäre, hätte es niemand fertig gebracht, den windesschnellen

Iltschi einzuholen. Winnetou war also glücklich entkommen, und ich durfte überzeugt sein, daß er von jetzt an an nichts anderes als an unsere Befreiung denken werde. Auch wenn dies nicht so gewesen wäre, sondern er sich auch als Gefangener bei uns befunden hätte, wäre es mir nicht eingefallen, bange um uns zu sein. Wir waren so oft gefangen gewesen und immer glücklich entkommen, und es lag kein einziger Grund vor, annehmen zu müssen, daß uns in dem jetzigen Falle unsere Befreiung nicht gelingen werde. Wir brauchten nur Zeit zu gewinnen, denn Zeit bringt Rat und Gelegenheit. Unsere Lage war nur dann schlimm, wenn Peteh auf den für uns gefährlichen Gedanken kam, mit uns kurzen Prozeß zu machen. So etwas war aber nicht zu befürchten, denn Gefangene der Art, wie ich einer war, bringt man nicht unterwegs um, sondern schleppt sie mit heim, um den ganzen Stamm des Schauspiels, sie am Marterpfahle sterben zu sehen, teilhaftig werden zu lassen. Dazu kam, daß die Blutindianer beabsichtigten, mit den Krähen zusammenzutreffen, und da verstand es sich ja ganz von selbst, daß sie uns mitnehmen würden, um mit Old Shatterhand als ihrem Gefangenen prunken zu können. Ich war sogar überzeugt, daß sie uns nicht nur nicht töten, sondern uns sogar, wenigstens in Beziehung auf unser leibliches Wohlbefinden, schonend behandeln würden, um ihren Triumph nicht beeinträchtigt zu sehen. Es ist ein größerer Ruhm, gesunde und kräftige Feinde besiegt zu haben, als in den Besitz eines abgematteten, kranken Gegners gekommen zu sein. Es gab also für uns zunächst gar keine Veranlassung, den Mut, der uns so notwendig war, sinken zu lassen.

Peteh sprach also mit den bei ihm sitzenden Roten von unserer Gefangennahme; er war außerordentlich erfreut darüber, mich in seine Hände bekommen zu haben, doch ebenso erzürnt über das Entkommen Winnetous. Ich hörte, daß er die Schuld daran gern einem seiner Leute aufgebürdet hätte, was ihm aber nicht gelingen konnte, weil auf meinen Hilferuf alle zugleich aufgesprungen und über das Wasser gegangen waren, wodurch der Apatsche Zeit und Raum gewonnen hatte, sich von da drüben ganz unbeachtet zu entfernen. Waren jemandem Vorwürfe zu machen, so hatte Peteh sie selbst verdient, weil er es an der nötigen Umsicht hatte fehlen lassen. Und daß er sich dies sagen mußte, das schien seinen Aerger zu verdoppeln.

Ich lauschte mit größter Aufmerksamkeit auf seine Reden, um vielleicht einige Worte darüber aufzufangen, was sie über uns beschlossen hatten oder jetzt beschließen würden. Das Glück war mir günstig. Der Häuptling wußte, daß Carpio und Rost unerfahrene Leute seien, und nahm also als gewiß an, daß sie die Sprache seines Stammes nicht verständen. Von mir wußte er zwar das Gegenteil, aber er glaubte, ich sei noch betäubt und höre also nicht, was gesprochen werde; darum hielt er es nicht für nötig, seine Stimme zu dämpfen, und so nahmen die andern an, ebenso laut sprechen zu dürfen. Erwähnen muß ich noch, daß man unsere Taschen geleert und alles, was drin gewesen war, vor den Häuptling hingelegt hatte. Einer der alten, erfahrenen Krieger, welche die Auszeichnung hatten, rechts und links von ihm zu sitzen, sprach seinen Grimm darüber aus, daß es Winnetou gelungen war, sich in den Besitz der drei berühmten und unvergleichlichen Gewehre zu setzen, ohne daß man ihn davon abgehalten hatte, und schloß hieran die Bemerkung:

»Diese Gewehre sind kostbarer als der Besitz Old Shatterhands! Ich wollte lieber, er wäre auch entflohen und wir hätten sie dafür noch! Was wird Peteh mit den drei Gefangenen thun? Sollen sie getötet werden, ehe wir diesen Ort verlassen?«

»Nein,« antwortete der Häuptling. »Wir nehmen sie mit, um sie den Kriegern der Upsaroka's zu zeigen. Oder ist mein Bruder vielleicht anderer Meinung?«

Die Crow- oder Krähenindianer nennen sich selbst nämlich Upsaroka's.

»Nein,« antwortete der Gefragte. »Aber was soll dann mit ihnen dort geschehen?«

»Nichts.«

»Nichts? Wir nehmen sie also wohl mit, wenn wir als Sieger über die Schoschonen heimkehren zu unserm Stamme?«

»Old Shatterhand nehmen wir mit; die beiden andern Hunde taugen nichts; sie mögen bei den Upsaroka's am Marterpfahle sterben.«

»Werden aber die Upsaroka's damit einverstanden sein, daß wir Old Shatterhand behalten?«

»Meint mein Bruder, daß sie nicht damit einverstanden sein werden?«

»Es ist möglich, daß sie ihn für sich nehmen wollen.«

»Uff! Das dürfen sie nicht!«

»Peteh, der tapfere Häuptling der Blutindianer, mag bedenken, daß jeder Gefangene, mag ihn gefangen genommen haben, wer es sei, als der Gefangene desjenigen Stammes gilt, auf dessen Boden er sich befindet!«

»Das weiß ich; aber die Upsaroka's werden sich trotzdem hüten, Old Shatterhand von mir zu verlangen, denn sie erwarten Hilfe von uns, die ich ihnen versagen würde, wenn sie eine solche Forderung an mich thäten.«

»Uff! Peteh darf nicht vergessen, daß sie gezwungen sind, diese Forderung auszusprechen. Es giebt Gesetze, welche man selbst unter den besten Freunden und Verbündeten aufrecht halten muß. Wenn die Upsaroka's Old Shatterhand nicht von uns verlangten, wäre es eine Schande für sie. Der Gebrauch gebietet uns sogar, ihnen diese Bleichgesichter auszuliefern, ohne erst abzuwarten, daß sie es verlangen. Mein tapferer Bruder mag diesen meinen Worten nicht zürnen! Ich trage den Schnee des Alters auf meinem Haupte, über welches fast siebenmal zehn Winter dahingegangen sind. Die Erfahrung ist da, um gehört zu werden, und mein Mund darf nicht schweigen, wenn die Pflicht ihm gebietet, den Häuptling vor einem Schritte zu bewahren, welcher ihn mit den Kriegern der Upsaroka's entzweien muß!«

Es trat eine Pause ein, während welcher Peteh stumm vor sich niederblickte. Dann hob er den Kopf wieder und sagte:

»Es erregt meinen Grimm, daß ich eingestehen muß, daß mein Bruder die Wahrheit gesprochen hat. Ich muß die Gefangenen entweder hier töten oder sie den Upsaroka's übergeben. Aber sôll ich etwa auf den Ruhm verzichten, mit Old Shatterhand in Fesseln bei ihnen angekommen zu sein?«

»Nein.«

»Mein Bruder ist also auch der Ansicht, daß wir die drei Bleichgesichter nicht töten, sondern mitnehmen?«

»Ja.«

»Und dann sollen die Upsaroka's mit ihnen machen dürfen, was sie wollen?«

»Nein. Wir liefern sie ihnen mit der Bedingung aus, daß sie am Marterpfahle sterben müssen.«

»Uff, so ist es richtig! Aber gequält sollen sie werden unterwegs, so gequält, daß sie die Schmerzen des Todes schon beim ersten Schritte fühlen, den wir hier vom Fleischwasser wegthun werden!«

»*Schah*[1]! Will Peteh Schande auf sich und auf die Häupter seiner Krieger laden? Sollen die Upsaroka's uns den Vorwurf machen, daß wir diese Bleichgesichter nur deshalb besiegen konnten, weil sie nicht die Kraft besaßen, sich gegen uns zu verteidigen?«

»Sie haben diese Kraft gehabt!«

»Können wir das beweisen?«

»Uff!« antwortete der Häuptling grimmig. »Ich wollte diese weißen Hunde hungern und dürsten lassen; ich wollte ihnen unsere Messer in das Fleisch geben, ohne sie zu töten!«

»Das muß Peteh unterlassen! Wenn sie vor Hunger und Durst matt sind, werden sie sagen, daß es nur wegen dieser ihrer Schwäche gelungen sei, sie zu ergreifen. Und wenn wir sie verwunden, um ihnen Schmerzen zu bereiten, werden sie sich darüber freuen, denn sie können zu den Upsaroka's sagen, diese Wunden seien die Beweise der Tapferkeit, mit welcher sie sich gegen uns verteidigt haben. Peteh, der Häuptling der Blutindianer, mag klug sein!«

»Soll ich sie etwa dick und fett füttern wie Hunde, welche beim Besuch berühmter Gäste geschlachtet, gebraten und gegessen werden?!«

1 »Nein!«

»Das ist nicht nötig; nur hungern und dürsten sollen sie nicht. Je frischer und gesünder sie aussehen, desto größer ist der Ruhm, sie besiegt zu haben. Auf diesen Ruhm dürfen unsere Krieger nicht verzichten.«

Der Häuptling konnte denken und sagen, was er wollte, er mußte zugeben, daß der Alte recht hatte. Das ergrimmte ihn, den grausamen und blutdürstigen Menschen, so, daß er endlich wütend sagte:

»Mein Bruder spricht Worte, welche ich nicht hören mag und doch hören muß. Ich bin also gezwungen, diese weißen Coyoten wie Weiber zu behandeln, welche um Hilfe rufen, wenn man sie nur berührt!«

»Desto mehr können wir dann für ihren Tod am Marterpfahle fordern.«

»Uff, das ist richtig! Sie sollen so sterben, daß sie uns ein Schauspiel bieten, als ob es hundert Bleichgesichter seien, die am Pfahle hängen. Aber wir wollen leiser sprechen, denn sie sollen denken, daß von jetzt an jeder Augenblick ihr letzter sein könne. Old Shatterhand versteht unsere Sprache; wir dürfen ihn also nicht hören lassen, was wir sprechen.«

Von jetzt an flüsterten sie nur noch, und es drang kein Wort mehr zu mir herüber. Dann mochte ihnen meine Betäubung doch zu lange dauern; der Häuptling befahl, mir einige kräftige Stöße zu versetzen. Als dieser Befehl ausgeführt wurde, that ich, als ob ich nun erst zu mir käme; ich schlug die Augen auf und machte ein erschrockenes Gesicht. Er lachte mich höhnisch an und sagte:

»Old Shatterhand hat einen sanften Schlaf gethan. Wie gefällt ihm das Erwachen?«

Ich antwortete nicht.

»Weiß er, wo er sich befindet?« fragte er weiter.

Ich blieb still.

»Old Shatterhand mag sich nach seinem Freunde, dem roten Hunde Winnetou, umsehen!«

Ich drehte den Kopf nach der einen und nach der andern Seite.

»Er ist nicht da!« lachte er. »Dieser rote Verräter, der es mit den Bleichgesichtern hält, hat eine Kugel durch den Kopf bekommen und ist in das Wasser gestürzt. Nun schwimmt seine Leiche den Fluß hinab, um von den Krebsen, welche Aas verzehren, langsam aufgefressen zu werden!«

Da ich auch hierauf nicht antwortete, fuhr er mich zornig an:

»Hat Old Shatterhand vor Entsetzen die Sprache verloren?«

»Nein,« antwortete ich jetzt.

»Oder getraut er sich vor lauter Angst nicht, mit mir zu reden?«

»Ich habe niemals Angst,« entgegnete ich lächelnd.

»Du wirst ebenso wie Winnetou ein Fraß der Krebse werden!«

»Das gönne ich ihnen!«

»Warum?«

»Sie erfahren da doch einmal, wie ein tapferer Krieger schmeckt. Einen Feigling, welcher den Gegner von hinten niederschlägt, weil er sich fürchtet, ihm vor das Angesicht zu treten, würden sie verschmähen.«

»Uff! Wage es nicht, uns zu beleidigen, Hund!«

»*Pshaw!* Es sind wohl hundert Männer, welche hier sitzen; Krieger darf ich sie nicht nennen, denn sie haben es nicht gewagt, mit Old Shatterhand Auge in Auge zu kämpfen, wie es sich zwischen Kriegern schickt, welche Mut im Herzen haben und eine tapfere Hand besitzen. Nur der mutlose Coyote schleicht sich von hinten an sein Opfer, aber der Grizzly des Gebirges und der Büffel der Prairie, die gehen weder rechts noch links, sondern in gerader Richtung auf den Feind.«

»Habt ihr euch nicht auch an uns geschlichen?«

»Haben wir euch von hinten überfallen? Du scheinst noch nicht zu wissen, daß ein Unterschied zwischen beschleichen und überfallen ist!«

»Und du scheinst gar nicht zu wissen, wer der ist, mit dem du sprichst!«

»*Pshaw!*« antwortete ich wegwerfend.

»Hund, wer bin ich?«

Ich antwortete nicht.

»Sprich, wer ich bin!«

»Ah, ich soll antworten? Ich dachte, du sprächst mit einem Hunde! Wer du bist? Das ist mir ja gleichgültig, unendlich gleichgültig!«

»Ich bin Peteh, der tapfere Häuptling der Blutindianer!«

»Tapfer? *Pshaw!* Hundert Mann, von hinten gegen drei!«

»Der berühmte Häuptling der Blutindianer sogar!«

»Berühmt? *Pshaw!* Deine Leute kennen dich, sonst nur noch wenige!«

»Stinkende Ratte! Vergiß nicht, daß dein Leben in meiner Hand steht!«

»In deiner? Höre, ich habe das Leben nicht von dir erhalten, und so hast du auch nicht das Geschick, es mir zu nehmen! Ihr habt mich von hinten niedergeschlagen, ohne daß ich euch etwas zu leide that; das ist alles. Was weiter geschieht, das wird sich wohl noch finden!«

»Das wird sich nicht erst finden, sondern es ist schon bestimmt!«

»Ah?«

»Ja. Ihr werdet noch in dieser Nacht sterben!«

»Wirklich? Ich glaube es nicht!«

»Wenn du es nicht glaubst, wird der Tod mit doppeltem Schrecken über dich kommen. Wir haben die größten Martern für dich bestimmt!«

»Gut, ich bin bereit; fangt an!«

»Nicht jetzt. Du hast noch Fragen zu beantworten.«

»So frag!«

»Wo kommt ihr her?«

»Von den Städten der Bleichgesichter.«

»Wo wolltet ihr hin?«

»Noch weiter hinauf in die Berge.«

»Wozu?«

»Gold zu suchen.«

»Ist das wahr?«

»Ist Old Shatterhand als ein Lügner bekannt?«

»Wolltet ihr etwa gegen die Krieger der Blutindianer kämpfen?«

»Nein. Wir hatten gar keine Ahnung, wo sich diese Leute jetzt befinden.«

»Uff! Ihr kamt also bloß nach Gold?«

»Frag meine Begleiter!«

»Die sind stumme Hunde, welche weder bellen noch beißen können.«

»Ja, ich bin ganz allein zu rechnen, und darum ist es eine ganz ungeheure Heldenthat, daß hundert auserwählte Krieger unter Anführung des tapfern und berühmten Häuptlings Peteh mich, den einzelnen, heimtückisch niederschlugen! Man wird das an allen Lagerfeuern und auf allen Weideplätzen erzählen, und der Ruhm der Blutindianer wird von einem großen Wasser bis zum andern klingen!«

»Schweig! Der Ruhm unseres Stammes ist so groß, daß man nichts mehr hinzufügen kann!«

»Es hat allerdings den Anschein, als ob es in eurer Absicht läge, ihn zu vermindern, anstatt ihn zu erhöhen. Ihr überfallt Leute, welche euch gar nichts gethan haben!«

»Old Shatterhand ist unser Feind.«

»Nein.«

»Er ist es.«

»Beweise es!«

»Ihr habt vor einigen Sonnen[1] fünfzehn Krieger von dem Wasser verjagt, welches von den Bleichgesichtern der Pulverfluß genannt wird!«

»Weiter!«

»Weiter nichts; das ist genug!«

»Uff! Wenn das der ganze Grund ist, uns als Feinde zu betrachten, so muß man Mitleid mit euch haben! Ich lagerte mit Winnetou am Pulverflusse, und eure fünfzehn Leute schlichen um uns her, ohne den Mut zu haben, sich uns offen zu zeigen. Wer das thut, der hat Böses im Sinne. Wir ergriffen zwei von ihnen, denen wir ganz freundlich sagten, daß wir auf

1 Jahre.

jeden schießen würden, der sich heimlich in unserer Nähe herumtreibe; wer aber offen zu uns komme, der solle uns willkommen sein. Dann gaben wir sie frei. Sie gingen und waren dann samt ihren dreizehn Genossen weder mehr zu sehen noch zu hören. Es ist ihnen nicht das geringste Leid gethan worden.«

»Aber ihr habt sie nicht geduldet!«

»Warum kamen sie nicht offen?«

»Verteidige dich nicht!«

»*Pshaw!* Ungerechte Vorwürfe dulde ich nicht! Du hättest viel klüger gethan, wenn du diesen Fall gar nicht erwähnt hättest, denn es ist kein Ruhm für deinen Stamm, wenn fünfzehn seiner Krieger vor zwei einzelnen Männern ausreißen, die nicht einmal die Hände an die Waffen gelegt haben. Kein gerecht denkender Mann wird sagen, daß wir wegen dieses Vorkommnisses als eure Feinde zu betrachten seien. Nun frage ich dich, warum du uns hier überfallen hast!«

Da lachte er mich höhnisch an und fragte spottend:

»Wünschest du, daß ich euch losbinden und fortreiten lasse?«

»Nein,« lachte auch ich.

»Warum nicht?«

»Weil ich solche Erlebnisse liebe. Habt ihr mich einmal gefangen, so will ich auch Gefangener bleiben, so lange es mir beliebt.«

»Beliebt? Uff, uff! Dein Verstand steht im Begriff, verloren zu gehen!«

»Oh nein! Ich bleibe sehr gern für einige Zeit bei euch, denn ich möchte wissen, was für ein Gesicht du machst, wenn ich von dir Abschied nehme, ohne daß du mich gehen lassen willst.«

»Uff! Du gedenkst, zu fliehen?«

»Fliehen? Nein! Der Ausdruck fliehen ist auf einen Feigling passend, welcher sich nicht getraut, dem Gegner stand zu halten. Unsere Trennung wird höchst wahrscheinlich eine ganz andere sein. Also ich bleibe bei euch, zumal ich sehe, daß ihr mich gern bei euch habt. Wenn es mir nicht mehr gefällt, werde ich schon selbst gehen, ohne daß du es nötig hast, mich zum Aufbruche aufzufordern.«

Diese edle Dreistigkeit meinerseits versetzte ihn so in Wut, daß er aufsprang, zu mir herüberkam, mir einen Tritt versetzte und dabei ausrief:

»Hund, ich durchschaue dich! Du fürchtest den Martertod und möchtest gern schnell sterben; darum reizest du mich, damit ich dich im Zorne töten möge. Denke nicht, daß ich so dumm bin, dies zu thun! Ihr werdet langsam sterben, so langsam, daß ihr meinen werdet, es liegen Monde zwischen den Minuten. Jetzt habe ich mit dir gesprochen und will nichts mehr hören. Du schweigst also!«

Nichts war mir lieber als das! Er setzte sich wieder auf seinen Platz, konnte aber das Vergnügen, nichts mehr hören zu müssen, nicht lange genießen, denn jetzt ertönte Corners Stimme von der Seite her, wo dieser mit seinen Genossen auch gefesselt lag:

»Der Hund da drüben, der sich Old Shatterhand nennen läßt, mag freilich aufhören, zu bellen und zu heulen; desto nötiger ist es, daß nun wir mit dir reden. Wann giebst du uns frei?«

»Heut nicht!« antwortete der Häuptling kurz und drohend.

»Ich erinnere dich an dein Wort, welches du uns gegeben hast!«

»Schweig!«

»Ich schweige nicht!«

»So werde ich dich zum Schweigen bringen!«

»Wir haben uns freiwillig binden lassen!«

»Ja, ihr waret so dumm!«

»Damit Old Shatterhand und Winnetou, wenn sie euch belauschten, denken sollten, ihr wäret unsere Feinde und also ihre Freunde. Du versprachst, uns sofort freizugeben, sobald ihr diese beiden Männer ergriffen hättet. Willst du das etwa leugnen?«

»Nein,« lachte Peteh.

»So halte Wort!«

»Schweig, Hund! Peteh, der berühmte Häuptling der Blutindianer, hält stets das Wort!«

»Aber uns willst du es brechen!«

»Wer wagt es, dies zu behaupten?«

»Ich!«

Da ging ein grausames, ich möchte sagen, blutgieriges, breites Grinsen über das Gesicht des Häuptlings, und er sagte lachend:

»Es giebt kein Bleichgesicht, welches ein Gehirn unter dem Schädel hat! Der Weiße, welcher Corner heißt, mag mir doch einmal so antworten, wie es sich gehört. Wann wollte ich euch freilassen?«

»Wenn du sie ergriffen hättest,« antwortete der Gefragte.

»Wen wollte ich ergreifen?«

»Winnetou, Old Shatterhand und die zwei andern.«

»Habe ich sie festgenommen?«

»Ja.«

»Winnetou auch?«

»Den freilich nicht.«

»Uff! Nimm also deine Gedanken zusammen! So lange mir der Apatsche noch fehlt, könnt ihr nicht verlangen, freigelassen zu werden!«

Corner schien von dieser Logik überrascht zu sein; er schwieg eine Weile, brauste aber dann um so lauter und energischer auf.

»Das ist eine Ausrede, eine hinterlistige Ausrede! Es handelte sich doch nur darum, Winnetou und Old Shatterhand beim Anschleichen zu täuschen. Dieses Anschleichen ist vorüber, also unsere Gefangenschaft auch!«

»Ja, so legst du es aus; ich aber richte mich darnach, wie ich es auslege. Winnetou sollte auch ergriffen werden; er ist entkommen; also sind die Bedingungen nicht vollständig erfüllt worden.«

»Sind wir schuld an seiner Flucht? Hättet ihr besser aufgepaßt!«

Da sprang der Häuptling wieder auf und rief ihm drohend zu:

»Weißer Wurm! Willst du es vielleicht wagen, uns Vorwürfe zu machen?«

»Nein; aber ich fordere, daß uns Wort gehalten wird! Wenn du das nicht thust, so werden wir – –«

»Was werdet ihr?« unterbrach ihn Peteh mit donnernder Stimme. »Hältst du dich für den Mann, von welchem ich mir vorschreiben lasse, was ich zu thun habe? Glaubst du wirklich, daß ich einen Wert auf eure Meinung von mir lege? Ob solche räudigen Hunde mich für einen Lügner halten oder nicht, darüber lache ich. Die Bleichgesichter haben mehrere hundert Sonnen lang nichts anderes gethan, als uns belogen und betrogen; wir aber sollen ehrlich sein? Wenn wir das thun, was wir von euch gesehen und gelernt haben, so gebt euch, aber nicht uns die Schuld! Es fällt mir gar nicht ein, euch glauben zu machen, daß ich mein Versprechen habe halten wollen; auch wenn der Apatsche nicht entkommen wäre, hätte ich euch nicht freigegeben. Habt ihr anders gedacht, so lacht euch selber aus!«

»Alle Teufel! das ist ehrlich gesprochen! Nun wissen wir wenigstens, woran wir sind, nämlich daß wir betrogen worden sind!«

»Ja, betrogen worden!« lachte er.

»Für den Dienst, den wir dir erwiesen haben!«

»Mir? Euch galt dieser Dienst, nicht mir! Ihr wolltet euch rächen, und ich sollte das Werkzeug dazu sein. Aber Peteh läßt sich nicht dazu mißbrauchen, der gehorsame Nigger eines Bleichgesichtes zu sein; er ist ein Bär, der sich zwar sehr gern füttern läßt, aber dabei den, der ihn füttert, auch mit frißt.«

»Welch eine Schlechtigkeit!«

Corner sprach mit einer Kühnheit, welche einer besseren Sache würdig gewesen wäre. Freilich war es nicht die echte Kühnheit, deren nur ein edler Mensch zu edlen Zwecken fähig ist, sondern die Aufregung darüber, daß er betrogen worden und in eine Falle gegangen war. Daß er nun in derselben Grube lag, in welche er uns hatte stürzen wollen, ließ ihn die für seine Lage notwendige Vorsicht außer acht lassen und mit Ausdrücken um sich werfen, welche den Häuptling reizen mußten. Ich hatte ja auch nicht höflich mit ihm gesprochen, stand aber als ehrlicher Mann dem Anführer der Indianer in einer ganz anderen Lage gegenüber als Corner, den dieser als einen höchst verächtlichen Vertreter der weißen Rasse betrachtete und auch behandelte. Die Augen Petehs zogen sich drohend zusammen, und es klang nicht wie gesprochene Worte, sondern mehr wie ein Zischen, als er fragte:

»Wie – – wie hast du gesagt?«

»Es ist eine Schlechtigkeit!« wiederholte Corner.

Im nächsten Augenblick stand der Häuptling bei ihm, stieß ihm den Fuß mit aller Gewalt in den Leib und rief:

»Den Lasso! Gebt ihm den Lasso! Augenblicklich! Er soll ihn so bekommen, bis das Blut an ihm herunterläuft! Blut will ich sehen, Blut!«

Er war außer sich vor Wut. Seine Gesichtszüge hatten sich verzerrt, und er stampfte immer weiter mit dem Fuße auf den unvorsichtigen Menschen ein; es sah ganz so aus, als ob er ihm die Eingeweide aus dem Leibe treten wolle. Corner stöhnte vor Schmerz und warf sich, um den Tritten zu entgehen, unaufhörlich auf und nieder. Das war falsch, denn da wurde er doch immer wieder gegen den Unterleib getroffen. Ich hatte ja auch die Ehre gehabt, einen Fußtritt zu bekommen, aber man muß für jede Angriffsart eine Parade haben: Sobald Peteh den Fuß zum Stoße erhob, hatte ich eine Wendung gemacht und infolgedessen den Tritt mit der Hüfte aufgefangen, in welcher sich, wie ich glaube, nicht so edle Teile wie im Vorderleib befinden. Corner aber drehte sich nicht, sondern schnellte sich in seinen Fesseln nur immer auf und ab, und so trafen ihn die Stöße stets nur an gefährlichen Stellen.

Dann wendete man ihn um, so daß er mit dem Rücken nach oben lag. Ein Roter kniete ihm auf dem Nacken, und zwei hielten seine zusammengebundenen Beine; die Jacke und die Weste wurden ihm gelüftet und dann schlugen ein vierter und fünfter Indsman mit ihren zusammengeschlungenen Lassos aus Leibeskräften auf ihn los. Bei jedem Hiebe ertönte ein Schrei des Getroffenen, und im weiteren Verlaufe der Züchtigung vereinigten sich die einzelnen Schreie zu einem Gebrüll, welches erst in ein tiefes Aechzen, dann in ein immer leiseres Wimmern überging und dann mit einem laut aufgeheulten Weheruf ein Ende nahm. Es klang, als ob in diesem Heulen die letzte Lebenskraft ihre Auflösung gefunden habe.

»Herrgott! Nun ist er tot; sie haben ihn erschlagen!« seufzte Carpio neben mir.

Dies waren die ersten Worte, welche über seine Lippen kamen, seit wir Gefangene waren; er zitterte. Rost flüsterte mir zu:

»Der Häuptling hat ihm ganz gewiß verschiedene Brüche getreten; er ist für immer ein Krüppel, wenn er überhaupt noch lebt!«

»Für immer?« fragte ich. »Dieses immer hat nach den Absichten Petehs keine sehr lange Dauer, denn Corner ist auch für den Marterpfahl bestimmt.«

»Sie sagen ›auch‹! Also wir ebenso?«

»Ja; aber ängstigen Sie sich nicht! Wir sterben in dieser Haut noch nicht.«

»In dieser Haut? Wie meinen Sie das?«

»Wenn es wahr ist, was die Physiologen, also auch Sie, behaupten, nämlich, daß der menschliche Körper infolge des Stoffwechsels sich im Verlaufe von zwei Jahren vollständig erneuert, so werden wir uns gewiß noch öfters häuten, ehe wir am Marterpfahle sterben.«

»Gott sei Dank, Sie können noch scherzen! Wer hätte heute früh gedacht, daß wir schon am Abend Marterpfahls-Kandidaten sein würden!«

»Das kommt nur Ihnen so ungewöhnlich vor. Hier in Wildwest weiß man des Morgens nie, wo, wie, wer oder was man des Abends sein wird. Verlieren Sie nur nicht den Mut! Das Unglück wird ein viel besseres Ende nehmen, als Sie denken.«

»Das sagen Sie? Sie trösten uns, die wir daran schuld sind, daß es so gekommen ist?!«

»Mit Vorwürfen können wir nichts ändern, also sind sie überflüssig. Sie wurden jedenfalls auch sofort niedergerissen und gebunden, als ich den Kolbenhieb bekommen hatte?«

»Ja. Leider sagte mir da meine innere Stimme viel zu spät,

was für eine Dummheit wir begangen hatten. Wäre noch Rettung möglich gewesen, wenn wir Ihnen gleich, als Sie wiederkamen, gesagt hätten, wer sich hier versteckt hatte?«

»Gewiß! Doch, sprechen wir nicht mehr davon! Man wird uns auf die Pferde binden, und so werden die nächsten Tage etwas unbequem für uns sein, aber für unser Leben brauchen wir erst dann bange zu werden, wenn ich es Ihnen sage. Die Rettung wird nicht lange auf sich warten lassen.«

»Rettung! Sie glauben also wirklich daran?«

»Ja; ich glaube nicht nur, sondern ich bin überzeugt. Zunächst traue ich es mir schon ganz allein zu, uns loszubringen; sodann hoffe ich auf die Upsaroka's, denen ich wahrscheinlich eine gewaltige Standrede zu unserm Besten halten werde, und endlich dürfen wir uns auf Winnetou verlassen, der nicht ruhen wird, bis wir wieder frei sind.«

»Vielleicht holt er zu unserer Hilfe die Schoschonen herbei?«

»Zunächst nicht. Er ist nicht etwa fort, sondern er hat sich versteckt, um uns zu folgen und alles zu beobachten, was mit uns geschieht. Dann wird er thun, was er für richtig hält.«

»Was könnte das wohl sein, dieses Richtige, Mylord? Ich gestehe aufrichtig, daß ich mir da gar keinen Rat weiß, denn ich kann zum Beispiel wohl den rautenförmigen Muskel – – –«

»Vom Kaputzenmuskel unterscheiden,« fiel ich ihm in die Rede.

»Bitte um Entschuldigung! Ich wollte nicht den Kaputzen-, sondern den großen vordern, gekerbten Muskel nennen, wenn Sie nichts dagegen haben.«

»Ganz und gar nichts! Wir werden nicht nur sämtliche Muskeln, sondern den ganzen Körper, besonders aber das Gehirn anzustrengen haben, um die kurze Gefangenschaft zu ertragen und uns mit Erfolg aus ihr herauszufinden. Bist du sehr niedergeschlagen, lieber Carpio?«

»Nein, ganz und gar nicht,« antwortete der liebe Kerl ganz gegen mein Erwarten, denn ich hatte angenommen, daß grad er vollständig mutlos sein werde. Drum fragte ich noch einmal:

»Nicht? Wirklich nicht?«

»Fällt mir ganz und gar nicht ein! Ich muß dich sehr ersuchen, mich ja nicht für einen energie- und gedankenlosen Menschen zu halten. Die fürchterliche Züchtigung Corners hat mich angegriffen, obgleich er sie an uns verdient hat; das gestehe ich; aber um uns ist es mir nicht im geringsten angst. Ich weiß genau, woran ich bin, und bin vollständig überzeugt, daß du als erfahrener Westmann und Old Shatterhand denselben Gedanken haben wirst. Er ist ja so einfach, daß jedes Kind auf ihn kommen muß!«

»Welchen Gedanken meinst du?«

»Das fragst du noch? Wirklich, du fragst mich?!«

»Natürlich! Ich muß doch hören, ob es derselbe Gedanke ist, den ich auch habe.«

»Richtig! Ich bin nämlich der Ansicht, daß diese Wilden einen großen Irrtum begangen haben.«

»Ah!«

»Ja! Wenn schon gebildete Weiße oft nicht wissen, was sie thun, so ist es gar kein Wunder, daß bei solchen ungebildeten Indianern auch einmal eine Zerstreutheit unterläuft. Daß grad wir die Opfer derselben sein müssen, das kommt mir gar nicht fremd vor, denn ich bin ja, wie du weißt, dazu bestimmt, die Gedankenlosigkeiten anderer Menschen auszutragen. Was sagst du zu dieser Idee? Ich glaube, ich habe das Richtige getroffen.«

»Hm, ja! Nehmen wir also eine Zerstreutheit an!«

»Gut! Es kann ja gar nichts anderes vorliegen als eine Gedankenverwirrung, die wir ordnen müssen. Die Indianer verwechseln uns!«

»Mit wem?«

»Das weiß ich freilich nicht. Wir haben ihnen nichts gethan; sie verwechseln uns jedenfalls mit gewissen andern Personen, die sich in irgend einer Weise an ihnen vergangen haben. Ich würde ihnen das sagen, es ihnen gern in aller Ruhe und ohne Aufregung erklären, aber sie verstehen mich nicht. Du aber sprichst ihre Sprache, wie ich vorhin gehört habe, und so kann es dir ja gar nicht schwer fallen, ihnen zu erklären, was für einen gewaltigen Pudel sie geschossen haben. Willst du das thun?«

»Ja; ich will es versuchen.«

»Versuchen? Von einem Versuche kann gar keine Rede sein; es handelt sich hier um eine offenbare, gar nicht abzuleugnende Konfusion, die sie sofort einsehen müssen, wenn du in der richtigen Weise mit ihnen sprichst. Du kannst dich darauf verlassen, wenn ich ihrer Sprache so mächtig wäre wie du, so würde es höchstens einige Minuten dauern, bis ich sie aus grimmigen Feinden, die sie jetzt sind, in die besten Freunde verwandelt hätte!«

»Dieser Erfolg ist dir schon zuzutrauen, wenn auch nicht so schnell, lieber Carpio. Du hast gesehen und gehört, wie aufgeregt der Häuptling ist; jetzt ist gar nicht mit ihm zu sprechen.«

»Gut, so warte bis morgen! Vielleicht ist er da ruhiger und für deine überzeugenden Auseinandersetzungen zugänglicher geworden.«

»Wollen sehen! Jetzt fragt es sich vor allen Dingen, wie du diese Nacht überstehen wirst.«

»Oh, gar nicht übel, denke ich. Die Riemen, mit denen man mich gebunden hat, drücken mich fast gar nicht, und weil ich sehr müde bin, denke ich, daß ich ganz hübsch schlafen werde.«

»So versuche es gleich jetzt! Wollen eng zusammenrücken, daß wir einander wärmen.«

»Ja, komm heran! Es sollte mir leid thun, wenn du frieren müßtest.«

Armer, lieber Carpio! Der gute Kerl wollte mir die Wohlthat erweisen, die ich ihm zugedacht hatte. Es dauerte auch gar nicht lange, so schlief er ein. Die Roten waren selbst auch müde und wickelten sich in ihre Decken ein, nachdem Peteh die Reihenfolge der Wachen bestimmt hatte. Zwei Mann, welche stündlich abgelöst wurden, mußten sich zu uns setzen, und die andere Gefangenengruppe bekam ebenso zwei Wächter. Es war mir sehr lieb, daß man uns in dieser Weise auseinanderhielt. Soviel ich beim Scheine des einzigen Feuers, welches die ganze Nacht hindurch unterhalten wurde, erkennen konnte, lag Corner bewegungslos. Daß er tot sei, bezweifelte ich, denn es war anzunehmen, daß sie einen für den Marterpfahl bestimmten Gefangenen nicht durch einen vorzeitigen Totschlag von diesem Schicksale befreit haben würden. Mehr konnte ich allerdings nicht wissen, weil wir zu entfernt von ihm lagen, als daß ich die Wirkung der Schläge auf ihn hätte beobachten können.

Die Nacht war keine gute für mich. Ich hatte schon oft in Fesseln geschlafen, und hätte, wenn ich allein gewesen wäre, es wohl auch heut gethan, obgleich man so vorsichtig gewesen war, grad mich so fest zu binden, daß mich die Riemen schmerzten; aber meine beiden Gefährten wachten immerwährend auf; die unnatürliche Lage der Hände auf dem Rükken weckte sie ebenso oft aus dem Schlafe wie die Kälte, welche sehr fühlbar war. Wenn der eine schlief, wachte der andere; ich hatte nur immer zu trösten und zu beruhigen, und da es mir nicht besser, sondern wegen der einschneidenden Fesseln schlimmer erging als ihnen und sie doch diejenigen waren, die uns in die Hände der Roten gebracht hatten, so gehörte einige Selbstbeherrschung dazu, nicht ungeduldig zu werden.

Endlich, endlich dämmerte der Morgen, ohne daß ich ein Auge geschlossen hatte! Die Roten standen auf und hobbelten ihre Pferde los, um sie zu tränken; dabei verzehrten sie ihr Frühstück, welches in getrocknetem Büffelfleisch bestand, mit dem sie für längere Zeit versehen waren, weil man während eines Kriegszuges sich nicht auf die Jagd verlassen darf. Wir bekamen auch davon; man gab uns aber nicht die Hände zum Essen frei, sondern steckte uns die Bissen wie Kindern, welche gefüttert werden, in den Mund.

Carpio bestand jetzt darauf, daß ich mit dem Häuptling sprechen möge, um ihm die vermeintliche Verwechslung klar zu machen, und ich mußte alle möglichen und unmöglichen Gründe zusammensuchen, dem ungeduldigen Freunde zu beweisen, daß die Zeit dazu noch nicht gekommen sei.

Es stellte sich heraus, daß Corner unfähig war, auf ein Pferd gesetzt zu werden. Es wurde eine kurze Beratung gehalten.

deren Resultat darin bestand, daß man ein Floß baute, auf welchem er transportiert werden sollte. Vier Mann hatten bei ihm zu bleiben, um ihn aus dem Fleischwasser in den Platte und auf diesem bis an die Mündung des Sweetwater hinabzubringen, dessen Ufer wir dann aufwärts zu folgen hatten.

Vor unserm Aufbruche gab es mit meinem Pferde eine Scene. Es braucht kaum gesagt zu werden, daß die Indsmen sich unsere guten Pferde aneigneten und ihre schlechtesten für uns bestimmten. Wir mußten aufsteigen und wurden dann oben festgebunden. Peteh war hochentzückt über den Rappen und wählte ihn für sich. Hatatitla stand ganz still und ließ ihn auch in den Sattel kommen. Es hätte nur eines Wortes von mir bedurft, um den Hengst zum Gehorsam gegen ihn zu bewegen; da ich mich aber hütete, dies zu sagen, that er die ihm eingeübten zwei Sprünge, und der Häuptling flog herunter. Dieser war zunächst ganz verblüfft; dann überkam ihn das Gefühl der ihm widerfahrenen Schande, und er stieg wieder auf, um dieses Mal aber sicher sitzen zu bleiben. Er flog wieder herab und wurde darüber so wütend, daß er das Pferd wohl erschossen hätte, wenn es ein gewöhnliches gewesen wäre. Er hätte den Versuch wiederholen können, er wäre wohl hinauf- aber noch schneller wieder herabgekommen; um aber die Sache abzukürzen, drängte ich das Pferd, auf welchem ich saß, näher hin und sagte, scheinbar nur so für mich hin, in Wirklichkeit aber, daß Hatatitla es hören solle, das eine Wort »nehvis!«

Der Hengst legte die Ohren hinter, und nun war es sicher, daß er von jetzt an keinen Menschen mehr hinaufkommen lassen werde. Sobald der Häuptling die Hand wieder ausstreckte, biß und schlug er nach ihm; andere traten hinzu, um Peteh zu helfen, da ging der Rappe, vorn hoch, auf sie zu und trieb sie auseinander. Er ließ sich auch nicht am Zügel führen. Man versuchte alles mit ihm, doch vergeblich, und so sah sich der Häuptling gezwungen, mich wieder loszubinden und absteigen zu lassen, um mein eigenes Pferd zu reiten. Dann brachen wir auf.

Zu meinem Leidwesen hielt man mich für so gefährlich, daß

man mich von Rost und Carpio trennte. Man glaubte, ich könne mit ihnen sonst einen Plan zur Flucht beraten. Ich bekam je zwei Begleiter rechts und links, welche mich keine Minute lang aus den Augen ließen, was mir sehr gleichgültig gewesen wäre, wenn mir nicht meine beiden Gefährten leid gethan hätten. Sie wurden sogar vor an die Spitze des Zuges genommen, während man mich ganz hinter zwang, und da im weit ausgedehnten Indianer-(Gänse-)Marsch geritten wurde, so bekam ich sie erst am Abende wieder zu sehen.

Es ging während des ganzen Tages im Thale des Platte zwischen einander bald nahe stehenden bald zurücktretenden Bergen abwärts. Kurz nach Mittag passierten wir den massigen Pyramide-Rock, und am Nachmittage sahen wir an einer Stelle, welche der Mündung des Sand Creek gegenüberlag, das Floß mit Corner und seinen Wächtern kommen. Dieser Sand Creek ist nicht mit dem schon einmal erwähnten Big Sandy Creek, welcher in den Green River fließt, zu verwechseln.

Wir hatten erst bis ganz zur Mündung des Sweetwater gewollt; aber da das Floß dem Häuptling so gelegen kam, ließ er halten, um hier über den Platte zu setzen, was zwar nicht leicht war, aber ohne Unfall von statten ging. Auch das Floß landete, und Corner, welcher sich inzwischen etwas erholt hatte, wurde nun auch auf ein Pferd gesetzt. Dann ritten wir noch bis an den Arkansas Creek, welcher von den Ferrisbergen herunterkommt, und blieben dort halten, um Lager zu machen.

Hier sah ich, wie bereits erwähnt, Rost und Carpio wieder, wurde aber von ihnen ferngehalten, so daß es mir nur einmal gelang, ihnen beruhigend zuzunicken. Carpio sah sehr angegriffen aus; er that mir unendlich leid; ich konnte aber leider nichts für ihn thun.

In dieser Nacht schlief ich trotz meiner Fesseln vom ersten bis zum letzten Augenblicke. Früh ging es schon bei Tagesanbruch weiter, und zwar in derselben Reihenfolge wie gestern; ich blieb von den Gefährten isoliert. Der heutige Ritt war sehr anstrengend, weil über mehrere schwer passierbare Flüsse gesetzt werden mußte. Wir ritten nacheinander über den Angwa-, Cherry-, Whiskey-, Muddy-, Thowau- und Cottonwood-Creek und blieben für die nächste Nacht am Crookscreek liegen, wo wir uns zwischen dem Greengebirge im Süden und den Granitbergen im Norden befanden. An diesem Abende konnte ich meinem Carpio nicht einmal zuwinken, so fern wurde ich von ihm und Rost gehalten, und als ich am andern Morgen wieder auf das Pferd gebunden wurde, waren die beiden mit ihren Wächtern schon über den Creek hinüber.

Von hier aus ging es bis zum Nachmittag in fast genau westlicher Richtung weiter. Da ritten wir zwischen dem Sweetwaterflusse und den Antelope Hills hindurch und kamen dem Southpaß so nahe, daß wir an der Stelle Lager machten, wo sich der Willow Creek mit dem Sweetwater vereinigt.

Auch heut war es mir unmöglich, den Gefährten nahe zu kommen. Ich wurde sehr besorgt um sie, natürlich besonders um Carpio. Es war sehr kalt hier oben; die Berge trugen Schnee. Unter andern Verhältnissen hätte die imposante Scenerie des Hochgebirges einen tiefen Eindruck auf mich gemacht, so aber ging sie für mich ganz verloren. So will ich auch für den nächsten Tag nur sagen, daß wir endlich den Southpaß hinter uns legten und dann am Pacific Creek jenseits herabritten.

Schon um die Mittagszeit bemerkte ich, daß irgend etwas Wichtiges im Werke sei. Man zog mir die Fesseln noch enger zusammen, und ich bekam zu meinen vier Wächtern noch zwei, so daß ich nun sechs hatte. Dafür aber entschwanden nun alle, die uns voranritten, meinen Augen. Ich schloß daraus, daß wir uns dem Ziele näherten. Ich war mit den sechs Blutindianern allein, während Peteh mit allen übrigen vorausgeeilt war, um das Lager der Krähen eher als ich zu erreichen und diese auf die Ankunft eines so wichtigen Gefangenen vorzubereiten.

Einem andern hätte jetzt das Herz vor Sorge schneller geschlagen, mir aber nicht; ich war innerlich sehr ruhig. Und wenn ich ja in besonderer Sorge gewesen wäre, so geschah grad jetzt etwas, was alle meine etwaigen Befürchtungen sofort gehoben hätte. Wir hatten eben einen ziemlich engen Thalkessel durchritten, als ein Schuß krachte, wo, das war nur für mein Ohr zu unterscheiden, denn die Felswände warfen den starken Knall wohl in zehnfachem Echo zurück. Das war mein Bärentöter gewesen, dessen Stimme ich genau kannte. Winnetou hatte diesen Schuß gethan, um mich zu benachrichtigen, daß er nicht weit hinter mir sei. Er durfte dies jetzt wagen, weil in der Nähe des Lagers der Krähen ein Schuß nicht auffiel, denn diese Indianer durchstreiften doch jedenfalls die Gegend, um zu jagen. Ich war überzeugt, daß der Häuptling der Apatschen alle unsere bisherigen Lagerplätze umschlichen hatte, ohne aber eine Gelegenheit zur Flucht für uns herbeiführen zu können. Dies lag wohl meist daran, daß ich von Rost und Carpio getrennt gewesen war. Winnetou wollte uns drei zusammenhaben.

Nun trafen wir, je weiter wir kamen, desto häufiger auf Pferde- und auch Fußspuren, welche nicht von den vorangerittenen Blutindianern stammten; es waren Upsaroka-Fährten. Sie kamen schließlich von allen Seiten her, was auf eine größere Nähe des Lagers schließen ließ, und als wir zwischen zwei sehr eng zusammentretenden Höhen hindurchgeritten waren, lag es vor uns, sich über eine kleine, freie Ebene dehnend, welche nach allen Seiten einen Durchmesser von höchstens einer englischen Meile hatte.

Ich war erstaunt, kein einziges Zelt zu sehen! Hier oben zwischen schneebedeckten Bergen, in dieser vorgeschrittenen Jahreszeit, in einer den Krähenindianern fremden Gegend nur rohe Zweighütten, die schon jetzt nur halben Schutz gewährten! Warum die Krähen diese späte Zeit zu ihrem Kriegszuge gewählt hatten, das war mir vollständig unerfindlich. Der Winter konnte schon heut oder morgen im stöbernden Schnee herniedersinken und den Rückweg nach der Laramie unmöglich machen. Was dann? Hatten diese unvorsichtigen Leute etwa ganz sicher darauf gerechnet, die Schoschonen unbedingt zu besiegen und dann den Winter in den geschützten Dörfern derselben zuzubringen? Da hatten sie sich in unserem

Freunde Avaht-Niah, dem Häuptling der Schlangen, ganz unverzeihlich verrechnet!

Auch war keine Spur von Ordnung zu ersehen. Es gab keine Gassen, keine Hüttenreihen. Alles lag regellos durcheinander, wie man Maulwurfshaufen auf einer Wiese liegen sieht. Im Augenblicke unserer Ankunft waren alle Hütten und alle Plätze zwischen ihnen leer, denn die Indianer hatten sich vor dem Lager aufgestellt, um mich kommen zu sehen. Sie bildeten zu Pferde und in allem Waffenschmucke zwei Doppelreihen, zwischen denen ich hindurchmußte. Am Ende derselben hielt Yakonpi-Topa, der Anführer der Kikatsa, mit den andern Upsaroka-Häuptlingen, und Peteh war bei ihnen. Ich überflog diese Indianer alle mit einem prüfenden Blicke und glaubte, sie auf wenigstens sechshundert schätzen zu müssen.

Man glaube ja nicht, daß ich etwa, als ich zwischen ihnen hindurchritt, aus Scham, gefangen zu sein, eine verlegene Miene gezeigt hätte. Im Gegenteile, ich sah ihnen allen frei, offen und mit forschendem Blicke in die mit den Kriegsfarben bemalten Gesichter und erlaubte meinem Rappen den koketten Tänzelschritt, der ihm so unübertrefflich stand. Die Roten saßen unbeweglich; keiner rührte sich; die Gesichter waren starr; aber in den Augen glühte umsomehr Leben. Es war kein Laut, kein Wort, kein Ruf zu hören, bis wir hindurch waren und nun vor den Häuptlingen hielten. Auch diese waren natürlich zu Pferde. Ihre Gesichter glänzten vor Fettfarbe, und ihre Federgeflechte hingen ihnen von den Köpfen bis auf die Kruppen der Pferde herab.

Als ich meinen Hengst vor ihnen halten ließ, und, ohne Peteh der Beachtung zu würdigen, meinen Blick gerad und fest in das Auge Yakonpi-Topas richtete, sagte er im Tone eines Herrschers, der den geringsten seiner Unterthanen vor sich hat.

»Was dachte Old Shatterhand, als er durch die Reihen dieser tapfern Krieger ritt?«

»Ich dachte an die mächtigen Kaiser und Könige meines Vaterlandes, welche, wenn sie Einzug halten, ganz ebenso von Kriegern empfangen werden wie jetzt ich.«

»Uff! Old Shatterhand vergleicht sich mit berühmten Herrschern und trägt doch Fesseln an den Händen und den Füßen!«

»Ich bin stolz auf sie, denn sie schänden nicht mich, sondern sie sind ein Zeichen der Feigheit derer, welche, hundert Mann stark, sich nicht offen an mich wagten, sondern mich von hinten aus dem Busche niederschlugen!«

»Uff! Darf ein Gefangener solche Worte sprechen?«

»Ein Gefangener? Yakonpi-Topa, der Häuptling der Kikatsa-Upsaroka, mag mir sagen, wen er mit diesem Worte meint!«

»Dich!« antwortete er verwundert.

»Mich, mich hältst du für gefangen?!«

»Uff, uff! Deine Hände sind auf dem Rücken und deine Füße unter dem Leib des Pferdes zusammengebunden! Bist du da gefangen oder frei?«

»Ich bin frei!«

»Wei a keh – welch ein Wort! Ich sehe den Stolz auf deiner Stirn und die Kühnheit im Blicke deines Auges; aber die Freiheit, deren du dich rühmst, die sehe ich nicht!«

»Ich bin nie ein Feind der Kikatsa gewesen und habe den Kriegern der Upsaroka's stets gegen die Sioux, welche zwar ihre Verwandten aber dennoch ihre Todfeinde sind, im Kampfe beigestanden. Ist das so oder nicht?«

»Uff! Old Shatterhand spricht mit einer sehr verwegenen Zunge, aber es ist so, wie er sagt.«

»Du sagst, daß es so sei; folglich bin ich von dem Augenblicke an, an welchem ich mich bei euch befinde, ein freier Krieger!«

»Du bist Gefangener unsers Verbündeten!«

»Wer ist das? Ich kenne ihn nicht.«

»Es ist Peteh, der Häuptling der Blutindianer.«

»*Pshaw!* Hat er gesagt, daß ich sein Gefangener sei?«

»Er sagte es.«

»Er log. Ich werde ihm zeigen, ob ich gefangen bin oder frei. Macht eure Augen auf, ihr Krieger der Upsaroka's! *Tschah!!*«

Wer den Indianer kennt, der weiß, wie er ihn zu nehmen hat. Nichts imponiert ihm mehr als ein kühner Streich, und der echte, begründete Stolz gefällt ihm auch bei seinem ärgsten Feinde. Ja, ich war gefesselt. Ich hatte die Hände auf dem Rücken, und meine Füße waren unter dem Pferde hinweg durch einen Doppelriemen festgehalten; aber ich kannte mein Pferd und vertraute meinem Glücke. Hinter mir hielten die sechshundert Indianer, und vor mir sah ich das verlassene Lager; zwischen diesem und mir befanden sich nur die Häuptlinge, die keines solchen Streiches gewärtig waren. Das Wort »*Tschah!*« war, wie bereits einmal bei Winnetous Iltschi in Weston erwähnt, für unsere beiden Pferde die Aufforderung, hochzuspringen. Indem ich es fest zwischen die Schenkel nahm und, mich vorbeugend, dieses Wort ausrief, flog es, mir gehorchend, zwischen Peteh und einem Unterhäuptling hinein, sodaß sie mit ihren Pferden auseinandergetrieben wurden; einem zweiten Schenkeldrucke und dem anfeuernden Apatschenrufe »*Atseh!*« folgte eine Lancade, welche mich ganz hindurch und bis an die erste Hütte brachte; dann schoß das herrliche Tier in das Lager hinein. Hinter mir war es für einige Sekunden still; dann aber brach ein Geheul los, für welches es in keiner Sprache ein bezeichnendes Wort giebt. Ich sah es nicht, aber ich erfuhr es dann: alle sechshundert Indsmen drängten nach dem Lager, um mir zu folgen; jeder wollte vorwärts und keiner zurückbleiben. Das gab einen unbeschreiblichen Tumult, einen Wirrwarr, bei dem einer den andern hinderte. Viele Pferde wurden reiterlos; es gab einen förmlichen Kampf, bei dem es auch nicht ohne Verletzungen abging. Hütten wurden beschädigt oder gar niedergerissen; lose Teile der Kleidung, fliegender Federschmuck und ähnliche Dinge gingen verloren; kurz, dieser eine Mensch, den man einen Gefangenen nannte, hatte das ganze Lager und dessen Bewohner in einen Zustand versetzt, den man für ganz unmöglich halten sollte.

Für mich, der ich die Hände nicht frei hatte, war es keine Kleinigkeit, in fliegendem Galoppe zwischen den so regellos liegenden Hütten hindurchzukommen; es gelang mir aber, dank meines Hatatitla, der jeden meiner Gedanken zu erraten schien. Jenseits der letzten Hütte gab es niedriges Gebüsch; es ging hinein und hindurch, daß es nur so krachte; dann kam ein schmaler Streifen Wald, durch den ich langsamer ritt. Hierauf zog sich ein langgestreckter, ziemlich freier Grasstreifen bogenförmig nach links; der paßte mir; wir flogen, nun wieder in Carriere, auf ihm weiter. Nun kam ein steiniges Warr, mit Schlinggewächsen bewuchert; ich redete dem Hengste durch einige freundliche Worte zu – er kam hindurch. Nun noch mehr links wieder Wald, willkommenerweise mit ziemlich weit auseinander stehenden Bäumen. Es ging hinein, immer weiter und weiter, bis ich annehmen konnte, das Lager im Halbkreise umritten zu haben. Ich erreichte den Rand dieses Gehölzes und sah zu meiner Freude die beiden Höhen, zwischen denen wir bei unserm Eintreffen durchgekommen waren, zu meiner Rechten vor mir liegen. Links dehnte sich das Lager; kein Mensch war zu sehen, denn alle folgten hinter mir her. Ich flog hinüber, an den Hütten lang hin und blieb dann an derselben Stelle halten, von welcher aus der für die Indianer so unerwartete Ritt begonnen hatte.

Hatatitla stand so ruhig, als ob er gar nicht von diesem Orte weggekommen sei; nur durch ein mehrmaliges Werfen des schönen Kopfes deutete er an, daß er an der Sache Geschmack gefunden habe. Er hatte sich unübertrefflich gehalten! Wie gern hätte ich ihm durch Klopfen oder Streichen meine Anerkennung bewiesen; ich konnte ihn nur durch Worte liebkosen; er verstand mich aber auch so. Wer kein solches Pferd besessen hat, der kann es freilich wohl kaum verstehen, daß man unter Umständen nicht zögert, sein Leben für ein so edles Tier auf das Spiel zu setzen!

Jetzt hörte ich Stimmen da drüben im Walde, aus welchem ich zuletzt gekommen war. Man schrie so laut, daß ich es hier vernahm. Dann erschienen Reiter, einer, zwei, fünf, zehn, zwanzig und so weiter. Sie folgten meiner Fährte, die wieder nach dem Lager führte. Sie stutzten; dann sahen sie mich. Immer mehr kamen aus dem Walde hervor, einzeln oder zu Trupps vereint. Sie glichen einem zerstreuten Pulk von

Kosaken, der seinen Sammelplatz da hatte, wo ich mich befand.

Die ersten, welche mich erreichten, wußten nicht, wie sie sich gegen mich verhalten sollten. Sie hielten es für das Beste, gar nichts zu sagen, aber mich so zu umringen, daß mir die Gelegenheit zu einem zweiten Durchbruche nicht geboten war. Dieser Kreis wurde immer zahlreicher und dichter. Man drängte sich so eng an mich, daß ich mir mit den Worten Luft zu machen versuchte:

»Sind die Söhne der Upsaroka's Fleischfliegen, die man aus dem Munde spuckt, oder sind sie Krieger, deren man nicht sechsmalhundert braucht, um einen einzigen Reiter zu bewachen? Wer kein Ungeziefer ist, der mache Platz für Old Shatterhand!«

Das half sofort; der Kreis wurde weiter auseinander gezogen und bot nun auch den Häuptlingen Raum, hindurch- und zu mir heranzukommen. Peteh blitzte mich mit tückischen Augen an, sagte aber kein Wort. Die Unterhäuptlinge waren still, weil sie nicht sprechen durften. Yakonpi-Topa hielt sein vor Anstrengung noch schnaubendes Pferd vor mir an und betrachtete das meinige mit bewundernden Blicken. Das Tier war ihm in diesem Momente wichtiger als der Reiter.

»Nun, habe ich bewiesen, daß ich frei sein kann, wenn ich will?« fragte ich.

Er antwortete mir nicht sofort, sondern wendete sich nach Peteh um und richtete die Worte an ihn:

»Peteh, der Häuptling der Blutindianer, befindet sich im Lager der Upsaroka-Krieger; er hat mir, als er kam, gesagt, daß er Old Shatterhand bringe, um ihn uns als Gefangenen zu übergeben. Ist dies sein Wille auch noch jetzt?«

»Ja,« antwortete der Gefragte. Er beurteilte andere Menschen nach sich selbst und war also wohl überzeugt, daß der Anführer der Upsaroka's, wütend über den ihm von mir gespielten Streich, mich nun mit doppelter Strenge behandeln werde. Darum fügte er hinzu: »Er sei euer, damit die Versammlung der Häuptlinge und alten Krieger über die Art seines Todes entscheiden möge!«

Nun wendete sich Yakonpi-Topa mir wieder zu und gab mir die Antwort:

»Ja, Old Shatterhand hat bewiesen, daß er frei sein kann, wenn er will. Wir hätten ihn nicht eingeholt, denn sein Pferd kann nur von dem Hengste Winnetous, des Häuptlings der Apatschen, erreicht werden. Die Riemen wären auch kein Hindernis für ihn gewesen, denn ein Krieger, wie er ist, weiß, wie er sich ihrer entledigt, wenn niemand da ist, der ihn hindert. Hat Old Shatterhand gehört, daß er uns übergeben worden ist?«

»Ja. Aber wer wagt es, mich für einen Gegenstand zu halten, den man geben und nehmen kann, wie man ein Geschenk giebt oder nimmt?!«

»Old Shatterhand mag nicht zürnen, sondern hören, was ich sage! Er wurde gefangen von hundert Feinden und her zu uns gebracht. Hier fand er sechsmal hundert Krieger und hat sich jedes ihrer Gesichter angeschaut. Sein Auge ist offen, und sein Mund spricht wahr; er ist stark wie der Bär, den er von vorn angreift; er ist aufrichtig wie die Blume, die ihren Kelch nicht verschließt; aber er ist auch klug wie sonst kein Bleichgesicht und wird nicht von mir verlangen, was ich ihm nicht geben kann. Er hat einen kühnen Ritt gethan und alle hier versammelten Krieger mit Erstaunen erfüllt. Er hätte sich retten können, ist aber freiwillig zurückgekehrt, weil er weiß, daß die Söhne der Upsaroka's mutige Thaten anerkennen und einen ehrlichen Feind von einem tückischen zu unterscheiden wissen. Sein Vertrauen zu uns soll nicht getäuscht werden. Er hat gehört, daß die Versammlung über ihn entscheiden wird. Bis dahin sollte er eigentlich den Wächtern gefesselt übergeben werden. Aber wenn er verspricht, bis zur Versammlung dieses Lager ohne mein Wissen nicht zu verlassen und nichts zu thun, was ich verbieten müßte, so nehme ich ihm jetzt die Fesseln ab, und er darf in der Hütte wohnen, welche ich ihm anweisen werde.«

Das war ja mehr, viel mehr, als ich für einstweilen erwartet hatte! Ich zögerte darum nicht, zu antworten:

»Yakonpi-Topa, der große Häuptling der Kikatsa, ist ein

tapfrer Krieger, ein weiser Vater seines Volkes und ein gerechter Richter aller Angeschuldigten. Ich bin stolz darauf, in seiner Nähe und in seinem Lager weilen zu dürfen; aber er mag mir einige Fragen beantworten!«

»Old Shatterhand mag sie aussprechen!«

»Darf ich, wenn ich mich ohne Fesseln bewege, mit den beiden jungen Bleichgesichtern sprechen, welche mit mir von hinten überfallen worden sind?«

»Ja.«

»Muß ich bei der Versammlung wieder gefangen und gefesselt sein?«

»Ja.«

»Gilt das Wort, welches ich geben soll, auch über den Tag der Versammlung hinaus, sie mag beschließen, was sie will?«

»Nein.«

»So höre, was ich sage! Ich verspreche, bis zum Spruch der Versammlung das Lager nicht zu verlassen und auch nichts zu thun, was du mißbilligen würdest. Ich werde mich bei der Beratung wieder binden lassen. Mehr aber verspreche ich nicht. Wenn die Krieger und Aeltesten nicht entscheiden, daß mir und den beiden Bleichgesichtern die Freiheit wiedergegeben wird samt allen Gegenständen, welche man uns genommen hat, so werde ich alles, selbst mein Leben, daransetzen, mich und sie zu befreien. Ja, ich werde dann keinen Upsaroka schonen, sondern ihn, wenn er mir im Wege steht, töten, falls er mich dazu zwingt. Ich habe gesprochen. Howgh!«

Das Wort Howgh ist eine Bekräftigung des Gesprochnen, etwa wie unser Basta, Sela, Amen; es bedeutet soviel wie: abgemacht; fertig!

»Old Shatterhand hat gesprochen wie ein Mann,« antwortete der Häuptling. »Grad die nachfolgende Drohung giebt uns die Sicherheit, daß er das Vorhergesagte halten wird. Er ist ohne Arg und Falsch; er soll ungefesselt sein!«

Er stieg vom Pferde, um mir mit eigener Hand die Riemen abzunehmen. Da aber drängte sich Peteh herbei und rief:

»Warum werde ich, der Häuptling der Blutindianer, nicht auch gefragt? Dieses Bleichgesicht ist der Todfeind meines

Stammes. Ich habe ihn euch übergeben, damit er euer Gefangener sei, und du giebst ihn jetzt frei?«

»Mein Bruder Peteh erzürne sich nicht überflüssig!« entgegnete Yakonpi-Topa. »Du hast deinen Willen, und ich habe den meinigen: Du, weil Old Shatterhand gefangen bleibt, und ich, weil er nun nicht mit Riemen, sondern durch sein Wort gefesselt ist. Am Tage der Versammlung werden wir ihm die Riemen wieder umlegen.«

»Er wird sein Wort nicht halten!«

»Er hält es!«

»Uff! Es falle alles auf dich!«

Der Häuptling der Kikatsa band mich los, und ich stieg vom Pferde. Diesen Anblick konnte Peteh nicht ertragen; er ballte die Faust, warf sie drohend empor und rief:

»Wenn dieser Hund es nur ein einzigesmal wagt, mir im Lager zu begegnen, so schieße ich ihn nieder!«

Ich würdigte ihn keines Blickes, wendete mich aber an Yakonpi-Topa, hielt ihm meine Hand hin und fragte:

»Hat der Häuptling der Kikatsa jemals etwas über diese Hand gehört?«

»Ja,« antwortete er.

»Was?«

»Diese Faust tötet selbst den stärksten Krieger mit einem Schlage.«

»Man hat dir die Wahrheit gesagt. Meine Waffen sind mir genommen worden, aber diese Faust hat man mir lassen müssen. Und nun hört, ihr tapfern Krieger der Upsaroka's alle: Ich habe jetzt das Wort Hund hören müssen; auch wurde mir mit Niederschießen gedroht. Der Mund, aus welchem ich dieses Wort oder ein ähnliches nochmals höre, öffnet sich für dieses Leben niemals wieder. Und der Mensch, welcher, so lange ich mich hier befinde, ohne Erlaubnis des Häuptlings der Kikatsa eine Waffe gegen mich erhebt, hat sie zum letztenmal im Leben in der Hand gehabt. Ich schlage ihn nieder, daß er wie ein Stein zu Boden fällt und da für immer liegen bleibt! Ich habe abermals gesprochen. Howgh!«

Es herrschte tiefe Stille rund umher; darum mußte es jedes

von den zwölfhundert Ohren hören, als Peteh jetzt ein höhnisches Gelächter ausstieß und mir zurief:

»Meinst du, daß ich mich vor deiner Hand fürchte? Erheb' sie doch einmal gegen mich, wenn ich dich jetzt zu Boden reite!«

Es war ihm wirklich Ernst mit dieser Drohung. Um sie auszuführen, spornte er sein Pferd so schnell auf mich ein, daß ich kaum Zeit fand, zur Seite zu springen. Im nächsten Augenblicke aber hatte das Tier meinen Zeige- und Mittelfinger in den Nüstern; sie so weit wie möglich hinter schiebend, griff ich fest zu; ein rascher Schritt zur Seite, so daß ich neben dem Hals zu stehen kam – ein kurzer Druck des Maules nach oben, dann ein scharfer, kräftiger Riß nach hinten, den ich mit einem Griff der andern Hand in der Mähne unterstützte – das Pferd brach hinten zusammen; noch ein Ruck, und es lag auch vorn an der Erde; der Blutindianer flog aus dem Sattel und bekam meine Faust an den Kopf, daß er liegen blieb, während das Pferd sich aufraffte und dann zitternd und vor Angst schnaufend bei ihm stand.

»Uff, uff, uff, uff!« ertönten rings die Rufe der verwunderten Roten.

»Uff, uff!« rief auch Yakonpi-Topa. »Ist er tot?«

»Nein, denn er wollte mich nur niederreiten; nun liegt er selber da; er wird sich wieder zu sich finden. Hätte er aber ein beleidigendes Wort gesagt oder nach einer Waffe gegriffen, so wäre er jetzt tot. Ich halte Wort!«

»Uff! Ein Pferd so niederzuwerfen, das sah man hier noch nie! Uff, uff!«

»*Pshaw!* Das kann ein jeder thun. Es gehört mehr Geschicklichkeit als Kraft dazu. Wenn du willst, so werde ich's dich lehren.«

»Ich muß dies lernen; ja! Was wollen diese Krieger hier?«

Er richtete diese Frage an die Blutsindianer, welche sich herbeidrängten und Drohungen gegen mich ausstießen.

»Er hat sich an Peteh, unserm Häuptling, vergriffen; das fordert Blut; er muß sterben!« rief der Alte, der am Fleischwasser neben dem Anführer gesessen hatte.

»Weicht zurück!« gebot der Kikatsa. »Old Shatterhand steht unter meinem und meiner Krieger Schutz. Wollt ihr uns zwingen, gegen euch zu unsern Waffen zu greifen? Sollen Verbündete sich morden, weil euer Häuptling vergessen hat, daß hier in diesem Lager nur ich allein zu befehlen habe!«

»So können wir nicht im Lager der Upsaroka's wohnen, sondern werden uns ein eigenes errichten! Wir dürfen nur einem Häuptling unseres Stammes gehorchen!«

»Mein Bruder hat klug gesprochen,« antwortete Yakonpi-Topa. »Ein Lager kann nicht zwei Häuptlinge haben, welche beide befehlen wollen. Legt euch ein anderes an!«

Das hatte der alte Fuchs nicht erwartet! Am Fleischwasser war er für unsere Auslieferung an die Krähen gewesen, welche freilich kaum umgangen werden konnte. Er hatte wahrscheinlich geglaubt, daß unser Schicksal trotzdem von dem Willen Petehs abhängig bleibe, weil diesem ja die entscheidende Stimme zufallen werde. Jetzt, da die Verhältnisse sich günstig für mich legten, wollte er durch die Drohung, ein abgesondertes Lager zu beziehen, auf den Kikatsa einen Druck ausüben, dessen Wirkung sich gegen mich richten sollte. Daß ihm dieser, allerdings ohne ihn zu durchschauen, ein Paroli bog, machte seinen Plan zu Schanden und erregte seinen Aerger in einer solchen Weise, daß er die Unvorsichtigkeit beging, sich durch ihn zu einer Drohung verleiten zu lassen:

»Wenn Peteh, unser Häuptling, nicht bei den Kriegern der Upsaroka's wohnen soll, wird er auch nicht mit ihnen gegen die Schoschonen kämpfen wollen!«

Da nahmen die Züge des Kikatsa jene Starrheit an, welche auf einen gewaltsam unterdrückten innern Ausbruch deutet.

»Spricht mein Bruder das für sich oder für ihn?« fragte er.

»Für ihn und mich, für alle unsere Krieger.«

»Er will also hier befehlen, und wenn er das nicht soll, wird er uns seine Hilfe versagen?«

»Ja. Du wirst unsere hundert tapferen Krieger verlieren, und zwar nur wegen dieses Bleichgesichtes hier, welches stets euer und auch unser Feind gewesen ist. Und da wir nicht aus solcher Ferne hierhergekommen sind, um ohne Kampf und

Beute wieder heimzureiten, so ist vorauszusehen, wozu sich unser Häuptling dann entschließen wird.«

»Wozu?«

»Er wird euch verlassen und uns zu den Schoschonen führen, um ihnen gegen euch beizustehen.«

»Uff! Der Krieger der Blutindianer beantworte mir einige Fragen! Weshalb haben wir die Beile des Krieges gegen die Schoschonen ausgegraben?«

Er nannte den Alten jetzt schon nicht mehr »mein Bruder«, sondern den »Krieger der Blutindianer«; der Ausbruch schien also nahe bevorzustehen. Der Gefragte antwortete:

»Weil die Schoschonen sechs Upsaroka's getötet haben.«

»Woher weiß ich das?«

»Ich habe es dir gesagt; ich war dabei, als sie es thaten, konnte es aber nicht verhindern, weil ich in zu großer Entfernung davon stand.«

»Also dein Mund war es, wegen dessen Rede wir ausgezogen sind, um die Schoschonen zu strafen. Dein Mund war es, welcher uns zur Rache aufforderte. Dein Mund war es, welcher die Schoschonen feige, stinkende Mörder nannte und uns den Beistand eurer Krieger verhieß. Dein Mund war es auch, welcher mir versprach, daß diese Krieger nur meinen Befehlen zu gehorchen hätten. Nun aber kommt Peteh, euer Häuptling, und will, daß ich ihm gehorche, und da ich dies nicht thue, drohst du mir, daß ihr euch unsern Feinden, von denen du nicht schlimm genug erzählen konntest, zuwenden wollt!«

»Nur dieses Bleichgesichtes wegen, welches du uns nehmen willst!«

»*Pshaw!* Stände euer Häuptling jetzt an deiner Stelle, und wären deine Worte aus seinem Munde gekommen, so würde ich ihm mit dem Tomahawk, aber nicht mit den Lippen antworten; da du aber kein Häuptling bist, will ich eine Antwort geben, welche nicht für ihn, sondern nur für dich zu gelten hat. Also höre: Wenn ihr wegen dieses weißen Kriegers gehen wollt, so geht! Der Kopf und der Arm Old Shatterhands, diese sind mehr wert als die Arme und Köpfe von hundert Blutindianern! Das ist es,was ich dir, nicht ihm sage. Willst du es ihm mitteilen, so thue es! Nun zieht fort, oder baut euch Hütten hier in unserer Nähe, ganz wie ihr wollt. Aber was mit Old Shatterhand geschehen soll, das wird die Versammlung bestimmen, an welcher Peteh teilnehmen soll, doch nicht dieser allein. Meine Krieger stehen hier; sie werden darauf achten, daß nur Peteh, sonst aber kein Blutindianer, unser Lager betritt. Ich habe gesprochen. Howgh!«

Er wendete sich um und winkte mir. Ich nahm Hatatitla beim Zügel und folgte dem Kikatsa, nicht wenig erfreut über diesen weitern Erfolg meiner Weigerung, mich wie ein unerfahrenes Greenhorn behandeln zu lassen.

Er führte mich nach dem Mittelpunkte des Lagers, wo eine Hütte stand, welche größer als die andern war. Zwei vor dem Eingange in der Erde steckende und mit Federn geschmückte Lanzen verrieten, daß es die seinige sei. Ich hobbelte mein Pferd an und ging dann mit ihm hinein.

Das Innere bot nicht die geringste Bequemlichkeit. Eine auf der Erde liegende Pferdedecke bildete die ganze Ausstattung, das ganze Meublement.

»Old Shatterhand setze sich nieder, bis ich ihm eine Hütte habe bauen lassen!« sagte er; dann ging er wieder.

»Old Shatterhand!« Wenn ich es soweit bringen könnte, daß er sich statt dieses Namens des Ausdruckes ›mein Bruder‹ bediente! Wo steckten Rost und Carpio und wo Corner und seine Kumpane? War Hiller mit hier? Besonders diese letztere Frage hatte jetzt Wichtigkeit für mich. Hiller war kein Mörder. Wenn er ja bei der Tötung der sechs Krähen beteiligt gewesen war, hatte er jedenfalls nur aus Notwehr gehandelt. Wenn er sich mit hier im Lager befand, so mochte die Versammlung über mich beschließen, was sie wollte, ich war entschlossen, ihn loszumachen. Jetzt für den Augenblick konnte ich freilich nichts thun als warten, und das that ich in aller Ruhe, zumal ich neben den rein äußerlichen Vorteilen auch schon einen sehr wichtigen moralischen errungen hatte, indem Yakonpi-Topa der Meinung gewesen war, daß eine Verbindung mit mir derjenigen mit hundert Blutindianern vorzuziehen sei.

Als er nach einer Weile in die Hütte zurückkehrte, kamen zwei Rote mit, welche einige lange, aus Decken gewundene Bündel niederlegten und sich dann wieder entfernten. Der Häuptling setzte sich mir gegenüber und betrachtete mich längere Zeit mit unverheimlichter Aufmerksamkeit. Er schien zu erwarten, daß ich das Gespräch beginnen würde; ich wußte aber, was ich mir und meinem Namen schuldig war, und schwieg also. Darum fing endlich er mit der Frage an:

»Old Shatterhand ist mit Winnetou beisammengewesen?«

»Ja,« antwortete ich.

»Wo hat er sich von ihm getrennt?«

»Das brauche ich dem tapfern Häuptling der Kikatsa doch nicht erst zu sagen, denn er hat es jedenfalls von den Blutindianern und deren Gefangenen gehört.«

»Uff! Old Shatterhand hat richtig gesprochen. Wo wird sich der Häuptling der Apatschen jetzt befinden?«

»Selbst wenn ich das wüßte, würde ich es dir sagen, dessen Gefangener ich bin?«

»Nein. Er wird sich alle Mühe geben, dich aus der Gefangenschaft zu befreien?«

»*Pshaw!* Ich brauche seine Hilfe nicht. Wohl aber hättest du seinen Beistand nötig.«

»Uff! Ich?«

»Ja.«

»Old Shatterhand sagt nie etwas, was er nicht beweisen kann; ich bin bereit, die Gründe dieser Behauptung zu hören.«

»Die sind sehr einfach. Du willst die Schoschonen bekämpfen und hast sechshundert Mann bei dir, von denen du den hundert Blutindianern schon jetzt nicht trauen darfst; die Schoschonen aber können über zehnmal hundert Krieger zusammenbringen!«

»Sind sie denn beisammen? Wissen die Schoschonen, daß wir kommen und wo wir uns jetzt befinden?«

»Meinst du, daß sie keine Kundschafter senden?«

»Die schickt man doch nur dann aus, wenn man weiß, daß man bekriegt werden soll!«

»Wissen das die Schoschonen nicht? Meinst du wirklich, daß eine Schar von sechshundert Kriegern durch die Berge ziehen kann, ohne daß sie gesehen und beobachtet wird? Vor schon fast einem Mond wurde fern von hier in den Städten der Bleichgesichter davon gesprochen, daß die Krähen gegen die Schlangen ziehen wollen; wenn das die Weißen wissen, sollten es die Schlangen nicht auch erfahren haben?«

»Uff!« sagte er betroffen.

»Du kannst dich darauf verlassen, daß sie unter Umständen euch mit über tausend Kriegern empfangen werden. Darum habe ich gesagt, daß dir der Beistand des Apatschen nötiger sei als mir.«

»Wie könnte er uns beistehen, da er ein Freund unserer Feinde ist!«

»Er ist, ganz ebenso, wie ich es bin, ein Freund aller roten Männer; er bleibt auch dann ihr Freund, wenn sie sich untereinander entzweit haben. Er würde mit Freuden bereit sein, Frieden zu stiften zwischen euch und den Schoschonen.«

Da streckte er beide Hände abwehrend aus und rief:

»Frieden? Die Kriegsbeile sind ausgegraben, weil die Schlangen unsere Krieger ermordet haben; nur Blut kann diese That abwaschen. Wie kann Friede zwischen uns und ihnen sein! Und wenn mehr als zehnmal hundert Schoschonen gegen uns gezogen kämen, wir würden uns doch nicht vor ihnen fürchten, denn Wagare-Tey, der Kriegshäuptling dieser Leute, ist ein junger Hund, der noch nicht beißen kann.«

»Vergiß nicht, daß Avaht-Niah, der oberste Häuptling der Schoschonen, zwar seines hohen Alters wegen daheimbleiben muß, aber jedenfalls dem jungen Häuptlinge seinen Rat und seine Erfahrungen mitgegeben hat!«

»Was nützen die Erfahrungen anderer, wenn man sie nicht in dem eigenen Kopfe hat! Und dem Häuptling der Apatschen muß ich raten, auch während unsers Kriegszuges das zu bleiben, was er nach deinen Worten ist, nämlich ein Freund aller roten Männer. Wenn er sich auf die Seite der Schoschonen stellte, also gegen uns, würde er das nicht mehr sein, sondern unser Feind, und hätte also keine Schonung von uns zu erwarten. Wo befand sich Old Shatterhand, als er von unserm Kriege mit den Schoschonen erfuhr?«

»Unten im Lande der Bleichgesichter.«

»Warum ist er hier heraufgekommen?«

»Um den Schoschonen gegen euch beizustehen.«

»Uff!« fuhr er mehr verwundert als erzürnt empor. »Das sagt Old Shatterhand so aufrichtig?«

»Ich bin ein tapferer Krieger und du bist ein tapferer Krieger. Wir sind beide zu stolz, Lügen zu sagen oder Lügen anzuhören und zu glauben!«

»Uff! Old Shatterhand spricht allerdings sehr kühn, aber ich muß ihn darum achten! Weiß er, weshalb wir die Kriegsbeile gegen die Schoschonen ausgegraben haben?«

Um keine Unwahrheit zu sagen, antwortete ich unbestimmt:

»Ich habe die Schoschonen noch nicht getroffen. Vielleicht werde ich es von dir erfahren.«

»Diese Hunde haben sechs meiner Krieger erschossen!«

»Ist das wahr?«

»Ja; du hast es ja vorhin von dem alten Krieger der Blutindianer gehört, der es gesehen hat.«

»Wer hat es noch gesehen?«

»Niemand als er und einige seiner Krieger.«

»Ist er ein Mann, dem man alles glauben darf?«

»Warum hätte ich es bezweifeln sollen?«

»Jeder Zweifel kann mehrere Gründe haben. Mir kommt dieser Alte nicht wie ein Mann vor, dem man Vertrauen schenken darf. Es ist sogar nicht unmöglich, daß er das, was er selbst that, dann auf andere schob. Hast du das untersucht?«

»Das war nicht notwendig. Meine sechs Krieger waren ausgezogen, um die Felle zu holen, welche wir erbeutet und an verschiedene Orte versteckt hatten. Wir fanden zuerst ihre Leichen und dann bei den Schoschonen die Felle. Ist das nicht Beweis genug?«

»Hm! Wieviele Schoschonen waren es?«

»Vier; sie sind am Marterpfahle gestorben.«

»Waren sie allein?«

»Nein. Es war ein Bleichgesicht dabei.«

»Dieses Bleichgesicht heißt Nana-po?«

»Uff! Old Shatterhand kennt ihn?«

»Ja. Ich weiß noch mehr.«

»Was?«

»Die Felle, welche ihr bei den Schoschonen gefunden habt, gehörten ihnen oder auch schon Nana-po, der sie ihnen abgekauft hatte. Es waren nicht die Felle, welche deinen erschossenen sechs Kriegern abgenommen worden sind.«

»Uff!« rief er wieder.

»Es ist also sehr leicht möglich,« fuhr ich fort, »daß eure Krieger nicht von den Schoschonen und von Nana-po erschossen worden sind.«

»Old Shatterhand spricht Unbegreifliches!«

»Du hast an die Squaw von Nana-po einen Brief geschrieben?«

»Ja. Auch das weißt du?«

»Du verlangst in diesem Briefe für seine Freilassung binnen vier Monden soviel Gewehre, wie die Sonne[1] Tage hat?«

»So ist es. Wer hat das Old Shatterhand gesagt?«

»Seine Squaw. Ich habe deinen Brief gelesen und bin gekommen, um mit dir über die Gewehre zu sprechen.«

»So bist du der Abgesandte dieser Squaw?«

»Ja.«

»Uff, uff! Wer hätte das gedacht, als man dich als Gefangenen brachte! Ich bin bereit, zu hören, was Old Shatterhand mir über die Gewehre, welche ich gefordert habe, mitzuteilen hat.«

Er sah mir höchst erwartungsvoll in das Gesicht; ich zeigte ihm mein freundlichstes Lächeln und antwortete:

»Ich bin allerdings überzeugt, daß Yakonpi-Topa, der Häuptling der Kikatsa-Upsaroka's, welcher mir gegenübersitzt, sehr gern wissen möchte, was ich ihm darüber zu sagen habe; aber ich muß ihn leider um Geduld bitten.«

»Warum?«

1 Das Jahr.

»Wenn man einen Gefangenen loskauft, muß man erst wissen, ob er die Gefangenschaft verdient. Du würdest mir also erlauben müssen, diese Sache zu untersuchen.«

»Uff!« antwortete er zurückweisend.

»Und deshalb mit Nana-po zu sprechen.«

»Uff, uff!«

»Und höre besonders, was ich dir jetzt sage: Selbst wenn ich diese Gewehre zahlte, würde – ich – sie – nur – einmal – zahlen!«

Ich legte auf jedes dieser letzten sechs Worte einen ganz besonderen Ton. Er verstand mich, erkundigte sich aber doch:

»Wie meint das Old Shatterhand?«

»Ich würde die Gewehre nur in dem Augenblicke geben, an welchem mir der Gefangene ausgeliefert wird.«

»Meint Old Shatterhand, daß ich ihn täuschen würde?«

»Mich nicht, oh nein, mich gewiß nicht. Es sind noch sechs Bleichgesichter bei Nana-po gewesen. Wo befinden sich die?«

»Das weiß ich nicht.«

»Schön! Wenn ich von den Gewehren spreche, meine ich nur immer den Fall, daß Nana-po eine Schuld auf sich geladen hat, welche mit ihnen bezahlt werden muß, und ich sagte bereits, daß das noch nicht erwiesen ist und ich es erst untersuchen muß. Und nun kommt vor allen Dingen die Hauptsache: Ein Gesandter ist als freier Mann zu betrachten und zu behandeln; ich bin jetzt aber Gefangener. Ich kann also nicht eher von den Gewehren mit dir sprechen, als bis ich frei bin.«

»Uff!« rief er aus, von dem Trumpfe, den ich so unerwartet ausspielte, im höchsten Grade überrascht.

»Ja,« fuhr ich fort, »wenn die Versammlung nicht meine Freiheit beschließt, meine vollständige Freiheit, so kann von den Gewehren keine Rede sein! Ich habe es gesagt, und was Old Shatterhand sagt, das gilt. Howgh!«

Ein Indianer muß seine Gefühle verbergen können; auch Yakonpi-Topa gab sich Mühe, zu verheimlichen, daß ihn diese meine Bedingung in Verlegenheit brachte. Er nahm einen Gedanken zu Hilfe, welcher ihm sehr gelegen kam:

»Old Shatterhand darf nicht klagen. Ich habe ihn bereits von seinen Fesseln befreit und kann zwar gegen die Bestimmung der Versammlung nichts thun, werde ihm aber noch weiter beweisen, daß ich ihn nicht als unsern, sondern nur noch einstweilen als den Gefangenen der Blutindianer betrachte.«

Er öffnete die Bündel. Sie enthielten die Gewehre von Carpio, Rost, Sheppard, Corner, Eggly und dem alten Lachner, ferner ihre andern Waffen und dazu sämtliche übrigen Gegenstände, die ihnen abgenommen worden waren.

»Die Gefangenen wurden uns übergeben, so mußten wir einstweilen, bis die Versammlung darüber entschieden haben wird, auch ihr Eigentum bekommen,« erklärte der Häuptling. »Old Shatterhand mag sich nehmen, was ihm gehört; es wird entschieden werden, ob er es behalten darf oder nicht.«

Natürlich ließ ich mir das nicht zweimal sagen; ich langte hocherfreut zu und war nun nach dieser neuen Errungenschaft doppelt überzeugt, daß mir unser Fortkommen keine unverhältnismäßig großen Schwierigkeiten machen werde. Als ich alles in den Gürtel und in die Taschen gesteckt hatte, sagte ich:

»Yakonpi-Topa, der tapfre Häuptling der Kikatsa, thut wohl daran, mir ein solches Vertrauen zu schenken; er wird den Beweis später erhalten. Noch größere Dankbarkeit aber würde er sich erwerben, wenn er die Hütte, welche für mich errichtet werden soll, für drei Personen herstellen lassen wollte.«

»Welches sind die andern beiden?«

»Die zwei jungen Männer, welche mit mir ergriffen worden sind. Sie besitzen keine Kenntnis von dem wilden Westen und sind so krank und schwach geworden, daß sie den Tag der Beratung vielleicht gar nicht erleben würden. Außerdem gebe ich für sie mein Wort, so wie ich es für mich selbst gegeben habe, daß sie das Lager bis zum Versammlungstage ohne deine Erlaubnis nicht verlassen werden. Sie sind besondere Bekannte von mir.«

»Ich habe sie gesehen und wollte mit ihnen sprechen; sie

konnten aber nicht antworten. Sie sind wie Vögel, welche keine Flügel haben. Aber wenn sie mit Old Shatterhand zusammenwohnen, und er trägt seine Waffen, so ist es nutzlos, wenn ich ihnen die ihrigen vorenthalte. Sie können ja doch nicht damit umgehen!«

»Nein. Stecken sie mit den andern weißen Gefangenen zusammen?«

»Nein. Peteh, der Häuptling der Blutindianer, hielt sie von ihnen getrennt, und so habe auch ich sie abgesondert.«

»Will Yakonpi-Topa mir diese meine Bitte erfüllen?«

»Ja. Old Shatterhand mag mit mir kommen, damit ich ihm zeige, wo die beiden Bleichgesichter sich befinden!«

Wir gingen hinaus, wo zwischen den Hütten jetzt mehr Leben herrschte als da, wie ich während meiner Scheinflucht hindurchgeritten war. Die Roten sahen, daß ich jetzt das Messer und die Revolver wieder hatte, doch verbot ihnen der Stolz, eine erstaunte Miene darüber zu zeigen. Wir kamen an der Stelle vorüber, wo die für mich bestimmte Wohnung errichtet wurde. Sie war beinahe fertig und so groß, daß es zur Aufnahme meiner beiden Gefährten gar keiner Vergrößerung bedurfte. Diese befanden sich in einer in der Nähe liegenden Hütte. Der Häuptling ging nicht weiter mit; er zeigte sie mir nur und fügte hinzu:

»Old Shatterhand wird sein Wort halten und nichts thun, was ich nicht gestatten dürfte. Wenn er mich sucht, so weiß er mich zu finden.«

Er gab dem Roten, welcher vor dem »Gefängnis« Wache stand, einen Wink, worauf sich dieser entfernte. Ich trat ungehindert ein.

Sie lagen gefesselt an der Erde. Es war noch Tag, und die Helligkeit drang zwischen dem dünnen Zweigwerk der Wände herein; ich konnte sie also ganz deutlich sehen. Rost sah leidend, sehr leidend aus; der mehrtägige Ritt vom Fleischwasser hierher hatte ihn außerordentlich angegriffen; doch als mein Blick auf Carpio fiel, hätte ich laut aufweinen mögen. Ich nahm mich aber zusammen und that es nicht, weil das seinen Zustand nur hätte verschlechtern können. Er glich einem Skelette, und schon nach wenigen Augenblicken bemerkte ich den kurzen, trockenen Husten, welcher sich aus seiner kranken Lunge herausquälte.

»Sappho!« rief er mir leise entgegen.

Ich habe schon bei früheren Gelegenheiten einigemale gesagt, daß jemand leise gerufen habe. Ein berühmter Recensent schrieb mir, daß er so rücksichtsvoll sein wolle, mich nicht öffentlich sondern privatim darauf aufmerksam zu machen, daß es selbstverständlich ganz unmöglich sei, leise zu rufen; ein Ruf sei immer laut. Verehrtester Herr Kritikus, können Sie zu Ihrem Herrgott nicht sogar in Gedanken rufen? Ich lasse einen Flüsterruf zehn Schritte weit nach vorn hören, der aber hinter mir nicht drei Schritte weit vernommen wird. Wie oft hat mich Winnetou gerufen, ohne daß andere es zwei Meter davon gehört haben! Der letzte Ruf Sterbender auf Schlachtfeldern wird meist ein Hauchen, aber kein Schreien oder gar Brüllen sein. Hier liegt im Begriffe des Rufens mehr das Hastige als das Laute.

Also Carpio rief mir leise zu; zu einem lauten Freudenschrei war er zu matt. Ich kniete bei ihm nieder und band ihm die Riemen los; er ergriff meine Hände, sah mir liebevoll in die Augen und lächelte froh; mehr konnte er nicht. Auch Rost wurde von den Fesseln befreit.

»Gott sei Dank, daß Sie endlich, endlich kommen!« sagte dieser. »Die letzten Tage werden wir nie vergessen! Dieser Ritt, diese Anstrengung, diese Ermattung, dieser Hunger – – –!«

»Was – –? Hunger?«

»Ja, seit vorgestern haben wir nichts bekommen!«

»Da hat man also bloß mich kräftig an den Marterpfahl bringen wollen! Wartet, ihr sollt gleich essen!«

Ich rannte fort. Es kostete mich nur ein Wort, zu bekommen, was ich brauchte. Dann kehrte ich zurück, und sie aßen – aßen – – aßen! Es war eine Wonne, ihnen zuzusehen. Rost erzählte mir dabei von ihren Leiden; dann bat er mich, ihnen zu berichten, wie es mir gegangen sei. Carpio, der sich nun etwas wohler fühlte, fragte da:

»Nicht wahr, es hat sich inzwischen herausgestellt, daß es nur eine einfache Verwechslung war?«

»Ja,« antwortete ich aus Rücksicht auf ihn.

»Dachte es mir doch gleich! Nun wir uns bei den Indianern befinden, wird das nicht wieder vorkommen. Naturvölker kennen die Worte Zerstreuung oder Gedankenlosigkeit gar nicht. Wir sind also jetzt frei?«

»Ich will mich einmal so ausdrücken: offiziell noch nicht. Die Versammlung der ältesten Krieger hat noch darüber zu bestimmen. Ihr braucht aber nicht die geringste Sorge zu haben, denn es versteht sich ganz von selbst, daß wir freigesprochen werden; es ist das nur noch der Form wegen. Ich kam, um euch nach meiner Hütte zu holen, wo wir zusammen wohnen werden. Auch eure Waffen und alle eure Sachen bekommt ihr wieder; das muß euch die Ueberzeugung geben, daß es mit euern Leiden nun zu Ende ist.«

Ich erzählte ihnen soviel, wie ich für gut fand; alles, was sie beängstigen konnte, ließ ich weg. Als sie gegessen hatten, erklärte Carpio, daß er sich viel, viel besser und kräftiger fühle als vorher, und wir gingen nach unsrer Hütte, welche inzwischen fertig geworden war. Ich holte die Sachen der beiden Kameraden. Ich bekam alles, nur die Pferde nicht, nämlich Rosts Braunen und Corners Fuchs, den ich uns nicht entgehen lassen wollte. Peteh gab sie, wie ich erfuhr, nicht her. Ich hielt es für klug, bis zu einer bessern Gelegenheit zu warten. Um so mehr sorgte ich für meinen Hengst, dem es an nichts mangeln durfte.

Als es dunkel geworden war, brannten wir ein Feuer vor der Hütte an und setzten uns hinaus. Kein gewöhnlicher roter Krieger wagte es, uns zu stören; nur der Häuptling kam später, um nach etwaigen Wünschen zu fragen. Ich bat ihn, die andern weißen Gefangenen einmal beschleichen zu dürfen, und als er mich nach dem Grunde fragte, antwortete ich:

»Sie sind Feinde aller braven Krieger der Indianer und der Bleichgesichter; sie haben schon oft gestohlen und gemordet; es ist ihnen das größte Verbrechen zuzutrauen, und wahrscheinlich beraten sie jetzt darüber, ob es ein Mittel gibt, euch zu entkommen. Wenn ich es hörte, würde ich es dir sagen.«

»Gut, so mag Old Shatterhand dann, wenn nur noch die Wachtfeuer brennen und es bei ihrer Hütte dunkel ist, versuchen, ob es ihm gelingt, etwas zu erlauschen!«

Ich wartete diese Zeit ab. Es brannten nur noch einige Feuer im Umkreise des Lagers; im Innern desselben aber war es dunkel. Ich schlich mich zu der Hütte, in welcher Corner, Sheppard, Eggly und Lachner gebunden lagen. Vor derselben saß ein roter Wächter, welcher von meinem Kommen unterrichtet war und mich nicht hinderte. Es war wohl kaum anzunehmen, daß die Gefangenen seinetwegen schwiegen, denn er verstand auf alle Fälle das Englische nicht so, daß er jedes ihrer Worte zu unterscheiden vermochte. Indem ich mit den Händen leise sondierte, fand ich tief unten am Boden eine Lücke, welche groß genug war, meinen Kopf hineinzustecken.

Sie schliefen noch nicht; sie unterhielten sich noch, aber in solcher Weise, daß nur zuweilen einer ein paar Worte sagte. Und was ich hörte, war für mich von keinem persönlichen Interesse. Ich lag wohl eine Stunde lang da, ohne etwas Wichtigeres zu erfahren, als daß Corner die Fesseln schmerzten und dem Prayer-man der Schnupftabak, den man ihm abgenommen hatte, außerordentlich fehlte; er war, wie schon früher einmal erwähnt, ein leidenschaftlicher Schnupfer. Schon wollte ich mich zurückziehen, da hörte ich den alten Lachner sagen:

»Ich kann gar nicht sagen, wie ich mich ärgere, daß es so gekommen ist! Es war alles so herrlich eingefädelt. Der dumme Junge, der sich meinen Neffen schimpft, hätte zwar daran zu Grunde gehen müssen, weil wir ihn gezwungen hätten, die Goldproben aus dem tiefen Wasser zu holen; das hält kein Teufel aus; aber es wäre gar nicht schade um ihn gewesen; ich habe ihn deshalb mitgenommen. Wären die Proben gut ausgefallen, hätte ich später Maschinenkraft angewendet. Hole es der Teufel! Hoffentlich aber gelingt es uns in der Weise, wie wir es vorhin ausge – – –«

»Still, kein Wort!« unterbrach ihn Eggly. »Solche Sachen

dürfen höchstens geflüstert werden, denn der rote Halunke da draußen könnte doch vielleicht ein Wort auffangen, aus welchem ein Verdacht herauszuziehen wäre. Wollen versuchen, ob wir in diesem erbärmlichen Neste schlafen können!«

Es wurde ruhig, und ich entfernte mich.

Also hatte Lachner von Corner und Sheppard doch erfahren, daß man tauchen müsse! Und der alte Sünder war so gewissenlos gewesen, Carpio zu diesem Zwecke mitzuschleppen! Ich meldete dem Häuptling, daß die Gefangenen allerdings an Flucht dächten, ich aber nichts darüber hätte erfahren können. Da ich den Blutindianern nicht recht traute, bat ich ihn, seine Wachen während der Nacht ein scharfes Auge auf sie halten zu lassen. Er versprach es mir nicht nur, sondern forderte mich sogar auf, den jetzt von ihm beabsichtigten Rundgang um das Lager mit zu thun und den Wächtern diese meine Weisung selbst zu erteilen.

Die Blutindianer hatten sich in einiger Entfernung vom östlichen Ende des Lagers ihre Laubzelte errichtet. Wir gingen also erst nach dieser Seite, um die wachthabenden Kikatsa zu instruieren. Dann schritten wir an der nördlichen Seite herunter, wo unfern der äußersten Hütten ein schmaler Bach floß, aus welchem die Upsaroka das nötige Wasser holten. Es gab da nur ein Feuer. Als wir uns so weit von demselben entfernt hatten, daß es fast dunkel um uns herum war, hörte ich vom Bache her ein leise plätscherndes Geräusch. Ich blieb stehen und horchte. Es wiederholte sich wieder, aber nur für mein Ohr, denn es war so leise, daß es dem Häuptling gar nicht auffallen konnte; ich aber kannte es; es kam von Winnetou. Wir hatten verschiedene solcher Geräusche, welche wir je nach den Umständen in Anwendung brachten, miteinander verabredet.

Zu ihm hinüber durfte ich nicht, wenigstens nicht allein, denn ich hatte Yakonpi-Topa mein Wort gegeben, das Lager ohne seine Erlaubnis nicht zu verlassen. Sollte ich Winnetou etwa gar herüberrufen? Indem ich noch mit mir zu Rate ging und der Häuptling mich verwundert fragte, warum ich stehen geblieben sei, ohne einen Grund dazu zu haben, tauchte der Apatsche grad vor uns wie aus der Erde auf.

»Uff!« rief der Kikatsa erschrocken aus.

Ich legte ihm die Hand auf den Arm und sagte beruhigend:

»Der Häuptling der Kikatsa mag nicht erschrecken; er hat mich heut unter seinen Schutz genommen und steht nun jetzt unter dem meinigen. Hier ist Winnetou, der berühmte Häuptling der Apatschen.«

»Uff, uff! Winnetou – – –!«

»Sprich leise, leise, sonst ist es allerdings um dein Leben geschehen! Wir werden hören, was Winnetou uns zu sagen hat, und dann kehren wir in das Lager zurück. Ich wiederhole, daß du nichts zu befürchten hast, denn ich erkläre hiermit dem Häuptling der Apatschen, daß ich mit Yakonpi-Topa zufrieden bin!«

Es war eine ganz eigentümliche Situation. Ich war Gefangener des Kikatsa; dieser wurde fünfzig Schritte von seinen Kriegern entfernt von Winnetou überfallen und wäre, wenn ich nicht durch mein Wort gebunden gewesen wäre, ganz gewiß von dem Apatschen gezwungen worden, Carpio, Rost und mich freizugeben!

»Mein Bruder Old Shatterhand hat richtig gesprochen: dem Häuptling der Kikatsa soll von mir kein Haar gekrümmt werden,« bestätigte Winnetou mit halblauter aber eindringlicher Stimme. »Ich habe in der Nähe des Lagers gelauscht und alles erfahren. Zuerst wird mir mein Bruder Shatterhand, und dann soll mir Yakonpi-Topa einige Fragen beantworten. Also mein Bruder Scharlih hat sein Wort gegeben, das Lager nicht ohne Erlaubnis zu verlassen?«

»Ja,« antwortete ich.

»Wenn er es gegeben hat, wird er es auch halten! Sind die beiden Bleichgesichter Rost und Carpio mit inbegriffen?«

»Ja.«

»Ist dein Hatatitla bei dir?«

»Ja.«

»Hat Peteh, der Häuptling der Blutindianer, auf deinen Tod verzichtet?«

»Nein.«

»Uff! Hast du einen Wunsch an mich?«

»Nein, denn ich weiß, daß du alle meine Wünsche erfüllen wirst, ohne daß ich sie auszusprechen brauche.«

»So wende ich mich jetzt mit einer Frage an den Häuptling der Kikatsa: Die Krieger der Upsaroka's haben das Kriegsbeil ausgegraben, weil sechs ihrer Männer von den Schoschonen erschossen worden sein sollen?«

»Ja,« antwortete Yakonpi-Topa, der sich noch immer nicht in die unerwartete Gegenwart des Apatschen finden konnte.

»Wo ist das geschehen?«

»Am Salbei-Fluß, welcher von Norden her in den Sweetwater mündet.«

»Von wem weiß das der Häuptling der Kikatsa?«

»Von einem alten Krieger der Blutindianer, welcher es gesehen hat und Innua Nehma[1] heißt.«

»Dieser Alte hat gelogen. Winnetou weiß es besser. Bei den Schoschonen, welche die Mörder gewesen sein sollen, hat sich ein Bleichgesicht Namens Nana-po befunden?«

»Ja.«

»Dieser Nana-po wird noch festgehalten, weil seine weiße Squaw ihn mit Gewehren loskaufen soll?«

»Ja.«

»So will ich erzählen, wie es geschehen ist. Nana-po hatte von den Schoschonen Felle gekauft, welche nach dem Plattefluß transportiert werden sollten. Er und die sechs Bleichgesichter, welche er bei sich hatte, machten Pakete daraus, um sie zu tragen. Avaht-Niah, der große und vorsichtige Häuptling der Schoschonen, gab ihnen vier Krieger mit, um ihnen zu helfen und sie zu schützen. Sie kamen auf dem Sweetwater bis an die Mündung des Salbei-Creek. Dort hielten sie an, um nach der Rattle Seake Range zu gehen. Nana-po wanderte mit den vier Schoschonen und den Packpferden, welche die Felle trugen, voraus; die sechs andern Bleichgesichter waren für kurze Zeit zurückgeblieben, um noch Fische für das Abend-

1 »Lange Flinte.«

essen zu fangen und dann den Gefährten nachzueilen. Da wurden sie von einer Schar von Blutindianern überfallen und ermordet, welche in der dortigen Gegend jagten. Als diese den Mord begangen und die Toten ausgeraubt hatten, wollten sie der Fährte der Packpferde nach. Da kamen sechs Upsaroka's auf dem Sweetwater herab, welche auch Felle auf ihren Flößen hatten; sie stiegen aus und wurden erschossen. Innua Nehma war der Anführer dieser Mörder. Er that die meisten seiner Leute auf die Flöße der Upsaroka's, damit sie die Felle nach der Seminole-Ebene schaffen sollten, wo die Blutindianer damals wohnten. Er selbst blieb mit einigen seiner Krieger noch da, um weiter zu jagen. Er hatte nicht acht auf den Fluß und sah also nicht, daß noch mehr Upsaroka's kamen. Diese sahen ihre Ermordeten am Ufer liegen, stiegen aus und überfielen ihn. Er war ein kluger Mann und sagte, die Schoschonen seien es gewesen, welche mit Nana-po sich entfernt hätten; er habe es gesehen, aber nicht helfen können, weil sich alles viel zu schnell für ihn zugetragen hätte. Die Upsaroka's glaubten ihm, gaben ihn und seine Leute frei, machten sie zu ihren Verbündeten und jagten den Schoschonen nach. Diese wurden ergriffen und gefangen zu dir gebracht. Sie starben unschuldig am Marterpfahle, und Nana-po soll auch noch sterben, sobald seine Squaw die Gewehre ohne Erfolg für ihn bezahlt haben wird.«

»Uff, uff!« ließ sich der Kikatsa hören, als Winnetou seinen Bericht jetzt beendet hatte. »Wenn es so wäre, wie der Häuptling der Apatschen erzählt, so wären also die Blutindianer, welche jetzt meine Verbündeten sind, die Schuldigen!«

»Es ist so. Ja, es ist noch schlimmer! Du hast den Schoschonen den Kampf zugesprochen, weil du glaubtest, sie hätten deine Leute getötet; nun aber müssen sie sich an dir rächen, weil du ihre unschuldigen Krieger am Marterpfahle hingerichtet hast!«

»Uff! Kann Winnetou beweisen, daß alles so ist, wie er mir erzählt hat?«

»Ich lüge nie; aber ich werde es dir dennoch beweisen, weil es eine so wichtige Sache ist. Die Blutindianer haben sich mit dir verbündet, um große Beute bei den Schoschonen zu machen; sie wollen das, obgleich sie wissen, daß sie selbst die Schuldigen, die Schoschonen aber unschuldig sind. Sie kamen zu dir gezogen und nahmen unterwegs meinen Bruder Old Shatterhand gefangen. Ich ritt hinterher, um ihn zu befreien. Ich beschlich und belauschte sie. Ich hörte ihren Häuptling Peteh mit dem alten Krieger Innua Nehma von dem Morde sprechen, von dem ich dir jetzt erzählt habe. Sie lachten über dich, daß du sie, die Mörder, für unschuldig hältst und dafür deine Rache auf die unschuldigen Schoschonen lenkst. Ich erfuhr den Ort der That und beschloß, ihn aufzusuchen. Während die Blutindianer langsam weiterritten, jagte ich hinüber nach dem Salbeiflusse. Ich fand die Stelle. Noch liegen die sechs erschossenen Bleichgesichter unbegraben und von den Geiern zerrissen da. Warum habt ihr diese Leichen gar nicht beachtet? Sie hätten euch doch sagen müssen, daß die Blutindianer die Mörder seien, nicht aber die Schoschonen, deren weiße Gefährten ermordet sind!«

»Uff! Sie liegen noch da?«

»Ja. Ich komme deshalb heut zu dir. Du hast das Kriegsbeil gegen die Schoschonen erhoben, und diese werden ihre vier am Marterpfahle unschuldig Hingerichteten von euch fordern; ich aber bin der Freund und Bruder aller roten Männer und will Frieden zwischen euch machen. Sende morgen früh sichere Boten, welche gute Augen haben, nach dem Salbeiflusse! Wenn diese zurückkehren und dir sagen, daß sie die toten Bleichgesichter noch liegen sahen, so hast du den Beweis, daß die Schoschonen unschuldig, die Blutindianer aber schuldig sind!«

»Uff, uff, das ist richtig!«

»Ja, das ist richtig. Ich habe dir gesagt, wie es ist. Howgh!«

»Was wird Winnetou, der berühmte Häuptling der Apatschen, inzwischen thun, bis diese meine Boten zurückkehren?«

»Das sollte ich dir verschweigen; ich will es dir aber sagen, damit du erkennst, daß ich aufrichtig bin. Ich reite zu den Schoschonen und hole sie. Erkennst du ihre Unschuld an und bietest ihnen Ersatz für ihre vier Toten, so werde ich für dich bitten; thust du das aber nicht, so werden sie weit über tausend Mann stark über euch herfallen. In beiden Fällen aber haben die Blutindianer die gerechte Strafe zu erleiden! Winnetou, der Häuptling der Apatschen, hat gesprochen. Howgh!«

Kaum hatte er dieses Bekräftigungswort ausgesprochen, so war er verschwunden. Der Kikatsa stand eine ganze, lange Zeit stumm da und starrte ihm nach, in die Nacht hinaus. Diese Mitteilung war ihm ebenso unerwartet gekommen wie das so plötzliche Erscheinen des Apatschen selbst. Was war mein Winnetou doch für ein herrlicher, unvergleichlicher Mensch!

Dann drehte sich Yakonpi-Topa langsam zu mir um und fragte mich:

»Was sagt Old Shatterhand dazu?«

»Was Winnetou behauptet, ist nie zu bezweifeln!«

»Uff! So hätte ich die Mörder ja gleich hier beim eigenen Lager!«

»Ganz recht!«

»Und darf sie doch nicht eher bestrafen, als bis meine Boten zurückgekehrt sind!«

»So sei umsomehr dafür besorgt, daß sie keinen Verdacht schöpfen und sich in Sicherheit bringen!«

»Soll ich sie etwa freundlich behandeln?«

»Freundlich ernst, wie Verbündete es verlangen dürfen.«

»Wenn aber nun Peteh deinen Tod verlangt?«

»So berufst du dich auf die Versammlung.«

»Er wird sie beschleunigen wollen!«

»Wenn du in der richtigen Weise mit diesen Kriegern sprichst, werden sie nur beschließen, was du für gut befindest.«

»Uff! Meine Seele ist in großer Sorge, denn wenn dir etwas geschieht, wird Winnetou Rechenschaft von mir fordern!«

»Das ist zwar richtig, aber du brauchst nicht bange zu sein, denn ich weiß, daß mir von seiten der Blutindianer nichts geschieht.«

»Ich werde gleich jetzt die ältesten meiner Krieger zusammenkommen lassen, um ihnen zu erzählen, daß der Häuptling der Apatschen hier gewesen ist und was ich von ihm gehört habe.«

»Thue das, doch mögen sie den Blutindianern ja morgen dann nichts merken lassen!«

»Ich werde ihnen das scharf einprägen. Komm!«

Wir verließen die Stelle, welche dazu bestimmt gewesen war, so einflußreich für die hiesige Situation zu werden. Er ging nach seiner Wohnung und ich nach der meinigen, wo ich gefragt wurde, wo ich so lange gewesen sei. Wie erstaunten sie und wie freuten sie sich, als sie hörten, daß ich mit Winnetou gesprochen hatte! Ich erzählte ihnen natürlich, was uns von ihm mitgeteilt worden war. Als ich damit fertig war, sagte Carpio:

»Ich habe doch stets recht, aber stets!«

»Wieso auch jetzt?« erkundigte ich mich.

»Das ist doch einfach, sehr einfach! Die Blutindianer sind die Mörder, man hat aber geglaubt, die Schoschonen seien es!«

»Nun?«

»Nun – fragst du? Da giebt es ja eigentlich gar nichts zu fragen! Da sind wieder einmal so einige zerstreute Kerle hier herumgelaufen und haben in ihrer Kopflosigkeit eine Verwechslung begangen, die gar nicht größer sein kann!«

»Ach so! Aber diese zerstreuten Menschen sind diesesmal Indianer gewesen, also Naturmenschen, lieber Carpio. Du sagtest ja, daß diese nie zerstreut sein können!«

»Ja, da scheinen sie aber doch auch schon von der Kultur angeleckt worden zu sein, denn nur die Kultur ist es, die solche Verwirrungen hervorbringen kann. Der kultivierteste Mensch, den ich kenne, bist du, und was hast du damals für eine tolle Verwechslung mit meinem Reisepaß vorgenommen! Im Stiefel hattest du ihn stecken. Es war geradezu großartig lächerlich! Weißt du es noch?«

»Ja, leider!«

»Da wird es zwischen den Schlangen und den Krähen wohl gar nicht zum Kampfe kommen?« fragte Rost.

»Wahrscheinlich nicht.«

»Gott sei Dank! Ich mag vom Blutvergießen lieber gar nichts wissen, obgleich ich eine Apotheke und auch Verbandzeug mitgenommen habe. Mir sagt eine innere Stimme, daß ich diese Sachen gar nicht brauchen werde.«

»Das wollen wir ja nicht behaupten! Wenn ich auch einmal eine innere Stimme haben dürfte, so würde mir diese sagen, daß sich für Sie sogar sehr bald die Gelegenheit ergeben kann, Ihre medizinische und chirurgische Geschicklichkeit zu zeigen.«

»An wem?«

»An Peteh oder mir, vielleicht auch an uns beiden zu gleicher Zeit.«

»Wieso?«

»Es kann einer von uns oder es können auch beide verwundet oder gar getötet werden.«

»Doch nicht! Warum?«

»Eines Zweikampfes wegen.«

»Zweikampf? Meinen Sie ein Duell, ein wirkliches Duell?«

»Ja.«

»Was Sie sagen. Giebt es hier oben Duelle?«

»Und was für welche!«

»Und Sie denken, daß Sie ein solches auszufechten haben werden?«

»Für gewiß halte ich es zwar nicht, aber für möglich.«

»Sie meinen, Sie werden von Peteh gefordert?«

»Ja.«

»Das klingt ja geradezu gefährlich! Weshalb sollte er Sie fordern?«

»Um mich zu töten.«

»Alle Wetter! Mit diesem Kerl möchte ich nicht losgehen. Der hat ja Muskeln wie ein Büffelstier! Uebrigens habe ich zum Fechten niemals Zeit gehabt. Ich kann also zwar den großen, vordern, gekerbten Muskel vom Kaputzenmuskel, aber nicht eine Terz von einer Quart unterscheiden.«

»Oh, was das betrifft, so brauchen wir keine Sorge zu haben,« fiel Carpio ein; »mein Sappho macht mit jedem mit; da kenne ich ihn; dem darf keiner kommen.«

»*Pshaw!*« lachte ich. »Damals und jetzt! Ihr dürft auch nicht etwa denken, daß da mit gemütlichen Paukwaffen aufeinander losgegangen wird. Oh nein; da geht es ganz anders her!«

»Aber wie kann denn dieser Blutindianer auf den Gedanken kommen, mit Ihnen kämpfen zu wollen?« fragte Rost.

»Das ist sehr leicht erklärlich,« antwortete ich. »Sie wissen doch, wie feindlich er uns, besonders mir gesinnt ist. Er will meinen Tod; er wird ihn von den Krähenindianern verlangen. Nach allem, was ich Ihnen vorhin erzählt habe, glaube ich nicht, daß sie darauf eingehen werden. In diesem Falle nun ist es bei den meisten Indianerstämmen Gepflogenheit, daß zwischen dem, welcher sterben soll, und dem, welcher seinen Tod fordert, ein Kampf stattfindet, welcher nicht eher aufhören darf, als bis einer von beiden liegen bleibt. Diese Zweikämpfe haben je nach den Waffen und Bedingungen verschiedene Namen. Ich halte es für ganz und gar nicht ausgeschlossen, daß Peteh in seiner Wut, mich schon halb frei zu sehen, einen solchen Kampf fordert, wenn die Krähen nicht darauf eingehen, mich, und zwar bald, am Marterpfahle sterben zu lassen.«

»So bitte, sagen Sie: Fürchten Sie sich?«

»Nein.«

»Gar kein bißchen?«

»Nein. Der Mensch soll nur das thun, was nützlich ist, und da es gar nicht nützlich ist, sich zu fürchten, so habe ich mir die Furcht schon gleich gar nicht angewöhnt. Dieses Thema habe ich bloß berührt, um Ihnen den Gedanken nahe zu legen, daß Sie doch vielleicht Ihr Verbandzeug noch in Anwendung bringen können. Jetzt nun wollen wir das beste thun, was wir thun können, nämlich schlafen!«

Es war sehr kalt geworden. Glücklicherweise hatten wir unsere Decken wiederbekommen. Ich wickelte Carpio in die seinige, schlang die meinige noch darüber und gab ihm meinen Sattel zum Kopfkissen; das hatte zur Folge, daß er die ganze Nacht hindurch ganz prächtig schlief. Ich hatte während des Rittes vom Fleischwasser bis hierher keine richtige Ruhe gehabt und schlief darum auch ganz leidlich, obgleich ich von der Kälte öfters aufgeweckt wurde.

Als wir früh aufwachten, war es ziemlich spät, und es herrschte schon reges Leben im Lager. Wir gingen nach dem Bache, um uns zu waschen, und bekamen hierauf unsere Fleischportionen. Dann suchte ich den Häuptling auf, um ihn zu fragen, ob er schon Boten nach dem Salbei-Flusse geschickt hatte. Er hatte es gethan; sie waren zeitig aufgebrochen, konnten aber leider erst in fünf bis sechs Tagen wieder zurück sein.

»So lange müssen wir warten, ehe ich weiß, ob ich Peteh als Feind zu betrachten habe,« sagte er. »Mein Herz sehnt sich nach dieser Gewißheit. Wenn die Blutindianer wirklich die Mörder sind, werden nicht viele von ihnen lebendig heimkehren!«

»Du wirst dich doch wohl begnügen, dir die eigentlichen Mörder ausliefern zu lassen. Unschuldige tötet man nicht!«

»Unschuldige? Welcher von den hundert, die gekommen sind, darf unschuldig genannt werden? Sie wissen alle, wer meine Krieger ermordet hat. Sind sie da nicht mitschuldig?«

»Hm! Es ist freilich eine unverzeihliche Schlechtigkeit von ihnen, deine Rache auf die unschuldigen Schoschonen zu lenken und dir bei der Ausführung derselben auch noch behilflich zu sein. Du wirst dich da mit dem Häuptling dieser roten Krieger beraten müssen.«

»So meinst du wirklich, daß sie kommen?«

»Ja.«

»Von Wagare-Tey, ihrem jungen Kriegshäuptling angeführt?«

»Das dachte ich erst. Da aber diese Angelegenheit so wichtig ist, viel wichtiger, als ich glauben konnte, so ist es möglich, daß Avaht-Niah, der alte Häuptling, selbst auch mitkommt, obgleich er schon über achtzig Winter zählt.«

»Wie wird er sich verhalten?«

»Wenn du dein Unrecht eingestehst und ihm für seine bei euch am Marterpfahle gestorbenen Leute Ersatz bietest, so wird er auf die Fürbitte des Häuptlings der Apatschen wohl geneigt sein, sich mit dir auszusöhnen. Bist du aber nicht bereit dazu, so wird es zu einem blutigen Kampfe kommen, der dich mehr als die Hälfte deiner Leute kosten kann.«

»Uff!«

»Ja, ich weiß, was ich sage. Bedenke, daß Winnetou auf der Seite der Schoschonen steht! Seine List und seine Kunst, eine Schar zum Siege zu führen, wiegen Hunderte von Kriegern auf; das weißt du ja ebenso wie ich. Er versteht es, dem Feinde Fallen zu stellen, die jeder andere für unmöglich halten würde.«

»Das würde aber zu deinem Schaden sein!«

»Wieso?«

»Wenn Winnetou feindlich gegen uns aufträte, würden wir dich, seinen Freund und Bruder, natürlich auch als Feind behandeln!«

»*Pshaw!*«

»Uff! Du lachst? Meinst du, daß uns das nicht möglich wäre?«

»Oh doch! Aber klug wäre es nicht von euch, denn Winnetou würde dann die strengste Rechenschaft fordern. Uebrigens ist es jetzt gar nicht an der Zeit, hiervon zu sprechen.«

»Ja, denn du hast mir bis zur Versammlung dein Wort gegeben. Dann legen wir dir wieder Fesseln an, und es sollte dir wohl nicht möglich werden, zu fliehen und uns bei den Schoschonen Schaden zu bereiten!«

»Was nach der Beratung geschehen wird, darüber können wir jetzt noch gar nicht sprechen. Es ist für die Kikatsa stets gut, wenn sie Old Shatterhand ebenso wie Winnetou zum Freunde haben. Ich weiß, daß du davon überzeugt bist; du brauchst es mir gar nicht zu sagen.«

»Uff! Old Shatterhand spricht mit zu großer Sicherheit!«

»Oh nein. Wir sind Freunde aller roten Männer, die uns nicht feindlich behandeln; ihr aber habt euch stets als unsere besonderen Freunde und Verbündete betrachten dürfen.«

»Möchte Old Shatterhand mir das beweisen?«

»Warum nicht. Es giebt Indianer, welche stets, aber auch

stets und ohne Aufhören eure Todfeinde gewesen sind. Wen meine ich?«

»Die Sioux.«

»Ja, die Sioux. Ihr gehört zum großen Volke der Dakotas, und sie sind ebenso ein Teil dieser Nation. Ihr seid also mit ihnen verwandt, und dennoch bekriegen sie euch auf eine so beständige und unversöhnliche Weise, daß ihr gegen sie stets das Messer in den Händen haben müßt. Alle Welt weiß nun aber auch, wen diese Sioux am meisten fürchten. Du weißt es natürlich auch?«

»Ja. Old Shatterhand und Winnetou.«

»Richtig! Wir zwei einzelnen Männer haben den Sioux, besonders aber den Sioux Ogallalah, mehr Schaden gethan, als alle Krieger deines Volkes zusammengenommen. Das brauche ich dir ja nicht erst zu sagen. Sind wir da nicht die besten Verbündeten von euch?«

»Uff!«

»Wie oft ist es vorgekommen, daß die Sioux gegen euch ziehen wollten; da kamen wir und lenkten ihre Schritte von euch ab auf unsere Spuren. Ist das nicht wahr?«

»Es ist wahr.«

»Und zwei solche Freunde könntet ihr als Feinde behandeln?«

»Uff!« antwortete er unbestimmt und verlegen.

»Du bist ein kluger und tapferer Krieger und wirst also einsehen, was euch nützlich oder schädlich ist; ich kann also über diese unsere Zusammengehörigkeit schweigen. Hast du noch gestern abend mit deinen alten Kriegern gesprochen?«

»Ja.«

»Sie wissen also, was Winnetou dir gesagt hat?«

»Nicht nur sie, sondern auch alle andern Krieger wissen es.«

»Ah! Du hast also das Geheimnis allen mitgeteilt?«

»Ja.«

»Warum?«

»Sie mußten es alle wissen, damit kein einziger es an der nötigen Aufmerksamkeit fehlen lasse. Die Blutindianer müssen scharf beobachtet werden, denn wenn es sich herausstellt, daß sie wirklich die Mörder sind, sollen sie alle, alle festgenommen werden!«

»Aber bedenke, je mehr Leute es erfahren haben, desto größer ist auch die Gefahr, daß irgend einer durch eine Unvorsichtigkeit oder auch nur durch eine unbewachte Miene euern Verdacht verrät!«

»Ich habe sehr strengen Befehl gegeben, vorsichtig zu sein!«

»Dieser Befehl ist nicht leicht zu befolgen. Wirst du mir eine Frage beantworten, welche für mich wichtig ist?«

»Wenn die Beantwortung mir keinen Schaden thut, ja.«

»Du weißt, daß ich der Abgesandte der Squaw bin, welcher du den Brief geschrieben hast. Ich soll mit Nana-po, ihrem Manne, sprechen. Wo befindet er sich?«

»Wir haben ihn daheim im Lager unsers Stammes gelassen.«

»Du täuschest mich nicht?«

»Ich sage die Wahrheit. Oder hält Old Shatterhand mich für so unvorsichtig, einen solchen Gefangenen, zu dessen Bewachung mehrere Krieger gehören, auf meinen Kriegszügen mit herumzuschleppen?«

»Nein. Ich hoffe, daß ich ihn zu sehen bekomme!«

»Old Shatterhand soll ihn sehen und mit ihm sprechen.«

»Und nicht bloß das! Ich muß seine Freiheit von dir fordern.«

»Gegen die Zahlung der Gewehre?«

»Nein. Nun es sich herausgestellt hat, daß er unschuldig am Tode deiner Leute ist, kannst du kein Lösegeld verlangen. Du mußt ihm sogar alles, was du ihm abgenommen hast, auch die Felle, wieder herausgeben.«

»Uff! Old Shatterhand gebärdet sich so, als ob nicht ich, sondern er der Häuptling der Kikatsa sei!«

»Ich bin nur dein Freund und verlange nichts als Gerechtigkeit von dir. Ah, dort kommt Peteh! Er hat dich gesehen und scheint mit dir sprechen zu wollen.«

»Ja, er kommt. Mein Herz sträubt sich dagegen, freundlich zu sein mit diesem Hunde. Wirst du bei mir stehen bleiben?«

»Nein, denn wenn ich mit ihm zusammentreffe, könnte es leicht wieder Hiebe geben.«

Ich sah, mit welchen haßerfüllten Augen der Blutindianer mich betrachtete, indem er näher kam, und entfernte mich, aber langsam, daß es ja nicht aussehen sollte, als ob ich mich vor ihm fürchte.

Der Häuptling der Kikatsa ahnte gar nicht, wie eindrucksfähig er sich gegen mich verhalten hatte. Ich hätte ihn in meiner Hand ganz nach Belieben formen können. Er wollte es verschweigen, hatte aber einen heillosen Respekt vor uns. Auch war er vollständig davon überzeugt, daß Winnetou gestern abend die Wahrheit gesagt hatte, denn wenn er auch nur ein wenig noch im Zweifel gewesen wäre, hätte er Peteh jetzt nicht einen Hund genannt. Ich wußte, daß ich von ihm nichts Schlimmes zu erwarten hatte.

Ich saß dann mit Carpio und Rost vor unserer Hütte, doch nicht lange, so kam Yakonpi-Topa zu uns und sagte mir, daß Peteh die Beratung über uns für heut verlangt habe.

»Was soll ich ihm antworten?« fragte er mich.

Also, es war schon so weit zu unsern Gunsten gekommen, daß der Häuptling ohne mein Wissen keinen Bescheid geben wollte!

»Erst muß ich wissen, was du zu ihm gesagt hast,« erklärte ich.

»Ich teilte ihm mit, daß ich die Krieger, welche an der Beratung teilzunehmen haben, fragen und ihm dann einen Boten senden werde.«

»Das war richtig. Eigentlich müßten wir die Entscheidung so weit hinausziehen, bis deine Boten zurückgekehrt sind.«

»Sechs Tage? Das ist unmöglich!«

»Leider!«

»Er drohte, mit seinen Kriegern fortzuziehen, wenn wir uns weigerten, nach seinem Willen zu handeln.«

»Wir dürfen sie nicht fortlassen!«

»Nein; aber soll ich sie mit Gewalt festhalten?«

»Auch nicht. Es ist jeder Zwang, also jeder Kampf, zu vermeiden, wenigstens jetzt.«

»Was kann ich da thun?«

»Versuche, Zeit zu gewinnen!«

»Er wartet nicht; er will euern Tod, und zwar so bald wie möglich!«

»Versuch' es dennoch! Nur wenn es ganz unmöglich ist, ihn länger hinzuhalten, mußt du die Versammlung zusammenrufen. Ich werde doch auch geholt?«

»Warum du?«

»Weil ich auch sprechen will.«

»Das ist nicht nötig.«

»Nicht? Man muß jedem Angeschuldigten die Gelegenheit geben, sich zu verteidigen.«

»Ich werde für dich sprechen, und das wird so gut sein, als ob du selber redetest. Old Shatterhand ist kein gewöhnlicher Krieger, der sich vor so einem Hunde, wie dieser Blutindianer ist, zu verteidigen hat. Howgh!«

Er entfernte sich. Ich mußte lächeln, denn ich durchschaute ihn. Es war vorauszusehen, daß er Peteh gegenüber einen schweren Stand haben werde, und ich sollte nicht dabei sein, weil er es mich nicht merken lassen wollte, durch welche Verlegenheiten er sich hindurchzuwinden hatte.

Kurz vor Mittag kam er wieder, um mir zu sagen, daß Peteh nur bis zum Abend warten wolle. Und um diese Zeit erfuhr ich wieder von ihm, daß der Blutindianer nur noch bis morgen früh Geduld haben werde; er habe ein Howgh daraufgesetzt, daß er dann unbedingt mit seinen hundert Mann fortreiten werde, falls man da noch länger zögere, sein Verlangen zu erfüllen. Da war nun freilich nichts anderes zu beschließen, als ihm den Willen zu thun. Man konnte dann immer noch Zeit gewinnen, denn die Entscheidung des Rates der Alten war noch lange nicht gleichbedeutend mit der Ausführung des Urteilsspruches.

Also es stand nun fest, daß morgen früh über unser Schicksal beschlossen werden solle. Es war mir zwar gar nicht bange, aber man kann nie wissen, was der nächste Augenblick bringt, und so war es auch nicht unmöglich, daß sich bis dahin für uns ungünstige Eventualitäten einstellen konnten; ich hütete mich jedoch, meine Gefährten auf dergleichen Zufälle hinzuweisen; sie sollten ohne alle Beunruhigung sein. Der Tag verging, und wenn ich meine Schlüsse aus dem hochachtungsvollen Benehmen der Upsaroka's zog, brauchte ich keine Besorgnis zu hegen. Sie waren alle überzeugt, daß die Blutindianer die Mörder seien, und hielten da natürlich nicht zu diesen, sondern zu uns.

Carpio hatte sich seit gestern leidlich erholt; er behauptete, bloß meine Gegenwart genüge, ihn wieder gesund zu machen. Es machte dem lieben Kerl förmlich Spaß, daß die »Verwechslung« soweit getrieben werden sollte, daß für morgen eine Beratung über unser Leben auf dem schwarzen Brette stand. Ich störte natürlich die Fröhlichkeit nicht, die ihm dadurch bereitet wurde. Er schlief wieder die ganze Nacht hindurch.

Früh saßen wir, nachdem wir uns gewaschen hatten, so wie gestern vor der Thür, um da unser Frühstück zu verzehren und das Treiben des Lagers zu beobachten. Es war den Upsaroka's wohl anzusehen, daß etwas Wichtiges im Werke sei, und daß das uns betraf, zeigten die Blicke, welche verstohlen auf uns geworfen wurden. Wir aber waren heiter.

Da kam der Häuptling mit zwei Roten und forderte uns auf:

»Old Shatterhand und die beiden Bleichgesichter mögen sich in ihre Hütte begeben!«

»Warum?« fragte ich.

»Ihr müßt wieder gefesselt werden, denn die Beratung wird in kurzer Zeit beginnen.«

»*Well*, man binde uns!«

Ich weigerte mich natürlich nicht, denn ich mußte mein Wort halten; aber als mir die Hände zusammengebunden wurden, hielt ich sie so, daß, wenn ich sie später fester zusammenlegte, die Riemen nicht mehr fest schlossen; das gab mir die Möglichkeit, mich loszumachen. Uebrigens verfuhr man gar nicht so streng und sorgfältig, wie man es bei gefährlichen Leuten jedenfalls gethan hätte. Unsere Waffen wurden uns auch abgenommen, aber nicht fortgeschafft, sondern neben uns hingelegt. Die Art und Weise, wie man sich unserer Personen versicherte, war also keine trostlose für uns. Als man damit fertig war, sagte Yakonpi-Topa zu mir:

»Ich weiß, was meine alten Krieger denken; sie sind alle gegen euern Tod, aber Peteh wird darauf bestehen, euch am Marterpfahle sterben zu sehen. Weiß Old Shatterhand, was zu geschehen pflegt, wenn sich zwei solche Meinungen nicht vereinigen lassen?«

»Ja.«

»Er mag es sagen!«

»Das Urteil wird auf Zweikampf gefällt.«

»Würde Old Shatterhand damit einverstanden sein?«

»Ja.«

Er warf einen langen, ernsten Blick an meiner Gestalt herab und fuhr fort:

»Ich weiß, daß dich noch niemand hat besiegen können, und will dich nicht beleidigen; aber hast du den Körper des Häuptlings der Blutindianer betrachtet?«

»Ja.«

»Seine Arme sind wie die Pranken des Bären!«

»*Pshaw!* Mir ist noch kein Bär entkommen!«

»Und seine Hinterlist ist groß!«

»Die List eines Bären macht mir keine Sorge!«

»Er wird Waffen wählen, in denen er Meister ist!«

»Er wäre dumm, wenn er das nicht thäte!«

»Und eine Art des Kampfes, welche den Bleichgesichtern unbekannt ist!«

»*Pshaw!* In Beziehung auf die verschiedenen Arten des Kampfes habe ich auch eine rote Haut!«

»Old Shatterhand führt eine sehr zuversichtliche Sprache! Die Krieger der Upsaroka's würden sich freuen, wenn er ebenso zuversichtlich kämpfte! Hat er mir einen Wunsch zu sagen?«

»Nein. Nur zu eurem eigenen Besten will ich die Bemerkung machen, daß es geraten ist, den Zweikampf, falls er stattfinden soll, so weit wie möglich hinauszuschieben.«

»Das wird Peteh sich nicht gefallen lassen!«

»So thut, was er will; mir ist es gleich!«

»Uff! Was sollen wir sagen, wenn Peteh fordert, daß diese beiden andern Bleichgesichter auch kämpfen sollen?«

»Suche es dahin zu bringen, daß ich es für sie thun kann!«

»Ich werde es thun. Jetzt sind wir fertig. Es wird keine leichte und ruhige Beratung sein!«

Er ging. Als er fort war, fragte mich Carpio:

»Denkst du denn wirklich, daß es zu einem Zweikampfe kommt?«

»Da die Krähen für unser Leben sprechen werden, bin ich nun überzeugt, daß er nicht zu vermeiden ist.«

»Ein wirkliches Duell?«

»Ja, doch ein indianisches.«

»Auf Leben und Tod?«

»Ja.«

»Und das sagst du mit solcher Ruhe, als ob es sich darum handelte, eine Tasse Kaffee auszutrinken?! Lieber Sappho, was bist du doch für ein unbegreiflicher Mensch geworden! Denke dir, ein Duell, ein Duell! Wie sind wir früher vor Hochachtung förmlich zusammengesunken, wenn von ›Schmissen‹ die Rede war, und wie steigerte sich diese Hochachtung gar zur hellsten Bewunderung, wenn wir gar einmal jemanden sahen, der einen hatte! Und eine Indianermensur ist doch wohl gefährlicher?«

»Will es denken!« lachte ich.

»Höre, ich könnte an deiner Stelle vor Aufregung kaum Atem holen! Hast du denn gar, gar keine Angst?«

»Nein.«

»Bist ganz sicher, daß du den roten Kerl abführst?«

»Ja.«

Ich stellte mich natürlich zuversichtlicher, als ich war, denn ich durfte ihn doch nicht um mich bange machen. Dieses mein Selbstvertrauen erweckte das seinige in der Weise, daß er sich erkundigte:

»Höre, werden wir vielleicht zusehen dürfen?«

»Nicht nur dürfen, sondern sogar müssen! Die Mitgefangenen sollen alle mögliche Angst durchkosten; so ist es Brauch.«

»Ach, ich habe gar keine Angst um dich! Bitte, thu mir doch den Gefallen, mich als Sekundanten vorzuschlagen!«

»Sekundanten giebt es nicht.«

»Das ist schade, jammerschade! Ich hätte dich so gern gegen etwaige Niederträchtigkeiten beschützt. Da ich das nicht thun kann, will ich dir wenigstens einen guten Rat erteilen.«

»Welchen?«

»Er heißt: Nimm dich zusammen! Ja, zusammennehmen sollst du dich; ich meine es gut mit dir. Du bist zuweilen so zerstreut, so gedankenlos. Erinnere dich zum Beispiel an meine Sporen, die du in deine statt in meine Tasche gesteckt hattest. So eine Konfusion kann einem beim Duell das Leben kosten! Also gieb dir Mühe, und nimm dich zusammen! Wenn du das thust, habe ich keine Angst um dich, denn ich weiß, daß du, diese Schwäche abgerechnet, ein gewandter Kerl und kein Dummkopf bist. Welche Waffen wird man wohl wählen?«

»Das weiß ich noch nicht; jedenfalls solche, in denen Peteh mir überlegen zu sein glaubt. Lassen wir das für nachher. An den Kampf zu denken, ist noch Zeit, wenn er beginnt.«

»Das ist richtig; machen wir uns also jetzt noch keine Sorgen!«

Lieber, ahnungsloser Carpio! Wie ganz anders hätte er gesprochen, und was für ein ganz anderes Gesicht hätte er gemacht, wenn er gewußt hätte, was es für einen ehemaligen Gymnasiasten heißt, nur mit einem gewöhnlichen Roten und nun gar mit diesem herkulisch gebauten Häuptling der Blutindianer auf Tod und Leben loszugehen! Rost hatte natürlich mehr Verständnis dafür. Er warf mir besorgte Blicke zu; ich winkte ihm aber, still zu sein, und so schwieg er.

Es vergingen über zwei Stunden. Die Verhandlung verlief, wie ja vorauszusehen gewesen war, in sehr stürmischer Weise. Endlich kamen vier Krieger, welche mir mitteilten, daß sie mich vor die Versammlung zu bringen hätten. Der Häuptling kam diesesmal nicht selbst, weil sich das nicht mit seiner Würde hätte vereinigen lassen. Die Füße wurden mir losgebunden, so daß ich gehen konnte, dann nahmen mich die vier in ihre Mitte.

Man hatte die Beratung hinaus vor das Lager an den Bach verlegt. Da saß Yakonpi-Topa mit den ältesten seiner Krieger, ihm gegenüber Peteh mit Innua Nehma, seinem alten Vertrauten. Um diese herum hatte sich ein Kreis sitzender Indianer gebildet, welcher von einem noch weiteren Kreise stehender Krieger eingeschlossen wurde. Ich wurde in den innern geführt und sah sofort, daß Peteh sich in großer Aufregung befand. In seinen Augen loderte förmlich ein Feuer von Haß und Wut. Der Gefangene hat natürlich aufrecht stehen zu bleiben; das fiel mir aber nicht ein. Sobald meine Begleiter von mir zurückgetreten waren, schritt ich so weit vor, daß ich die zwei Häuptlinge zu meinen Seiten hatte, und setzte mich da nieder. Kaum war das geschehen, so stieß Peteh einen Schrei, nicht des Zornes, sondern des kaum zu bezähmenden Grimmes aus und brüllte:

»Auf mit diesem räudigen Hunde, auf, auf mit ihm; er hat auf seinen Pfoten stehen zu bleiben!«

Ich that natürlich, als ob ich diese Worte gar nicht hörte. Der Häuptling der Kikatsa hatte als Vorsitzender die Pflicht, mich auf meine Kühnheit aufmerksam zu machen. Er sagte zu mir:

»Old Shatterhand darf nicht vergessen, weshalb er sich hier befindet! Er hat stehen zu bleiben!«

Ich warf einen langen, prüfenden Blick im Kreise herum und sah, daß die Upsaroka's sich über mein Verhalten freuten, weil es den Blutindianer so ärgerte; darum antwortete ich ruhig:

»Wer hat jemals gewagt, mir einen solchen Befehl zu geben? Wo giebt es einen Menschen, der mir befehlen darf, stehen zu bleiben, wenn ich mich setzen will?«

»Ich befehle es, ich!« schrie mich Peteh an.

Ich ließ ihn unbeachtet, sah den Kikatsa verwundert an und fragte ihn:

»Was ist das für eine Stimme, welche ich höre? Ich habe bisher geglaubt, daß nur ernste, bedächtige Männer beim Feuer der Beratung sitzen dürfen; hier aber klingt eine Stimme wie die eines zornigen Büffelkalbes. Duldet Yakonpi-Topa, der Häuptling der Kikatsa-Upsaroka's, eine solche Sprache in der Versammlung seiner weisen und erfahrenen Männer? Ob Old Shatterhand sitzen oder ob er stehen will, das kommt doch nur auf ihn allein an. Wie kann man darüber die Ruhe verlieren, welche der größte Schmuck im Gesichte jedes Kriegers ist!«

Peteh mußte sich tief beschämt fühlen. Er zwang sich, in möglichst ruhigem, stolzklingendem Tone zu sagen:

»Uff! Mag er jetzt sitzen oder stehen! ich sehe es nicht; ich werde ihn dafür dann mit solcher Gewalt niederschmettern, daß er für immer liegen bleibt!«

Nun ergriff Yakonpi-Topa, ohne mich wieder zum Aufstehen aufzufordern, das eigentliche Wort:

»Old Shatterhand ist uns von den Kriegern der Blutindianer, denen er in die Hände fiel, ausgeliefert worden, damit wir über das, was mit ihm zu geschehen hat, beraten sollen. Die weisen Männer des Stammes sind zusammengetreten und haben folgendes beschlossen: Old Shatterhand ist stets ein Freund der Upsaroka's gewesen; darum darf ihm von ihnen nichts geschehen; er und die beiden Bleichgesichter sind frei; sie können gehen, wohin sie wollen, und sie dürfen alles nehmen und behalten, was ihnen gehört. Aber Peteh, der Häuptling der Blutindianer, welcher ihn gefangen genommen hatte, fordert sein Leben und ihr Leben, und geht nicht von diesem seinem Willen ab. Die Krieger der Upsaroka's können ihn nicht hindern, es ihnen zu nehmen, wenn er kann. Darum ist beschlossen worden, daß er mit ihnen kämpfe, erst mit Old Shatterhand und dann mit den beiden Bleichgesichtern. Peteh hat verlangt, daß ein Sti-i-poka stattfinde, ein Kampf auf Leben und Tod, und es ist ihm gestattet worden. Er hat zu bestimmen, welche Waffen genommen werden sollen und aus wieviel Teilen das Sti-i-poka bestehen soll. Stattfinden wird der Kampf heut, eine Stunde, bevor die Sonne untergeht. Die Bedingungen müssen vorher besprochen werden, und die Krieger der Upsaroka's werden dafür sorgen, daß nichts gegen das geschieht, was ausgemacht worden ist. Peteh, der Häuptling der Blutindianer, mag sagen, ob ich richtig gesprochen habe!«

Nach dieser an ihn gerichteten Aufforderung stand Peteh auf, nahm die stolzeste Haltung an, welche ihm möglich war, machte eine verächtliche Gebärde zu mir her und antwortete:

»Ich bin Peteh, der berühmte Kriegshäuptling der Blutindianer, und noch nie von einem Feinde überwunden worden. Ich habe bisher nur mit starken, mutigen Feinden gekämpft; heute aber zwingt man mich, mich an einem feigen Coyoten zu vergreifen, denn wenn ich das nicht thäte, so würde man ihn laufen lassen, und er würde die Räude, an der er stinkt, überall verbreiten, wohin er kommt. Ich werde ihn darum mit einem einzigen Griffe meiner Hand erwürgen und dann seinen Kadaver den Geiern vorwerfen. Seinen Begleitern, welche weder bellen noch beißen können, wird dann dasselbe geschehen. Ich habe gesprochen, Howgh!«

Er setzte sich wieder nieder, und nun richtete Yakonpi-Topa an mich die Aufforderung:

»Old Shatterhand hat die Worte seines Gegners gehört; er mag nun auch sprechen!«

Es ist erwähnt worden, daß mir die Riemen nur locker um die Hände gebunden worden waren. Während Peteh sprach, war es mir gelungen, die eine Hand aus der Schlinge zu ziehen, wodurch die andere selbstverständlich auch frei wurde. Ich nahm also jetzt die beiden Hände vor, stand auf, warf den Riemen weg und sagte:

»Sprechen soll ich? *Pshaw!* Old Shatterhand pflegt in Thaten zu reden. Eine Stunde vor Untergang der Sonne werde ich am Platze sein. Howgh!«

Ich wendete mich ab, um den Beratungsort zu verlassen. Da sprang Peteh schnell auf und rief:

»Wer hat diesem Hunde erlaubt, seine Fesseln wegzuwerfen? Er werde sofort wieder gebunden!«

Yakonpi-Topa wurde durch diese Aufforderung in Verlegenheit gebracht; das sah ich ihm an. Ich hätte eigentlich bis zum Beginne des Zweikampfes gebunden bleiben sollen; er aber getraute sich nicht, mir das zuzumuten, nun da ich mich doch einmal freigemacht hatte. Ich nahm mich darum seiner Verlegenheit an, indem ich an seiner Stelle antwortete:

»Es ist von den Kriegern der Upsaroka's beschlossen worden, daß ich frei sein soll; nun wohl, ich bin frei! Kein Upsaroka wird die Absicht haben, gegen diesen Beschluß zu handeln. Wenn es aber ein Blutindianer wagen wollte, die Bestimmung der alten, weisen Krieger zu brechen, so komme der heran und versuche, mir die Fesseln wieder anzulegen! Da liegt der Riemen, und hier sind meine Hände! Wer hat den Mut dazu? Ich bin bereit!«

Keiner rührte sich.

»Uff, so mag der Coyote einstweilen ohne Riemen laufen!« rief der Häuptling der Blutindianer. »Ich selbst würde ihn wieder binden, aber dies ist mir versagt, denn er würde dabei unter meinen Fäusten sterben, und das darf doch erst am Nachmittag geschehen!«

Was er weiter sagte, hörte ich nicht, weil ich jetzt fortging. Der Doppelkreis der Roten öffnete sich mir, und keiner machte den Versuch, mich zurückzuhalten. Ich ging natürlich direkt nach unserer Hütte, um Carpio und Rost loszubinden, denn wenn ich frei war, durften sie auch nicht gefesselt sein. Sie wollten natürlich alles ganz genau wissen; ich teilte ihnen aber nur soviel mit, wie ich sagen konnte, ohne sie zu beunruhigen.

Der Vormittag und auch der Mittag verging, ohne daß der Häuptling sich sehen ließ. Wir spazierten, um uns die Zeit zu vertreiben, im Lager umher und wurden überall wohlaufgenommen. Man ließ mit Absicht so laut, daß wir sie hören mußten, Worte und Redensarten über die Blutindianer fallen, welche uns überzeugen sollten, daß die Sympathie der Krähen auf unserer Seite sei. Es bedarf wohl keiner Versicherung, daß alle Gedanken auf den zu erwartenden Kampf gerichtet waren. Es herrschte seinetwegen eine mehr als ungewöhnliche Aufregung im Lager.

Der Indianer pflegt den Kampf als Uebung und im Spiel; er muß sich auf den Fall des Ernstes vorbereiten, um dann, wenn es gilt, bestehen zu können. Der rote Krieger ist um so angesehener und geachteter, je mehr Feinde er besiegt hat; sogar sein Himmel bietet ihm nicht ewigen Frieden, sondern steten

Kampf und Sieg. Wenn zwei unerwachsene Knaben miteinander ringen, stehen die Alten dabei, um sie anzufeuern. Es kommt im Kriege zwischen zwei Stämmen nicht selten vor, daß alle, Freunde und Feinde, für einige Zeit die Waffen sinken lassen und friedlich nebeneinander stehen, um den Einzelkampf zweier hervorragender Krieger, welche zusammengeraten sind, zu beobachten. Der Ausgang desselben wird noch nach Jahren mit einem Eifer und einer Sachkenntnis besprochen, als ob die That erst gestern geschehen sei. Und nun denke man sich ein Sti-i-poka zwischen Peteh und Old Shatterhand, einen Kampf auf Leben und Tod zwischen dem büffelstarken, noch nie besiegten Häuptling der Blutindianer und dem weißen Jäger Shatterhand, von dem auch noch kein Gegner hatte sagen können, daß er ihm überlegen gewesen sei! Man wendete die Chancen so fleißig und bedächtig hin und her, man wog sie so sorgfältig ab, als ob es sich dabei um das Leben aller Upsaroka's handele. Auf der Seite Petehs war die rohe, ungefüge Körperkraft, die Wucht des Angriffes und die voraussichtliche Ueberlegenheit in der Ausdauer; denn Muskeln und Sehnen, wie er besaß, konnten stundenlang angestrengt werden, ohne zu ermatten. Auf meiner Seite glaubte man die größere Gewandtheit, Erfahrung und Uebung betonen zu müssen, die Umsicht, die jeden Griff berechnet, und die Geistesgegenwart, die jeden sich bietenden Vorteil blitzschnell zu erfassen weiß. Ihm standen, kurz gesagt, die physischen Vorteile, mir die größere Intelligenz zur Verfügung; so dachte man. Wer da obsiegen und wer unterliegen werde, das war gar nicht vorauszusagen. Da die Krähen mir den Sieg wünschten, so bedauerten sie lebhaft, daß Peteh die Waffen und die Art und Weise des Kampfes anzugeben hatte; es verstand sich ja von selbst, daß er nur zu seinem eigenen Nutzen wählen und bestimmen werde. Man meinte, ich sei, wenn auch zehnmal Old Shatterhand, doch immer nur ein Bleichgesicht und könne in der Führung indianischer Waffen und in der Kampfesweise der Roten nicht so bewandert sein, wie ein Indsman, dem Pfeile, Messer und Tomahawk förmlich zu Händen und Fingern geworden sind.

Diese Betrachtungen hatten eine Spannung zur Folge, welche immer größer wurde und um so peinlicher war, je länger es dauerte, bis Peteh sich herbeiließ, seine Bestimmungen laut werden zu lassen. Was mich persönlich betrifft, so stimmte ich im stillen teils den angegebenen Meinungen bei, teils aber auch nicht. In der Führung indianischer Waffen war Winnetou mein Lehrmeister gewesen; mehr brauche ich nicht zu sagen. Er hatte mir bisher stets ein gutes Zeugnis gegeben, und so fiel es mir gar nicht ein, mich vor irgend einem Indianer zu fürchten. Auch kommt es nicht auf die Masse der Muskeln an, oder deutlicher gesagt, wie groß die Muskelklumpen sind, sondern auf ihre Uebung, Stählung und Härtung. Ein gut trainierter Körper, dessen Muskelsystem sorgfältig geübt und harmonisch ausgebildet wurde, ist auf alle Fälle zuverlässiger, als ein Gebäude von wenn auch noch so kräftigen Fleischteilen, welche entweder gar nicht oder nicht richtig geschult worden sind. Ein hagerer Mann wirft oft einen scheinbaren Herkules zu Boden. Und es giebt andere, wichtige Körperteile, wie z. B. das Herz, die Lungen, auf deren Leistungen selbst Löwen- oder Bärenmuskeln sehr mit angewiesen sind. Von den Sehnen und Knochen will ich gar nicht sprechen; sie gehören aber auch dazu. Der Hauptvorteil, welchen ich besaß, war meine Ruhe, jene unerschütterliche Ruhe, die mich selbst in den schlimmsten Lagen nicht verlassen hat, ja, die sogar mit der Größe der Gefahr zu wachsen pflegte. Mein Herz that keinen einzigen Schlag mehr als gewöhnlich; mein Kopf war frei, mein Auge klar und meine Stimmung von genau so unbeirrter Heiterkeit, als ob nicht ein gefährliches Sti-i-poka, sondern ein Ereignis ganz anderer Art, vielleicht eine Geburtstagsfeier, auf mich warte. Diese Kaltblütigkeit, welche durch nichts zu erschüttern war, hatte mich schon manchem Gegner überlegen gemacht und mich glücklich aus Fährlichkeiten geführt, welche ich ohne sie sicher nicht bestanden hätte. Ich besitze sie heute noch in demselben Maße wie früher; es kann mich nichts aus der Fassung bringen. Es ist eine ganz eigene Sache um diese Ruhe; ich weiß nicht, ob sie eine Folge meines Selbstvertrauens oder ob dieses eine Folge von ihr ist, oder ob sie beide so innig zusammengehören, daß sie ein Ganzes bilden und gar nicht voneinander zu trennen sind.

Die Zeit war nahe herangekommen, und die Indianer begannen sich allmählich nach dem Platze zu begeben, der für den Zweikampf ausersehen worden war. Da endlich kam Yakonpi-Topa; er war bei Peteh gewesen und konnte mir nun die Bedingungen mitteilen. Es waren folgende:

Da wir drei Personen waren, nämlich ich, Carpio und Rost, sollten drei Gänge ausgefochten werden. Wenn ich getötet wurde, hatten die beiden andern weiterzukämpfen. Wurde Peteh getötet, was er aber für ganz ausgeschlossen hielt, so waren zwei Blutindianer bestimmt, welche nach ihm einzutreten hatten. Die Gänge waren bezeichnet als: erstens Faust- und Würgkampf am Baume, zweitens Nahekampf mit je einem Tomahawk, drittens Fernkampf mit je zwei Tomahawks. Wie dummschlau Peteh sich das ausgedacht hatte!

Zum Kampf am Baume sollten folgende Vorbereitungen getroffen werden. Auf dem dazu bestimmten Platze standen mehrere einzelne, starke Bäume. An einen derselben sollten wir, einer hüben und der andere drüben und mit den Gesichtern gegen einander, so gebunden werden, daß uns die Riemen oben unter den Armen hindurch und unten über die Hüften gingen. Eine Waffe gab es nicht. Es galt, den Gegner bloß mit den Händen zu besiegen. Das hatte Peteh sich ausgedacht, weil er überzeugt war, bei seiner großen Körperstärke sei es ihm leicht, mich durch einen Griff um den Hals zu erwürgen oder durch das Festpressen an den Baumstamm zu ersticken. Wir hatten ja die Hände frei; wenn er seine Arme um den Baum und um mich schlang, konnte er seine ganze Kraft entwickeln. In dem Augenblick, in welchem ich dies durchschaute, wußte ich, daß er mir nichts anhaben würde. Er hatte meinen Jagdhieb nicht mit in Berechnung gezogen.

Die Tomahawks hatte er gewählt, wohl weil er glaubte, mir in dieser Waffe überlegen zu sein; aber Winnetou war ein Meister in allen darauf bezüglichen Finessen und hatte nicht eher geruht, als bis sie auch mir geläufig geworden waren. Hätte mich etwas besorgt machen können, so wäre es der

Umstand gewesen, daß ich seit längerer Zeit kein Indianerbeil in der Hand gehabt hatte und also aus der Uebung gekommen war. Als ich die Mitteilung des Häuptlings so ruhig hinnahm, wie er nicht erwartet hatte, erkundigte er sich:

»Old Shatterhand sagt nichts dazu. Ist er nicht besorgt um sich?«

»Nein,« antwortete ich.

»Peteh will dich erwürgen!«

»Er mag es versuchen!«

»Du bist als Bleichgesicht nicht so fertig mit dem Tomahawk wie er!«

»*Pshaw!* Er kann noch von mir lernen!«

»Uff! Täuschest du dich nicht?«

»Nein. Freilich dürfte ich keine schlechte Waffe haben, denn wenn sie mir in der Hand zerspränge, wäre ich zwar noch immer nicht verloren, denn ich würde meine Faust gegen sein Beil setzen, aber er befände sich doch in großem Vorteile gegen mich.«

»Die Krieger der Upsaroka's wollen Old Shatterhand als Sieger sehen; darum sollst du die zwei besten Tomahawks bekommen, welche der Stamm besitzt. Weißt du, welche Eigenschaften ein gutes Kriegsbeil haben muß?«

»Ja. Der Stiel muß genau so schwer sein wie das Blatt und ebenso genau dreimal länger als seine Schneide. Ist das richtig?«

»Ja, es ist richtig, denn nur wenn die Schwere und die Länge in dieser Weise stimmen, kann man mit dem Tomahawk krumme Bogen werfen, wodurch man den Feind irre macht. Ich höre, daß Old Shatterhand die Verhältnisse des Beiles kennt. Wenn er es auch so gut zu handhaben versteht, kann er mit dem Leben davonkommen. Wann hat er zum letztenmal mit dieser Waffe gefochten? Ist es lange her?«

»Ja.«

»So mag er schnell, ohne daß jemand es sieht, eine Probe machen!«

»Wo?«

»Er mag sein Pferd nehmen und mit mir kommen!«

Yakonpi-Topa holte die beiden Tomahawks, und dann ritten wir aus dem Lager fort, durch den Wald und dann nach dem freien Wiesenstreifen, den ich von meinem Parforceritte her kannte. Dort stiegen wir ab. Der Pferde hatten wir uns bedient, weil es schnell gehen mußte, denn wir hatten nur wenig Zeit übrig. Ich nahm einen Baum als Ziel und warf erst einigemal auf gewöhnliche Weise; es gelang aber so, daß der Häuptling ausrief:

»Uff! Besser kann ja ich es nicht! Old Shatterhand kann sich mit dem Tomahawk vor jedem roten Krieger sehen lassen!«

»*Pshaw!* Das war bis jetzt keine Kunst. Jetzt aber will ich dir zeigen, wie ich Peteh täuschen und treffen werde. Ich werfe die Tomahawks so schnell hintereinander, daß nur ein Augenblick dazwischenliegt; er wird zur Seite springen, um dem ersten auszuweichen, und grad dadurch dem zweiten in die Schärfe rennen.«

»Und wenn er aber auf die andere Seite ausweicht?«

»Das thut er nicht, denn ich werfe nicht hohen, sondern Seitenbogen; dadurch wird er getäuscht und wendet sich nach der Seite, nach welcher ich ihn haben will. Außerdem werde ich auch noch auf andere Weise versuchen, ihn nach dieser Seite zu zwingen.«

»Wie?«

»Es stehen Bäume auf dem Kampfplatze. Wie groß soll der Abstand zwischen uns im Fernkampf sein?«

»Sechzig Schritte.«

»So werde ich mich sechzig Schritte weit von einem dieser Bäume aufstellen, sodaß Peteh neben ihm zu stehen kommt. Er kann also nicht nach der Seite, wo der Baum steht, sondern nur nach der andern ausweichen.«

»Uff, das ist klug!«

»Und nun paß auf! Diese Lichtung ist hier gegen siebzig Schritte breit; drüben stehen zwei Ahorne fünf Schritte weit nebeneinander. Ich will sie beide treffen, und zwar in der Höhe, wie Petehs Schultern liegen. Jetzt!«

Als der Häuptling vom »im krummen Bogen werfen«

sprach, meinte er den Effektwurf, welcher große Uebung und Geschicklichkeit erfordert. Man giebt dem Tomahawk durch Drehung mit der Hand den betreffenden Effekt, wie man beim Kegelschieben eine Bogenkugel dreht; er bekommt dadurch eine doppelte Bewegung, eine Vorwärts- und eine Seitenbewegung, welche beide genau nach dem Ziele abzupassen sind. Wie man es fertig bringt, daß er sich unterwegs nach Belieben hebt und wieder senkt oder gar nach Bumerangart eine retrograde Richtung nimmt, das kann man nur zeigen, aber leider nicht beschreiben.

Die beiden Tomahawks flogen schnell nacheinander aus meiner Hand und blieben drüben in den Ahornen stecken.

»Uff!« rief der Häuptling, als wir hinüberkamen, um sie herauszuziehen. »Wenn Peteh hier gestanden hätte, wäre er ganz gewiß getroffen worden! Old Shatterhand wirft viel, viel besser, als ich es kann. Er wird jetzt heimlich über mich lachen, daß ich geglaubt habe, er verstehe sich auf den Tomahawk nicht so gut wie der Häuptling der Blutindianer! Will er es noch einmal versuchen?«

»Nein; es ist nicht nötig, und wir haben auch keine Zeit, länger hier zu bleiben. Ich glaube, man wird schon auf uns warten.«

Wir ritten zurück und sahen, daß allerdings schon fast das ganze Lager leer geworden war. Die Roten hatten sich nach dem Kampfplatze begeben, und wer sich noch nicht dort befand, der war wenigstens schon unterwegs. Ich band mein Pferd an und holte Carpio und Rost, welche dabei sein mußten, doch sagte ich ihnen nichts davon, daß sie, falls ich besiegt würde, den Kampf fortzusetzen hatten.

Die Roten hatten einen weiten Kreis um den Baum gebildet; die alten Mitglieder der Beratung saßen in der Mitte dieses Ringes. Wir setzten uns zu ihnen. Peteh war noch nicht da. Gesprochen wurde bei uns nicht, denn das wäre nicht schicklich gewesen. Aber die gewöhnlichen Krieger unterhielten sich umso lebhafter mit einander. Ihre Spannung konnte kaum größer werden, als sie war.

Endlich kam Peteh als der letzte von allen. Er setzte sich gar nicht erst nieder, sondern warf den Jagdrock und das Jagdhemde ab, so daß sein Oberkörper und die Arme vollständig entblößt waren, und hielt eine lange Posaunenrede über seine Körperstärke, Geschicklichkeit und seine Heldenthaten, welche darauf berechnet war, mir Angst zu machen. Allerdings, wenn man diese kolossale Brust und diese massigen Arme sah, hätte es einem wirklich bange werden mögen, mir aber nicht!

Meine Gefährten verstanden kein Wort von dieser Rede. Carpio fragte mich leise und besorgt:

»Mit diesem Riesen sollst du kämpfen?«

Ich nickte.

»Höre, der zerquetscht dich doch, wie man einen faulen Apfel zerdrückt!«

Ich schüttelte den Kopf und winkte ihm, zu schweigen.

Als Peteh seinen Speech beendet hatte, erwartete man von mir auch eine Rede nach Indianerart. Ich stand auf und sagte:

»Ich bin bereit. Wie lange soll gekämpft werden?«

»Bis einer von beiden ganz tot ist oder liegenbleiben würde, wenn er nicht an den Baum gebunden wäre,« antwortete Yakonpi-Topa.

»So ist es gar nicht nötig, daß ich mich auch erst entkleide. Der Kampf wird beendet sein, noch ehe er recht angefangen hat. Bindet uns an!«

»Nein,« rief Peteh. »Dieser weiße Hund will die Kleider anbehalten, um von ihnen beschützt zu sein. Er muß sie auch ablegen!«

Natürlich mußte ich es nun thun. Dann stellten wir uns zu beiden Seiten des Baumes auf, die Gesichter gegen einander gerichtet, und hoben die Arme, um die Riemen unter ihnen hindurchziehen zu lassen. Peteh blitzte mich dabei mit wütenden Augen an; ich beachtete es nicht. Da spuckte er auf mich; ich wendete aber den Kopf, so daß er mich nicht traf. Als wir festhingen, traten die Roten, welche uns angebunden hatten, zurück. Aller Augen waren auf uns gerichtet. Wir durften uns nun nicht eher bewegen, als bis der Häuptling der Kikatsa das Zeichen dazu gab.

Peteh wartete mit größter Ungeduld darauf; ich machte ein

sehr gleichgültiges Gesicht. Es war mit größter Sicherheit zu erwarten, daß er beabsichtigte, mir keine Zeit zu lassen, meine Arme zu erheben, sondern die seinigen sofort herüberwerfen und um mich schlingen werde. Ich legte den rechten Daumen als federndes Glied in die Faust und wartete.

Da ertönte der Ruf Yakonpi-Topas, und was ich erwartet hatte, das geschah: Peteh hob blitzschnell die Arme; aber ebenso schnell bekam er von mir einen von unten herauf geführten Hieb in die linke Achselhöhle, die ohne Deckung war. Sein Arm sank steif herab, und im nächsten Augenblicke flog ihm meine Faust an die Schläfe, daß ihm der Kopf auf die rechte Schulter fiel. Ich hörte einen kurzen, pfeifenden Atemzug; die Augäpfel verdrehten sich im Krampfe; dann sanken die Lider herab.

»Ich bin fertig; bindet uns los!« rief ich in befehlendem Tone.

Es herrschte tiefe Stille ringsumher; kein einziger Ruf, kein Laut war zu hören. Die Schnelligkeit, mit welcher dieser erste Gang beendet worden war, hatte alle verblüfft. Der Häuptling der Kikatsa stand auf, kam herbei und untersuchte Peteh.

»Uff!« rief er dann aus. »Die Faust Old Shatterhands fällt wie ein Fels vom Berge nieder. Der Häuptling der Blutindianer ist tot. Nehmt beiden die Riemen ab!«

»Er ist nicht tot,« entgegnete ich. »Hätte ich ihn erschlagen, müßte ich mit gewöhnlichen Blutindianern weiterkämpfen; da aber Old Shatterhand sich nur mit Häuptlingen messen darf, habe ich ihn bloß betäubt, doch nicht erschlagen. Ist die Bedingung dieses Kampfes erfüllt?«

Als die Riemen weggenommen wurden, fiel Peteh wie ein Sack zu Boden; darum antwortete der Häuptling der Kikatsa:

»Ja, sie ist erfüllt, denn Peteh liegt hier und kann sich nicht bewegen. Old Shatterhand hat gesiegt!«

»Uff, uff, uff!« klang es aus fünfhundert Kehlen; die Blutindianer aber standen stumm. Ich ging an meinen Platz zurück und setzte mich dort nieder.

»Gott sei Dank, daß es glücklich vorüber ist!« sagte Rost. »Ich habe eine Riesenangst ausgestanden!«

»Ich nicht!« lachte ich.

»Wirklich nicht? Wirklich? Dieser Mensch hat ja Arme wie Elefantenbeine! Als Sie mit ihm zusammengebunden wurden, Mylord, sagte mir meine innere Stimme, daß wir Sie hier begraben würden. Ist es denn wirklich möglich, daß in Ihrer kleinen Hand ein so fürchterlicher Hieb stecken kann?!«

»Diese Kraft hatte er schon früher,« erklärte Carpio; »er zeigte sie aber nur selten einem Menschen. Wird weitergekämpft?«

»Ja, mit Tomahawks,« antwortete ich.

»Kannst du das?«

»Ja. Du brauchst keine Sorge zu haben.«

»Ich habe auch wirklich keine um dich, gar keine. Wenn du deine Gedanken zusammennimmst und keine Kopflosigkeit begehst, wird alles gut. Hüte dich nur vor Zerstreutheiten und Verwechslungen!«

Die gute Meinung, welche er von mir hatte, war wirklich rührend. Es war ihm gar nicht bewußt, was hier alles auf dem Spiele stand. Rost war einsichtsvoller; er hatte nicht geringe Angst; ich bat ihn aber durch einen bezeichnenden Blick, nichts zu sagen.

Bald kam wieder Leben in Peteh; ich wendete mich ab und sah ihn gar nicht an. Dann stand er hinter mir und hielt zu seiner Verteidigung eine prahlerische Rede, in welcher er erklärte, daß er im zweiten Kampfe mir um so sicherer den Kopf bis zur Schulter herab auseinanderspalten werde; meinen Fausthieb könne ich zum zweitenmal nicht bei ihm anbringen, und er verlange, daß man den zweiten Gang sofort beginnen lasse.

Yakonpi-Topa war damit einverstanden und gab mir seinen Tomahawk. Diese Waffe war ein vorzüglich geschliffener mexikanischer Glasachat von der sehr harten und schwer zerbrechlichen Art, die durch kleine, weiße Sanidinkrystalle ausgezeichnet ist. Ich konnte damit einen Krafthieb wagen, ohne befürchten zu müssen, daß der Obsidian in Stücke gehen werde. Wenigstens konnte ich die beruhigende Ueberzeugung hegen, daß Petehs Tomahawk nicht besser als dieser sei.

Der Platz wurde nun bestimmt, auf dem wir uns einander gegenüberzustellen hatten. Auch jetzt sollte so lange gekämpft werden, bis einer von beiden so liegen blieb, daß er nicht wieder aufstehen konnte. Ich war schlimm daran, weil ich das Leben meines Gegners schonen mußte und ihn auch nicht so verwunden durfte, daß er kampfunfähig wurde, denn ich hatte gesagt, daß ich nur mit Häuptlingen kämpfen könne, und sah mich also gezwungen, ihn mir bis zum dritten Gange aufzuheben.

Man zeichnete auf dem Rasen einen zehn Schuh im Durchmesser haltenden Kreis, aus dem wir nicht heraustreten, innerhalb dessen wir uns aber nach Belieben bewegen durften. Gestattet war beides, der Hieb und auch der Wurf.

Daß der letztere erlaubt war, machte diesen Gang ungemein gefährlich. Man denke, daß einem ein Schlachtbeil aus einer Entfernung von höchstens zehn Fuß mit aller Kraft an den Kopf oder den Leib geworfen wird, und zwar so, daß es mit einer Ecke der Schärfe oder auch der ganzen Schärfe auftreffen muß! Das kann nur eine fürchterliche Wunde geben, wenn nicht gar sofort der Tod eintritt! Freilich hat der Wurf den großen, unausgleichbaren Nachteil, daß, wenn er pariert oder ihm geschickt ausgewichen wird, die Waffe dann verloren ist; man wird sich also nur dann dazu entschließen, wenn man die vollständige Ueberzeugung des Gelingens besitzt. Ich war entschlossen, darauf zu verzichten. Was Peteh thun würde, das mußte ich abwarten.

Er schritt nicht in den Kreis, sondern er sprang hinein, drehte sich mehreremal um sich selbst, schwang dabei den Tomahawk und schrie, daß ich nur schnell kommen möge; er könne es nicht länger erwarten, mein Blut zu sehen. Ich ging langsam hin und trat über den Strich, der mit Messern gezogen worden war. Grad weil er gesagt hatte, daß mir mein Hieb nicht wieder gelingen werde, sollte er ihn zum zweitenmal bekommen; ich hatte den Tomahawk also in der linken Hand. Peteh sah das und wartete, daß ich ihn in die rechte nehmen werde; als ich das nicht that, stieß er ein lautes Gelächter aus und rief:

»Dieses weiße Stinktier weiß noch nicht, wie ein Tomahawk anzufassen ist! Es wird auch keine Zeit finden, diese Kunst zu lernen, denn ich werde es sofort zu Boden schlagen!«

Viele der Zuschauer hatten jedenfalls gedacht, daß wir uns nach Indianerart erst lange Zeit um einander herumschleichen und sie also auf den ersten Hieb zu warten haben würden; aber dazu war Peteh zu ungeduldig. Er sprang, noch ehe er das letzte Wort ausgesprochen hatte, blitzschnell auf mich ein, holte zu einem tödlichen Schlage aus und – – stürzte zu Boden, denn ich hatte mich ebenso rasch gebückt, war ihm unter dem Arme hindurchgeschnellt, so daß sein Beil die Luft durchsauste, und rannte ihm dabei mit der Schulter das eine Bein vom Boden weg. Durch diesen Stoß und die Kraft, welche er in den Hieb gelegt hatte, kam er zum Fall, und ehe er nur zu dem Versuche kam, sich wieder aufzurichten, schlug ich ihm die Faust zweimal an den Hinterkopf, sodaß er liegen blieb. Dann trat ich wieder aus dem Kreise heraus, kehrte an meinen Platz zurück und setzte mich dort, ohne ein Wort zu sagen, nieder.

Ganz wie vorhin war jetzt wieder zunächst alles still. Daß Anfang und Ende des Kampfes auf kaum eine Minute gefallen waren, das wollten die Roten nicht begreifen, denn der Indianer ist gewöhnt, den Zweikampf so lange wie möglich hinauszuziehen, ungefähr wie man eine Delikatesse nicht hinunterschlingt, sondern langsam und mit Genuß verzehrt. Als sie aber sahen, daß Peteh sich nicht bewegte, gaben sie ihren Beifall umso lauter zu erkennen; die Blutindianer blieben natürlich still. Yakonpi-Topa stand auf, sah mir eine Weile still in das Gesicht und sagte dann:

»Uff! Das ist ja gar kein Kampf mit den Tomahawks gewesen!«

»Soll er etwa nicht gelten?« fragte ich schnell.

»Er gilt! Er müßte eigentlich dreifach gelten, denn es ist noch nie gesehen worden, daß ein Krieger sich in dieser Weise eines solchen Beilangriffs zu erwehren vermochte!«

»*Pshaw!* Dieser Häuptling der Blutindianer hat zwar einen

großen Mund und ist im Reden stark; alles andere an ihm aber ist klein und schwach. Es ist der Mühe nicht wert, von ihm zu sprechen!«

»Ja, wer in dieser Art mit den Fäusten spricht, wie du, der braucht keine Worte zu machen!«

Er ging nach der Walstatt, um die sich jetzt so viele Indianer drängten, daß ich Peteh nicht mehr liegen sehen konnte. Da ich von keinem andern in Anspruch genommen war, ergriff Rost die Gelegenheit, mir kopfschüttelnd zu sagen:

»Mylord, ich komme aus dem Erstaunen gar nicht heraus. Schon die Situation am Baume sah so hochgefährlich aus und endete doch auf eine kinderleicht scheinende Weise, und als ich Sie beide einander mit den Schlachtbeilen gegenüberstehen sah, war ich überzeugt, daß diesesmal eine Menge Blut fließen werde – – – aber zwei Fausthiebe, da war auch das so schnell vorbei! Man denkt, es müsse eigentlich jetzt erst losgehen! Da habe ich mein Besteck allerdings umsonst mitgenommen, will aber natürlich von Herzen gern hinzufügen – – Gott sei Dank!«

»Oh, was Ihr Besteck betrifft, so können Sie bald Gelegenheit finden, es zu brauchen, denn im dritten und letzten Gange werde ich Peteh nicht schonen. Beim Fernkampfe ist ein Fausthieb unmöglich, und falls dieser Gang unblutig endete, müßte das ganze Sti-i-poka wahrscheinlich von neuem begonnen werden. Aber, wo ist Carpio?«

Er fehlte nämlich; er hatte sich während des zweiten Ganges entfernt.

»Er ist nach dem Lager gegangen, um seinen Revolver zu holen,« antwortete Rost.

»Wozu?«

»Um Peteh zu erschießen, falls Sie unterliegen sollten.«

»Das ist ja Unsinn! Wer hat ihn denn auf diesen dummen Gedanken gebracht?«

»Kein Mensch; er ist selbst darauf gekommen. Als Sie in den Kreis getreten waren, sah die Sache außerordentlich gefährlich aus. Da sagte Carpio: ›Wenn dieser rote Kerl mir meinen Sappho erschlägt, jage ich ihm alle sechs Kugeln meines Revolvers in den Kopf!‹ Dann rannte er fort, um ihn zu holen.«

»Haben Sie denn nicht versucht, ihn zurückzuhalten?«

»Nein.«

»Warum nicht?«

»Meine innere Stimme riet mir zwar, es zu thun, aber es war unmöglich, weil er sich gar zu schnell entfernte. Haben Sie etwa Sorge um ihn?«

»Um ihn nicht, nämlich um seine Person, denn ich wüßte nicht, was ihm geschehen könnte; aber er ist so unzuverlässig und weiß nie, wenn er eine Dummheit macht.«

»Soll ich ihn etwa holen?«

»Ja. Ich habe keine Zeit dazu, denn ich darf mich nicht entfernen.«

»Ich gehe aber auch nicht gern fort, denn ich möchte den dritten Gang nicht gern versäumen. Wird er gefährlich werden?«

»Für mich ganz und gar nicht. Da ruft der Häuptling schon. Es scheint losgehen zu sollen. Ich darf nicht zögern, sonst mißlingt mir ein Vorteil, den ich erreichen will.«

Peteh war wieder zu sich gekommen. Ich sah ihn zwar nicht, weil eine Menge Menschen ihn umgaben, aber ich hörte ihn schreien. Er schien ganz außer sich darüber zu sein, daß er wieder der Besiegte war, und zumal grad durch den Hieb, dessen Wiederholung er als unmöglich hingestellt hatte. Ich kümmerte mich jetzt nicht um seine Person, sondern um die Distanz, welche ich zu nehmen hatte, wenn ich meine Absicht, daß er neben einem Baume stehen solle, erreichen wollte. Ich ging also zu demjenigen, an welchem wir vorhin angebunden gewesen waren, und zählte sechzig Schritte von ihm ab. Als ich damit fertig war, öffnete sich der Menschenknäuel, und der Blutindianer trat daraus hervor. Er hatte in jeder Hand einen Tomahawk. Ich hatte einen, und Yakonpi-Topa kam, um mir den zweiten zu bringen. Er gab ihn mir mit lächelnder Miene und den Worten:

»Damit Old Shatterhand seine Absicht erreiche, werde ich von hier aus sechzig Schritte zählen; das ist keine Unehrlichkeit, denn du hast Peteh bisher mit Willen geschont. Es darf keiner von seinem Platze weichen, und wenn er getroffen wird, weil er weicht, so ist das die Strafe dafür, daß er nicht nach den Gesetzen des Kampfes gehandelt hat.«

Er schritt in gerader Linie von mir fort und blieb mit dem sechzigsten Schritte kaum zwei Meter weit von dem Baume stehen, ganz so, wie ich es erwartet hatte. Peteh mußte sich dorthin stellen und hatte den Baum zu seiner rechten Hand.

Die Situation war nun folgende:

Es hatte jeder von uns zwei Tomahawks, konnte aber, wenn nicht getroffen wurde, mehr Würfe thun, da in diesem Falle die Tomahawks zurückgebracht wurden. Auch dieser Kampf konnte nur dadurch enden, daß einer von uns liegen blieb. Keiner durfte vor Austrag der Sache die Stelle verlassen, auf welcher er stand. Es war nur erlaubt, sich zu bücken oder den Körper zu biegen, um nicht getroffen zu werden. Daß mein erster Wurf Peteh, falls dieser stehen blieb, treffen werde, davon war ich überzeugt, und handelte er gegen das Verbot, indem er auswich, so konnte das nur nach seiner linken Seite hin geschehen, weil auf der rechten der Baum stand; dorthin, nach links, mußte ich also den zweiten Tomahawk dirigieren, und zwar so weit nach links, wie Peteh in der Zwischenzeit der beiden Würfe kommen konnte. Das war gar nicht leicht; aber ich hatte diese Fintenwürfe mit Winnetou so gut eingeübt, daß ich am Gelingen nicht im geringsten zweifelte.

Die Zuschauer stellten sich zu beiden Seiten der Linie auf, deren Endpunkte wir bildeten, doch hüteten sie sich, zu nahe zu kommen, da sie sonst getroffen werden konnten. Yakonpi-Topa stand als derjenige, welcher das Zeichen zu geben hatte, in der Mitte. Ich spreizte die Beine halbweit auseinander und setzte den linken Fuß etwas vor. Dadurch gewann ich nicht nur den Halt zum Wurfe sondern auch die nötige Festigkeit, den Oberkörper rechts, links oder abwärts zu biegen, ohne meinen Standort zu verlassen.

Jetzt waren wir bereit, und der Häuptling der Kikatsa gab durch einen lauten Ruf das Signal zum Beginn des Kampfes. Peteh war als vortrefflicher Beilwerfer bekannt; ich hatte mich vorzusehen. Es stand bei mir bombenfest, daß ich mich lieber treffen lassen als nur einen Zoll breit weichen würde, mit den Füßen nämlich. Es sollte nicht gesagt werden, daß Old Shatterhand die Gesetze des Kampfes auch nur um den Betrag eines Gedankens verletze. Ob Peteh ebenso dachte, das mußte sich zeigen.

Mein Gegner hielt wieder eine Rede, die voller Beleidigungen und Drohungen für mich war. Als er damit fertig war, schien er eine ebensolche Antwort von mir zu erwarten; ich sagte aber nichts. Da verhöhnte er mich als einen Feigling, der sich vor lauter Angst nicht einmal ein Wort zu sagen getraue, und forderte mich auf, den ersten Wurf zu thun. Ich that, als ob ich seine Worte gar nicht vernommen hätte. Er wartete noch eine Weile, wiederholte seine Spottreden, und als ich auch hierauf weder etwas sagte noch etwas that, schwang er endlich sein erstes Beil.

Ich sah es diesem Schwingen an, daß ich in ihm einen tüchtigen Gegner vor mir hatte, und verwendete kein Auge von ihm. Da stieß er einen schrillen Schrei aus, und der Tomahawk entflog seiner Hand. Er strich wohl den dritten Teil des Weges parallel dem Boden hin, dann stieg er aufwärts, um sich am Ziele wieder niederzusenken. Ich konnte kerzengerade stehen bleiben, denn das Beil flog wohl einen Meter entfernt aber doch genau in Kopfeshöhe an mir vorüber.

Dieser Wurf war nicht übel und wurde von einigen Roten, wahrscheinlich Blutindianern, mit Beifall belohnt. Ihr Häuptling forderte mich nun wieder auf, zu werfen; ich that es aber nicht. Hierauf erging er sich abermals in Großsprechereien und Beleidigungen, und dann schickte er sich an, das zweite Beil zu schleudern. Er wirbelte und zielte dieses Mal länger als vorher, traf aber genau soweit wie vorhin vorüber, nur auf der andern Seite.

»Uff!« rief er aus. »Erst so nahe links und nun rechts vorbei! Beim drittenmal werde ich gewiß in die Mitte treffen. Wird der Feigling dort nun nicht bald werfen? Man bringe mir meine Tomahawks wieder her! Ich brauche sie.«

Da antwortete ich nun laut, so daß alle es hörten:

»Man lasse sie liegen; er braucht sie nicht, denn er wird nicht wieder zum Werfen kommen. Er hat mich aufgefordert, ihm zu antworten; jetzt soll er Old Shatterhands Antwort haben!«

Ich nahm zunächst nicht das Obsidian-, sondern das andere Beil; das erstere sollte den Treffer machen. Es galt, erst einen Geradhochbogen und dann im nächsten Augenblick einen Seitenhochbogen zu werfen. Während der Gegner auf den Geradhochbogen achtete, mußte der zweite Tomahawk von der Seite auf ihn zukommen. Wich er nicht aus, so mußte ihn das erste Beil treffen; sprang er aber zur Seite, so mußte er grad in das zweite rennen. Um seine Aufmerksamkeit ganz auf das erste zu lenken, mußte ich es, so wie er, mit einem Schrei aus der Hand lassen, beim zweiten mich aber still verhalten. Ich sah aller Augen auf mich gerichtet. Es war ein Augenblick der größten Spannung; das gab mir das Gefühl, als ob ich aus lauter gut ineinander greifenden, genau berechneten Spannfedern zusammengesetzt und ein Fehlwurf ganz unmöglich sei. Diese Zuversicht ist unbedingt notwendig zum Gelingen.

Als ich den Tomahawk jetzt im Schrägbogen um den Kopf wirbeln ließ, stieß Peteh ein wieherndes Gelächter aus. Es war das eine Entdeckung Winnetous; Peteh hatte es noch nicht gesehen; er kannte diese Art der Effektgabe noch nicht.

»Huuuuuh – – –i!« rief ich jetzt. Das U dehnte ich lang, und als das kurz abgerissene I folgte, flog der Tomahawk hochsteil in die Luft empor, um dann in untrügbarer Linie schräg abwärts genau auf Peteh loszusausen, wobei er natürlich immerfort um sich selbst wirbelte. Während jedes Auge auf dieses Beil gerichtet war, flog auch das zweite schon, aber nicht etwa hinter dem ersten her, sondern es wirbelte in ebener Linie nach rechts hinaus, als ob sein Ziel nach dieser Seite liege, stieg dann empor und lenkte, je höher es sich hob, desto mehr nach links herüber, um sich allmählich zu senken und dann einen Sprung linker Hand von Peteh aufzutreffen.

Als ich das zweite Beil geworfen hatte, blieb ich, beiden Tomahawks mit den Augen folgend, still am Platze stehen.

Ich sah, daß es gelingen werde. Ich war der einzige, der das zweite Beil sah; niemand wußte, daß ich zweimal geschleudert hatte. Jedes Auge, außer den meinigen, blickte nach dem ersten Tomahawk; man sah die scharfe Linie, welche er genau auf den Punkt nahm, wo der Häuptling der Blutindianer stand. Dieser mußte unbedingt getroffen werden. Er selbst erkannte das auch. Sollte er sich retten oder nicht? Diese Frage konnte ihn nur zwei Augenblicke lang beschäftigen, denn länger hatte er nicht Zeit. Es war verboten, zu weichen; aber das Leben hat schließlich doch den höchsten Wert. Alles schrie, denn jetzt, jetzt mußte der Wurf treffen – – da that Peteh einen schnellen Sprung zur Seite nach links, um sich zu retten – – es erfolgte ein lauter Schlag, den selbst ich auf sechzig Schritte Entfernung hörte; er war dem ersten Tomahawk entkommen, dafür aber von dem zweiten zu Boden geschmettert worden.

Jetzt gab es ein Schreien und Drängen, ein Fragen und Antworten, einen Wirrwarr sondergleichen. Niemand außer mir und Yakonpi-topa wußte, woher das zweite Beil gekommen war. Man drängte auf den Verletzten ein; man sah auf ihn; man blickte verwundert nach mir – – – ich bekümmerte mich nicht darum, sondern suchte seine beiden Tomahawks zusammen und schritt mit ihnen langsam auf die wirr bewegte Gruppe zu. Als ich sie erreicht hatte, wendeten sich alle mir zu. Ich warf die Beile hin und sagte:

»Hier sind die Tomahawks. Er braucht sie nicht. Was Old Shatterhand spricht, das geschieht. Wer hat gesiegt?«

Da antwortete der Häuptling der Kikatsa:

»Hier liegt Peteh, der Häuptling der Blutindianer zum drittenmal. Der Tomahawk ist ihm tief zwischen Hals und Achsel eingedrungen; seine Augen sind geschlossen; sein Blut strömt von ihm; wer anders soll da Sieger sein als Old Shatterhand, welcher versteht, was keiner von uns bisher verstanden hat, nämlich einen Tomahawk nach rechts hinauszuwerfen und doch nach links hereinzubringen! Wer von euch hat schon einmal gesehen, daß ein Krieger zwei Kriegsbeile wirft, um mit dem einen das Auge des Feindes zu fesseln und mit dem andern dann um so sicherer seinen Leib zu treffen? Das Sti-i-poka ist zu Ende; Old Shatterhand hat gesiegt. Howgh!«

Ich wendete mich ab, um zu gehen; da sah ich Rost, welcher sehr eilfertig auf mich zugelaufen kam. Er blieb vor mir stehen, wirbelte seinen Bart zu beiden Seiten erregt in die Höhe und sagte:

»Sie haben ihn getroffen; ich sah ihn stürzen! Er blutet; er muß bluten! Ist er verwundet?«

»Ja.«

»Darf ich ihn untersuchen, ihn verbinden?«

»Ich habe da nichts zu sagen. Fragen Sie Yakonpi-Topa!«

Er wollte rasch fort; ich hielt ihn zurück:

»Ich sehe Carpio noch immer nicht. Wo ist er?«

»Noch im Lager.«

»Haben Sie ihn denn nicht geholt?«

»Nein.«

»Warum nicht?«

»Das Tomahawkwerfen ging ja sogleich los. Es war so hochinteressant; ich wollte es sehen. Sie sagten ja selbst, daß ihm dort im Lager nichts geschehen könne!«

»Allerdings. Aber da er jetzt noch nicht wieder da ist, bin ich doch besorgt um ihn. Ich muß wissen, wo er steckt!«

Ich ließ Rost also laufen und ging nach dem Lager. Es lag gar kein Grund vor, irgend etwas für den Freund zu befürchten; aber sein langes Fortbleiben beunruhigte mich doch. Zwischen den Hütten war kein Mensch zu sehen. Ich ging nach der unserigen. Mein Pferd stand angehobbelt da; es zeigte keine Spur von Unruhe. Hier war also alles in Ordnung. Ich blickte in das Innere. Es fehlte nichts. Nun ging ich weiter und kam nach der Hütte der Gefangenen. Da fehlte die Wache. Ich sah hinein; sie war leer; die Riemen, mit denen sie gebunden gewesen waren, lagen an der Erde; Corner und seine Gefährten waren entflohen, während die Roten alle weggewesen waren, um dem Sti-i-poka zuzusehen! Sogar der Wächter hatte sich durch die Neugierde von seinem Posten wegtreiben lassen. Wo war da Carpio? Hatte er das Unglück gehabt, auf sie zu treffen? Hatten sie ihn mitgenommen?

Mir wurde himmelangst um ihn. Ich rannte nach unserer Hütte zurück, hobbelte mein Pferd los und sprang auf. Die Flüchtlinge mußten sofort Deckung gesucht und konnten sich also nur nach der am nächsten liegenden Stelle des Waldes gewendet haben. Dorthin ritt ich im schnellsten Tempo. Kein Mensch sah mich, denn der Schauplatz des Zweikampfes lag an der andern Seite des Lagers und es fiel mir gar nicht ein, jetzt schon Lärm zu machen, denn da wären die Roten alle herbeigekommen und hätten die Spuren der Entflohenen unleserlich gemacht. Ich fand zunächst die Spur von zwei Reitern. Das war ich mit dem Häuptling der Kikatsa gewesen, als wir die Tomahawks probierten; also ritt ich weiter. Da kam eine zweite Fährte; ich stieg ab und untersuchte sie. Sie war von fünf Pferden getreten worden und wenigstens schon eine halbe Stunde alt. Herrgott, ja, diese Kerle hatten meinen Carpio entführt!

Nun jagte ich allerdings zurück und machte Lärm. Eine Verwirrung sondergleichen war die Folge, und ich hatte alle Mühe, die Ruhe wieder herzustellen. Dem treulosen Posten wurde von dem Häuptling sofort die Ausstoßung aus dem Stamme angekündigt; das brachte aber die Entwichenen nicht zurück! Yakonpi-Topa war so bestürzt, daß er nicht recht wußte, was zunächst zu thun sei. Ich erklärte ihm:

»Es gilt vor allen Dingen zweierlei: Verfolgen können wir sie leider heut nicht mehr, denn die Sonne ist schon fast hinunter; aber welche Richtung sie, als sie sich weit genug vom Lager entfernt hatten, entscheidend eingeschlagen haben, das müssen wir schon heut wissen. Ich werde ihnen also nachreiten, ich allein, damit mir kein anderer die Spuren verdirbt. Du wirst inzwischen das zweite besorgen: Wir müssen erfahren, was sie mitgenommen haben, welche Pferde, was für Waffen, Nahrungsmittel und andere Gegenstände. Laß genau nachsuchen! Erst wenn wir das alles wissen, können wir entscheiden, wie wir uns zu verhalten haben. Jetzt ist nur erst das eine gewiß, daß ich ihnen unbedingt folgen werde. Das kann ich, denn ich denke doch nicht, daß ich noch als Gefangener der Upsaroka's gelte?«

»Old Shatterhand ist frei!« antwortete er.

»Gut! Ich reite fort und kehre zurück, wenn ich nichts mehr sehen kann.«

Ich galoppierte fort, ohne auf das, was er noch sagen wollte, zu warten, bis zu der Stelle, wo ich die Fährte der Entflohenen verlassen hatte, und folgte ihr dann weiter. Sie führte über den Pacific-Creek hinüber und dann genau westlich nach dem Little Sandy Creek. Ich hatte diesen noch nicht erreicht, als es dunkel wurde; ich mußte also umkehren, war aber überzeugt, daß sie ihre alte Route hinauf nach dem Finding-hole wieder eingeschlagen hatten.

Als ich in das Lager zurückkehrte, erfuhr ich nichts Gutes. Wie diese Menschen von ihren Fesseln losgekommen waren, das wußte niemand. Es war kein einziger Indianer, kein Upsaroka und kein Blutindianer, keine Wache und kein Posten im Lager gewesen; alle hatten den Zweikampf sehen wollen, und so war den Weißen Zeit genug geblieben und von ihnen auch schlau ausgenutzt worden, sich zu equipieren. Sie hatten sich aus dem Häuptlingszelte ihre Waffen geholt und noch Verschiedenes dazu mit fortgenommen. Dann hatten sie sich grad die allerbesten Pferde ausgesucht. Petehs und Yakonpi-Topas Pferde waren auch dabei, Corners Fuchs und noch zwei andere vortreffliche Tiere. Mehrere Decken fehlten, dazu Pulver, Blei und Fleisch aus der Hütte, in welcher die Vorräte aufbewahrt wurden. Yakonpi-Topa war wütend. Er hätte sich am liebsten auch an der Verfolgung beteiligt, konnte aber nicht fort, denn was wäre das für ein Häuptling, der auf einem Kriegszuge seine Leute verläßt! Er mußte also bleiben, bot mir aber zwanzig, dreißig und noch mehr Krieger zur Begleitung an. Ich bat nur um fünf, aber gewandte und ausdauernde Leute mußten es sein. Gern hätte ich Rost zurückgelassen, aber das ging nicht, weil wir nicht wußten, wie die Begegnung der Upsaroka's mit den Schoschonen ausfallen würde, und vor allen Dingen fiel es ihm auch gar nicht ein, sich von mir zu trennen. So sorgte ich denn wenigstens dafür, daß er ein noch besseres Pferd bekam, als sein abgematteter Brauner jetzt war. Auch ein Packpferd wurde ausgewählt; es sollte unsern Proviant und die Decken tragen, welche jetzt täglich notwendiger wurden, weil da oben nach dem Fremonts Peak zu eine ganz andere Landschaft und viel größere Kälte zu erwarten war als hier im jetzt noch grünen Thale des Pacific- und Mortonwassers.

Als wir alle diese Vorbereitungen getroffen hatten, gab es zwischen Yakonpi-Topa und mir noch eine sehr ernste Besprechung über Hiller. Ich brachte es so weit, daß er mir versprach, ihn freizugeben, falls sich herausstellen sollte, daß die Blutindianer die Mörder der sechs Krähen gewesen seien. Ich sollte später zu den Kikatsa kommen, um ihn abzuholen.

Rost hatte während meiner Abwesenheit dem schwer verwundeten Peteh seine ärztliche Hilfe angeboten, war aber höhnisch abgewiesen worden. Mein Gegner hatte gesagt, er brauche kein Bleichgesicht, welches ihn doch nur totkurieren werde; er verstehe es selbst am besten, wie Wunden zu behandeln seien. Da es mir nicht einfallen konnte, ihn aufzusuchen, ich ihm aber noch etwas zu sagen hatte, was zu verschweigen einem solchen Menschen gegenüber nicht etwa rücksichtsvoll, sondern dumm gewesen wäre, so ließ ich seinen Vertrauten, den alten, hinterlistigen Innua Nehma kommen. Als dieser vor mir stand und mich mit feindseligen Augen fragend anblickte, sagte ich:

»Innua Nehma wird sich besinnen, was am Fleischwasser gesprochen wurde, als ich aus der Betäubung des Kolbenschlages erwacht war. Weiß er es noch?«

Er antwortete nicht.

»Ich sagte zu Peteh, daß ich sein Gefangener bleiben wolle, so lange es mir beliebe. Er lachte mich aus. Dann sagte ich folgende Worte zu ihm: ›Ich bleibe sehr gern für einige Zeit bei euch, denn ich möchte wissen, was für ein Gesicht du machst, wenn ich von dir Abschied nehme, ohne daß du mich gehen lassen willst.‹ Er antwortete, mein Verstand sei mir verloren gegangen. Aber jetzt ist die Zeit gekommen, daß es mir gefällt, zu gehen. Morgen früh reite ich fort. Kann er mich halten? Wie steht es mit seiner Geschicklichkeit, Tapferkeit und Stärke? Wenn er nicht an seiner Wunde stirbt, so müßte ihn die Scham über seine Unfähigkeit umbringen. Ich gehe, ohne von ihm Abschied zu nehmen, denn so einen traurigen Menschen mag ich gar nicht wiedersehen; ich habe an dem dummen Gesichte, welches du jetzt machst, mehr als genug!«

»Uff! Wage nicht zu viel!« brauste er jetzt auf.

»Wagen? *Pshaw!* Ihr seid einfältige Menschen, vor denen sich kein kleiner Knabe und keine alte Squaw zu fürchten braucht. Alle eure vermeintliche Klugheit wird sehr bald zu schanden werden. Denkt dann an Old Shatterhand, dem ihr es zu verdanken habt. Howgh!«

Damit ging ich fort und ließ ihn stehen.

Heut aß ich als freier Mann mit dem Häuptling und ging dann nach unserer Hütte, um mich zeitig schlafen zu legen, weil wir morgen früh noch vor Tagesgrauen fortreiten wollten. Ich hatte ja den Weg nach dem Little Sandy Creek kennen gelernt und wollte den Vorsprung, welchen Corner und seine Gesellschaft hatte, möglichst bald einholen. Heut mußte ich mit Rost allein schlafen. Er war ebenso betrübt über Carpios Entführung wie er glücklich darüber war, daß wir unsere Freiheit wieder hatten. Höchst ärgerlich aber zeigte er sich über Peteh, der seine Hilfe zurückgewiesen hatte.

»Bedenken Sie, Mylord, was für ein prachtvoller Fall das wäre!« sagte er. »Das Schlüsselbein scheint zerschmettert zu sein und alle es schützenden Muskeln sind verletzt. Da ist zum Beispiel – – –«

»Der Kaputzenmuskel,« fiel ich ihm in die Rede.

»Entschuldigung! Dieses Mal wollte ich vor allen Dingen den breiten Halsmuskel nennen!«

»Bitte, thun Sie das morgen früh, wenn wir ausgeschlafen haben! Mir sagt eine innere Stimme, daß wir uns vor allen Dingen durch Ruhe zu stärken haben.«

»Ihnen? So! Dann mir auch. Gute Nacht!«

»Gute Nacht!« – – –

FÜNFTES KAPITEL.

Im Schnee.

Es war um die Mittagszeit des nächsten Tages. Wir befanden uns zwischen dem Big Sandy Creek und dem Green River und wurden von der Fährte, welcher wir folgten, nach Nordwest in der Richtung nach dem New Fork geführt. Das erst ziemlich ebene Terrain war jetzt bergig geworden, aber man sah, daß Corner die Gegend kannte; er hatte sich überall das beste Fortkommen gesucht. Seine Spur war nicht schwer zu lesen; er schien in dieser Beziehung keine große Sorge zu haben und nur auf ein möglichst schnelles Fortkommen bedacht zu sein. Leider hatte er da mehr Erfolg, als wir wünschten; seine Pferde waren besser als die unsrigen, mein Hatatitla natürlich ausgenommen. Aber was nützte mir alle Vortrefflichkeit des Rappen, wenn ich nicht schneller reiten durfte als die andern!

Wir trabten eben über ein ausgedehntes, sehr spärlich begrastes Hochplateau, welches uns eine freie Fernsicht bot, als ich weit draußen, rechts von uns, einen Punkt bemerkte, welcher sich zu bewegen schien. Ich ließ halten, um ihn zu beobachten. Das war kein Wild; das mußten Menschen sein. Wir stiegen ab, um nicht so leicht gesehen zu werden. Nach einiger Zeit konnten wir zwei Reiter unterscheiden, welche sich uns näherten. Es waren Weiße. Um sie nicht durch den Anblick von Indianern mißtrauisch zu machen, stieg ich allein wieder auf und ritt ihnen langsam entgegen. Als sie mich kommen sahen, stutzten sie erst, dann aber ritten sie weiter, obgleich sie nun die Roten sahen. Noch waren sie mir nicht so nahe, daß ich ihre Gesichter deutlich erkennen konnte, da hörte ich den einen in freudigem Tone rufen:

»O joy! Wenn mich meine alten Augen nicht täuschen, so ist das Old Shatterhand! Drauf los, drauf los!«

Sie setzten ihre Pferde in Galopp, und nun erkannte ich das

alte, liebe, bärtige Gesicht, welches hier zu sehen ich weniger als alles andere vermutet hätte.

»Sannel, Amos Sannel!« rief ich aus. »Ist es denn möglich, daß Ihr es seid?«

»Warum soll das so unmöglich sein?« fragte er lachend, indem er sein Pferd parierte und mir die Hand zum Gruße hinhielt. »Ihr wißt ja, daß hier mein Lieblingsgebiet beginnt. Oder habt Ihr mich vielleicht für tot gehalten?«

»Allerdings.«

»Was? Wirklich? Warum? Ich hoffe doch nicht, daß Ihr meinem Leichenzuge begegnet seid!«

»Das nicht, aber – – hm! Zeigt doch einmal Euer Gewehr!«

»Diesen Schießprügel? An dem ist gar nichts zu sehen. Ja, wenn ich meinen alten Einläufer noch hätte! Ihr habt ihn ja gekannt. Ich bin seitdem nur noch ein halber Mann!«

»Wo ist das Gewehr denn hin?«

»Wohin? Gestohlen worden ist es mir.«

»Von wem?«

»Von zwei Halunken, deren Namen Nebensache ist, weil sie doch jedenfalls falsche genannt haben. Ich traf drüben am Belle Fourche River mit ihnen zusammen und ließ mich bethören, bei ihnen zu bleiben. In der zweiten Nacht machten sie sich unsichtbar und mein Gewehr mit. Ich habe bisher vergeblich nach ihnen gesucht; aber wehe ihnen, wenn ich auf ihre Spur gerate! Warum fragt Ihr nach dem Gewehre?«

»Weil – – doch, sagt erst, woher Ihr kommt und wohin Ihr wollt!«

»Ich komm dieses Mal von den Sand Hills herüber, wo ich diesen Gentleman getroffen habe, der grad dorthin will, wohin ich auch wollte, nämlich zu Avaht-Niah, dem Schoschonen. Wir denken, ihn und seinen Stamm jetzt in der Gegend der Wasatchberge zu finden.«

»Da irrt Ihr Euch. Er ist am Schwefel- und Hobacksfluß zu suchen.«

»Das ist ja garnicht weit von hier! Wir wollen ihn nämlich warnen. Dieser Gentleman weiß, daß die Krähen die Schlangen überfallen wollen; darum reiten wir, was die Pferde nur laufen können, um Avaht-Niah zu warnen.«

»Das ist nicht nötig. Er weiß es schon. Winnetou ist bei ihm.«

»Unser herrlicher Apatsche? Wie kommt es, daß Ihr nicht beisammen seid, Mr. Shatterhand?«

»Weil ich jetzt hinauf nach dem Fremonts Peak muß, um Euer Gewehr zu holen,« antwortete ich.

»Mein – – mein – – – welches denn?« fragte er erstaunt.

»Eure Rallingbüchse.«

»Alle Wetter! Ich begreife Euch nicht. Das ist doch Spaß?«

»Nein, es ist Ernst. Ich habe Euer Gewehr in der Hand gehabt; ich habe draus geschossen, und der, welcher es jetzt besitzt, der Dieb, reitet da vor uns her, und wir folgen ihm, weil wir eine Rechnung mit ihm haben. Kommt nur mit, Mr. Sannel! Wenn Ihr zu den Schoschonen wollt, ist Euer Weg ja doch der unserige.«

»Ist – – ist – – ist es möglich?« stieß er, vor Freude stokkend, hervor. »Mein Gewehr soll in der Nähe sein?«

»Ja. Kommt nur! Ich habe nämlich keine Zeit zu verlieren und werde Euch unterwegs alles erzählen.«

»Schön, schön; gut, gut! Wenn es so ist, so sei der heutige Tag tausendmal gesegnet! Ich soll mein Gewehr wieder haben! Ah! Doch, erlaubt, Mr. Shatterhand, daß ich Euch diesen Gentleman vorstelle! Werdet Euch freuen. Er ist nämlich auch ein Deutscher wie Ihr, heißt Hiller, wird aber Nana-po genannt.«

Der alte Sannel sagte das so gleichmütig; er hatte keine Ahnung, wie wichtig mir diese Mitteilung war. Ich mußte förmlich an mich halten, nicht vor Freude laut aufzuschreien. Auch Rost stutzte. Ich winkte ihm, zu schweigen, und sagte in möglichst ruhigem Tone:

»Es freut mich, Mr. Hiller, Euch kennen zu lernen, denn ich habe den Namen Nana-po rühmlich nennen hören.«

Er antwortete nicht sogleich. Seine Augen waren finster auf die Upsaroka's gerichtet; dann sah er mich forschend an und fragte:

»Bemerkt Ihr nicht, Mr. Shatterhand, mit was für Blicken mich diese roten Halunken betrachten? Sie befinden sich bei Euch. Haltet Ihr es mit ihnen?«

»Ich halte es mit allen braven Menschen!«

»*Well*; diese aber sind Halunken! Ich sehe Euch heut zum erstenmal. Tausendmal habe ich gewünscht, doch einmal Euch und Winnetou zu begegnen, und nun dieser Wunsch endlich in Erfüllung geht, kann ich mich nicht darüber freuen, weil ich meine Todfeinde an Eurer Seite sehe.«

»Sie sind es nicht!«

»Oh doch! Ihr wißt ja gar nicht – – –«

»Ich weiß es schon! Kommt nur jetzt mit! Wir haben keine Zeit zu verlieren. Wir werden unterwegs erzählen, was zu erzählen ist.«

»Gut; Ihr werdet Euch aber wundern!«

»Ihr nicht weniger!«

Ich wollte weiter reiten, sah aber, daß die Upsaroka's halten blieben. Als ich sie nach dem Grunde fragte, antwortete einer von ihnen:

»Hier ist Nana-po, der unser Gefangener war. Er wurde zurückgelassen und hat die Flucht ergriffen, als wir fortgewesen sind. Wir dürfen nicht mit Old Shatterhand reiten, wenn Nana-po sich bei ihm befindet!«

Sie hatten von ihrem Standpunkte aus recht. Ich überlegte mir die Sache kurz. Wenn Hiller und der alte wackere Sannel bei uns waren, brauchten wir weiter keine Hilfe. Darum antwortete ich dem Roten:

»Wenn meine roten Brüder umkehren wollen, so mögen sie es thun. Das Packpferd aber müssen sie mir lassen. Yakonpi-Topa bekommt es wieder, wenn wir ihm die Pferde bringen, welche die Entflohenen mitgenommen haben.«

»Uff! Es mag geschehen, wie Old Shatterhand sagt!«

Ich bat Rost, das Packpferd am Zügel zu nehmen; er that es, und die Upsaroka's galoppierten zurück, ohne sich nur einmal umzusehen. Jetzt ritten wir weiter.

Zunächst nahm natürlich Hiller meine Aufmerksamkeit in Anspruch. Seine Gestalt war hoch und kräftig, sein Haar aber grau und sein Gesicht von tiefen Furchen durchzogen. Man sah, daß nicht bloß das Alter die Schuld an diesen Falten hatte. Dieses Gesicht wäre mir sympathisch gewesen, wenn nicht soviel Verschlossenheit und Härte darauf gelegen hätte. Seine Frau hatte gesagt, daß er seinen Glauben verloren habe. Ich nahm mir vor, ihm nicht gleich alles mitzuteilen, sondern den Versuch zu machen, auf sein Herz zu wirken.

Da wir uns auf einer freien Ebene befanden, konnten wir nebeneinander reiten und also bequem miteinander sprechen. Amos Sannel dachte nur an sein Gewehr und erkundigte sich mit großem Eifer nach der Gelegenheit, bei welcher ich es in den Händen gehabt hatte. Ich erzählte ihm von dem damaligen Wettschießen, nannte aber den Namen des Ortes nicht. Sein Gesicht strahlte bis in die Bartspitzen hinein, als er hörte, welche Schüsse ich gethan hatte. Dann erzählte ich, ohne auf das Einzelne einzugehen, in kurzen Umrissen weiter, daß ich den gegenwärtigen Besitzer der Rallingbüchse am Lake Jone wiedergetroffen hatte und was dann geschehen war.

»Und dieser Mensch ist also hier auf dieser Spur?« fragte er, als ich fertig war. »Ob er es von dem Diebe gekauft hat?«

»Ich möchte behaupten, daß er der Dieb selbst ist.«

»So! Wenn er es ist, erkenne ich ihn sofort. Jetzt gehen mich die Schoschonen nichts mehr an; sie mögen stecken, wo sie wollen. Ich muß mein Gewehr wieder haben und werde nicht eher von dieser Fährte lassen, als bis ich mit dem Schurken abrechnen kann. Welch ein Glück ist es, daß ich Euch getroffen habe, Mr. Shatterhand! Wie aber steht es mit Euch, Mr. Hiller? Ihr müßt zu den Schoschonen, bei denen Ihr noch eine Menge Felle liegen habt, und könnt Euch also nicht um mich und mein geliebtes Schießeisen bekümmern.«

»Warum nicht? Es handelt sich wohl nur um einen oder höchstens zwei Tage Zeitverlust, wenn ich mit Euch reite. Zu Avaht-Niah komme ich dann immer noch. Habe ich so lange bei den Krähen festgesteckt, so kann es jetzt auf einige Tage mehr oder weniger auch nicht ankommen.«

»Danke Euch! Wenn man es mit solchen Schurken zu thun hat, ist es immer besser, man hat einige Fäuste zu viel als zu wenig. Aber sagt, Mr. Shatterhand, welcher Ort war es denn, wo Ihr diese Hauptschüsse aus meiner Büchse gethan habt?«

Ich antwortete in gleichgültigem Tone, aber Hiller dabei in das Auge nehmend, ohne daß er es bemerkte:

»Ihr werdet die Stadt nicht kennen, Mr. Sannel. Es war in Weston, Missouri.«

»Was? Wo? Weston in Missouri?« fragte Hiller schnell. »Dort seid Ihr gewesen, dort, Mr. Shatterhand?«

»Ja.«

»Wann ist das gewesen?«

»Es kann stark in den zweiten Monat gehen.«

»Das ist mir interessant. Ich wohne nämlich dort!«

»In Weston? Wirklich? Ah, da fällt mir ein: Es wurde dort von einem Pelzjäger Hiller gesprochen, der sich im Westen sehr verspätet haben soll.«

»Der bin ich. Ich habe mich nicht verspätet, sondern ich war gefangen bei den Krähen.«

»Das weiß ich. Yakonpi-Topa sagte mir, daß Nana-po sein Gefangener sei. Aber daß dieser Nana-po und dieser Hiller eine und dieselbe Person sind, wer hätte das gedacht!«

»Das hättet Ihr in Weston bei meiner Frau erfahren können. Sie hat oft, wie oft gewünscht, Euch oder Winnetou einmal sehen zu können, und mein Sohn ebenso. Ich habe nämlich einen Sohn. Wie sie sich wohl befinden mögen? Sie werden in schwerer Sorge um mich sein!«

»Was das betrifft, so kann ich Euch Auskunft geben, denn ich habe beide gesehen.«

»Wirklich?« fragte er schnell. »Wann, wo?«

»Bei dem Schießen, von welchem ich vorhin erzählte. Sie standen dabei und sahen zu. Ich hörte, daß das Mrs. und der junge Mr. Hiller seien. Sie sahen ganz wohl aus.«

»Das ist eine gute Nachricht, Sir. Aber es wundert mich sehr, daß sie nicht den Versuch gemacht haben, mit Euch zu sprechen, da sie beide doch stets den Wunsch hatten, Euch einmal zu sehen!«

»Ich verschwieg, wer ich bin. Ich wollte mich nicht als Panoramabild betrachten lassen.«

»Dann ist freilich alles erklärt.«

»Aber,« fiel da Rost ein, um doch auch etwas zu sagen, »als dann Winnetou kam, wurde es doch offenbar, daß Ihr Old Shatterhand waret, Mylord.«

»Auch Winnetou war in Weston?«

»Ja,« fuhr Rost fort, ohne mich anzusehen und also meine Winke zu bemerken. »Beide, Winnetou und Mr. Shatterhand entdeckten dann, daß der Prayer-man der Nuggetdieb gewesen war.«

»Nuggetdieb? Prayer-man? Ich habe, als ich zum letztenmal daheim war, einen Prayer-man gesehen. Er kam zu uns. Meine Frau kaufte ihm einige Sachen ab, und er schrieb sich ein Gedicht auf, ein deutsches Weihnachtsgedicht, welches meine Frau mit aus dem alten Lande herübergebracht hat.«

»Ja, ja,« nickte Rost sehr eifrig. »Es beginnt mit der Strophe:

›Ich verkünde große Freude,
Die Euch widerfahren ist,
Denn geboren wurde heute
Euer Heiland Jesus Christ.‹

Wißt Ihr, wer dieses Lied gedichtet hat, Mr. Hiller?«

Der unvorsichtige frühere Oberkellner stand im Begriffe, Dinge zu verraten, welche jetzt noch Geheimnis bleiben mußten. Ich ließ mein Pferd einen Seitensprung machen, welcher den Schwätzer zwang, mich anzusehen, und warf ihm einen so drohenden Blick zu, daß er endlich einsah, daß er schweigen solle.

»Ja, ich weiß, wer es gedichtet hat,« antwortete Hiller harmlos; »ein unreifer Knabe, der noch voller Ammenmärchen steckte. Diese Redereien vom heiligen Christ, von Sünde und Vergebung, vom Heiland und sonstigen himmlischen Dingen sind doch nur geistige Jungenstreiche. Kein vernünftiger Mensch kann daran glauben!«

»Wirklich?« fragte ich. »Ich denke, daß ich so ziemlich vernünftig bin, glaube aber doch daran.«

»Ihr, Mr. Shatterhand?«

»Ja.«

»Das sagt Ihr doch nur im Scherze!«

»Oh nein; es ist mein heiligster Ernst. Ich kann den Menschen, dem der Glaube an Gott fehlt, nur tief bedauern!«

»An Gott? Hört, sprecht mir doch nicht von Eurem sogenannten Gott! Mag ich das schon aus jedem andern Munde nicht hören, so noch viel weniger aus dem Eurigen. Ein Mann wie Old Shatterhand, von dem man weiß, daß er sich selbst vor dem Teufel nicht fürchtet, sollte doch wahrhaftig vernünftiger reden!«

»Die höchste Vernunft ist Gott, und nur allein deshalb, weil ich Gott fürchte, habe ich den Teufel nicht zu fürchten!«

»Dann, bitte, wollen wir nicht mehr davon sprechen. Wenn Ihr das erfahren und durchgemacht hättet, was ich alles hinter mir habe, würdet Ihr ganz anders sprechen. Ich kann und mag das fromme Wimmern nicht hören. Es paßt sich das für Knaben und alte Weiber, aber nicht für erwachsene, verständige Männer!«

»Danke für die Zurechtweisung, Mr. Hiller! In dieser Beziehung bin ich Kind geblieben und will es ewig bleiben!«

»Bleibt es in Gottes Namen, oder vielmehr, in wessen Namen Ihr wollt, nur nicht in Gottes Namen, denn es giebt keinen Gott! Wenn ich da nicht recht habe, so mag mir der erste, beste Grizzlybär das Gehirn ausfressen! Ihr wißt doch, Sir, daß der Grizzly stets zuerst nach dem Gehirn zu kommen trachtet? Es ist ihm der Lieblingsbissen von jeder Beute, die er geschlagen hat.«

Diese lästerliche Vermessenheit klang so entsetzlich und empörte mich in der Weise, daß ich ganz rücksichtslos antwortete:

»Hört, Mr. Hiller, ich bin kein Bär, der sich um Euer Gehirn bekümmert; bekümmert Euch also auch nicht um das meinige und die Gedanken und Ansichten, welche es hegt! Ihr habt mich unvernünftig genannt, weil ich an Gott glaube. Es ist noch keine halbe Stunde her, seit wir uns zum erstenmal im Leben gesehen haben; da kann ich es nur, gelinde ausgedrückt, eine Voreiligkeit nennen, wenn Ihr schon in dieser Weise an mir herummeistern wollt. Mit Knaben und alten

Weibern läßt sich Old Shatterhand nicht kommen. Ihr mögt erfahren und durchgemacht haben, was es sei, ich bin auch nicht auf Rosen gebettet gewesen. Ihr habt dabei verloren; ich habe gewonnen; ich lasse Euch Euern Verlust und muß also bitten, mir meinen Gewinn auch nicht anzutasten!«

»*Well!*« lachte er. »Vorhin waret Ihr es, jetzt nun bin ich es, der für die Zurechtweisung dankt! Wir sind also quitt! Doch, schaut da links hinüber! Das ist ein Reiter!«

Ja, es war ein einzelner Reiter, der wahrscheinlich erst eine andere Richtung gehabt, uns aber gesehen hatte und nun in schlankem Galopp grad auf uns zukam. Da wir ihn nicht von der Seite, sondern von vorn sahen, war er in so weiter Entfernung nicht zu erkennen, aber die fliegende Pferde- und Menschenmähne sagte mir dennoch, wer da kam.

»Winnetou!«

Als die andern den Namen hörten, hielten sie an. Ich ritt einige Schritte weiter und blieb dann auch halten; er sah also meine Gestalt allein, erkannte mich, richtete sich im Sattel hoch auf, warf den Arm empor und rief meinen Namen. Er kam wie ein Sturm dahergeflogen. Als er uns erreichte, gab es einen einzigen Ruck, da stand sein Pferd und er saß darauf, beide wie aus Erz gegossen.

»Scharlih!« sagte er, mich mit frohen Augen betrachtend, denn ich war ja frei.

»Winnetou, mein Bruder!« antwortete ich, ihm die Hand hinstreckend, welche er drückte.

Mein Blick suchte natürlich nach meinen beiden Gewehren. Er hatte den Bärentöter über der Schulter, den Henrystutzen und die Silberbüchse am Sattel hängen.

»Uff! Amos Sannel!« lächelte er. »Da ist von dem Wettschießen in Weston gesprochen worden. Wer ist das andre Bleichgesicht?«

»Nana-po,« antwortete ich.

»Uff!«

Sein Auge flog prüfend über Hillers Gestalt, doch sagte er nichts; dann wendete er sich wieder an mich:

»Mein Bruder befindet sich nicht mehr bei den Upsaroka's?

Ich sehe hier eine Fährte, welcher er folgt. Carpio fehlt? Sind die gefangenen Bleichgesichter entflohen?«

»Ja, und Carpio fiel ihnen in die Hände; sie haben ihn mitgenommen.«

»So sind sie hinauf nach dem Finding-hole. Wie alt ist diese Spur?«

Er bog sich herab um sie zu betrachten, und fuhr dann fort:

»Wir brauchen noch Leute; ich werde welche holen. Avaht-Niah, der Häuptling der Schoschonen, ist selbst auch bei seinen Kriegern. Sie ziehen drüben am Marsh Creek herab. Meine Brüder mögen jetzt dieser Fährte weiterfolgen! Halten sie heut abend da an, wo der Silver Creek in den New Fork mündet, werde ich sie einholen. Mein Bruder Scharlih bekommt seine Gewehre wieder.«

Er gab sie mir, wendete sein Pferd und jagte wieder fort.

»Was für ein Mann!« rief Hiller bewundernd aus.

Da glaubt man nicht an Gott und hat doch sein herrlichstes Ebenbild vor Augen! So dachte ich, sagte aber nichts. Wir setzten unsern Ritt fort, doch blieben unsere Augen an dem Apatschen haften, bis er ganz draußen am Horizont verschwand.

Wie oft in meinem Leben habe ich jene große Potenz bewundern müssen, welche aus uns unbekannten Gründen und Ursachen Folgen und Ereignisse zieht, die uns überraschend kommen, weil wir eben nichts von der Veranlassung dazu wußten! Diese Macht wird von dem gewöhnlich denkenden Menschen Zufall genannt. Man macht es sich da leicht; man braucht keine geistige Anstrengung dazu; man hat keine Verantwortung; man riskiert nicht, wegen des »Ammenmärchens« von Gottes Weisheit ausgelacht zu werden; man sagt eben von jeder auf unerwartete und unerklärliche Weise eingetretenen Thatsache, daß sie dem Zufalle zu verdanken sei. Ich beneide die Anhänger der Zufallslehre nicht. Sie beugen ihre Häupter vor dem bloßen, aller Intelligenz baren Ohngefähr, vor einem seelen- und willenlosen Etwas, welches ihnen keinen Halt bieten kann, sondern ihnen denselben nur zu rauben vermag. Wieviel glücklicher ist da doch derjenige, welcher glaubt, daß Gottes Auge ihn bewacht und Gottes Vaterhand ihn durch das Leben leitet! Für ihn sinken die in sein Leben eingreifenden Ereignisse nicht zu unmotivierten Vorgängen herab, welche sich auch ganz anders hätten gestalten können, sondern alles, was geschieht, trägt einen zurückgreifenden Grund und eine weise, in die Zukunft blickende Absicht in sich, der man sich mit beruhigendem Vertrauen hingeben kann, obgleich man sie nicht zu begreifen vermag.

So fiel es mir auch gar nicht ein, meine Begegnung mit Hiller und dem alten Amos Sannel für Zufall zu halten; Gott hatte es gewollt, daß wir uns treffen sollten. Der Weg, welchen sie zurückgelegt hatten, wäre von keinem nur einigermaßen erfahrenen Westmanne eingeschlagen worden; er war so außerordentlich beschwerlich, daß es ein außer ihnen liegender Wille gewesen sein mußte, der sie veranlaßt hatte, vom Poison- und Agir-Creek so schnurgerade über das vollständig pfadlose Gebirge herüberzukommen. Die Verhältnisse lagen so, daß sie grad in diesem Augenblicke und grad auf diesem Wege hatten kommen müssen, um da zu sein, wo sie gebraucht wurden. Es war ja geradezu, als ob sie uns auf eine besondere Bestellung zugeschickt worden seien!

Da Hiller jetzt nicht gleich alles erfahren sollte, was ich ihm eigentlich zu sagen hatte, führte ich eine Gelegenheit herbei, mit Rost unbeobachtet sprechen zu können, um ihm zu sagen, wie er sich in dieser Beziehung zu verhalten habe. Er versprach mir, das von mir gewünschte Schweigen streng zu beobachten.

Ich hielt mich im weitern Verlaufe des Nachmittages meist zu Sannel, welcher mir erzählte, was er seit unserm letzten Beisammensein alles erlebt hatte. Darüber verging die Zeit sehr schnell, und es wollte abend werden, als wir die Höhen von Fremonts Butte rechts von uns auftauchen sahen und uns also in der Nähe unseres heutigen Zieles befanden. Wir erreichten den Zusammenfluß des Silver Creek mit dem New Fork grad beim letzten Tageslicht und hatten einen passenden Lagerplatz gefunden, als es vollständig finster geworden war.

Nirgends unterhält es sich wohl besser, als in der Einsamkeit der Wildnis, wenn einige Männer beisammensitzen, welche etwas erlebt haben. Solche Lagerplätze sind für den Westmann das, was für bewohnte Gegenden die Zeitungen sind, und er versäumt nur höchst ungern eine solche Gelegenheit, Unbekanntes zu erfahren und sich selbst auch gehörig auszusprechen. Heut aber ging es sehr still bei uns zu. Sannel hatte mir gesagt, was er mir zu sagen hatte, und Hiller zeigte sich außerordentlich zurückhaltend; er ließ nur dann ein Wort hören, wenn dies unumgänglich nötig war. Er hatte mir die Zurechtweisung übelgenommen, mit welcher ich geglaubt hatte, nicht zurückhalten zu dürfen. Er schien ein Charakter zu sein, dem man nicht widersprechen darf, weil er nicht leicht verzeihen kann. Vielleicht war diese Eigenschaft nicht ohne Einfluß auf die unglückliche Gestaltung seiner Vergangenheit gewesen. Wer sich nicht belehren läßt und sich gegen andere Meinungen gern nachtragend zeigt, dem entgeht die Elastizität, welche zum Parieren schwerer Schicksalsstöße nötig ist. Wenn es wirklich ein so großer Herzenswunsch von ihm gewesen war, Winnetou und mich einmal zu sehen, so hätte er sich jetzt, wo er ihm in Erfüllung gegangen war, versöhnlich zeigen sollen! Vielleicht hätte ich etwas weniger schroff mit ihm sprechen sollen; ich gebe das zu; aber ich lasse mir nun einmal gegen meinen Herrgott nichts sagen und hatte ihm gleich beim ersten Versuche klarmachen wollen, daß er damit bei mir an eine vollständig falsche Adresse kam. Ich hielt und halte das noch jetzt für meine Pflicht.

So saßen wir also ziemlich schweigsam beisammen und warteten auf die Ankunft des Apatschen. Wir hatten ein Feuer angebrannt, welches auf den Weg, den wir gekommen waren, zurückleuchtete. Das war von mir angeordnet worden, damit Winnetou nicht lange in der Finsternis nach uns zu suchen brauchte. Freilich hatte ich dabei vermieden, dieselbe Unvorsichtigkeit wie die Begleiter Lachners am Lake Jone zu begehen. Ich hatte erst die Umgebung des Platzes genau abgesucht und dann das Feuer nicht da anbrennen lassen, wo wir saßen, sondern ziemlich entfernt davon an einer Stelle, welche wir überblicken konnten. Es ging nur zuweilen einer von uns hin, um neues Holz nachzulegen. Auf diese Weise konnten wir nicht entdeckt werden, aber selbst jede Person sehen, welche sich etwa heranschleichen wollte.

Es mochten, seit wir hier angekommen waren, vielleicht zwei Stunden vergangen sein, als ich bemerkte, daß sich in dem Gebüsch, neben welchem das Feuer brannte, einige Zweige leise bewegten. Das konnte nicht eine Folge des Windes sein, weil sich da die benachbarten, ebenso leichten Zweige mitbewegt hätten. War das Winnetou oder eine Person, welche nicht zu uns gehörte? Wenn er es war, so bedurfte es nur jenes Plätscherns, durch welches er mich abends am Lager der Upsaroka's, als ich mit Yakonpi-Topa den Umgang machte, auf sich aufmerksam gemacht hatte. Ich flüsterte also meinen Gefährten zu, sich ganz ruhig zu verhalten, und kroch nach dem Wasser, welches sich nur einige Schritte hinter uns befand. Dort schöpfte ich den Hut voll, hielt ihn hoch und ließ den Inhalt laut in den still dahinfließenden Creek fallen. Es bedurfte nicht vieler Wiederholungen dieses Experimentes, denn schon beim zweitenmale erklang die Stimme des Apatschen:

»Winnetou hört das Zeichen seines Bruders Scharlih. Wo ist Old Shatterhand?«

»Hier. Wir kommen,« antwortete ich.

Wir gingen nach dem Feuer, an welchem zu gleicher Zeit Winnetou erschien. Er ließ einen lauten, scharfen Pfiff hören, worauf fünf Indianer kamen, welche den Iltschi des Apatschen und auch mehrere Packpferde an den Leitzügeln führten.

»Es ist niemand in der Nähe,« sagte er. »Wir können nun an einer bessern Stelle ein größeres Feuer machen und uns an demselben niedersetzen, um uns zu wärmen, denn es wird in dieser Nacht sehr kalt werden.«

Die Indsmen zerstreuten sich, um Holz zu suchen; sie brachten trotz der Dunkelheit eine solche Menge zusammen, daß sie für die ganze Nacht reichte. Es wurde an einer rundum von Büschen verdeckten Stelle ein neues Feuer angebrannt, um welches wir uns lagerten, nachdem die neu angekommenen Pferde gut versorgt worden waren. Dann warf mir Winnetou einen fragenden Blick zu. Ich verstand ihn und erzählte in kurzen Worten, was geschehen war, seit ich das Unglück gehabt hatte, mit Carpio und Rost am Fleischwasser in die Hände der Blutindianer zu geraten. Sie hörten mir alle mit Spannung zu, besonders auch Hiller, welcher, als ich geendet hatte, sein bisheriges Schweigen brach und mich fragte:

»Aber, Sir, da hat sich ja herausgestellt, daß wir ganz unschuldig an dem Tode der sechs Krähen gewesen sind?«

»Noch nicht ganz,« antwortete ich. »Winnetou hat es entdeckt, Yakonpi-Topa aber will sich erst überzeugen; darum hat er Boten nach der betreffenden Stelle geschickt.«

»Die werden ihm schon die Ueberzeugung bringen, daß die Blutindianer die Schuldigen gewesen sind. Hoffentlich ist man in St. Louis nicht so dumm, ihm die verlangten 365 Gewehre zu schicken!«

»Welche Gewehre?« erkundigte ich mich, indem ich mich unwissend stellte.

»Er hat einen Brief an meine Frau geschrieben, den ich unterzeichnen mußte. Er schrieb darin, daß er mich nur gegen die Zusendung von soviel Gewehren, wie das Jahr Tage hat, ausliefern werde.«

»Wird sie ihn lesen können?«

»Nein, und auch in St. Louis wird sich wohl niemand gefunden haben, der es konnte. Darum habe ich ihn unterschrieben. Er hätte die Gewehre genommen und mich doch am Marterpfahle sterben lassen wie die vier unschuldigen Schoschonen. Ich weigerte mich nur deshalb nicht, meine Unterschrift zu geben, weil ich dadurch die Wachsamkeit meiner Wächter einzuschläfern hoffte. Das ist mir auch gelungen. Ich bin glücklich entkommen und nicht etwa nach Hause geritten, sondern durch dick und dünn direkt über die Berge gegangen, um die Schoschonen zur Rache aufzufordern.«

»Rache? – Hm!«

»Das gefällt Euch wohl nicht?«

»Ich habe das Wort Rache nicht gern.«

»Weil es Euch noch nicht so ergangen ist wie mir!«

»Nicht? Ich glaube, ich bin öfter gefangen gewesen und habe mehr Unrecht erlitten als Ihr. Aber ich habe mich nie selbst gerächt, sondern die Bestrafung Gott überlassen.«

»Das fällt aber mir nicht ein! Wenn Raub und Mord und Totschlag ungeahndet bleiben sollen, so hört auf Erden alles auf, und wenn man die Bestrafung jemandem überlassen soll, den es gar nicht giebt, so mögen die roten und weißen Halunken nur immer drauflos sündigen, weil ihnen nichts geschehen wird. Wie verhält sich denn aber diese Eure christliche Barmherzigkeit damit, daß Ihr jetzt hinauf nach dem Fremonts Peak wollt, Mr. Shatterhand?«

»Ich will dort ein Verbrechen verhüten, weiter nichts.«

»Nicht auch es bestrafen?«

»Kann ich es bestrafen, wenn ich es verhütet habe und es also gar nicht geschehen ist?«

»Das sind Wortdrehereien, auf die ich nicht eingehe. Ich bin hierhergekommen, um den Schoschonen zu sagen, daß die Kikatsa vier Leute von ihnen am Marterpfahle ermordet haben; sie sollen sich dafür rächen. Dadurch wird diesen roten Schuften zugleich meine Gefangenschaft vergolten, und ich bekomme vielleicht die Felle wieder, die sie mir abgenommen haben.«

»Die bekommt Ihr auch ohne Blutvergießen wieder.«

»Wieso?«

»Yakonpi-Topa hat mir versprochen, Euch freizugeben und Euch die Felle auszuliefern; ich soll nur kommen und Euch holen, falls sich herausstellt, daß die Blutindianer die Schuldigen sind.«

»Und Ihr seid so dumm, an dieses Versprechen zu glauben?«

»Ja, ich bin so dumm!«

»Da thut Ihr mir leid. Ich habe Euch bisher für klüger gehalten. Ihr scheint zu derjenigen Art berühmter Leute zu gehören, welche verlieren, sobald man sie persönlich kennen lernt!«

»Möglich; ich weiß das natürlich nicht!«

»Ja; Eure fromme Denkungsart paßt ganz und gar nicht zu

dem Bilde, welches man sich von Euch macht, wenn man Euch noch nicht gesehen hat. Dieses gefühlvolle – – –«

Er wurde unterbrochen: Winnetou hatte eine Rute vom nächsten Strauch gerissen und schlug damit ins Feuer, daß die Funken hoch aufstoben.

»Uff!« sagte er. »Mein Bruder Scharlih ist ganz genau so, wie er sein muß, um Old Shatterhand zu sein. Howgh!«

Er warf Hiller die Rute ins Gesicht und wendete sich dann von ihm ab. Der in dieser Weise Zurechtgewiesene nahm das nicht etwa ruhig hin, sondern er fuhr den Häuptling der Apatschen an:

»Mit Ruten werfen ist Beleidigung! Ich werde Nana-po genannt; das ist wohl Beweis genug, daß ich eine eigene Meinung haben darf! Ich weiß nicht, was Old Shatterhand drüben in seinem Vaterlande gewesen ist, jedenfalls aber das nicht, was ich war! Und ich bin auch heut noch nicht gewöhnt, mir in Beziehung auf das, was ich zu thun oder nicht zu thun habe, Vorschriften machen zu lassen!«

Er sah sich auffordernd im Kreise um. Kein Mensch sagte ein Wort.

»Ich muß um Antwort bitten!« sagte er gebieterisch.

Alles schwieg.

»Nun, so kann ich ja gehen! Ich habe nicht Lust, bei Leuten zu sein, die nur ihren eigenen Willen kennen. Ich beabsichtige, die Schoschonen aufzusuchen. Wo sind sie jetzt?«

Er richtete diese Frage an die Roten, welche mit am Feuer saßen. Bei ihnen befand sich Teeh, der Kundschafter, den wir kurz vor dem Fleischwasser getroffen hatten. Als Hiller von ihnen keine Silbe zu hören bekam, stand er auf.

»Bleibt Ihr hier, oder reitet Ihr mit mir?« fragte er Amos Sannel, seinen bisherigen Gefährten.

»Ich bleibe,« antwortete dieser. »Bin froh genug, Old Shatterhand und Winnetou getroffen zu haben, und werde mich hüten, mir dieses Vergnügen verderben zu lassen!«

»So bleibt in Gottes – – – – wollte sagen, in drei Teufels Namen! Werde mich auch ohne Euch zurechtzufinden wissen!«

Er ging zu den Pferden, und einige Augenblicke später hörten wir ihn fortreiten.

»Fürchterlicher Hartkopf!« meinte Sannel. »Habe mich verschieden über ihn zu ärgern gehabt und bin ganz zufrieden damit, daß er sich davongemacht hat!«

Das konnte er wohl sagen, aber wie stand es da mit mir? Ich hatte Aufträge an Hiller. Durfte ich es zugeben, daß er sich entfernte, ohne daß ich sie ausgerichtet hatte? Winnetou mochte ahnen, was für Gedanken ich hegte; er legte seine Hand einen Augenblick auf die meinige und sagte:

»Mein Bruder mag ihn reiten lassen! Wir wollten ihn befreien; er ist frei. Wir sind fertig mit ihm. Howgh!«

Ich mußte ihm recht geben, wenn ich daran dachte, daß ich beleidigt worden war; sah ich aber von dieser Beleidigung ab, so hätte ich ihn doch lieber zurückgerufen, denn es war doch wohl trotz allem meine Schuldigkeit, ihm mitzuteilen, was mir an ihn aufgetragen worden war. Wohin wollte er, jetzt mitten in der Nacht? Er hatte zwar heut nachmittag von Winnetou gehört, daß die Schoschonen am Marsh Creek herunterkämen, aber da waren sie doch jetzt nicht mehr! Er kam mir wie ein erwachsener Knabe vor, der seinen Kopf aufsetzt, mag er biegen oder brechen!

Wir saßen unter dem Eindrucke der unangenehmen Scene noch eine ganze Weile am Feuer, ohne etwas zu sagen; dann wurden die Wachen ausgelost. Als dies geschehen war, sagte Amos Sannel:

»Aber, Mesch'schurs, so können wir uns doch nicht schlafen legen! Ich wenigstens könnte kein Auge zuthun, ohne zu wissen, woran ich für morgen bin.«

»Wieso für morgen?« fragte ich.

»Ich reite natürlich mit euch. Wohin wollen wir? Warum sind diese fünf Schoschonen geholt worden, und aus welchem Grunde haben sie die beladenen Packpferde mitgebracht?«

Da antwortete Winnetou:

»Amos Sannel soll das alles kurz erfahren. Wir reiten nach dem Fremonts Peak und wissen nicht, wie lange wir da oben zu bleiben haben. Wenn uns der Schnee überfällt, können wir nicht herab. Darum hat Winnetou dafür gesorgt, daß wir für alles gerüstet sind. Die Packpferde sind mit Decken und Nahrung für uns beladen. Sobald wir oben sind, werden diese fünf Schoschonen zurückkehren und unsere Pferde in Sicherheit bringen, welche verhungern müßten, wenn die Decke des Schnees vom Himmel stürzt.«

»Schöne Aussicht! Aber sehr klug gehandelt! Gut nur, daß es nicht genau so zu kommen braucht! Wir können ja in viel kürzerer Zeit, als wir denken, oben fertig sein. Ich bin bereit, alles mitzuthun; lieber wäre es mir aber, wenn wir nicht gezwungen wären, einiger Schurken wegen uns da oben einschneien lassen zu müssen. Einen ganzen, langen Winter im Eise zuzubringen, das ist nur für einen Eisbären angenehm! Wollen es beschlafen. Gute Nacht, Mesch'schurs!«

Er wickelte sich in seine Decke und war nach einigen Minuten eingeschlafen; die andern außer mir und Rost folgten diesem löblichen Beispiele. Die erste Wache war auf mich gefallen; darum durfte ich nicht schlafen, und Rost blieb noch sitzen, weil er etwas auf dem Herzen hatte.

»Mylord, ist das wahr, was Winnetou sagte?« fragte er mich leise, um die Schläfer nicht aufzuwecken. »Müssen wir den ganzen Winter im Gebirge bleiben?«

»Möglich ist es, aber gewiß noch lange nicht,« antwortete ich. »Winnetou hat sich als vorsichtiger Mann für alles vorgesehen; damit ist aber nicht gesagt, daß grad nur die schlimmste Befürchtung einzutreffen hat.«

»Wäre es da nicht besser, wir kehrten um?«

»Umkehren? Wollen Sie Carpio im Stiche lassen?«

»Nein, nein! Daran dachte ich gar nicht. Den müssen wir natürlich auf alle Fälle wieder haben!«

»Schön! Und das Gold dazu!«

»Welches Gold?«

»Haben Sie vergessen, daß die Gesellschaft Corners ein Finding-hole ausnehmen will?«

»Ja, richtig! Aber wir wissen doch nicht, wo das liegt!«

»Die Spuren Corners werden uns draufführen.«

»Und dann gehört es uns?«

»Hm! Eigentlich nicht. Jedes Placer gehört dem Entdecker. Wir werden natürlich nur thun, was wir vor unserm Gewissen verantworten können; aber da diese Mörder das Gold auf keinen Fall bekommen dürfen, so wird sich wohl eine Art und Weise finden lassen, es in ehrliche Hände zu bringen, ohne dabei ein Unrecht zu begehen.«

»Hm! Wissen Sie, Mylord, was mir eine innere Stimme sagt?«

»Nun, was?«

»Daß mir ein Teil von diesem Gelde sehr willkommen wäre.«

»Wirklich?«

»Ja. Ich bin ein so blutarmer Teufel gewesen und habe mich bis zum heutigen Tage immer vorwärtshungern und -kummern müssen. Und meine Verwandten sind gar noch ärmer als ich. Welch ein Glück und welch eine Wonne, wenn man da einmal eine Tasche hätte, in welche man nur zu greifen braucht, um all dieser Not ein Ende zu machen! Meinen Sie nicht, daß so etwas doch vielleicht möglich wäre?«

»Möglich wohl. Hm! Ich will Ihnen den Rat geben: Bilden Sie sich nichts ein! Wenn man nichts hat, so ist es besser, man behält nur dieses Nichts, als daß man sich noch eine Enttäuschung dazu holt. Legen Sie sich schlafen!«

»Das werde ich; aber ich will doch versuchen, ob ich es fertig bringe, von Gold zu träumen, wenn auch nur von einem ganz kleinen Bißchen. Dann hätte ich mich doch wenigstens einmal im Schlaf gefreut!«

Er legte sich um und war auch bald eingeschlafen. Ob und wovon er träumte, das konnte ich ihn leider nicht fragen, ohne ihn aufzuwecken. Als meine Zeit um war, weckte ich Teeh, der nach mir kam; dann warf ich mich auch in die weltbekannten Morpheusarme, welche mich erst losließen, als es Tag geworden war.

Als wir unser Morgenbrot verzehrt hatten, welches aber nicht aus Brot, sondern aus Trockenfleisch bestand, stiegen wir auf und suchten eine Furt im New-Fork, welche Winnetou kannte. Hiller schien sie auch zu kennen, denn seine Spur führte grad auf sie zu und dann hinüber. Der New-Fork machte einen großen Bogen nach Fremonts Butte und dem Bouldersee hin; wir schnitten ihn ab, indem wir jetzt an das andere Ufer gingen, um später wieder an das erste zurückzukehren.

Der Ritt ging über ein weites, sich stets aufwärts ziehendes Grasland, welches hie und da von einem Wäldchen unterbrochen wurde. Die Luft war kalt und trübe; das Gras hatte ein halberfrorenes Aussehen; die Höhen trugen Schnee. Wir ritten den halben Vormittag durch eine feuchte Spätherbstlichkeit und dann gar in Wintersanfang hinein.

Es war eine grandiose Natur um uns her. Wenn es nicht für manchen lächerlich klänge, würde ich von einer Shakespeare-Landschaft sprechen. Links drohten die finsterbewaldeten Vorberge der Salt River Range über den nordsüdlich fließenden Green River herüber; hinter uns schienen die dunklen Black- und Tabernacle-Bluffs die Last des schweren Himmels zu tragen; weit draußen, rechts, versammelten sich die Sweetwater-Giganten einer nach dem andern, der Atlantik-, Windriver- und Temple-Peak, der Chauvenet, Hooker, Bonneville und Golkie, um sich dann in geschlossener Kolonne vom New-Fork-Peak aus über die stolze und unüberwindliche Wind River Range bis hinauf zum Union Paß zu ziehen. Sie blickten, Haupt an Haupt, mit schwerem Eis und Schnee bedeckt, bald tiefernst, bald vorwurfsvoll, bald hohnlächelnd auf uns nieder, daß wir lächerlichen Pygmäen es wagen wollten, in eine Welt einzudringen, wo nur das Große, Erhabene Platz zu finden, die alles Kleine, Gewöhnliche zu erdrücken, zu zermalmen schien.

Ich habe an anderer Stelle[1] den Eindruck der Rocky-Mountains zu schildern versucht; das war, wenn man sie von weitem erblickt. Hier aber befanden wir uns nicht nur mitten drin, sondern hoch oben zwischen ihren höchsten Höhen. Da gab es nicht jenes hochinteressante Farbenspiel der Felswände, jene stimmungsvolle Abtönung der sich übereinander

1 Old Surehand. Bd. III.

aufbauenden und hintereinander zurücktretenden Bergeskuppen, sondern da saßen oder lagen die finstern, drohenden Hünen des Gebirges lang ausgestreckt und weiß bedeckt von Butte zu Butte, von Paß zu Paß und hauchten ihre eisigen, erbarmungslosen Atemstöße durch die Thäler, daß sie sich in dichte Nebel ballten oder als glitzernder Reif den Hochwald und das starre, fühllose Gestein überzogen. Da gab es keine Spur von Freude und Scherz, von Frohsinn und Heiterkeit, auch keine Spur von Wehmut, der stillen, stummen Klage war zu entdecken; keine sanfte Höhe weinte ihre Thränen heimlich in das Thal. Nein, hier in dieser sprachtoten, stummen Einsamkeit hatte sich eine erschütternde, unheilvolle Tragödie abgespielt, deren Schauer noch nicht gewichen waren, sondern sich an die hingesunkenen Riesenleiber für immer festgeklammert zu haben schienen. Hier stiegen versteinerte und doch noch gellende Hilferufe aus den Zwischenklüften; hier lagen die zerschmetterten Intervalle niedergerungener Todesschreie rings umher; hier war das Aechzen und Stöhnen eines unendlichen, entsetzlichen Schmerzes zu Fels geworden; hier hatte das Fauchen und Zischen eines unsäglich grausamen Hasses eine unzerstörbare, granitne Gestalt angenommen, und selbst die Sonne, die überall so frohe, lebenswarme, schien hier vor Schreck zu erbleichen und zu erkalten, denn ihre farblosen Strahlen verloren hier ihre Kraft und berührten uns, ohne von uns empfunden zu werden. –

Wir hatten eine Doppelfährte vor uns, nämlich die von Corner und seiner Gesellschaft und sodann auch Hillers Spur, welche mit der ersteren zugleich nach Norden lief. Hiller wollte zu den Schoschonen. Da er von Winnetou gehört hatte, daß diese den Marsh Creek herabgekommen waren, welcher sich in den Green River ergießt, so erwarteten wir jeden Augenblick, daß die Stapfen seines Pferdes nach Westen abbiegen würden; er hatte ja im Norden, wohin wir wollten, nichts zu suchen. Aber sonderbarer Weise geschah das nicht; es geschah selbst dann nicht, als wir, um mich eines seemännischen Ausdruckes zu bedienen, den Zusammenfluß des Marsh Creek mit dem Green River doublierten. Entweder war er sich selbst nicht klar, oder er hatte einen neuen Entschluß gefaßt, der unsern Gedanken so fern lag, daß wir ihn nicht erraten konnten.

Indem wir also die Gründe seines unerklärlichen Verhaltens vergeblich zu entdecken suchten, bemerkten wir eine neue Fährte, welche von rechts herüberkam und dann der alten folgte, nachdem sie mit ihr zusammengetroffen war. Wir stiegen ab, um sie zu lesen. Sie deutete auf zwei Reiter, welche auch halten geblieben waren, um die vorherigen Spuren sehr genau zu betrachten. Hier galt es, uns über die Reihenfolge klar zu werden, also über die Zeit, in welcher sich die einzelnen Gruppen, deren drei waren, vor uns bewegt hatten. Wir sahen, daß erst Corner gekommen, dann Hiller gefolgt und dann das uns unbekannte Reiterpaar hinterhergeritten war. Corner hatte einen so großen Vorsprung, daß wir ihn heut nicht einholen konnten, zumal da er bessere Pferde besaß als wir; die andern Drei aber waren weniger gut beritten, und wir sahen, daß wir uns gar nicht anzustrengen brauchten, um noch vor Abend mit ihnen zusammenzutreffen. Die Fährte sagte uns nämlich nach einiger Zeit ganz deutlich, daß die zwei Unbekannten auf Hiller gestoßen waren. Sie hatten eine Weile mit ihm an der Stelle des Zusammentreffens gesprochen und dann mit ihm den Ritt fortgesetzt.

Die Sonne hatte eben ihren Scheitelpunkt verlassen, als wir den New-Fork wieder erreichten und hinüber nach seinem linken Ufer ritten. Hier trennten sich die Spuren. Hiller war mit den zwei Unbekannten an dem Flüßchen aufwärts geritten, welches aus dem Fremontsee kommt; Corner aber hatte den New-Fork als Wegweiser beibehalten. Natürlich folgten wir dem letzteren. Es war ja unsere ursprüngliche Aufgabe, Carpio zu retten; Hiller und seine zwei Begleiter gingen uns jetzt nichts an. Wir zerbrachen uns auch gar nicht die Köpfe darüber, wer sie waren und was sie oben am Fremontsee eigentlich wollten.

Zwischen dem Boulder Lake und dem Gros Ventre Peak, in dessen Nähe der Green River entspringt, ziehen sich am Fuße der Windriverberge viele höchst interessante Seebecken hin, von denen man sagen kann, daß sie und ihre Umgebung auf die Schönheiten und Eigentümlichkeiten des nördlich von ihnen liegenden Yellowstone-National-Park vorbereiten, der nirgends seinesgleichen findet. Die Becken dieser Seen sind teils vulkanischen Ursprunges, teils von den Wasserläufen ausgefressen; fast immer aber deutet ihre Umgegend an, daß unter der hier dünnen Erdrinde die vulkanischen Gewalten, welche einst die Bergmassen hier emportrieben, sich noch immer in Thätigkeit befinden. Schon hier giebt es kalte Wasserbecken, in denen stetig oder von Zeit zu Zeit heiße Quellen emporsteigen; man trifft auf Stellen, wo die Mächte der Unterwelt plötzlich den Boden gehoben und auseinander gesprengt haben, um einen glühenden Wasserstrahl oder eine heiße Schlammfontäne hoch emporzuwerfen. Es finden sich abgelegene Thalwinkel, die keinen Winter kennen, weil der stets erwärmte Boden den Schnee verzehrt und einer üppigen Vegetation das Leben giebt, die selbst dann nicht ruht und schläft, wenn rings herum alles Pflanzenleben im Frost erstarrt und erstorben ist.

Solche warme und von den Felswänden vor Wind und Wetter geschützte Stellen suchen die Indianer, besonders die dort hausenden Schoschonen, gern auf, um dort für den Winter die wenigen Gemüsearten mühelos zu ziehen, deren Behandlung sie von ihren Vätern überkommen haben. Sie legen dort sogar zuweilen Vorratskammern an, zu denen sie im Winter auf Schneeschuhen kommen, um ihnen ihre Bedürfnisse zu entnehmen.

Zu den größten dieser Seen gehört der schon genannte Fremont Lake und dann der Lake Amalia, welcher durch den Hauptarm des New-Fork gebildet wird. Es hatte den Anschein, als ob dieses letztere Wasserbecken das Ziel Corners sei, denn seine Fährte blieb dem New-Fork bis zum Spätnachmittag treu, wo sie sich aber plötzlich nach rechts wendete, um einem schmalen aber sehr lebhaften Wasserlaufe aufwärts zu folgen.

»Uff!« rief Winnetou überrascht aus, als er das bemerkte.

Er blieb halten, hob den Kopf und schloß die Augen halb,

als ob er über etwas Unangenehmes nachzudenken habe. Wenn bei ihm, der sich doch wie kein anderer zu beherrschen verstand, ein solches Mienenspiel zu bemerken war, so konnte man überzeugt sein, daß es sich um etwas nicht Unwichtiges handele.

»Uff!« wiederholte er, und damit kein anderer ihn verstehen solle, fügte er in der Mundart der Mescalero-Apatschen hinzu: »Wenn ich recht vermute, so kenne ich das Finding-hole dieser Bleichgesichter; es gehört nicht ihnen, sondern mir. Mein Vater hat es mir gezeigt, als ich fast noch ein Knabe war und von ihm zum erstenmale mit nach den Brüchen des heiligen Pfeifenthones genommen wurde. Er hat das Geheimnis von einem Krieger des Panackstammes erfahren, der ihm dankbar sein wollte, weil mein Vater ihm die Medizin gerettet hatte.«

»Könnte es nicht ein anderes Placer sein?« fragte ich.

»Möglich, denn da oben liegt an vielen Stellen Gold; aber« – – und dabei ging ein wunderliebes Lächeln über sein schönes Angesicht – – »mir sagt eine innere Stimme, daß es kein anderes als mein Finding-hole ist. Ich werde voranreiten, und mein Bruder Scharlih mag mit den andern meiner Spur folgen, bis dieses Wasser hier aus einer hohen Felsenspalte tritt und es den Anschein hat, als ob man ihm nicht weiterfolgen könne. Wer die Gegend nicht kennt, der reitet aufwärts weiter, wohl eine Stunde lang; dann kommt er an die Stelle, wo dieser Bach, vom hohen Berge kommend, sich jäh in eine tiefe Kluft hinunterstürzt, wohin man ihm nicht folgen kann. Dort hinauf werde ich reiten. Mein Bruder aber reitet bloß bis unten zu der Felsenspalte und in diese hinein. Es scheint als ob dies unmöglich sei, aber er wird bald bemerken, daß dies geht. Später komme ich nach.«

Er gab seinem Hengst die Fersen und ritt im Galoppe fort, obgleich das jetzt bergansteigende Terrain dieser schnellen Gangart so ungünstig war, daß ein anderer sich wohl gehütet hätte, anders als im Schritte zu reiten. Wir folgten langsam hinter ihm her.

Wir hatten die Region des Hochwaldes hinter uns, waren

aber bisher immer noch von einzelnen Bäumen begleitet worden; das hörte nun aber auf. Die Bäume verschwanden, und es traten niedrigere Formen auf; das ging so schnell, daß wir uns nach einer Stunde, allerdings immer steil ansteigend, schon oberhalb des Pflanzenwuchses befanden; gar nicht weit über uns lag Schnee, und es war so kalt, daß unser Atem dampfte. Das gab freilich kein gutes Prognostikon in Beziehung auf unser Nachtquartier.

Es war alles öde ringsumher. Man sah keinen Vogel, kein anderes Tier, keinen Käfer, keine Fliege. Außer dem Plätschern des Wassers war das Hufgestampf unserer Pferde das einzige Geräusch, welches wir hörten. Es wurde den Tieren schwer, vorwärts zu kommen, des schwierigen Terrains und auch der dünnen Luft wegen. Auf die einsam großartige Gebirgswelt konnten wir nicht achten; wir hatten unsere ganze Aufmerksamkeit auf den schlimmen Weg zu richten.

Da plötzlich hatte der Bach ein Ende, oder vielmehr sein Anfang fehlte; er kam aus einer schmalen Felsspalte hervor, wo er über die in seinem Bette liegenden Steine hoch aufschäumte. Ich stieg ab, um einen Blick hineinzuwerfen. Wie ich vermutet hatte, so war es: die Steine waren mit Absicht hineingeworfen worden, um den Anschein zu erwecken, daß das Passieren der Spalte ganz unmöglich sei. Wir stiegen in das Wasser und wälzten sie heraus; dann konnte die Passage probiert werden. Es war anfänglich grad genug Platz für einen Reiter vorhanden; darum mußten die Saumpferde anders gepackt werden; dann aber wurde die Spalte breiter und bequemer, bis sie sich zu unserer Ueberraschung zu einem großen, länglich runden Felsenkessel verbreiterte, durch den das Wasser ruhig und wie ein silberheller Faden floß; es kam hinten aus einem so niedrigen Spalt, daß kaum ein Mensch Platz zum Hineinkriechen hatte. Es schien hier ein ganzes System von Spalten, Klüften und Kesseln vorhanden zu sein.

Da kein scharfer Wind in diesen Raum treten konnte, herrschte in demselben trotz des Wassers eine ganz angenehme Temperatur. Es war sogar einiges Gesträuch vorhanden, und der Boden bestand aus einem ganz saftig grünen

Rasen, mit dem sich unsere Pferde sofort zu beschäftigen begannen. Am willkommensten waren uns mehrere hohe Stöße Brennholz, denen man es ansah, daß sie vor Jahrzehnten hier aufgehäuft worden waren. Es mußte eine lange Zeit her sein, seit das letzte Feuer hier gebrannt hatte. Wir zündeten eins an und machten es uns rund um dasselbe auf unsern Decken so bequem wie möglich. Ich sagte natürlich nicht, was ich von Winnetou erfahren hatte, und war selbst sehr neugierig, zu erfahren, weshalb und wohin er seinen einsamen Ritt unternommen hatte.

Wir mochten uns vielleicht drei Stunden lang an unserm jetzigen Aufenthaltsorte befunden haben, als er durch die Spalte geritten kam. Schon daß er dies in der dort herrschenden Finsternis zuwege gebracht hatte, war eine große Leistung zu nennen; noch erstaunlicher aber war es, daß er in der jetzigen nächtlichen Dunkelheit die steilen, wilden und pfadlosen Höhen überwunden hatte, wo jeder unvorsichtige Schritt des Pferdes einen Unfall herbeiführen konnte.

Als er abgestiegen war, beeilten sich die Schoschonen, seinen Iltschi zu versorgen. Er kam zu mir, setzte sich nieder und verzehrte sein Abendbrot, ohne ein Wort zu sagen, obwohl er es den Anwesenden ansehen mußte, daß sie irgend eine Mitteilung von ihm mit Ungeduld erwarteten. Erst als er mit dem Essen fertig war, sah er sich lächelnd im Kreise um und sagte in seiner kurzen, freundlichen aber bestimmten Weise:

»Meine Brüder glauben, daß ich ihnen etwas zu erzählen habe; sie irren sich. Ich bitte sie, sich schlafen zu legen, denn morgen früh werden wir einen sehr anstrengenden Weg zu machen haben. Wir werden Corner und seine Bleichgesichter gefangennehmen. Wir können alle schlafen und brauchen keine Wachen auszustellen, denn es giebt außer uns hier keinen Menschen, welcher den Ort, an dem wir uns jetzt befinden, kennt.«

Diese Worte brachten eine Enttäuschung hervor, welche eine allgemeine Stille zur Folge hatte. Die Leute sagten einander kurz gute Nacht und wickelten sich in ihre Decken. Winnetou blieb noch sitzen. Ich war überzeugt, daß er wohl etwas hätte sagen können, wenn es nicht gegen seine Absicht gewesen wäre, zu sprechen. Daß er sich nicht auch niederlegte, war für mich das Zeichen, daß er mir etwas mitzuteilen habe; darum blieb auch ich sitzen. Er wartete, bis die andern alle zu schlafen schienen und sagte dann in der Mundart der Apatschen, um nicht verstanden zu werden, wenn ja noch einer wachen sollte:

»Es ist so, wie ich dachte: Corner kennt das Finding-hole des Panackindianers. Er oder einer seiner Begleiter kann es nur durch irgend einen unbeabsichtigten Umstand entdeckt haben. Als ihre Spur gestern nach hier ablenkte, wußte ich gleich, daß es sich nicht um ein Placer am Stihi-Creek handeln werde. Das, welches dort gelegen hat, ist von Watter und Welley ausgenommen worden.«

»Da es so steht,« antwortete ich, »ist mir folgendes klar: Corner und Genossen haben erst hier diesen Fund gemacht, den sie nicht augenblicklich ausbeuten konnten, und sind fortgegangen, um dies später zu thun. Ihr Weg führte sie hinüber nach dem Stihi-Creek, wo sie auf Watter und Welley trafen und da bemerkten, daß diese Gold besaßen; sie folgten ihnen, um es ihnen abzunehmen; in welcher Weise sie dies thaten, das wissen wir. Sie waren der Ansicht, daß ihr neuer Fundort nur durch Tauchen ausgebeutet werden könne, und lockten den alten Lachner herauf, um ihn und seinen Neffen zu dieser Arbeit zu zwingen und zugleich dadurch, daß sie dem Alten seine Anweisung abnahmen, einen doppelten Fang zu machen.«

»Ja, so ist es. Mein Bruder hat es erraten. Ich beschloß vorhin, das Placer des Panackindianers aufzusuchen, und ritt soweit hinauf, wie es möglich war; dann hobbelte ich mein Pferd an und stieg zu Fuße weiter. Ich kam unbemerkt hinauf und sah sie neben dem Wasser sitzen, grad neben der Stelle, wo die Wellen über das verborgene Loch fließen; das gab mir die Ueberzeugung, daß sie den Fundort kennen.«

»Wissen der alte Lachner und Carpio schon, woran sie sind?«

»Nein, denn sie hatten ihre Waffen noch und waren nicht gefesselt. Sie müssen natürlich wehrlos gemacht werden, ehe sie erfahren dürfen, was man mit ihnen vorhat.«

»Der arme Carpio muß sehr schlimm ausgesehen haben?«

»Er ist krank, sehr krank. Wenn sie ihn in das kalte Wasser zwingen, wird er gleich beim ersten Male sterben.«

»Um Gott! Dazu dürfen wir es nicht kommen lassen! Wir müssen morgen oben sein, ehe dies geschieht!«

»Mein Bruder mag sich nicht beunruhigen! So schnell geht es mit dem Zwange nicht, den sie ausüben wollen. Wir werden zur rechten Zeit bei ihm sein.«

»Ich vertraue dir. Ich hätte noch manches zu sagen und zu fragen, aber ich stelle alles dir anheim. Du weißt, was du thust.«

»Ich kenne deine Fragen, ohne daß du sie auszusprechen brauchst, und habe alles reiflich überlegt. Einen einzigen Punkt giebt es, in welchem ich unentschlossen bin; ich werde da meinen Bruder Scharlih um seinen Rat bitten.«

»Ich errate diesen Punkt.«

»Uff! Old Shatterhand und Winnetou können niemals einen Gedanken vor einander verbergen!«

»Nein. Wir sind zwar zwei Personen, aber ein Körper und eine Seele. Ich werde dir sagen, woran du jetzt gedacht hast, nämlich an die Bewahrung des Geheimnisses dieses Finding-hole des Panackindianers.«

»Uff; es ist richtig! Die fünf Bleichgesichter, welche sich jetzt dort befinden, kennen es; es könnte nur durch ihren Tod weiterbewahrt werden. Können wir Carpio und seinem Oheim das Leben nehmen? Nein! Dürfen wir Corner, Sheppard und Eggly töten?«

»Wir nicht!«

»Nein, wir nicht, denn uns haben sie nichts gethan, was nach den Gesetzen, nach denen wir beide zu handeln pflegen, mit dem Tode zu bestrafen wäre.«

»Hm! Wir könnten den Mord Welleys rächen; aber wie ist er ihnen zu beweisen? Wenn sich kein anderer Richter außer uns findet, so müssen wir sie laufen lassen; wir können sie für ihr Verhalten gegen uns in jeder andern Weise, doch nur nicht mit dem Tode bestrafen. Dann kommen sie aber wieder!«

»Uff! Dann kommen sie wieder, um sich das Gold noch nachträglich zu holen. Es liegt nicht mehr sicher in diesem Finding-hole!«

»Ist es viel?« wagte ich zu fragen.

Er wendete sich mir schnell zu und sah mich mit seinen großen, dunklen Augen an, als ob sein Blick mir bis in die tiefste Seele dringen solle. Dann glitt ein mildes Lächeln über sein Gesicht, und er antwortete:

»Ja, keiner von uns beiden kann seine Gedanken vor dem andern verbergen. Mein Bruder Scharlih möchte gern jemand glücklich machen!«

»Ja, so ist es.«

»Er selbst mag kein Gold!«

»Nein. Das habe ich dir einst versprochen, und ich halte mein Wort. Was ich zum Leben brauche, will ich keinem Finding-hole, sondern der geordneten Arbeit, welche Segen bringt, verdanken. Der Inhalt all der Placers, welche entdeckt worden sind, ist für die eigentlichen Finder doch meist nichts als nur *»deadly dust«*[1] gewesen, wie du es stets zu nennen pflegst. Dieser Staub hat die Eigenschaft, erst in späteren Händen seine verderbliche Wirkung zu verlieren; ich gebe meine Hand nicht dazu her, die erste zu sein, welche nach ihm greift. Aber als wohlerwogenes und gern gespendetes Geschenk würde er, das bin ich überzeugt, viel oder vielleicht alles von seiner Schädlichkeit verlieren. Mein Bruder Winnetou braucht das hiesige Finding-hole nicht für sich; er kennt außer dieser Stelle ja noch viele andere, von wo er sich Nuggets holen kann, sobald er welche braucht!«

Er blickte eine Zeitlang still und nachdenklich vor sich nieder; dann sagte er, ohne auf das Vorangegangene weiter einzugehen:

»Es ist nicht viel, aber doch genug. Die Panacks, denen

1 »Tödlicher Staub.«

diese Gegend früher gehörte, haben auch erfahren müssen, daß es nur Unheil bringt, den Bleichgesichtern Gold zu zeigen. Sie haben sich die Hilfe der weißen Jäger gegen ihre roten Feinde durch dieses gelbe Metall erkaufen wollen, doch nichts als Undank und Verrat davongetragen. Sie schafften ganze Lasten Gold von hier fort, um es ihren bleichen Verbündeten zu schenken, und die Folge war, daß sie von diesen Freunden zu Tode gemartert wurden, damit der Schmerz sie zwinge, den Fundort zu bezeichnen; sie sind aber als Helden gestorben, ohne ihn zu verraten. Jetzt ist nur ein kleiner Rest der frühern Schätze noch vorhanden.«

»Sie waren auch gezwungen, ihr Leben durch das Untertauchen in die kalte Flut aufs Spiel zu setzen?«

»Uff! Mein Bruder hält die roten Männer doch wohl nicht auch für so ungeschickt, wie sie von Leuten geschildert werden, welche unsere Rasse gar nicht kennen! Kein Indianer ist so dumm, ein Finding-hole durch Untertauchen auszubeuten. Old Shatterhand wird sehen, wie klug die Panacks es angefangen haben, zu dem Golde zu kommen, ohne naß zu werden.«

»Ah, sie haben das Wasser abgeleitet?«

»Ja. Und die Einrichtung dazu ist so einfach hergestellt worden und noch heutigen Tages vorhanden. Es bedarf nur einer ganz geringen, kurzen Arbeit, um dem Wasser eine andre Richtung zu geben. Einen kleinen Teil des Goldes herauszunehmen, erfordert nicht lange Zeit; aber freilich, wenn man das Hole ganz leeren will, so ist eine ganze Reihe von Tagen erforderlich, um damit fertig zu werden.«

Jetzt schwieg er längere Zeit. Ich sah ihm an, daß ihn ein nicht gewöhnlicher Gedanke beschäftigte, und hütete mich, ihn zu stören. Dann machte er eine energische Bewegung mit der Hand und sagte in demjenigen Tone, welcher bei ihm stets einen festen Entschluß verkündete:

»Uff! Wir werden länger hier bleiben, als ich dachte. Der Gedanke an den Schnee gebot mir, so kurz wie möglich hier oben zu verweilen, aber wir werden uns zu dem Wagnisse entschließen, es mit ihm aufzunehmen. Im schlimmsten Falle können wir uns ja nach dem Pa-ware[1] der Schoschonen retten. Die Pferde aber dürfen nun nicht bleiben; sie müssen fort. Jetzt mag mein Bruder mit mir die Augen schließen. Gute Nacht!«

Er legte sich nieder, und ich folgte diesem Beispiele. Ich war ganz glücklich darüber, daß er sich entschlossen hatte, meine Bitte zu erfüllen. Zwar hatte er mir das nicht mit Worten zugesagt, aber daß er zum längeren Bleiben entschlossen war, verriet mir, daß er die Absicht hatte, das Finding-hole zu leeren. Ihn zu fragen, was er mit dem Pa-ware gemeint habe, fiel mir nicht ein. Er war nicht gewohnt, mich neugierig zu sehen.

Am andern Morgen wurden wir sehr früh von der Kälte geweckt, denn das Feuer war ausgegangen, weil niemand gewacht und es genährt hatte. Wir zündeten ein neues an, um uns bis Tagesanbruch zu wärmen, und merkten nun erst, daß unsere Decken feucht geworden waren. Es wehten feine Flokken, die sich schnell auflösten, in unser abgeschlossenes »Heim« herein. Wir aßen, und als der erste Gedanke des Tages am Himmel über uns zu bemerken war, hobbelten wir die Pferde so an, daß keines zu dem andern konnte, und machten uns fertig, den Lagerplatz zu verlassen. Da wir heut nicht ritten, so mußten wir den durch die Schlucht führenden Bach zu Fuße durchwaten und also unser Schuhwerk ausziehen. Die Passage war kalt und wegen der im Wasser liegenden Steine, die wir nicht sehen konnten, höchst unbequem. Draußen zogen wir die Stiefel resp. Mokassins wieder an und sahen uns dann zunächst nach dem Wetter um. Es schneite, doch nur dünn, und Winnetou, der sich auch in dieser Beziehung nie zu irren pflegte, sagte:

»Das ist nicht der Schnee des hereinbrechenden Winters, sondern der großen Bergeshöhe; er wird aufhören, sobald die Sonne erscheint. Meine Brüder mögen mir folgen!«

Da keiner von uns zurückgeblieben war, zählten wir mit den fünf Schoschonen neun Mann, die es, wohlbewaffnet, wie wir waren, leicht mit Corner und seiner Sippe aufnehmen

1 »Heißes Wasser.«

konnten. Wir befanden uns trotz unsers gestern so steil aufführenden Rittes noch immer am Fuße eines mächtigen, himmelhoch strebenden Bergkegels, dessen Kuppe mit tiefem Schnee bedeckt war. Dieser Schnee leuchtete uns mehr als das unzulängliche, leichte Tagesgrauen. Wir hatten uns eine Stunde lang durch ein wüstes Felsengewirr bergauf zu winden und trafen dann an der Stelle wieder auf unser Wasser, wo es sich tief in die erste Kluft dieses Wirrsales hinabstürzte. Wir hätten uns eigentlich an seinem Ufer halten müssen, da wir aber nicht gesehen werden durften, verließen wir es, um einen bedeutenden Erdrutsch zu überwinden, der uns über eine halbe Stunde lang zu schaffen machte. Er war die Folge der Frühjahrsschmelze. Hierauf folgte eine ermüdende Kletterpartie über ein ausgedehntes, schräges und sehr schlüpfriges Felsendach, auf dessen oberem Rande wir halten blieben, um Rost ausruhen zu lassen.

Hier befanden wir uns nach Winnetous Angabe in gleicher Höhe mit dem Finding-hole, dem wir uns nun mit größter Vorsicht zu nähern hatten. Dabei war uns der Umstand behilflich, daß hier oben der Schnee viel dichter fiel. Man konnte nicht fünfzig Schritte weit sehen. Es gab eine Menge vom Schneewasser gerissene Gerinne zu durchqueren, Felsen zu umgehen oder zu überklimmen und Schlammstellen zu durchwaten, bis wir an eine vielfach zerrissene Steinwand kamen, hinter welcher unser Ziel verborgen lag. Links von uns sahen wir einen Einschnitt, welcher in gerader Linie von oben bis herunter führte. Winnetou deutete mit der Hand auf ihn und sagte zu mir:

»Dies ist das Bette, welches das Wasser aufnimmt, wenn man es vom Finding-hole ableitet. Weiter unten kehrt es dann zu seinem richtigen Lauf zurück.«

Wir kletterten jetzt, so leise wie möglich und einer hinter dem andern, an den Vorsprüngen dieser Wand empor, bis wir nur noch den letzten, höchsten Streifen, wie eine mannshohe Brüstung, vor uns hatten. Da hielt Winnetou an und gab uns mit der Hand das Zeichen, jetzt womöglich noch vorsichtiger zu sein als bisher. Es gab da Risse, durch, und Ecken, um welche wir lugen konnten, und wir sahen den Platz des Finding-hole vor uns liegen. Es schneite noch immer so dicht wie vorher, aber wir konnten dennoch alles mehr als deutlich erkennen, weil derjenige Teil der Scene, welcher unser Interesse am meisten in Anspruch nehmen mußte, mit zehn Schritten von uns erreicht werden konnte.

Man denke sich eine vielleicht hundert Fuß hohe, senkrechte Felsenwand, in welche eine sehr schmale und nur für Riesenbeine ersteigbare Treppe eingeschnitten ist, die von Stufe zu Stufe immer tiefer hinein und immer höher hinauf zum schneebedeckten Scheitel führt. Diese Treppe ist im Laufe von Jahrtausenden von einem Wasser ausgefressen worden, welches in aufeinanderfolgenden Kaskaden und Kaskadellen von Staffel zu Staffel stürzt und also eine Reihe von Wasserfällen bildet, welche terrassenförmig hinter und über einander liegen. Man kann nur die ersten, untersten Stufen sehen, weil die anderen, höher steigenden, sich im tiefen, finstern Hintergrunde erheben. Der Fels ist goldhaltig; das Wasser hat den ersteren zu Mehl erweicht und mit fortgenommen; das schwere, unlösbare Gold aber bot der bewegenden Kraft der Wellen Widerstand. Je kleiner und also leichter die Körnchen oder Plättchen waren, desto geringer, je größer und schwerer aber die Stücke, desto bedeutender war dieser Widerstand. Nicht weit vom Austritte des Baches aus dem Felsen strömte er über ein tiefes Loch in seinem Bette; seine Gewalt war groß genug, den leichten Goldstaub darüber hinwegzureißen; die großen Körner und Nuggets aber fielen, sobald sie diese Vertiefung erreichten, hinein. Dieser Prozeß ging Jahrhunderte, ja Jahrtausende fort; das unter Wasser befindliche Loch füllte sich; es enthielt nur große Stücke gediegenen Goldes – das Finding-hole war fertig.

Da, wo das Wasser aus der Felswand trat, hatte das Terrain rechts einen steilen, mit Steinen brustwehrartig gekrönten Abfall; das war die Seite, auf welcher wir uns jetzt hinter dieser Brustwehr befanden. Links und nach vorn war das Plateau mit größern und kleinern Absturztrümmern bedeckt, zwischen denen sich die Wellen ein vielgeschlungenes Bett gegraben hatten, um sich dann später in kräftigen Schnellen bergab zu stürzen. Das Finding-hole lag am Rande der erwähnten Trümmer und so nahe am Absturz des Plateaus, daß wir uns, wie erwähnt, ungefähr zehn Schritte davon befanden.

Wir waren, wie es schien, zur rechten Zeit gekommen, denn Corner, Sheppard und Eggly hatten soeben ihre Masken abgeworfen und sich als das gezeigt, was sie eigentlich waren. Carpio und sein Onkel lagen, mit Riemen gebunden, an der Erde, und die drei Gauner waren eben dabei, ihnen zu erklären, wozu der Ritt hierherauf überhaupt unternommen worden sei. Der alte Amos Sannel stand neben mir. Kaum hatte er den ersten Blick hinübergeworfen, so raunte er mir in freudiger Erregung zu:

»Sie sind es, Sir; sie sind es, die ich suche!«

»Welche von den drei?« fragte ich.

»Der rechts und der in der Mitte. Der rechts hat mein Gewehr; ja, er hat es; es ist's; ich würde es hundert Schritte weit erkennen. Wollen wir hinüber, hin zu ihnen, schnell, schnell?«

Er meinte Corner und Sheppard; der letztere hielt die Rallingbüchse in der Hand.

»Wartet noch!« mahnte ich. »Wir wollen uns nicht übereilen, sondern uns ganz nach Winnetou richten. Ihr kommt noch zeitig genug zu Eurem Gewehre. Horcht; sie sprechen eben jetzt!«

Corner war es, welcher sprach. Wir hörten jedes Wort:

»Ja, das hast du wohl nicht gedacht, daß du einmal auf so eine Weise überlistet würdest, du alter, grauer Sünder? Wieviel Gurgeln sind es wohl, um welche du in deinem Leben die Schlinge zugezogen hast? Jetzt steckst du selbst in einer, welche dir den Garaus geben wird. Deinen Neffen hast du mitgenommen, um ihn hier tauchen zu lassen; nun werden wir dir dasselbe Vergnügen machen. Wir ruhen nicht eher, als bis sich kein Gold mehr hier im Hole befindet, und das werdet ihr alles herausholen, alles, er und du. Und wenn du nicht gehorchen willst, so wirst du gehauen, bis das Blut dir von den schäbigen Knochen strömt!«

»In das Wasser? Bei dieser Kälte?« wimmerte der Alte. »Das werdet Ihr doch nicht von mir alten Mann verlangen!«

Die Scene schien schon längere Zeit gespielt zu haben, so daß seine ursprüngliche Ueberraschung verschwunden war und der unvermeidliche Grimm der in seinem Charakter liegenden Feigheit Platz gemacht hatte. Ein lautschallendes, höhnisches Gelächter von allen dreien war die Antwort.

»Jawohl verlangen wir es von dir!« antwortete der Prayerman. »Ihr werdet so oft in das Wasser springen, bis das Hole leer geworden ist. Und damit die Anweisung über die schönen fünfundsiebzigtausend Dollars nicht dabei naß wird, werden wir sie dir aus der Tasche nehmen.«

Lachner stieß einen Schreckensruf aus. Was er dann sagte, verstand ich nicht, denn Winnetou machte mich durch einen Fingerzeig auf ein Felsstück aufmerksam, hinter welchem der Kopf eines fremden Mannes hervorlugte. Wir waren also nicht die einzigen, welche Zeugen des Verbrechens waren, welches hier begangen werden sollte. Kaum hatte ich diesen Kopf gesehen, so sprang der, welchem er gehörte, hinter dem Felsen hervor und sagte:

»Das Ausnehmen dieses Goldnestes werden wir besorgen, Mr. Corner, und Ihr werdet es sein, der in das Wasser taucht. *Hands up*, ihr Schurken; *hands up*, sage ich, sonst schießen wir!«

»Ja, Hände in die Höhe!« ertönte eine zweite Stimme. »Wenn ihr nicht sofort gehorcht, bekommt jeder eine Kugel!«

Hinter dem ersten war ein zweiter gefolgt, den ich auch nicht kannte. Beide hielten ihre Gewehre schußfertig in den Händen. Und da kam noch ein dritter, nämlich Hiller, der sein Gewehr auch angelegt hatte und dabei befahl:

»*Hands up* sage auch ich. Also in die Höhe mit den Armen und Händen!«

»Welley!« rief Corner erschrocken.

»Reiter!« rief Sheppard entsetzt.

»Ja, Reiter und Welley!« antwortete derjenige, welcher zuerst erschienen war. »Ihr hieltet mich für tot; aber ich lebe glücklicherweise noch, um mit euch abzurechnen. Also, Hände endlich in die Höhe! Ich zähle nur bis drei. Eins – – – zwei – – –!«

Corner , Sheppard und Eggly ließen fallen, was sie in den Händen hatten und hoben sie hoch empor. Den auf sie gerichteten Gewehren gegenüber waren sie wehrlos; sie mußten gehorchen.

»So ist's schön!« lachte Welley. »Jetzt werdet ihr gebunden. Wer sich nur mit einem Finger dagegen wehrt, wird erschossen. Mr. Hiller, wollt Ihr so gut sein und das besorgen? Ich und Reiter werden so lange auf sie zielen, bis Ihr fertig seid.«

»*Well*,« antwortete Hiller. »Mit Riemen habt ihr euch für diesen schönen Zweck vorgesehen. In zwei Minuten bin ich fertig.«

Er band die drei aus ihrer schönsten Befriedigung gerissenen Kerle so fest, daß sie kein Glied bewegen konnten. Sie lagen jetzt an der Erde und wagten nicht, ein Wort zu sagen. Welley und Reiter ließen nun ihre Gewehre sinken; sie traten näher, wobei der erstere rief:

»Gott sei Dank; endlich, endlich haben wir sie. Hoffentlich werde ich nun auch wieder zu meinem Golde kommen! – – Das habt ihr wohl nicht für möglich gehalten, ihr Schufte? Ihr glaubtet wahrscheinlich, mich in den Kopf getroffen zu haben; es war aber nur ein Schuß ins Fleisch, der mich vom Floß hinab ins Wasser warf, weil ich ganz am Rande saß. Ich hatte soviel Ueberlegung, nicht gleich wieder aufzutauchen, sondern mich unter dem Wasser nach einem festgeschwemmten Baum zu retten, an dem ich eben vorüber gewollt hatte. Von da aus sah ich, daß ihr bei der nahen Flußkrümmung mein Floß mitsamt dem Golde an das Ufer angeltet. Später, als ihr fortwaret, schwamm ich auch hinüber, hatte aber soviel Blut verloren, daß ich nicht weiter konnte und gewiß zu Grunde gegangen wäre, wenn sich nicht Mr. Reiter meiner erbarmt hätte.«

»Verdammt!« knirschte Corner.

»So ist dieser Schuft also hinter uns hergeritten!« fügte Eggly wütend hinzu.

»Ja, das habe ich allerdings gethan,« erklärte Reiter. »Ihr hattet mich wegen Guy Finell, den ich aus Versehen erschossen habe, in der Hand und mich gezwungen, Euer Kumpan zu sein. Aus Angst, daß Ihr mich verraten könntet, bin ich Euch gefolgt, denn ich habe Euch nicht für so schlecht gehalten, wie Ihr seid. Wir kamen hierher, wo Gabaros als alter, erfahrener Gambusino[1] dieses Finding-hole entdeckte. Wir beschlossen, es später auszunehmen, und ritten nach dem Stihi-Creek, wo wir Welley und Watter trafen. Ihr merktet, daß sie Gold hatten, und folgtet ihnen. Ihr wolltet sie berauben. Da waren Gabaros und ich Euch im Wege. Mit Gabaros fingt Ihr absichtlich Streit an und gabt ihm eine Kugel in den Kopf. Wegen mir brauchtet Ihr keinen Mord zu begehen, denn Ihr hattet ja meine Unterschrift, daß ich ein Mörder bin, und meinen Wechsel in den Händen; ich mußte thun, was Ihr wolltet. Ich wurde einfach fortgejagt. Ich ging, bin Euch aber doch heimlich gefolgt, um Welley wo möglich zu retten. Daß Ihr auf ihn schosset, konnte ich nicht verhindern; aber er war nicht tot, und als er dann an das Ufer kam, habe ich ihm meine Hilfe angeboten. Er brannte darauf, sich zu rächen, und ich sagte ihm meinen Beistand zu, denn durch diese That hatte ich Eure Schlechtigkeit erst ganz kennen gelernt. Euch nachzufolgen wäre Dummheit gewesen, denn ich wußte, daß Ihr nach kurzer Zeit wieder hierher gehen würdet. Wir sind also miteinander hier herauf und haben auf Euch gewartet. Gestern sahen wir eine Fährte und folgten ihr in der Hoffnung, daß sie die Eurige sei. Wir trafen auf Mr. Hiller hier, welcher uns Auskunft geben konnte, weil er bei Old Shatterhand gewesen war, der Euch auch verfolgt. Da Ihr unterwegs haltenbleiben und uns sehen konntet, wichen wir später von Eurer Spur ab und sind auf einem andern Wege hierher gekommen; ich habe ja damals die Gegend kennen gelernt. Wir haben Euch schon seit gestern abend beobachtet und belauscht und wissen alles,

1 Spanisch: Goldsucher.

auch das, wozu Ihr diese beiden Personen mitgebracht habt. Nun wird die Abrechnung beginnen. Ich glaube, daß es um Euch geschehen ist!«

Da lachte Sheppard höhnisch auf und rief:

»Um uns geschehen? Ihr werdet es bleiben lassen, uns auch nur ein Haar zu krümmen. Ich habe Eure Unterschrift!«

»Die nehme ich Euch ab!«

»Abnehmen? Da müßte ich sie hier haben; das ist aber nicht der Fall.«

»Oho! Wir werden sie schon finden!«

»Sucht nur, immer sucht! Ich bin nicht so dumm, so etwas mit mir herumzutragen. Ich habe die Papiere in die Hände eines Sheriffs gelegt; sie sind versiegelt; aber wenn ich bis zu einer bestimmten Zeit nicht wiederkomme, liest er sie, und daß Ihr, der Mörder, Euch dann nirgends sehen lassen dürft, das könnt Ihr Euch wohl denken.«

»Verdammt!« rief Reiter enttäuscht.

»Ja, so ist es!« lachte der Prayer-man. »Nun macht mit uns, was Ihr wollt!«

Er war überzeugt, daß der ausgespielte Trumpf die von ihm beabsichtigte Wirkung haben werde. Da sagte Welley:

»Ich glaube von der Drohung dieses Halunken kein einziges Wort. Laßt Euch nicht bange machen, Mr. Reiter! Wollen einmal sehen, was diese Kerle bei sich haben. Da sind zunächst die Gewehre. Das meinige ist damals auf dem Floße liegengeblieben, und ich habe mich mit einem schlechten behelfen müssen; Sheppard aber hat eine gute Rallingbüchse; die werde ich für mich behalten. Da ist sie ja!«

Er hob sie von der Erde auf. Das war für meinen alten Amos Sannel zuviel. Er sprang über den Stein, hinter welchem er steckte, hinüber, rannte hin, riß ihm das Gewehr aus der Hand und sagte:

»Bitte sehr, Mr. Welley oder wie Ihr heißt, diese Büchse ist mein Eigentum! Sheppard hat sie mir gestohlen!«

Bei diesen Worten versetzte er dem Prayer-man einen Kolbenstoß, daß der Getroffene laut aufschrie. Sein Erscheinen überraschte natürlich alle außer Hiller.

»Wer seid Ihr, Mann?« fragte Welley, indem er seinen Revolver zog. »Hier hat kein Mensch ein Wort zu sagen. Gebt das Gewehr augenblicklich her, sonst schieße ich Euch über den Haufen!«

Wir sahen, daß es Zeit wurde, uns zu zeigen; wir verließen unser Versteck. Als Welley und Reiter uns erblickten, griffen sie zu ihren Gewehren. Winnetou trat vor sie hin und sagte:

»Ich bin Winnetou, der Häuptling der Apatschen, und hier steht Old Shatterhand. Diese Gefangenen, welchen wir schon seit vielen Tagen folgen, gehören zunächst uns. Später werden wir sie euch ausantworten.«

Hiller wich mehrere Schritte zurück und wendete sich ab, als Zeichen, daß er mit uns nichts zu thun haben wolle. Reiter und Welley ließen ihre Gewehre sinken und betrachteten den Apatschen mit ehrerbietigem Staunen. Dieser fuhr fort:

»Und nicht nur diese Gefangenen gehören uns zuerst, sondern auch das ganze Finding-hole ist unser Eigentum, denn ich habe es eher gekannt als die Bleichgesichter, welche es jetzt beanspruchen.«

Da trat Hiller schnell wieder vor und rief:

»Was? Das Gold soll uns genommen werden? Winnetou will es schon früher gekannt haben? Das kann jeder behaupten, der da hinter den Steinen gesteckt und gelauscht hat! Ich bin mit hierhergeritten, weil Reiter und Welley mir einen Teil davon versprochen haben, und es kann mir im ganzen Leben nicht einfallen, darauf zu verzichten!«

»Mir auch nicht,« erklärte Welley. »Ich werde mein Recht verteidigen, selbst gegen Winnetou! Und Ihr, Mr. Reiter?«

»Auch mir kommt es nicht im Traume bei,« antwortete dieser, »das Gold, welches ich selbst mit entdeckt habe, andern zu überlassen, seien sie, wer sie seien!«

»So ist's recht, so ist's recht!« rief Corner, indem er sich trotz seiner Fesseln aufzurichten versuchte. »Ihr habt uns zwar überfallen und gebunden, aber diese Differenz wird sich leicht ausgleichen lassen, wenn wir nur in Beziehung auf das Finding-hole fest zusammenhalten. Laßt euch ja nichts weismachen von früheren Entdeckungen! Das ist Lüge, nichts als

Lüge! Diese Kerle haben uns belauscht und alles gehört, was über das Hole gesprochen wurde; sie kennen es also nun, und da ist die Behauptung billig, daß Winnetou es schon früher gekannt habe. Man weiß ja, was man auf die Worte eines Indianers zu geben hat! Bindet uns nur wieder los, so stellen wir uns an eure Seite und werden unser und euer Recht bis auf den letzten Tropfen Blut verteidigen!«

Auf weitere Worte hörte ich jetzt nicht, denn ich beschäftigte mich nun vor allen Dingen mit Carpio, der das Aussehen einer Leiche hatte und mir in einer in das Herz schneidenden Weise matt entgegenlächelte.

»Sappho!« sagte er. »Endlich, endlich! Ich wußte, daß du kommen würdest, aber es hat so lange gedauert! Wenn du noch länger gewartet hättest, wäre ich gestorben!«

»Ich konnte nicht eher,« antwortete ich, indem ich die Riemen losband. »Nun ist aber alles, alles gut. Kannst du aufstehen?«

»Ja; halte mich!«

Ich unterstützte ihn; er mußte aber, kaum daß er auf die Beine gekommen war, sich wieder niedersetzen.

»Ich bin so matt, so matt,« klagte er. »Diese Menschen sind sehr schlecht mit mir umgegangen. Denke dir, ich soll hier in das eisige Wasser tauchen, um Gold heraufzuholen!«

»Das habe ich gehört. Hast du Hunger?«

»Eigentlich sollte ich welchen haben, aber ich bin zu müde dazu. Weißt du, lieber Sappho, ich habe solchen Frost; die letzte Nacht war schrecklich; ich möchte sterben, am allerliebsten sterben!«

»Du sollst bald wieder warm werden und neue Lebenshoffnung bekommen, lieber Carpio! Jetzt entschuldige mich für einige Augenblicke! Die Sache will sich zuspitzen; es hat den Anschein, als ob es gar zum Kampfe kommen wolle.«

Es war so, wie ich sagte. Während ich mit Carpio beschäftigt gewesen war, hatten Hiller, Reiter und Welley sich immer mehr in Aufregung gesprochen und dem Apatschen drohender gegenübergestellt. Jetzt trat Welley gar mit Hiller zu den Gefangenen heran und sagte in drohendem Tone:

»Nun gut! Da es so steht, so geben wir diese Leute, obwohl sie den Tod an uns verdient haben, wieder frei. Sie werden zu uns halten, und dann wollen wir sehen, ob es so leicht ist, uns um unser Eigentum zu betrügen!«

Er bückte sich nieder, um zunächst Eggly die Fesseln abzunehmen; da aber gebot ihm Winnetou:

»Halt! Welley mag damit warten, bis ich ihm noch ein Wort gesagt habe! Diese Gefangenen gehören uns. Wer sich an ihnen vergreift, um sie zu befreien, ist unser Feind und wird als solcher behandelt. Jetzt thut was ihr wollt; aber unsere Gewehre werden mitsprechen!«

Als ich das hörte, legte ich meinen Henrystutzen an. Fünfundzwanzig Schüsse, ohne zu laden, das war mehr als genug, sie alle im Schach zu halten; dennoch nahmen die fünf Schoschonen ihre Gewehre auch hoch, und Amos Sannel zielte mit seiner Rallingbüchse direkt auf Welley. Da nahm letzterer die Hand von Eggly zurück und stieß einen Fluch aus. Winnetou fuhr jetzt fort:

»Winnetou, der Häuptling der Apatschen, braucht gar nicht zu versichern, daß er niemals eine Unwahrheit sagt, denn jedermann ist überzeugt davon. Er wird aber dennoch beweisen, daß er das Finding-hole eher gekannt hat, als die Bleichgesichter hier, und daß es sein Eigentum ist. Sie mögen einige Minuten warten; aber wer mir folgt, bekommt eine Kugel!«

Er entfernte sich in der Richtung nach dem Wasserfalle in der Felsenwand. Jetzt waren natürlich alle im höchsten Grade neugierig, in welcher Weise er den beabsichtigten Beweis führen werde. Infolge des Gespräches gestern abend vermutete ich, daß er dem Bache eine andere Richtung geben werde; er hatte ja gesagt, daß die sehr einfache Vorrichtung dazu jetzt noch vorhanden sei.

Es waren ungefähr fünf Minuten verflossen, so hörten wir von der Seite des Abhanges, wo wir heraufgekommen waren, ein Rauschen wie von einer kräftigen Kaskade, und wenige Augenblicke später wurde der Bach hier bei uns dünner und immer seichter, bis er gar nicht mehr floß. Er war leer und nur grad da, wo wir uns befanden, war ein tiefes Loch in seinem

Bette, aus welchem das Wasser nicht verlaufen konnte. Jetzt kam Winnetou, deutete auf dieses Loch und sagte:

»Das ist das Finding-hole, welches mir gehört. Ich kann den Bach verschwinden lassen. Verlangen die Bleichgesichter einen bessern Beweis?«

Sie schwiegen zunächst; dann sagte Welley:

»Das Eigentumsrecht eines Indianers geht uns gar nichts an. Wir sind Weiße und haben das Finding-hole auch entdeckt. Wir machen also Anspruch darauf und werden dieses Recht bis auf die Messerspitze verteidigen.«

»Sind Hiller und Reiter derselben Meinung?« fragte der Apatsche, indem in seinen Augen ein Licht spielte, welches ich nur zu wohl kannte. Ich hielt meine Augen auf ihn gerichtet, um augenblicklich das auch zu thun, was er thun würde.

»Ja,« antwortete Reiter, und Hiller fügte hinzu: »Was eine Rothaut machen wird und so ein kindischer Betbruder dazu, wie dieser Old Shatterhand ist, das rührt mich nicht. Ich werde Nana-po genannt, mehr brauche ich nicht zu sagen, und werde mein gutes Recht bis auf die Messerspitze verteidigen!«

»Uff! Verteidigt es!«

Noch schneller, als er das sagte, hatte Winnetou mit dem Kolben seiner Silberbüchse ausgeholt und schlug den Sprecher nieder, daß er wie leblos liegen blieb. Sofort krachte auch mein Kolben auf Welleys Kopf, und fast zu gleicher Zeit erhielt Reiter einen zweiten Hieb des Apatschen, der ihn niederfällte. Material, auch sie zu binden, war mehr als genug vorhanden, denn sie selbst hatten sich reichlich mit Riemen versehen gehabt, um sich Corners und seiner Begleiter zu versichern. Als wir damit fertig waren, machten wir den alten Lachner von seinen Fesseln frei. Ich fragte ihn:

»Seht Ihr nun endlich ein, mit welchen Freunden Ihr Euch gegen uns gewehrt habt? Ihr solltet hier in diesem Wasser untergehen und zu Eurem Leben auch noch die Anweisung auf fünfundsiebzigtausend Dollars hergeben. Was sagt Ihr nun?«

Anstatt sich zu bedanken, warf mir der alte, unverbesserliche Harpax einen giftigen Blick zu und antwortete:

»Ich habe dieses Finding-hole gekauft, und Ihr wollt es mir nehmen, wie ich höre; ich mag nichts von Euch wissen. Ich habe schon einmal auf Euch geschossen, und nun ich wieder frei bin, kann ich wieder schießen und werde so lange Kugeln für Euch haben, bis Ihr mir diesen Platz nicht mehr streitig machen könnt!«

»Ihr armer, armer Teufel! So ein Schwachkopf, der niemals von seinem Geldschrank fortgekommen ist und sich von diesen Schwindlern hier auf eine ganz unbegreifliche Weise hat übertölpeln lassen, will es mit uns aufnehmen! Ihr seid verrückt!«

»Verrückt?« fuhr er mich an. »Ihr sollt gleich sehen, ob ich verrückt oder bei Ueberlegung bin!«

Er sprang einige Schritte fort, um sein Gewehr von der Erde aufzunehmen; da war ich aber schon bei ihm, drückte ihn fest nieder und ließ ihn von Sannel wieder binden.

»So!« sagte ich dann. »Wenn das der Dank dafür ist, daß wir Euch gerettet haben, so verzichten wir auf ihn und fesseln Euch also wieder. Ihr habt auf mich geschossen; Ihr habt Euren Neffen mit Absicht hierher in den Tod geführt; Ihr wolltet jetzt wieder das Gewehr gegen mich erheben; das ist genug. Wir werden uns zwar nicht rächen, aber Euch für so lange, wie wir uns hier befinden, unschädlich machen!«

Er schimpfte und wetterte aus Leibeskräften; wir hörten aber gar nicht darauf. Hiller, Reiter und Welley kamen wieder zu sich; sie hatten ihre Pferde jedenfalls in der Nähe; die Schoschonen wurden fortgeschickt, sie zu suchen. Es dauerte nicht lange, so kamen sie mit ihnen. Ich war neugierig, was der Apatsche nun bestimmen würde. Er gab ihnen folgenden Bescheid:

»Ihr habt uns mit Kampf und Tod bedroht; wir werden euch das verzeihen. Aber solche Leute dürfen nicht in unserer Nähe sein. Ich werde euch fortschaffen lassen mit allem, was euch gehört; wir nehmen euch nichts. Aber wenn ihr nach hier zurückkehrt, so lange wir uns hier befinden, werdet ihr erschossen. Winnetou schwört nie; sein Wort gilt als Schwur!«

Sie wurden auf ihre Pferde gebunden und Teeh, der gewandte Schoschonen-Kundschafter, erhielt mit noch drei Roten den Auftrag, sie bis hinunter zum New-Fork zu bringen; dort sollten sie freigegeben werden und ihre Waffen erhalten. Als sie fortritten, schimpfte Welley wie ein Rohrspatz und drohte mit blutiger Rache. Reiter war still. Hiller richtete sein Abschiedswort nur an mich:

»Da habe ich nun wieder einmal einen gottesfürchtigen Menschen kennen gelernt! Diese Heuchler sind doch alle Schurken! Hier raubt uns sogar der heilige Old Shatterhand unser Eigentum vor der Nase weg und schlägt uns in Fesseln, daß wir uns nicht wehren können. Pfui! Ihr habt mir vorgestern in Eurer heuchlerischen Frömmigkeit mein Wort vom Bären übelgenommen. Ich wiederhole heut: er soll mir das Gehirn ausfressen, wenn ich diese Spitzbüberei nicht heimzahle, sobald es möglich ist!«

Nach dieser Drohung verschwand er hinter den Felsenstükken. Er verließ uns wieder, ohne ein Wort von dem zu erfahren, was ich ihm zu sagen hatte; er war selbst schuld daran. Als ich Winnetou mit einem Wink auf Carpio nun fragend anblickte, sagte er:

»Die Pferde dieser Gefangenen hier stehen da hinten am Wasserfall. Mein Bruder hole sie und bringe Carpio mit Hilfe des fünften Schoschonen hinunter in das Lager. Der Schoschone muß wiederkommen; mein Bruder aber kann unten bleiben!«

Ich ging mit dem Schoschonen nach der Felsenwand. Da sahen wir die fünf Pferde, Corners Fuchs, Petehs und Yakonpi-Topas Tier und noch zwei vorzügliche Schoschonengäule. Zugleich bemerkten wir nun, in welcher Weise Winnetou den Bach abgeleitet hatte. Dieser machte, kurz nachdem er aus der Felsenwand getreten war, eine scharfe Krümmung rechts nach dem Felsenabsturz, wo wir heraufgeklettert waren. Er kam dem Rande desselben auf höchstens vier Meter nahe, und zwar an der Stelle, wo der Riß hinunterlief, den uns der Apatsche als das Ableitungsbette des Wassers bezeichnet hatte. Die vier Meter Erdraum waren früher einmal aufgegraben worden, um das Wasser nach dem Riß zu führen; dann hatte man diesen Abzugsgraben in der Weise wieder zugefüllt, daß drei Steinplatten quergelegt und die Zwischenräume mit loser Erde zugeworfen worden waren. Wollte man jetzt den Bach ableiten, so brauchte man nur die drei Platten zu entfernen, wozu allerdings ein sehr kräftiger Mann gehörte; dann lenkte der Bach von selbst herein, riß die Erde aus eigener Kraft fort und stürzte sich in den Riß hinab.

Wir führten die Pferde nach dem Finding-hole und setzten Carpio auf Corners Fuchs, den er schon geritten hatte. Wir stiegen auch auf; ich hielt mich an Carpios Seite, und der Schoschone hatte das vierte und fünfte Tier zu führen. Als wir fortritten, brüllten uns Corner, Eggly und Sheppard nach, daß wir verfluchte Pferdediebe seien.

Es ging sehr steil abwärts, weshalb es nicht leicht war, Carpio zu stützen, doch versicherte er auch jetzt, daß ihm die Freude, mich wiederzusehen, neue Kraft gegeben habe, und so kamen wir schließlich wohlbehalten unten an. Das Passieren durch die Felsenenge geschah sehr langsam; dann hatten wir ihn in Sicherheit. Er brauchte nicht aus dem Sattel gehoben zu werden, sondern stieg selbst herab, um sich aber gleich niederzusetzen. Der Schoschone hobbelte die Pferde an, für welche Gras genug dastand, wenigstens für jetzt; für längere Zeit reichte es freilich nicht. Dann ging er, um nach dem Finding-hole zu Winnetou zurückzukehren.

Ich zündete zunächst ein tüchtiges Feuer an und machte dem Jugendfreunde von Decken eine weiche, warme Unterlage. Wir wurden nicht naß, weil es, wie Winnetou vorhergesagt hatte, nicht mehr schneite. Jetzt hatte Carpio Appetit zum Essen bekommen, und ich sah mit Freude, daß es ihm vortrefflich schmeckte. Während er aß, fragte er mich:

»Wie ist es dann noch mit dem Zweikampf geworden? Du hast doch gesiegt?«

»Ja, sonst wäre ich nicht hier.«

»Ja, richtig! Ich ging fort, um meinen Revolver zu holen.

Ich wollte Peteh erschießen, falls er dich ja überwinden sollte. Ich hatte aber unsere Hütte noch nicht erreicht, so kamen diese entsetzlichen Menschen und schleppten mich fort. Ich durfte nicht um Hilfe rufen. Mein Onkel behandelte mich am härtesten; ich mag nichts mehr von ihm wissen. Ich habe mich schon gefragt, ob er wirklich mein Verwandter ist. Wenn er es wäre, müßte er doch ganz anders sein! Sollte da nicht vielleicht auch eine Verwechslung vorliegen? Es giebt zerstreute Pfarrherren genug, welche nicht aufpassen, wenn sie Einträge in die Kirchenbücher machen. Es sollte mich gar nicht wundern, wenn ich auch hier das Opfer einer Konfusion wäre; ich bin das ja gewöhnt! Uebrigens habe ich es auch deiner Zerstreutheit zu verdanken, daß ich vom Lager der Kikatsa fortgeschleppt worden bin.«

»Wieso?« fragte ich, ohne ihm mein Erstaunen über diese Behauptung merken zu lassen.

»Ich brauchte den Revolver gar nicht zu holen, denn ich hatte ja einen in der Tasche; es war der deinige.«

»Ist das möglich?«

»Ja! Als du früh von der Versammlung kamst, bandest du uns wieder los. Unsere Waffen lagen dort. Du stecktest deine zwei Revolver ein. Wir saßen so nahe aneinander, daß unsere Seitentaschen sich wahrscheinlich berührt haben; da ist einer von den Revolvern in meine Tasche gekommen. Hätte ich das gewußt, so wäre ich am Kampfplatz geblieben. Du siehst also, daß ich durch deine Schuld in die Hände dieser Menschenschinder geraten bin. Du bist ja immer zu Verwechslungen geneigt gewesen. Das soll aber ja kein Vorwurf sein, denn ich möchte dich um alles in der Welt nicht betrüben! Jetzt bin ich vom Essen müde geworden. Darf ich schlafen?«

Ich machte ihm ein möglichst bequemes Lager und sorgte dann, als er eingeschlafen war, dafür, daß er weder durch die Kälte noch einen andern Umstand aufgeweckt wurde. Der liebe Kerl war wirklich überzeugt, daß ich ihm meinen, anstatt er sich seinen Revolver in die Tasche gesteckt hatte! Er schlief, ohne einmal aufzuwachen, in einer Tour bis in die Mitte des Nachmittages. Da kam Rost. Er war von Winnetou geschickt worden, um mich abzulösen, falls ich nach dem Finding-hole gehen wolle. Ich that dies natürlich. Als ich oben ankam, bot sich mir ein Anblick, der mich überrascht hätte, wenn ich nicht durch Rost darauf aufmerksam gemacht worden wäre. Der Apatsche und Amos Sannel saßen am Finding-hole, und Corner, Eggly und Sheppard waren emsig beschäftigt, das Wasser aus dem Loche zu entfernen. Da kein Gefäß vorhanden war, geschah das mit Hilfe ihrer Decken, welche eingetaucht und, sobald sie sich vollgesogen hatten, ausgerungen wurden. Man durfte sie um diese Arbeit, zu der sie natürlich nur durch Zwang getrieben wurden, nicht beneiden, denn das Wasser war hier oben dem Gefrierpunkt nahe. Winnetou empfing mich, ohne ein Wort zu sagen, mit jenem leisen Lächeln, welches bei ihm die Stelle lauter Fröhlichkeit vertrat. Auch der alte Sannel schmunzelte mir lustig zu. Er hatte sein Gewehr in der Hand und half durch kräftige Kolbenstöße nach, wenn die Arbeit einmal nicht so schnell, wie es gewünscht wurde, von statten ging.

Was für Gesichter ich von den drei Wasserschöpfern zu sehen bekam, kann man sich denken! Sie waren von kochender Wut erfüllt, wagten aber kein lautes Wort zu sagen, weil der Kolben Sannels sie darüber belehrt hatte, daß jeder Ausbruch ihrer Gefühle eine sehr schmerzliche Erwiderung nach sich ziehe. Darum geschah die Arbeit mit einer stillen Geschäftigkeit, über welche wir uns nur freuen konnten. Auf der andern Seite des Hole beaufsichtigte der Schoschone den alten Lachner, welcher zu meinem heimlichen Vergnügen gezwungen worden war, sich auch mit an dem lobenswerten Werke zu beteiligen. Er schöpfte mit seinem großen Hute und that das mit einem Eifer, aus welchem wohl mit Recht zu schließen war, daß der Indianer ein ganz bedeutendes Talent zur Anfeuerung unlustiger Arbeiter besaß. Diese Strafe hatte der Alte vollauf verdient.

Das Loch war tief und weit, und obgleich acht Hände mit solcher Unermüdlichkeit beschäftigt waren, sank der Rand des Wassers doch nur langsam tiefer. Winnetou versicherte, daß es zweier Tage bedürfe, um auf den Grund zu kommen.

Wenn man das Niveau nicht mehr mit den Händen erreichen konnte, mußten die Decken an Riemen hinabgelassen werden, was selbstredend eine Verzögerung mit sich brachte.

Gegen Abend kehrte Teeh mit seinen Schoschonen zurück und meldete, daß die Bleichgesichter sofort weitergeritten seien, wodurch wir uns aber nicht von ihnen täuschen ließen. Dann kam die Zeit, mit der Arbeit aufzuhören. Die Indianer trugen die Waffen der Gefangenen, denen die Augen verbunden wurden. Von je einem Indsmann geführt, mußten sie uns nach dem Lager folgen, was allerdings sehr langsam vor sich ging. Im Felsenkessel angekommen, bekamen sie zu essen und durften sich dann gefesselt schlafen legen, ohne daß ihnen die Binden von den Augen genommen worden waren. Sie sollten nicht sehen, wo sie sich befanden. Während der Nacht wurde natürlich bei ihnen gewacht.

Genau so, wie sie heut herabgeführt worden waren, wurden sie am andern Morgen wieder hinaufgeschafft, um ihre Arbeit wieder aufzunehmen. Das Wetter hatte sich geändert. Es wehte ein scharfkalter Wind, der pfeifend um die Felsenkanten strich. Winnetou wurde sehr ernst. Um die Mittagszeit rief er Teeh zu sich und sagte:

»Die Pferde müssen fort, alle, doch erst morgen früh. Jetzt aber mag mein Bruder mit noch einem Krieger nach dem Paware reiten, um nachzusehen, wieviel Proviant es enthält, falls wir uns dorthin zu retten haben.«

Der Kundschafter entfernte sich gehorsam, ohne ein Wort zu sagen, und nahm einen Schoschonen mit.

Unsere unfreiwilligen Arbeiter froren heut so, daß sie doppelt fleißig waren, um sich wenigstens einigermaßen zu erwärmen. Gegen Abend wiederholte sich der gestrige Marsch nach dem Lager. In der Nacht kam Teeh zurück und meldete, daß sich fünf Personen einen Monat halten könnten, länger aber nicht, falls sich ihnen nicht Gelegenheit biete, selbst auch Fleisch zu machen; er habe aber die Fährte eines großen Bären gesehen; da sei also wahrscheinlich auch anderes Wild vorhanden, welches sich hier oben verspätet habe.

»So mag mein roter Bruder bis zum Morgen ausruhen und

dann mit den Pferden fortreiten, um mit ihnen in sechs Tagen wieder hier zu sein, wenn der Winter nicht inzwischen kommt. Bricht er aber während dieser Zeit herein, so wartet Avaht-Niah, bis der Schnee festgeworden ist, und schickt euch dann mit Schneeschuhen, um uns abzuholen!«

Ich hätte Carpio gern mitgeschickt; er war aber zu schwach zu diesem Ritte und wäre auch durch nichts zu bewegen gewesen, uns zu verlassen. Früh verließen uns die Schoschonen mit allen vorhandenen Pferden, für welche es auch Zeit war, weil es nichts mehr zu fressen für sie gab. Wir waren nun also mit den vier Gefangenen allein, und es kam auf jeden von ihnen einer von uns, da Carpio nicht gerechnet werden und uns in keiner Beziehung förderlich sein konnte.

Heut wurden wir mit dem Wasser fertig; wir gelangten auf den Grund des Hole, der anscheinend aus steinigem Geröll bestand, welches, mit Schlick verbunden, eine dickbreiige Masse bildete. Um diese Masse heraus zu bekommen, wurden unsere freundlichen Arbeiter abwechselnd hinuntergelassen; eine zerschnittene Decke bildete das Transportmittel. Wir sahen der ersten Probe mit außerordentlicher Spannung entgegen, nur Winnetou nicht. Sie sah aus wie mit körnigem Gestein vermischter Schlamm, war aber sehr schwer. Während Winnetou beim Hole blieb, trugen wir sie nach dem Wasser, um den Schlamm wegzuwaschen. Als dies geschehen war, blieb das reine Gold zurück, Stücke von Hirsen- bis zur Größe von Lambertusnüssen. Ich freute mich sehr darüber, blieb aber ruhig dabei. Anders war es mit Sannel und besonders mit Rost. Dieser letztere geriet in eine solche Aufregung, daß ich Mühe hatte, ihn wenigstens zum Schweigen zu bringen. Die Arbeiter durften den Wert des Fundes ja gar nicht so genau kennen lernen.

Sie glaubten, die eigentliche Goldschicht liege tiefer und der Schlamm führe jetzt nur zuweilen eine kleine Probe. Wir ließen sie dabei und schütteten alles in das Bachbette vorwärts des Loches. Sie arbeiteten jetzt mit fast freiwilligem Eifer; das Goldfieber hatte sie ergriffen. So bekamen wir bis zum Abende eine ziemliche Menge Schlick heraus und gingen sehr befriedigt nach dem Lager, ohne daß sie von dieser Befriedigung etwas bemerkten.

Es hatte den ganzen Tag leise aber anhaltend geschneit; das Gebirge sah weiß aus, so weit wir blicken konnten. Am nächsten Morgen gab es keine einzige Flocke; aber tief unten lag es wie eine dichte, undurchdringliche Decke aus weißer Watte ausgebreitet.

»Uff!« sagte Winnetou. »Das ist der Winter! Da unten schneit es, daß man kaum die Augen öffnen kann! Wir müssen uns beeilen, sonst können wir das Pa-ware nicht mehr erreichen!«

Das Goldfieber wirkte heut grad so wie gestern; die vier Männer arbeiteten ohne Unterlaß, obgleich sie vor Kälte fast erstarrten. Carpio war allein im Lager geblieben. Er hatte sich aber nicht gelangweilt; so sagte er, als wir am Abend wiederkamen. Am nächstfolgenden Vormittag war nicht länger als zwei Stunden gearbeitet worden, als Eggly, welcher sich im Loche befand, meldete, daß es keinen Schlick mehr gebe und nun wahrscheinlich die Hauptschicht komme, die viel fester sei als die bisherige. Er mußte heraus, und Winnetou ließ sich am Lasso hinab. Als er wieder heraufkam, war sein Gesicht unbeweglich. Die Arbeiter wurden gebunden und in einiger Entfernung von dem Bache niedergelegt, daß sie nicht sehen konnten, was im Bette desselben vor sich ging. Dann entfernte sich Winnetou; er nahm Sannel mit, um sich von ihm helfen zu lassen.

Ich ahnte, daß er das Wasser jetzt wieder herüberleiten werde, und hatte mich auch nicht geirrt, denn nach kaum zehn Minuten kam es geflossen, allerdings zunächst noch nicht stark. Es lief in das Loch. Die Gefangenen sahen das und schrieen laut auf. Nach und nach kam es stärker; es füllte das Loch und floß dann über den in das leere Bette geschütteten Schlick dahin. Wir standen dort, um zuzusehen. Winnetou flüsterte uns zu, still zu sein und das, was wir erblicken würden, ja nicht zu verraten. Das Wasser spülte den erdigen Schlick fort; das schwere Metall blieb liegen. Der Bach nahm uns die Arbeit des Goldwaschens ab; so hatte Winnetou es gewollt. Nach Verlauf von einer halben Stunde war alles Erdige verschwunden und der Boden des Baches drei Meter lang mit Gold bedeckt, welches uns verlockend entgegenglänzte. Wir brauchten bloß das Wasser wieder abzuleiten, um den reinen Ertrag des Finding-hole wegzunehmen! Winnetou wendete sich ab und sagte in verdrossenem Tone, so daß die Gefangenen es hörten:

»Uff! Es ist nichts in diesem Hole. Wir gehen heut noch fort!«

Er, der nie eine Unwahrheit sagte, hatte auch jetzt keine Lüge gesprochen; es war jetzt wirklich nichts im Hole; aber daneben lag das Gold im Wasser des Baches.

»Seid Ihr verrückt!« rief Eggly. »Wir haben gearbeitet wie die Tiere, und nun wir auf die richtige Schicht gekommen sind, sollen wir aufhalten?«

Winnetou blieb bei ihm stehen, sah ihm nachdenklich in das Gesicht und fragte:

»Und wenn wir Gold gefunden hätten, würden wir euch davon geben? Nein! Der Winter ist da. Wir gehen fort, um dem Tode des Verhungerns und Erfrierens auszuweichen. Wir nehmen euch mit, um euch zu retten.«

»Nein; wir wollen nicht fort. Laßt uns hier. Gebt uns unsere Waffen, und sagt uns, wie Ihr es gemacht habt, um das Wasser ablaufen zu lassen.«

»Wollt ihr das wirklich? Ihr werdet verderben.«

»Nein, nein; wir bleiben da!« schrieen sie alle vier.

»Uff! Ihr habt den Tod verdient; aber wir wollen nicht eure Richter sein; der große, weise und gerechte Manitou mag euch bestrafen. Ihr sollt morgen früh frei sein und das Finding-hole besitzen. Euer Wille geschieht. Wenn es zu euerm Verderben ist, so seid ihr selbst schuld daran. Jetzt kommt ihr mit zum Lager! Und dieses Mal sollt ihr sehen, wo es liegt. Wir verbinden euch die Augen nicht.«

Wie gern sie mitgingen, zum letztenmale als Gefangene! Sie lachten innerlich über unsere Dummheit! Im Felsenkessel angekommen, wurden sie gefesselt und ihnen auch die Augen wieder verbunden. Der alte, zuverlässige Sannel blieb bei ihnen und Carpio zurück. Wir andern drei nahmen einige Decken mit und gingen wieder nach dem Finding-hole. Dort wurde das Wasser wieder abgelassen, und wir sammelten die Nuggets in die Decken. Es gab soviel, daß wir alle drei ziemlich schwer zu tragen hatten. Dann gingen wir, ohne das Wasser zurückgeleitet zu haben, nach dem Lager zurück. Die Decken wurden dort nicht geöffnet, denn Carpio sollte das Gold noch nicht sehen; er hätte es durch seine Freude den Gefangenen verraten. Dann ging Winnetou wieder fort; er nahm Sannel mit, um so weit wie möglich hinabzusteigen und nach Material zu einem indianischen Schlitten zu suchen.

Bemerken muß ich, daß es heut ziemlich stark und windlos schneite. Die beiden Fortgegangenen kamen erst spät abends wieder. Sie hatten das Gesuchte gefunden und einen Schlitten zusammengesetzt, welcher draußen vor dem Felsen stand. Wir legten uns schlafen und wachten abwechselnd bis früh. Da aßen wir erst und schafften dann alles, was uns gehörte, hinaus auf den sehr leicht aber doch kunstvoll gebauten Schlitten, dessen Teile nur mit Riemen zusammengebunden waren. Als nur noch Carpio zu holen war, gingen wir wieder hinein, und Winnetou wendete sich an die Gefangenen:

»Winnetou, der Häuptling der Apatschen, hält Wort. Wir verlassen den Ort. Wir binden euch los, dort liegt Fleisch für zwei Tage. Eure Waffen nehmen wir eine kleine Strecke mit, daß ihr nicht auf uns schießen könnt. Ihr mögt sie euch nach einer Stunde holen. Geht ihr dann hinauf nach dem Finding-hole, so ist der Graben leer, und ihr werdet sehen, wie man es macht, um das Wasser her- oder hinzuleiten. Was weiter mit euch geschehen wird, darüber mag Manitou entscheiden. Howgh!«

Sannel nahm ihnen die Binden von den Augen, befreite sie von den Fesseln und sagte zu Sheppard:

»Diesmal kommt Ihr gut weg, Halunke! Solltet Ihr mir aber wieder einmal in die Hände laufen, so rechne ich mit Euch ab, Ihr armseliger Gewehrspitzbube. Den Schießprügel, den ich zuletzt hatte, sollt Ihr haben; die Rallingbüchse aber nehme ich mit. Viel Glück, Mesch'schurs, beim Finding-hole!«

Damit Carpio nicht naß werden möge, trugen wir ihn hinaus und setzten ihn vor die Goldbündel auf den Schlitten, wo wir ihn in Decken wickelten. Dann ging es zunächst langsam den Berg hinab. Nach ungefähr einer Viertelstunde deponierten wir die Waffen der Zurückgebliebenen auf ein freistehendes Felsstück und setzten dann unsern Weg fort, die Verbrecher dem Strafgerichte Gottes überlassend. Carpio vergoß wegen des Scheidens von seinem geliebten Oheim keine einzige Thräne!

Man weiß, daß die stärksten Regen- und Schneefälle nicht im höchsten Gebirge zu suchen sind. Je weiter wir abwärts kamen, desto mehr Schnee gab es. Wir suchten die seichtesten Stellen aus und hatten doch oft Not, hindurchzukommen. Unterhalb der Baumgrenze fiel der Schnee so dicht, daß wir oft kaum zehn Schritte weit sehen konnten; aber es war nicht mehr so eisig kalt wie oben auf den unbedeckten Höhen. Es standen uns nicht etwa mehrere Wege zur Auswahl frei; es gab nur diesen einen, und da Welley, Hiller und Reiter ihn auch geritten waren, so hatten wir uns vorzusehen, nicht auf sie zu treffen, falls sie auf uns lauerten, um uns das Gold abzunehmen.

Uebrigens war es gar nicht unmöglich, daß wir schon in kurzer Zeit von unsern bisherigen Gefangenen verfolgt wurden. Wir hatten uns nicht Zeit genommen, auch die kleineren Goldkörnchen zusammenzulesen. Wenn sie an den Bach kamen und da, wo der Schlick gelegen hatte, dieses Gold im Bette schimmern sahen, mußten sie unbedingt erkennen, welche Ernte wir gehalten hatten und daß im Hole nun nichts mehr zu finden sei. Da lag der Gedanke nahe, hinter uns herzukommen, zumal der Aufenthalt da oben von Tag zu Tag gefährlicher wurde. Wir hatten uns also doppelt in acht zu nehmen, und zwar besonders weil unser Schlitten eine so deutliche Spur hinterließ.

Es wurde mit dem Schnee immer schlimmer; wir steckten oft bis an die Brust darin und mußten für den Schlitten eine Bahn mit unsern Leibern brechen. Das hielt uns ganz entsetzlich auf und strengte uns so an, daß wir, die sonst Unermüdlichen, öfters ausruhen mußten. Das war eigentlich auch gar kein Wunder, denn wo es möglich war, setzte sich Rost mit auf den Schlitten, den ich und Sannel zogen, während Winnetou voranschreitend Bahn brach. Ihn, den Herrlichen, ziehen oder schieben zu lassen, wäre mir unmöglich gewesen!

Als wir am Nachmittag das Thal des New Fork erreichten, schien der Schnee haushoch zu liegen und das Fortkommen unmöglich zu sein. Aber Winnetou tröstete uns mit der Bemerkung, daß es bis zum Pa-ware nun nicht mehr weit sei. Noch eine Stunde lang in nördlicher Richtung durch dick und dünn, dann wendete er sich rechts in ein schmales Seitenthal, welches, als wir ihm einen Kilometer weit gefolgt waren, plötzlich aufhörte. Es gab rechts und links steile Felsenhöhen und vor uns eine licht bewaldete, schräg ansteigende Lehne, welche bis in den Himmel zu ragen schien. Da hinauf ging es.

Gab es da zu schwitzen! Ich zog; Rost und Sannel schoben ächzend und stöhnend hinterher. Der kleine, leichte Carpio schien fünfzig Centner zu wiegen, und während wir drei wie die Braupfannen dampften, fragte er in seiner Harmlosigkeit rührend und freundlich: »Herr Rost, ich höre, daß Ihnen das Steigen schwer fällt; wollen Sie nicht lieber mit aufsitzen?«

Wir brauchten drei lange Viertelstunden, ehe wir oben waren. Noch aber hatten wir den Kamm nicht ganz erreicht, so fielen droben zwei Schüsse. Winnetou war uns vorangestiegen. Damit wir wegen der Schüsse nicht besorgt um ihn sein möchten, rief er herab:

»Itseh, aki kolet – Fleisch, zwei Elks!«

Welch eine Seltenheit, jetzt und so hoch hier oben! Und welch ein Glück für uns! Wenn er zwei Elks geschossen hatte, so gab das eine ganze Menge Fleisch!

Endlich, endlich erreichten wir die Höhe. Als wir da halten blieben, um zunächst zu verschnaufen, wurden uns durch den Anblick, welcher sich uns bot, Ausrufe freudiger Verwunderung entlockt.

Hier, wo wir standen, lag der Schnee stellenweise mannshoch; vor und unter uns aber war keine Spur vom Winter zu bemerken; da war alles, alles grün! Man denke sich einen sehr tiefen, langgestreckten Krater, der keinen eigentlichen Zugang hat und dessen Wände auf drei Seiten fast senkrecht abfallen, auf der vierten dagegen allmählich. Den Grund dieses Kraters füllt zur Hälfte ein See, dessen Wasser so warm ist, daß man glaubt, es unter den daraufliegenden Dämpfen brodeln zu sehen. Diese Wärme steigt nach oben, schmilzt im Winter bis fast ganz zur Höhe jede Spur von Schnee sofort hinweg und hat einer reichen, immergrünen Vegetation das Leben gegeben, welche das Wild des Waldes über die kalte Jahreszeit hinwegtäuscht und es veranlaßt, hier auf der Höhe standzuhalten. Das war das Pa-ware, was zu deutsch »heißes Wasser« bedeutet. Da war es freilich kein Wunder, daß es um diese Zeit Elks hier gab. Wir sahen sie liegen, uns schräg gegenüber. Es waren zwei männliche. Der Elk geht besonders im Winter gern in Rudeln, weil es ihm in Gesellschaft leichter ist, durch den tiefen Schnee zu kommen. Winnetou hatte zwei Kernschüsse gethan. Er ließ die Tiere jetzt unbeachtet und stieg nach dem See hinab. Wir folgten ihm mit dem Schlitten, den wir nun nicht mehr ziehen oder schieben, sondern halten mußten.

Unten angekommen, schritt er geraden Weges auf eine sehr dicht mit Epheu bekleidete Felswand zu und blieb dort stehen, um uns zu erwarten. Als wir ihn erreichten, schob er den Epheu grad an einer Stelle, wo er am dichtesten zu sein schien, auseinander und verschwand hinter demselben. Als ich ihm folgte, bemerkte ich, daß hinter dem Epheu zwei Elenfelle hingen, welche man portierenartig auf die Seiten zu schieben hatte. Ich that dies und gelangte in einen ziemlich großen Raum, welcher durch die Zwischenräume des Epheus über den Fellen eine halbe Beleuchtung bekam, an die sich das Auge schon nach kurzer Zeit gewöhnte. Hier war eine natürliche Einbuchtung des Felsens durch primitives, mörtelloses Mauerwerk in eine den Verhältnissen angemessen ganz bequeme Wohnung verwandelt worden. Der Epheu hatte nach und nach das Aeußere überwachsen und sie unsichtbar gemacht, und innen hatten sich lichtscheue Pflanzen angesetzt, welche dem toten Gesteine Leben gaben.

Diese Wohnung bestand aus drei Räumen, dem vordern, in den wir zuerst getreten waren, einem mittlern, noch größern, welcher künstlich erleuchtet werden mußte, und einem hintern, welcher Kellertemperatur besaß und als Vorratsraum diente. Das war die Rettungsstation der Schoschonen für den Fall, daß irgend einer oder einige ihrer Krieger hier oben, wo sie im Herbst zu jagen pflegten, vom Winter überrascht und also gezwungen sein würden, Schutz vor der tödlichen Kälte zu suchen.

Es gab da Pelzwerk und schöne, weichgegerbte Felle als Sitz- und Lagerstätten, einen Herd mit indianischen Thongefäßen zur Zubereitung der Speisen, Thonlampen, in denen Fett zu brennen war, Hirschtalglichte, Kienspäne zum Feueranmachen und zu Beleuchtungszwecken, getrocknetes Fleisch, in ganzen Stücken und zu Mehl zerrieben, aufgestapeltes Brennholz, für mehrere Wochen reichend, kurz eine ganze Auswahl von Dingen, welche ein Einsiedler aus Zwang hier während des Winters brauchen konnte. Auch Kürbisse und zwei Ledersäcke voll getrockneter Bohnen waren da, dazu Zwiebeln, Rettiche und mehrere andere Gewächse, welche ebenso wie die Bohnen und Kürbisse draußen am warmen Wasser gezogen und im Herbst eingeerntet worden waren. Diese Vorräte hatte Winnetou gemeint, als er Teeh, den Kundschafter, hierhergeschickt hatte, um nachzusehen, wie lange sie reichen würden.

Als ich die Gefährten hereinholte, staunten sie nicht weniger als ich über den ebenso unerwarteten wie behaglichen Unterschlupf, den wir da mitten in der starren Wildnis gefunden hatten. Da unsere Anzüge naß geworden waren, wurde zunächst ein tüchtiges Feuer angebrannt, dessen Rauch durch eine Art natürlichen Kamins in die Höhe zog. Dann bereiteten wir unserm Carpio ein warmes Lager. Die Fahrt hatte ihn sehr angegriffen, obgleich er dabei gar nicht angestrengt worden war.

Es hatte während der letzten Stunden nicht mehr geschneit, und so war unsere Fährte also nicht zugedeckt worden; sie lag so offen und deutlich da, daß ein Dreiviertelblinder, wenn er auf sie stieß, durch sie her zu uns geführt werden mußte. Es galt also, wenigstens bis zum nächsten Schnee alles zu vermeiden, wodurch unsere Wohnung hier verraten werden konnte. Wir nahmen den Schlitten auseinander und schafften seine Teile herein, um sie zum Feuerholz zu werfen. Dann galt es, uns über die beiden Elks zu machen. Der eine war ein kapitaler Kerl, über zwei Meter lang und am Widerrist ebenso hoch; man mußte ihn über vierhundert Kilogramm schätzen. Der andere war kleiner. Es war ganz unmöglich, mit ihnen bis zum Abend fertig zu werden und dann die Reste zu verbergen. Wir schafften also, soviel wir konnten, herab in den Vorratsraum und ließen das übrige notgedrungen für morgen liegen.

Kurz ehe es ganz dunkel wurde, stieg Winnetou auf die Höhe, von welcher wir herabgekommen waren, um einen Rückwärtsblick auf unsere Spuren zu werfen. Als er wiederkam, meldete er:

»Die Bleichgesichter sind da. Sie lagern jenseits am Fuße des Berges und haben, um sich zu erwärmen, ein großes Feuer brennen. Heut ist es ihnen zu spät geworden; morgen aber werden sie gewiß nach dem Wasser kommen.«

Da waren ja unsere Erwartungen – Befürchtungen kann ich nicht sagen – eingetroffen, und zwar voraussichtlich nicht zu unserm Schaden! Denn wenn wir diese Leute bis jetzt schonend behandelt hatten, so konnte jetzt ein feindseliges Verhalten ihrerseits nur zur Folge haben, daß wir unsere Milde fallen ließen. Wer aber waren sie? Corner mit seinen Leuten? Welley, Hiller und Reiter? Oder hatten beide Parteien sich getroffen und zum Angriff gegen uns vereinigt? Das mußte sich morgen zeigen. Für uns brauchten wir keine Sorge zu haben, denn wir waren nach allen Seiten gegen Angriffe gedeckt und konnten eine lange Belagerung aushalten, weil wir mit Lebensmitteln versehen waren. Wasser hatten wir auch, denn von dem uns sehr nahen Ufer des Sees führte ein schmaler aber tiefer, grabenähnlicher Arm fast bis zum Eingange unseres Versteckes her. Ihn uns abzudämmen war unmöglich, und falls man versuchen würde, es zu thun, war es für uns ein Kinderspiel, diesen Versuch mit unsern Kugeln zu vereiteln.

Uebrigens befanden wir uns schon heute nicht allein am Paware; wir hatten Besuch, und zwar sehr interessanten. Winnetou ging nämlich am Abende einmal hinaus, Umschau zu halten, und sagte uns, als er zurückkehrte, daß er ein lautes Krachen zerbissener Knochen gehört habe; es seien jedenfalls Bären bei den Ueberresten der Elentiere. Wir hätten uns gar zu gern an sie geschlichen, aber dies wäre unter den jetzigen Verhältnissen ein großer Fehler gewesen, weil die Grizzlys leicht zu unsern Verbündeten werden konnten.

Später, als wir uns zum Schlafen niederlegen wollten, hörten wir es draußen schnüffeln und scharren, der Fellvorhang hob sich, und an seiner untern Kante erschien ein Grizzlykopf. Der Bär war mit der Nase auf unsere Spuren gekommen und von ihnen herbeigeführt worden. Als er das hell brennende Feuer so nahe vor sich sah, zog er sich schnell zurück. Es war ein alter, sehr starker Kerl; hätte er sich nicht soeben sattgefressen, sondern Hunger gehabt, so wäre er wohl nicht so rasch verschwunden. Er war weg, ehe wir ein Gewehr auf ihn richten konnten.

Wir schliefen in dieser Nacht wie Prinzen, am tiefsten und längsten Carpio, dessen Müdigkeit natürlich eine krankhafte war. Als wir früh vorsichtig hinaus ins Freie blickten, sahen wir, daß unsere Gegner eher wach gewesen waren als wir; sie befanden sich schon hier am »warmen Wasser« und schlichen überall umher, uns zu suchen. Unsere Spuren hätte ein Winnetou sofort gefunden; diese Leute aber waren keine Winnetous; sie kamen wiederholt an unserm Verstecke vorüber, ohne zu ahnen, wie nahe sie uns waren. Die Ueberreste der Elke entdeckten sie natürlich auch; sie sahen die zersplitterten Knochen und nahmen an, daß das Wild von dem Bären geschlagen worden sei. Da es keinen andern Weg als den, auf welchem wir gekommen waren, aus dem Kraterthale gab, so konnten sie sich unser vollständiges Verschwinden nicht erklären; aber aus ihren lauten Zurufen war zu schließen, daß es ihnen hier ausnehmend gefiel. Sie waren gezwungen, sich zu ihrer Rettung einen Ort zu suchen, der ihnen Schutz gegen die Unbilden des Wetters bot, und dazu konnte sich kein anderer besser als das Pa-ware eignen. Als sie den ganzen Thalkessel nach uns vergeblich durchforscht hatten, standen sie eine Weile beratend beisammen und suchten dann eine Stelle auf, welche ihren Absichten zu entsprechen schien. Dort ragte nämlich ein breites Felsstück platten- oder dachartig aus der Felswand hervor, welches den darunterliegenden Boden trokken hielt; da begannen sie zu bauen. Sie legten Steine aufeinander, um zwei Seitenmauern zu errichten, deren Ritzen sie mit Moos und Erde verstopften. Am Abend waren sie damit fertig und hatten nun eine Schutzhütte, welche vorn allerdings noch offen stand, doch wurde der nächste Tag dazu benützt, auch diese Seite noch zuzubauen, und als sie das gethan hatten, befanden sie sich im Besitze eines verhältnismäßig bequemen Aufenthaltsortes für den ganzen Winter – – – falls es ihnen möglich war, sich durch die Jagd so lange zu erhalten.

Ich muß sagen, daß wir die von ihnen gewählte Stelle für uns jedenfalls nicht ausgesucht hätten, denn sie bot keine Sicherheit für längeres Verweilen. Die Felsenwand stieg dort grad senkrecht empor, und oben bestand sie aus zerfressenem Gestein, welches keinen festen Halt mehr hatte; es konnte vom Sturme oder durch die Schwere des dort sich sammelnden Schnees leicht zum Absturz gebracht werden und mußte dann grad auf die Dachplatte der Schutzhütte fallen. Diese Leute waren außerordentlich unvorsichtig!

Wir hatten es mit keiner einzelnen der zwei Parteien, sondern mit beiden zu thun. Wie wir später erfuhren, hatte sich Welley, um die Schoschonen zu täuschen, mit seinen Begleitern nur scheinbar entfernt; sie waren dann zurückgekehrt, um uns zu überrumpeln. Sie trachteten uns nicht nach dem Leben, aber sie wollten das Gold von uns fordern, auf welches sie ein größeres Recht als wir zu haben meinten. Corner hatte, als er nach unserm Weggange hinauf zum Finding-hole gekommen war, sofort die Goldspuren im Bache gesehen und dann das übrige leicht erraten; er war mit seiner Sippe sogleich zu unserer Verfolgung aufgebrochen, welche ihm nicht schwer fallen konnte, weil unsere Spur sehr deutlich zu lesen gewesen war und wir da, wo der Schnee hoch lag, Bahn gebrochen hatten. Unten am New-Fork waren die beiden Trupps aufeinander gestoßen und hatten sich nach kurzer Verhandlung dahin verständigt, wenigstens einstweilen alle persönliche Feindschaft fallen zu lassen, um ihre vereinten Kräfte gegen uns richten zu können. Nun saßen sie drüben, jenseits des »warmen Wassers«, in ihrer Schutzhütte beisammen und konnten sich nicht erklären, wohin wir verschwunden waren. Um Fleisch brauchten sie zunächst nicht sehr besorgt zu sein, weil die eine Partei noch ihre Pferde hatte, welche nötigenfalls geschlachtet werden konnten; zu fressen hatten diese Tiere ja für einige Zeit, denn es gab in der Nähe des Wassers noch Gras und, wenn dies alle war, genug junges Holz zu verbeitzen. Dennoch sahen wir am dritten Morgen einige von ihnen bergauf steigen, um vielleicht die Fährte eines Wildes zu finden; sie kamen ohne Erfolg zurück. Dies wiederholte sich einige Male, und dann wurde das erste Pferd erschossen. In der nächsten Nacht hörten wir Schüsse fallen; der Bär war bei ihnen gewesen, aber nicht erlegt, sondern nur vertrieben worden.

Wir hielten es eine ganze Woche aus, unsern Zufluchtsort nicht zu verlassen und uns nur in der Nacht einige Bewegung zu machen; dann aber beschlossen wir, uns nicht länger mehr wie Gefangene zu verhalten. Wir gingen früh heraus; ich nahm den Bärentöter mit. Unser Erscheinen brachte zunächst ein stilles Staunen bei ihnen hervor; dann kam Bewegung in sie; sie rannten hin und her, schrieen uns die albernsten Drohungen über das Wasser zu und schossen sogar auf uns, doch ohne jemand zu treffen. Winnetou, dessen sonore Stimme erfahrungsgemäß am weitesten drang, legte die Hände an den Mund und rief ihnen zu, daß auf der halben Länge des Sees die Scheidegrenze zwischen uns und ihnen liege; wer diese Linie überschreite, werde erschossen; was von unsern Gewehren zu erwarten sei, solle Old Shatterhand ihnen klar machen, der jetzt ein Loch in den Stamm des neben ihrer Hütte stehenden Baumes schießen werde. Ich legte das Gewehr an und schoß. Das Ziel wurde getroffen, und damit war der für sie sehr ernste Beweis erbracht, daß sie selbst ganz drüben bei sich vor unsern Kugeln nicht sicher seien. Uns aber fiel es freilich nicht ein, vor ihren Gewehren Angst zu haben.

Von jetzt an brannte des Nachts vor ihrer Hütte stets ein Feuer, damit wir uns nicht etwa unbemerkt anschleichen könnten. Im übrigen lebten wir wie Hund und Katze, welche sich möglichst fern von einander halten. Wir machten auf unserer Seite und sie auf der ihrigen täglich Spaziergänge, ohne daß wir uns dabei gegenseitig belästigten. Sie glaubten, uns aushungern zu können, weil sie keine Ahnung von der Beschaffenheit unsers Versteckes und von unsern Vorräten hatten.

Wir waren alle ganz und gar nur auf das Pa-ware angewiesen, denn von da an, wo die Wärme des Wassers nicht mehr wirkte, lag der Schnee so hoch, daß nicht durchzukommen war, und er fiel noch immerfort in solcher Menge, daß die Feuchtigkeit, in welche er sich hier unten sofort auflöste, den See, wenn auch langsam, steigen machte. Von den draußen tobenden Winterstürmen merkten wir nur wenig, weil sie durch die rundum liegenden Höhen von uns abgehalten wurden.

Es verging Tag auf Tag, Woche auf Woche; der Dezember war schon da, und Weihnachten kam allmählich näher. Wir beschlossen, wenn wir bis dahin nicht von den Schoschonen abgeholt würden, das Fest nach deutscher Weise durch einen brennenden Lichterbaum zu begehen. Von den vorgefundenen Lichtern waren nur wenige verbraucht worden, weil wir Elktalg gebrannt hatten. Zu erwähnen ist, daß drüben, jenseits des Wassers, schon das zweite Pferd geschlachtet worden war und der Bär des Nachts das Thal unsicher machte. Er schien seine hier oben irgendwo in der Nähe liegende Villegiatur in der Hoffnung, doch noch Menschenfleisch verkosten zu können, nicht aufgeben zu wollen. Drüben wurde oft auf ihn geschossen, wenn auch vergeblich; zu uns kam er nicht; entweder sah er ein, daß wegen unsers sichern Aufenthaltes nicht an uns zu kommen sei, oder er hielt uns für Leute, die er sich bis zuletzt aufheben müsse.

Von den Höhen rundum gingen sehr bedeutende Schneestürze herab, und hoch über der Schutzhütte unserer Feinde hingen die weißen Massen so schwer über, daß es mir nicht beigekommen wäre, mich auch nur eine Viertelstunde darin aufzuhalten; sie aber schienen von der ihnen drohenden Gefahr gar keine Ahnung zu haben, und uns konnte es natürlich nicht einfallen, sie vor ihr zu warnen.

Drei Tage vor dem Feste stieg ich mit Rost zur Schneegrenze hinauf, um eine junge, zum Christbaum passende Tanne zu schneiden. Während des Heruntersteigens sahen wir, daß drüben schon das dritte Pferd geschlachtet wurde; es war aber noch abgemagerter als das vorige. Was dann, wenn auch dieses letzte verzehrt worden war? Sie legten die Knochen als Lokkung unter die Bäume; der Bär aber war so klug, sie heimlich zu holen und fortzutragen, anstatt sie an Ort und Stelle zu verzehren und sich durch das dadurch verursachte Geräusch zu verraten. Hunger aber schien er zu haben, denn er schnüffelte seit einiger Zeit auch bei uns herum; wir störten ihn dabei nicht, denn er war uns später doch sicher, da sein Lager sich in der Nähe zu befinden schien. Für den Winterschlaf schien der muntere Kerl heuer keine Neigung zu besitzen.

Wir füllten diesen Tag noch damit aus, daß wir Dillen für die Lichter schnitzten und allerlei Schmuck, wie ihn die Wildnis bot, für den Christbaum fertigten. Keiner freute sich mehr darüber, als mein guter Carpio. Er hätte gar zu gern mitgeholfen, aber er war zu schwach. Seit Dezember war der Verfall seiner Kräfte ein zusehends rapider; wir sahen das, thaten aber nicht, als ob wir es bemerkten. Sein Tod war sicher, und ich kann gar nicht sagen, wie wehe das meinem Herzen that! Er war so kraftlos, daß er schon nicht mehr selbständig sitzen konnte. Ob er wußte, wie nahe ihm sein Ende sei, darüber schwieg er; er war von einer milden, sich gleichbleibenden Freundlichkeit und schien besonders mir jetzt seine Liebe doppelt zeigen zu wollen. Am Abende dieses zweiundzwanzigsten Dezembers, als er es nicht hören konnte, sagte Winnetou zu mir:

»Weißt du noch, was unten am Medicine Bow River meine Meinung über ihn war? Jetzt ist die Zeit gekommen; das Erbarmen der Erde wird ihn hier im wilden Westen willkommen heißen. Wir werden ihm hier am Pa-ware sein letztes Lager bereiten. Howgh!«

Heut hatte ich die erste Wache. Als alle sich zur Ruhe gelegt hatten, fragte mich Carpio, was draußen für Wetter sei. Ich sagte ihm, daß es keinen Schnee, sondern einen schönen, hellen Sternenhimmel gebe. Da bat er mich, ihn hinauszutragen, er wolle so gern mit mir unter diesen Sternen sein. Ich erfüllte ihm seinen Wunsch. In Decken gewickelt saß er halb, halb lag er an meiner Brust. Seine Augen waren emporgerichtet; er sagte lange, lange nichts; dann ergriff er meine Hand und sprach:

»Höre, mein lieber Sappho, wenn du einmal einen Sohn haben wirst, so zwinge ihn ja nicht, etwas zu werden, was er nicht werden will! Es ist so schrecklich, so schrecklich! Mir wurde dadurch meine Jugend geraubt und mein ganzes, ganzes Leben zur Hölle gemacht! Aber ich klage niemand an, denn ich bin jetzt so froh, daß es zu Ende ist, so froh, daß ich hier an diesem schönen Wasser ein warmes, ruhiges Bette finden werde!«

»Wie kommst du dazu, vom Ende zu sprechen, lieber Carpio? Du wirst dich erholen und noch lange, lange leben!«

»Sei still! Du weißt doch ebenso gut wie ich, daß ich höchstens noch zwei oder drei Tage leben werde. Ich habe dir es schon längst angesehen; deine Augen strahlen mir jetzt in doppelter Liebe zu. Weißt du, ich habe eigentlich nur dann gelebt, wenn ich bei dir gewesen bin, und darum macht es mich so glücklich, daß ich nun auch bei dir sterben darf. Du bist zuweilen ein bißchen zerstreut, ein bißchen vergeßlich gewesen, aber doch der einzige Mensch, der mich wirklich lieb gehabt hat. Das vergesse ich dir nicht, auch im Jenseits nicht; ich werde dort immer für dich beten! Nicht wahr, du weißt, daß ich sterben muß! Sage mir keine Lüge! Sei auch jetzt bei meinem Scheiden mein wahrer Freund, wie du es stets gewesen bist! Ich sterbe; nicht wahr?«

»Ja.«

»Ich danke dir! Weißt du, das Sterben ist gar nicht so schlimm, wie viele denken. Ich sage dir so glücklich lebewohl und begrüße dich dann bald im Jenseits selig wieder. Höre, Sappho, weine nicht! Thu mir doch den Gefallen und weine nicht!«

»Ich weine ja nicht, lieber Carpio!«

»Oh doch! Es fiel mir eine warme Thräne ins Gesicht; die ist von dir. Ich wische sie nicht weg, sondern ich nehme sie mit, um sie dem lieben Gott zu zeigen, damit er sieht, daß es auf Erden doch noch wahre Freunde und gute Menschen giebt. Aber eher als zum heiligen Christtag möchte ich doch nicht sterben! Der Baum soll dazu brennen. Wie schön wäre es, wenn mir sein Licht zum Himmel leuchtete! – – – Jener Baum beim Franzl in Falkenau, und dein Gedicht dazu! Ich kann es noch auswendig. Ich möchte es noch einmal deklamieren, wie dort den drei armen Leuten, und auch so unter dem Weihnachtsbaum! Sappho, bete mit mir, daß unser Herrgott mich noch bis zum Christtag leben läßt!«

Er faltete sein Hände in die meinigen, und wir beteten still, ganz still, aber um so brünstiger. Er bewegte sich nicht, auch später nicht; ich fühlte seine leisen Atemzüge; er war im Gebete eingeschlafen. Ich saß stundenlang, ohne mich zu rühren; er sollte nicht aufwachen. Die Mitternacht ging vorüber; die Sterne sagten mir, daß noch eine Stunde und noch eine verrann, da gab es plötzlich drüben jenseits des Sees ein fürchterliches Getöse; ein Krachen, wie von mehreren Kanonenschüssen, folgte, dann war es wieder still.

Carpio war darüber erwacht. Winnetou, Sannel und Rost kamen heraus.

»Es fiel wieder Schnee von der Felsenhöhe, aber sehr viel,« sagte der erstere. »Wo war es?«

»Drüben bei der Hütte, wie es scheint,« antwortete ich.

Wir lauschten einige Zeit. Es war kein Hilferuf zu hören. Vielleicht war es also nur in der Nähe der Hütte gewesen.

»Sie trachten uns nach dem Leben; sie sind still,« sagte Winnetou. »Wir gehen nicht in der Nacht; wir warten, bis es Tag geworden. Ich sehe aus dem Stande der Sterne, daß mein

Bruder Scharlih länger gewacht hat, als er sollte. Meine Zeit ist da; er gehe hinein!«

»Bitte, laß mich mit Carpio hier; er wünschte es so!« antwortete ich.

Die drei gingen hinein, und ich war mit Carpio wieder allein. Er hatte die Augen zu und fing bald an, sehr schwer zu atmen, als ob ihm etwas Böses träume; dann schlug er sie auf, holte tief und erleichtert Luft und sagte hastig:

»Sappho, willst du mir einen Gefallen thun?«

»Ja.«

»Du wirst mich auslachen, aber ich habe es jetzt bei geschlossenen Augen gesehen, ganz deutlich gesehen: Die Hütte drüben ist verschüttet; es sind mehrere Menschen tot; der Bär ist dort, und einer wagt es aus Angst vor ihm nicht, um Hilfe zu rufen. Gehe hinüber, und rette ihn! Willst du?«

»Ja. Ich trage dich hinein.«

Ich lachte nicht über ihn. Es lag in seinem Tone, in der ganzen Situation etwas Zwingendes. Es soll vorkommen, daß Sterbende hellsehend sind. Ich trug ihn hinein. Die andern waren noch nicht wieder eingeschlafen. Rost mußte bei ihm bleiben. Winnetou und Sannel waren bereit, mich zu begleiten.

Die Sterne leuchteten uns bei diesem Wege. Das Feuer, welches drüben stets und auch heute gebrannt hatte, war verlöscht. Wir gingen nicht am Wasser, sondern an den Felsen hin, wo wir nur schwer gesehen werden konnten, um die nördliche Seite des Sees herum. Drüben leuchtete uns eine große Schneemasse entgegen, welche mit schweren Steintrümmern von der Bergeshöhe herabgestürzt war und, wie wir nun allerdings sahen, die Hütte verschüttet hatte. In dieser Beziehung hatte Carpio richtig gesehen. Ob in Hinsicht auf den Bären auch?

Da hörten wir ein Krachen und Prasseln, wie wenn Knochen zermalmt werden. Das mußte der Grizzly sein. Wir schlichen uns leise und äußerst vorsichtig näher. Da sahen wir seine von dem Schnee abstechende Gestalt. Er lag am Rande der Schneelawine und fraß an etwas herum. War es ein Mensch, den er angeschnitten hatte? Wir richteten uns auf und gingen auf ihn zu. Er sah uns und stand im Nu auf den Hinterbeinen. Drei Schüsse krachten, einer von mir und zwei von Winnetou. Der Grizzly drehte sich zur Seite, fiel nieder, kugelte sich einmal um und blieb dann liegen.

»Ist er tot, ist er tot?« klang da eine vor Aufregung oder Entsetzen heisere Stimme. »Holt mich heraus, Mesch'schurs, holt mich heraus! Ich bitte euch um Gottes willen!«

Wir traten behutsam an den Bären heran, um zunächst ihn zu untersuchen. Er war tot. Zwei Menschen ragten, nur drei Schritte von einander entfernt, unter den Trümmern hervor, der eine mit dem Kopfe, der andere mit der Brust, denn der Kopf fehlte ihm, den hatte der Bär zermalmt. Der noch Lebende war Hiller; er war unverletzt, weil der weiche Schnee ihn beschützt hatte, doch lagen auf diesem schwere Steinbrokken, die ihn festgehalten hatten. Der von dem Bären angefressene Tote war Eggly. Wir wälzten den Stein fort und brachten Hiller auf die Füße.

»Gott sei Dank!« stieß er hervor. »Das – – das werde ich Euch nie, nie vergessen! Ich bin kein Hasenfuß, aber in dieser halben Stunde habe ich ein ganzes Jahrhundert voll Todesangst durchlebt. Ich wachte mit Eggly vor der Hütte; da stürzte die Lawine und verschüttete uns, nicht ganz, aber wir konnten nicht heraus; die Steine waren zu schwer. Da kam der Bär. Er wählte lange, lange, eine ganze Ewigkeit, wen er fressen solle; bald beschnüffelte er ihn, bald mich; ich fühlte seinen heißen, aasigen Atem; endlich, endlich entschied er sich für ihn. Der Schädel krachte und splitterte unter dem fürchterlichen Gebiß; der Grizzly sucht ja stets erst das Gehirn! Aber ich war noch nicht gerettet; er konnte sich in jedem Augenblicke auch mir zuwenden. Es war entsetzlich; ich kann es nicht beschreiben! Da kamt Ihr, Mesch'schurs, und nun bin ich erlöst. Gott, Gott sei Dank.«

»Wem dankt Ihr da?« fragte ich. »Gott? Ich denke, der Glaube an Gott sei Kinderei?!«

»Seid still, Sir! Sagt nichts davon!«

»*Pshaw!* Ihr habt mir verboten, von meinem ›sogenannten Gott‹ zu sprechen, und nun dankt Ihr ihm? Habt Ihr nicht zweimal gelästert, daß der Bär Euch das Gehirn ausfressen solle?«

»Schweigt, schweigt! Ich bitte Euch um des Himmels willen! In der fürchterlichen Ewigkeit, die ich jetzt zwischen Leben und Tod zubrachte, bin ich zur Erkenntnis meiner Missethat, meiner Sünden gekommen. Rettet die Verschütteten dort in der Hütte! Ich kann nicht mithelfen; ich muß mich setzen; ich zittere noch an allen Gliedern!«

Er setzte sich nieder und schlug die Hände vor das Gesicht. Die Schnee- und Steinlawine hatte, wie vorauszusehen gewesen war, die Felsenplatte getroffen, welche das Dach der Hütte bildete, und diese eingedrückt. Unter den Trümmern hörten wir dumpfe Stimmen. Wir räumten weg, was wir bewältigen konnten, um nach dem Hohlraum zu kommen, in welchem die noch Lebenden stecken mußten. Diese Arbeit war höchst anstrengend und gefährlich für uns, denn es war ja Nacht, und überall stürzten Trümmer nach. Aber gegen Morgen gelang es uns doch, Luft zu schaffen; Hiller half jetzt mit.

Der erste, welcher herauskam, war der alte Lachner. Als er sah, wer wir waren, sagte er kein Wort; wir waren des Dankes gar nicht wert! Es zuckte mir in den Fäusten, sie ihm an den Kopf zu schlagen. Dann krochen Reiter und Welley hervor; auch sie waren unverletzt. Sie schienen alle Feindschaft vergessen zu haben und drückten uns die Hände. Nun drang ein herzbrechendes Wimmern und Stöhnen zu uns; aber es war zu gewagt, im Finstern nach der Stelle zu kriechen, von woher es klang. Ich schickte Sannel hinüber zu uns, um einige Kienspäne zu holen. Als er sie brachte, machte ich Licht und kroch hinein.

Ich konnte jeden Augenblick verschüttet werden; aber es geschah mir nichts. Erst fand ich Corner; er war tot; die Kante eines Felsstücks hatte ihm die Brust eingedrückt und war dann weitergerutscht, so daß er frei lag. Ich durchsuchte vorsichtigerweise alle seine Taschen und fand nebst anderen, mir weniger wichtigen Gegenständen zwei Depositenscheine. Die steckte ich zu mir, denn sie betrafen die Summen, welche die Verbrecher aus dem Verkaufe von Watters und Welleys Nuggets gelöst hatten. Dann kroch ich weiter, bis ich zu dem Wimmernden kam; es war der Prayer-man, welcher so schwere Verletzungen davongetragen hatte, daß an eine Rettung nicht zu denken war. Er wimmerte in der Bewußtlosigkeit. Es fiel mir nicht ein, ihn zu schonen; ich rüttelte ihn, denn ich wollte ihm eine Frage vorlegen. Ich hatte schon seit langer Zeit einen Gedanken mit mir herumgetragen, über den ich Gewißheit haben wollte. Er kam halb zu sich und stierte mich verständnislos an.

»Sheppard, du hast Guy Finell erschossen!« rief ich ihm zu.

»Finell!« fragte er. »Esel! Warum wollte er mich anzeigen?«

Ein schweres Stöhnen unterbrach dieses Geständnis. Sein verzerrtes Gesicht sah beim Lichte des neunten oder zehnten Kienspanes, den ich angesteckt hatte, wie eine Teufelsfratze aus.

»Und Reiter?« fragte ich.

»Reiter? Dummkopf! Schoß zu gleicher Zeit mit mir los, ich auf Finell, er auf die Spottdrossel, die er fehlte. Das war ein Streich! Du weißt es ja, Corner, daß er nun dachte, er sei der Mörder und – – –«

Ich konnte leider nicht weiter auf seine Worte achten, denn über mir prasselte es; ich fuhr schnell zurück. Kleine Steine fielen herab und raubten einem größeren, sehr schweren Stücke den Halt, den sie ihm gegeben hatten; es stürzte und traf die Fratze, die mich soeben noch so spöttisch angegrinst hatte. Der Prayer-man war auch tot. Gott wollte ihn nicht hier bereuen, sondern im Jenseits büßen lassen. Wer mit dem Heiligsten, was der Mensch besitzt, in der Weise, wie er es gethan hatte, Lästerung treibt, begeht eine Sünde, die ihm hier nicht vergeben werden kann. Ich rührte ihn nicht an und kroch zurück.

Draußen begannen die Sterne zu erbleichen. Winnetou saß mit Amos Sannel auf den Trümmern, nicht weit von ihnen Hiller, Reiter und Welley, welche leise miteinander sprachen, weiter weg davon hockte Lachner für sich allein. Die drei standen auf, als sie mich wiedersahen, und bedankten sich abermals bei mir. Sie baten mir alles ab, was sie gegen uns gethan und gesagt hatten, und wünschten, sich uns anschließen zu dürfen, um uns beweisen zu können, daß sie der Verzeihung nicht unwert seien. Ich wies sie an Winnetou. Als dieser das hörte, sagte er:

»Diese drei Bleichgesichter haben Sünden und Fehler, aber keine Verbrechen begangen. Ihre Strafe soll sein, daß sie hier an dieser Stätte wohnen bleiben, bis wir von hier fortgehen und sie mitnehmen. Sie dürfen unsere Wohnung nicht betreten, aber uns unbewaffnet besuchen und das Fest der Christen mit uns feiern. Da werden sie einsehen, daß sie wohlgesinnte Männer beleidigt haben, die es gut mit ihnen meinten. Dieser Bär gehört uns. Wir werden ihm das Fell und auch das Fleisch nehmen.«

»Dürfen nicht wir das thun?« fragte Hiller. »Wir bringen dann alles hinüber.«

»Ja, es mag so sein.«

Er winkte Sannel und mir, mit ihm zu kommen. Wir kehrten nach unserm Zufluchtsort zurück, wo wir den beiden Zurückgebliebenen erzählten, was sich ereignet hatte. Carpio freute sich herzlich darüber, daß seine Mitteilung sich als wahr erwiesen hatte und er durch sie höchst wahrscheinlich der Retter Hillers geworden war.

Am Vormittag kam dieser mit Welley und Reiter; sie mußten den Weg zwischen hüben und drüben mehrmals machen, ehe sie das Fell und die Menge von Fleisch uns ausgeliefert hatten; wir gaben ihnen, den bisherigen Pferdefleischessern, einen Teil davon ab. Bei dieser Gelegenheit sahen sie den Christbaum stehen, der, wenn es ruhige Luft und keinen Schneefall gab, im Freien brennen sollte. Sie freuten sich, daß sie mit dabei sein durften, und Reiter sagte zu mir in deutscher Sprache:

»Ich habe schon früher gehört, daß Old Shatterhand ein Deutscher ist. Vielleicht interessiert es Sie, daß ich etwas besitze, was auf die deutsche Art und Weise der Weihnachtsfeier Bezug hat.«

»Was ist das?«

»Ein Gedicht.«

»*Pshaw*, Gedicht!«

»Oh bitte, es ist kein schlechtes. Ich gehöre auch nicht zu derjenigen Art von Leuten, welche jede Reimerei, mag sie sein, wie sie will, für etwas Ungewöhnliches halten. Ich bin durch Umstände, welche in meiner Familie lagen, aus der Heimat getrieben worden und dann, da ich verbittert war, nicht etwa das Muster eines vorzüglichen Menschen gewesen. Ich hatte den äußern Halt verloren und verlor dann auch den innern; ich glaubte nicht mehr an Gott. Mein Vater las das zwischen den Zeilen meiner Briefe und schickte mir dieses Gedicht als Weihnachtsgeschenk. Ich will nicht sagen, daß es mich zum frommen Manne gemacht hat, aber es hat doch bewirkt, daß ich zum Nachdenken gekommen und nicht tiefer gesunken bin. Der Deutsche deklamiert zum Weihnachtsfeste gern etwas; darf ich es deklamieren? Ich kann es nämlich auswendig.«

»Von welchem Dichter ist es denn?«

»Von keinem berühmten, sondern im Gegenteile von einem jungen Gymnasiasten, dem mein Vater damals Unterricht in der Kompositionslehre gegeben hat, wie er mir schrieb.«

»Ein Schüler? *Pshaw!* Wollen das lassen! Sagen Sie mir lieber, wie Sie sich so weit vergessen konnten, an der Gesellschaft Sheppards und Genossen Gefallen zu finden!«

»Gefallen?« antwortete er, gleich viel ernster werdend. »Glauben Sie nicht, daß es mir wohl bei ihnen gewesen ist; ich bin kein böser Mensch! Ich habe da unter einem Zwange gestanden, von dem ich mich nicht losmachen konnte. Es ist das ein Geheimnis; aber Old Shatterhand wird mich nicht verraten, wenn ich es ihm mitteile. Ich bin nämlich ein Mörder.«

Er sah mich an, als ob er erwarte, daß diese Mitteilung mir Schreck einjagen werde.

»Unsinn!« lachte ich.

»Ja doch! Das geschah nämlich in Steelsville; ich hatte nichts zu leben und sah mich nach Arbeit oder einer Stelle um; da traf ich auf Sheppard; wir kamen ins Gespräch; ich klagte ihm meine Not, und er teilte mir mit, daß er zur Begleitung nach dem Westen einen Boy suche, der leidlich schießen könne. Ich bot mich ihm an, und er verlangte eine Probe. Wir gingen vor den Ort hinaus nach Guy Finells Farm hinüber. Dort lagen wir wohl eine Stunde lang am Waldesrand, ehe Sheppard ein gutes, ihm genügendes Ziel einfallen wollte. Guy Finell war in seinem Garten. Da kam eine Spottdrossel geflogen und setzte sich auf einen Ast über ihm. Da meinte Sheppard schnell, diese solle ich herunterschießen, sobald er bis drei zähle. Ich ging darauf ein; die Drossel flog unverletzt fort, aber Finell lag in seinem Blute; meine Kugel war ihm durch die Brust gedrungen. Wie das zugegangen ist, das kann ich heut noch nicht begreifen, denn ich war schon damals kein schlechter Schütze. Wir machten uns natürlich schleunigst auf die Flucht, und seitdem stand ich in Sheppards Hand. Er zeigte mich bloß unter der Bedingung nicht an, daß ich ihm ein schriftliches Eingeständnis des Mordes und einen Sichtwechsel auf fünftausend Dollars auslieferte, mit dem er mich in den Händen hatte. Ich bin seitdem geradezu sein Sklave gewesen und wagte gegen keine seiner Forderungen einen Widerspruch, bis ich unten am Platte River erkannte, was für ein Halunke er war. Er jagte mich einfach zum Teufel, damit ich nicht Zeuge seines Mordes an Welley werden könnte, mit dem ich mich dann gegen ihn verbündete.«

»Wie geschah denn eigentlich der Schuß auf die Drossel? Wo befand sich Sheppard, als Sie losdrückten?«

»Er hatte sich hinter mich gestellt.«

»Ah so! Da konnten Sie nicht sehen, was er that! Er zählte, und Sie schossen genau bei drei?«

»Ja.«

»Fielen nicht zwei Schüsse?«

»Nein. Wie kommen Sie zu dieser sonderbaren Frage?«

»Davon später! Der Wechsel durfte Ihnen aber doch keine Angst einjagen!«

»Der freilich weniger, weil ich damit nur unter Umständen gefaßt werden konnte. Aber das Eingeständnis des Mordes! Es war erzwungen, und ich hätte leugnen können, aber es wäre von ihm beschworen worden. Am schwersten aber haben mich die Selbstvorwürfe gedrückt, die mich noch jetzt des

Nachts nur selten ruhen lassen. Ich habe eine Familie unglücklich gemacht und sehe immerfort und allezeit das Opfer dieses schlecht gezielten Schusses blutend am Boden liegen! Sheppard ist zwar nun tot; aber ich weiß, daß er Wechsel und Geständnis irgendwo deponiert hat. Sie können sich denken, daß mir das große Sorgen macht!«

»Freilich! Aber legen Sie nur alles in Gottes Hand! Der weiß am besten, wie Ihnen zu helfen ist. Es giebt einen Heiland für alle Menschen und eine Erlösung aus jeder Seelennot; daran zu denken und daran zu glauben ist grad jetzt die rechte Zeit, meine ich, jetzt, wo wir bald wieder den großen Engelsruf erklingen hören: Ich verkünde große Freude, die euch widerfahren ist!«

Ich drehte mich um und ging in unser Versteck. Als er mich nicht mehr sehen konnte, lugte ich durch den Epheu heraus. Er stand vor Ueberraschung steif und hielt den Blick auf die Stelle gerichtet, hinter welcher ich verschwunden war. Meine letzten Worte waren ja der Anfang seines Gedichtes; konnte das Zufall sein?

Nun zeigte ich Winnetou die Depositenscheine und sagte ihm, daß dieser Reiter der Sohn eines frühern Lehrers von mir sei.

»Ich weiß, weshalb mein Bruder mir diese Mitteilung macht,« lächelte er; »sein Wunsch soll in Erfüllung gehen. Dieses Bleichgesicht ist arm und hat geglaubt, sich mit den Nuggets des Finding-hole helfen zu können; der gute, große Christ soll ihm welche bringen!«

Das war mir eine Freude, und Reiter war nicht der einzige, dem beschert werden sollte; auch mein Carpio mußte natürlich etwas bekommen – – wenn er noch lebte! Es ging zusehends mit ihm abwärts; er wurde immer schwächer; sonderbarerweise blieb die Stimme kräftig. Als ich ihm sagte, daß dies wohl auf eine mögliche Besserung hoffen lasse, antwortete er mit mattem Lächeln:

»Denke das nicht! Es ist bestimmt, daß ich einstweilen von dir gehe. Ich habe im stillen schon von der Erde Abschied genommen. Er ist mir nicht schwer gefallen, denn sie hat mir wirklich nicht viel geboten, was mich halten könnte; sie ist eine sehr harte Stiefmutter gegen mich gewesen. Ich scheide also gern, und wenn meine Sprache noch jetzt kräftiger ist, als ich selbst es bin, so wird das wohl nur wegen des Gedichtes sein. Ich will es noch einmal sagen, laut sagen und dann für dieses Leben stille sein, für immer still.«

»Hast du denn nicht noch einen Wunsch, den ich dir erfüllen könnte, lieber Carpio?«

»Nein, denn was ich wünsche, das wirst du thun, ohne daß ich dich besonders darum bitte. Wenn du in die Heimat kommst, so grüße die Meinen; sag ihnen, daß ich mich den Zerstreutheiten und Konfusionen anderer Leute entzogen habe und nun endlich glücklich bin. Sag ihnen auch, daß nun der himmlische Vater über meinen jenseitigen Beruf bestimmen werde, und daß ich darum nicht befürchte, dort Vorwürfe zu hören, wie diejenigen waren, mit denen ich hier so unausgesetzt und grausam verfolgt worden bin! Jetzt will ich wieder schlafen. Verzeih mir, lieber Freund! Ich bin so müd, und der Schlaf ist so schön. Wenn der Tod so sanft und freundlich kommt wie der Schlaf, so möchte ich nur immerfort und unaufhörlich sterben!«

Er schloß die lieben Augen, öffnete sie aber kaum eine Minute später wieder und sagte:

»Jetzt ist mir plötzlich eine recht große Bitte eingefallen, lieber Sappho. Es giebt hier keinen Sarg, und ich möchte doch nicht so direkt von der bloßen Erde umgeben sein. Dort liegt das Grizzlyfell. Wenn es dir nicht gar zu wertvoll ist, so hülle mich drin ein. Es ist das zwar auch so eine Art von Konfusion und Verwechselung, denn so sollten eigentlich wohl nur berühmte Krieger begraben werden, aber ich bin das doch gewöhnt, und dies wird ja wohl die letzte hier auf Erden sein. Willst du das thun?«

»Von Herzen gern!«

»Ich danke dir; nun schlafe ich!«

Rost saß daneben und hatte alles gehört. Die Thränen liefen ihm unaufhörlich über die Wangen herab, denn der Sterbende war ihm auch recht herzlich lieb geworden.

Der Tag und die nächste Nacht vergingen, ohne daß etwas von Bedeutung geschah; aber am Morgen des Vierundzwanzigsten ertönten frohe Rufe von der Höhe herab, und wir sahen eine Schar Schoschonen kommen, wohl zwanzig Mann, von Wagare-Tey, dem jungen Häuptling, angeführt; Teeh, der Kundschafter, war auch dabei. Sie kamen, uns zu holen, und hatten Schneeschuhe und alles mit, was für uns nötig war. Unsere erste Frage war nach unsern Pferden; sie waren gut aufgehoben. Dann interessierte uns natürlich der Ausgang der Feindseligkeit mit den Upsarokas. Es hatte sich herausgestellt, daß die Blutindianer die Schuldigen waren; Peteh hatte das sogar grimmig eingestanden, ehe er an der von mir erhaltenen Wunde gestorben war. Die Mörder hatten sich alle mit im Lager am Pacific Creek befunden; sie waren, voran der alte, hinterlistige Innua Nehma, ausgeliefert und am Marterpfahle hingerichtet worden, und darüber hatten die Schoschonen mit den Upsarokas Frieden geschlossen. Yakonpi-Topa ließ uns oder auch nur Hiller allein auffordern, ihm die uns geliehenen Pferde zu bringen, so solle dieser die ihm abgenommenen Felle zurückerhalten.

Die Schoschonen hatten geglaubt, daß wir sofort mit ihnen aufbrechen würden, aber das war wegen Carpio unmöglich. Als sie hörten, daß ein Sterbender unter uns sei, ließen sie jedes laute Wort schweigen und zogen sich in scheuer Ehrfurcht, die dem Tod gebührt, zurück. Das Fleisch des erlegten Grizzly gab ihnen stille und doch interessante Beschäftigung genug. Es wurden mehrere Feuer angebrannt, und dann verbreitete sich der Bratenduft über das ganze Pa-ware. Als Carpio hörte, daß unsere Erlöser gekommen seien, sagte er:

»Der meinige wird nun auch erscheinen! Ich bin der einzige von euch, der hier im Thale bleibt. Kommst du vielleicht in deinem Leben nochmals her?«

»Es ist möglich. Selbst wenn ich nur nach einem Tagereisen von hier entfernten Punkte geführt würde, ich würde doch hierher reiten und dich besuchen, mein Carpio.«

»Thue das. Sobald du kommst, bin ich auch da, wenn du

mich auch nicht siehst. Wenn es mir möglich ist, werde ich dir da ein Zeichen geben, ein freundliches Flüstern in den Blättern oder ein heiteres Kräuseln der warmen Wellen im See. Das soll mein Himmelsgruß für dich sein; dann kannst du wieder fortreiten und dir sagen, dein treuer Carpio habe dir für deinen Besuch gedankt!«

Der Abend war wieder sternenhell. Kein Lüftchen regte sich, und die dem Wasser entströmende Wärme erlaubte es uns, den Scheidenden heraus ins Freie zu tragen. Er wurde nahe beim Baume weich hingebettet. Die Weißen nahmen ringsum Platz, und in einem weiteren Kreise lagerten die Schoschonen, neugierig auf den Lichterbaum. Nur einer fehlte: der alte Lachner. Ich hatte ihm sagen lassen, daß sein Neffe im Sterben liege; er hatte sich umgedreht und nichts geantwortet. Nun schlich er in der Finsternis umher, allein mit seinem Geiz, der ihm alle Gefühle des Herzens getötet hatte. Er konnte es nicht verwinden, daß ihm das Gold des Finding-hole entgangen war. Carpio fragte auch mit keiner Silbe nach ihm.

Nun wurden die Nuggets herausgeholt und unter dem Weihnachtsbaume nach Winnetous Anordnung in vier gleichgroße Haufen zerlegt. Dann zündeten wir die Lichter an. Während dies geschah, sagte Carpio zu mir:

»Eigentlich müßte ich das Gedicht gleich anfangs sagen; aber es ist mir, als ob ich beim letzten Worte scheiden werde; darum will ich lieber bis zum Schlusse warten. Weißt du, wir haben vorgestern miteinander zum Herrgott gebetet, daß er mich diesen Weihnachtsglanz noch erleben lassen möge. Er hat unsere Bitte erfüllt; dann sterbe ich aber sogleich; das fühle ich. Thu mir noch den Gefallen, und singe mir das Lied »Stille Nacht, heilige Nacht«! Es ist mein letztes Lied auf Erden; droben werde ich Halleluja singen!«

Als alle Lichter brannten, sangen wir das Lied, Hiller, Reiter, Rost und ich, in deutscher Sprache. Hierauf sprach ich einige ernste Worte; mehr konnte ich nicht, denn die Thränen raubten mir die Stimme, und dann bescherte Winnetou die Nuggets an Sannel, Reiter, Rost und Carpio.

Wie glücklich waren diese vier! Der alte Amos Sannel konnte sich nun Ruhe gönnen; Reiter versicherte, daß er die Hälfte des Betrages seinem Vater, meinem alten Kantor, schicken werde; Rost konnte infolge dieses Geschenkes daran denken, nach seiner Rückkehr von den Indsmen sich eine Praxis zu gründen, und Carpio schob seine kraftlose Hand in Winnetous Rechte, bedankte sich innig bei ihm und sagte dann zu mir:

»Was soll ein Sterbender mit Gold? Aber ich freue mich doch unendlich darüber, denn ich weiß, weshalb Ihr es mir gegeben habt. Du thust mir doch den Gefallen, lieber Sappho, und nimmst es meinem Vater mit hinüber! Es macht mich so glücklich, zu denken, daß er sich wenigstens nun dies eine Mal über seinen Sohn freuen wird. Sag ihm aber ja, dies sei keine Zerstreutheit oder Verwechslung, sondern es gehöre ihm wirklich alles!« –

Welley und Hiller hatten nichts bekommen; sie mochten sich enttäuscht fühlen, ließen aber nichts merken. Nun gab ich dem ersteren die beiden Depositenscheine und erklärte ihm, was für eine Bewandtnis es mit ihnen habe und daß dies das Geld für die ihm und Watter geraubten Nuggets sei. Er fiel vor freudigem Schreck beinahe um und floß dann von Dankbarkeit förmlich über.

Dann bekam Reiter seinen Sichtwechsel und sein schriftliches Eingeständnis des Mordes. Ich mußte ihm natürlich erzählen, wie wir zu den beiden Schriftstücken gekommen waren. Hierauf sagte ich ihm, daß nicht er, sondern Sheppard der Mörder Finells sei; der Prayer-man habe sich hinter ihn gestellt und zu gleicher Zeit mit ihm geschossen, aber auf Finell gezielt, um ihn wegen einer von ihm zu befürchtenden Anzeige unschädlich zu machen. Selbstredend fügte ich hinzu, daß ich das von dem sterbenden Mörder erfahren hatte.

»Dieses letztere ist mir kostbarer als alles andere, auch als die Nuggets!« rief der Beschenkte. »Gott sei Preis und Dank, denn nun kann ich endlich ruhig und ohne Vorwürfe schlafen! Ich habe kein Menschenleben auf dem Gewissen; das giebt neue Kraft und Mut und Zuversicht; ich bin von jetzt an ein ganz anderer Mensch! Und solchen Wohlthätern haben wir aufgelauert, um ihnen abzunehmen, was doch nicht uns, sondern ihnen gehörte! Denn wenn wir auch jetzt noch nicht einsehen wollten, daß Winnetou das erste Recht auf das Finding-hole besaß, würden wir selbst an unserm eigenen Verstande zweifeln müssen!«

»Wir haben uns über Ihr Verhalten gar nicht gewundert,« bemerkte ich ihm, »denn wir haben die schädliche Wirkung des Golddurstes noch in ganz andern Fällen kennen gelernt. Der Mensch hat keine schlimmeren Feinde als seine eigenen Leidenschaften. Das wird z. B. auch Mr. Hiller jetzt erkennen, wenn ich ihm beweise, daß er durch sein unfreundliches Verhalten gegen mich sich selbst am schwersten geschädigt hat. Ich habe ihm nämlich auch etwas zu bescheren. Hier, Mr. Hiller, nehmen Sie!«

Ich gab ihm den Lederbrief, den Yakonpi-Topa an seine Frau geschrieben hatte. Er öffnete ihn, sah bald ihn und bald mich erstaunt an und sagte dann:

»Das ist ja der von mir unterschriebene Indianerbrief! Wo haben Sie ihn her, Mr. Shatterhand! Den könnte Ihnen doch nur meine Frau gegeben haben, und ich denke, Sie sind gar nicht mit ihr in Berührung gekommen!«

»Das habe ich nicht behauptet, sondern Sie haben es daraus geschlossen, daß ich nicht davon sprach. Ihr Verhalten war nicht geeignet, uns gegen Sie gesprächig zu machen. Es hat kein Mensch diesen Brief lesen können, und erst als Ihre Frau ihn mir zeigte, erfuhr sie, um was es sich handelte. Wir hatten ganz andere Dinge vor, wurden aber von ihr und Ihrem Sohne so gebeten, uns Ihrer anzunehmen, daß wir alle anderen Pläne aufgaben und schleunigst nach dem Westen ritten, um Ihre Befreiung zu wagen. Wir, nämlich Winnetou, Rost und ich, ritten nicht direkt zu den Kikatsa, weil wir erfuhren, daß diese gegen die Schoschonen gezogen seien; wir trafen unterwegs mit ihnen zusammen, und es gelang uns, bei Yakonpi-Topa nicht bloß Ihre Befreiung zu bewirken, sondern auch das Versprechen zu erhalten, daß er Ihnen Ihr ganzes Eigentum wiedergeben werde. Diese unsere Bemühungen und Erfolge kann der Umstand, daß Sie inzwischen entkommen waren, wohl nicht wertloser machen. Als ich Sie dann traf, verschloß Ihr Benehmen mir natürlich den Mund. Hätten Sie mir meinen Glauben nicht in so schroffer Weise angetastet, so wäre Ihnen schon damals die größte Freude bereitet worden, welche Ihnen überhaupt bereitet werden kann. Ihre Frau hat mir nämlich noch einen Brief und eine Zeitung für Sie anvertraut. Ich übergebe Ihnen hiermit beides als ein Weihnachtsgeschenk von den Ihrigen und als einen neuen Beweis, daß Gottes Güte sich selbst des Abtrünnigen erbarmt. Lesen Sie jetzt! Und wenn Sie auch dann Ihren bisherigen Standpunkt beibehalten wollen, so beneide ich Sie wahrlich nicht um das, was Sie mir vorgeworfen haben, nämlich daß Sie drüben im Vaterlande mehr, viel mehr gewesen seien, als ich gewesen bin!«

Ich gab ihm die Zeitung und den Brief seiner Frau, den sie uns in das Hotel gebracht hatte. Er las. Als er fertig war, ließ er beides fallen, vergrub das Gesicht in die Hände und weinte, weinte laut. Wir ließen ihn gewähren und sagten nichts. Ich hatte hart gesprochen; aber meine Absicht dabei war eine gute gewesen. Es dauerte lange Zeit, ehe er das Gesicht wieder hob und Winnetou und mir die Hände reichte:

»Welch ein Thor bin ich gewesen, was für ein großer Thor!« sagte er. »Ich will euch gestehen, daß ich seelisch blind war, vollständig blind. Meine Frau schreibt mir, daß ihr nicht wißt, welchem Stande ich drüben angehört habe, und es würde auch zu nichts führen, wenn ich es euch jetzt mitteilte; aber ich war stolz, eingebildet und oft sogar brutal mit denen, welche nicht so hoch standen wie ich. Ich glaubte, nichts als nur Herr zu sein, und dachte nie daran, daß ich alles nur dem Zufall der Geburt zu verdanken hatte und ebenso gut der Sohn eines niedrigstehenden armen Teufels hätte sein können. Ich lachte über die Leute, welche da sagen, daß der von Gott geschenkte Adel verpflichte, auch wirklich adelig zu sein und adelig zu handeln; ich höhnte über die christliche Lebensregel, welche dem Hochstehenden gebietet, Liebe zu säen, um dafür doppelt Liebe zu ernten. Ich säete Hochmut und erntete Widersetzlichkeit und Haß; ich streute Dünkel und Verachtung aus und bemerkte nicht, daß infolgedessen überall der Abfall und die Rache keimten. Durch meinen Hochmut machte ich mir einen Mann zum Feind, der gewissenlos und dabei mächtiger und klüger war als ich; er beschloß, mich zu stürzen, und dies gelang ihm nur zu gut. Ein einziger Tag genügte, mich zum ehrlosen Bettler zu machen. Nun suchte ich Unterstützung und Hilfe ringsumher; ich wurde überall mit derselben Verachtung abgewiesen, welche ich vorher so reichlich ausgegeben hatte. Ein einziger Mensch, ein Nachbar, nahm sich unser an, aber auch nicht meinet-, sondern meiner Frau und ihres Vaters wegen. Ich war, anstatt in mich zu gehen, außer mir; ich wütete gegen das Gesetz, gegen die Behörden; die Folge war, daß ich mich nur durch die Flucht den schlimmen Folgen entziehen konnte; ich entkam nach Amerika. Mein Weib folgte mir später mit unserem Kinde; ihr Vater war unterwegs elend zu Grunde gegangen. Ich sah auch jetzt noch nicht ein, daß ich, nur ich allein unser Unglück verschuldet hatte. Ich haderte gegen das Schicksal, denn mit Gott konnte ich nicht hadern, weil ich den Glauben an ihn längst zu den Kindermärchen geworfen hatte. Ich machte sogar meiner Frau, die mir aufopferungsvoll und treu in die Ehrlosigkeit und Verbannung gefolgt war, das Leben zur Qual. Ich trachtete nur nach Geld, nach Geld, nach Geld, welches ich brauchte, um den Prozeß, welcher meine Unschuld beweisen sollte, anstrengen zu können. Darum ging ich hier so schnell und mit Freuden darauf ein, das Finding-hole mit auszunehmen, und darum stellte ich mich sofort auf die Seite eurer Gegner, als Winnetou behauptete und auch bewies, daß es nicht uns, sondern ihm gehöre. Ich war noch härter geworden, als ich früher war; ich besaß keinen Gott, keinen Glauben, keine Liebe; die Demut war mir ein lächerlicher Begriff, und darum kam ich nie zur Einkehr in mich selbst. Nur Rache, Vergeltung brütete ich; diese beiden waren die Göttinnen, denen ich diente. Alle meine Gedanken, meine Wünsche und Bestrebungen wurden nur von dem glühenden Verlangen geleitet, nach dem grausamen Gesetze ›Auge um Auge, Zahn um Zahn‹ zu handeln. Da stürzte drüben die Lawine herab, und es kam die Ewigkeit jener fürchterlichen halben Stunde, in welcher Gott mir Antwort auf meine Lästerungen gab. Ich will und kann euch nicht beschreiben, was ich in dieser kurzen und doch so langen Zeit fühlte und dachte. Mein ganzes Leben ging an mir vorüber; ich durchlebte es noch einmal, aber nicht in dem Glanze, der mich einst umgab, sondern vor dem knirschenden Gebiß des Bärenrachens, dessen Zähnen ich in gottloser Lästerung mein Gehirn verschrieben hatte. Da tagte es in mir, schnell und licht; ich sah, was ich gewesen war. Man sagt, daß in der Stunde des Sterbens das ganze Leben mit allen begangenen Fehlern in greller Beleuchtung an dem Auge vorüberziehe; bei mir wurde diese Sage wahr. Im Reichtum und auf hoher Staffel geboren, war ich das ganze Leben hindurch mein eigener Gott gewesen, um jetzt, am Ende desselben, nichts zu sein als ein elender, armseliger Raubtierfraß, der nicht einmal nach Hilfe rufen durfte! Ich mußte schweigen, denn jeder Ruf hätte den Bären auf mich gelenkt; aber meine ganze Seele war ein einziger Schrei, ein einziges Gebet um Rettung aus dieser Todesnot. Und Gott erhörte dieses Gebet; er sandte in seiner Weisheit grad die zu meiner Befreiung, deren Feind ich ohne Veranlassung von ihnen geworden war. Und nun, was thun sie jetzt? Anstatt sich zu rächen, bescheren sie mir, geben mir alles, alles wieder, was ich verloren habe, alles und noch viel, viel mehr dazu! Denn, daß ihr wißt, ihr habt mich zu einem andern Menschen gemacht. Ich glaube nun an Gott, und ich weiß, weshalb mich seine weise Hand in die Tiefe führte. Was ich nie besessen habe, ich werde es von heute an besitzen: das wahre Lebensglück, denn ich werde von jetzt an sein, wie ich nie gewesen bin: gläubig, demütig und voll Vertrauen gegen Gott, streng gegen mich selbst und liebevoll und hilfsbereit gegen alle Menschen, welche, wie ich jetzt erkenne, meine Brüder sind. Ich habe eine schwere Schule durchgemacht; ein anderer an meiner Stelle wäre da wohl zu Grunde gegangen; aber Gott wußte gar wohl, daß es bei mir so starker Mittel zur Heilung bedurfte, und

Ihr, Mr. Shatterhand, habt ja schon als Knabe ganz richtig gesagt:

Hat der Herr ein Leid gegeben,
Giebt er auch die Kraft dazu;
Bringt dir eine Last das Leben,
Trage nur, und hoffe du!« –

Er hatte, wohl damit Winnetou alles verstehen solle, englisch gesprochen; diese Strophe aber sagte er natürlich deutsch. Als Reiter sie hörte, fiel er in froher Ueberraschung schnell ein:

»Was – – was bringen Sie da für Verse?! Die sind ja aus dem Gedichte, welches mir mein Vater geschickt hat! Es stammt von einem seiner früheren Schüler. Woher haben Sie es denn?«

Hiller sah erst ihn, hierauf mich an und fragte ihn dann:

»Kennen Sie diesen einstigen Schüler? Wissen Sie, was aus ihm geworden ist?«

»Nein.«

»Ah, das ist interessant, hochinteressant! Auch ich habe bis zu dieser Stunde keine Ahnung davon gehabt; aber hier im Briefe meiner Frau wird es gesagt. Sie brachte das Gedicht mit von drüben herüber, und es ist ihr eine wahre, feste Stütze in jedem Leid gewesen. Ich lachte darüber, habe es aber doch so oft von ihr und meinem Sohne gehört, daß ich es wohl auswendig kann. Es ist, als ob jener Schüler die Worte

Blicke auf dein Kind hernieder,
Das sich sehnt nach deinem Licht;
Der Verlorne naht sich wieder;
Geh mit ihm nicht ins Gericht!

nur auf mich gedichtet hätte. Meine Frau hörte es einst unter einem Weihnachtsbaume von einem Mitschüler des Verfassers. Wir sitzen auch hier, im wilden Westen, unter dem Christbaume, und nichts gehört so zur heutigen Feier, wie dieses Gedicht. Ich werde zwar wahrscheinlich verschiedene Male stocken, aber ich denke doch, daß ich nichts auslassen werde; also will ich es jetzt – – –«

»Halt, halt!« unterbrach ihn Reiter. »Ich kann es auswendig und werde keine Fehler machen. Erlauben Sie also, daß ich es deklamiere!«

Da erklang die Stimme Carpios:

»Nein, keiner von Ihnen, sondern nur ich darf das thun. Old Shatterhand will es so, und er hat das Recht, zu bestimmen, denn er ist der Dichter, und ich bin jener Mitschüler, von welchem Mr. Hiller gesprochen hat!«

Er hatte das zwar langsam und müde, aber deutlich gesagt. Reiter wollte seiner Verwunderung Worte geben; ich winkte ihm aber, still zu sein.

»Komm, lieber Sappho!« bat Carpio. »Richte mich auf und nimm mich an deine Brust! Ich weiß, daß ich jetzt zum letztenmal im Leben sprechen werde, und das sollen deine Weihnachtsworte sein!«

Ich erfüllte seinen Wunsch und hielt ihn an meinem Herzen fest. Ueber uns leuchteten die Sterne Gottes; vor uns brannten die Lichtreste des Christbaumes; sie waren abgebrannt und begannen, nacheinander zu erlöschen. So verlischt das Menschenleben hier im Erdenthale; aber droben am Firmamente leuchten die Wahrzeichen des ewigen Lebens weiter, und jeder Strahl von ihnen soll uns sagen, daß der Tod nichts anderes als die Pforte des Himmels, der Anfang einer herrlichen Auferstehung sei. Der Sterbende faltete die Hände und ließ sein Auge stumm auffordernd rund im Kreise gehen; er wurde verstanden, und jeder legte die Hände auch zusammen. Ein milder, frommer Gotteshauch schien durch das abgeschlossene Thal zu wehen; es lagerte rings um uns jetzt in Wahrheit das, wovon das liebe Christlied singt: eine stille Nacht, eine heilige Nacht. Mit einem seligen Lächeln auf dem todesbleichen, eingefallenen Angesicht begann Carpio:

»Ich verkünde große Freude,
   Die Euch widerfahren ist,
Denn geboren wurde heute
   Euer Heiland Jesus Christ!

Jubelnd tönt es durch die Sphären,
Sonnen künden's jedem Stern;
Weihrauch duftet auf Altären,
Beter knieen nah und fern. – – –«

Er hatte laut angefangen; aber seine Stimme verlor von Strophe zu Strophe mehr von ihrer Stärke, doch hörte man bei der rundum herrschenden tiefen Stille deutlich jedes einzelne Wort. Ich sah, daß er die Augen schloß, dennoch sprach er weiter, langsamer und immer langsamer. Es klang so fremd, so sonderbar, wie aus einer andern, uns unbekannten Sphäre herüber. Ich war tief erschüttert und weinte wie ein Kind; ob auch andere weinten, sah ich nicht, weil die Thränen mir ohne Aufhören die Augen füllten. Bei der Stelle

»Und der Priester legt die Hände,
Segnend auf des Toten Haupt«

breitete er die Arme aus und fuhr mit erhobener Stimme fort:

»Selig, wer bis an das Ende
An die ew'ge Liebe glaubt!«

Damit war aber seine Kraft erschöpft, denn nun klang es leiser, immer leiser, nach und nach ersterbend:

»Selig, wer aus Herzensgrunde
Nach der – – Lebensquelle – – strebt
Und – – noch in der – – letzten – Stunde
Seinen – – Blick – – zum Himmel – – – –«

und das letzte Wort »hebt« verhauchte in einem fast unhörbaren Seufzer. Carpio war tot. Der Himmel hatte nicht nur seinen letzten Blick, sondern ihn selbst emporgezogen. Das letzte Licht am Baum verlöschte; es war, als ob das ganze Thal und jeder von uns stumm geworden sei. Ich hielt den Toten noch fest an der Brust. Da bog Hiller sich von seinem Platze weit herüber, legte ihm die Hand auf das niedergesunkene Haupt und vollendete mit vor Bewegung zitternder Stimme das Gedicht:

»Suchtest du noch im Verscheiden
  Droben den Erlösungsstern,
Wird er dich zur Wahrheit leiten
  Und zur Herrlichkeit des Herrn.

Darum gilt auch dir die Freude,
  Die uns widerfahren ist,
Denn geboren wurde heute
  Auch dein Heiland Jesus Christ!« – – –

– –

Kein Licht brannte mehr am Baum, und so waren die Thränen nicht zu sehen, welche in den Augen aller glänzten, wenigstens aller Weißen, den alten Lachner abgerechnet, der sich auch jetzt nicht bei uns befand. Einer stand nach dem andern auf und ging fort, ohne ein Wort zu sagen, denn die Stelle, an welcher eine Seele von ihrem Körper scheidet, ist ein heiliger Ort, den man durch Schweigen ehrt. Ich saß allein, mit dem Toten an der Brust, bis nach langer Zeit Winnetou kam und zu mir sagte:

»Mein Bruder lege die Hülle seines armen Freundes fort; wir werden ihr morgen eine Wohnung errichten, die länger als sie bestehen wird. Der Geist ist bereits hinaufgestiegen zum großen, guten Manitou, wo ewige Bäume der Erlösung brennen, die nicht verlöschen wie dieser hier bei uns. Wir werden Feuer anzünden zu beiden Seiten des Dahingeschiedenen und bei ihm die Totenwache halten, bis der Morgen angebrochen ist. Er ging gern aus diesem Leben, und einst werden wir ihm folgen, um ihn wiederzusehen. Howgh!«

Wir bauten aus Steinen, Aesten und Zweigen einen Katafalk, über den das Bärenfell gebreitet wurde, und betteten Carpio darauf. Dann wurden rechts und links Feuer angezündet, bei deren Flackerschein Winnetou und ich dem Toten die letzte Wache hielten. Früh befahl er dann den Schoschonen, ein Grabmal zu errichten, welches seines und Old Shatterhands Freundes würdig sei.

Steine waren genug vorhanden, ein Mausoleum herzustellen, welches den wilden Tieren und dem Zahn der Zeit auf lange Jahre trotzte. Als es am Nachmittag fertig war, begruben wir Carpio in christlicher Weise. Auch die Schoschonen knieten nieder und falteten die Hände, als ich das letzte Gebet sprach. Dann wurde das Grab geschlossen, und Wagare-Tey, der junge Häuptlung der Schlangenindianer, versprach mir, bei seinem nächsten Jagdzuge hierher es mit immergrünem Gesträuch zu umpflanzen. Ich bin später dort gewesen und habe mich überzeugt, daß er sein Wort gehalten hat.

Am nächsten Morgen wurde aufgebrochen. Wir waren wie Brüder untereinander, und nur die Anwesenheit des alten Lachner störte uns. Dieser Mensch machte uns außerordentlich zu schaffen. Er hatte zu gar nichts guten Willen und Geschick. Er kam in den Schneeschuhen nicht mit uns fort; wir mußten ihn schleppen und unterstützen, und weil wir für alle unsere Mühe keine freundliche Miene, kein einziges gutes Wort von ihm bekamen, war es gar kein Wunder, daß die Roten schließlich nicht allzu zart mit ihm umgingen. Es konnte weder mir noch Winnetou einfallen, sie zu größerer Rücksicht zu bewegen; er war es nicht wert. Als wir die Winterlager der Schoschonen erreichten, befand er sich in einem solchen Schwächezustande, daß er sich nicht länger aufrechthalten konnte. Er war der erste Patient, den Rost hier in Behandlung nahm. Die Indianer hätten ihn ohne Mitleid hinsterben lassen, wenn sie nicht durch die Rücksicht auf uns veranlaßt worden wären, sich wenigstens notdürftig seiner anzunehmen. Im Frühjahre ist er, wie ich später hörte, von einigen weißen Jägern nach Fort Laramie geleitet worden. Was dann aus ihm geworden ist, das weiß ich nicht. Es lag mir überhaupt nichts daran, etwas Weiteres über ihn zu erfahren.

Rost bekam von Avaht-Niah sehr gern die Erlaubnis, so lange bei den Schoschonen zu bleiben, wie er es für seine Zwecke angemessen halte. Er ist jetzt einer der angesehensten Naturärzte des Ostens und – – – ein Leser meiner Reiseerzählungen. Er wird sich freuen, wenn er sich auch in diesem Bande findet, und ich bitte ihn um Verzeihung, daß ich ihn so gezeichnet habe, wie er damals war. Seine innere Stimme wird ihm inzwischen gesagt haben, daß der Kaputzenmuskel und der rautenförmige nicht die einzigen Muskeln der Menschen sind, welche Erwähnung verdienen.

Wir hatten keine Lust, bis zum Frühjahr bei den Schlangen zu bleiben, und machten uns über die Pässe hinüber, sobald das erste, durchdringende Tauwetter uns erlaubte, dies allerdings nicht geringe Wagnis mit den Pferden zu unternehmen. Es gelang. Wenn ich sage, wir, so meine ich Welley, Hiller, Sannel, Reiter, Winnetou und mich. Von da aus ging es zwar langsam aber immer weiter östlich; wir mußten der Ernährung der Pferde wegen oft sehr langen Halt machen; ihr Hauptfutter bestand aus jungen Zweigen, die aber jetzt saftlos und gefroren waren. Wenn Winnetou nicht bei uns gewesen wäre, hätten wir es nicht gewagt, den Tieren einen so weiten, winterlichen Ritt zuzutrauen; er aber wußte immer Rat. Dennoch kamen sie immer mehr herab, so daß wir ihnen erst in Fort Grattan und dann in Fort Kearney Zeit geben mußten, sich so weit zu erholen, daß wir weiter konnten.

Von dem Transporte der für Hiller bei den Schoschonen und bei den Kikatsa liegenden Felle hatte keine Rede sein können. Es war ausgemacht worden, daß sie von den Indianern im Frühjahre nach Fort Laramie gebracht und später von weißen Beamten der Händler dort abgeholt werden sollten.

Es war Anfang des März, als wir in Weston einrückten. Soll ich die Freude beschreiben, welche die glückliche Rückkehr Hillers dort hervorbrachte? Wenn ich auch wollte, ich könnte es nicht! Watter wurde bald ausfindig gemacht. Ich, der »reine Garnichts«, war dabei, als er mit Welley die Depositenscheine präsentierte und das Geld bekam. Beide traten mit Reiter und Amos Sannel zusammen, um ein großes Holzgeschäft zu gründen; das entsprach ihrem Vorleben und ihren Eigenheiten, und die Firma, aus welcher nur Sannel durch den Tod geschieden ist, steht noch heut in Flor.

Winnetou gab die Pferde in zuverlässige Pension, und nun kam endlich unsere damals beabsichtigte Reise nach dem Osten zur Ausführung. Nach meiner Trennung von ihm ging ich für einige Zeit nach Deutschland, um dann im Herbste am

Tigris die Haddedihn-Beduinen und meinen treuen, braven Hadschi Halef Omar aufzusuchen. Ich hielt mich in Bremen gar nicht auf, denn das Geld, in welches ich die Nuggets Carpios umgesetzt hatte, brannte mir in den Taschen. Ich habe es ehrlich abgeliefert und Freude damit angerichtet.

Freude, ja, aber weiter nichts! Ich habe natürlich denjenigen Personen, bei denen diese Diskretion nötig war, andere Namen gegeben und brauche daher nicht zu verschweigen, daß man sich über dieses Geld freute, aber über die Leiden und den Tod meines lieben Carpio keine große Betrübnis zeigte. Er war den Herzen der Seinen fremd geworden, und als ich die Summe ausgezahlt hatte, sagte man mir höflich kalten Dank, und ich konnte gehen, ohne mit weiteren Fragen nach und über ihn belästigt zu werden. Ich hatte sogar das Gefühl, als müsse ich froh sein, daß mir nicht abverlangt worden war, mit Hilfe überzeugender Unterlagen zu beweisen, daß der Betrag nicht eigentlich ein größerer sei!

Der nächste Besuch, den ich infolge der erzählten Erlebnisse machte, war erfreulicher. Reiter hatte mich gebeten, seinem Vater persönliche Grüße zu überbringen, und ich that dies von Herzen gern. Mein alter Kantor war ein eisgraues Männchen geworden; auch die Frau Kantorin war grau, doch noch so wohlbeleibt wie früher; er sah wie eine dünne Achtelpause und sie mit ihrer breiten Flattusenhaube wie eine Viertelnote aus mit einer großen Fermate darüber. Als sie einmal in die Küche gegangen war, teilte er mir im Vertrauen mit, seit sein Sohn das entsetzlich viele Geld aus Amerika geschickt habe, sehe er erst ein, was für eine liebevolle Frau er besitze; früher habe er sich gar nicht die Zeit nehmen können, ihre wahrhaft rührende Verträglichkeit anzuerkennen. Uebrigens freue er sich königlich darüber, daß ich mit seinem Sohne in Compagnie das große Goldloch gefunden habe, denn nun sei ich doch wohl auch so reich wie dieser! Daß Winnetou mir nicht mit beschert hatte, sagte ich ihm natürlich nicht. –

Und Hiller?

Er ist wieder alles, was er vor seiner Flucht nach Amerika war, alles und noch mehr, denn er hat seinen Gott wiedergefunden und mit ihm das einzig wahre Glück im Erdenleben. Sein Glaube wurzelt in den harten Leiden der Vergangenheit wie eine starke Wettertanne, die ihre Wurzeln tief in die Felsenritzen senkt und darum Halt für jeden Sturm besitzt. Sein Sohn bekleidet eine hervorragende juristische Stellung. Die Frau, welche einst in der verfallenen Gebirgsmühle der Verzweiflung nahe war, die Aermste der Armen in Hunger und Kälte, sie ist jetzt ein Engel der Bedürftigen, eine Retterin der Elenden, ein Trost für alle, die sich um Schutz und Hilfe an sie wenden, und besonders zur heiligen Weihnachtszeit sendet sie ihre Boten aus nach denen, welche »mühselig und beladen sind«, um sie zu erquicken. Dann kommen sie herbei, die Greise, die Siechen, die Armen, die Leidtragenden. Jedem klingt ein freundliches Willkommen entgegen; für jeden liegt ein Geschenk unter dem strahlenden Lichterbaume. Die köstlichste der Gaben aber, welche sie verteilt, ist die gnadenbringende Weihnachtsverkündigung, daß für alle, welche sich nach Erlösung aus der Not der Seele sehnen, der rettende Erlöser gekommen sei. Und das thut sie im Rückblick auf die eigene Not und die eigene Erlösung aus derselben niemals anders als mit den ihr teuren Worten:

»Ich verkünde große Freude,
Die Euch widerfahren ist,
Denn geboren wurde heute
Euer Heiland Jesus Christ!« – – –

Karl May (1842–1912), der meistgelesene Erzähler der deutschen Literatur, seit 100 Jahren von gleicher Faszination für Jugendliche und Erwachsene, »vertritt mit seinen grellen, knalligen Werken einen Typus von Dichtung, der unentbehrlich und ewig ist« (Hermann Hesse). Sein umfangreiches Werk, nach seinem Tode vielfältig durch Bearbeitungen entstellt, erscheint hier in einer zuverlässigen Ausgabe, die nach den strengen Prinzipien der historisch-kritischen Edition angelegt ist, die bestüberlieferte Textgestalt bietet und diese nach Stil und Orthographie in ihrer vollen Zeitgebundenheit erhält. Sie dokumentiert damit die Spannweite einer literarischen Entwicklung, die vom unterhaltenden Trivialroman über die berühmten Reiseerzählungen bis zu den psychologisch-mystischen Büchern der Alterszeit reicht. »Fast alles ist nach außen gebrachter Traum der unterdrückten Kreatur, die großes Leben haben will ...« (Ernst Bloch).

2. Kong-Kheou, das Ehrenwort
Erzählung (1888–89)
3. Die Sklavenkarawane
Erzählung (1889–90)
4. Der Schatz im Silbersee
Erzählung (1890–91)
5. Das Vermächtnis des Inka
Erzählung (1891–92)
6. Der Oelprinz
Erzählung (1893–94)
7. Der schwarze Mustang
u. a. Erzählungen (1887–97)

ABTEILUNG IV – *Reiseerzählungen*

1. Durch die Wüste
2. Durchs wilde Kurdistan
3. Von Bagdad nach Stambul
4. In den Schluchten des Balkan
5. Durch das Land der Skipetaren
6. Der Schut
Reiseerzählung (1882–88; 1892)
7. Am Rio de la Plata
8. In den Cordilleren
Reiseerzählung (1889–91)
9.–11. Im Lande des Mahdi I–III
Reiseerzählung (1891–96)
12.–14. Winnetou I–III
Reiseerzählung (1875; 1880; 1882; 1888; 1893)
15.–17. Satan und Ischariot I–III
Reiseerzählung (1893–96)
18. 20. Old Surehand I–III
Reiseerzählung (1894–96)
21. »Weihnacht!«
Reiseerzählung (1897)
22.–23. Im Reiche des silbernen Löwen I–II
Reiseerzählung (1897–98)
24. Am Stillen Ocean
25. Orangen und Datteln
26. Auf fremden Pfaden
Kleinere Reiseerzählungen I–III (1879–99)

ABTEILUNG V – *Spätwerk*

1. Am Jenseits
Reiseerzählung (1899)
2. Und Friede auf Erden!
Reiseerzählung (1901; 1904)

3.–4. Im Reiche des silbernen Löwen III–IV
Reiseerzählung (1902–03)

5.–6. Ardistan und Dschinnistan I–II
Reiseerzählung (1907–09)

7. Winnetou IV
Reiseerzählung (1909–10)

8. Abdahn Effendi
u. a. Erzählungen (1903–10)

9. Himmelsgedanken
Gedichte und Aufsätze (1900–10)

10. Babel und Bibel
Drama (1906)

ABTEILUNG VI – *Autobiographische Schriften*

1. Freuden und Leiden eines Vielgelesenen
u. a. Selbstdarstellungen (1896–1910)

2. Ein Schundverlag und seine Helfershelfer
u. a. Streitschriften (1905–10)

3. Mein Leben und Streben
Selbstbiographie (1908–10)

4.–5. An Schöffengericht und Strafkammer I–II
Prozeßschriften (1901–11)

ABTEILUNG VII – *Nachlaß*

1. Dramenentwürfe; Entwürfe zu Versdichtungen; Notizen; Pläne; Fragmente; (1900–12)

2. Vorträge; Aufsätze; Selbstrezensionen; Tagesaufzeichnungen (1900–12)

3. Lyrische Skizzen und Fragmente; Scherzgedichte (1896–1912)

ABTEILUNG VIII – *Briefe*

1.–6. Der gesamte Briefbestand in chronologischer Folge mit Kommentar

---

ABTEILUNG IX – *Supplement*

1. Karl Mays Bibliothek mit ihren Annotationen

2. Lebens-Chronologie und Photodokumente

3. Gesamt-Bibliographie; Gesamt-Editionsbericht; Generalregister